中外文学交流史

钱林森　周宁　主编

中国－中东欧卷

丁超　宋炳辉　著

山东教育出版社

谨以此书献给

2016 中国－中东欧国家人文交流年

This book is dedicated to

the 2016 Year of

China-CEEC People-to-people and Cultural Exchanges

文明因交流而多彩，文明因互鉴而丰富。

——中国国家主席习近平在巴黎联合国教科文组织总部的演讲

目　录

总序

一

中外文学关系的研究，是中国比较文学学术传统最丰厚的领域，前辈学者开拓性的建树，大多集中在这一领域的研究，如范存忠、钱锺书、方重等之于中英文学关系，吴宓之于中美，梁宗岱之于中法，陈铨之于中德，季羡林之于中印，戈宝权之于中俄文学关系的研究，等等。20 世纪中国比较文学研究前后两个高峰，世纪前半叶的高峰，主要成就就在中外文学关系研究上。20 世纪后半叶，比较文学在新时期复兴，30 多年来推进我国比较文学学科发展的支撑领域，同时也是本学科取得最多实绩的研究领域，依旧在中外文学关系研究。中外文学关系研究所获得的丰硕成果，被学术史家视为真正"体现了'我们自己的比较文学'的特色和成就"[1]，成为我国比较文学复兴发展的一个重要标志[2]。

1. 王向远：《中国比较文学研究二十年·前言》，南昌：江西教育出版社，2003 年版。

2. 王向远教授在其 28 章的大著《中国比较文学研究二十年》中，从第 2 章到第 10 章论述国别文学关系研究，如果加上第 17、18"中外文艺思潮与中国文学关系"、"中外文学关系史的总体研究"两章，整整占 11 章，可谓是"半壁江山"。

学术传统是众多学者不断努力、众多成果不断积累而成的。在中外文学关系研究领域，从 20 世纪 80 年代中期开始，先后已有三套丛书标志其阶段性进展。首先是乐黛云教授主编的比较文学丛书中的《中日古代文学交流史稿》（严绍璗著）、《近代中日文学交流史稿》（王晓平著）、《中印文学关系源流》（郁龙余编）。乐黛云教授和这套丛书的相关作者，既是继承者，又是开拓者。他们继承老一辈学者的研究，同时又开创了新的论题与研究方法。

其次是 20 世纪 90 年代初，北京大学和南京大学联合推出《中国文学在国外》丛书（10 卷集，乐黛云、钱林森主编，花城出版社），扩大了研究论题的覆盖面，在理论与方法上也有所创新。再其后就是经过 20 年积累、在新世纪初期密集出现的三套大型比较文学丛书：《外国作家与中国文化》（10 卷集，钱林森主编，宁夏人民出版社）、《跨文化沟通个案研究》丛书（乐黛云主编，北京出版社）、国别文学文化关系丛书《人文日本新书》（王晓平主编，宁夏人民出版社），这些成果细化深化了该研究领域，在研究范式的探究和方法论革新方面，也取得较大进展。

从某种意义上说，中外文学关系研究带动了整个中国比较文学研究。从"20 世纪中国文学的世界性因素"的讨论,到中外文学关系探究中的"文学发生学"理论的建构;从中外文学关系的哲学审视和跨文化对话中激活中外文化文学精魂的尝试,到比较文学形象学与后殖民主义文化批判……所有这一切探索成果的出现,不仅推动了中国比较文学学科深入发展,反过来对中外文学关系问题的研究,也有了问题视野与理论方法的启示。

二

在丰厚的研究基础上,如何进一步推进中外文学交流研究,成为学术史上的一项重要使命。2005 年 7 月初,南京大学比较文学与比较文化研究所与山东教育出版社在南京新纪元大酒店,举行《中外文学交流史》丛书首届编委会暨学术研讨会,正式启动大型丛书《中外文学交流史》的编写工作,以创设一套涵盖中国与欧洲、亚洲、美洲等世界主要国家及地区的文学交流史。

中外文学交流史研究既是一项研究,又是关于此项研究的反思,这是学科自觉的标志。学者应该对自己的研究有清醒的问题意识,明确"研究什么"、"如何研究"和"为何研究"。

20 世纪末以来,国际比较文学研究一直面临着范式转型的问题,不同研究范型的出现与转换的意义在于其背后问题脉络的转变。产生自西方民族国家体系确立时代的比较文学学科,本身就是民族国家意识形态的产物。影响研究的真正命题是确定文学"宗主",特定文学传统如何影响他人,他人如何从"外国文学"中汲取营养并借鉴经验与技巧;平行研究兴盛于"冷战"时代,试图超越文学关系的外在的、历史的关联,集中探讨不同文学传统的内在的、美学的、共同的意义与价值。"继之而起的新模式没有一个公认的名称,但是和所谓的后殖民批评有着明显的关系,甚至可以把后殖民批评称为比较研究的第三种模式。这种模式从后结构理论吸取了'话语'、'权力'等概念,致力于清算伴随着资本主义扩张的帝国主义和殖民主义,尤其是其文化方面的问题。这种批评的所谓'后'字既有'反对'的意思,也有'在……之后'的意思。""后殖民批评的假设前提是正式的帝国 / 殖民主义时代已然成为历史。在第二次世界大战之后这一点已经成为普遍的共识,当时不同政治阵营能够加之于对方的最严厉的谴责莫过于'帝国主义'了。这种共识是后殖民批评能够立于不败之地的先决条件。"[1]

1. 陈燕谷:《比较文学与"新帝国文明"》，载《中国社会科学院院报》，2004年2月24日。

伴随着后殖民主义文化批评在1970年代后期的兴起，西方比较文学界对社会文本的关注似乎开始压倒既往的文学文本。翻译、妇女、生态、少数族裔、性别、电影、新媒体、身份政治、亚文化、"新帝国治下的比较研究"[2]等问题几乎彻底更新了比较文学的格局。比如知

2. 陈燕谷指出:"现在我们也许有理由提出比较研究的第四种模式，也就是'新帝国治下的比较研究'。……当'帝国'去而复返……自然意味着后殖民批

名文化翻译学者苏珊·巴斯奈特在1993年出版的专著《比较文学批评导论》（*Comparative*

评不再具有不证自明的有效性。今天这种情况正在发生，比较研究必须在新帝国条件下重新界定自己的任务和方向。"陈燕谷:《比较文学与"新帝国文明"》。

Literature: A Critical Introduction）中就明确指出:"后殖民"用最恰当的术语来表达，就是近年来出现的新跨文化批评，而"除此之外，比较文学已无其他名称可以替代"[3]。

3. Susan Bassnett, *Comparative Literature: A Critical Introduction*, Oxford and Cambridge: Blackwell, 1993, p.10.

本世纪初，比较文学的学科理论建设工作似乎依然徘徊在突围西方中心主义的方向和路径上。2000年，蜚声北美、亚洲理论界的明星级学者G.C.斯皮瓦克将其在加州大学厄湾分校的"韦勒克文学讲座"系列讲稿结集出版，取了个惊世骇俗的名字《一门学科的死亡》（*Death of A Discipline*），这门学科就是比较文学。其实斯皮瓦克并无意宣布比较文学的终结，而是在指出当前的欧美比较文学的困境，即文学越界交流过程中的不均衡局面，以及该学科依然留存着欧美文化的主导意识并分享了对人文主义主体无从判定的恐惧等问题后，希望促成比较文学的转型，开创一种容纳文化研究的新的比较文学范型，迎接全球化语境的文化挑战。[4]

4. Gayatri C. Spivak, *Death of A Discipline*, New York: Columbia University Press, 2003.

然而，我们也要清楚地看到，后殖民主义文化批判试图颠覆比较文学研究的价值体系，却没有超越比较文学的理论前提。因为比较研究尽管关注不同民族、不同国家文学之间的关系，但其理论前提却是，不同民族、国家的文学是以语言为疆界的相互独立、自成系统的主体。而且，比较文学研究总是以本国本民族文学为立场，假设比较研究视野内文学之间的关系是一种自我与他者的关系，只不过影响研究表示顺从与和解，后殖民主义文化批判强调反写与对抗。对于"他性"的肯定，依然没有着落。

坦率地说，中外文学关系研究仍属于传统范型，面临着新问题与新观念的挑战。我们在第三种甚至第四种模式的时代留守在类似于巴斯奈特所谓的"史前恐龙"[5]的第一种模式的研究

5. Susan Bassnett, *Comparative Literature: A Critical Introduction*, p.5.

领域，是需要勇气与毅力的。伴随着国际学术共同体间的密切互动与交流，北美比较文学的越界意识也在20世纪末期旅行到了中国。虽然目前国内比较文学也整合了文化批评的理论方法，跨越了既往单一的文学学科疆界，开掘了许多富于活力和前景的学术领域，但这些年来比较文学领域并不景气：一方面是研究的疆界在扩大也在不断消解，另一方面是不断出现危机警示与

研究者的出走。在这个大背景下，从事我们这套丛书写作的作者大多是一些忠诚的留守者，大家之所以继续这个领域的研究，不是因为盲目保守，而是因为"有所不为"。首先，在前辈学人累积的深厚学术传统上，埋头静心、勤勤恳恳地在"我们自己的比较文学"领地里精心耕作，在喧嚣热闹的当下，这本身就是一种别具意味的学术姿态。同时，在硕果纷呈的比较文学研究领域，中外文学关系问题始终是一个基础但又重要的问题，不断引起关注，不断催生深入研究，又不断呈现最新成果，正如目前已推出的这套丛书所展示的，其研究写作不仅在扎实的根基上，对中外文学交流史的论题领域有所拓展，在理论与方法探索上也通过积极吸收、整合其他领域的成果而有所推进。最后，在中国作为新崛起的世界经济大国的关键历史节点上重新思考中外文学关系问题，直接关涉到中外文学关系研究的学科自觉。这事实上是一个如何在世界文学图景中重新测绘"中国文学"的问题，也即当代中国文学如何在世界中重新创造自己的身份和位置。通过中外文学关系研究，我们可以重新提炼和塑造中国文学、文化的精神感召力、使命感和认同感，在当代世界的共同关注点上，以文学为价值载体去发现不同文化之间交往的可能和协商空间，进而参与全球新的世界观的形成。

三

中外文学关系研究，就学科本质属性而言，属实证范畴，从比较文学研究传统内部分类和研究范式来看，归于"影响研究"，所以重"事实"和"材料"的梳理。对中外文学关系史、交流史的整体开发，就是要在占有充分、完整材料的基础上，对双向"交流"、"关系""史"的演变、沿革、发展作总体描述，从而揭示出可资今人借鉴、发展民族文学的历史经验和历史规律，因此它要求拥有可信的第一手思想素材，要求资料的整一性和真实性。

中外文学关系研究的开发、深化和创新，离不开研究理论方法的提升与原理范式的探讨。某种新的研究理念和理论思路，有助于重新理解与发掘新的文学关系史料，而新的阐释角度和策略又能重构与凸显中外文学交流的历史图景，从而将中外文学关系的研究向新的深度开掘。早在新时期我国比较文学举步之时和复兴之初，我国前辈学者季羡林、钱锺书等就卓有识见地强调"清理"中外文学关系的重要性和必要性，把它提到中国比较文学特色建设和拥有比较文

学研究"话语权"的高度。[1] 30 年来，我国学者在这方面不断努力，在研究的观念与方法上进

行了深入的探讨。钱林森教授主持的《外国作家与中国文化》丛书，曾经就中外文学关系研究

中的哲学观照和跨文化文学对话的观念与方法进行过有益的尝试与实践。其具体思路主要体现

在如下五个方面：

1）依托于人类文明交流互补基点上的中外文化和文学关系课题，从根本上来说，是中外

哲学观、价值观交流互补的问题，是某一种形式的精神交流的课题。从这个意义上看，研究中

外文化、文学相互影响，说到底，就是研究中外思想、哲学精神相互渗透、影响的问题，必须

作哲学层面的审视。2）考察两者接受和影响关系时，必须从原创性材料出发，不但要考察外

国作家、外国文学对中国文化精神的追寻，努力捕捉他们提取中国文化（思想）滋养，在其创

造中到底呈现怎样的文学景观，还要审察作为这种文学景观"新构体"的外乡作品，又怎样反

转过来向中国文学施于新的文化反馈。3）今日中外文学关系史建构，不是往昔文学史的分支

研究，而是多元文化共存、东西哲学互渗时代的跨文化比较文学研究重构。比较不是理由，比

较中达到对话并且通过对话获得互识、互证、互补的成果，才是中外文学关系研究学理层面的

应有之义。4）中外文学和文化关系研究课题，应以对话为方法论基点，应当遵循"平等对话"

的原则。对研究者来说，对话不止是具体操作的方法论，也是研究者一种坚定的立场和世界观，

一种学术信仰，其研究实践既是研究者与研究对象跨时空跨文化的对话，也是研究者与潜在的

读者共时性的对话，通过多层面、多向度的个案考察与双向互动的观照、对话，激活文化精魂，

进一步提升和丰富影响研究的层次。5）对话作为方法论基点来考量的意义在于，它对以往"影

响研究"、"平行研究"两种模式的超越。这对所有致力于中外文学关系的研究者来说，都是

一种富有创意的、富有挑战性的学术探索。

从学术史角度看，同一课题的探讨经常表现为研究不断深化、理路不断明晰的过程。中外

文学关系史研究在中国比较文学界已有多年的历史，具有丰厚的学术基础。《中外文学交流史》

丛书是在以往研究基础上的又一次推进，具有更高标准的理论追求。钱林森主编在 2005 年编

委会上将丛书的学术宗旨具体表述为：

> 丛书立足于世界文学与世界文化的宏观视野，展现中外文学与文化的双向多层次
>
> 交流的历程，在跨文化对话、全球一体化与文化多元化发展的背景中，把握中外文学

1. 20 世纪 80 年代初，钱锺书先生就提出："要发展我们自己的比较文学研究，重要的任务之一就是清理一下中国文学与外国文学的相互关系。"季羡林在《资料工作是影响研究的基础》一文中强调："我们一定先做点扎扎实实的工作，从研究直接影响入手，努力细致地去搜集材料、在西方各国之间、在东方各国之间、特别是在东方与西方之间，从民间文学一直到文人学士的个人著作中去搜寻直接影响的证据，爬罗剔抉，刮垢磨光，一定要有根有据，决不能捕风捉影。然后在这个基础上归纳出有规律性的东西。"他明确反对"那些一无基础，二无材料，完全靠着自己的'天才'、'灵感'，率而下笔，大言不惭、说句难听的话，就是自欺欺人的所谓平行发展的研究"。参见王向远：《中国比较文学研究二十年》，第 9 页，南昌：江西教育出版社，2003 年版。

相互碰撞与交融的精神实质：1）外国作家如何接受中国文学，中国文学如何对外国作家产生冲击与影响？具体涉及外国作家对中国文学的接纳与评说，外国作家眼中的中国形象及其误读、误释，中国文学在外国的流布与影响，外国作家笔下的中国题材与异国情调等等。2）与此相对的是，中国作家如何接受外国文学，对中国作家接纳外来影响时的重整和创造，进行双向的考察和审视。3）在不同文化语境中，展示出中外文学家就相关的思想命题所进行的同步思考及其所作的不同观照，可以结合中外作品参照考析，互识、互证、互补，从而在深层次上探讨出中外文学的各自特质。4）从外国作家作品在中国文化语境（尤其是 20 世纪）中的传播与接受着眼，试图勾勒出中国读者（包括评论家）眼中的外国形象，探析中国读者借鉴外国文学时，在多大程度上、何种层面上受制于本土文化的制约，以及外国文学在中国文化范式中的改塑和重整。5）论从史出，关注问题意识。在丰富的史料基础上提炼出展示文学交流实质与规律的重要问题，以问题剪裁史料，构建各国别语种文学交流史的阐释框架。6）丛书撰写应力求反映出国际比较文学界近半个世纪相关研究成果和我国比较文学 20 多年来发展的新成果。

四

在已有成果基础上从事中外文学关系史研究，要求我们要有所反思与开辟。这是该丛书从规划到研究，再到写作，整个过程中贯穿的思路。中外文学关系研究，涉及基本概念、史料与研究范型三方面的问题。

首先是基本概念。

中外文学关系，顾名思义，研究的是"关系"，其问题的重心在中国文学的世界性与现代性问题。在此前提下进行细分，所谓中外文学关系的历史叙述，应该在三个层次上展开：1）中国与不同国家、地区、语种文学在历史中的交流，其中包括作家作品与思潮理论的译介、作家阅读与创作的"想象图书馆"、个人与团体的交游互访等具体活动等。2）中外文学相互影响相互创造的双向过程，诸如中国文学接受外国文学并从与外国文学的交流中获得自我构建与自我确认基础，中国文学以民族文学与文学的民族个性贡献并参与不同国家、地区、语种文学创造等。3) 存在于中外文学不同国家、地区、语种文学之间的世界文学格局，提出"跨文学空间"的概念，并将世界文学建立在这样一种关系概念上，而不是任何一种国家、地区、语种文学的普世性霸权上。

中外文学关系研究"中外文学"的关系，另一个必须厘清的概念是"中外文学"：1) 中外文学关系不仅是研究"之间"的关系，更重要的是研究不同国家、地区、语种文学各自的文学史，比如研究法国文学对中国现代文学的影响，真正的问题在中国现代文学，反之亦然。2) 中外文学关系在"中"与"外"二元对立框架内强调双向交流的同时，也不能回避中国立场。首先，中外文学研究表面上看是双向的、中立的，实际上却有不可否认的中国立场甚至可以说是中国中心。因此，"中外文学"提出问题的角度与落脚点都应是中国文学。3) 中国立场的中外文学关系研究的理论指归在于中国文学的世界性与现代性问题。它包括两个层次的意义：中国在历史上是如何启发、创造外国文学的；外国文学是如何构筑中国文学的世界性与现代性的。

中外文学关系基本概念涉及的最后一个问题是"史"。中外文学关系史属于文学史的范畴，它关系到某种时间、经验与意义的整体性。纯粹编年性地记录曾经发生过的文学交流事件，像文学旅行线路图或文学流水账单之类，还不能够成为文学交流史。中外文学交流史"史"的最基本的要求在于：1) 文学交流史必须有一种时间向度的研究观念，以该观念为尺度，或者说是编码原则，确定文学交流史的起点、主要问题、基本规律与某种预设性的方向与价值。2) 可能成为中外文学关系史的研究观念的，是中国文学的世界性与现代性问题。中国文学是何时、如何参与、如何接受或影响世界文学的，世界性因素是何时并如何塑造中国文学的。3) 中外文学交流史表现为中国文学在中外文学交流中实现世界性与现代性的过程。中国文学的世界化分两个阶段，汉字文化圈内东亚化与近代以来真正的世界化，中国文学的世界化是与中国文学的"现代化"同时出现的。

其次是史料问题。

史料是研究的基础。研究的成败，从某种意义上说，取决于史料的丰富与准确程度。史料是多年研究积累的成果，丰富是量上的要求；史料需要辨伪甄别，尽量收集第一手资料，这是对史料的质的要求。史料自然越丰富越好，但史料的发现往往是没有止境的，所以史料的丰富与完备是相对的，关键看它是否可以支撑起论述。因此，研究中处理史料的方式，不仅是收集，还有在特定研究观念下剪裁史料、分析史料。

没有史料不行，仅有史料又不够。中外文学关系史研究在国内，已有多年的历史，但大多数研究只停留在史料的收集与叙述上，丛书要在研究上上一个层次，就不能只满足于史料的收集、整理、叙述。中外文学关系的研究与写作应该分为三个层次：第一个层次，掌握资料来源并尽量收集第一手的资料，对资料进行整理、分析、阐释，从中发现一些最基本的"可研究"的问题。第二个层次是编年史式资料复述，其中没有逻辑的起点与终点，发现的最早的资料就是起点，该起点是临时的，随着新资料的发现不断向前推，重点也是临时的，写到哪里就在哪里结束。第三个层次是使文学交流史具有一种"思想的结构"。在史料研究基础上形成不同专题的文学交流史的"观念"，并以此为线索框架设计文学交流史的"叙事"。

最后，中外文学交流研究的第三大问题是研究范型。学术创新的途径，不外乎新史料的发现、新观念与新的研究范型的提出。

研究范型是从基本概念的确立与史料的把握中来的。问题从何处来，研究往何处去。研究模式包括基本概念的确立、史料的收集与阐发、研究方法的选择等内容。任何一项研究，都应该首先清醒地意识到研究模式，说到底，就是应该明确"研究什么"和"如何研究"。研究的基本概念划定了我们研究的范围，而从史料问题开始，我们已经在思考"如何研究"了。

中外文学交流作为一个走向成熟的研究领域，必须自觉到撰写原则或述史立场：首先应该明确"研究什么"。有狭义的文学交流与广义的文学交流。狭义的文学交流，仅研究文学与文学的交流，也就是说文学范围内作家作品、思潮流派的交流，更多属于形式研究范畴，诸如英美意象派与中国古典诗词、《雷雨》与《俄狄浦斯王》；广义的文学交流，则包括文学涉及的广泛的社会文化内容，文本是文学的，但内容与问题远超出文学之外，比如"启蒙作家的中国文化观"。本书的研究范围，无疑属于广义的中外文学交流。所谓中外文化交流表现在文学活动中的种种经验、事实与问题，都在研究之列。

但是，我们不能始终在积极意义上讨论影响研究，或者说在积极意义上使用影响概念，似乎影响与交流总是值得肯定的。实际上，对文学活动中中外文化交流的研究，现有两种范型：一种是肯定影响的积极意义的研究范型，它以启蒙主义与现代民族文学观念作为文学交流史叙事的价值原则，该视野内出现的问题，主要是一种文学传统内作家作品与社团思潮如何译介、传播到另一种文学传统，关注的是不同语种文学可交流性侧面，乐观地期待亲和理解、平等互惠的积极方面，甚至在潜意识中，将民族主义自豪感的确认寄寓在文学世界主义想象中，看中国文学如何影响世界。我们以往的中外文学关系研究，大多是在这个范型内进行的。另一种范型关注影响的负面意义，解构影响中的"霸权"因素。这种范型以后现代主义或后殖民主义观念为价值原则，关注不同文学传统的不可交流性、误读与霸权侧面。怀疑双向与平等交流的乐观假设，比如特定文学传统之间一方对另一方影响越大，反向影响就越小，文学交流往往是动摇文学传统的霸权化过程；揭示不同语种文学接触交流中的"背叛性"因素与反双向性的等级结构，并试图解构其产生的社会文化机制。

中外文学关系研究的开发、深化和创新，离不开研究理论方法的提升与原理范式的研讨。某种新的研究理念和理论思路，有助于重新理解与发掘新的文学关系史料，而新的阐释角度和策略又能重构与凸显中外文学交流的历史图景，从而将中外文学关系的"清理"和研究向新的深度开掘。以往的中外文学交流研究，关注更多的是第一种范型内的问题，对第二种范型内的问题似乎注意不够。丛书希望能够兼顾两种范型内的问题。"平等对话"是一种道德化的学术理想，我们不能为此掩盖历史问题，掩盖中外文学交流上的种种"不平等"现象，应分析其霸权与压制、他者化与自我他者化、自觉与"反写"（Write Back）的潜在结构。

同时，这也让我们警觉到我们的研究范型中可能潜在着的一个矛盾：怎能一边认同所谓"中国立场"或"中国中心"，一边又提倡"世界文学"或"跨文学空间"？二者之间是否存在着某种对立？实际上在中国文学的世界性与现代性问题前提下叙述中外文学交流，中国文学本身就处于某种劣势，针对西方国家所谓影响的"逆差"是明显的。比如说，关于中国文学对西方文学的影响，我们可以以一个专题写成一本书，而西方文学对中国现代文学的影响，则是覆盖性的，几乎可写成整部文学史。我们强调"中国立场"本身就是一种"反写"。另外，文学史述实际上根本不存在一个超越国别民族文学的普世立场。启蒙神话中的"世界文学"或"总体文学"，包含着西方中心主义的霸权。或许提倡"跨文学空间"更合理。我们在"交流"或"关系"这一"公共空间"内讨论问题，假设世界文学是一个多元发展、相互作用的系统进程，形成于跨文化跨语种的"文学之际"的"公共领域"或"公共空间"中。不仅西方文学塑造中国现代文学，中国文学也在某种程度上参与构建塑造西方现代文学。尽管不同国家、民族、地区的文学交流存在着"不平等"的现实，但任何国家、民族、地区的文学都以自身独特的立场参与塑造世界文学，而世界文学不可能成为任何一个国家、民族或语种文学扩张的结果。

我们一直在试图反思、辨析、确立中外文学交流研究的基本概念、方法与理论范型，并在学术史上为本套丛书定位。所谓研究领域的拓展、史料的丰富、问题域的明确、问题研究的深入、中外文学交流整体框架的建构，都将是本套丛书的学术价值所在。我们希望本套丛书的完成，能够推进中国比较文学界中外文学关系研究领域走向成熟。这不仅是个人研究的自我超越问题，也是整个比较文学研究界的自我超越问题。

五

钱林森教授将中外文学交流研究的问题细化为五大类，前文已述。这五大类问题构成中外文学交流史的基本问题域，每一卷的写作，都离不开这五大类基本问题。反思这套丛书的研究与写作，可以使我们对中外文学交流史的研究范型有一个基本的把握。在丛书写作的过程中，钱林森教授不断主持有关中外文学关系史的笔谈，反思中外文学关系研究的基本问题与理论范式，大部分参与丛书写作的学者都从不同角度发表了具有建设性的思考，引起了国内学术界的关注。

其中，王宁教授从国家文化战略的高度理解中外文学关系史研究，认为："探讨中国文化和文学在国外的接受和传播，应该是新世纪中国比较文学学者研究的一个重要课题，通过这一课题的研究，不仅可以从根本上打破中外文学关系研究领域内长期存在的西方中心主义思维定势，使得中国学者的民族自尊心和自豪感大大地提升，而且也有助于中国文化走出去战略的实施。在这方面，比较文学学者应该先行一步。"王宁先生高蹈，叶隽先生务实，追问作为科学范式的文学关系研究的普遍有效性问题，他从三个方面质疑比较文学学科的合法性：一是比较文学的整体学术史意识，二是比较文学的思想史高度，三是比较文学作为一门具体学科的"文史根基"与方寸。葛桂录教授曾对史料问题做过三方面的深入论述：一是文献史料，二是问题域，三是阐释立场。"从比较文学学科的传统研究范式来看，中外文学关系研究属于'影响研究'

范畴，非常关注'事实材料'的获取与阐释。就其学科领域的本质属性来说，它又属于史学范畴。而文献史料的搜集、鉴辨、理解与运用，是一切历史研究的基础性工作。力求广泛而全面地占有史料，尽可能将史料放在它形成和演变的整个历史进程中动态地考察，分辨其主次源流，辨明其价值与真伪，是中外文学关系研究永远的起点和基础。"缺少史料固然不行，仅有史料又十分不够。中外文学关系研究"问题意识"必不可少，问题是研究的先导与指南。葛桂录教授进一步论述："能否在原典文献史料研究基础上，形成由一个个问题构成的有研究价值的不同专题，则成为考量文学关系研究者成熟与否的试金石。在文学关系研究的'问题域'中进而思考中外文学交往史的整体'史述'框架，展现文学交流的历史经验与历史规律，揭示出可资后人借鉴、发展本民族文学的重要路径，又构成中外文学关系研究的基本目标。"

文献史料、问题域、阐释立场是中外文学关系研究的三大要素。文献史料的丰富、问题域的确证、研究领域的拓展、观念思考的深入，最终都要受研究者阐释立场的制约。中外文学关系研究，理论上讲当然应该是双向的、互动的。但如要追寻这种双向交流的精神实质，不可避免地要带有某种主体评价与判断。对中国学者来说，就是展现着中国问题意识的中国文化立场。"中外文学"提出问题的出发点与归宿都指向中国文学。这样看来，中外文学关系研究的理论关注点，在于回答中国文学的世界性与现代性问题。也就是，中国文学（文化）在漫长的东西方交流史上是如何滋养、启迪外国文学的；外国文学是如何激活、构建中国文学的世界性与现代性的。这是我们思考中外文学交流史的重要前提，尤其是要考虑处于中外文学交流进程中的中国文学是如何显示其世界性，构建其现代性的。

六

乐黛云先生在致该丛书编委会的信中，提出该丛书作为中外文学关系研究的"第三波"的高标："如果说《中国文学在国外》丛书是第一波，《外国作家与中国文化》是第二波，那么，《中外文学交流史》则应是第三波。作为第三波，我想它的特点首先应体现在'交流'二字上。它不单是以中国文学为核心，研究其在国外的影响，也不只是以外国作家为核心讨论其对中国文化的接受，而是要着眼于'双向阐发'，这不仅要求新的视角，也要求新的方法；特别是总的说来，中国文学对其他文学的影响多集中于古代文学，而外国文学对中国文学的影响却集中于现代文学。如何将二者连缀成'史'实在是一大难点，也是'交流史'能否成功的关键。"

本套丛书承载着中国比较文学百年学术史的重要使命，它的宏愿不仅在描述中国与世界主要国家的文学关系，还在以汉语文学为立场，建构一个"文学想象的世界体系"。中外文学交流史的研究要点在"文学交流"，因此研究的核心问题是"双向阐发"，带着这个问题进入研究，中外文学关系就不是一个简单的译介、传播的问题，中外文学相互认知、相互影响与创造才是问题的关键。严绍璗先生在致主编钱林森的信中，进一步表达了他对本丛书的学术期望，文学交流史研究应该"从一般的'表象事实'的描述深入到'文学事实'内具的各种'本相'的探讨和表达"：

> 我期待本书各卷能够是以事实真相为基础，既充分展现中华文化向世界的传播，又能够实事求是地表述世界各个民族文化对中华文化和中华文明丰富多彩性的积极的影响，把"中外文学关系"正确地表述为中国和世界文化互动的历史性探讨。"文学关系"的研究，习惯上经常把它界定在"传播学"和"接受学"的层面上考量，三十年来比较文学的研究，特别是中国比较文学研究，事实上已经突破了这样一些层面而推进到了"发生学"、"形象学"、"符号学"、"阐释学"和"叙事学"等等的层面中。在这些层面中推进的研究，或许能够更加接近文学关系的事实真相并呈现文学关系的内具生命力的场面。我期待着新撰的《中外文学交流史》各卷，能够从一般的"表象事实"的描述深入到"文学事实"内具的各种"本相"的探讨和表达。

2005 年南京会议之后，丛书的编写工作正式启动，国内著名学者吕同六、李明滨、赵振江、郁龙余、郅溥浩、王晓平等先生慷慨加盟，连同其他各位中青年学者，共同分担《中外文学交流史》丛书的写作。吕同六先生曾主持中意文学交流卷，却在丛书启动不久仙逝，为本丛书留下巨大的遗憾。在丛书编写过程中，有人去了有人来，张西平、刘顺利、梁丽芳、马佳、齐宏伟、杜心源、叶隽先生先后加入本套丛书，并贡献出他们出色的成果。

在整个研究写作过程中，国内外许多同行都给予我们实际的支持与指导，我们受用良多。南京会议之后，编委会又先后在济南、北京、厦门、南京召开过四次编委会，就丛书编写的具体问题进行讨论，得到山东教育出版社的一贯支持。丛书最初计划五年的写作时间，当时觉得

已足够宽裕,不料最终竟然用了九年才完成,学术研究之漫长艰辛,由此可见一斑。丛书完成了,各卷与作者如下:

(1) 《中国 - 阿拉伯卷》（郅溥浩、丁淑红、宗笑飞 著）

(2) 《中国 - 北欧卷》（叶隽 著）

(3) 《中国 - 朝韩卷》（刘顺利 著）

(4) 《中国 - 德国卷》（卫茂平、陈虹嫣等 著）

(5) 《中国 - 东南亚卷》（郭惠芬 著）

(6) 《中国 - 俄苏卷》（李明滨、查晓燕 著）

(7) 《中国 - 法国卷》（钱林森 著）

(8) 《中国 - 加拿大卷》（梁丽芳、马佳 主编）

(9) 《中国 - 美国卷》（周宁、朱徽、贺昌盛、周云龙 著）

(10) 《中国 - 葡萄牙卷》（姚风 著）

(11) 《中国 - 日本卷》（王晓平 著）

(12) 《中国 - 希腊、希伯来卷》（齐宏伟、杜心源、杨巧 著）

(13) 《中国 - 西班牙语国家卷》（赵振江、滕威 著）

(14) 《中国 - 意大利卷》（张西平、马西尼 主编）

(15) 《中国 - 印度卷》（郁龙余、刘朝华 著）

(16) 《中国 - 英国卷》（葛桂录 著）

(17) 《中国 - 中东欧卷》（丁超、宋炳辉 著）

本套丛书的意义,就在于调动本学科研究者的共同智慧,对已有成果进行咀嚼和消化,对已有的研究范式、方法、理论和已有的探索、尝试进行重估和反思,进行过滤、选择,去伪存真,以期对中外文学关系本身,进行深入研究和全方位的开发,创造出新的局面。

钱林森、周宁

导言　　中国与中东欧国家文学交流的
　　　　历史重构与当代阐释

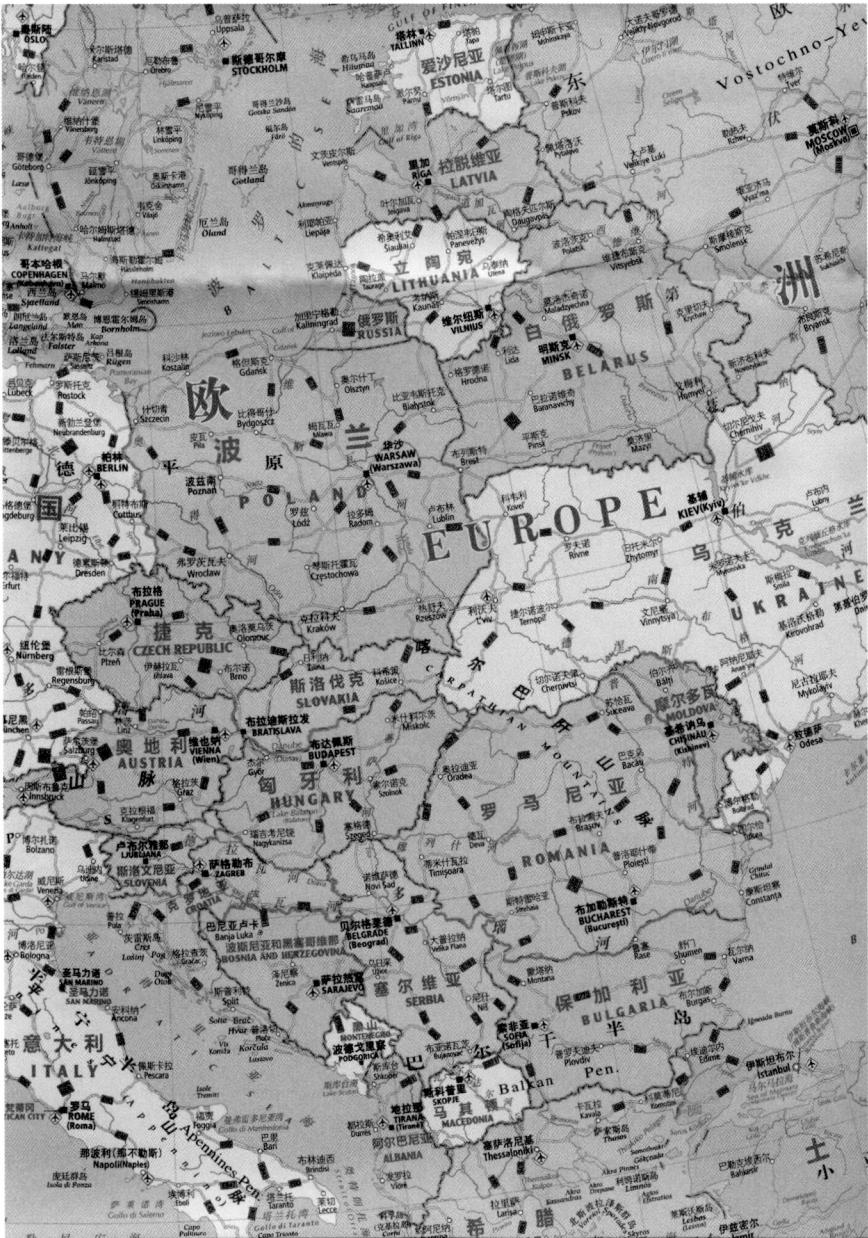

图 0-1　中东欧国家政区图

（来源：中国地图出版社编制《欧洲知识地图》，北京，2014 年 5 月新版）

本书考察和研究的对象是中国与中东欧地区 16 个国家之间的文学和文化交流历史，力求在不同的历史、民族、文化和社会语境中，追溯这种跨文化对话现象的生成和流变，钩沉史实，梳理脉络，解读作品，记述人物，探究规律，总结得失，依托各种"碎片化"的微观史料，揭示这种民族和国家之间古往今来的文化关联，复原中国与中东欧各民族之间人文交流所经历过的时空轨迹，从文学的民族性和世界意义角度，展现文学在沟通各国人民精神世界过程中的独特方式和恒久魅力。

长期以来，在我国的外国文学研究领域，"东欧文学"已经成为相对固定的一个子类。那么它与本书述及的"中东欧"是一种怎样的关系，其内涵和外延是否完全相同，换言之，为什么今天我们要把中东欧 16 国作为一个整体加以研究，从学理和学术的角度去看能否成立；作为比较文学研究的一个课题，应当如何去看待在不同历史时段中形成的中国与中东欧文学关系；其观察视角和研究方法与其他类似的研究有何不同；如此等等，都是我们在展开本书的论述之前，需要首先弄清和说明的问题。

第一节　国际政治范畴的"中东欧"和文学的"东欧"

一、关于"中东欧"和"16+1 合作"

"中东欧"是冷战时期"东欧"（社会主义国家）概念的变体，在国际政治领域是一个具有特定的地缘、政治、历史和文化内涵的区域范畴。在一定程度上，它是 1989 年东欧剧变后我国在对外交往中为淡化社会制度和意识形态特征，尊重不同国家的发展道路选择而采取的一种突出地缘意义但同时蕴含国际政治变迁的整体称谓，与现今国际政治学界对该地区使用的术语亦相符合。按照目前中国政府和学术界对"中东欧"的理解和划分，这一地区包括阿尔巴尼亚共和国、爱沙尼亚共和国、保加利亚共和国、波斯尼亚和黑塞哥维那（简称"波黑"）、波兰共和国、黑山、捷克共和国、克罗地亚共和国、拉脱维亚共和国、立陶宛共和国、罗马尼亚、

马其顿共和国、塞尔维亚共和国、斯洛伐克共和国、斯洛文尼亚共和国、匈牙利等 16 个自 20
世纪 80 年代末 90 年代初开始制度全面转型的国家。这一地区覆盖了约 135 万平方公里的土地，
总人口达到 1.23 亿。截至 2015 年，已有 11 国为欧盟成员国，12 国加入北约。中东欧国家是最
早承认并与新中国建立外交关系的一批国家，与我国有着长期的友好传统，在政治、军事、经贸、
文化、科技、教育、青年、体育、新闻等各个领域都与我国有着广泛深入的合作。近年来中国 -
中东欧国家"16+1 合作"方兴未艾，层次不断提升，范围日益扩大，中东欧 16 国已成为我国
在当今国际事务和对欧关系方面的重要伙伴。

　　作为相对单纯的地理概念，"东欧"和"中东欧"的提法在第一次世界大战前后甚至更早
的时候就已见诸欧洲的文献和书刊。在"二战"后国际政治经济术语中所用的"东欧"，在含
义上偏向政治地理。广义上，是苏联和战后建立的东欧人民民主国家的统称；狭义上，更多地
指曾被纳入苏联势力范围的波兰、民主德国[1]、匈牙利、捷克斯洛伐克、罗马尼亚、南斯拉夫、
保加利亚和阿尔巴尼亚 8 个原社会主义国家。作为雅尔塔格局的产物，在长达 40 多年的时间里，
它们形成了政治、军事和经济同盟"华沙条约组织"[2] 和"经互会"[3]，在国际事务中与美国和
西欧抗衡。20 世纪 90 年代以后，由于东欧剧变，两德统一，苏联解体，原有的地区性政治联
盟随之瓦解，东欧各国人民摒弃原有体制，选择新的发展道路，开启了以建立议会民主、三权
分立、市场经济、"回归欧洲"为基本特征的社会制度全面转型的新时期。至此，"东欧"也
成为了一个历史符号，在国际关系和学术研究方面开始改用"中东欧"的称谓，突出地域特征，
回避意识形态色彩。术语的更替反映出一种传统要素在新的历史环境中的转换，也带来了全球
化背景下区域性和国际间各种复杂关系的新一轮调适。

　　自 20 世纪 90 年代中期以来，在新的国际格局下，我国与中东欧国家关系开始了全面发展
的新阶段。1995 年 7 月 10 日，中国国家主席江泽民在访问匈牙利期间，全面阐述了中国与中
东欧国家发展长期的友好互利合作关系的五项原则：第一，尊重各国人民的选择，不干涉别国
内政。中国历来主张，选择什么样的社会制度、价值观念、发展道路和模式，完全是一个主权
国家的内政，别国无权干涉。第二，在和平共处五项原则基础上一视同仁地同各国发展友好合
作关系。社会制度、意识形态和价值观念的差异不应成为发展国家关系的障碍。第三，中国同
中东欧国家没有根本的利害冲突。我们同中东欧各国发展关系绝不针对第三国，完全基于实现

1. 无论在国际政治方面还是在文化与文学方面，民主德国在很大程度上都与（联邦）德国或德语国家放在一个范围研究，实际游离于东欧之外。

2. 华沙条约组织(简称华约组织或华约，英语 Warsaw Pact 或 Warsaw Treaty Organization)，1955 年 5 月 14 日欧洲社会主义阵营国家(包括德意志民主共和国，即东德)在波兰首都华沙签署《华沙公约》，成立军事、政治同盟，东欧社会主义国家除南斯拉夫外，全部加入华沙组织。1991 年 7 月 1 日该组织正式解散。

3. 经济互助委员会(简称经互会，英语: The Council for Mutual Economic Assistance，简称 Comecon)，1949 年 1 月 8 日成立，总部设在莫斯科，是一个相当于欧洲经济共同体的社会主义阵营经济共同体，1991 年 6 月 28 日在匈牙利首都布达佩斯正式宣告解散。

共同繁荣、促进欧洲和世界的和平与稳定的目标。第四，根据平等互利原则扩大中国同它们的经贸合作，促进彼此经济的发展，以造福于各自国家的人民。第五，真诚希望中东欧地区稳定，各国人民友好和睦相处，支持和平解决相互之间的争端，尊重和支持本地区国家加强区域性合作的愿望。[1]

> 1.《江泽民主席在匈牙利全面阐述中国与中东欧国家发展关系五原则》，载《人民日报》，1995 年 7 月 12 日第 1 版。

2004 年 6 月，中国国家主席胡锦涛对波兰、匈牙利和罗马尼亚进行国事访问期间，在罗马尼亚议会发表演讲指出："中东欧地区战略地位重要，多种民族、多彩文明、多种宗教在这里交汇。这里的人民历尽磨难而又自强不息，从这里诞生了哥白尼、居里夫人、肖邦、德沃夏克、李斯特、埃米内斯库等历史名人。这是一个对人类文明作出巨大贡献的地区。"[2] 这段话体现

> 2. 胡锦涛：《巩固传统友谊，扩大互利合作——在罗马尼亚议会的演讲》，载《人民日报》，2004 年 6 月 15 日第 1 版。

了新世纪中国从国家层面对中东欧地区在世界文明中的基本定位和评价。

2012 年 4 月 26 日，中国国务院总理温家宝在华沙与中东欧 16 国领导人举行会晤，代表中国政府宣布了"中国关于促进与中东欧国家友好合作的十二项举措"，将中国与中东欧国家之间的合作关系提升到一个新的战略高度。

随着 2012 年中国政府对中东欧国家范围的进一步明确，根据华沙会晤相关文件的精神，中国 - 中东欧国家合作秘书处作为中方机构和新的政府间合作机制，于 2012 年 9 月 6 日在北京正式成立，外交部副部长宋涛担任秘书长。其主要职能是负责中方机构的协调，并通过与 16 国主管部门的协作，落实中国 - 中东欧国家领导人会晤成果，规划中国 - 中东欧国家未来合作重点方向和领域，并组织推进各项合作。中东欧 16 国的国家协调员和代表、驻华使节共同出席成立仪式和第一次会议。秘书处发表了《中国 - 中东欧国家合作秘书处成立大会暨首次国家协调员会议纪要》。这些都表明了中国与中东欧国家关系正在进入一个全方位务实合作的发展期。

2013 年 8 月 26 日，中国国家主席习近平在同塞尔维亚总统尼科利奇会谈时强调，中方重视中东欧国家在欧洲发展中的地位，希望通过中国 - 中东欧国家合作这一平台，全面提升双方合作水平，推进中欧关系全面均衡发展。

2013 年 11 月 26 日，中国国务院总理李克强在布加勒斯特出席中国 - 中东欧国家领导人会晤。他在讲话中表示，中国和中东欧国家传统友谊深厚，没有利害冲突，扩大合作的基础坚实牢固。中国与中东欧国家合作透明、开放、包容，既符合双方利益，也将为深化中欧全面战略伙伴关

系发挥积极建设性作用。他还提出了中国与中东欧国家合作要坚持的"三大原则"和深化合作的"六点建议"。中国与中东欧 16 国共同发表了《中国 - 中东欧国家合作布加勒斯特纲要》。

2014 年 12 月 16 日，中国国务院总理李克强在贝尔格莱德出席第三次中国 - 中东欧国家领导人会晤。他在发言中，就深入推进中国 - 中东欧国家合作提出五点建议。这次会晤后，中国与中东欧 16 国共同发表了《中国 - 中东欧国家合作贝尔格莱德纲要》。

2015 年 11 月 24—25 日，第四次中国 - 中东欧国家领导人会晤在苏州举行。李克强总理与中东欧 16 国领导人在太湖之滨再度聚首，就加强互联互通、贸易投资、金融、农业、人文交流等领域合作进行顶层设计，为未来五年规划蓝图。会议发表了《中国 - 中东欧国家合作中期规划》和《中国 - 中东欧国家合作苏州纲要》两份重要文件，其中确定 2016 年为"中国 - 中东欧人文交流年"。

2015 年 11 月 26 日，中国国家主席习近平在人民大会堂集体会见来华出席第四次中国 - 中东欧国家领导人会晤的中东欧 16 国领导人。习主席赞赏中东欧国家政府为推动中国和中东欧国家"16+1 合作"发展作出的积极努力。他指出，"16+1 合作"诞生以来，形成了全方位、宽领域、多层次的合作格局，开辟了中国同传统友好国家关系发展的新途径，创新了中国同欧洲关系的实践，搭建了具有南北合作特点的南南合作新平台。下一步，中国同中东欧国家要本着互利共赢、开放包容的精神，加强各领域的互利合作。一是实现"16+1 合作"同"一带一路"建设充分对接。二是实现"16+1 合作"同中欧全面战略伙伴关系全面对接。三是实现"16+1 合作"同各自发展战略有效对接。[1]

1. 《习近平集体会见出席第四次中国 - 中东欧国家领导人会晤的中东欧国家领导人》，载《人民日报》，2015 年 11 月 27 日第 1 版。

对历史的回顾与总结，目的是为了认识当下，开拓未来。中国政府及其领导人对中东欧国家高度重视，旨在规划引领未来，造福各国人民，为双边和多边的全方位合作开创崭新的历史机遇和美好前景，也为中国与中东欧国家文化和文学的交流合作提供强大的精神动力和前所未有的创新平台。这种国际关系的新格局与发展趋势，为我们回溯中国与中东欧地区的文学与文化交流历史，提供了一个新契机；反过来，我们也希望本书的研究内容，能够为这种新型国际关系的发展，提供一种具体的历史参照和文化视角。

二、文学东欧

这也是一个可以有多种理解的范畴。过去很长一段时间内，在国内的外国文学研究工作中，东欧的范围仅限于波兰、捷克斯洛伐克、匈牙利、罗马尼亚、保加利亚、南斯拉夫和阿尔巴尼亚等7个国家，与国际政治领域的"东欧"基本一致。这样一个集合体在政治社会、历史文化、民族生存、经济发展等诸多方面有极为密切的关联。它们在地理上相连，民族之间交往密切，在宗教信仰、教育文化、生活习俗等方面相互影响。在历史上，生活在这一地区的大多为弱小民族，长期深受强势民族和几大帝国的侵袭和宰割，被挤在"夹缝中"艰难生存，有着极为相似的命运。1945年2月的"雅尔塔会议"诸大国对战后利益格局的划分，使东欧被纳入苏联的势力范围，由此也决定了东欧国家战后的体制和发展道路，最终又成为导致1989年剧变以及后来转型的历史根源。从广义上看，先前的东欧，同在其基础上分化并纳入立陶宛、拉脱维亚和爱沙尼亚三国后形成的中东欧，没有本质区别。实际上，白俄罗斯、乌克兰、摩尔多瓦等东欧国家在文学上也应当纳入这个范畴，只是出于政治外交上的划分习惯，在此前的著述中更多将它们放在了独联体国家的范围。

对于中国读者来说，东欧是一种深刻的历史文化记忆。就文学而言，东欧文学自20世纪初开始传入我国。鲁迅在留学日本期间就关注过东欧等"弱小民族"的文学作品，寻求振兴国运的民主主义思想。他在1907年发表的《摩罗诗力说》一文中，介绍了波兰的密茨凯维奇、匈牙利的裴多菲等东欧作家。在《〈竖琴〉前记》中，鲁迅坦称自己"向来是想介绍东欧文学的一个人"[1]。鲁迅与五四新文学的许多作家、翻译家对包括东欧在内的"弱小民族文学"的译

1.《鲁迅全集》第4卷，北京：人民文学出版社，2005年版，第446页。

介活动，开创了中国现代翻译文学史的一种路径和范式，逐步形成了一种延续至今的传统。所以我们说，文学上的东欧是先于后来的地缘政治意义上的东欧进入中国文化视野的。

20世纪中国文学在对包括东欧文学在内的小国文学译介引入的过程中，曾使用"弱小民族文学"、"被损害民族的文学"、"被压迫和被损害民族的文学"、"被侮辱被损害的民族"

2. 参见宋炳辉：《弱势民族文学在中国》，南京：南京大学出版社，2007年版。作者在该书中指出："弱势民族文学这一概念，正如本尼迪克特·安德森对'民
族'的定义一样，是一种'想象的共同体'，它的具体所指在20世纪动荡的世界历史中，随着民族地位的升降、中外关系的变迁而发生相应的变化。因此，
所谓'弱势民族'，其含义并非一成不变，它是相对于本民族国家的现状及其在世界格局中的地位而言的。"（第17页）

等概念。在近年来的中外文学关系研究中，又有学者对原有的概念修正后提出"弱势民族文学"[2]的话语表述。这些概念所指一方面居于所指称对象国家在世界历史发展中的命运特征，另一方面也体现了作为观察与接受主体的现代中国文学的立场，因此，它们的所指都针对具体的历史

情境，而不是具体或特定的国家、地区。也就是说，它们基本上都是一种关系性概念，而不是客观描述性概念。但在一定意义上，通过与这些各有差异的概念的比较，可以较为客观地折射出中国现代民族意识的历史变化和文化主体对世界认识的不断修正。这些概念变体在特定的历史时期都有其合理性，内涵上一脉相承，因而可以相互参照，相互补充。对概念的厘定应当是开展理论性论述分析的前提，但作为一种文学文化交流史述，本书显然是针对特定对象即中东欧地区与中国之间的全部文学文化交流而言的，重点首先还是落在史实的梳理、考证、还原和解读上。

这里提到的"中东欧文学"，在本质上与过去外国文学研究领域划分的"东欧文学"或前辈学者在 20 世纪 60 年代使用的"中欧和东南欧文学"归类[1] 没有区别，但其指涉的对象和范围有

1. 见杨周翰、吴达元、赵梦蕤主编：《欧洲文学史》（修订本），北京：人民文学出版社，1982 年版。其中有戈宝权先生按此分类撰写的相关介绍。

所扩延，主要是包括了爱沙尼亚、拉脱维亚和立陶宛等波罗的海三国，其疆界与当前我国政治外交方面提到的"中东欧"地区相一致。在本书中，"中东欧文学"和"东欧文学"两个术语会根据历史语境交替使用，但我们更多地倾向"中东欧文学"这个概念；因为它不仅对应当前中国对中东欧国家政治、军事、经贸、文化、教育、科技等领域关系的现实，而且对人文社会科学领域来说，也在一定程度上体现了学术话语体系和研究方法的更新。当我们面对一系列外部环境和内在思路发生重大变化时，应当积极地从新的认知框架，借鉴多重资源，去重新审视既定的概念和结论，观察解决新的问题，推进对中东欧这一文化和文学区域的认知和研究。

第二节　中东欧文学及其历史文化底蕴

中东欧与世界上许多地区一样，有着久远的历史。大量考古发现表明，早在远古时代这里就有早期人类的存在。公元前 20000 年至前 8000 年冰河时期结束的时候，在今天波兰的土地上，已经出现比较稳定的氏族公社。而公元前约 5500 年的时候，发源于希腊和爱琴海的农业已经传到多瑙河地区和今天的匈牙利一带。

中东欧地区的民族众多，基本上都属于欧洲大陆的古老民族。作为主要民族的斯拉夫人，在这一地区分化为西部斯拉夫人和南部斯拉夫人两支。前者衍生出波兰、捷克、斯洛伐克和斯

洛文尼亚民族，后者又分为了保加利亚、塞尔维亚、克罗地亚、黑山和马其顿等民族。公元前 3000 年至前 2000 年，斯拉夫人已经定居在北起波罗的海南岸，南到喀尔巴阡山，西自奥德河、维斯瓦河，东抵第涅伯河之间的辽阔土地上，后来的波兰民族国家疆域就分布在这里。这一时期在波罗的海沿岸地区定居的还有芬兰—乌戈尔族和原始的波罗的海部族，他们来自伏尔加河流域。在巴尔干半岛北部，古印欧人中的色雷斯人自青铜时代（公元前 18 世纪至前 8 世纪）开始在美丽富饶的喀尔巴阡山—多瑙河—黑海之间的广阔地区生息繁衍，色雷斯民族的北支就是今天罗马尼亚人的远祖葛特—达契亚人。生活在多瑙河以南到爱琴海之间广大地区的色雷斯人，是保加利亚土地上最早的居民。大致同一时期，在巴尔干半岛西部定居的伊利里亚人和色雷斯人，则孕育出了后来的阿尔巴尼亚民族。中东欧民族都有独特的语言和文化，经历了由部落、部落联盟到封建国家，从反抗异族侵略到取得民族解放和独立的道路。

中东欧是一个美丽丰饶的地区，行走于斯，我们的视觉和心境豁然开朗。放眼望去，蓝天白云下伸展着广袤无垠的平原，黑色的沃土围起欧洲一座座金色的粮仓。大片低缓的山坡敞开怀抱迎接八方宾客，葡萄的馥郁芬芳扑面而来，大自然赋予的各种琼浆玉液令人陶醉。这里有巍峨的喀尔巴阡山，奇拔秀逸，绿林蔽日，松涛阵阵。这里有蓝色的多瑙河，波浪欢歌，气势浩荡，奔流东去。这里有星罗棋布的湖泊，温和妩媚，仪态万千。还有那紫色的薰衣草、火红的罂粟、宁静的村落、精美的宫殿、幽深的古堡、高耸的教堂、伏卧的神狮，以及遍布街头广场的咖啡馆，无不充满古老神韵，展现着自然与人文的和谐之美。

中东欧是一方文明重地，民风淳朴，钟灵毓秀，人才辈出。这里的教育、科学、艺术、文学和文化传统厚重，这里的人民有着惊人的创造力，对人类文明作出了重大贡献。

色雷斯人作为罗马尼亚人、保加利亚人和阿尔巴尼亚人的远祖，虽然没有创造留下文字，但考古发现表明，这一族群"有相当发达的文化，他们的诗歌和音乐犹为著称"[1]。1944 年在保加利亚中部发现的卡赞勒克古墓，是最重要的色雷斯文化遗迹之一。覆盖墓室和通道的壁画，面积 40 平方米，是公元前 4 世纪末至公元前 3 世纪初的作品。它描绘了一位色雷斯领袖生前的战斗场面，以及世俗生活和想象中的来世命运。今天，它已经被列入联合国教科文组织保护的世界文化遗产。色雷斯人的语言作为罗马尼亚、保加利亚和阿尔巴尼亚等语言的底层，在语言史研究方面颇受关注。在语言文字方面，863 年圣徒基里尔和麦托迪兄弟（Saints Constantine

---

1. 杨燕杰：《保加利亚文化》，见刘祖熙主编《斯拉夫文化》，杭州：浙江人民出版社，1993 年版，第 294 页。

Cyril and Methodius，前者 826/827—869 年，后者约 815—885 年）在希腊字母基础上创立斯拉夫字母，对整个斯拉夫世界的文化进程具有划时代的意义。

　　捷克、波兰、立陶宛、匈牙利等民族都以教育历史悠久而闻名于世。在布拉格，有 1348 年创办的查理大学，这是中欧地区的第一所大学。在欧洲文艺复兴后期的 17 世纪，捷克人当中出现了一位著名思想家和教育家，他就是有"现代教育之父"之称的考门斯基（拉丁化姓氏夸美纽斯，Johan Amos Comenius，1592—1670）。他在其《大教学论》（Didactica Magna）等著作中，从捷克宗教改革和人文主义的进步传统出发，提出了一系列重要的教育思想和原则，对捷克的民族教育以至对世界近代和现代教育都影响至深。在语言学领域，产生于 20 世纪二三十年代的"布拉格学派"，成为了结构主义语言学的主要流派之一。波兰人建于 1364 年的克拉科夫大学，又称为雅盖洛大学，与捷克的查理大学齐名，在天文学、数学和医学等研究领域享有盛誉，造就了哥白尼等许多世界级的科学家。1367 年，匈牙利的佩奇大学诞生。1578 年，立陶宛的维尔纽斯大学（全称"维尔纽斯卡普苏卡斯大学"）成立。1632 年，被尊为"爱沙尼亚的启蒙圣母"的塔尔图大学建立。1635 年，红衣主教帕茨玛尼·彼得创办了今天位于匈牙利布达佩斯的厄特沃什·罗兰大学。1669 年，克罗地亚的萨格勒布大学奠基。这些大学的历史至今都超过了三四百年，当今也仍位于国际一流大学之列。中世纪曾经是中东欧地区神学、科学和教育的中心，在近代和现代更是人文荟萃，涌现出众多的国际学术大师。

　　中东欧各民族的文学源远流长，古往今来名家辈出，群星璀璨。

　　在古代，中东欧各民族都在自由和共同的劳动中创造了丰富多样的民间口头文学，通过不同的形式来反映游牧生活、农事活动、与自然和灾害的斗争、民族的起源、英雄的传说等等，以记述先民的故事与习俗，表达其内心的情感与追求。深厚的民间口头创作成为了后来书面文学的来源和基础。在 9 世纪以后的中东欧地区，定型的古斯拉夫文字、拉丁文和多种民族语文通行并存，成为不同民族文化与精神的载体。古希腊、罗马、拜占廷、西欧和东方的优秀文化都在不同程度上对中东欧民族的文化产生了影响。在此基础上，早期的书面文学也应运而生，从中世纪到近代不断丰富发展，而其内容大体上又可以归入四个大的类别：编年史文学、宗教文学、世俗文学和史诗文学。

　　编年史是同时兼有史学和文学价值的著作。12 世纪初，捷克、波兰和匈牙利民族都开始拥有最早的编年史，收录朝政大事，传颂民族史业，其中也包含许多民间文学的内容。科斯马斯（Kosmas，1045—1125）用拉丁文整理了第一部《捷克编年史》（Kronika česká），从原始神话时代一直描述到作者逝世前。波兰人加尔·阿诺宁（Gallus Anonymous，11—12 世纪）用拉丁文编撰了第一部三卷本的本民族《编年史》，除 11 世纪至 12 世纪初的历史、政治和社会情况，还载述了波兰民间口头创作的神话与传说，具有较高的价值。写于 12 世纪末 13 世纪初的编年史《匈牙利人行状》（Gesta Hungarorum），作者没有留下名氏，自称是"贝拉国王的无名刀笔吏"，所叙述的是匈牙利人从古代至定居多瑙河畔的历史。自 15 世纪后半叶《摩尔多瓦佚名编年史》（Letopiseţul anonim al Moldovei）问世后，罗马尼亚诸公国的编年史撰著也相当活跃，留下一批重要的史学著作。

宗教文学则与中世纪基督教和《圣经》在中东欧各民族的传播紧密相连。12 世纪末，出现了匈牙利文的最古老的宗教文学作品《讣词》（Halotti beszéd és könyörgés），继而出现的韵文是从拉丁文翻译的《圣母马利亚的哀歌》（Ómagyar Mária-siralom）。最早的波兰语宗教诗歌《圣母颂》（Bogurodzica）大概写于 13 世纪，不仅唱于教堂，还是骑士出征前的战歌，寄托了全民族共同的思想感情。第一部立陶宛文书籍《简明教义问答》（Catechismusa Frosty Szadei）在 1547 年由马尔蒂纳斯·马兹维达斯（Martynas Mažvydas，1510—1563）编译印行，它标志着立陶宛书面文学的开端。阿尔巴尼亚人焦恩·布迪（Gjon Buzuku，16 世纪）在 1555 年出版了第一部用阿文写成的《祈祷书》（Meshari）。宗教文学文辞优美，艺术性强，其内容除传经布道、劝谕人生外，对于净化心灵和增强民族精神的归属感都不乏积极意义，同时也为后来民族文学的形成奠定了最初的根基。

世俗文学在各国的表现内容和形式有所不同，但大多还是追求摆脱宗教的束缚，揭露教会和封建贵族统治的虚伪与贪婪，反映抗击外族侵略，抒发普通人的生活和情感。例如，12 世纪捷克文的诗歌《圣瓦茨拉夫，捷克国的大公》（Svatý Václave），16 世纪波兰作家卢布林的别尔纳特（Biernat of Lublin，约 1465—1529）在 1513 年出版的第一部波兰文祷文书《灵魂的天国》（Raj duszny），米·雷伊（Mikołaj Rej，1505—1569）的波兰文作品等，在中世纪和文艺复兴时期都产生了重要影响。

史诗文学取材于反抗外族侵略的英勇斗争，是鼓舞民族精神的巨大力量，在受到奥斯曼帝国、哈布斯堡帝国统治侵犯的东南欧民族文学中显得尤为突出。17 世纪匈牙利军事家、诗人兹里尼 (Zrínyi Miklós, 1620—1664) 的民族史诗《塞格德之危》 (Szigeti veszedelem)，通过追忆塞格德的英雄们捍卫祖国的业绩，鼓舞人民反抗土耳其侵略的信心。18 世纪下半叶罗马尼亚文学家扬·布达伊-德莱亚努 (Ioan Budai-Deleanu，约 1763—1820) 创作的《茨冈史诗》 (Ţiganiada)，也具有反抗外敌侵略的内容。塞尔维亚文学和保加利亚文学同样拥有相同题材的史诗或长篇诗作。1795 年，波兰被沙俄、普鲁士、奥地利瓜分后，以尤泽夫·韦比茨基 (Józef Wybicki, 1747—1822) 在 1797 年创作的《意大利波兰军团颂歌》[1] (Pieśń Legionów Polskich we Włoszech) 为代表，歌颂民族解放斗争的"军团诗歌"也属于这类作品。在波罗的海国家，史诗文学代表性作品有《卡列维之子》 (Kalevipoeg)，这部民族史诗由爱沙尼亚作家弗里德里希·赖因霍尔德·克罗伊茨瓦尔德 (Friedrich Reinhold Kreutzwald, 1803—1882) 最终编创完成，1857—1861 年间出版，对爱沙尼亚民族觉醒产生了重要影响。

> 1. 又名《波兰没有灭亡》 (Mazurek Dąbrowskiego)，1927 年以后成为波兰国歌。

　　自 18 世纪至 20 世纪初，中东欧各民族国家及其文学的发展轨迹不尽相同。总体上看，它们普遍受到了欧洲启蒙运动和民族复兴思潮的影响，反抗封建专制和异族统治的社会革命此起彼伏，波澜壮阔。这一时期的中东欧文学的思想核心，还是关注民族命运，唤醒民族意识。其内部有民族和社会解放的精神需求，外部则受到了欧洲主流文化和文学的推动。作家们翻译吸收外国文学，发掘民间文学，为民族文学的发展提供了有益的借鉴。在波罗的海三国，19 世纪中叶建立的各种文学社团，在促进民族觉醒和民族身份的形成过程中起到了重要作用。

　　19 世纪初，浪漫主义作为重要的文学流派开始进入东欧，带来了民族诗歌创作的繁荣，涌现出一批杰出的代表性诗人。比如波兰著名诗人亚当·密茨凯维奇 (Adam Mickiewicz, 1798—1855)，以他的诗剧《先人祭》 (Dziady) 和长诗《塔杜什先生》 (Pan Tadeusz) 等作品，反映波兰人民在沙皇压迫下的痛苦命运和不屈不挠的反抗，抨击封建专制和沙俄农奴制度，充满爱国主义精神，对以后的波兰文学产生了深远影响。在捷克，浪漫主义诗歌代表卡·希·马哈 (Karel Hynek Mácha, 1810—1836)，借写历史题材，以古喻今，表现民众反侵略、反封建、反专制的革命思想。匈牙利著名诗人魏勒什马尔蒂·米哈依 (Vörösmarty Mihály, 1800—1855)，写有英雄史诗《佐兰的逃跑》 (Zalán futása) 和其他许多脍炙人口的诗篇，激励民族复兴与革命，成为那个时代巨大的精神力量。罗马尼亚民族诗人爱明内斯库 (Mihai

Eminescu，1850—1889)，创作题材广泛，思想内涵深刻，充满爱国主义和反叛精神，为后世留有抒情哲理长诗《金星》(Luceafărul) 等大量佳作，成为浪漫主义诗歌晚期最具影响的一位诗人。斯洛文尼亚诗人弗·普雷舍伦 (France Prešeren，1800—1849)，黑山 (门的内哥罗) 诗人涅戈什 (Petar II Petrović-Njegoš，1813—1851)，阿尔巴尼亚新文学的奠基者、诗人纳伊姆·弗拉舍里 (Naim Frashëri，1846—1900) 等，都是本民族文学中浪漫主义诗歌的最优秀的代表。中东欧的浪漫主义伟大诗人们对语言的锤炼与创新，无论是对于本民族文学语言的形成和发展，还是对语言艺术表现力的提升，都作出了历史性的贡献。

现实主义作为 19 世纪欧洲文学中的重要流派，则推动了中东欧民族文学中小说创作的成熟与繁荣。捷克女作家鲍日娜·聂姆佐娃 (Božena Němcová，1820—1862) 反映社会与乡土生活的长篇小说《外祖母》(Babička)，捷克作家聂鲁达 (Jan Neruda，1834—1891) 的短篇小说集《小城故事》(Povídky malostranské)，波兰作家亨·显克维奇 (Henryk Adam Aleksander Pius Sienkiewicz，1846—1916) 的历史小说《火与剑》(Ogniem i mieczem)、《洪流》(Potop) 和《十字军骑士》(Krzyżacy)，罗马尼亚作家扬·斯拉维奇 (Ioan Slavici，1848—1925) 的中篇小说《吉利的磨坊》(Moara cu noroc) 等，在现实主义小说创作方面都各领风骚，有奠基之功。现实主义作为文学流派，对诗歌创作也不无影响。匈牙利文学中享有世界声誉的伟大诗人裴多菲·山陀尔 (Petőfi Sándor，1823—1849) 就是典型的代表。他在短暂的一生中，以诗歌反映革命民主主义思想，鼓舞民族自由解放的斗争，成为后世景仰的爱国主义战士与革命诗人。

进入 20 世纪特别是第一次世界大战之后，随着民族独立与解放，中东欧各国的文学都呈现一派勃勃生机。现实主义文学保持着强大的生命力，自然主义、象征主义、表现主义、现代主义等诸多文学艺术流派也都先后不同程度地进入中东欧文学，在各国已有的文学基础上又造就出许多不同的作品和创作特征，文学创作日益丰富，有许多作家和作品在世界上产生了重要影响。显克维奇和弗·莱蒙特 (Władysław Stanisław Reymont，1867—1925) 成为波兰文学也是中东欧地区文学界最先荣获诺贝尔文学奖的作家。捷克作家雅罗斯拉夫·哈谢克 (Jaroslav Hašek，1883—1923) 及其长篇代表作《好兵帅克》(Osudy dobrého vojáka Švejka za světové války)，卡雷尔·恰佩克 (Karel Čapek，1890—1938) 和他的科幻剧《万能机器人》

（*Rossumovi univerzální roboti*）、长篇小说《大战蝾螈》（*Válka s mloky*）等，都被译成各种文字在世界广为流传。

波罗的海三国在 1918 年第一次世界大战结束时获得独立，建立民族国家，但 1939 年签订的《苏德互不侵犯条约》又通过秘密协议将三国交给苏联。1940 年 6 月至 8 月，苏联军队实施占领并将三国并入自己的版图。中东欧地区的其他国家，在第二次世界大战结束后也被纳入社会主义阵营，建立了"人民民主国家"。战后之初到 50 年代，中东欧各国（南斯拉夫除外）普遍推行来自苏联的社会主义现实主义的文学创作模式，在表现法西斯占领期间的社会生活和武装抵抗、战后初期恢复建设、实行工业国有化和农村集体化等题材方面，推出了一批成果。但这一模式的教条僵化，意识形态严厉操控文学所带来的政治迫害、文化沉寂、作家流亡等消极影响，也自不待言。中东欧各国的文学始终强调继承和发扬民族传统，彰显民族个性，关注民族命运，思考民族未来。无论是体现官方意志的创作，抑或是各种另类文学，乃至"地下文学"和"流亡文学"，以及 80 年代以后出现但到目前为止我们的研究和译介一直缺位的"后现代主义"，本质上都在从不同的视角、通过不同的手法，反映社会现实、人的境况和精神世界，批判外部世界对人性的摧残和对民族文化的破坏。就文学流派与艺术手段而言，其多样性和丰富性也非常可观。战后中东欧各国的文学发展虽有许多坎坷，但总体上都取得了巨大的成就，作家队伍不断壮大，名篇佳作大量涌现。南斯拉夫作家伊沃·安德里奇（Ivo Andrić，1892—1975），捷克作家塞弗尔特（Jaroslav Seifert，1901—1986），波兰诗人米沃什（Czesław Miłosz，1911—2004）、席姆波尔斯卡（Wisława Szymborska Włodek，1923—2012），匈牙利作家凯尔泰斯（Imre Kertész，1929— ），原籍罗马尼亚的德国作家赫塔·米勒（Herta Müller，1953— ），先后获得诺贝尔文学奖，为本民族的文学赢得了世界性的荣誉。还有一些在不同时期移居西欧和北美的东欧作家，如波兰的贡布罗维奇（Witold Marian Gombrowicz，1904—1969）、捷克的昆德拉（Milan Kundera，1929— ）、罗马尼亚的尤内斯库（Eugène Ionesco，1909—1994）和齐奥朗（Emil Cioran，1911—1995）、阿尔巴尼亚的卡达莱（Ismail Kadare，1936— ）等等，也都以独特的贡献成就了各自在世界文坛的一席之地。

在世界文学中，中东欧文学无疑是极具民族个性和审美价值的组成部分，无论在中国还是在世界其他国家都受到不同程度的重视和推介，这也是与中国文学之间能够形成交流的基础和动因。中国与中东欧国家文学交流史研究可以为我们提供一种新的认知框架，去审视这些民族的文学特质、思想内涵和发展状况，处于错综复杂的国际关系中的文学翻译和传播，多重文化资源的开发利用，文学交流中传统的承接与创新，在全球化时代通过文学翻译促进文化多样性保护等一系列问题。

第三节　方法、范式与视域的融合

中国与中东欧文学交流史是中外文学交流史的一个重要组成部分，无论对于中国文学的世界性传播研究还是中东欧各国文学的本体研究都有较高的认知价值和学术开拓意义。

作为国内外第一部对中国与中东欧各国文学交流综合研究的专著，本书将着重考察中国文学与中东欧地区主要文学之间长期以来发生的事实联系和生成背景，揭示并描写许多原本生动多姿但今天已隐晦难辨鲜为人知的状态和情境，力图全面、客观、系统地还原或记录中国与东欧各国文学交流的历史轨迹。我们希望通过这样一种文化历史的重构与文学的解读，能够与读者一同穿越世界文化的时空，去欣赏不同的文学如何跨越了语言和疆界，在特定的历史机缘和文化语境中相遇、接受、影响和变异，以及互动融合后产生的种种斑斓和奇妙，从中对作家和作品的译介传播，对各种复杂的文化现象有更加具体和全面的认识。这一课题的开展，对于当前蓄势重启、备受瞩目的中国与中东欧国家关系和人文交流来说，无疑有着总结历史经验、弘扬文学传统、推动创新发展的经世致用意义。

这一课题属于比较文学范围的一项基础性研究。作为跨文化、跨学科的文学研究，比较文学最先出现在 19 世纪上半叶的法国，19 世纪 70 年代以后逐渐确立了学科地位并在欧美受到重视。法国学者基亚指出："比较文学是国际间的关系史，注视着两国或几国文学之间的主题、书籍、情感的交流。"[1] 我国文化界对中西文学比较可以追溯到清末，梁启超、王钟棋、苏曼

1. [法]弗朗索瓦·基亚:《比较文学的对象与方法》，王坚良译，王美华校，载刘介民编《比较文学译文选》，长沙: 湖南人民出版社，1984 年版，第 193 页。

殊等人对一些中外文学作品有过最初的比附。20 世纪 30 年代，范存忠、陈受颐等人曾研究中国古典文学对西欧的影响。之后，朱光潜（《论诗》）、钱钟书（《谈艺录》）、朱自清（《新

诗杂话》）、李广田（《诗的艺术》）等人的著作，都涉及过中西文学比较研究，而戴望舒等人则率先译介了西方比较文学理论著作。新中国成立后的 50 年代，戈宝权、叶水夫等人都曾关注中国与俄苏文学、东欧文学的相互影响。比较文学研究在中国的长足发展主要在"文革"之后，1979 年钱钟书的《管锥编》问世，在中西比较文学史上产生了深远的影响。1985 年王佐良的英文版著作《论契合》（*Degrees of Affinity: Studies in Comparative Literature*）出版，在理论和实践上对新时期比较文学的范式建构有重要意义。20 世纪 80 年代以来，中国比较文学方面的理论探索不断深化，史论性的中外文化交流和文学关系研究专著层出不穷。通过它们，我们得以重新审视文学在不同国家和民族相互沟通和理解过程中的特殊作用，反观中国文学经过不同文化语境的解读后折射出的新异，进而思考如何在全球化时代保持文化生态的平衡，如何通过文学交流来促进整个世界的和谐发展。

　　但是如果我们注意观察，就不难发现，在我国近些年的对中外文化交流、文学关系的研究中，无论是通观性的论述还是个案性的研究，主要还是集中在那些与我国文化交流历史悠久的周边国家，以及政治、经济、文化都处于强势的西方大国。由于语言障碍和专门研究力量的不足，学术界对我国与一些非通用语言国家的文化交流情况了解得非常有限，介绍也很不够，有的专书或相关章节内容上也不同程度地存在各种问题，对史料的发掘和考证普遍不足，基本信息中的讹误还相当多，个别书中甚至出现一些明显的主观臆断，最终不仅误导读者，对学术研究也留下诸多后遗症。从这个角度来看，钱林森教授和周宁教授总主编、山东教育出版社列入国家图书重点出版规划项目并得到国家出版基金资助的《中外文学交流史》丛书，为我国与中东欧文学交流单独设卷，在国内外都属破天荒的事情，显示了策划者求索创新的学术理想和文化担当，也反映了学界在中外文学交流史研究和建构方面一种整体意识和系统思考。

　　关于中外文学关系研究，国内学术界已有大量理论和方法的研究论述。乐黛云、严绍璗等比较文学界的前辈大家，都有广博精深的论述。在该项目开展过程中，诸多专家学者又结合具体的研究撰著工作，以不同的方式提出过许多有针对性的观点，[1] 这些对于起步阶段的中国与中东欧文学交流史研究和编写工作都有重要的方法论意义。我们感到，要做好这部国内外相关研究领域的开拓性的学术总述，在理论、方法和实践的层面，应当特别注意解决好以下几个策略问题，以正确引领研究工作的方向，达到既定的目标。

---

1. 相关文章列入钱林森、周宁主持的《圆桌笔谈：中外文学关系研究的理论与方法》，载乐黛云、[法]李比雄主编，钱林森执行主编：《跨文化对话》第 26 辑，北京：生活·读书·新知三联书店，2010 年版。

一、史学方法与资料基础

对中国与中东欧文学交流的历史追溯，首先是一种史学范畴的研究，需要我们自觉地运用史学方法。

许慎在《说文解字》中讲："史，记事者也。"对于本书来说，记载史实乃第一要务。

人类的历史是不同民族及其文化相互碰撞、相互交融的历史。中国与中东欧虽然在地理上相距遥远，分处东方和西方两个世界，但彼此之间的接触和交往却可以追溯到久远的年代。早在公元 374 年，发祥于中国北方蒙古高原的匈奴人就沿着欧亚大平原，洪流般地向西迁徙，最终出现在多瑙河流域以及匈牙利草原。匈奴人推翻了黑海以北的东哥特王国，引起欧洲民族大迁徙，加速了罗马世界的灭亡。13 世纪，成吉思汗及其子孙率大军三次西征，一度入侵今天的波兰、匈牙利和罗马尼亚等地，震撼了整个欧洲。战争破坏了人类的物质文明，但同时也推动了不同民族和文化之间的交流和融合。

自 13 世纪起，从波兰、匈牙利、捷克等中东欧民族中也陆续出现了探索东方到达中国的先行者。而明末清初来华的耶稣会传教士中的中东欧地区的人士也为数不少，他们当中一些人还在中国朝廷任职，将西方先进的科学带到中国，并留下了各种文化著述，无论在当时还是对后世都影响至深，对中西文化交流有着独特的贡献。

多数中东欧国家是从 19 世纪开始吸收中国文化的，人们最初接触的是以孔子、老子为代表的中国古代哲学思想。中国与中东欧国家真正意义上的文学交流，主要还是 20 世纪以后的事情。

国际著名比较文学专家、美国印第安那大学教授亨利·雷马克（Henry H. H. Remak，1916—2009）曾指出："在许多情况下，少数民族文学并非在质量上处于次要位置。他们之所以'次要'，仅仅是因其置身于'主要'的占人口多数的民族自以为是、沾沾自喜的文化氛围中，或是置身于政治强国或文化大国的对比之中。"[1] 长期以来，中东欧地区的民族文学在一定程度上也处于如此境遇，但它们生生不息，顽强展示着各自的品格和魅力，其蕴含的艺术性和思想性，使大量中东欧国家的文学作品在世界上得以流传。自 20 世纪以来，我国的文学界陆续译介了大量中东欧文学作品。在五四时期、新中国建立后的最初十年和改革开放后的八九十年代，分别出现了三次大的中东欧文学译介出版高潮，一些作品在中国的轰动效应甚至远远超过它们

1.［美］亨利·雷马克：《比较文学：再次面临选择》，姜源译，见乐黛云名誉主编、曹顺庆主编《迈向比较文学新阶段——中国比较文学学会第六届年会暨国际学术研讨会论文选》，成都：四川人民出版社，2000 年版，第 25 页。

在源语国的影响。中国读者正是通过文学作品对中东欧国家和人民有了越来越多的了解。如果我们把视线转移到中东欧国家，可以看到中国文化在那里的传入也有着悠久的历史。一些东欧民族的先贤自 17 世纪就开始接触到中国文化，而近代以来，东欧各国对中国文学的引进更是不断丰富。这种跨语言、跨民族、跨文化、跨时空的文学交流，构成了中国与中东欧国家关系方面最为丰富和绚丽的历史图景。

在这一历史文化框架下发生的中国与中东欧文学交流的各种史实，将是本书着力发掘和辑录的基础内容。

史实的整理记述与史料的发现辨析密不可分，各种历史研究无不以史料为基始，以良史信史为追求。在 20 世纪 80 年代，钱钟书就提到："要发展我们自己的比较文学，重要的任务之一就是清理一下中国文学与外国文学的关系。"[1] 季羡林先生对比较文学有过许多真知灼见，

1. 张隆溪：《钱钟书谈比较文学与"文学比较"》，载《读书》，1981 年第 10 期。

他也格外"强调搜集资料"："一个比较文学研究者要想在两个国家的文学中，包括书面的和口头的文学都在内，搜集资料，搜集有关直接影响的资料，起码要对两个国家的文学有深厚的功力，博览群书，有很强的记忆力，然后才能在两个方面发展主题相同、情节相同、语言相同、内容相同的材料。"[2] 这些观点与国外"影响研究"范式的内涵异曲同工。当前中国与中东欧

2. 季羡林：《资料工作是影响研究的基础》，见《比较文学与民间文学》，北京：北京大学出版社，1991 年版，第 197 页。

国家关系的整体研究还处在初始状态，有大量空白有待弥补，因此，做好基础性的资料工作有着特殊意义。在这方面，中东欧国家各种涉及对华关系、中国文化传播和文学译介的文献资料，包括档案、翻译、著述、旅行、图片、信札、讲话、交往、遗迹、口碑史料等都应该进入研究者的视野，反向亦同。在此基础上力求对彼此之间的历史交往、文化接触、价值意义等有总体的认知，对不同时代的政治、文化、社会背景作准确的把握，对各种典籍、作品及译本进行深入的"文本细读"，对其在精神交流和思想层面的相互渗透影响进行审视和探讨。

二、双向阐发与博览通观

关于中外文学交流史研究，乐黛云曾专门指出："它不单是以中国文学为核心，研究其在国外的影响，也不只是以外国作家为核心讨论其对中国文化的接受，而是要着眼于'双向阐发'，

3. 乐黛云：《中外文学交流史研究的第三波——关于中外文学关系史研究的通讯》，载《跨文化对话》第 24 辑，第 205 页。

这不仅要求新的视角，也要求新的方法。"[3] 中国与中东欧国家之间的文学交流体现着一种主

动的、自觉的、平等的文化意识，与"强势国家"向"弱势民族"的文化输出截然不同，这一点在历史上非常明显。而其双向性和互动性，在 20 世纪五六十年代、八九十年代以及进入新世纪之后尤为突出。只有双向展示这种交流，同时又能整体上有机地链接这一复杂过程，达到内在逻辑和精神本质的自然融通，才能成为一部真正意义上的"交流史"。

在中国与中东欧文学交流史研究方面，双向阐发应当包括两个主要的观察层面：一是中外两个民族和国家文学之间的双边的、对应的双向交流，二是中国与整个中东欧地区文学之间多边的、整体的双向交流。中东欧 16 国以地邻关系为纽带，彼此间存在一种天然的、历时与共时的比较可能，在系统建构上起着相互交织、相互补充、相互印证的作用。

把中东欧 16 国几十个民族的文学视为一个集合体，尽管会有人认为在逻辑和学理上有牵强之处，对其界定和理解也存在分歧，但它毕竟已经成为中外文学关系史上的一种历史存在。中国与中东欧文学交流史作为专门的区域研究，至少可以为我们提供比对单一的民族国别研究更为宽广的视域，弥补某些幅员狭小、文化传统相对薄弱的民族国家并不适合作为文学交流史研究单位的缺陷。如果我们认同这是一种区域研究，就应当积极借鉴区域史研究的综合方法，注意从人类学、地理学、宗教、经济、文化、艺术等学科的视角，来观察文学现象和它们彼此之间错综复杂的关联，将大量零乱纷繁的史料整理归纳，综合集成，达到博览通观的境界。

"综合方法从综合前人的研究成果始。"[1] 虽然到目前为止，我们还未看到中国与中东欧

1. 杜维运：《史学方法论》，北京：北京大学出版社，2006 年版，第 83 页。

国家文学交流史的专书，但国内外专家学者还是开展了一定的专题研究和综合研究，尤其是在国别文学关系研究方面积累了不少资料和个案研究成果。我们且不说 20 世纪前半期尤其是五四时期中国文学界对东欧文学的主动接受，单从 1949 年以后中国与东欧文学和文化交流的研究看，五六十年代先后有叶水夫介绍《苏联和人民民主国家的文学在中国》[2] 的专文，有戈宝

2. 载《世界文学》，1957 年第 1 期。

权率领社科院文学所从事东欧文学译介和研究的青年专家出版的多种译著和述评性文字。由林煌天主编、湖北教育出版社 1997 年出版的《中国翻译词典》，收入东欧文学翻译家和研究者林洪亮、高兴等编写的反映东欧文学译介和文化交流的若干条目。进入 21 世纪以来，以中国与中东欧文学为主要对象的比较文学研究取得了多项成果。宋炳辉的专著《弱势民族文学在中国》（2007）依据比较文学的方法和视角，系统总结了 20 世纪包括中东欧文学在内的弱势民族文

学在中国的译介和影响，从理论上论述厘定了它们与中国现代民族意识和文化建构的种种关系。他的很多思考和观点经过不断深化修正，以更加缜密的逻辑和理论表述，汇集在《视界与方法：中外文学关系研究》一书。高兴在《文艺理论与批评》2010 年第 6 期上发表的论文《六十年曲折的道路——东欧文学翻译和研究》对我国译介东欧文学的情况也作了较为全面的梳理。丁超的专著《中罗文学关系史探》（2008）首次以跨文化和跨学科的视野对中国与罗马尼亚之间相互认知、两国文学互相接受的历程进行了双向梳理和现代阐释，展示了中罗文学关系丰富多彩的全貌，对中国与欧洲小国的文学文化关系研究具有示范借鉴意义。北京外国语大学欧洲语言文化学院的多位青年学者，发挥各自熟悉的中东欧语言优势，也开展了许多扎实的比较研究，在该院主编的《欧洲语言文化研究》学术集刊上陆续发表了一批体现新材料、新观点的优秀论文，包括陈瑛的《中国文学的玫瑰国之旅》，林温霜的《传自黑海的呼号——保加利亚文学在中国的接受》、《东欧文译介的薪火相传——鲁迅与孙用》和《施蛰存与东欧文学》，郭晓晶的《中国文化在匈牙利的传播》，陈逢华的《中国文学在阿尔巴尼亚》，徐伟珠的《中国古代经典在捷克的翻译——斯多切斯的翻译成就及对中欧文化交流的贡献》，李怡楠的《新世纪十年波兰现代文学在中国的接受》等等。张西平和匈牙利汉学家郝清新共同主编、外语教学与研究出版社 2013 年出版的《中国文化在东欧——传播与接受研究》一书，则收录了中外学者在"中国与中东欧文化交流的历史与现状国际学术研讨会"（2009，布达佩斯）上宣读的论文，以及近年来《欧洲语言文化研究》等书刊发表的相关论文。这些成果，还有其他一些未及列举的著述，都为本书的综合研究提供了基本材料和理论观点的支撑，使中国与中东欧文学交流的综合研究成为可能。

三、主体立场与世界语境

在中国与中东欧文学交流史研究中，主体性是一个无法回避的问题，对主体性的思考在很大程度上影响着我们在开展这一课题过程中的跨文化研究和文化批评深度。关于主体性，有不同的解释。哲学上的主体性，指"人作为主体在特定的主客体关系中所表现出的特性"[1]。《牛

1.《中国大百科全书》（第二版），北京：中国大百科全书出版社，2009 年版，第 29 页。

津哲学指南》中把"主体性"界定为"与主体及其独特的视角、感情、信仰、欲望相关"的特性。

主体性的问题大量存在于人文科学和社会科学，在比较文学领域，宋炳辉就中外文学关系研究的"主体立场"、"主体意识"等问题有过专门论述。比较文学涉及不同民族和国家文学及文化之间的对话，它们相互独立、自成系统、各为主体，"而主体意识（包括研究者个体和假定的民族文化共同体意义上的主体）的确立又是对话和沟通得以进行的前提，是展开跨文化比较研究的入口，也是尝试和建立各种不同研究范式的最直接的依凭"[1]。

1. 参见宋炳辉：《视界与方法：中外文学关系研究》中的"绪论：论中外文学关系研究的主体立场及其方法"，上海：复旦大学出版社，2013年版，第1页。该章节集中阐述了作者对国家和民族文学的"交流史"与"关系史"，文学关系研究的实质及其有效性，中外文学关系研究的类型、层次及其阐释限度等方法论上的观点。

　　中东欧国家主体民族文学的形成与发展表明，它们无一不是民族意识觉醒、民族精神内需、民族政治诉求、民族文化建构的产物，其中折射出的主体意识极为鲜明。这些民族对包括中国文化在内的外来文化的吸收，都有其内在的路径和规律，对异质文学的选择、偏好和解读有着特定的历史背景和各自独特的文化视角。反观中国的情况亦然，20世纪上半叶外国文学翻译和引进，在中国文化和文学的现代化进程中表现出的主体意识也极为突出。因此，我们在解读中国与中东欧文学交流历史的过程中，应当充分考虑每个民族文学各自的主体文化立场，了解每个民族文化成长过程中的内在要求和特点，考虑到不同民族与地域、不同社会与文化、不同时代与机缘的因素，才有可能比较客观、准确地还原多元异质文学和文化相互交流的状态。

　　与此同时，对坚持中国文化的立场，作为研究者也是应当坦然面对的。从本书的课题和名称看，实际上研究者已经预设了一种"以一对多"的关系，这本身就反映了研究者的主体文化立场。其中关键所在，就是国际比较文学界所倡导的民族文化与文学的平等对话原则，这意味着尊重多元主体和相互主体性的客观选择，意味着远离意识形态话语霸权，意味着回归文学作为人学的基本立场。

　　中国与中东欧文学交流史的研究应当充分考虑世界语境因素，要求研究者必须对世界文学有整体的认识和把握。中东欧文学本身具有欧洲文明和文化传统的基因，中世纪以后与文艺复兴、启蒙运动等各种欧洲人文思想和知识观念一脉相承，而浪漫主义、现实主义、现代主义等世界性的文学流派与中东欧本土文学结合后，不仅培育了大量文坛奇葩，促进了这些民族文学转向现代，而且也极大地增添了这些文学流派自身的内涵和张力。在现当代，无论是中国文学还是中东欧文学更是受到西方文艺思潮、作家作品和创作方法，包括苏联的社会主义现实主义文学的深刻影响，它们之间有着直接而复杂的关联。20世纪殖民文化和现代性的全球普及，西方强势文化对第三世界文化的冲击和覆盖等等，使中国和中东欧国家的文学都处于世界文化的总体格局和无形制约当中，也只有在世界语境中才能得到应有的理解和阐释。

如果说世界语境是对文学现象进行观察比照时必不可少的背景，那么陈思和先生提出的"世界性因素"概念则涉及一个相关且更为深入的论题，一种研究视野和研究方法。"世界性因素"具体来说，就是"在 20 世纪中外文学关系中，以中国文学史上可供置于世界文学背景下考察、比较、分析的因素为对象的研究，其方法上必然是跨越语言、国别和民族的比较研究"[1]。这一

观点，对中国与中东欧文学交流史研究富有启发和借鉴意义。在范式上，它包容并且超越以影响为主的实证研究，同时又体现了影响研究与平行研究的融合。在诸多民族文学中显现的"世界性因素"，无疑具有更为突出的客观性和信服力，从中我们也可以认识差异性与总体性、民族性与世界性之间的辩证关系。

1. 陈思和：《新文学整体观续编》，济南：山东教育出版社，2010 年第 1 版，第 297—298 页。

四、文化批评与精神建构

对中国与中东欧文学交流史的研究不应仅仅满足于草创阶段对一般事实的梳理和对历史过程的重构，也不应该满足于对以往认识和评价的阐述，而应在理论分析的层面上有新的思考和阐释。文学作为现实生活各个层面的反映，在"经典"、"高雅"、"庄重"、"宏大"、"神圣"等光环背后，更多的是通过各种方式呈现广阔的社会场景和话语，其中涉及复杂的思想和文化互动以及权力关系，还有大量同历史、艺术、传媒等其他文化形态的交叉结合。战后特别是 1989 年开始的转型时期的中东欧文学，在很大程度上充斥着对传统文学模式的反叛，对原有体制的抵制与抗争，充满了各种复杂的隐喻关系，在文艺理论和创作方法上显现出后现代主义的深刻烙印。对当今许多文学文本的制作、传播和阅读，已经不能用传统文学理论解释；对其本质的理解和把握，显然离不开作为理论和方法的文化批评。

文化研究和文化批评范围的许多概念和理论，都在实践的层面上不同程度地出现转型期的中东欧文学，诸如大众传媒、意识形态、政治力量、文学体制、话语、文本、旅行、身份 / 认同、散居、他者等等。如果不注意从这些文化研究的视角来阅读文学作品，分析文学与社会和个人之间的关系，就难以作出恰当的价值评判和取向。对这些新的理论观点，以及其他一些当代文

学理论和批评分析方法的合理运用，可以为我们研究文学文本提供一种多面性和多重性的可能，对于深化我们对中东欧文学及其与中国文学关系的认识会带来新的启示和突破。

中国与中东欧文学交流史研究不仅是呈现复杂多元的历史本相或描绘这种文学交流的路线和图谱，其核心还是要揭示不同民族之间所拥有的精神共性，在迥异的民族历史体验和文学创造中寻找相似的文化价值，并将其弘扬光大，建构一个彼此友善、文化互识、心灵相通、和谐共生的精神世界。我们希望通过本书来塑造这种国际人文精神，以文学为媒介来认识中国与中东欧国家的关系，发现并整合其中丰富的资源，来共同回应如何在全球化时代，通过文学与文化的交流，来促进不同文明之间、不同国家和民族之间的对话、理解、融通与进步这个重要的时代命题。

第一章　　古代华夏民族与中东欧民族的
最初接触和相互认知

从有记载的历史开始以前起，多瑙河和中国之间的这片人类积聚的地区，可以说是断断续续地像下雨般向南和向西洒出一些部落。[1]

——[英]赫·乔·韦尔斯（1888—1946）

1. [英]赫·乔·韦尔斯：《世界史纲：生物和人类的简明史》，吴文藻、谢冰心、费孝通等译，北京：人民出版社，1982 年版，第 391 页。这段话的原文是：From before the dawn of recorded history this region of human accumulation between the Danube and China had been, as it were, intermittently raining out tribes southward and westward. (H.G. Wells, *The Outline of History, Being a Plain History of Life and Mankind*, London, George Newnets Limited, p. 241)

梳理和探究中国与中东欧各国文化与文学交流的历史，必先在中西交通的深远雄浑历史背景下，一方面通过古人留下的文献和前贤已有的研究，另一方面通过搜索和采择新的史料，来探寻和审视华夏民族与中东欧民族最初接触和相互认知的发生轨迹。中华文明是什么时候，在怎样的历史背景下，又通过何种途径，与中东欧各民族及其文化产生了哪些关联？

第一节 远古时代的遗存、推测与想象

欧亚大陆的历史起始于久远的上古时期。草原文明的范围西起多瑙河，包括黑海以北波兰以东的东欧草原、俄罗斯草原、西亚和中亚草原、北亚草原，东达贝加尔湖地区。今天的中东欧诸国和中国北方就分别位于欧亚大陆草原帝国的两端。考古学家在这里发现了许多史前文化的遗存，它们都属于世界早期文明，彼此之间存在复杂的关系和相互影响。

法国东方学家格鲁塞在他的《草原帝国》一书中，谈到新石器时代末期陶器经草原之路向亚洲的流布。他根据一些欧洲学者的研究作过这样的论述：

> 在随后而来的一个时期，即公元前第 2 千纪初期，一种饰有螺旋纹的优质陶器——其风格最初形成于基辅附近的特里波利耶，在布科维纳的斯奇彭尼兹、比萨拉比亚的彼特里尼和摩尔达维亚的库库特尼——可能同样是经过西伯利亚、从乌克兰传入中国，大约公元前 1700 年在中国河南省仰韶村重新蓬勃发展起来，以后又在甘肃的半山地区发扬光大。[1]

1、[法]勒内·格鲁塞：《草原帝国》（L'Empire des Steppes），蓝琪译，项英杰校，北京：商务印书馆，2006年版，第21页。

库库特尼在今天罗马尼亚的雅西县，大约在公元前 4500 年至前 3500 年期间形成的库库特尼文化传布于摩尔多瓦、蒙特尼亚东北、特兰西瓦尼亚东南以及普鲁特河与德涅斯特河之间的广大地区。其最主要的特征就是拥有一种质地上好、造型丰富、图案精美，以白、红、黑三彩螺旋线饰为主的彩陶，体现着新石器时代罗马尼亚陶器艺术所达到的卓越程度。在考古学上，

陶器是判定文化和进行考古发现分类的重要标准，通常认为，在相同或邻近地域发现的新石器时代的文化有着近缘关系。如果格鲁塞的观点成立，那么这大概可以视为东欧与中国最早的文化关联。然而，西方考古学界这种彩陶文化源于欧洲的假说并无令人信服的学术支撑，中国考古工作者对仰韶文化层的广泛发掘和考察，已经确证仰韶文化的发源地在中原地区，而非西来。[1]

1. 参见沈福伟：《中西文化交流史》（第2版），上海：上海人民出版社，2006年版，第1—6页。

近年来，中国和罗马尼亚的一些专家学者也注意到这一奇特的现象。从外观上看，属于罗马尼亚库库特尼文化的陶器，在器型、装饰图案、色彩等方面，的确同中国新石器时代的仰韶文化、大汶口文化、马家窑文化类型的彩陶有诸多相似之处，但目前尚未发现中国和罗马尼亚两种远古文化之间发生过直接交流。应当如何理解两种物质文明风格的相似性，还有待中外学术界进一步研究。

图1-1　罗马尼亚新石器时代库库特尼文化的高脚陶碗、陶罐（约公元前4300—前4000年，罗马尼亚雅西"摩尔多瓦"国家博物馆藏）

图1-2　彩陶双连壶（新石器时代仰韶文化，1972年河南大何村出土，河南省郑州市博物馆藏）

图1-3　彩陶螺旋纹尖底瓶（新石器时代马家窑文化马家窑类型，1971年甘肃陇西吕家坪出土，甘肃省博物馆藏）

东欧地区是人类文化的发祥地之一，是众多游牧民族的历史家园，同时也是大量民族迁徙过往的重要通道，多种文明和文化都在这里发生过复杂的接触、碰撞和交融。东方民族及其文明与这一地区的联系，其基础正是长期的民族迁徙。古代的欧亚大陆上生活着许多独立的游牧部族，他们的行踪分布在从东欧到东北亚的辽阔地带，在游牧的同时还以原始的方式在中国与遥远的希腊城邦之间起着最古老的贸易和信息传递的中介作用。

对于散居在东欧、西伯利亚和中亚细亚的部落，希腊人统称其为"斯基泰"（Scythes／skythai，又译西徐亚人、斯奇提亚人），波斯人和印度人称之为"塞迦"（Saka），中国则将分布在河西走廊西端和天山南北的那部分称为"塞人"（Saces）。西周时，有塞人居住在敦煌一带。春秋时受强大起来的月氏民族驱迫，沿天山西迁。沈福伟在《中西文化交流史》中这样提到：

> 公元前8世纪，一部分世居中亚北部的塞人，在同样操北伊朗语的萨尔马提人的压力下，从中亚西北部迁到黑海西北，他们在公元前6世纪时和希腊人在黑海的殖民城邦建立了频繁的贸易往来。天山北麓通向中亚细亚和南俄罗斯的道路，由于这些操北伊朗语的草原牧民的媒介而显得异乎寻常地通畅。在古代，这里是极其辽阔并无国界的草原谷地。塞人部落通过他们的游牧方式，在中国和遥远的希腊城邦之间充当了最最古老的丝绸贸易商，他们驰骋的吉尔吉斯草原和罗斯草原成了丝绸之路最早通过的地方。[1]

1. 沈福伟：《中西文化交流史》（第2版），上海：上海人民出版社，2006年版，第15页。

斯基泰人是印欧游牧民族，公元前8世纪定居在黑海北部的俄罗斯草原。约公元前7世纪，他们从里海一带向西攻略，同为印欧种群的辛梅里安人（Cimmenrians，又译"奇姆美利亚人"）受其逼赶，选择今天罗马尼亚民族的远祖葛特—达契亚人居住的黑海西岸地区为退路，但最终被征服。希罗多德的《历史》中对这两个民族有许多记述，在罗马尼亚的多布罗加地区的考古中发现许多斯基泰人的遗存，而辛梅里安青铜文化也流传到罗马尼亚和匈牙利，不同文化之间发生了接触和相互影响。

继斯基泰人之后，是希腊人的大规模殖民活动。公元前8至前6世纪，黑海（Pontus
Euxinus）[2]是繁荣的航海区，而希腊人建立的黑海沿岸城邦有些就在今天的罗马尼亚和保加利亚。公元前7世纪，古希腊的海员和商人开始在这里落脚，他们在此以及黑海的东、南、北诸

2. Pontus Euxinus是古希腊人为黑海起的名字，意为"接待异地人的海"，汉译文献中有"本都海"或"本都·攸克辛奴海"等多种译名。斯基泰人则称其为axshaèna，意为"深蓝色的海"。

岸地区先形成集镇，后又逐步拓展为殖民城邦。居住于这些殖民城邦的希腊人开采海上和陆地

的自然财富，同色雷斯人进行各种产品交换。[1] 希腊殖民城邦的兴起，对色雷斯部落的社会和

　　1. 参见［罗］米隆·康斯坦丁内斯库等主编：《罗马尼亚通史简编》（上册），陆象淦、王敏生译，徐文德校，北京：商务印书馆，1976 年版，第 48—49 页。

经济产生了重要影响，同时也扩大了希腊文化在黑海地区的渗透。从已有的史学研究可以看出，

色雷斯人及其分支葛特—达契亚人也处在希腊人与塞人的贸易往来的范围。

　　在涉及中西早期交通史的著述中，经常提到周穆王姬满（公元前 976—前 922 年）。他率兵"北

征于犬戎"，从天山南北向西开辟草原之路，其"驾八骏之乘""西巡狩，见西王母"的故事不

仅广为流传，而且见于《竹书纪年》、《史记》、《列子》等典籍。今人对西王母其人其邦有多

种解读，莫衷一是。有观点认为西王母之邦在里海与黑海之间，乃至东欧。这些虽神话传说色彩

浓厚，不乏夸张，尚不能以充分的考古和史料证明；但公元前 10 世纪西周兴盛时期穆王的东

西征讨，强力统治四方蛮夷，范围十分广阔，影响波及西域，这些还是在史书中有清楚记载的。

　　中华文明与古希腊罗马文化圈的最初接触和相互影响，得益于"丝绸之路"[2]；欧洲人对东

　　2. 丝绸之路是指起始于古代中国的政治、经济、文化中心——古都长安（今天的西安），连接亚洲、非洲和欧洲的古代陆上商业贸易的路线。最初由德国地理学家李希霍芬（Ferdinand Freiherr von Richthofen）在 19 世纪 70 年代提出，后被广泛接受。在广义上，被历史学家统称沟通东西方的商路。有时特指西汉时期由张骞首次打通、东汉时期班超重新开通并延至欧洲的丝路。

方文明古国中国最早的认识，也是与丝绸有关。大约在公元前 5 世纪前后的东周时期，中国的

丝绸就已经通过横贯亚欧大陆的"丝绸之路"进入欧洲，成为希腊上层社会宠爱的珍贵物品，

这一点已被那个时期的大量墓葬织品和文字遗存所证实。"丝绸之路"便通了商贾往来，丝绸、

瓷器、茶叶、铁器、金银、首饰、皮毛、中药、香料、钱币等都源源不断地输送，增加了东西

方的相互了解，促进了古代早期的物质文明传播。

　　从公元前 2 世纪到公元 3 世纪，欧洲的罗马共和国和后来的罗马帝国迅速崛起，成为地中

海地区的强国，征服了众多民族，将其势力扩大到欧洲更广大的地区，今天的匈牙利、罗马尼

亚、保加利亚以及巴尔干半岛国家都在其版图之中，属于欧洲古罗马文明影响的范围。与此同

时，在东方亚洲的中国，公元前 206 年刘邦创建了疆域广阔、国力强盛的西汉王朝，在以后长

达 4 个世纪里，中华文化也进入了历史上的第一个黄金时代，同时也第一次开始了与世界的广

泛而自觉的交流。欧洲的罗马帝国与东方的汉代中国成为遥相呼应的两大帝国。公元前 139 年

和前 119 年，汉武帝派遣其侍从官张骞两度出使西域，不仅了解了中亚和西亚的风土人情，也

通过沿途的人民了解到古希腊和古罗马的情况。"丝绸之路"进一步成为中国与西域的政治、

军事关系和文化传播的渠道，此前久已存在的民间贸易也得到空前发展。罗马帝国在很长的时

间里作为"丝绸之路"的西端，源源不断地受益于从中国辗转西运的丝绸和其他物产，中国丝

绸风行于罗马宫廷和上层社会，对罗马世界产生了巨大的物质和精神影响，同时增进了古罗马人对东方世界的了解。

古代希腊人和罗马人把中国称为"赛里斯"（Serice），意为"丝国"，把它的居民称为"赛里斯人"（Seres）。从法国东方学家戈岱斯（George Cœdès，1886—1969）的《希腊拉丁作家远东古文献辑录》一书中，可以看到大量有关赛里斯人的记载。在古罗马奥古斯都（一译"屋大维"，Augustus，前63—后14）时代，著名诗人维吉尔（Publius Vergilius Maro，前70—前19）、贺拉斯（Quintus Horatius Flaccus，前65—前8）、普罗佩赛（Sextus Propertius，约前50—前15）和奥维德（Publius Ovidius Naso，前43—约后17）等，都在他们的作品里提到过赛里斯人，为后世留下了一些"明确的资料"和令人遐想的空间。

奥维德在写于公元前14年的《恋情》（Amours）中有这样的诗句：

"怎么？你的秀发这样纤细，以致不敢梳妆，如像肌肤黝黑的赛里斯人的面纱一样。"[1]

1. [法]戈岱斯编：《希腊拉丁作家远东古文献辑录》，耿昇译，北京：中华书局，1987年版，第3—4页。拉丁原文为：Quid, quod erant tenues,

作为最具影响力的古罗马诗人之一，奥维德在公元1年发表《爱的艺术》，与罗马皇帝奥

et quos ornare timeres, / Vela colorati qualia Seres habent. 参见 Geoege Cœdès, *TEXTES D'AUTEURS GRECS ET LATINS RELATIFS A*

古斯都推行的道德改革政策发生冲突，在公元9年被流放到黑海之滨的托弥（斯），即今天罗

L'EXTRÈME-ORIENT DEPUIS LE IVe SIÈCLE AV. J.-C. JUSQU'AU XIVe SIÈCLE, Paris, Ernest Leroux, Éditeur, 1910, p. 4. 戈岱斯

马尼亚的康斯坦察，在那里度过了生命中的最后8年。他是罗马尼亚土地上的第一位诗人，对"亚

辑自克勒尔（Keller）和霍尔德尔（Holder）刊行，1897年莱比锡托伊波内（Teubner）书店1897年版本。

细亚城池"和"赛里斯人"都有一些知识，将其向当地的葛特人传播也是可能而自然的事情。

图 1-4　今天矗立在康斯坦察奥维德广场的古罗马诗人铜像，意大利雕塑家埃托雷·费拉里（Ettore Ferrari）1887年作。

贺拉斯在公元前 13 年写成的《颂诗》（Odes）第 4 卷中写道：

不，那些饮用深深的多瑙河水的人们，基提人（Gêtes）、赛里斯人、不讲信义的帕提亚人以及那些诞生在泰西伊斯河畔的诸民族，他们决不敢违抗恺撒大帝的王法。[1]

这里不仅提到了"赛里斯人"，而且还有"基提人"，拉丁文为 Getae。这正是古希腊史料中所指的生活在多瑙河下游地区的葛特人，即罗马尼亚人的远祖。

1. [法]戈岱斯编：《希腊拉丁作家远东古文献辑录》，耿昇译，北京：中华书局，1987 年第 1 版，第 3 页。拉丁原文为：Non qui profundum Danuvium bibunt / Edicta rumpent Julia, non Getae, / Non Seres infidive Persae, / Non Tanain prope flumen orti. 参见 Geoege Cœdès, TEXTES D'AUTEURS GRECS ET LATINS RELATIFS A L'EXTRÊME–ORIENT DEPUIS LE IVe SIÈCLE AV. J.–C. JUSQU'AU XIVe SIÈCLE, Paris, Ernest Leroux, Éditeur, 1910, p. 3. 戈岱斯辑自克勒尔（Keller）和霍尔德尔（Holder）刊行，1897 年莱比锡托伊波内（Teubner）书店 1897 年版本。

朱维纳尔（Juvénal，60—125 年前后）在《讽刺诗》中写道：

她通晓普天下所发生的一切，如赛里斯人所作、色雷斯人所为（Trace）……[2]

印欧民族的色雷斯人是今天巴尔干半岛及相邻地区的罗马尼亚、保加利亚、阿尔巴尼亚等民族的远祖。

2. 拉丁原文为：Haec eadem novit quid toto fiat in orbe, / Quid Seres, quid Thraces agant；中译文同前引书，第 16 页。原文参见 Geoege Cœdès, p. 3. 戈岱斯辑自弗里德兰德尔（Friedländer）版本，1895 年莱比锡希策尔（Hirzel）书店出版。

约尔达纳斯（Jordanes）在公元 551 年写成的《革泰人》一书中，也作过如下记述：

斯基泰……终止于亚洲的最末端，位于欧罗保里安（Euroboréen）洋之滨，其地势呈蘑菇状：首先是狭窄，逐渐扩大，向远方逐渐扩展，最后一直到达匈奴人、阿尔巴尼亚人和赛里斯人地区。我认为这一地区也就是斯基泰，在纵横方向上地域很辽阔，在东方一侧以赛里斯为限，而赛里斯人则居住在里海海岸附近。[3]

古希腊和罗马作家对遥远东方的憧憬，对"黄金之国"和"丝绸之国"的钟情，不时流溢于他们的作品。许多充满想象和隐喻的描写、论述，虽然只是片段点滴的文字，却体现着欧洲人早期对东方的朦胧认识，成为后人进一步丰富有关东方地理、民族和文明的史料源头。

3. 拉丁原文为：Scythia… quae in extremis Asiae finibus ab Oceano eoroboro in modum fungi primum tenuis, post haec latissima et rotunda forma exoritur, vergens ad Hunnus, Albanos et Seres usque digreditur. Haec, inquam, patria, id est Scythia, longe se tendens lateque aperiens, habet ab Oriente Serec, in ipso sui principio litus Caspii maris commanentes…中译文同前引书，第 101 页。原文参见 Geoege Cœdès, p. 135. 戈岱斯辑自莫姆松（Friedländer）版本，载《德文历史小丛书·古代作家专集》，第 5 卷，第 1 章，1882 年柏林魏德曼（Weidmann）书店出版。

中国古籍对于罗马帝国的史料记述最早见于汉武帝时期司马迁撰著的《史记·大宛列传》。其中提到："安息在大月氏西可数千里。……其西则条枝，北有奄蔡、黎轩。"根据中国近代著名历史学家张星烺（1889—1951）的解释，"黎轩"即"黎靬"，又称"大秦"，由 Rome 而来，今译罗马。汉武帝时，中国已有使者抵黎轩。[4]

4. 参见张星烺编注，朱杰勤校订：《中西交通史料汇编》（第 1 册），北京：中华书局，1977 年版，第 11—12 页。

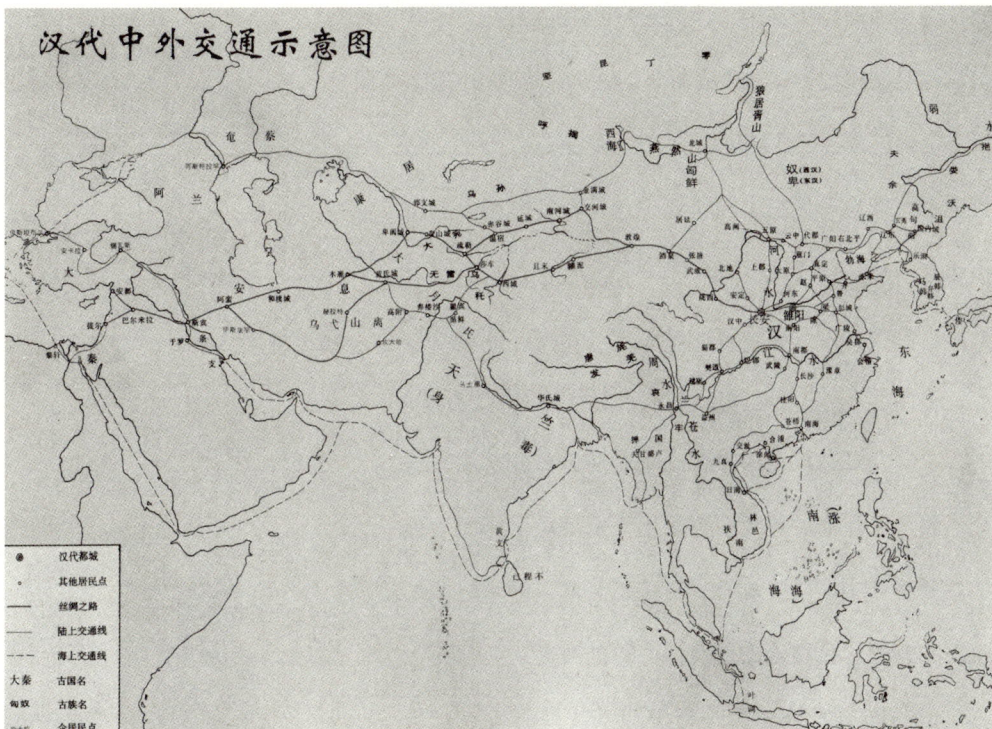

图1-5 汉代中外交通示意图

（地图来源：中国历史博物馆编著《华夏文明史》第二卷，朝华出版社，2002）

具体到两汉时期中国与东南欧巴尔干半岛之间交通的记载，还见于《后汉书·西域传》：

和帝永元六年，班超复击破焉耆，于是五十余国悉纳质内属。其条支、安息诸国，至于海濒，四万里外，皆重译贡献。九年，班超遣掾甘英穷临西海而还。皆前世所不至，《山经》所未详，莫不备其风土，传其珍怪焉。于是远国蒙奇、兜勒皆来归服，遣使贡献。[1]

1.《后汉书·西域传》。

继张骞两度出使西域后，汉和帝永元九年（97年），东汉西域都护班超派遣甘英出使大秦（罗马帝国）。甘英使团一行抵达了安息西界的西海（今波斯湾）沿岸，欲渡海前往罗马帝国首都，被安息人劝阻。三年后，罗马帝国遣使来中国，东西方两个世界的相互探索和接近几乎是同步的。对此，《后汉书·和帝本纪》中还另有确切的记述：

和帝永元十二年冬十一月，西域蒙奇、兜勒二国遣使内附，赐其王金紫绶。

根据张星烺所解，"蒙奇"即马其顿（Macedonia）的译音。台湾刘增泉从读音和地域方位等方面进行考证研究，也认同这一观点。关于"兜勒"，莫任南教授在《中国和欧洲的直接

交往始于何时》一文中，认为它应当是色雷斯，因其读音
与古希腊文和拉丁文的色雷斯一词近似，其地理位置与"蒙
奇"一样，都为"西域远国"、"海濒"、"四万里外"，
且蒙奇、兜勒两地在中国典籍中总是相提并论。刘增泉还
指出：

> 马其顿（蒙奇）、色雷斯（兜勒）都是罗马
> 帝国的东方行省。和帝永元十二年（西元100年）
> 十一月抵达洛阳的蒙奇、兜勒使者，应是由马其
> 顿、色雷斯的行政长官派出，是罗马帝国的地方
> 政府与中国中央政府的交往。当然，前来洛阳的
> 马其顿、色雷斯的使节，也可能是商人所冒充，
> 但他们以官方使者的身份与东汉政府交往，谈
> 判，则是无可怀疑的。[1]

1. 刘增泉：《古代中国与罗马之关系》，台北：文史哲出版社，1996年版，第57—58页。

在西方的文献史料中可以看到另外一则与之相应的内
容，讲的是马其顿商人迪提亚努斯（Maes Titianus）穿
越了被称为斯基泰外伊摩斯（Scythia extra Imaons）的
塔里木盆地，他和叙利亚商队将丝绸和其他商品从遥远的
"丝绸之国"带往西方，传播到泰罗（Tyre）和马林努斯
（Marinnus），又经过马林努斯传到亚历山大城的地理学
家托勒密（Ptolemaeus Claudius，98—168），被记录在著
名的《地理志》一书中，但在托勒密生活的时代，他对中
国仅有非常模糊的预见。

古代中国与罗马世界之间的联系反映在贸易往来、科
学文化交流和宗教传播等诸多方面。除了中国西传的丝织
品、铁制品等外，罗马帝国的玉石珍宝、药物香料、雕塑
艺术等也辗转进入中国。在中国新疆天山南麓出土的古代

图1-6　胡人陶俑　（隋，1959年河南安
阳张盛墓出土，河南省博物馆藏）

在中国古代，往往把西域、中亚一带的人
士称为胡人，在唐代陶俑和三彩俑中相当
多见。这两件隋墓中出土的胡人俑，可说
是开创了以胡人俑随葬的先河，从一个侧
面反映出当时各国人士频繁往来于中国的
状况。

（图文来源：罗锐韧主编《龙之舞：中华
国宝大典》，龙门书局，1998）

雕塑，有不少都类似于古希腊罗马风格的雕塑和绘画。原籍匈牙利的英国考古探险家和东方学者斯坦因（Mark Aurel Stein, 1862—1943）20 世纪初在中国西部探险考古时，就发现了多种古希腊罗马风格的文物，他曾这样描述当时的情景："初次看见这种形象的壁画，我禁不住大吃一惊。很难想象，在亚洲腹地如此荒凉寂寞的罗布泊湖岸边，居然能够出现这种完全古典的希腊模式天使（Cherobim）。"[1] 当目睹一座圆形建筑佛寺内的绘画时，他"总是情不自禁地以为

1. [英]奥里尔·斯坦因：《沿着古代中亚的道路》，巫新华译，桂林：广西师范大学出版社，2008 年版，第 126 页。

自己正身在叙利亚或者罗马帝国东方诸省的某一处别墅遗址之中，而完全不是在中国境内的佛教寺院遗址中"[2]。

2. [英]奥里尔·斯坦因：《沿着古代中亚的道路》，巫新华译，桂林：广西师范大学出版社，2008 年版，第 132 页。

图 1-7　鎏金镶嵌高足铜杯　（拜占庭，酒具，1970 年山西大同市南郊北魏遗址出土，高 9.8 厘米，口径 11.2 厘米，足径 6.8 厘米）

今山西省大同市是公元 494 年北魏迁都洛阳之前的都城。公元 5 世纪时，北魏和西方就有经济文化往来，都城集居了不少中亚、西亚的僧人、艺术家和"赀财百万"的商人。这个北魏遗址，出土器物多件，器物的造型和装饰，具有浓郁的西亚风格。

（图文来源：中国历史博物馆编著《华夏文明史》第二卷，朝华出版社，2002）

图 1-8　网纹玻璃杯　（拜占庭，酒具，1948 年河北省景县北魏封氏墓群出土，高 6.7 厘米，口径 10.3 厘米．足径 4.5 厘米）

这件玻璃杯的杯壁很薄，仅 0.2 厘米，内壁光滑，外壁有明显的水平纹理，是采用有模吹制方法成型的。经测定，是普通的钠钙玻璃，当是东罗马遗物。（图文来源：中国历史博物馆编著《华夏文明史》第二卷，朝华出版社，2002）

　　在考察中国与中东欧民族早期相互认知的历史时之所以要提到古罗马，是因为其疆域范围与本书所述的中东欧地区之间存在着重叠关系。公元 1—2 世纪罗马帝国极盛时期，其疆域西起西班牙、不列颠，东到幼发拉底河上游，南至北非，北抵莱茵河与多瑙河一带，巴尔干半岛尽在其中。这里的几个行省大体上与今天中东欧和东南欧的对应是：潘诺尼亚省相当于今天的

匈牙利；达尔马提亚省分布在今天的斯洛文尼亚、克罗地亚、波黑和黑山；达契亚省主体即罗马尼亚；麦西亚省和色雷斯省为保加利亚；马其顿省是今天的马其顿和阿尔巴尼亚部分。它们都不同程度地包含在罗马帝国与世界的联系当中。

　　古代中国与罗马世界之间种种史实的和无法考证的联系，不仅让众多的中外学者为之穷经皓首，探源索隐，也让一些中外作家从中获得了创作的灵感，通过传说与想象、历史与现实的结合，来赋予作品以时空感和阅读深度。师永刚的长篇小说《迷失的兵城》就是以《汉书》里的点滴史料为线索，来描写对两千年前古堡的探寻——人们如何试图找到那支神秘消失的被西汉军人俘获的古罗马部队。该书集传奇、探险、军旅、野史为一体，着力表现戍边军士的奇异生活、风暴中神秘消失的古城、英雄美人的情爱纠葛、西北地域粗犷的风情与人性。无独有偶，罗马尼亚汉学家康斯坦丁·鲁贝亚努（Constantin Lupeanu，中文名字"鲁博安"）创作的长篇小说《一个司芬克斯的世界》（*O lume de sfincşi*），也提出了一个大胆而不乏历史背景的假想：主人公历史学家拉拉来华考察的主要任务，就是通过查阅文献、求教中国历史学家，来考辨东汉班超受命出使西域时，是否到达罗马尼亚人的古国达契亚，当时中国是否有意派遣军队西征，帮助达契亚国王戴切巴尔抵御罗马帝国的入侵。应当说，这些文学创作中的历史想象与情节设计，都从不同的侧面反映着现代人对古代中国与欧洲之间交通史层面的深入思考和合理虚构。

第二节　北匈奴人西徙与东方华夏民族进入东欧

　　公元 4 世纪前后，中国的北匈奴人西徙，为古代东方华夏民族与东欧民族的大规模正面接触提供了历史机缘。陈序经在《匈奴史稿》中指出，向西迁徙的匈奴人"虽然其势力在中亚与欧洲膨胀的历史，犹如昙花一现，然影响于中亚与欧洲种族的迁徙与政治、地理的变动，实在是太大了。这是世界史上最重要的一章，也是东方与西方交通史上最重要的事件"[1]。

1. 陈序经：《匈奴史稿》，北京：中国人民大学出版社，2007 年版，第 402 页。

　　匈奴是古代中国北部高原的一个游牧民族，先秦时期就与中原发生了关系，"始皇帝使蒙恬将十万之众北击胡"，胡就是指匈奴。司马迁的《史记·匈奴列传》对其起源问题最早作了详尽记述。公元前 3 世纪，匈奴兴起于大漠南北，公元前 209 年冒顿自立单于，统一匈奴各部，建立了庞大的奴隶制军事政权，在其强盛的时候，"控地东尽辽河，西至葱岭，北抵贝加尔湖，南达长城"[1]，成为"百蛮大国"。西汉初期，匈奴人的力量空前强大，在冒顿单于的统领下，

1. 林幹：《匈奴史》，呼和浩特：内蒙古人民出版社，1979 年修订版，第 2 页。

时常骚扰汉朝北部边境，劫夺财产，杀掠吏民，强掳人口，威胁极大。由于汉初的政权和国力较弱，对匈奴不得不采取和亲政策，以避免侵扰。到了汉武帝时代（公元前 140 年至前 87 年），中央集权大大加强，随着国力不断充实，汉朝以积极的战争抵御匈奴。汉武帝两次派遣张骞出使西域，其初衷就是为联络西域少数民族共同对付匈奴。武帝对匈奴的战争始于公元前 133 年，经过前 121 年和前 119 年两次决定性的出击，大败匈奴主力，平定了河西走廊等许多地区，解除了匈奴的威胁。匈奴人口和牲畜大量被俘和死亡，游牧范围锐减，生产萎缩，政权四分五裂，内部矛盾激化，贵族们为争夺政权混战争杀。公元前 52 年，呼韩邪单于归附汉朝，在汉朝的支持和帮助下，恢复和维持匈奴的危局，促成了塞北与中原的统一，使汉匈两个民族进入了一个和平亲睦、相互交融的时期。但这一局面只维持了四十余年，到了西汉末王莽时期，汉匈力量对比发生变化，匈奴奴隶主的侵扰势力对中原汉朝政权再度形成压力。公元 48 年（东汉初），匈奴分裂为南北两部，南部归附于汉，入居塞内，北部退居漠北，最后西迁。89 年，汉朝大举征伐北匈奴，南匈奴也一同出兵夹击，终于在 91 年将北匈奴彻底赶出漠北地区。北匈奴一部在单于率领下西走康居（Sogdiane，中亚细亚北部，今哈萨克斯坦东南部），后继续西征，大约在 374 年开始分三期进入东欧。

历史学家郑寿麟在论述这一段历史时曾指出："因这一行动，西亚与东欧的民族，都受很大的影响，就成为世界史上那个很著名的民族迁移的远因。"[2] 匈奴人在迁往东欧过程中，在

2. 郑寿麟：《中西文化之关系》，上海：中华书局，1929 年版，第 30 页。

德涅斯特河东部打败了东哥特人，在河的西岸又击溃了西哥特人，并将其部分赶入罗马帝国，深入欧洲腹地。此后，匈奴人在政治上控制了包括达契亚在内的整个多瑙河左岸地区，并形成了以多瑙河和蒂萨河平原一带的潘诺尼亚为中心的部落联盟国家。这里是水草肥美的平原地带，对于以放牧和饲养牲畜为主的匈奴人来说，是非常理想的栖居地。434 年成为匈奴王的阿提拉，

3. ［罗］康斯坦丁·C. 朱雷斯库、迪努·C. 朱雷斯库：《罗马尼亚人通史》（Istoria românilor din cele mai vechi timpuri pînă astăzi），布加勒斯特：信天翁出版社，1975 年第 2 版，第 174 页。

作为一位政治军事统帅，"其帝国疆域辽阔，从中国北方直抵维也纳"[3]。他率领匈奴人不仅屡次进兵东罗马帝国，对巴尔干地区实行残酷劫掠，而且还西侵高卢和意大利。453 年，阿提

拉返回潘诺尼亚草原后突然去世，他的帝国也随之解体。

　　国外史学界对匈奴的研究存在不同观点和争论，包括欧洲 4 世纪下半叶出现的匈奴人是否与中国史书中记载的匈奴为同一族源，他们与伏尔加河流域的匈奴人是什么关系，他们进入欧洲的过程等等。这些问题非本书所关注，可以肯定的是，匈奴与他们所到之处的民族在血统上、文化上相互混杂的程度很深，而今天的匈牙利人来自东方。19 世纪匈牙利的著名语言学家赖古伊·安托尔对生活在俄罗斯中部乌拉尔山地区的部落使用的语言进行了比较研究，后来又有一些语言学家进行了考察。他们的研究结果表明，匈牙利人起源于生活在乌拉尔山区附近的一个讲芬兰—乌戈尔语言的民族。但也有不少学者持有不同的观点，他们认为匈牙利人的族源与中国北方草原西迁的匈奴有关，属于突厥人，"匈牙利"这一名称就源自突厥语"奥奴古尔"（Onoqur），最初的意思为"十箭部"，即以马扎尔为首的十个部落。

　　关于匈牙利民族的东方之源问题，还有一些专家试图从匈牙利民歌与中国民歌旋律上的相近特征来证实它们之间存在亲缘关系。世界著名的匈牙利音乐家柯达伊（Kodály Zoltán，1882—1967）在 1956 年出版的《论匈牙利民间音乐》一书中表述过这样的观点：

　　　　马扎儿族现在是那个几千年悠久而伟大的亚洲音乐文化最边缘的支流，这种音乐

文化深深地根植在他们心灵之中，在从中国经过中亚细亚直到居住在黑海的诸民族的

心灵之中。[1]

1. [匈]Z. 柯达伊：《论匈牙利民间音乐》，廖乃雄、兴万生译，北京：音乐出版社，1964 年版，第 60 页。作者在书中对这一观点注释了出处：

他还认为：

萨波奇：《早期匈牙利民间音乐与东方的关系》，载《皇家亚洲学会会刊》（详见《人种志学》杂志，1934 年版）。

　　　　时间虽然可以模糊匈牙利人在容貌上所具有的东方特征，但在音乐产生的泉

源——心灵的深处，却永远存在着一部分古老的东方因素，这使得匈牙利民族和东方

民族间有所联系，她们的语言虽然已经长久以来不能再为匈牙利民族所理解，并且在

心灵上也有着根本的差异。[2]

2. [匈]Z. 柯达伊：《论匈牙利民间音乐》，廖乃雄、兴万生译，北京：音乐出版社，1964 年版，第 61 页。

柯达伊的推想后来成了中央音乐学院杜亚雄教授进行中匈民歌比较研究的基点。他主要从歌词和音乐两个方面作了细致对比和深入考证。通过对掌握的材料进行比较，他认为匈牙利民歌与中国突厥语诸民族的民歌在格律方面近似，而匈牙利民歌古老风格的曲调中有不少旋律与中国民歌相近，甚至相同。他还列举了若干例子：匈牙利民歌《孔雀之歌》与流行在鄂尔多斯的蒙古族民歌《沙拉塔拉》"如出一辙"；匈牙利民歌《寒风吹自多瑙河》与甘肃保安族民

歌《上新疆》"几乎一模一样";匈牙利南部的民歌《两只小鸟》与河北民歌《小白菜》在旋律、

节奏,甚至每一个乐句的落音上都相同。[1] 这究竟是艺术的巧合还是同一游牧族群原始精神的

1. 参阅杜亚雄:《中匈民歌的亲缘关系》,载《东欧》,1995 年第 4 期,第 37 页。另见杜亚雄:《风,来自多瑙河——匈牙利音乐文化》,北京:世界知识出版社,

基因?

2002 年版,第 52—63 页。

匈奴帝国的历史追溯及其与华夏民族的关系同样也反映在文学创作中。围绕这个主题,

有两部作品值得一提。其一是张金奎著的《匈奴帝国传奇》(中央广播电视出版社 2007 年版),

作为一部以文学语言叙述史实的作品,它生动介绍了匈奴在亚洲崛起奋斗的历史以及西行之

后在欧洲所向披靡的征战历程,为读者勾勒出横跨欧亚的匈奴帝国雄奇悲壮的全景画卷。另

一部是当代著名作家高建群的长篇小说《最后一个匈奴》,它初版于 1993 年,在中国文坛引

起轰动,行销超过 100 万册。作者通过一群 20 世纪行走于陕北黄土山路、处在革命洪流与时

代变迁中命运各异的人物和他们的命运,描绘了中国一块特殊地域的自然与人文景观,以及

隐藏于它们背后有关中华民族的种种"发生之迷、生存之迷、存在之迷"。而在 2006 年修订

时,作者增加了全书的楔子"阿提拉羊皮书",通过展现匈奴这个曾经显赫于历史舞台的马

背民族的兴衰存亡,来衬托陕北这块匈奴曾留下深深足迹的特殊地域风貌,增加作品的历史

厚重和想象维度。

匈奴人在 5 世纪西徙的过程中,是否与西斯拉夫民族也有所接触?中外一些学者对此问题

亦有探究。匈奴人在抵达多瑙河流域之后,又穿过波希米亚森林地带转向高卢地区。公元 451

年,匈奴人在卡塔罗尼安平原与罗马军队进行过一场大战。当时捷克人的祖先已经在伏尔塔瓦

河流域定居,斯洛伐克人、波兰人等其他西斯拉夫民族的祖先与匈奴人进入中欧地区的年代大

体相近,很可能有过接触。曾任捷克斯洛伐克科学院院长的聂叶德利院士(Zdeněk Nejedlý,

1878—1962)在他的《捷克民族史》中写道:"进入多瑙河流域的匈奴人曾与西斯拉夫人居住

在一起,他们在风俗习惯上有过相互的影响。"[2]

2. 转引自朱伟华、希玛:《中捷交往溯源》,载《东欧》,1989 年第 3 期。

第三节 关于古保加尔人、匈奴人和中国人的关系

东欧国家有些东方学家长期研究本民族与远东的古代联系，特别是远古的先民与华夏民族的关系问题。保加利亚东方学研究者多里扬·阿列克桑德罗夫的《古保加尔人、匈奴人和中国人》一书就提出了许多学术上的假设和推论。古保加尔人是保加利亚民族先祖的一部分，与古老的中华文明有过联系。这是来源于乌拉尔—阿尔泰民族的一个部落，最早生活在人类文明摇篮之一的中亚细亚草原，确切说就是塔里木盆地，与匈奴人、斯基泰人、阿利安人等有着共同的文化来源。他们以半定居或游牧的方式生活，参与了与包括华夏民族在内的众多民族的交流与形成。古保加尔人在匈奴帝国中的一支，被称为丁零部落，是"中亚细亚的白色人种"，分布在匈奴人活动的广阔地区，"在所有的匈奴部落中拥有最发达的精神和物质文化"。[1] 保加利亚

1. 参见[保加利亚]多·阿列克桑德罗夫：《古保加尔人、匈奴人和中国人·绪论》，田建军译，载《东欧》，1992年第2期。

历史学家格·巴卡洛夫在进行大量研究后也认为，古保加利亚人（保加尔人）是匈奴中一个地位显赫的种群，"他们世世代代生活在中华帝国以西的土地上"[2]。关于保加利亚人的远祖是否

2. 余志和：《中保两国，旧识新交》，载北京外国语大学欧洲语言文化学院编《欧洲语言文化研究》第5辑，北京：时事出版社，2009年版，第122页。

来自东方匈奴尚无定论，但目前普遍认为，突厥人的成分在保加利亚种族结构中与斯拉夫族大体抗衡。[3]

3. 《不列颠百科全书》国际中文版，修订版，卷3，北京：中国大百科全书出版社，2007年版，第242页。

巴尔干历史研究专家马细谱先生对古保加尔人与古代中国的关系问题也有所关注，他曾撰文谈到，传统的也是主流的看法认为古保加尔人起源于突厥部落；第二种观点认为他们是匈奴的后裔；第三种也是最新的观点，认为"古保加尔人来自伊朗巴哈拉（Балхара）的萨科—萨尔马特部落，祖籍地在今帕米尔—兴都库什地区。他们不是突厥人种，也不是游牧部落，而是善于农耕的部落"。中国《史记》、《隋书》、《唐书》等典籍中有对"仆古"、"拨忽"、"拨也古"等部落的记载，从其族源关系和活动地域来看，指的应该就是古保加尔人。历史学家张星烺在其《中西交通史料汇编》中，就认为"拨忽"似为"布尔加儿"（Bolghar）之讹音。古保加尔人像华夏帝王一样为自己的可汗留名史册，所使用的年表类似中国古代的农历纪年法，以"十二兽历"循环延续，依年次分别为鼠、牛、狼、兔、龙、蛇、马、羊、猴、鸡、狗、猪，

4. 马细谱：《关于古保加尔人与古代中国关系刍议》，载北京外国语大学欧洲语言文化学院编《欧洲语言文化研究》第6辑，北京：时事出版社，2011年版，

其中根据生存环境的差异，"虎"被改为"狼"，"龙"是有翅膀的蛇形怪兽或多角兽，但总

第342—347页。另参阅刘祖熙主编：《斯拉夫文化》，杭州：浙江人民出版社，1993年版，第300—301页。

体上与中国传统的十二生肖纪年颇为相似。[4]

第四节　阿瓦尔人或柔然

从公元 4 世纪起，东南欧地区还陆续遭受其他一些民族迁徙的冲击，在匈奴人之后，接踵而来的是阿瓦尔人（Avars）。无论是中国还是欧洲学术界大都认为，阿瓦尔人即兴起于蒙古高原上的中国古代强悍民族柔然（汉文史料又作"蠕蠕"、"芮芮"、"茹茹"、"蝚蠕"等），属于公元 4 世纪末至 6 世纪中叶活动于中亚或西伯利亚地区的古代突厥民族。柔然人以游牧业为主，狩猎为辅，其最鼎盛时期约在公元 410—425 年，势力范围遍及大漠南北。我国的史籍对柔然人有多种记载，歧异不一。《魏书·蠕蠕传》称其为"东胡之苗裔"、"匈奴之裔"、"先世源由，出于大魏"；《宋书·索虏传》、《梁书·芮芮传》认为柔然是"匈奴别种"；《南齐书·芮芮虏传》则以为是"塞外杂胡"。历史学家张星烺认为：

> 隋唐之交，亚洲北部游牧民族屡向西迁徙。西魏废帝元年（公元五五二年），柔然为突厥所败，部落分散。一部降于西魏，一部西奔，降于东罗马，即西史所称阿瓦（Avars）民族也。[1]

1. 张星烺编注、朱杰勤校订：《中西交通史料汇编》第 1 册，北京：中华书局，1977 年版，第 83 页。

学术界新近的研究认为，"阿瓦尔"实为"悦般"，是真正的北匈奴后裔，居住在突厥西部。[2]

2. 罗三洋：《欧洲民族大迁徙史话》，北京：文化艺术出版社，2007 年 7 月第 1 版，第 260 页。该书还提到："阿瓦尔人是一个比较纯粹的独立民族，但其血统则同样混乱。近年来对中欧地区的阿瓦尔遗骸所作统计表明：阿瓦尔汗国国内部的蒙古人种比例约占 16%，突厥等中亚民族血统约占 17%，南欧血统约占 18%，日耳曼血统约占 21%，斯拉夫血统约占 27%。但无论如何，阿瓦尔汗国里的蒙古人种比例显然较胡人帝国为高。"

关于"悦般"，《魏书·西域传·悦般传》记曰：

> 悦般国，在乌孙西北，去代一万九百三十里。其先，匈奴北单于之部落也。为汉车骑将军窦宪所逐，北单于度金微山，西走康居，其记羸弱不能去者往龟兹北。地方数千里，众可二十余万。京州人犹谓之"单于王"。其风俗言语与高车同，而其人清洁于胡。俗剪发齐眉，以醍醐涂之，昱昱然光泽，日三澡漱，然后饮食。其国南界有火山，山傍石皆焦溶，流地数十里乃凝坚，人取为药，即石流黄也。

从中东欧的一般历史介绍中我们可以看到，阿瓦尔人的活动范围主要在多瑙河以东地区，包括巴尔干半岛和蒂萨河与多瑙河之间的匈牙利平原，建立了阿瓦尔汗国（568—796），曾控制该地区达两个世纪，最终在与法兰克人和古保加尔人的战争中覆灭。

柔然或阿瓦尔人大约在 6 世纪中叶由东向西进入多瑙河流域，曾一度对拜占庭帝国构成严重威胁，其军事优势的一个重要原因就是因为使用铸铁制作的马镫（stirrup）。金属马镫大约在公元 5 世纪前期由中国北方游牧民族鲜卑人发明，在随柔然或阿瓦尔人传入欧洲时，这种技术是独一无二的。在这之前，欧洲人骑行时由于没有脚镫，坐骑不稳，经常从马上掉下来，更无法灵活作战。而踩踏马镫，骑手的双手和身体得到解放，定力骤增，可以灵活自如地控制身体，在各种作战姿势中保持平衡，大大增加了骑兵的高度和速度，以及防御能力和攻击能力。这种被称为"中国靴子"的骑具的出现，对于欧洲骑兵的装备和战术演变，乃至中世纪封建骑士阶级的形成，都起了特殊的作用。英国科技史家李约瑟博士说："只有极少的发明像脚镫这样简单，但却在历史上产生了如此巨大的催化影响。就像中国的火药在封建主义最后阶段帮助摧毁了欧洲封建主义一样，中国的脚镫在最初帮助了欧洲封建制度的建立。"

欧洲发现的最早的马镫实物，见于公元 6 世纪的匈牙利阿瓦尔人的墓葬中。

图 1-9　猎骑胡俑　（唐，通高 30.8 厘米，1972 年陕西醴泉郑仁泰墓出土，陕西省博物馆藏）

胡俑跨骑马上，侧身回首，左手揪兽，右手挥拳作搏击状，情状相当激烈。（图文来源：罗锐韧主编《龙之舞：中华国宝大典》，龙门书局，1998）

从此俑已经可以看到马镫及其作用。

图 1-10　职贡图卷　（唐，阎立德作，绢本，设色，纵 61.3 厘米，横 191.5 厘米）

《职贡图》内容描绘大唐帝国的强盛，也就是藩邦外族远道来中国朝贡的史实。图中贡使张盖骑马，前后卫士围拥，有提鸟笼的，有背象牙的，有拿孔雀掌扇的，有牵牛牵羊的。苏东坡很欣赏这幅画，特作诗称道："粉本遗墨开明窗，我嗒而作心未降。"（图文来源：罗锐韧主编《龙之舞：中华国宝大典》，龙门书局，1998）

第五节　蒙古帝国在中东欧的战争

13 世纪蒙古人的西征，形成了历史上亚洲与欧洲之间另一次大范围的民族碰撞与交融。蒙古族是中国北方的一个古老的游牧民族，11 世纪逐渐崛起。12 世纪末，铁木真（Temüdjin / Gengis Khan，1162—1227）经过十多年的战争统一了漠北突厥蒙古各部落，1206 年被推举为蒙古大汗，尊称"成吉思汗"，意思是"天赐之汗"。成吉思汗建立的大蒙古国横跨亚欧大陆，国力强盛，他与后代率蒙古铁骑进行了一系列军事远征，直至欧洲的多瑙河流域。他们征服的地域包括今天的俄罗斯、波兰、匈牙利、奥地利、德国、罗马尼亚等，所到之处杀戮掳掠，对定居文明造成了野蛮的破坏；但同时对东西方文化的交汇也起了一定的推动作用，对世界历史的进程产生了重大影响。

图 1-11　成吉思汗手下大将哲别和速不台率蒙古铁骑 1222 年大败斡罗思（俄罗斯）军队，欧洲震惊，方知蒙古军队的存在。

在波兰南部的古城克拉科夫，当地人喜欢向国外的游客讲述这样一个颇有寓意的传奇故事：13 世纪蒙古军队进逼克拉科夫，守城的一位波兰士兵在圣玛利亚大教堂的高塔上吹响号角向人们报警，不幸被攻城的蒙古人用弓箭射中。直到今天，在这座古城的广场上仍保留着吹号的传统，号音每隔一小时吹响一次，舒缓悠长最后突然中断。这个民间传说昭示着波兰与远东最早的接触。

历史上鞑靼蒙古军队曾三次入侵波兰。成吉思汗死后，术赤的次子钦察汗拔都（Batu）和速不台（Sübötäi）率领 15 万蒙古精兵从 1237 年开始向俄罗斯草原上的突厥游牧部落进攻，在两次战役之后将其征服。之后继续向罗斯诸公国发起战争，一路破城。1241 年 3 月 18 日，拜答儿（Baidar）和海都（Qaidu）统率的部分蒙古军队在今天乌克兰的赫梅利尼茨基一带打败"孛烈儿"（波兰）人，从东南方向进攻克拉科夫，于是便有了前面的传说。

当时的波兰处于封建割据时期，政治分裂，防御力量分散。在蒙古军队的攻势下，克拉科夫居民也弃城而逃，蒙古人长驱直入，纵火烧城。随后蒙古人渡过奥德河，与西里西亚的波兰大公"虔诚者"亨利克二世（1191—1241）交战。亨利克率领的联军由波兰人、日耳曼十字军与条顿骑士团组成，有三万之众，但最终未能抵御蒙古军队的进攻。1241 年 4 月 9 日，亨利克统率的波兰军队与蒙古军队在莱格尼察城郊发生激战，双方伤亡甚众，最后波兰联军失利，三四万人覆没，亨利克本人也阵亡。在莱格尼察战役中，蒙古军队已经大量使用火器，使战场充满硝烟和火光，不仅如此，他们还"使用了一种领先于欧洲一个世纪的武器——麻痹毒气"。对此，波兰编年史家杨·德鲁哥兹（Jan Długosz）有这样的描写：

> 在他们（蒙古人）的队伍里有一面巨大的旗帜……旗杆顶端有一个面貌丑陋、长着可怕胡子的人的头颅，这时鞑靼人向后方撤退了一波里（约 134 米），举着这面旗的军官开始使出全力摇这面大旗，突然，旗杆顶端的头颅爆炸了，浓烟、灰尘和刺鼻的气味滚滚而出，当这种致命的气体在波兰军队中扩散，士兵闻到之后纷纷倒下，大多数人变得奄奄一息，无力再战斗了……[1]

1. 转引自 [波兰] 约瑟夫·伏沃达尔斯基：《以新的视角分析十三至十八世纪波兰与中国之间的交流》，赵刚译，"中国与中东欧国家关系史研究"国际学术研讨会论文（手稿），北京外国语大学，2013 年 10 月。

这次战役后，蒙古人进入摩拉维亚，将其夷为废墟，但是他们没有攻下雅罗斯拉夫守卫的奥洛莫乌茨城。蒙古军队继续向西扩张，遇到山谷密林等不同于草原的地形，不适战略，遂挥戈南下，转攻匈牙利。

1259 年和 1287 年，蒙古人又两度入侵波兰，均遭到波兰人的抵抗。

蒙古人的战争似未殃及波罗的海沿岸地区，但 1259 年蒙古军队进攻波兰之前，首先侵袭了立陶宛并从那里转向波兰。

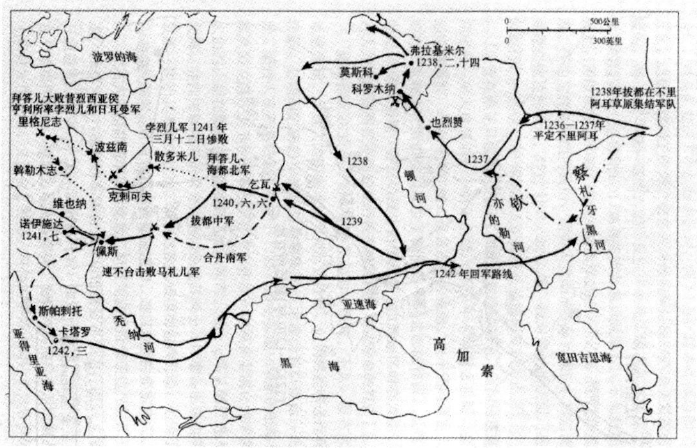

图 1-12　拔都进攻斡罗思与欧洲示意图

（地图来源：［德］傅海波、［英］崔瑞德编：《剑桥中国辽西夏金元史》，北京：中国社会科学出版社，1998）

由拔都统帅和速不台指挥的另一支蒙军分三路侵入匈牙利。1241 年 4 月 2 日至 5 日，蒙古军队兵临佩斯，城中的匈牙利国王贝拉四世（Béla Ⅳ）集合了在当时堪称世界精锐的军队，在 4 月 7 日出城迎战。蒙古军队缓慢退至绍约河与蒂萨河合流一带，两军于 4 月 11 日在那里进行了决定性的战斗，匈牙利军队被击败。蒙古军队攻陷佩斯城并放火焚烧，匈牙利国土惨遭蹂躏，一半居民被屠杀或沦为奴隶。《元史·速不台列传》对蒙古军队进攻匈牙利之役多有记述，录之如下：

> 蒙古军攻马札尔部主怯怜，速不台为先锋，与诸王拔都、呌里兀、惜班、哈丹五道分进。众曰，怯怜军势盛，未可轻进。速不台出奇计，诱其军至潩宁河。诸王军于上流，水浅，马可涉，中复有桥。下流水深，速不台欲结栰潜渡，绕出敌后。未渡，诸王先涉河与战。拔都军争桥，反为所乘，没甲士三十人，并王其麾下将八哈秃。既渡，诸王以敌尚众，欲要速不台还，徐图之。速不台曰，王欲归自归，我不至秃纳河马茶城不还也。乃驰至马茶城，诸王亦至，遂拔之而还。[1]

文中的"怯怜"指匈牙利国王，"秃纳河"为多瑙河，而"马茶"即马札尔。[2]

---

[1] 《元史·速不台列传》。

[2] 参见 [法] 雷纳·格鲁塞：《蒙古帝国史》，龚钺译、翁独健校，北京：商务印书馆，1989 年版，第 240—241 页。

图 1-13　1241 年蒙古
人侵入匈牙利（见于匈
方史书）

　　1241 年的整个夏秋，匈牙利和多瑙河畔都处于蒙古人的统治之下。1241 年 7 月，蒙古军队的先头部队甚至逼近维也纳，整个欧洲陷入恐慌。而 1242 年初，合丹还率军继续追击已经逃至克罗地亚避难的贝拉国王，夺取了萨格勒布，一直打到亚德里亚海，洗劫了科托尔城后才返回匈牙利。

　　鞑靼蒙古军队向匈牙利推进过程中，合丹率领的第三路从摩尔多瓦向奥拉迪亚和琼纳德进发，途经地区为特兰西瓦尼亚北部。瑞典著名东方学家多桑（C. d'Ohsson，1780—1855）在他的蒙古史中，对蒙古兵入侵东欧亦有许多详细的记述，其中也提到：“合丹速不台之军则从莫勒答维亚（Moldavie）而入，当时莫勒答维亚一地名称曰库蛮尼亚（Coumanie）。”[1] 另又

[1.] 瑞典] 多桑：《多桑蒙古史》，冯承钧译，北京：中华书局，1962 年版，上册，第 220 页。

记述：“蒙古兵残破匈牙利中心之时，合丹一军则从特阑西勒宛尼亚（Transilvanie）境内进兵，三日出森林，进至鲁丹城（Roudan）下。”[2]

[2.] 瑞典] 多桑：《多桑蒙古史》，冯承钧译，北京：中华书局，1962 年版，上册，第 222 页。

　　1241 年 12 月 11 日，窝阔台大汗在蒙古去世，在帝国首都和林发生帝位之争，加之其他原因，鞑靼蒙古军被召返国，开始撤离匈牙利。1242 年春天，拔都率部从保加利亚出发，经瓦拉几亚和摩尔多瓦，于当年的冬天回到他在伏尔加河下游的营地。蒙古人撤离多瑙河之后，战事才逐步平息下来。

　　蒙古人所到之处进行了野蛮的烧淫掳掠，给各国人民带来了战争的灾难。对于中东欧地区的民族来说是一段血腥悲怆的历史，这些史实在许多学术著作中都有不同程度的涉及。如格鲁塞在《草原帝国》和《蒙古帝国史》两书中，对蒙古人攻略中欧都有深入的探讨和详细的叙述。

[3.] 法] 鲁保罗：《西域的历史与文明》，耿昇译，乌鲁木齐：新疆人民出版社，2006 年版。

法国著名东方史学家鲁保罗的《西域的历史与文明》[3] 中，也对成吉思汗及蒙古人的霸权时代

有不少学术性与可读性兼具的介绍。在文学创作方面，20 世纪罗马尼亚作家萨多维亚努（Mihail Sadoveanu，1880—1961）在他的小说《什特凡大公》（*Viaţa lui Ştefan cel Mare*）中也对此作过描写。

图 1-14 中亚商道在蒙古制下再现繁荣 （1375 年《卡塔兰地图》局部，藏于巴黎法国国家图书馆）

从中欧交通史的角度看，蒙古人西征与北匈奴人西迁在客观上都突破了东西文明的闭塞隔绝的状态，使东西交通畅开。战乱中许多小国灭亡，曾经阻碍流通的疆界消失，为贸易的发展提供了极为便利的条件。蒙古军队在作战中使用的马具、兵器、火器、战术等，在当时都相当先进，因而能够重创并战胜对手。蒙古人在杀戮劫掠的同时，也挑选了许多工匠、通译和投顺的各种人士为其服务，大批欧洲和亚洲各民族的俘虏被带往东方，促进了民族的沟通和文化的交融。蒙古统治者一方面摧毁了许多城郭，另一方面也在辽阔的帝国范围内修建道路、桥梁和驿站，破除王国诸侯之间的关卡，使亚欧大陆之间的通道得以恢复，形成了奇特的人员混杂与交流，为后来的商旅、遣使、传教、探险以及蒙古大帝国的建立奠定了基础。这些不能说没有促进文明沟通的积极意义，也正是史称"蒙古和平"（Pax mongolica）的真正内涵所在。

1991 年在波兰纪念莱格尼查战役 750 年的时候，蒙古大使也曾表达过这样的认识：胜负并不重要，重要的是我们彼此相遇了。[1]

1. 参见 [波兰] 伊莱娜·卡杜尔斯卡、约瑟夫·弗沃达尔斯基：《波兰的中国知识之源·序言》，赵刚译，载《欧洲语言文化研究》第 5 辑，北京：时事出版社，2009 年版。

第六节　第一位到达东方的波兰人本尼迪克特

13 世纪蒙古军队西征直捣中欧的波兰、匈牙利等国，使西欧列国不知所措，无比震惊和惶恐。由于当时欧洲对蒙古人知之甚少，罗马教皇和各国君主都利用各种方式了解蒙古人的军事、政治情况，制订抵御策略，防范其再度西侵。于是，教皇英诺森四世（Innocent IV）在法国里昂召开全欧主教会议，决定向东方派出使节，去见蒙古大汗。意大利方济各会修士柏朗嘉宾（Jean de Plan Carpin，1182—1252）受旨出使蒙古。这一过程与中欧地区民族也有某些关联，包括在认识中国方面的直接参与和开拓。

从《柏朗嘉宾蒙古行纪》一书中可以看到，这位教皇的使者 1245 年 4 月 16 日从法国里昂起程，首先"来到了波希米亚国王疆域"。他见到了国王瓦茨拉夫一世并请"指点一条最为好走的道路"，国王回答说"他认为最好是取道波兰和斡罗斯"。瓦茨拉夫一世在波兰亲朋故旧甚多，不仅亲自修书引荐，而且还指派了一支精悍的卫队护送柏朗嘉宾一行穿过波兰，命令在其辖地提供给养。在波兰，他们经过了鲍莱斯瓦夫大公和康拉德大公的辖地，均受到款待，得以补充给养。[1] 经过长途跋涉，他们在 1246 年 4 月 4 日到达伏尔加河畔的西蒙古拔都的大营，后继续东行，在 8 月 24 日抵达哈剌和林。在那里他参加了贵由大汗的登基，受到接见，递交了教皇的信件。贵由汗对教皇的责难和规劝态度强硬，将蒙古人的军事征服归于天神的偏爱和护佑。柏朗嘉宾带着贵由汗给教皇的复信，于同年 11 月 13 日离开哈剌和林，再次经过拔都幕帐，1247 年 11 月返回里昂。柏朗嘉宾将其东行见闻向教廷写成报告《蒙古史》（*Historia Mongolorum qous nos Tartaros appellamus*，亦译《柏朗嘉宾蒙古行纪》），1473 年在斯特拉斯堡首次刊行。它为欧洲人了解东方提供了第一手的材料，影响深远。柏朗嘉宾 1252 年殁于达尔马提亚，即今天克罗地亚南部的亚里亚海地区。

_____
1. 见《柏朗嘉宾蒙古行纪·鲁布鲁克东行纪》，耿昇、何高济译，北京：中华书局，1985 年版。

在柏朗嘉宾出使蒙古的过程中，随行中有作通译的波兰人本尼迪克特（Benedykt Polak，亦译作"班涅狄克脱"，13 世纪），这是中外史料中记载的第一位到达东方的波兰人，比大旅行家马可波罗还要早三十年。柏朗嘉宾从里昂出发后，随行的第一位教友波希米亚的司提芬（Stephen），因生病中途折回，未出欧洲。他们首先到达波兰境内的布雷斯劳（今称"弗罗茨瓦夫"），在那里接纳了波兰教友本尼迪克特，作为东行跋涉的第三人并充当翻译，后来一起到达哈剌和林，受到贵由汗的接见。

在《柏朗嘉宾蒙古行纪》中，附有《波兰人本尼迪克特对柏朗嘉宾出使的口述》，笔录文献藏于巴黎国家图书馆，1838 年首次刊布。这篇文献的中译文只有约 3000 字，但其中包含了极为重要的内容。首先，记录了柏朗嘉宾和本尼迪克特出使的基本过程，包括出发的确切时间、途经的主要地方及方位、所需的时间。其次，比较详细地描述了他们与鞑靼蒙古人接触的情况，在伏尔加河畔蒙古营地晋见拔都等王公将领的许多细节。第三，提供了从黑海北部到中亚地区的地貌和所遇到的不同民族的信息。第四，介绍了他们到达蒙古大都哈剌和林后参加的贵由汗登基大典。本尼迪克特说："来自世界各地的大约三千名使节，携带使信、函件、各色各样的大量贡品和礼物，入朝这座宫廷。"第五，本尼迪克特与柏朗嘉宾一起朝见大汗、传递教皇的信札。第六，返回里昂，向教皇呈上鞑靼蒙古皇帝给他的信函。本尼迪克特的这篇口述史被收入英国人道森 1955 年出版的《出使蒙古记》、柔克义的《鲁布鲁克东行记》等，中文有吕浦译本（中国社会科学出版社，1983 年版）、何高济译本（中华书局，1985 年版）等。

在很长一段时间里，中外研究者只知道本尼迪克特留有一篇口述，但近年来，波兰学者爱德华·卡伊丹斯基（Edward Kajdański）在本尼迪克特研究方面又有重要发现。根据他的考证和研究，本尼迪克特还写有《鞑靼史》，对此学术界并不知晓。1957 年美国纽黑文的一位古董商在欧洲买到了《鞑靼史》手稿，它由本尼迪克特口授，一位方济各会修士整理。1965 年为美国耶鲁大学的学者发现并出版。该书包含许多关于蒙古人征战亚洲和欧洲的情况，包括蒙古入侵波兰时的莱格尼查之战和阵亡的西里西亚大公亨利克二世。《鞑靼史》对成吉思汗及其子孙的其他一些征战，对蒙古人的外貌体态、墓葬习俗等有许多描述，另外还记述了一些关于东方的故事。这些都是过去不为人知的。卡伊丹斯基对本尼迪克特《鞑靼史》的研究成果见于他 2005 年出版的《长城巨影——波兰人如何发现中国》，其中汇集了丰富的史料和新发现。[1]

1. 参见文有仁、单耀：《比马可波罗更早来华的波兰人本尼迪克特》，载《知识就是力量》，2007 年 3 月号，第 18—21 页。

本尼迪克特与柏朗嘉宾的蒙古之行是 13 世纪欧洲对东方遣使交往的一个具有开拓意义的事件，其著述和口述对于欧洲了解包括中国在内的东方世界有极为重要的认知意义，本尼迪克特也成为开创波兰与中国交往的先驱。

第七节　马可·波罗及其故乡克罗地亚

在中西文化交流史上,意大利旅行家马可·波罗(Marco Polo,1254—1324)一直被奉为先驱,他13世纪的中国之行和后来口述成书的《马可·波罗游记》举世闻名。时至今日,国内外《马可·波罗游记》的译本和研究著作可谓汗牛充栋,中世纪的欧洲通过这部游记打开了对东方的认知视野,无数的探险家、旅行家、使者、传教士、商人从中受到鼓舞和启发,踏上探索东方、认识中国之路。虽然对马可·波罗是否真正到过中国也不断有人质疑,但其作为一位沟通东西方世界的重要历史人物,他对人类的贡献无疑是巨大的。

概观国内外有关马可·波罗的书籍,我们所看到的主要是他的著述和译本,以及相关研究。一般都称他"出生于威尼斯商人之家",有关他的生平介绍,几乎都是他17岁以后的事情,即1271年11月随从父亲和叔父从家乡前往中国的旅程,在中国元朝任职并居留17年期间见闻的社会景况和民情风俗,而对他的出生地则鲜有提及。实际上,马可·波罗的出生地在今天克罗地亚共和国达尔马提亚地区的科尔丘拉(Korčula)岛,那里曾是他的故里。

科尔丘拉是亚德里亚海上一座风光旖旎的岛屿,素有"世界明珠"的美誉,它距大陆海岸仅1.5公里。古希腊人称其为"黑色的科西拉"(Korkyra Melaina)。"科西拉"是古希腊美发女神的名字,传说海神波塞冬曾将她安置在这座亚得利亚海岛居住,而"黑色"是对岛上茂盛的地中海树林和灌木丛的形容。在这座古朴恬静的岛城上有丰厚的历史文化遗产,克罗地亚人修建了许多罗马式建筑,高大的教堂、久远的宫殿、坚固的城墙、矗立的灯塔,都散发着它的神秘和古韵。早在中世纪,这里就是商船往来和战舰停泊的港口。科尔丘拉人有相当完好的法律,《科尔丘拉章程》作为古老的斯拉夫民族法典之一,体现着他们对自由与和睦的追求。在12世纪初以后的三个世纪里,原由威尼斯控制的达尔马提亚地区开始受到新兴匈牙利的争夺,战争频发,使得当时该地区的沿海城市和岛屿的行政归属难以考证。史学家认为,科尔丘拉等岛屿多半受海上强国威尼斯管辖。

根据15世纪的文献记载,波罗家族从13世纪就生活在科尔丘拉,他们以造船和经商为生,与威尼斯商人有许多联系。时至今日,离散在萨洛尼卡、敖德萨、伊兹密尔、伊斯坦布尔、亚

历山大和马耳他等地的后裔，仍以波罗后裔和科尔丘拉人
为荣耀。

在 13 世纪上半叶第四次东征的十字军建立的拉丁帝
国时期，波罗家族中有三人从达尔马提亚到达威尼斯，
他们就是尼古拉、马窦和马可三兄弟，1250 年他们又离
开威尼斯到了君士坦丁堡。1260 年，尼古拉和马窦两兄
弟离开君士坦丁堡来到黑海北岸，为躲避成吉思汗孙辈
的钦察汗国与伊儿汗国之间的战乱，他们继续东行，直
至 1264 年抵达蒙古帝国的大都（北京），受到元世祖忽
必烈汗的接见。1266 年，波罗兄弟作为忽必烈汗的使者，
踏上返程去罗马晋见教皇。1269 年，他们在威尼斯等候
新教皇答谕的时候，寻找到兄弟马可和尼古拉已故妻室留
下的一名十五岁男孩。男孩与叔父同名，也叫马可，即后

1. 参阅华如君：《关于马可·波罗的籍贯》，载《东欧》丛刊第 3 辑，北京外国语学院编印，

来成为大旅行家的马可·波罗。[1]

1983 年 6 月。

1271 年 11 月，当尼古拉和马窦再次动身去中国的时候，
他们决定携带小马可同行。他们从威尼斯出发，在地中海
航行到阿迦城登陆，转耶路撒冷北上，再沿着古代丝绸之
路东行，经忽里模子、喀什、和田、敦煌等地，经过四年
充满艰辛和危险的跋涉，最终到达中国的上都（今内蒙古
自治区多伦县境内），此后又到了大都。聪慧好学的马可·波
罗很快得到忽必烈的信任和宠爱，被委以多种官位，其间
他曾奉使到云南、南京、苏州等地，为元朝供职达 17 年之久。
1292 年，波罗氏三人被派做向导，伴送元皇室公主出嫁波斯。
他们从福建泉州离开中国，由海路去波斯，完成使命后于
1295 年回到威尼斯，旅途中曾经过科尔丘拉。

次年，马可·波罗参加军队。1298 年，成为威尼斯

图 1-15 马可·波罗像 （见于热那亚的宫殿 Palazzo Doria-Tursi）

对热那亚海战的舰长，参加了科尔丘拉大海战，受伤被俘后被关入牢狱。他向狱友鲁思悌谦（Rusticello）讲述了在中国和东方诸国的漫行和见闻，擅长编年写作并通晓古法文的鲁思悌谦笔录成书，使马可·波罗与他的游记流芳百世。

今天，踏访科尔丘拉老城的游客，都要去参观马可·波罗的出生故居，这是一幢带有塔楼的古老建筑。一位名叫伊列娜·卡拉菲利（Irena Karafilly）的自由职业记者曾这样描述她的印象："我终于找到了也许是马可·波罗故居的那幢颓败的老房，看得出它有后期哥特式的风貌和文艺复兴式的塔楼。从塔楼上眺望，能享受到普通住宅上所不能享受到的眼福，也许正是远方的迷蒙唤起了小马可对山峦那边世界的遐想。"

图 1-16　威尼斯的马可·波罗故居（M. G. Pauthier 作于 1865 年，巴黎）

图 1-17　位于今天克罗地亚的科尔丘拉岛城上的马可·波罗故居

马可·波罗究竟属于哪个国家，或许这本身已经不再重要，因为他 700 多年前的中国之旅及其游记已经成为人类文明的共同财富。当然，在克罗地亚国家和民族的文化意识中，"马可·波罗"仍是最重要的文化符号之一，犹如西文中以他的名字别称的"卢沟桥"，记载和见证了古代达尔马提亚地区与东方世界交往的精彩历史。

第八节　14 世纪从中欧来华的人士

从各种中外史料看，在 13 世纪蒙古军队西侵东欧时，即有匈牙利人被掳，后随行东方。

《柏朗嘉宾蒙古行纪》中记载，在蒙古大汗的宫廷中曾见到匈牙利人。对早期来华匈牙利人的

情况，符志良有专门的考证和研究[1]，留下姓氏的是 14 世纪到达中国的两位教士：盖尔盖伊

1. 符志良：《早期来华匈牙利人资料辑要》（1341—1944），布达佩斯：世界华文出版社，2003 年 6 月。

（Magyarországi Gergely, Gregorius de Hungaria,生卒年不详）和埃斯坎蒂·马岱（Eskandélyí

Máté）。

1338 年，设在意大利阿维农的班奈代克教皇向东亚派遣了教会使团，盖尔盖伊教士作为

成员，在团长乔万尼·马利葛诺里的率领下，1339 年 3 月从拿波里启程，辗转君士坦丁堡、

克里米亚半岛，经里海北部的陆路东行，从阿拉木图进入元帝国，于 1341 年抵达北京，受到

皇帝接见。

马利葛诺里率领的使团在元代中国停留了五年，到过杭州等地，最后从厦门登船走海路到

印度，在印度德奎龙又停留了 14 个月，1349 年 8 月继续返程，途经霍尔木兹、莫苏尔、巴勒

斯坦和塞浦路斯，于 1535 年底回到阿维农。

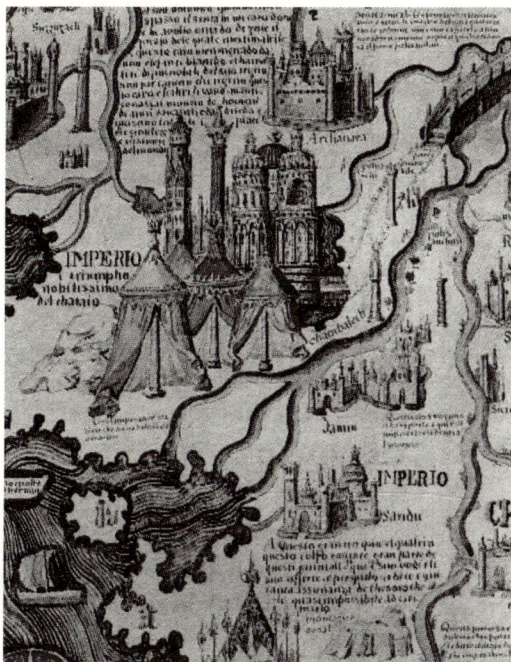

图 1-18　15 世纪意大利地图中描绘的忽
必烈的元大都（突厥语称"汗八里"）

另一位匈牙利人埃斯坎蒂·马岱生活的年代在 14 世纪后半叶，据说是一位在中国传教的天主教教士。葡萄牙人费尔南多·孟德兹·平托在 1537—1552 年间曾到达中国并作环游，著有游记，其中提到，他在山东曾听说，这位匈牙利教士在大约 142 年前在那里活动，后因他颇有些特殊本领，甚至能使死人复活，令中国的教士们为之恐惧，将其乱石砸死。后来的文献上称埃斯坎蒂为第一位在中国殉道的天主教教士。

在为数不多的早期匈中关系研究著述中，对上述两位历史人物都有一定的提及，他们是到目前为止留下姓名并可以证实的最早来华的匈牙利人。当然，在此之前的人员接触还有，特别是蒙古军队 1241 年攻陷佩斯城，形成了大规模的民族碰撞与交融，许多欧洲民族的人员被卷入东西方迁徙和交往的大潮，只是没有留下更多具体的记载。

第二章 明清之际中国与中东欧地区交流的地理知识、人物业绩和文化影响

这整个中国的土地是多么美好，那里的大自然比任何地方都要慷慨和

大方。[1]

——[*波兰*] 卜弥格 (*1612-1659*)

1. [波兰] 卜弥格 ／著，[波兰] 爱德华·卡伊丹斯基／波兰文翻译，张振辉、张西平／汉译：《卜弥格文集：中西文化交流

与中医西传》，上海：华东师范大学出版社，2013年版，第299页。

在 15 世纪末 16 世纪初，奥斯曼帝国已经控制了西亚、北非和东南欧的陆海交通，而意大利城邦垄断着东西方贸易，西班牙、葡萄牙、法兰西、英吉利等西欧新兴国家为摆脱这一局面，在世界上攫取更多的财富和利益，开始大规模的航海探险。在这个被称为"地理大发现"的时代，葡萄牙人瓦斯科·达·伽马率领的船队于 1498 年绕过南非好望角到达印度，首次从欧洲航行至亚洲；1492 年西班牙的哥伦布发现美洲新大陆，开辟了北美航线；葡萄牙航海探险家麦哲伦率领的探险船队在 1522 年首次完成了环球航行。

随着新航路的开辟，葡萄牙人、西班牙人、荷兰人、英国人、法国人纷纷开始了对包括东方在内的整个世界的殖民扩张。1510 年，葡萄牙人侵占印度果阿，接着又侵占东南亚交通枢纽和战略要地马六甲，在科伦坡等地建立城堡。1517 年，第一次闯到中国广州，强行通商。1553 年（明嘉靖三十二年），一队葡萄牙商船借口在海上舟触风浪，请求到濠镜（即今日澳门）晾晒"水湿贡物"，通过行贿广东官员，得以上岸，自此窃据澳门。在欧洲殖民者向东方殖民掠夺的同时，成立于 1534 年的耶稣会（Society of Jesus）也开始派遣一批批会士到世界各地传教，其中一些传教士也怀着对上帝的虔诚信仰飘洋过海，在传播宗教的同时，把西方的学术与文化带入中国。在这场始于明末延至近代的西学东渐潮流中，中国与中东欧民族之间的人员和文化交流有了许多直接的、实质性的内容。

第一节　明末中国舆图和地学典籍对中东欧的折射

从 16 世纪 80 年代开始，西方耶稣会派遣的传教士陆续进入中国。他们坚信上帝，献身宗教传播，普遍具备广博的科学知识和较高的文化素养，许多人在地理、天文、音乐等方面的造诣突出，他们不仅带来了西方的科学知识和技术，并且深入中国社会，与中国的宫廷和文人学士进行广泛交往，也促进了中国对世界的了解。

一、利玛窦及其世界地图

利玛窦（Matteo Ricci, 1552—1610）出生在意大利中部的马切拉塔城，1561 年开始在当地的耶稣会寄宿学校学习，1571 年加入耶稣会，逐步奠定了坚实的科学和人文知识基础。由于罗明坚（Michele Ruggleri, 1543—1607）神父的举荐，他受到耶稣会东方总巡察使范礼安（Alexandre Valignani, 1539—1606）的重视，被授予神职，在 1577 年被派往东方传教。次年，他取道葡萄牙的里斯本，乘船前往印度。1583 年他与罗明坚一起进入中国，在广东肇庆建立了第一个传教驻地。在经过多年辗转传教后，利玛窦 1601 年进入北京。在以后的十年里，他通过精湛的数学和天文知识，以及对中国文化的尊重和掌握，在宫廷和文人阶层中建立了良好的形象。他以学术传教、融会贯通中西文化的方式为后来许多相继来华的耶稣会士所效仿，连同他们在西学译介方面的巨大成就，共同造就了明末清初中西文化交流的兴盛。

图 2-1　利玛窦画像

在利玛窦对中西文化交流的诸多贡献中，特别值得一提的是他 1602 年在北京绘印的《坤舆万国全图》。此前他就根据随身携带的西文图书和自己多年积累的知识，于 1584 年在肇庆刊印《山海舆地图》。

从黄时鉴、龚缨晏著的《利玛窦世界地图研究》一书中可以看到，利玛窦《坤舆万国全图》为中国人带来了许多西方地理学新知识，其中包括地圆说、水晶球体系的宇宙学理论、经纬度的测量方法、五大气候带的划分、地图制作方法，以及大量世界地名的汉译，其中也包括中东欧

地区的一些专名。

经初步检索，在该书附列的 1114 个地名中，属于今天中东欧地区的有这样一些：大努毗河江（Danubius）、大爾馬齊亞（Dalmazia）、步爾葛利亞（Bulgaria）、亞爾巴泥亞（Albania）、波亦米亞（Bohemia）、波羅泥亞（Polonia）、馬則多泥亞（Macedonia）、突浪西爾襪尼亞（Transilvania）、班諾尼（Pannonia）、莫大未亞（Moldavia）、翁阿利亞（Hungaria）、窩窩所德海（德语 ostsee）、羅馬泥亞（Romania）、禮勿泥亞（Livonia）等。[1] 从字面和图

1. 黄时鉴、龚缨安：《利玛窦世界地图研究》，上海：上海古籍出版社，2004 年版，第 183—209 页。

上位置看，它们今天的对应译名应当为：多瑙河、达尔马提亚（克罗地亚）、阿尔巴尼亚、波希米亚（捷克）、波兰、马其顿、特兰西瓦尼亚（罗马尼亚）、潘诺尼亚（匈牙利）、摩尔多瓦、

2. 其中个别地名的历史含义是否与今天完全一致，尚难以定论。譬如"羅馬泥亞"，若作今天的罗马尼亚国名理解，它只在 1859 年罗马尼亚公国与摩尔

匈牙利、波罗的海、罗马尼亚[2]、利沃尼亚[3] 等。

多瓦公国联合后才开始使用。该地名出现在利玛窦世界地图，或许有多种可能：一是作为专名在 16 世纪就已经存在；二是指"罗马尼亚（公）国"（Țara

这些中东欧地名都是第一次进入中国人的视野，在中国与中东欧民族的相互认知方面，标

Românească）；三是另指 16 至 19 世纪奥斯曼帝国以索非亚为中心的巴尔干地区行省（土耳其语"rūm-Ili"，意为"'拜占庭人'的罗马人的国家"）；

志着以传教士为文化交流媒介的文献时代的滥觞。对此，利玛窦和他的世界地图无疑起到了极

四是今人注释中出现的讹误。这些还有待进一步考证研究。"亞爾巴泥亞"的译名情况亦同此阙疑。

为重要的开启作用，而这一点在国内外以往对利玛窦及其世界地图的研究中，还未见按中东欧

3. 利沃尼亚是中世纪后期的波罗的海东岸地区，即现在的爱沙尼亚以及拉脱维亚的大部分领土的旧称。

的区域归纳提及。他所创制的地理学和地名的汉字译名，也对后世影响深远。

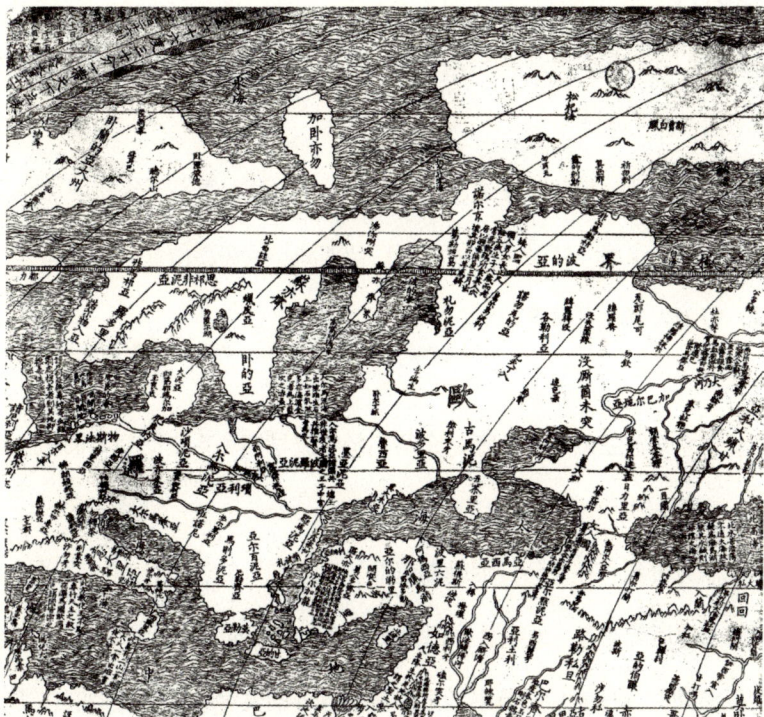

图 2-2　利玛窦《坤舆万国全图》中的欧洲

（来源：黄时鉴、龚缨安：《利玛窦世界地图研究》，上海古籍出版社，2004）

二、艾儒略的《职方外纪》对中东欧民族的介绍

在明末入华的西方耶稣会传教士中，还应提到意大利人艾儒略（Giulio Aleni, 1582—1649）。他受耶稣会派遣，1610 年抵达澳门，1613 年到北京，后在多地传教，有"西来孔子"之称。天启三年（1623 年），他在杨廷筠协助下完成《职方外纪》，这是继利玛窦的世界地图之后，"用西方宗教地理学观点写成的中文版的第一部世界地理"，在明末清初中西文化交流史方面有重要影响。在该书卷二关于欧洲的部分有专节介绍波兰情况，录之如下：

　　7 波罗尼亚

　　亚勒玛尼亚东北曰波罗尼亚，极丰厚，地多平衍，皆蜜林，国人采之不尽，多遗弃树中者。又产盐及兽皮，盐透光如晶，味极厚。其人美秀而文，和爱朴实，礼宾笃备，绝无盗贼，人生平未知有盗。国王亦不传子，听大臣择立贤君，其王世守国法，不得变动分毫。亦有立其子者，但须前王在位时预拟，非预拟不得立。即推立本国之臣获他国之君，亦然。

　　国中分为四区，区居三月，一年而遍。其地甚冷，冬月海冻，行旅常于冰上历几昼夜，望星而行。

　　有属国波多理亚，地甚易发生，种一岁有三岁之获，草菜三日内便长五六尺。

　　海滨出琥珀，是海底脂膏从石隙流出，初如油，天热浮海面，见风始凝。天寒，出隙便凝，每为大风冲至海滨。[1]

1. [意] 艾儒略著，谢方校释：《职方外纪校释》，北京：中华书局，2000 年版。

这是中国史籍中对波兰最早最清晰的介绍，是中波早期关系史研究方面值得重视和研究的史料。

艾儒略的《职方外纪》在介绍"亞勒瑪尼亞"（德国）的一节，还提到了今属捷克的波希米亚："其属国名博厄美亚者，地生金，掘井恒得金块，有重十余斤者。河底常有金如豆粒。"

在"大泥亞諸國"（丹麦）一节中，可以看到这样的文字："鄂底亞在雪際亞之南，亦繁庶。"根据谢方先生的校释，这里的"鄂底亞"即爱沙尼亚，在之前的利玛窦世界地图中未见。

在"厄勒祭亞"（希腊）一节中，还提到"（厄勒祭亞）東北有羅馬尼亞國"。谢方先生的校释称其为"今罗马尼亚"，"14世纪末为奥斯曼帝国的附属国"[1]。在卷五"海名"一节中，列举有"窝窝所德海"，今波罗的海；还有"太海"，即今天的黑海。

除了这些具体的中东欧地名，在《职方外纪》卷二"欧罗巴总说"一节中，还对欧洲的地理、国家、物产、建筑、教育、典籍、宗教、医疗、教堂、赋税、兵政等各方面的情况作了概述。其中提到："欧罗巴诸国皆尚文学。国王广设学校，一国一郡有大学、中学，一邑一乡有小学……其小学曰文科，有四种：一古贤名训，一各国史书，一各种诗文，一文章议论。"这些广义上的文学信息在中国都是前所未见的，对明末清初朝廷和士大夫阶层了解西洋学术有直接的帮助。

第二节　波兰传教士卜弥格等人对中西文化交流的历史贡献

在中东欧民族中，17世纪中期来华的波兰传教士卜弥格（Michał Boym，1612—1659）是对中西早期文化交流贡献最大的人物之一。他通过注译"大秦景教流行中国碑"碑文开创了世界上拉汉辞书编纂的先河，他绘制了中国各省地图，第一次将中国的中医药比较详细地介绍到欧洲，并且作为南明永历王朝的特使前往罗马教廷，在沟通中欧的政治和宗教关系过程中也起到了特殊作用，其业绩长期以来受到波兰学术界的关注。1933年沙不列（Robert Chabrié）撰《卜弥格传》(Michel Boym: jésuite polonaise et la fin des Ming en Chine 1646–1662)一书出版，1950年在台湾再版。由于特定的历史原因，大陆学术界对这位中欧早期文化交流和中波关系的重要使者的再次关注，迟至20世纪80年代以后。[2]

卜弥格，号致远，波兰文原名是米哈乌-伯多禄·博伊姆。他出生在利沃夫（今属乌克兰），祖上从匈牙利迁徙而来[3]。其祖父是波兰贵族，父亲是名医，曾担任过波兰国王的首席御医。卜弥格少年时期一次患病时，就曾立下誓言去远东传教。他先是就读于利沃夫的耶稣会学校，后来又在波兰学校学习哲学和神学，同时对数学、医学等自然科学也产生浓厚兴趣。他年轻时

1. 从14世纪下半叶开始，罗马尼亚诸公国进入了抵御奥斯曼帝国的长期斗争。罗马尼亚国君主老米尔恰、弗拉德·采佩什，特兰西瓦尼亚的大公胡内多阿拉的扬库，摩尔多瓦的什特凡大公等，都指挥了许多对奥斯曼军队的重大作战并取得胜利。15世纪末16世纪初，奥斯曼帝国的连续胜利迫使罗马尼亚诸公国接受奥斯曼为宗主国，但仍保持了相对的自治地位。

2. 《历史知识》杂志1988年5月号刊登了冯佐哲写的文章《中波交往的先驱卜弥格》。北京外国语大学易丽君教授在《东欧》季刊1989年第3期发表《波兰汉学的源流》，首次全面介绍波兰汉学，文中也提到米·博埃姆（即卜弥格）等波兰耶稣会士对中国传教多年，成为波兰汉学先驱。1988年，波兰汉学家冯承钧译出中译本《明末奉使罗马教廷耶稣会士卜弥格传》，1941年由商务印书馆（长沙）刊行，爱德华·卡伊丹斯基出版《明王朝的最后特使——卜弥格传》，中国社会科学院外国文学研究所张振辉研究员将其译成中文，连续刊发在《东欧》杂志1995年第3期至1998年第4期。1999年，卡伊丹斯基完成《中国的使臣——卜弥格》一书，仍由张振辉译为中文，2001年5月由大象出版社出版。随着中波两国学者对卜弥格生平、著作和业绩研究的不断深入，各种不断增加的文献和拓展研究由张振辉、张西平辑译为《卜弥格文集：中西文化交流与中医西传》，2013年1月由华东师范大学出版社以大开本精装推出。另外，新华社新闻研究所原所长、驻华首席记者、高级编辑文有仁和夫人单欐也写有许多文章，在中国介绍卜弥格的生平业绩和研究情况。本节关于卜弥格的基本信息主要来自这些著作。

3. 有的研究称其原籍为匈牙利人，见顾为民：《中国与罗马教廷关系史略》，北京：东方出版社，2000年版，第33页。

加入波兰耶稣会，多次向罗马天主教会提出去远东传教，最终获准前往中国。

　　1643 年 3 月，卜弥格从葡萄牙的里斯本乘船出发，绕过非洲南端到东海岸，又经印度南部和马六甲海峡，到达葡萄牙人占居的澳门。他先学习了一段时间汉语，在耶稣会办的学校教书。1647 年到海南岛的一个耶稣会使团，对当地的自然环境和现象进行了考察和研究，积累了大量第一手的材料，为后来的研究和著述作了充分的准备。明朝灭亡后，原任贵州总督的桂王朱由榔于 1646 年在广东肇庆称帝，建立了深受天主教影响的南明王朝。以后不久，卜弥格在清军与南明军队战乱期间进入了中国内地。1648 年，他经湖南、河南等地到达西安，在那里他对"大秦景教流行中国碑"碑文进行了深入研究，不仅用拉丁字母逐字标注了碑文的汉字发音，而且将其通译成拉丁文，为西方人了解基督教在华的早期传播提供了重要文献依据。另外，卜弥格在中国期间对传播哥白尼天文学说也有特别的贡献。[1]

图 2-3　卜弥格像

（来源：基歇尔《中国图书》）

1. 参见江晓原：《耶稣会士与哥白尼学说在华的传播》，载《二十一世纪》网络版，2002 年 10 月号。文中提到，卜弥格在 1646 年将一套开普勒按照哥白尼体系编成的《鲁道夫星表》(Rudolphine Tables) 转送到北京，热情称赞此书"在计算日全食、偏食和天体运动方面是独一无二的、最好的"。

　　1649 年初，卜弥格应南明宫廷的要求和耶稣会推荐，进入永历朝廷，受封官职。为抵御满清军队的威胁，南明朝廷派遣卜弥格赴欧洲向罗马教廷寻求支援。1651 年 1 月卜弥格作为中国朝廷的使臣，携带皇太后和司礼监掌印太监庞天寿致罗马教皇、耶稣会总会长、威尼斯共和国元首和葡萄牙国王等人的信件和礼物，从澳门启程，走海路于 1652 年 8 月到达威尼斯，其间历尽危难和周折，终成使命。虽然欧洲方面对南明和中国局势的态度不一，也未有实际行动，但卜弥格在整个出使期间对中国社会文化的传布和

图 2-4　大秦景教流行中国碑

对基督教在华情况的介绍，对欧洲了解中国起到了重要的作用。从卜弥格对南明使命表现出的忠诚和执著，可以看到他对中国抱有的信念和对中华民族的感情。

卜弥格在完成使命后，于 1656 年带着新教皇亚历山大七世交给他的致南明太后和司礼监掌印太监的复信返回中国，经过九死一生的艰难旅程抵达澳门，但葡萄牙人拒绝他入境，于是只得转道安南（今越南），希望从陆路进入中国。在广西边境地区，他积劳成疾，于 1659 年 8 月 22 日去世。卜弥格在欧洲与中国的往返途中始终有一位叫陈安德的中国人随同。

卜弥格在介绍中国方面的贡献包括专著、地图、译文、辞典、报告、信札等，内容涉及政治、宗教、社会、民族、语言、文化、地理学、植物学、中医药等，范围相当之广。如《中华帝国简录》和《中国事物概述》两篇几乎囊括了当时他能够了解到的全部有关中华帝国的知识，从文化和精神层面的介绍，到有关城镇、人口、官制、服饰、植物、矿石、鸟兽的描写，相当详尽。卜弥格的《中国植物志》是欧洲来华传教士撰写的第一部关于中国植物的著作，介绍了椰子、荔枝、芒果、海马、豹等三十多种热带动植物，附有 27 张精美的手绘彩图，还配有中文名称和拉丁文注音，问世后在欧洲反响很大。

图 2-5　卜弥格的《中国植物志》（1656 年维也纳初版印本，上海图书馆藏）

由于卜弥格在来华之前接受了全面的科学和人文教育，因而他的许多著述都富有文学色彩，具有一定的文学价值。他对往返欧亚的旅途见闻都有所记载，文笔生动，有典型的散文特征。他善于用生动的语言描写不同民族的性格特点和风俗习惯，细致地观察不同地域的自然环境、物产、建筑和文化，搜集离奇的故事和传说并编织加工。这些从他撰写的《卜弥格

神父来自莫桑比克关于卡弗尔国的报道》、《卜弥格神父从泰国给总会长的报告》等文字中

1. 参见张振辉:《卜弥格著作的文学特色》,载北京外国语大学欧洲语言文化学院编《欧洲语言文化研究》第 6 辑,北京: 时事出版社,2011 年版,第 322—341 页。

都有鲜明的体现。[1]

　　由法国学者荣振华撰著、耿昇翻译的《在华耶稣会士列传及书目补编》一书,全面收录了 1552 年至 1800 年间在华耶稣会士的生平资料。从该书中我们可以看到,在与卜弥格同时代的传教士中,还有来自波兰地区的耶稣会士穆尼阁(Johannes Nikolaus Smogulecki, 1610—1656)。这位出生于克拉科夫的神父于 1644 年出发前往澳门,1645 年到达,最初在南方活动,在杭州学习了汉语,到过福建、南京等地。1653 年到北京,后转赴广东和海南,前后在华生活十年,最终卒于肇庆。[2]穆尼阁在华期间对传播西方科学有诸多贡献,编纂了《天步真原》

2. [法] 荣振华:《在华耶稣会士列传及书目补编》(上、下册),耿昇译,北京: 中华书局,1995 年版,第 635—636 页。

和其他大量历算著作,他去世后由薛凤柞撰辑出版《历学会通》等数学著作。穆尼阁最先将西方数学中的对数概念引入中国,在介绍哥白尼学说方面也作了很多努力。他的科学著作不仅在中国产生了影响,而且还经由朝鲜学者翻译后传入朝鲜,在该国的数学等科学走向近代的过程中起到了不可低估的作用。[3]

3. 郭世荣:《17 世纪的汉译西方数学著作在朝鲜》,载《内蒙古师范大学学报》(自然科学汉文版),第 36 卷第 6 期,2007 年 11 月。

　　18 世纪来华的欧洲传教士中也有波兰人。例如: 白维翰神父(Jeam Baptista Chrzcciel Bakowski, 1677—1732),1707 年到达澳门,1708 年到达广西,后来又到过山东、江南(松江)、浙江、杭州、广州等地。[4]另外,还有曼斯韦特·斯科科夫斯基神父(Manswet

4. [法] 荣振华:《在华耶稣会士列传及书目补编》(上、下册),耿昇译,北京: 中华书局,1995 年版,第 50—51 页。

Skokowski, 1751—1798),他在 1792 年被派往支援中国的传教士,但对其是否到达中国,说法并不一致。[5]

5. [法] 荣振华:《在华耶稣会士列传及书目补编》(上、下册),耿昇译,北京: 中华书局,1995 年版,第 632、633、997 页。

　　另外,在明代来华的传教士中还应提到立陶宛人卢安德(Andrius Rudomina, 1596—1631)神父[6]。他生于立陶宛,该地当时属于 1569 年建立的波兰—立陶宛王国。波兰学界通常

6. [法] 荣振华:《在华耶稣会士列传及书目补编》(上、下册),耿昇译,北京: 中华书局,1995 年版,第 582—583 页。

将卢安德视为早期来华的波兰人。卢安德 1618 年 5 月在维尔纽斯的维尔纳进入初修院,1626 年到达澳门,后转赴福州,最后也死在那里。卢安德是我们到目前所知的第一位到达中国的波兰—立陶宛人。

第三节　波希米亚来华传教士群贤

波希米亚是中欧的古地名，位于今天捷克共和国的中西部，是一个多种民族和文化交汇的地区，在一定意义上也是捷克民族的语言历史文化的代表性符号。捷克民族属于斯拉夫民族的西支，自公元830年建立大摩拉维亚国以后，受到周边日耳曼、斯洛伐克、匈牙利等民族的影响，逐步形成了本民族文化，并在宗教、科学、教育、文化、艺术、建筑等方面创造了许多具有世界影响的文明成果。其汉学研究在世界上占有重要的地位，早在17世纪捷克民族就开始了与东方中国的交往，并且为中西文化交流作出了重要贡献。

在历史上，捷克民族深受基督教文明的影响，社会生活长期为罗马教会和日耳曼贵族所统治，发生在15世纪初震撼欧洲的"胡斯运动"就是捷克民族对外族与教会的英勇反抗。1620年布拉格郊区的白山战役（欧洲"三十年战争"的组成部分）之后，哈布斯堡专制王朝和天主教会将捷克完全置于其统治之下，耶稣会的势力得到显著发展，耶稣会士的传教活动也把捷克民族与中华帝国联系起来。

在17—18世纪到中国的传教士中，有多人来自捷克和斯洛伐克地区。从时间上看，最早来华的大概是摩拉维亚人祁维材（Wenzel Pantaleon Kirwitzer，1588/1590—1626）。他生于波希米亚的卡拉登，1606年在布尔诺进入初修院，1619年7月偕意大利人汤若望神父到达澳门，后前往广东传教区，死于澳门。

在祁维材之后，陆续有其他一些耶稣会士从波希米亚地区来华传教。根据捷克藏学家约瑟夫·科尔马什（高马士）教授（Josef Kolmaš）的考证，在清代康熙、雍正、乾隆年间有8位波希米亚的传教士到达中国。[1] 他们当中影响较大的是1716年来华的严嘉乐。

1. 参见黄长著、孙越生、王祖望主编：《欧洲中国学·捷克篇》，北京：社会科学文献出版社，2005年版，第839页。

严嘉乐（Karel Slaviček，1678—1735），本名卡尔·斯拉维切克，严嘉乐是他来华后起的中文名字。他出生于摩拉维亚的乡村，中学毕业后参加耶稣会，先后学习哲学和数学，研修神学，1712年获哲学博士，担任大学的传道士和数学教授。在当时青年耶稣会士普遍热衷海外传教的影响下，他以当时教会要求的道德品质和学术才能入选传教士行列，并于1716年3月从里斯本出发，绕道非洲，在当年9月抵达广州。

严嘉乐到中国后，首先学习了汉语。在他看来，"汉语的语音使世界各国的人都感到十分困难，惟独对捷克人或波兰人却一点也不难"[1]。1717 年初，他进入京城，受到康熙皇帝的召见，

1. [捷克] 严嘉乐：《中国来信（1716—1735）》，丛林、李梅译，郑州：大象出版社，2002 年版，第 16 页。

由于他精通数学，擅长音乐，是演奏吉他的高手，深得皇帝和宫廷显贵的宠幸，后留在宫廷供职。严嘉乐在华期间，给捷克摩拉维亚地区、法国巴黎和俄国彼得堡的一些教会人士发回书信，报告中国社会的状况和礼仪风俗。他与欧洲的一些天文学家也有大量通信，介绍他在中国参与的天文观察和测绘，所提供的科学信息和资料在科学界得到重视和传播，对于欧洲人了解中国的科学有重要帮助。这些书信经后人搜集整理，并翻译成捷克文，于 1935 年出版，1995 年又出版了增订本。其中文本《中国来信》由丛林、李梅翻译，2002 年大象出版社出版。严嘉乐卒于北京，葬于阜成门外明清以来外国传教士墓地（今北京行政学院院内）。

图 2-6　天文学家（17 世纪末 18 世纪初的挂毯，藏于慕尼黑皇宫博物馆）

如果从今天的中东欧地区概念来看，明清时期从波希米亚（捷克和斯洛伐克）出发的传教士为数最多，可谓群贤荟萃。如石可圣（Leopold Liebstan，1667—1711）神父 1707 年到达北京并司职宫廷音乐。艾启蒙（Ignaz Sichelbarth，1708—1780）神父 1745 年到达北京，师从郎世宁，担任宫廷画师，最终官至三品。他参与了《平定两金川得胜图》组画底稿的绘制，包括图版十六幅，由内府督造处镌刻铜版印刷，部分铜版现藏于德国国立柏林民俗博物馆。作品描绘了清廷在乾隆朝十二年至四十一年（1747—1776）两次出兵平定四川大小金川叛乱的战绩。

另外，艾启蒙还参加过圆明园西洋楼的设计。为表彰其功绩，在他 69 岁生日时，乾隆皇帝赐宴为其祝寿，还赐御题"海国耆龄"匾额。

图 2-7　《平定两金川得胜图》组画之《凯宴图》
（来源：曲延钧主编《中国清代宫廷版画》，安徽美术出版社，2002）

史料中记载的还有鲁仲贤（Johann Walter, 1708—1759）神父，1742 年作为乐师受召入京，同 1738 年到澳门、1739 年入京的西里西亚的法尔肯贝格（今捷克北部）耶稣会士魏继晋（Florian Bahr, 1706—1771）等人一起，经常在御前演奏西方音乐，指挥童声合唱，供皇帝、后妃们娱乐。另有一些波希米亚传教士到达了日本等东亚其他地区，他们对沟通中西方文化都有开拓之功。

第四节　来自南斯拉夫历史地区的传教士

在我们考察中东欧 17—18 世纪来华传教士的民族身份和地域分布情况时，可以看到在今天人们所说的西巴尔干地区即前南斯拉夫地区，也出现过杰出的历史人物。

第一位是来自达尔马提亚的邬若望（Johann Ureman, 1583—1621？）神父。他出生在亚得里亚海滨的古城斯普利特，今天属克罗地亚。1600 年 2 月 1 日在罗马进入耶稣会初修院，

1615 年 4 月 5 日启程来中国，1616 年到达澳门，1620 年 12 月前往南昌，1621 年 4 月卒于南昌，后葬于南京。如果单从时间上看，邬若望在中东欧地区来华传教士中是最早的，只是对他的生平业绩，目前我们还知之甚少。[1]

1. 关于邬若望，参见［法］荣振华：《在华耶稣会士列传及书目补编》，耿昇译，北京：中华书局，1995 年 1 月第 1 版，第 688—689 页。

第二位是斯洛文尼亚传教士刘松龄神父（August von Hallerstein, 1703—1774）[2]。他的

2. 关于刘松龄的研究，最早见于中国历史档案馆鞠德源先生发表在《故宫博物院院刊》1985 年第 1 期的论文《清钦天监监正刘松龄——纪念南斯拉夫天文学

出生地在今天斯洛文尼亚的卢布尔雅那，家族显赫，1721 年在维也纳进入耶稣会初修院，1730

家刘松龄逝世二百一十年》。斯洛文尼亚方面 2009 年出版由米加·萨耶（Mitja Saje）教授主编的《刘松龄研究文集》（A. Hallerstein - Liu Songling.

年 4 月 25 日从葡萄牙出发来中国，1738 年 9 月 4 日到达澳门。1739 年 3 月 1 日，刘松龄进入北京，

The Multicultural Legacy of Jesuit Wisdom and Piety at the Qing Dynasty Court），汇集了相关研究的最新成果。中文版由朱晓珂、褚龙飞译，吕凌峰审校，

以擅长数学受到乾隆皇帝的赏识。1743 年成为清廷官员，入钦天监协助戴进贤，戴死后刘松龄

中原出版传媒集团大地传媒·大象出版社 2015 年 2 月出版，书名《斯洛文尼亚在中国的文化使者——刘松龄》。

升为监正。1751—1762 年任巡按使，曾两度担任耶稣会中国的副省会长，官居三品，卒于北京，葬阜成门外明清以来外国传教士墓地。

刘松龄在清朝钦天监任职 30 年，在前后八任西洋人监正中是最后一位，也是任职时间最长的。他具有多方面的才能，为清廷极尽职守，在天文观测、历法制定、地理舆图、人口研究等方面都有重要建树，因此也深得乾隆皇帝的恩宠。他继前任戴进贤之后，主持了《灵台仪象志》的纂修，包含了中西两方面的天象观测成果，1757 年出版后引起西欧学术界的重视。他在乾隆朝九年至十九年（1744—1754）主持设计和制造的天球仪，借用西法简化和改造中国传统的浑天仪，堪称中西文化交流的结晶，由乾隆皇帝命名为"玑衡抚辰仪"，今藏于北京故宫博物院，而其复制件陈设在北京古观象台。

刘松龄在国际天文学界也有一定影响，1999 年斯洛文尼亚天文学家发现的 15071 号小行星即以他的名字命名。2008 年，刘松龄研究成为欧盟支持，葡萄牙、捷克、斯洛文尼亚、奥地利、中国等多国文化教育机构参加的一个国际文化项目，其目的就是推动欧洲与中国之间的文化交流。这一项目主要创意来源，是斯洛文尼亚大学亚非学系米加·萨耶教授对刘松龄的研究，以及他的夫人、美术家王慧琴有关刘松龄的专题艺术创作。斯洛文尼亚政府更是将刘松龄作为早期对华关系的最重要人物，通过世博会、学术研讨会以及多种文艺形式加以推介，中国学术界和媒体受众对刘松龄的关注和认识也不断加深。

2009 年 9 月 26 日，北京语言大学汉学研究所与斯洛文尼亚文化教育协会、卢布尔雅那大学亚非学系联合举办 2009 "早期欧洲来华传教士与汉学研究"国际学术研讨会，来自中国、斯洛文尼亚、葡萄牙、美国、日本、波兰等国的 70 余名专家学者参加，会议的议题之一就是有

关刘松龄的研究和讨论。米加·萨耶教授发表了主题演讲，介绍了他通过与中国学术界和历史档案部门的合作，在欧盟项目支持下，对刘松龄生平与业绩全面研究的成果。中国第一历史档案馆鞠德源先生、中国人民大学清史研究所高王凌教授、中国社会科学院历史所吴伯娅研究员等学者，分别从不同的角度对刘松龄在华活动和科学建树作了专题述评。另外，中国第一历史档案馆韩永福主任和中国国家档案局赵丛主任等，还就相关的文献史料和国际合作发言。这次研讨会，使国际学术界对刘松龄的研究给予了集中展示，为中东欧地区早期来华传教士研究也提供了重要的方法借鉴和启示。

图 2-8　刘松龄及其"玑衡扶辰仪"邮票

第五节　匈牙利人对中国的探索

根据现有记载，17—18 世纪匈牙利民族中也有多人曾到达中国。符志良先生在他编著的《早期来华匈牙利人资料辑要（1341—1944）》一书中提到了三位并对其生平和来华事迹作了较为全面的介绍。通过该书提供的资料，并与其他相关资料比照，我们可以对他们的生平业绩有一个大致了解。

第一位是耶稣会士葛鲁白尔·约翰（Gruëber Jean，1623—1680）神父，中文名字白乃心，字葵阳。他出生于林茨附近的圣弗罗里昂，今属奥地利，所以很多材料上将其列为奥地利人。当时，建于 1000 年的匈牙利王国已经由于奥斯曼帝国军队的入侵而解体，分割成三个部分，哈布斯堡王朝对西部有着实际控制权。白乃心 1641 年进入耶稣会初修院，1656 年受罗马教廷的派遣，独自启程探索到达中国和亚洲其他国家的陆路。当时东西方交通主要通过海路，但行程漫长，而且在海上会受到信奉新教的荷兰人阻挠，危险性很高。为解决这一问题，耶稣会总会长尼克尔（Goswin Nickel）一直寻求开辟一条陆路。为此，他挑选了白乃心和曾由陆路到达印度的日耳曼人苏纳（Bernhard Diestel，1623—1660）。他们从罗马出发，在行程中先赴波斯，沿途学习波斯及阿拉伯文，后因途遇战争，又辗转海路，绕经印度于 1658 年到达澳门，1659 年 8 月以数学家和画师身份进入北京宫廷，在当时由意大利人汤若望掌管的钦天监工作。

白乃心 1661 年 4 月离开北京西行，从反向继续探索能够连通罗马与中国的陆路。由于此前苏纳已赴山东并卒于济南，他选择了比利时人吴尔铎（Albert Le Comte de Dorville，1621—1662）神父结伴而行，二人携带了大批呈递罗马教廷的信件。他们得到了清朝皇帝的支持，经甘肃、西宁进入西藏。在拉萨他们停留了两个月，见到了达赖喇嘛。白乃心擅长作画，留有对布达拉宫的速写，这在欧洲人探索描绘西藏方面堪称首开之作。白乃心与吴尔铎离开西藏后，翻越喜马拉雅山进入尼泊尔和印度，吴尔铎行至阿格拉病亡，另一位传教士罗特代之继续西行。白乃心一行经波斯、伊斯坦布尔，1664 年 2 月回到罗马，他向教廷报告了东行的见闻。方豪的《中西交通史》提到："据云与二人同抵罗马者，尚有一中国人名玛宝，一印度人名若瑟。"[1]1671

1. 方豪：《中西交通史》（下册），台北：中国文化大学出版部印行，重排本，1983 年版，第 853 页。

年 1 月，白乃心在都灵重新申请前往中国，因体弱多病，未能实现再次来华的愿望。晚年他"变成了特兰西瓦尼亚的皇家信徒们的管理小教堂的神父"[2]，最后卒于匈牙利萨罗斯帕塔克的"巴

2. 参见 [法] 荣振华：《在华耶稣会士列传及书目补编》，耿昇译，北京：中华书局，1995 年版，第 296—297 页。

塔基巴"。

白乃心著有西藏见闻的行纪，包括大量插图，生动形象地展示了中国的建筑、服饰和各种生活场景，后被基歇尔（Athanasius Kircher，1601—1680）编入拉丁文版的《中国图说》（*China illustrata*），出版后在欧洲引起轰动并被广为效仿。德国中欧文化关系研究专家利温奇（Adolf Reichwein）在《十八世纪中国与欧洲文化的接触》一书中提到，"由于图片，此书成为十七世纪关于中国的百科全书"[3]，应该说这里也有白乃心的很大贡献。

3. [德] 利温奇：《十八世纪中国与欧洲文化的接触》，朱杰勤译，北京：商务印书馆，1962 年版，第 16 页。

第二位是 18 世纪到达澳门和广州的匈牙利人叶尔基·安德拉什（Jelky András，1730—1783）。他年轻时学习裁缝，但内心一直渴望到外面的世界闯荡，其后来的经历也颇具传奇色彩。1756 年，经在维也纳当裁缝的哥哥介绍，他准备去巴黎拜师名裁缝杜邦，不料路上被普鲁士人

抓兵，从此命运彻底改变。他当过摩尔人海盗船的奴隶，为土耳其人当过佣人，种过地，他寻机从海上逃生，危难中被一艘荷兰船救起，于是随船来到澳门。在澳门期间，他因冲撞了清廷官员的马头，被暴打并罚为佣人。后来，他乘偷来的船逃脱，来到广州。为生存所迫，投身荷兰人的军队，因表现机智勇敢，被擢升为少尉。叶尔基作为一名荷兰军官，功绩受到官方的重视。18 世纪 80 年代，他作为荷兰首位使节与日本谈判通商事宜，最终签订条约。他在离开家乡 22 年后，辞谢了宫廷的安排，于 1778 年回到匈牙利，定居布达并死在那里。

第三位是 1771 年到达琉球群岛和台湾的航海家、旅行家白纽夫斯基·莫里茨（Benyovszky Moric，1741—1786）。他少年从军，参加过普鲁士战争和波兰人的自由斗争，掌握航海技术，多次被俄军俘虏囚禁，1769 年被流放到堪察加半岛。在那里他经过秘密准备，于 1771 年 4 月率众劫船外逃。他们先驶抵日本，从那里又经过琉球群岛，最终在 8 月到达台湾。1772 年他辗转毛里求斯和马达加斯加到达法国，1774 年受法国人委托到马达加斯加，成为该岛行政首领。1784 年他又率船队航行美洲，1786 年在一次与法国人的海战中阵亡。

这三位匈牙利人都是在特定的历史背景下来华的，目的各不相同，有的出于传教需要，有的是早期殖民主义时期的个人冒险，他们的经历都充满艰辛和危难。白乃心神父在穿越西藏和开辟中欧陆路方面，航海家白纽夫斯基在由北太平洋南行台湾的海路探险方面，都留下了不凡的业绩，扩大了匈牙利民族对东方认知的途径和视野。

第六节　到达中国的第一位罗马尼亚人

在罗马尼亚民族对东方的探索及早期对华交往方面，尼古拉·斯帕塔鲁·米列斯库（Nicolae Spătarul Milescu，1636—1708）是一位先驱人物。他 1676 年作为沙俄的使臣来到中国，受到康熙皇帝的接见。他的中国之行，尤其是他撰写的相关著述，在当时的俄国宫廷以及欧洲都引起了很大反响。许多中俄关系史著作误用他早先的官职和在俄国期间的名字"斯帕法里"，我国清史文献中称其为"尼果赖罕伯理尔鄂维策"或"米库赖·噶窝里雷齐·斯帕法礼"。

　　米列斯库出生地在今天罗马尼亚东北部的瓦斯卢伊县，那里属于罗马尼亚的历史公国摩尔多瓦。他在古城雅西接受了启蒙教育，后到奥斯曼帝国都城伊斯坦布尔求学，在那里涉猎极为广泛，奠定了深厚的历史、宗教、哲学和文学基础，掌握了拉丁语、希腊语、古斯拉夫语、意大利语等多种语言。1653 年回到摩尔多瓦，后出任"御前侍卫"，"斯帕塔鲁"即来自这一官职的读音。因当时复杂的宫廷事变影响，他一度前往西欧，游历许多国家，而最终又被推荐到俄国宫廷使节事务部。1675 年，在俄国谋求向东北亚和中国扩张政治、军事和经济势力的背景下，受沙皇派遣出使，从莫斯科启程，穿越西伯利亚，绕经东北方向进入中国。

　　米列斯库使团于 1676 年 5 月抵达北京，受到康熙皇帝接见和赐宴。他与清廷就建立中俄关系进行了沟通，提出了两国关系的十二条内容；但由于当时俄国哥萨克人在黑龙江流域对华侵扰频繁，双方在外交礼仪上难以靠拢，双方外交关系未得到实质性推进。尽管如此，米列斯库使华还是有许多积极意义。

图 2-9　尼古拉·斯帕塔鲁·米列斯库塑像

　　米列斯库使华的主要贡献是促进了欧洲对中国的了解。他撰写了三部与中国相关的著作。第一部《西伯利亚纪行》（*Itinerar siberian*），是对来华旅程的详细记述。第二部《出使中国奏疏》（又称《出使报告》或《官方文件》，*Statejnii spisok*），是出使活动的正式报告。第三部《中国漫记》（*Descrierea Chinei*，又称《中国漫记和大阿穆尔河概貌》，*Descrierea Chinei și a marelui fluviu Amur*），是对中国政治、地理、行政、军事、社会、经济、文化等方面的综合介绍。这些著作对俄国宫廷了解中国起到了重要作用，后在欧洲流传，也引起了深远的反响，在同时代有关中国的系统认识方面达到了新的水准。米列斯库的文化修养极为深厚，这使他的著作从篇章结构到写作手法，都更接近游记文学，文字精湛优美，具有较高的文学审美价值。

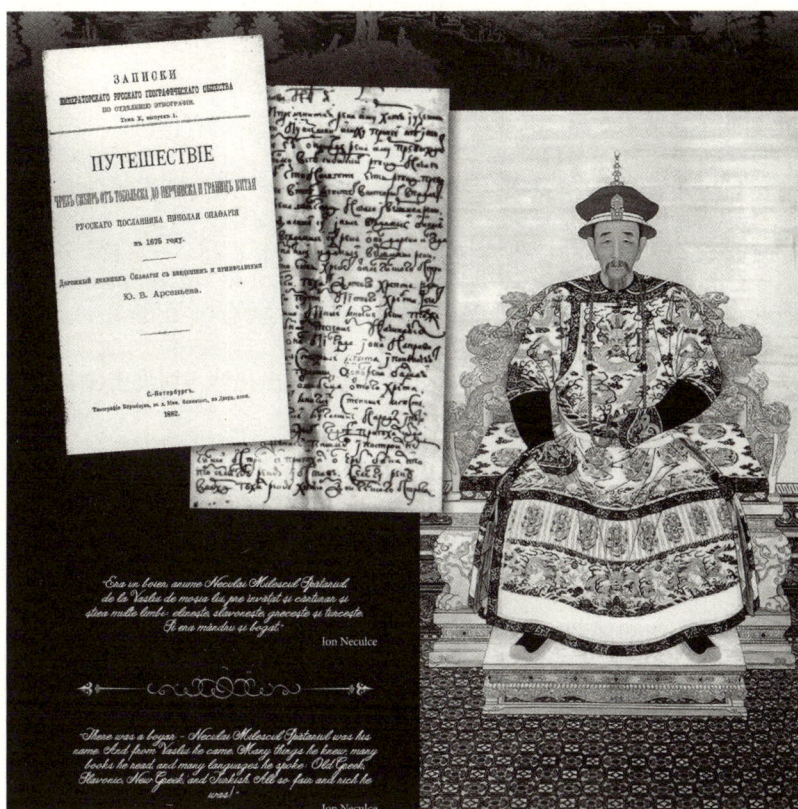

图 2-10　米列斯库在康熙年间出使中国的著作手稿及俄文抄本

《中国漫记》一书包括 58 章，除最后两章分述朝鲜和日本外，其他各章都是按不同主题介绍中华帝国的社会情况，包括历史、地理、交通、省份和人口、物产、信仰、宫廷与官府、习俗习惯、文化与科学、建筑、军事等，还有对 15 个省的专门介绍，内容广泛，风格严谨。书中很多地方都表现出对勤劳善良的中国人民和悠久灿烂的中华文明的赞叹，例如作者在第七章"中华帝国之地理位置及物产"里这样写道：

　　不过，中国大地，从沿海到内陆，一片欢乐，数不尽的山川河流，阡陌纵横，田塍井然。你找不到还有哪一个国家，能有如此辽阔的原野，像中国人这样精耕细作、技艺高超。中国景色之优美、物产之丰盛是无以伦比的。总之，别国的稀有景象，在

中国这里却俯拾皆是，再找一个像中国这样的国家，只能是惘然。中国的许多东西都

是举世无双的，因此可以说，中国犹如镶嵌在戒指上的稀世宝石。即使积世界财富之

总，也无法与中国之富庶相比。 [1]

1. 尼·斯·米列斯库：《中国漫记》，蒋本良、柳凤运译，北京：中国工人出版社，2000 年版，第 29 页。

像这样文辞优美的描写还可以举出一些。米列斯库作为俄国使者，如果不是通过细致的观察和亲身的感受，如果不是基于深厚的阅历和学者的良知，并与欧亚大陆其他地区的文明作比较的话，是不会发出如此感慨的。对这部《中国漫记》，文化史家武斌曾指出："如果我们把它与 17—18 世纪欧洲来华传教士们所写的著作对照来读，就会感到米列斯库的见识和敏锐以及学识和文采都略胜一筹。" [2] 西方学者巴得利（John F. Baddeley，1854—1940）这样评价：

2. 武斌：《中华文化海外传播史》第 3 卷，西安：陕西人民出版社，1998 年版，第 2050 页。

"唯独斯帕法里属于例外。他的地位和声望（也应该是）独一无二的。在从事同一职业的人们中间，再难以找到比这位瓦拉几亚地方的博学的希腊人与他以前由托博尔斯克出使北京的哥萨克文盲之间更为悬殊的差别了。" [3]

3. [英]约·弗·巴德利：《俄国·蒙古·中国》，上卷第 1 册，北京：商务印书馆，1981 年版，第 21 页。

米列斯库的贡献是多方面的。在北京期间，他与清廷的沟通主要使用拉丁语，通过钦天监监正南怀仁（Ferdinand Verbiest，1623—1688）翻译，此后拉丁文开始作为正式语言用于中俄两国外交。他与南怀仁在对世界的知识和学问方面不相上下，他从耶稣会士那里了解到大量有关中国朝廷和社会的情况，也为后来俄国通过耶稣会开展对华交往起到了重要的铺路作用。

由于俄国在历史上对中国长期进行侵掠，米列斯库作为沙俄使臣来华，我国的史学界在过去相当一段时间里，也自然将其来华史实置于帝国主义侵华扩张的背景下进行考察；但罗马尼亚和摩尔多瓦两国始终把米列斯库视为本民族最重要的人文主义学者、旅行家、外交家和对华关系方面的先驱者，给予极高的评价。客观地看，米列斯库的使华著作是中西文化交流方面的重要贡献，在当今中罗、中摩关系方面也是一个无法回避的代表性人物。中国国家领导人在出访罗马尼亚时，已多次在正式场合提及这位历史人物，对其业绩和影响给予了充分的认同和应有的评价。 [4]

4. 2004 年 6 月 14 日，中华人民共和国主席胡锦涛在对罗马尼亚进行国事访问期间，在罗马尼亚议会发表题为《巩固传统友谊，扩大互利合作》的演讲，其中提到：

在文学方面，米列斯库的中国之行在苏联时期就成为作家创作的素材。1927 年巴济列维奇（К.В. Базилевич）以档案材料为基础创作了关于其使团的历史小说。在罗马尼亚，米氏使

"中罗两国人民的友好交往有着悠久的历史。早在 17 世纪，一位名叫斯帕塔鲁的罗马尼亚人就来到中国，撰写了《中国漫记》一书，成为史料记载中第一位与中国交往的罗马尼亚人。"

华著作中所蕴含的对东方的探索精神和以文字记载传播的方式，对游记文学的创作也产生了明显的范式作用，从而形成了一种效仿米氏的文学叙事传统，并且不断延续。小说创作也有多部

作品问世，其中一个例子就是小说家伊万·米哈伊·科基内斯库（Ioan Mihai Cochinescu，
1951—　）1991 年出版的长篇小说《大使》（Ambasadorul）。作品以米列斯库为原型，描绘
主人公穿越西伯利亚抵达中国的经历和见闻，以及他最后的悲剧性结局，其中穿插了对中国
清廷和社会的许多离奇虚构和想象。该书由罗马尼亚图书出版社出版后，被评论界称为"年
度好书"，还获得作家联合会处女作奖和罗马尼亚科学院"扬·克良格"奖，2010 年又出版
了修订本。

第七节　到达中国的第一位塞尔维亚人

出自东南欧巴尔干地区、为俄国效力出使中国清廷并在历史上产生影响的人物，米列斯库
并非唯一。在他之后，还有一位来自波斯尼亚—黑塞哥维那的塞尔维亚人萨瓦·卢基奇·弗拉
季斯拉维奇（Sava Vladislavić，1668—1738）也充任过全权大使，在 1725—1728 年间率俄国使
团来华，开拓俄国对华关系，被载入史册。只是到目前为止，他的早期身世很少被关注，学术
界也不把他与他的故乡——前南斯拉夫或今天的波黑或塞尔维亚做过多的联系，但在塞尔维亚
学术界和外交界，对这位到达中国的塞尔维亚第一人还是颇引以为豪，近年来有多种研究或介
绍其生平业绩的著作出版。[1]

1. 关于萨瓦的研究，主要参见叶柏川：《俄国来华使团研究（1618—1807）》，北京：社会科学文献出版社，2010 年版；北京外国语大学欧洲语言文化学院
彭裕超讲师也综合中国和塞尔维亚两国文献，撰有专文《第一位来华的塞尔维亚人——萨瓦·符拉迪斯拉维奇》（手稿）。本节的编写参阅了这些材料的基本
信息。

弗拉季斯拉维奇出生在加茨科（今位于波黑塞族共和国）一个信奉东正教的塞尔维亚贵族
家庭，幼年随父亲移居杜布罗夫尼克（今克罗地亚南部城市）。他早年接受过全面良好的教育，
先后到过威尼斯、西班牙和法国，掌握意大利语、拉丁语等多种语言，具备哲学、法学、政治
学和商学等多方面知识。在经商方面也很有天赋，他协助父亲打理在奥斯曼帝国之都伊斯坦布
尔的生意，成为有影响的商人。同时他还善于政治谋略，不仅涉足苏丹宫廷的外交，而且与俄
国政界上层也建立了密切的关系，成为在两大帝国商界政界运通自如、对俄土关系有相当介入
的人物，受到彼得一世的嘉许。

1702 年底弗拉季斯拉维奇离开伊斯坦布尔后，经亚速夫堡抵达莫斯科，获得了在俄国从事

十年贸易的特许，此后他在俄国的商业规模迅速拓展。其
丰富的阅历，在交涉、谈判和语言方面的出色能力，受到
俄国宫廷的重视和信任。彼得一世曾委派他为特使，专程
前往罗马协调俄国东正教会与天主教会之间的关系。他擅
长外交、军事和商业情报的搜集，谙熟安插耳目之道，为俄
国宫廷外交建有殊功，因此还被后人视为俄国谍报的鼻祖。

图 2-11　萨瓦·卢基奇·弗拉季斯拉维
奇像

　　1725 年，彼得一世逝世，女皇叶卡捷琳娜继位。为了
向中国清廷告知彼得大帝的去世和俄国皇权的更迭，祝贺
雍正皇帝登基，保持与中国的和平，划定边界，建立自由
贸易，同时缔结稳固的条约以解决所有问题，女皇决定遣
使北京。"为此，于 6 月 18 日委派四等文官伊利里亚伯爵
萨瓦·卢基奇·弗拉季斯拉维奇为特命全权使臣。"俄国
宫廷通过外务衙门给他总训令 45 条，另有补充密令 3 项，
商务委员会也给他下达了训令 20 条。从内容上看，这些训
令主要涉及政治、军事和商务三大方面，任务明确，要求
相当具体，除一般性的外交礼仪外，绝大部分指令都是为
俄国对华拓展利益和军事侵略服务。[1]

1.【俄】尼古拉·班蒂什 - 卡缅斯基编著：《俄中两国外交文献汇编（1619—1792 年）》，中国人民大学俄语教研室译，北京：商务印书馆，1982 年版，第
136—143 页。

　　弗拉季斯拉维奇率领 120 人的使团（部分文献史料简
称"萨瓦使团"），在 1500 名随团步兵和龙骑兵护送下，
于 1725 年 10 月 12 日从圣彼得堡启程，经莫斯科于翌年 1
月 24 日抵达托博尔斯克。从 4 月 5 日至 8 月 31 日，使团
停留在俄中边境一带，搜集情报，审阅旧图，勘绘新图，
为入华谈判作各种准备。经与中方多次会晤协商，使团
120 人获准于 9 月 2 日动身前往北京。

　　10 月 21 日，使团进入京城，受到共约八千名步兵和
骑兵夹道鸣枪欢迎。11 月 4 日，弗拉季斯拉维奇觐见雍正帝，

行三拜九叩礼，呈递贺表。雍正帝对俄国遣使敦睦邦交感到十分欣慰，因此对弗拉季斯拉维奇给予了前所未有的隆重礼遇。

弗拉季斯拉维奇在京期间，与礼部尚书查弼纳、理藩院尚书特古忒、兵部侍郎图理琛等要臣在半年里进行了 30 多场谈判，由于边界问题始终未果，直到 1727 年 4 月 1 日，双方就原则问题达成初步协议 10 条。使团在 1727 年 5 月离开北京，6 月 14 日抵达边界，与清政府代表就划界问题继续会谈。"俄使萨瓦通过贿赂大学士马奇排除了在谈判中态度强硬的隆科多后，轻松地令清政府代表答应了俄方的划界方案。"[1]

1. 叶柏川：《俄国来华使团研究（1618—1807）》，北京：社会科学文献出版社，2010 年版，第 73—74 页。

中俄双方在 1727 年 10 月 21 日（雍正五年九月五日）签订十一条款，1728 年 6 月 14 日在恰克图互换，此即有关中俄两国政治、经济、宗教诸方面的《恰克图条约》。对此，《清史稿》记曰：

> 雍正五年秋九月，与俄订《恰克图互市界约》十一条。俄察罕汗卒后，其妃代临朝，为叩肯汗。遣使臣萨瓦暨俄官伊立礼，与理藩院尚书图礼善、喀尔喀亲王策凌在恰克图议定。喀尔喀北界，自楚库河以西，沿布尔固特山至博移沙岭为两国边境，而互市于恰克图。议定，陈兵鸣礮，谢天立誓。是月，定俄人来京就学额数。[2]

2. 赵尔巽等撰：《清史稿》153 卷，第 16 册，北京：中华书局，1976 年版，第 4483—4484 页。

《恰克图条约》是中俄两国通过平等谈判签订的一个条约，它划定了两国中段边界，规定了外交和边界事务的处理交涉程序，恢复了俄国在北京的商队贸易，建立了恰克图和涅尔琴斯克两地的自由贸易，确定了俄国驻华传教团的合法身份。中国以贝加尔湖之南及西南约 10 万平方公里国土割让俄国的代价，换取了中段边界较长时间的安宁，对俄国侵略野心起到了某种遏制，对边境互市、人员往来、文化教育交流都有促进作用。弗拉季斯拉维奇"以其高超的谈判手段"，迫使清廷签订《恰克图条约》，让俄国几乎实现了此前对中国的"一切类似的企图"。[3]

3. 赵尔巽等撰：《清史稿》153 卷，第 16 册，北京：中华书局，1976 年版，第 74 页。

1731 年，弗拉季斯拉维奇完成了《关于中国的实力和情况的秘密报告》，呈递女皇安娜·伊万诺芙娜。在写作中，作者借鉴了米列斯库的《中国漫记》的模式，但内容偏重实录和咨政，大量资料都来源于亲身经历和实地观察。这部著作共含 23 章，其中最后两章是向俄廷的建议：

"（一）不要在尚未做好极其充分的准备之前因小事而与中国及其属民打仗，以免开支过大和使西伯利亚边民非常需要的贸易遭到中断。" "（二）和平时期应该如何在边境筹备和增加人员、现金、军粮、枪炮及其他军需品以供将来之用，以及届时用什么方式向中国宣战为宜。"[1]

1. 〔俄〕尼古拉·班蒂什－卡缅斯基编著：《俄中两国外交文献汇编（1619—1792 年）》，中国人民大学俄语教研室译，北京：商务印书馆，1982 年版，第394—395 页。该书经专家整理翻译，在 2012 年出版了塞尔维亚文版。

作为一位使臣，弗拉季斯拉维奇的业绩或许近乎完美。今人也希望更多地从积极方面评价这类历史人物，用以鼓舞当下双边人文交流。但从中国国家和民族利益的角度看，他与米列斯库一样，都是为俄国在 17—18 世纪向东方扩张和侵略中国效力服务。对他们在历史上所持的立场和出使本质，我们在任何时候都应当保持客观清醒的认识。

第八节　中东欧本土文明及史料对中国的反映

在中东欧民族中，波兰、捷克等地处中欧的国家在先发地区社会、经济和文化影响下，形成了本民族悠久的教育和文化传统。波兰的历史编纂学发端于 12 世纪初，捷克最早的编年史著作产生于 14 世纪初，15 世纪以后编年史著作也陆续在匈牙利、罗马尼亚、保加利亚等民族国家出现。这类史书大量记载了各民族的帝王朝代、治国方略、内外战事、宗教活动、文化创造等，也旁涉与其他民族的关系和对世界的认知，其中不乏对中国的最初知识。

一、罗马尼亚编年史中对中国的记载

罗马尼亚民族史学的开创者格里戈雷·乌雷凯（Grigore Ureche，约 1590—1647）撰著的《摩尔多瓦公国史记》成书于 17 世纪，主要记载了 1359—1594 年间摩尔多瓦公国的历史，其中也有关于波兰、匈牙利、鞑靼、土耳其等民族的描写。在"鞑靼人帝国及其习俗和疆域"一节中，就可以看到有关东方和中国的文字：

鞑靼帝国地域辽阔，非但抵达克里米亚，且四方延伸，其力之悍，势及诸夷，欧罗巴大部和撒马尔罕全部尽在其中，后与斯基泰王国或赛里斯（Sireca）即今契丹（Cataio）同居亚细亚洲……东为泱泱中华（Hinneai）帝国，南临印度与恒河……西迄里海和波兰国，由此近及莫斯科，西通冰海。该国气候多变，夏酷热无比，惊雷可骇众生毙命；冬寒雪交加，狂风常令旅骑倒地，连根拔树，毁损无数。冬未曾雨，夏亦稀少，每遇及此仅润及地表。

该国产小麦、水稻及其谷物，产丝、生姜、桂皮、胡椒、大黄、糖、麝香、焦油，个别地方出金、银，葡萄酒仅酿于少数地方，契丹国（țara Cataia）不产。另有黑石可燃，因林木匮乏故常取而代之；各种牲畜颇多。[1]

1. 转引自丁超：《中罗文学关系史探》，北京：人民文学出版社，2008 年版，第 31 页。

虽然当时的这些知识有一定的局限，但它反映了罗马尼亚民族了解世界的渴求和所达到的程度。如果我们深入发掘考证，类似的记载在中东欧各民族的史书和地理文献中都会看到，因为它们都是一个民族早期对外交往的记录方式和传播异域知识的主要途径。

1795 年，罗马尼亚雅西主教公署刊印了一部《世界地理》（Universal geography）。这是由法国历史学家和地理学家克劳德·德·布菲尔（Claude de Buffier，1661—1737）撰著，摩尔多瓦的教会人士阿姆费洛西耶·霍蒂尼乌（Amfilohie Hotiniul，约 1735—约 1800）根据意大利译本转译的。其中有专门章节介绍中国，包括历史、地理、农业、手工业和商业、城市、社会、民俗等方面。

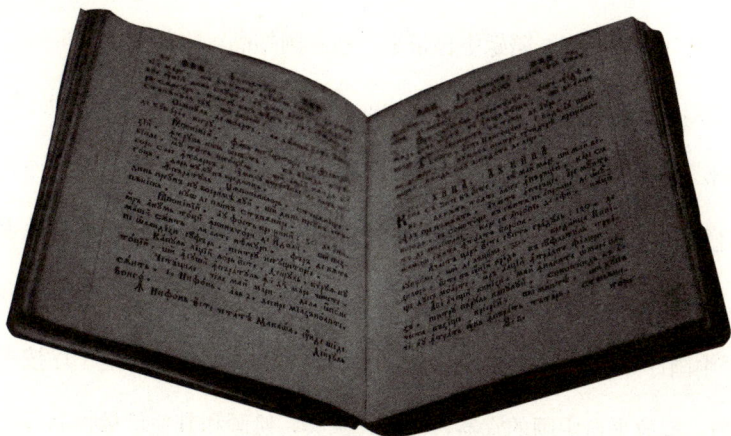

图 2-12 罗马尼亚 1795 年翻译刊印的法国人克劳德·德·布菲尔撰写的《世界地理》

16—17 世纪是中东欧民族文化发展史上的一个重要时期，各民族的宗教出版、语言文化、民族教育等较前期都有显著的发展。随着物质文明的发展和与不同民族的交往，特别是葡萄牙人和西班牙人的对东方海路的开辟，越来越多的中国知识和工艺品通过不同渠道进入欧洲，这种来自异域的文化影响也浸润到一些中东欧国家，波兰在这方面就显得相当突出。

二、"中国风"在 17—18 世纪的波兰

根据波兰历史学家伏沃达尔斯基教授的研究考证，1558 年，耶稣会士皮特·卡尼修斯（Piotr Kanizy）从波兰给罗马的耶稣会总会写信，希望开展耶稣会活动，将其发展到"莫斯科和广袤的鞑靼人居住区，直到中国的边境"。八年之后，另一位到达波兰的耶稣会士也致信罗马总会，希望在"立陶宛最大的城市"维尔诺建立神学院，继而开辟经过莫斯科和鞑靼人地区通往中国的陆路。此后在波俄战争期间，开辟从波兰前往中国之路的想法屡次提出，波兰战俘被流放到西伯利亚，人们推测其行踪也到达了中国北方。[1]

1. 参见［波兰］约瑟夫·伏沃达尔斯基：《以新的视角分析十三至十八世纪波兰与中国之间的交流》，赵刚译，"中国与中东欧国家关系史研究"国际学术研讨会论文（手稿），北京外国语大学，2013 年 10 月。

17 世纪下半叶，源自西欧的中国文化热，伴随着法语 chinoiserie（中国工艺品）一词的出现和流行，也开始影响到波兰。宫廷和贵族阶层在社交场合接受来自荷兰、法国上层馈赠的中国艺术品，进而收藏中国物品，中国的建筑风格和装饰元素深受波兰人的喜爱和效仿。

在波兰本土对中国文化产生浓厚兴趣并积极引入的，首先是国王杨·索别斯基三世（Jan III Sobieski，1674—1696 在位），他对来自东方特别是中国的异域文化格外钟情。1683 年他率波军驰援被奥斯曼军队围困的维也纳，与奥地利联军大败土军，获得的战利品中就有来自中国的工艺品；而他娶的王后来自法国贵族，陪嫁中也带来一些中国物品；路经波兰的耶稣会士们也能带来各种有关中国的知识，耶稣会士基歇尔（Athanasius Kircher，1602—1680）等人的书籍也都对他有很大影响。他不仅了解中国的哲学思想和文化，尊崇孔子，藏有标注通往"天朝"路线的地图，并且还通过耶稣会士南怀仁给康熙皇帝带去书信，以极为恭敬的言辞表示希望与中国建立外交关系，但未能成功。1680 年代初，他在华沙郊区的维兰努夫行宫（Wilanów Palace）里设立了一个"中国厅"，这是波兰 17 世纪"中国热"的典型例证。这个厅按中国风格设计，墙壁以丝绸装饰，摆放来自中国的瓷器、漆器、家具、绘画和其他珍稀物品等。在宫

廷打造中式主题厅堂的做法，在当时的欧洲也属最早的创

意之一。1688 年。索别斯基国王再次托波兰传教士带信到

北京，希望更多地了解中国的风土人情和文化艺术。[1]

1. 关于索别斯基及波兰人17—18世纪对中国文化的吸收问题，波兰学者的著作中多有考证和介绍。

　　波兰人对中国文化的热情不仅仅体现在索别斯基国

中文参见：《卜弥格文集：中西文化交流与中医西传》，第 90—91 页；文有仁、单楔撰：《美人

王和他的中国厅室及收藏，在他稍后还有列什琴斯基

鱼的国度波兰》，北京：科学普及出版社，1998 年版；许明龙：《欧洲十八世纪中国热》，北京：

家族（Leszczyński family）在雷德基娜宫（Rydezyna

外语教学与研究出版社，第 124—125 页。

Palace）专门布置的一个"漆艺阁"（lacquer cabinet），

其时间在 1695 年之前，主人是索别斯基王后的总管，与

国王夫妇关系密切。有文献描述它是一个"极为美丽的中

式八角阁"[2]。

2. Danuta Zasławska, *Chinoiserie in Poland*, in "Poland-China: Art and Cultural

　　在索别斯基三世去世后的若干年里，王室的艺术藏品

Heritage", edited by Joanna Wasilewska, Kraków, Jagiellonian University Press, 2011,

多有散落，然而波兰人对中国文化的热情有增无减。奥古

p.131.

斯特二世（August II）1731—1732 年间在维兰努夫宫再

造"中国厅"，使索别斯基三世开创的修建中式厅堂的传

统得到延续。在他之后的斯坦尼斯瓦夫·波尼亚托夫斯基

（Stanislaw II August Poniatowski, 1732—1795）国王对

中国的瓷器、家具和工艺品也颇有兴趣，根据他的旨意在

华沙开设了皇家瓷器作坊，制作精美的瓷器，其图案多受

东方瓷器的影响。18 世纪末，中国造园艺术也从西欧影响

到波兰，出现了仿造中国式的亭台楼阁和花园。这一现象

在邻近的捷克和匈牙利也有。宗教绘画也吸收了来自中国

的艺术元素。此外，波兰人 1698 年在华沙还上演过伏尔泰

的《中国孤儿》，1785 年在克拉科夫的雅盖沃大学开始有

人讲授孔子和儒学。这些例证都反映出，18 世纪的波兰在

民族文化启蒙的影响下，伴随着民族教育、文化、艺术和

科学的发展，在吸收中国文化方面达到了前所未有的程度。

图 2-13　波兰国王杨·索别斯基三世像

图 2-14　波兰人杨·克里斯蒂安·卡姆塞泽尔设计的中国桥，1779—1780 年建造于皇家林荫路与中国大道的交叉口上。（原版画由华沙大学图书馆特藏）

三、18 世纪匈牙利人与中国文化的接触

中国的建筑风格和艺术藏品，在匈牙利、捷克等国也可以看到。18 世纪"中国热"在匈牙利贵族阶层盛行，他们以收藏中国瓷器和艺术品为时尚，摆放于客厅、卧室等处，在社交中显示贵族的身份和品位。埃斯特哈茨（Esterházy）、巴尔菲（Pálffy）、特雷奇（Teleki）、泽齐（Zichy）等家族的中国艺术收藏都相当可观，其中规模最大的是埃斯特哈茨家族的收藏，分布在多座城堡，其中在客厅摆放的乌木漆面屏风等都是十分精美的艺术品。研究者们认为，匈牙利著名瓷器海兰德最初的装饰图案，也明显受到 18 世纪中国瓷器的影响。

在欧洲启蒙主义的影响下，匈牙利人已经意识到需要通过书籍来扩大对世界的了解。1778 年，拜谢尼·久尔吉（Bessenyei György）明确指出："需要编写出版一部关于世界历史的书籍，翻译成匈牙利文，通俗易懂，面向大众。"由韦尔谢格·费伦茨（Verseghy Ferenc）用匈牙利文撰著的第一部《普通世界史》（*A világnak közönséges történetei*）1790 年至 1791 年间问世，它的资料来源之一是米洛神父（Claude Francois Xavier，1726—1785）的《一般历史概要》（*Éléments d'histoire générale*）。该书第一卷有格瓦达尼·尤若夫（Gvadányi József）编写的"关于中国人"（*A sínaiakról*）的章节，认为中国是最古老的民族，其史学可以追溯到古代。[1]

1.Györgyi Fajcsák, *Collecting Chinese Art in Hungary from the Early 19th Century to 1945*, pp.7–9, pp.17–18.

图 2-15　图书艺术邮票

（2003 年 9 月 30 日中国与匈牙利联合发行，设计者：吕敬人、安多尔·安德拉什。

左：画面主图为打开的宋刻本《周礼》，背景为天一阁藏书楼。

右：画面主图为打开的《匈牙利彩图编年史》，背景为匈牙利国家图书馆。）

第三章　　晚清中国关于中东欧民族的认识及文献记载

观今日之泰西，可以知上古之中华；观今日之中华，亦可以知后世之泰西，必有废巧务拙，废精务朴之一日。[1]

——[清]曾纪泽（1839—1890）

1. [清]曾纪泽：《出使英法俄国日记》，钟叔河主编"走向世界丛书"，长沙：岳麓书社，1985年版，第178页。

　　中东欧地区地理、政体、民族和文化等方面的知识传入中国，主要起始于明末清初的西学东渐，在这方面传教士奠定了最初的基础。清朝道光二十年到二十二年（1840—1842）发生英国侵略中国的鸦片战争，封建中国开始发生转折，帝国主义的侵略和外国资本的进入，使中国变成了半殖民地、半封建的社会。中国在抵御外来侵略的战争中屡屡受挫，被迫与英、美、法等国签订一系列不平等的条约，割地赔款，开放通商口岸，民族危机日益加深。这一时期，西方文化也开始大规模涌入中国，从船炮器械、理化科技，到政治、经济、法律制度，以及各种思维方式、价值观念，几乎涉及各个方面。传教士在各通商口岸兴办学校，出版报刊，他们通过与中国人的合作，大量编译西方文化书籍，传播各种西学知识。一方面，这是帝国主义和殖民主义在武力侵华和经济掠夺的同时进行的文化输出，另一方面也是中国主动学习西方的结果。在民族危机面前，晚清社会一批要臣和士大夫在精神上受到强烈冲击，民族意识被逐渐唤醒，于是开始把目光转向世界，寻求变法图强，共同促使中西思想和文化进入了一场新的大规模碰撞和交融。伴随着这一历史潮流，中国与中东欧民族和国家之间的双向认知水平也得到了显著提升。

图 3-1　1840 年英国发动鸦片战争后，迫使清政府签订了
中国近代史上第一个丧权辱国的条约《南京条约》。

第一节　中国地理学著作对中东欧地区的介绍

　　晚清时期中国人在翻译西方地理学著作的基础上，编撰刊印了相当一些介绍世界史地知识的书籍，其中最著名的是道光年间林则徐编译的《四洲志》、魏源的《海国图志》和徐继畬的《瀛寰志略》等。这些著作为当时的中国社会带来了有关世界的系统的新知识，对于反思闭关锁国、积贫积弱的封建体制，推动中国社会的近代化进程，产生了不可低估的影响，其作者也因而成为开眼看世界的伟大先驱。这批著作的特点之一，就是除欧美大国之外，还介绍了一批人们之前不了解的中小国家和民族的情况，包括不少涉及中东欧地区的知识。

一、林则徐的《四洲志》

　　林则徐（1785—1850），字元抚，又字少穆、石麟，福建省侯官（今福州市）人，清朝晚期杰出的政治家、思想家和诗人，官至一品，曾任湖广总督、陕甘总督和云贵总督，两次受命钦差大臣。他主张严禁鸦片，亲自领导虎门销烟，在反抗帝国主义斗争中取得胜利，被誉为"民族英雄"。

图 3-2　林则徐画像（清人绘）

　　林则徐在政治和军事上力抗英国等西方列强的侵略，但主张正确看待西方国家，学习西方科学技术和文化，以富国强兵，使中国适应所面临的大变局。道光十九、二十年

（1839、1840），他作为钦差大臣在广州查办禁烟期间，为加强改善沿海防御，安排从外国购置新式大炮，学习西洋武器，采用西法练兵，开展了大量军事变革实践。同时，亲自组织翻译英文书报，主要有迁往澳门出版的《广州纪事报》、《广州周报》、《中国丛报》等。除此之外，还有专门收集翻译外国人有关中国言论的《华事夷言》，大概可算作中国官府最早的"参考消息"。

虎门销烟后，为了全面了解西方国家的历史与现状，林则徐专门派人到澳门购买了英国人慕瑞（Hugy Murray）1834 年在伦敦出版的《世界地理大全》（*Cyclopedia of Geography*），由幕下译员梁进德译出，林则徐亲自润色、编辑，撰成《四洲志》一书。该书简述世界五大洲 30 多个国家的地理、历史、政治和民情，是近代中国第一部较为系统的世界地理志，成为当时国人认识世界的重要知识来源，对晚清时期有关外国史地的研究起到了开风气之先的作用。道光二十一年（1841）七月，林则徐将《四洲志》书稿和其他一些资料郑重交予魏源，嘱其编纂《海国图志》，后者成书并产生巨大影响，与林则徐所奠定的前期史料基础密不可分。

《四洲志》中有不少关于中东欧地区的介绍，许多知识是第一次进入中国。从详略程度上看，波兰列为单独一章，内容最为全面丰富，而关于匈牙利、捷克、罗马尼亚等其他中东欧民族的信息则散附在一些介绍较大国家的章节。从罗炳良主编、张曼评注，华夏出版社 2002 年版的林著《四洲志》中，可见看到这样一些内容。

在题为"欧塞特里国"（奥地利）的第二十一章，有多处提及"寒牙里"（匈牙利），例如：

> 欧塞特里国本耶马尼部落，后值耶马尼衰弱，遂自立称王。因娶寒牙里之女为妃，遂合寒牙里国为一。（第 91 页）
>
> ……
>
> 寒牙里俗旧犷悍，较耶马尼尤甚。那卢弥者，本寒牙里南隅各地总名，与意大里亚连界。意大里亚重兵镇守，扼其要隘。耶稣纪年四百（晋安帝隆安四年），寒牙里之人阿士多罗士攻破那卢弥，率众前进，几将攻至欧罗巴洲之东方与阿细亚洲之中央。后有头目阿底那于底依士、那卢弥两处各设官兵，保障边徼。耶稣千年时（宋真宗咸平三年），遂立为国，建都于勃利斯麦。（第 92—93 页）

文中简述了匈牙利在 1001 年阿尔巴德王朝建立之前的若干信息，涉及匈牙利民族特征、地域、战争、边界等。

对"磨希弥阿"（波希米亚），即捷克，也有一段介绍，提到了疆界和邻邦，面积与人口，部落与军队，宗教与物产等。

> 磨希弥阿，东界磨那威阿，西界耶玛尼，南界沙尔斯麦，北界普鲁社。为欧塞特里阿最沃之壤，周围大山。幅员二万有四百二十五方里，户三百七十四万八千三百六十一口，领小部落四十有七。设兵十二万五百二十有七。尊奉波罗特士顿教。产布、苎麻、树木，五金以锡为最。（第 92 页）

在这一章介绍奥地利边界的时候，还提到了"伊尔那里阿"（斯洛文尼亚）和"格罗阿底阿"（克罗地亚）等地名。

第二十二章为"波兰国"，全文如下：

> 波兰国即古时之麻底阿，其人则斯可腊兔种类也。语音庞杂，风俗强悍。当意大里盛时，征讨各国，惟波兰未失寸土。自耶稣纪岁九百九十年（宋太宗淳化元年），有摩尼斯老士，始立国称王，建都于洼肖。迨千有四百年（明建文二年），协稔女王嗣位，与里都阿那酋长查遮尔伦婚配，合为一国，仍曰波兰。其后国中土豪聚党数十万，擅权自恣，国王稍不如意，动辄废立。擅田土、赋税，政自下出，王不能制。千七百七十余年（乾隆三十余年），普鲁社、俄罗斯、欧塞特里阿三国遣人说波兰王，愿助兵诛除顽梗，约割地酬劳，议未决。千七百九十有二年（乾隆五十七年），三王合兵来攻，于是被俄罗斯国夺去敏塞、几付、波罗里、窝尔希尼、俄罗傕、威尔那、哥尔兰、威的塞、目希里付十部落，普鲁社夺去东普鲁社、西普鲁社、波新三部落，欧塞特里国夺去雅尔西阿一部落。波兰仅存洼肖与格那耦两部落，而格腊耦近又不服统辖。波兰惟洼肖一区，然膏腴阜产，亦足供给各小部落。设有总领，如遇会议，各以兵自随，稍不合辄争斗，王亦置若罔闻，惟视其强弱而左右之。法旧严峻，近改宽

大，人咸欣悦，而各部落亦较前驯帖（波兰国，东界俄罗斯，南界欧塞特里，西、北界寒牙里。幅员四万八千六百五十五方里，户三百七十万口，小部落四十有七。土人奉加特力教、由教、额力教。产布、呢、麦、木、谷）。

格那耦（东、南具界牙里西阿，西界普鲁社，北界洼肖）在洼肖之南，地土肥厚。幅员五百方里，户二万四千八百口。土人尊奉加特力教。近自专制一方，不归波兰所辖。（第95—96页）

图3-3　1900年前后的波兰克拉科夫（来源：《视觉百科全书·建筑》，The Pepin Press）

第二十七章题为"都鲁机国"（土耳其），除对该国人种、战争、政事、军队、服饰、饮食、文学、物产等情况有广泛叙述外，还有相当的篇幅介绍奥斯曼帝国及其欧洲属地的河流分布，抄录如下：

关于罗马尼亚历史公国"摩尔达威"（摩尔多瓦）、"瓦拉治"（瓦拉几亚）和"特兰色洼尼"（特兰西瓦尼亚），分别记曰：

　　在摩尔达威阿部落，有河四：温都河、西列河、密士特列河，均自大山发源；勃律河通欧塞特里阿。四流汇合，同归拿那弥河，经麻尔牙里阿而出黑海。在洼腊赤阿有河八：斯载尔河自欧塞特里阿发源，阿鲁达河自大山发源，与荷尔特斯河、底流门河、阿曰士河、单摩威沙河、磨首河诸水交汇，由那弥河注黑海。（第111页）

……

摩尔达威，东界黑海，西界欧塞特里，南界洼腊治、麻尔牙里，东北界俄罗斯。领大部落四，小部落三十有二。

洼腊治，东南界麻尔牙里之那弥河，西界沙威阿，西北界摩尔达威，西北界欧塞特里。领大部落三，小部落二十有七。（第 111—112 页）

……

特兰色部，东、南俱界都鲁机，西、北俱界寒牙里，在加底唵山之外。地势崎岖，天时和暖，宜耕种。幅员二万三千五百九十四方里，户二百有二万七千五百六十六口。领小部落三十有二。尊奉加特力教、额力教、波罗特士顿教。产金、铁、盐、羊毛。（第 94 页）

图 3-4 摩尔多瓦—瓦拉几亚村舍
（来源：《视觉百科全书·建筑》，The Pepin Press）

关于"麻尔牙里阿"（保加利亚），曰：

在麻尔牙里阿部落有河七：那弥河通欧塞特里阿，底莫河、额力甘芷河、赞特腊河、珂斯马河、依斯加河、多斯河，均归那弥河，与诸水汇流出黑海。（第 111 页）

……

麻尔牙里，东界黑海，西界沙威阿，南界罗弥里阿，北界摩尔达威之那弥河。领大部落九，小部落二十有九。（第 112 页）

关于"沙威阿"（塞尔维亚），曰：

在沙威阿部落，有河三：依麻河、摩尔牙里庵河均归摩腊洼河，汇入那米河，入地中海。（第111页）

……

沙威阿，东界麻尔牙里，西界摩士尼，南界罗弥里，北界欧塞特里。领大部落二，小部落二十有四。（第112页）

关于"格罗底阿"（克罗地亚），曰：

在格罗底阿部落，有河四：沙威河通欧塞特里国，与哇麻士河、摩士那河、雷那河三水汇那弥河，出地中海。（第111页）

……

格罗底，东界摩士尼，西界意大里亚，南界哈西俄维那，北界欧塞特里。领大部落二，小部落五。（第112页）

关于"伊尔那里阿"（斯洛文尼亚），曰：

伊尔那里阿，东界格罗阿底阿，西界揽麻地，南界海，北界塞底里阿。幅员万一千百三十九方里，户百有十三万八千五百零六口。地崎岖，领小部落二十。产苎麻、丝、谷、布、呢、瓷器。（第91—92页）

关于"哈西阿威那"（黑塞哥维那），曰：

哈西阿威那，东界阿尔麻尼，西界意大里亚，南界海及意大里亚，北界摩士尼、格罗底。领大部落一，小部落八。（第112页）

关于"阿尔麻尼阿"（阿尔巴尼亚），曰：

> 在阿尔麻尼阿部落，有河三：特领河、斯甘
> 弥河、窝卒沙河，独流出地中海。（第111页）
>
> ……
>
> 阿尔麻尼，东界罗弥里，西、南界海，北界
> 沙威阿、摩士尼。领大部落六，小部落二十有一。
>
> （第112页）

　　虽然这些关于巴尔干地区地理和民族的信息还很粗浅，但从中国对中东欧地区的认知历史过程来看，已经是一个不小的进步。中国近代历史上的林则徐，不仅是虎门销烟运动之领袖、反帝御侮斗争之功臣、近代维新思想之先驱，而且也以其编撰的《四洲志》为国人了解中东欧诸国的地理、物产、民族、宗教等情况作出了奠基性的贡献。

二、魏源的《海国图志》

　　魏源（1794—1857），名远达，字默深，号良图，湖南邵阳人，道光二年举人，二十五年进士，官高邮知州，晚年弃官归隐，潜心佛学。他是中国近代史上著名的爱国主义思想家、史学家，积极提倡经世致用之学，最先明确提出向西方学习。他受林则徐嘱托而编著的《海国图志》是我国近代第一部较为系统详尽介绍世界地理历史知识的综合性图书。它以林则徐主持编译的《四洲志》为基础，参考了当时搜集到的其他中外古今近百种文献书刊资料，以及他本人的研究，扩编而成，于道光二十二年（1842）

图 3-5　魏源画像（清人绘）

初刊五十卷本，道光二十七年（1847）增补刊刻为六十卷，最终又辑录徐继畬的《瀛寰志略》等及其他资料，补成百卷，于咸丰二年（1852）刊行于世。全书详细叙述了世界舆地和各国历史、政制、经济、宗教、历法、文化、物产等情况，主张学习西方制造战舰、火械等先进技术和治军之法，探索强国御侮、匡正时弊、改良革新之路。书中总结提出了"师夷长技以制夷"的思想，对近代中国包括邻国日本都产生过很大影响。

图 3-6　《海国图志》
清光绪二年（1876）刻本

梁启超在《论中国学术思想迁之大势》中也提到，《海国图志》对日本"明治维新"起了巨大影响，认为它是"不龟手之药"。在《中国近三百年学术史》中指出："《海国图志》之论，实支配百年来之人心，直至今日犹未脱离净尽，则其在中国历史上关系不得谓细也。"

从岳麓书社 2011 年版的四卷本《海国图志》中，我们首先可以看到在欧洲的一些国别区域绘图上出现的相当一些中东欧地名，举例如下：

中欧国家

缚罗答、波罗尼（波兰），寒牙里（匈牙利），博厄美亚（波希米亚）等。（第74—76 页）

波罗的海三国

益兰部（爱沙尼亚）、利瓦邑（塔林）、勒兰部（利沃尼亚）；

利牙邑（里加）；

利道部（立陶宛）、威那邑（维尔纽斯）、鄂那邑（考纳斯）。（第 316—320 页）

东南欧和巴尔干国家地名

摩道部（摩尔多瓦）、牙西都（雅西）、牙拉邑（加拉茨）、瓦拿邑（瓦尔纳）、

瓦拉基部（瓦拉几亚）、捕加力都（布加勒斯特）、撒地拿邑（斯拉提纳）；

悉比焉部（塞尔维亚）、北牙城（贝尔格莱德）；

布里牙部（保加利亚）、所非亚邑（索非亚）、非立邑（普罗夫迪夫）、巴干山

（巴尔干山脉）、胜邑（科拉罗夫格勒）、威丁邑（维丁）；

布尼焉部（波斯尼亚）、黑所峨威尼邑（黑塞哥维那）、布赖西拿邑（萨拉热窝）；

可亚地部（克罗地亚）；

亚巴尼部（阿尔巴尼亚）等。（第 304—307 页）

由于古代地理学著作中有关域外地名的来源记载情况极为复杂，所以即使在《海国图志》同一部书中，地名也往往存在多种变体，例如波兰就有"缚罗答"、"波罗尼"、"波罗"、"破兰地"、"波罗尼亚"和"波兰"等不同译名；波希米亚有"博厄美亚"、"破闵部"、"伯闵"、"布威弥亚"；匈牙利有"寒牙里"、"云音部"、"翁加里亚"、"翁给里亚"；瓦拉几亚有"袜拉几部"、"瓦拉其地"；克罗地亚有"可剌"、"哥亚田"、"可亚田"等。对这些译名的源流变体展开考证比较，会是一个饶有学术趣味的课题。

《海国图志》对于中东欧地区的记载远不止上述地名，魏源对一些较为重要的国家和民族情况有更为详细的辑录，这些信息主要来自林则徐翻译的欧洲人撰著的史地著作。如在卷四十六可以看到"寒牙里国附记"一篇，详细记述了匈牙利的疆域、历史、兵役制度、宗教信仰、物产、行政区划、人口、气候等方面的情况。在紧接其后的"奥地里亚国沿革"篇，又征引了德国牧师、汉学家郭实腊（亦译郭士立，Karl Friedrich August Gützlaff，1803—1851）《万国地理全图集》（1838 年）的资料，内容涉及中东欧的许多民族和国家，如关于克罗地亚，称其"士民勇战。因未向化，心野意巧，以农为生。产五谷、烟等货。匈牙利之南界，各农应募为兵，镇守疆境。遇土耳其军侵犯，则其乡兵冲锋突阵"（第 1333 页）。

波兰因系中欧大国，在早期中外史地著作中也出现较多。《海国图志》中有"波兰国"、"波兰国沿革"两篇专述其国情，节录段落如下：

《万国地理全图集》曰：波兰国内之地，一曰牙里西，林丛广坦，兼有沙。国出

　　五谷、畜牲。林多狼、熊，献皮受赏。其土多出盐。百姓并拜天主圣像，信僧诱惑。民惟务农，不织布帛。其省会邻山城，内有文学院。一曰罗多麦，与牙里西为一国。其五爵代东帝治国政。百姓纳田赋税饷，待其五爵议定而后征收。其甲口城与其郊，广袤方圆千五百里，居民九万三千丁，不服他国。城内多庙寺，繁尼僧，通商邻地。

　　波兰国，昔日自主治民。因五爵相争，峨罗斯与奥地利亚、陂鲁斯两国，分夺其大半。道光十二年，效死叛乱，然交战十余合，不足抵御，自后仍归峨罗斯统辖。产五谷、蜜及木料。居民大半五爵之奴也。其都城曰挖稍城，居民十五万丁，其中三万犹太国人，好攘夺。其东方称日利刀地，与波兰国相仿。会城曰味里那，其内有文学院。窝希尼与破多里等部，昔归波兰国，遍处平敞。[1]（第 1347—1348 页）

1. 参照岳麓书社 2011 年版注释，"牙里西"为波兰东南部历史地区加里西亚，今波兰东南部及乌克兰西部；"罗多麦"为今乌克兰的波多里亚；"挖稍城"即华沙；"利刀"为立陶宛；"味里那"为维尔纽斯，"窝希尼"为沃尔希尼亚地区。

　　对罗马尼亚的三个历史公国也有不少描写，多穿插在对土耳其的介绍部分，例如对其历史公国瓦拉几亚（亦称罗马尼亚国）和摩尔多瓦就有如下记述：

　　瓦拉基，地长一千零八十里，阔四百五十里。居民九十七万丁。地平坦。河滨沉茫，田宜麦。野多群畜。土民崇拜救主耶稣。惟官吏横征私派，民皆忍受。其都布加力，居民八万丁。东北末大味，地广袤方圆五万一千方里，居民五千万丁。西方多山岭，产五谷、南果、葡萄、烟、蜜蜡、硝盐、马、牛、豕，每年售马万计。恒时被虐主压服，亦蒙峨罗斯护恤，以避土王之勒索。其都城曰牙西……（第 1373 页）

　　类似这样的介绍在《海国图志》中还可以看到很多。

　　魏源辑著的《海国图志》，作为 19 世纪中国近代第一部系统详细的世界史地著作，给当时闭塞已久的国人带来了全新的世界概念，中东欧地区的知识也第一次较为集中地进入国人视野，为后来中国政府和文化界对这一地区更多关注和与之开展交往，起到了知识引领的作用。

三、徐继畬的《瀛寰志略》

徐继畬（1795—1873），字健男，号松龛，出生山西五台县东冶镇一清贫士宦之家。嘉庆十七年（1813）18 岁参加乡试中举，道光六年（1826）31 岁中进士。初入京城时就职翰林院任编修，担任陕西道监察御史，后陆续出任广西、福建巡抚，闽浙总督，总理衙门大臣，首任总管同文馆事务大臣。是近代著名的地理学家、启蒙思想家，文学、历史、书法亦有成就。他熟悉内治，关注外情，思考变革。道光二十四年（1844）春，徐继畬公驻厦门，与美国新教传教士雅稗理(Abeel David, 1804—1846) 有过相当多的交往，从其了解到世界各国的许多情况，被后人称作中国人了解西方现代民主政治思想和制度的历史性对话。

《瀛寰志略》是他在经过五年修纂增删，于道光二十八年（1848）在福建巡抚兼闽浙总督任上刊印的东方第一部系统之世界地理著作。全书包括地球图、各洲及各国图 43 幅，正文分十卷三十五章。卷一至卷三志亚洲诸国，卷四至卷七志欧洲诸国，卷八至卷十志非洲、美洲诸国，内容涉及疆域沿革、政体宗教、历史文化、科学技术、山川物产等。其中欧洲部分除总述外，分别为俄国、瑞典、丹麦、奥地利、普鲁士、德国、瑞士、土耳其、希腊、意大利、荷兰、比利时、法国、西班牙、葡萄牙、英国等 16 个大国单独设章。由于我们今天所说的中东欧国家在当时还都未成为独立的民族国家，所以相关的信息多附录于对大国的介绍。但总体来看，对中东欧民族有相当多的涉及。我们从宋大川《瀛寰志略校注》[1] 本中引例如后。

图 3-7 徐继畬画像（清人绘）

1. [清] 徐继畬著，宋大川校注：《瀛寰志略校注》，北京：文物出版社，2007 年版。

（一）关于波罗的海民族和波兰

在卷四"欧罗巴峨罗斯国"一章，多处提到"波罗的海"，称俄"其国大略分四部，在欧罗巴境内者，曰波罗的海东部，曰波兰部……"；"波罗的海东部，西抵波罗的海，东至乌拉岭……"（第125页）

对波罗的海地区，还有这样的记述：

> 彼得罗堡之西南，曰斯多尼亚部。再西南，曰里窝尼亚部。两部内港有大埔头曰利牙，每年出入商艘千余。再南，曰孤尔兰的亚部。（第125页）

宋大川的校注本对书中介绍的主要国家、城市和地区，都注释了现今的通行译名，极大地方便了我们的阅读比照。这里的"斯多尼亚"即爱沙尼亚，"里窝尼亚"为利沃尼亚，"利牙"今译"里加"，而"孤尔兰的亚"指立陶宛。

对地域相邻的波兰，有单独段落介绍大略：

> 波兰部，（一作破兰，又作波罗尼亚，又作惹鹿惹也。）在海东诸部之西南。先是有查遮尔伦国者，与波兰邻。其王赘于波兰女王，遂与波兰合。后为峨罗斯所取，称为西峨。其人白皙，又称白峨。迨后波兰衰乱，峨罗斯与奥地利亚、普鲁士瓜分其国，峨得三分之二。道光十二年，波兰遗臣据地起兵，与峨军战，溃败而逃。其地卒归于峨，合前所得白峨地，统称波兰部。白峨地广阔平坦，草茂土肥，宜耕宜牧。其民修洁，屋宇整峻……波兰地荡平如砥，林茂草芳，谷果俱丰，兼产材木、煤炭、蜂蜜。（第127—128页）

在这段文字之后，还提到了波兰的"马索维亚"（马

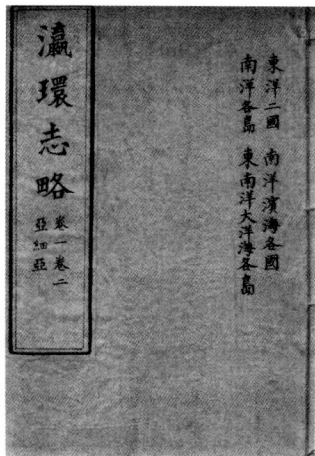

图 3-8　《瀛寰志略》

佐夫舍)、"加拉哥维亚"(克拉科夫)、"加利斯"(卡利仁)、"鲁伯林"(卢布林)、"波罗咯"(普洛茨克)、"波达拉给亚"(波德拉谢)等地名。

1795 年,波兰第三次被瓜分,原有的领土分别被俄国、奥地利和普鲁士吞并,所以在这三国的介绍中都有涉及波兰的内容。如卷五"欧罗巴奥地利亚国"一章的段落:

> 奥地利之波兰地,曰加里细亚。(一作牙里西)地平坦,有沙碛,多林薄,熊狼所宅,猎者杀之,献其皮,官为给价。其土卤,可以煎盐。民惟务农,不解纺绩,衣食皆粗粝。会城曰稜串尔各,(一作邻山)内有书院。布哥维纳,本土耳其地,奥割得之,因与加里细亚毗连,故附波兰部。(第 150 页)

这里不仅提到了加里西亚省,还提到了今天属于乌克兰的布科维纳,该地区的一部分在历史上曾属于罗马尼亚。

在"欧罗巴普鲁士国"一章中,提到了波兰西部的一些城市情况,如波兹南:

> 波森,(一作波新)在巴郎的不尔厄之东,本波兰地,普与峨奥两国,瓜分得之。地出五谷,别无产。会城曰波森,街市宽广,居民二万五千。当普人初据其地,民怀故国,多怨思。普洽以惠政,民乃胥悦。其俗尚崇天主教。(第 155 页)

以上列举的这些文字分别从俄国、奥地利和普鲁士三国的地域视角,记录了波兰亡国时期的基本信息。

(二)关于匈牙利等中欧民族

"欧罗巴奥地利亚国"一章,比较详细地介绍了匈牙利以及几个相邻的民族:

> 奥地利之匈牙利地,(一作翁给里亚,又作寒牙里,又作博厄美亚,又作班那里阿。)在国之东界。古时匈奴有别部,转徙至此,攻获那卢弥地,于赵宋咸平年间立国,称雄一时,久而浸衰。明建文年间,女王伊利萨麻嗣位,配奥王阿尔麦为夫妇。时匈牙利为波兰所攻,土耳其屡侵南境,皆赖奥地利兵力退敌保疆,遂挈国合于奥。其地幅员,倍于奥本国,半山半土,多恼河横流其间。山出金、银、铜矿,每岁得金一千余斤,银四万余斤。土得谷田五万顷,草场七万五千顷,林九万顷,园六万顷。产五谷、牲畜、葡萄酒、麻、丹参、蜜。俗不剪发,编辫,戴小圆帽,外加阔边帽,

服色尚蓝，与欧罗巴诸国迥异。地分五部。匈牙利，内分两部，曰下那卢弥，曰上那卢弥，会城在下那卢弥，曰伯堡，匈之旧都也。建于多惱河滨，居民四万一千。所辖曰伯息，居民六万一千，牲畜互市之地也。附近有補地城，居民三万四千。伸匿，居民一万七千，半以攻矿为业，产铜尤多。阿丁堡，居民以酿酒养猪为业，每岁售猪八万。剌固城，地当冲要，土耳其数来攻。五庙邑，为自古文儒聚会之区。得伯新邑，互市之地也。士额丁，居民三万，勤于农作，产烟草。达郎西里瓦尼亚，又名七山，在匈牙利之东南。山岭高际霄汉，出金铁矿。会城曰黑曼，居民二万。所属冤城，居民三万，与土耳其互市，极繁盛。有书院，肄业者一千二百人。哥罗瓦西亚，（一作可刺）在匈牙利之南，七山之西。会城曰亚哥郎。其民勤于农作，悍勇过人，奥人募为游兵，能破强敌，产五谷、烟草。斯加拉窝尼亚，在哥罗瓦西亚之西，会城曰挨塞各，土俗与哥罗瓦西亚同。以上三部，南界皆邻土耳其，各练农民为乡勇，土人来侵，则合力御之。达尔马西亚，（一作搭马）在亚得亚海滨，与壹黎里亚相接。地形狭长，土硗瘠，不足于耕，民多捕鱼或为海盗。会城曰撒刺，户口甚稀，山产药材，岩间出野蜂蜜。所属加他罗城，壁坚池深，号为险固。（第 148—150 页）

这段内容不仅涉及到匈牙利人的历史、制度、幅员、物产、服饰、都城、居民、城市等，而且还提到了今天属于罗马尼亚的特兰西瓦尼亚地区（"达郎西瓦尼亚"），以及克罗地亚（"哥罗瓦西亚"）、斯洛文尼亚（"斯加拉窝尼亚"）和达尔马提亚地区（"达尔马西亚"），这些地区在当时都属于奥地利帝国的范围。

（三）关于巴尔干地区的民族

在徐继畬修纂《瀛寰志略》的 19 世纪 40 年代，位于东南欧的罗马尼亚、保加利亚、塞尔维亚、阿尔巴尼亚等民族仍处在奥斯曼帝国统治下，因此，这些民族的情况被收入在卷六"欧罗巴土耳其国"章节，具体分别摘录如下。

1、保加利亚北部城市锡利特斯拉

西里斯的黎亚，（一作不牙）在罗美里亚之北。北阻多瑙河，风俗语音，近峨罗斯。其民勤苦力作，奉希腊教，会城曰所非，居民五万，陆路通商之地也。所辖顺刺

城，形扼山险，一夫可以当关，为土国北门之锁鑰，恃此以御峨军。多惱河一带，城堡甚多，多为备峨而设。（第 177 页）

2、波斯尼亚

波斯尼亚，（一作不尼）在极西北。北距多惱河，草场丰广。内有山，产铁甚良，居民铸为刀剑。不堪土之苛政，揭竿而起者屡矣。（第 177 页）

3、阿尔巴尼亚

日萨一尔，（一作亚剌万）在海滨，居民以猎为生，刚猛善战，勇于赴敌，稻西土精兵。会城曰药翰尼拿，昔有大酋据地以叛，土王连年攻之，不能尅。（第 177 页）

4、塞尔维亚

塞尔维亚，（一作息味。）在西里斯的黎亚之西，波斯尼亚之东，北距多惱河，会城曰占卢德师亚，（一作别甲）极坚固。其民强武好斗，奉希腊教，不乐回教钤辖。别推酋长，起兵拒土。土不能征服，与之议和，近已自立为国，纳贡于土。（第 177 页）

5、罗马尼亚公国和摩尔多瓦

袜拉几亚，（一作瓦拉基。）在西里斯的黎亚之北，北阻大山，南距多惱河，纵一千八百里，横四百五十里。地形平坦，河流交贯，土沃宜麦，草场丰茂，牧畜蕃孳。其民奉耶稣教，勤苦力作，而土政苛虐，掊尅百端。其地有大酋，如列国小侯。都城曰不加勒斯多，（一作布加力）居民八万，峨罗斯时拥护之。近已立国，纳贡于土。摩尔达维亚，（一作末大味）在袜拉几亚之北，西有山岭界隔，地极广莫。居民五十万，产五谷、南果、葡萄、烟、蜜蜡、硝盐、马、牛、猪，每岁售马邻封，可万匹。其地亦有大酋，如列侯，都城曰髻西，（一作牙西）藉庇于峨罗斯，逃土政之酷虐。近亦立国，纳贡于土。（第 177—178 页）

在历史上，在巴尔干地区分布的都是弱小民族，国际上对其关注程度很低。在 19 世纪上半叶东西方交通和信息传播都相当难的情况下，能够将这些欧洲边缘地区的主要情况逐一载于文字，简明扼要，符合实际，是极为不易的，由此也可见作者的非凡功力。

《瀛寰志略》对于当时的士大夫阶层了解外部世界，对于开启民智，都有特别重要的作用。曾国藩读后评价甚高，称徐继畲为天下才。曾的弟子郭嵩焘出使英国，在与人书中云，徐先生未历西土，所言乃确实如是，且早吾辈二十余年，非深积远谋，加人一等乎！康有为、梁启超等人也都是通过《瀛寰志略》开始认识"万国之故、地球之理"。它同林则徐的《四洲志》、魏源的《海国图志》等书一样，都以系统的世界史地知识和深刻的启蒙思想，对晚清的洋务运动，包括对中国的一些邻国尤其是日本的明治维新，影响深远。在今天看来，这些著作还是在中国与中东欧民族早期相互认知方面的重要史料。

第二节　驻外使臣对中东欧民族的记述

19世纪中国晚清派驻欧洲使臣的文字和出洋考察的游记，也为我们了解当时中国与中东欧民族之间的接触与认知情况提供了一种独特视角和史料来源。

1840年鸦片战争之后，根据中英之间签订的《江宁条约》（《南京条约》）和《天津条约》，以及中英、中法之间签订的《北京条约》，中外之间建立了常住使领制度。帝国主义国家通过在中国设置领事和派遣常驻公使，对清政府实行更有效的控制，维护和加深对中国的殖民侵略。另一方面，清政府也通过派遣驻外使臣和领事，参与了国家间的事务。1875年清朝派遣郭嵩焘为正使、刘锡鸿为副使赴英办理与马嘉理案件有关的外交，随后常驻英国，是清朝驻外使臣之始。此后，又陆续向德、美、日、法、俄等十六国派驻使臣，使"天朝"结束"闭关锁国"，开

图 3-9　郭嵩焘（1818—1891）

始进入中国近代外交时期。

清政府对外派驻的使臣，多为"熟悉洋务，洞悉边防"的重要官员或幕府人士，博学多通，很多人都是中国近代史上产生重要影响的爱国思想家和洋务运动的支持者。出使期间，他们对国外尤其是欧美大国的政治、军事、工商、贸易、社会、科学、文化等方面情况都进行了考察和深入的研究，并且遵照清政府关于"出使各国大使应随时咨送日记等件"的规定，对这些情况都"详细记载，随事咨报"，郭嵩焘、曾纪泽、薛福成等晚清驻欧使臣俱有"日记"，黎庶昌等随行外交官员也留下了多种记述。

一、黎庶昌及其《西洋杂志》

黎庶昌（1837—1896），字莼斋，贵州遵义人，晚清时期著名外交家和散文家。早年以廪贡生上《万言书》，痛陈时弊，主张改良，旨以知县补用，入曾国藩江南大营，深得信任。光绪二年（1876）起，中国开始向外派遣公使，黎庶昌被荐，先后随郭嵩焘、曾纪泽、陈兰彬等人出使欧洲，历任驻英国、德国、法国、西班牙使馆参赞，并游历比利时、瑞士、葡萄牙、奥地利等国。他旅居欧洲五年，一方面记录并研究西方各种外交活动、礼宾规则和文书特点，另一方面还细致观察各国地理、历史、政治、经济、军事、文化、教育和社会民俗，最后写成《西洋杂志》一书，记载了近代国人最初走向世界的所见所感，为研究中国近代外交和中西文化交流提供了特殊的历史视角。

在《西洋杂志》卷六"欧洲地形考略"一篇中，黎庶昌详细地介绍欧洲各国的辖地区划，其中有不少属于中东欧的地名。在俄国部分提到波罗的海地区的"哀司多尼"（爱沙尼亚）和"尔赖未尔"（塔林），"利倭尼"（利沃尼亚）和"尔利加"（里加），"波兰"和"洼尔搜未"（华沙），南部的"奴费尔罗而豫洗"（摩尔多瓦）；在土耳其国部分列有"尔诺满尼"（罗马尼亚）和都城"比加尔赖尔脱"（布加勒斯特），"塞尔未"（塞尔维亚）和都城"拜尔加得"（贝尔格莱德），"比尔加尔利"（保加利亚）和都城"索菲亚"等。[1]

1. 黎庶昌：《西洋杂志》，王继红校注，北京：社会科学文献出版社，2007年版，第129、130、140页。

黎庶昌文中的地名译法与当时其他一些中文的外国史地著作处理不同，很可能是根据他个人的听读感觉从外文直接译出，这也反映出他对欧洲研读理解的独特方式。

黎庶昌从欧洲回国后，在 1881 至 1884 年、1887 至 1889 年两度以道员身份出任中国驻日本国大臣，为中日关系多方贡献，在日本民间和驻日外交界都颇受礼遇和称赞。

二、曾纪泽及其《出使英法俄国日记》

曾纪泽（1839—1890），清朝中兴名臣曾国藩之次子，著名外交家，学贯中西，1878 年任驻英、法公使，1880 年后又兼使俄国，其最主要的贡献还在左宗棠收复新疆时他与俄国谈判据理力争，最大程度地维护了国家利益。

从他的《出使英法俄国日记》中，也可以看到他在驻法期间与塞尔维亚的使节的关系。在光绪六年（1880）正月初七日，他记录了有关"色尔毕"（塞尔维亚）的点滴情况：

> 阴，上午雨。辰正二刻起，茶食后，诵英文，至客厅翻阅粤中所购书良久。饭后，在上房久坐。偕春卿、兰亭拜教部尚书夫人，一谈；拜波斯驻法公使纳萨拉嘎夫妇，谈极久；拜色尔毕公使马利娜威奇，不晤，归。[1]

> 1. 曾纪泽：《出使英法俄国日记》，钟叔河主编，长沙：岳麓书社，1985 年版，第 300 页。

今天我们可能已经无法探知"不晤"的原因，这也没有太多的意义，重要的是通过曾氏日记中其他大量外交活动的记载，可以清晰地看到他出使欧洲期间与驻在国官方和各国公使有着频繁的交往活动，也包括塞尔维亚公使，其日记就是中塞两国之间早期外交的一个佐证。

曾氏日记对罗马尼亚也有记载，光绪七年（1881）四月三十日，他记有："晴。巳初起，茶食后，封缄寄华函牍。自批绿马尼国君书函封面良久。"[2] 这里指的就是罗马尼

> 2. 曾纪泽：《出使英法俄国日记》，钟叔河主编，长沙：岳麓书社，1985 年版，第 439 页。

图 3-10　曾纪泽（1839—1890）

亚国君向世界各国通告独立的外交信函。

三、薛福成及其《出使英法义比四国日记》

薛福成（1838—1894），晚清著名思想家和杰出外交家，一生撰述甚丰。光绪十六年（1890）初赴欧出任英国、法国、意大利和比利时四国使臣，至1894年卸任回国。薛福成在出使期间"据实纂记"，留下《出使英法义比四国日记》，内容十分丰富，既有他亲历的外交活动和各种观感，也包括摘抄整理的交涉案卷和辑录的各种资料，涉猎之广，叙述之详，均大大超过前人。

图 3-11 薛福成（1838—1894）

就以他对巴尔干地区的关注为例。光绪十六年（1890），三月二十五日记载了他拜会奥匈帝国公使和土耳其国公使的情况，其间问及土耳其国情，对方"所答甚详"，薛福成遂"备录如左"，内容除土情况外，大量涉及罗马尼亚、塞尔维亚、保加利亚和希腊等"新立自主之国"。四月十三日记，"购土耳其国地图"，又对巴尔干列国进一步研究，分别记述罗、塞、保等国家的疆土变化。七月二十七日，薛福成对罗马尼亚和塞尔维亚国情又做了如下概述：

> 罗马尼亚国本土耳其边省瓦拉虾[1]（《志略》
> 1. 罗马尼亚历史公国瓦拉几亚。
> 作袜拉几）及穆尔达费亚[2]之地，即《万国公法》
> 2. 罗马尼亚历史公国摩尔多瓦。
> 中所译第三卷第一章第三节所称属国、半主之国
> 瓦喇加、马喇达二邦旧境。光绪四年，俄土构兵，
> 两省兵民叛土助俄；事定不能复隶土国，而欧洲
> 各大国又不许其属俄。于是柏林大会各国公立两

省为罗马尼亚国，立德皇之侄沙勒尔[1]第一为君。光绪六年，彼国驻法国公使勾嘎勒

1. 卡洛尔一世（Carol I, 1839—1914），罗马尼亚大公（1886—1881）和国王（1881—1914）。

尼萨诺[2]，将该国王所上皇上一书封送曾侯[3]，请为转递，情词极为恭顺。盖即位之后，

2. 米哈伊尔·考格尔尼恰努（Mihail Kogălniceanu, 1817—1891），罗马尼亚著名政治家、律师、历史学家，曾任外交部长和驻法国公使。

普发国书，明告地球各国，将以树立名声，镇服民庶也。明年，国王从官绅之议，晋

3. 指曾纪泽，他在其父曾国藩殁死后，袭封"一等毅勇侯"爵。

加尊号，称为君主，又送国书一通请曾侯转递。

　　又塞尔斐亚国，系欧罗巴洲东方旧部，界在奥斯马加之南，土耳其之北，罗马尼

亚之西。明初，土耳其征服之，列为属地。厥后土国势衰，塞民叛土；血战二十馀年，

遂议和约，作为土国属邦。光绪四年俄土之役，塞尔斐亚兵民倒戈助俄；迨俄土议和，

不愿复属土国。于是柏林大会各国同盟底定欧洲东界事务，公立塞尔斐亚为自主之国，

立密朗[4]为国君，都柏拉格城。八年二月，该国驻法公使马利诺韦治，照会曾侯，称

4. 米兰·奥布雷诺维奇（Milan Obrenović, 1854—1901），塞尔维亚大公（1868—1882）和国王（1882—1889）。

其国君已晋加王号，特具国书奏明大皇帝，清为代奏等语，情辞亦极恭顺。[5]

5. 薛福成：《出使英法义比四国日记》，钟叔河主编"走向世界丛书"，张玄浩、张英宇标点，长沙：岳麓书社，1985 年版，第 201 页。

　　在这两段文字中，薛福成极其简明地记述了罗马尼亚和塞尔维亚两国在 19 世纪下半期反对奥斯曼土耳其控制、争取民族复兴和国家独立的历史。尤为重要的是，分别记载了罗马尼亚和塞尔维亚独立后，两国君主通过驻法国的公使向中国清朝皇帝光绪转递外交信函，通报国情，表示友好。晚清档案中对罗马尼亚卡洛尔亲王函告独立、光绪皇帝回复致贺的情况亦有明确记载：

　　光绪七年，有未经议约之绿马尼国君主递到亲笔书函，来告建号。当由臣衙门遵

照奏定章程照会该国驻法使臣传旨致贺。[6]

6.《总署奏底汇订》（全三册），国家图书馆藏历史档案文献丛刊，北京：全国图书馆文献微缩复制中心，2003 年版，第 187 页。

　　如果我们把薛、曾两臣日记与清末总理各国事务衙门档房供事据奏折的记载比照质证，可以清楚地看到，罗马尼亚和塞尔维亚两国在 1880 年前后就通过外交渠道与中国发生了官方接触和信函往来，萌发了早期的外交关系。

　　在光绪十七年（1891）六月二十一的日记中，薛福成还抄录了当年的"英国官册"，其中包括"罗马尼亚署使南兑杨糯，色斐亚（即塞尔斐亚）使姚维纪记"[7]等。

7. 罗马尼亚时驻英国公使亚历山德鲁·C. 普拉基诺（Alexandru C. Plagino），任期 1891 年 3 月 1 日至 1893 年 4 月 1 日。

薛福成日记还有不少有关中东欧地区其他国家和民族的信息。波兰、匈牙利等地系中欧重要民族，其地域和历史与大国关联紧密，因此在晚清辑印的外国史地著作中涉及甚多，已不足为奇，而对一些小国的介绍则十分罕见，其中受到许多因素的制约。在这方面，薛福成日记有许多新的拓展，关于黑山的记述就是一个突出的例子。光绪十九年（1893）八月二十二日，薛福成对黑山专门记曰：

> 门得内各罗（一作门的内哥），译言黑山，故土耳其属部，即《志略》所称黑坐义部也。北界波斯尼亚，赫次戈伟讷，东界哥沙伏，南界阿尔罢尼，西界阿得安海，周围八千四百七十五启罗迈当方里。居民二十七万二千有奇。四周皆山，万木丛列，一望如墨，故有黑山之称。本赛尔斐亚之一地。明天顺间，土兵攻赛国，下之；独门民据险扼守，避匿车尔拿哥剌山中，至今石室如蜂房。康熙四十九年，门国王贝德罗威脱始与俄立约拒土，号称自主，以保护希腊教。明年与土战，土兵死者二万人，于是门益附俄。咸丰二年，土伐门，又败去，各国助门抑土。同治元年，土攻门，围其塞听纳都城。门请盟，土胁使内属，俄人不许。光绪二年，门土复战，进踞斯居大里。柏林之会，各国立门为自主国，且强土割地。因其不通海，并以盎底佛利及端尔西纽两海口畀之；又益以波特哥利寨炮台之地，而斯居大里湖亦分其半，如是立国始定。惟地狭产瘠，故不立议院，不遣公使，惟有执政绅员八人。国人皆隶兵籍，性勇猛。亦有铁路电线。每岁出口货约值洋银五十万圆，有牲皮毛、乳油之属；岁入约洋银二十五万圆，有地税、关税、盐厘、牲捐之属。都城曰塞听纳（一作塞吞叶），当赤道北四十二度二十六分，京师西九十七度二十九分（巴黎东十六度三十九分）。[1]

1. 薛福成：《出使英法义比四国日记》，钟叔河主编"走向世界丛书"，张玄浩、张英宇标点，长沙：岳麓书社，1985 年版，第 838 页。

这段文字对黑山的介绍已经达到相当完整详尽的程度，其中提到的多处地名，如"波斯尼亚，赫次戈伟讷"（波斯尼亚和黑塞哥维那）、"阿尔罢尼"（阿尔巴尼亚）等都属于巴尔干弹丸之地，而"波特哥利寨"（波德戈里察）、"哥沙伏"（科索沃）等，大概当属首次见于我国古代文献，其特殊价值不言而喻。薛福成日记从一个侧面反映了 19 世纪末晚清中国对包括中东欧在内的外部世界的认知程度，今天来看，又为中国与中东欧国家关系史研究提供了不可多得的史料。

第三节　其他书刊对中东欧民族和国家的介绍

晚清时期，以曾国藩、李鸿章、左宗棠、张之洞为代表的洋务派人士，吸取两次鸦片战争失败的教训，积极引进外国的科学技术，建立现代银行、邮政、铁路、电报等体系。同治元年（1861）成立"总理各国事务衙门"，同治二年（1862）年附设京师同文馆。同治五年（1865）成立江南制造局这一最大的洋务企业，制造枪炮、弹药、轮船和各种机器，成为东亚最大的兵工厂，同时还设有翻译馆、广方言馆等。这些翻译机构开办新式教育，教习外文，翻译出版图书，介绍外国科学技术，派遣人员出洋游历留学等。这些都迅速扩大了晚清中国与世界的联系，有关中东欧国家和民族的各种信息越来越多地进入国人视野，虽然其影响无法与大国相提并论，但无疑在积铢累寸地丰富着中国知识分子对世界的全面认识。除前面提到的地理类著作和使臣日志外，还有其他一些出版物也包含对中东欧国家的介绍，有些内容相当丰富，这里我们仅举几例。

图 3-12 京师同文馆——中国最早的外国语学校　　　图 3-13　江南制造局翻译馆（1868 年正式开馆）

一、薛福成主持，吴宗濂、郭家骥合译的巴尔干列国志

《土耳其国志》由吴宗濂、郭家骥合译，张美翊述，光绪二十八年（1902）石印刊行。其

实该书的范围不仅仅在土耳其，而是还附带关于罗马尼亚、塞尔维亚、保加利亚、黑山、希腊五国的地理、历史等国情介绍各一篇，篇幅不大，但内容全面精详，实际上就是在晚清使臣薛福成主持下完成的一部巴尔干地区国别概略。

薛福成一直对舆地之学有极为浓厚的兴趣，在出使西欧期间不仅经常研读随身携带的《瀛寰志略》，而且"尝辑《续瀛寰志略》"，为此他在出使西欧期间，广泛采辑各国地志，组织使团随行外交官和译员翻译。薛福成过早病故，未能实现《续瀛寰志略》宏愿，由他组织翻译的部分著作被陆续刊印，《土耳其国志》便是其中之一。这部以土耳其和巴尔干地区为主的史地译著，成稿于薛福成出使期间，1901 年冬由其子薛莹中发现后校刻，冠有"无锡薛福成叔耘鉴定"。

薛福成日记中对罗马尼亚、塞尔维亚、保加利亚和黑山等国的大略，已有相当记述，这些可能是摘于当时完成的译稿。1902 年刊印的版本，对中东欧范围四国的介绍则更加全面。我们现据该版本选录部分内容，加以点校并分段，供读者览其大意。

（一）《**罗马尼亚国志**》（*GEOGRAPHY OF ROUMANIA*）全文近 3000 字，首先概述国之总况：

图 3-14　《罗马尼亚国志》
（中国国家图书馆古籍馆提供）

罗马尼亚国（通商约章类纂作绿马尼），即志略所称土耳其袜拉几亚及摩尔达维亚两部之地也。东北界勃鲁脱河，过此即俄之贝沙拉比部。西北界加尔巴脱岭，过此即奥之布哥维纳及达郎西里瓦尼部。南界多恼河，过此即布加利亚国。西界塞尔维亚国。东濒黑海。地当赤道北四十三度三十八分至四十八度十五分，京师西八十六度四十八分至九十三度五十八分（巴黎东二十度十分至二十七度二十分），凡十二万九千九百四十七启罗迈当方里，居民五百三十七万六千有奇。

初罗马尼亚两部，皆希腊种人，盖古罗马裔也。其所奉之教与俄同，与土异。土国复苛敛虐待，无所不至，部民积愤已久，皆思乘间自立。及咸丰十一年（西一千八百六十一年），土新败于俄，于是两部合一，公举总兵古士为王，号罗马尼亚半主属国（万国公法同）。岁贡方物，土方多事，只得听之。

古士新立，颇欲有为。整饬武备，讲求农牧、刑律、工艺，毋枉纵，毋酷待，惟征税加繁，在事失人，新政未行，民怨已甚，在位六年以兵变被废。

同治五年（西一千八百六十六年），各国会议，立沙勒尔为王，盖德意志王惟廉之侄，尝封为亚恩查伦藩王者也。光绪三年，俄复攻土，沙勒尔密约相助，且许假道，土人责之。沙勒尔见其无能为，遂号自主之国。次年各国大会柏林，定俄土之约。公议允许得以设政府，遣公使，嗣于光绪七年（西一千八百八十一年），加冕晋号，称为君主，布告地球诸国以树声明，镇服民庶。尝由我出使大臣两次递寄国书，用示恭顺，而伸景仰（据约章类纂）。光绪十五年（西一千八百八十九年），沙勒尔嗣位二十四年，因无嗣，立其弟亚恩查伦藩王之弟二子王爵飞合提囊为世子，复呈国书以告其事（据法署成案）。此罗马尼亚创国置君之大略也。

接着，简要介绍罗马尼亚的议院、政府、军队、铁路、邮电、进出口贸易、矿藏、物产、山川地貌等，对各行政区划"郡"，逐一述其方位、面积和人口。

（二）《塞尔维亚国志》（*GEOGRAPHY OF SERVIA*）全文约 1700 字，首先概述国之总况：

图 3-15　《塞尔维亚国志》
（中国国家图书馆古籍馆提供）

　　塞尔维亚国，故土耳其属部也。北界奥斯马加，东北界罗马尼亚，东界布加利亚，西界奥国之波斯尼亚省，南界土国之沙罗尼克及马拿斯底尔省。凡四万八千五百八十八启罗迈当方里，居民二百二十一万三千六百有奇。此国本欧东旧邦，自明天顺三年以后（西一千四百五十九年），始属于土。迨嘉庆五年（西一千八百年），塞国复叛土自立，其主曰惹尔日赛尔尼，土王因以封之，而责其人入贡。后有米老斯瓦伯烈拿佛者，塞国之将也，屡战胜土。道光十年（西一千八百三十年），国人遂奉以为王，是为瓦伯烈拿佛第一。立十年，因兵变退位。道光十九年（西一千八百三十九年），传其子密朗第一（一作密兰）。越月病殁，其弟米沙尔嗣之。道光二十二年（西一千八百四十二年），民乱，逐米沙尔。至咸丰八年（西一千八百五十八年），始复国。十年卒，其子米沙尔第二立。同治七年（西一千八百六十八年），被弑。国人立其姪密朗第四，即今之王也。

　　塞人故斯拉夫种，强武好斗，俄以其同族辄左右之。塞自为土所灭，文献荡然，于古无徵。然其国人叙述当时覆亡，谱为歌詠，至今犹传其事。故其报仇雪耻之念，虽越四百余载而未忘。得寡思逞，眈眈已久，承土中落，遂外结强援，内修武备，分道攻土。血战几二十余年，尚未得志，及俄与土战，诸部群起倒戈。柏林之约，塞国遂号自主。统绪既定，政由己出，于是国人建议，尊上王号。欧洲各国皆如所请，俾主其国。光绪八年（西一千八百八十二年），国王密朗由我出使大臣递寄国书，以立国称王来告（据约章类纂）。

　　在介绍以上基本国情后，文章又谈及塞尔维亚建国后的官职设置、议院制度、兵役、铁路、电线、进出口贸易额、货币、农牧、物产、地理等，并逐一介绍塞国各郡的面积、人口、都会、方位等。

　　（三）《布加利亚国志》（*GEOGRAPHY OF BULGARIA*）　全文约 1200 字，首先概述国之总况：

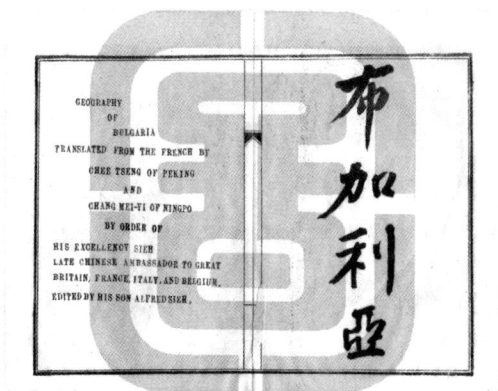

图 3-16　《布加利亚国志》
（中国国家图书馆古籍馆提供）

　　布加利亚国，故土耳其属部，即志略所称西里斯的黎亚地也（志略一作不牙，即今名之译异）。北阻多恼河，与罗马尼亚交界。南枕巴尔亘山，与东罗美里交界。东濒黑海，西邻塞尔维亚。凡六万三千九百七十二启罗迈当方里，居民一百九十九万八千九百有奇。

　　布加利亚种人居其三，皆奉希腊教。土耳其种人居其一，皆奉回教。两教积不相能，为日已久。土廷尤虐使暴敛，不堪其苦，因之时有乱事。初高加索部居民有去俄奔土者数千人，土人纳之，使居于布地。高加索人性悍喜斗，刃不去身，且多隶兵籍。布民供给役使，惟命是听。

　　光绪二年（西一千八百七十六年），布民竖旗举事，仓促戕杀回民。然乱者不过数村，其人不过数百，土廷怒，急发其地高加索人为兵捕斩之。焚毁三百余村，屠杀男女老幼一万五千余人。脔割身首，投之于河，水赤不流者一昼夜。此外淫掠虏□，鲜有免者。欧洲各国闻之皆愤。俄王阿历克山德第二以与布同教之故，且追憾其纳叛旧□，仇土尤甚。于是增兵集饷数道并进，转战连年。土不能敌，力竭请和。

光绪四年，双斯带弗拿之约，俄人拟将布加利亚与东罗美里合为一国。及柏林会议，各国定东罗美里为自主之省，布加利亚为半主之国。虽附庸于土，而其王则由国人推立。由预约各国为政，土廷惟主，画诺而已。今国中布人强，回人日弱，其酷待回民焚杀报复，乃适与昔时土人之待布人相似。论者谓修旧怨而结新仇，殆相寻未已也。

在接下来的部分，与罗马尼亚、塞尔维亚国志相似，列举了保加利亚的政府、议院、军队、装备、铁路、电线、进出口贸易额、物产、农业和灌溉等方面的信息，并逐一介绍保国各郡的面积、人口、都会、方位等。

（四）《门得内各罗国志》（*GEOGRAPHY OF MONTENEGRO*）全文约 1300 字，首先概述国之总况：

图 3-17　《门得内各罗国志》
（中国国家图书馆古籍馆提供）

门得内各罗，译言黑山，故土耳其属部，即志略所称黑坐义部也。北界波斯尼亚赫次戈伟纳，东界哥沙伏，南界阿尔罢尼，西界阿得安海。周围八千四百七十五启罗迈当方里，居民二十七万二千有奇。其国四境皆山，千岩错峙，万木丛列，一望如墨，故有黑山之名。古本塞尔维亚之一地。明天顺间，土国攻塞国下之，独门国犹据险扼守。其民避匿车尔拿哥剌山中，至今石室尚存。山多洞如窨，因又戏称为蜂房逯。

国朝康熙四十九年（西一千七百十年），门国王贝德罗威脱始与俄立约拒土，号称自主，以保护希腊教。次年与土战，土兵败，死者二万人。于是门益附俄，凡立嗣行政，必就森彼得保受命焉。其后比耶尔第一、第二相继嗣位，益修内政，结强援以自固，且就俄受封加冕，著为例。

咸丰元年（西一千八百五十一年），得尼罗继立（一作丹保爱尔）。比耶尔第二之姪也。次年土来伐门，又败去。自是兵连祸结，迭有胜负。各国又助门抑土，虽土以兵压境，门设险坚立如故。十年（西一千八百六十年），得尼罗被弑，其姪尼哥勒贝德罗威脱嗣。

同治元年（西一千八百六十二年），赫次戈伟讷叛土，门国复阴助之。土攻门，围其塞听纳都城。门请盟。土胁之使内属，俄人不允。土造炮台于沿边要地，欲以毁其全境。越二年，俄强土罢之。

光绪二年（西一千八百七十六年），塞尔维亚之役，门复与土战，进踞斯居大里。及柏林之会，欧洲各国定议，立门为自主国，且强土割地。因其不通海，并以盎底佛利及端尔西纽两海口与之，又益以波特哥利寨炮台之地，而斯居大里湖亦分其半，于是立国始定。

关于黑山还有一些十分简要的内容，涉及政府、议院、军队、铁路、电线、农产、渔业、进出口贸易额、税收等方面，并逐一介绍各郡的面积、人口、都城、方位等。

这四篇译著的内容全面而精详，各篇还附带英文标题[1]，注明源自法文，但没有具体提到

所据的原本。译著者都是晚清时期通晓外语和洋务的外交官和翻译家，他们早年作为薛福成使团的成员，在其统筹下参与"遍译西史"、"绘图译说"，在清末和民国初期的外交、文化和新学方面都颇有影响。关于他们的生平业绩，我们从各种文献资料中辑录一二。

吴宗濂（1856—1933），字挹清，号景周，江苏嘉定人，清监生，1876 年入上海广方言馆，次年入北京同文馆学习法语和俄语，毕业后任翻译，事洋务，1883 年随李鸿章去俄国订立边界条约，后在驻英、俄、法、西、奥、意等多国使馆任职，官至驻意大利钦差大臣（外交代表）。他还在上海广方言馆任过法语教习，民国时期担任过北京大总统府外交谘议等职。著有《随轺笔记》4 卷外，译著《德国陆军考》、《法语锦囊》、《桉谱》等书。

1. 各篇的英文题注为：GEOGRAPHY OF … TRANSLATED FROM THE FRENCH BY WOO ZULIN OF TAICHANG, KOANG GARKE OF PEKING AND CHANG MEIYI OF NINGPO BY ORDER OF HIS EXCELLENCY SIEH, LATE CHINESE AMBASSADOR TO GREAT BRITAIN, FRANCE, ITALY AND BELGIUM, EDITED BY HIS SON ALFRED SIEH.

郭家骥（1870—1931），字稚良，号秋坪，顺天府宛平人，毕业于京师同文馆法语科，1890 年随薛福成出使，任驻英国使馆翻译学生，为黄遵宪同事。1894 年，张之洞调其到江宁洋务局办洋务。曾在黄遵宪、汪康年、梁启超等创办的《时务报》任法文翻译，后历任中国驻葡萄牙使馆代办、京师译学馆法文教习。辛亥革命后，在中华民国外交部任职。

张美翊（1856—1924），号让三、骞叟，浙江宁波人，清末学者、古文家，人称"浙江三杰"之一。早年为弘一法师的学生，曾出使西欧多年。光绪三十年（1896）盛宣怀在上海创办南洋公学（交通大学前身），已为四品衔直隶知县的张美翊因视野开阔、博学多才，被任命为南洋公学"提调兼总理"（校长），为政府新学贡献良多。

他们能够关注到巴尔干地区的一些弱小国家并且亲自译介其地理历史情况，说明当时中国的知识阶层在认识外部世界方面是相当开放积极的，在信息把握上也达到了可观的程度。

二、其他各类书籍

晚清时期，中国的知识界和出版界对西方图书的汉译日渐重视，译书数量增加很快，对其规模先人已有不少确切的统计和研究。光绪二十五年（1899 年），徐维则就编著了《东西学书录》，收录译书 571 种，其中仅 1860—1899 年 40 年间译刊的西书就有 567 种。光绪三十年（1904）魏允恭编有《江南制造局图书目录》，共收入图书 178 种，160 余种均为江南制造局翻译馆翻译出版得科学书籍。熊之月在他的《西学东渐与晚清社会》一书中提到，"从 1900 到 1911 年，

1. 熊之月著：《西学东渐与晚清社会》，上海：上海人民出版社，1994 年版，第 13 页。

中国通过日文、英文、法文共译西书至少有 1599 种"[1]。

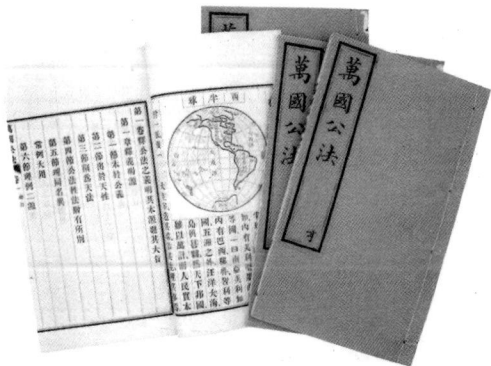

图 3-18　《万国公法》（《国际法大纲》译本，受到关心洋务派人士关注，后为涉外官员的必读书）

在当时译介的不少西方书籍中，都不同程度地包含涉及中东欧国家的内容，而且不仅仅限于很外国历史和地理类书籍。譬如：同治三年（1864）由京师同文馆刊印，美国人惠顿（Henry Wheaton，1785—1848）撰著、传教士丁韪良（W.A.P. Martin）翻译的《万国公法》（Elements of International Law），虽然是一部国际法著作，但其中也作为实例，提到了罗马尼亚公国与宗主国土耳其之间的关系。同治十三年（1875），英国人麦丁富得力在 1873 年编辑的《列国岁计政要》，由江南制造局组织传教士林乐知（Young John Allen，1836—1907）口译、浙江郑昌棪笔述，公开刊刻。这部涵盖五大洲但以欧洲为主的"统计年鉴"，就包含一些有关中东欧的国体、政体、民数、地数、军力、财政、商贸、产业、交通等各方面的信息。

中国社会科学院近代史研究所古为明曾有专文，介绍晚清时期有关罗马尼亚的记载。[1] 其中除以上两种书籍外，还提到了其他一些译书，例如《泰西新史揽要》，原名《十九世纪史》（History of Ninteenth Century），英人麦肯齐（Robert Mackenzie，亦译作卖肯西、马肯西）著，1889 年伦敦首版；由英国传教士李提摩太（Timothy Richard，1845—1919）口译，华人学者蔡尔康笔录，光绪二十一年（1895）广学会刊行。该书叙述了 19 世纪西方资本主义国家的发展历史，内容相当广泛，列国沿革、互相战争、政体演变、科技发明、著名人物、物产人口、风俗习惯，均有涉及。书中第二十卷讲"土耳基国"，在第十三节"暴虐勃而忌里亚人"记录了奥斯曼土耳其对保加利亚人起义的血腥镇压：

> 一千八百七十六年光绪二年四月间，勃而忌里亚民又不能甘受暴虐，英国即催突厥苏丹速筹善法，以安顿各省之民，不然殆矣。不料苏丹误会英人意见，不以良法安民，而以严法残民，即至勃而忌里亚省以兵力剿平之，平之则亦已耳，又在此一小省中行残暴不堪之事，为近日欧洲不论何国之所未有。其兵之至基督教村庄也，抢其物以万计，焚其屋以百计，杀其人以千计，妇孺衰老、良民无一免者，又不但杀人已也，更有各种之惨刑，有避于礼拜堂者骈诛无赦，其在路旁被杀者无人埋葬，不免有狐犬之蚕食，人皆目不忍见，耳不忍闻。[2]

在后面的三节，又分别以"俄不忍勃而忌里亚人之苦"、"突与俄战"和"突、俄立约"

---

1. 古为明：《晚清文献中有关罗马尼亚的记载》，"中国与中东欧国家关系史研究"国际学术研讨会（北京外国语大学，2013 年 10 月）论文（未刊稿）。

2. 《泰西新史揽要》，上海：上海书店出版社，2002 年版，第 363 页。

为题，讲述了 1877 年的俄土战争和巴尔干民族参战最终赢得独立的过程。

译书类还有：《欧洲十九世纪史》，轩利朴格质顿（美）著，麦鼎华译，上海广智书局光绪二十八年（1902）刊行；《俄土战争》，编书局编译，伍铨萃、邵恒浚校改，光绪三十四年（1908）版。国人撰著类有：《欧洲族类源流略》，王树枏著，光绪二十八年（1902）刊印；《五洲地理志略》，王先谦著，宣统二年（1910）湖南学务公所刊印；等等。若深入这些书籍作进一步查考，包括对晚清的其他文献书刊进行专题发掘整理，能够发现的有关中东欧国家的信息会是相当惊人的。

三、《申报》、《万国公报》等晚清报刊对中东欧的报道

到了晚清，中国近代报刊业开始出现，成为国人及时了解世界的重要信息来源。道光三十年（1850）六月二十六日，英人在上海创刊《字林西报》（*North China Daily News*），主要刊载时事新闻、商情、司法和领事信息，供侨民阅览，是当地最早的英文报纸，直到 1951 年 3 月 31 日终刊，历时 101 年。同治十二年（1872）三月二十三日，《申报》创刊，作为近代中国最有影响力的报纸，一直出至 1949 年 5 月 27 日，长达 77 年。美国传教士林乐之在同治七年（1868）创办《新教会报》（*The Church News*），在同治十三年（1874）更名为《万国公报》（*Chinese Globe Magazine*），除宣传基督教教义和活动外，还介绍外国的历史、地理、

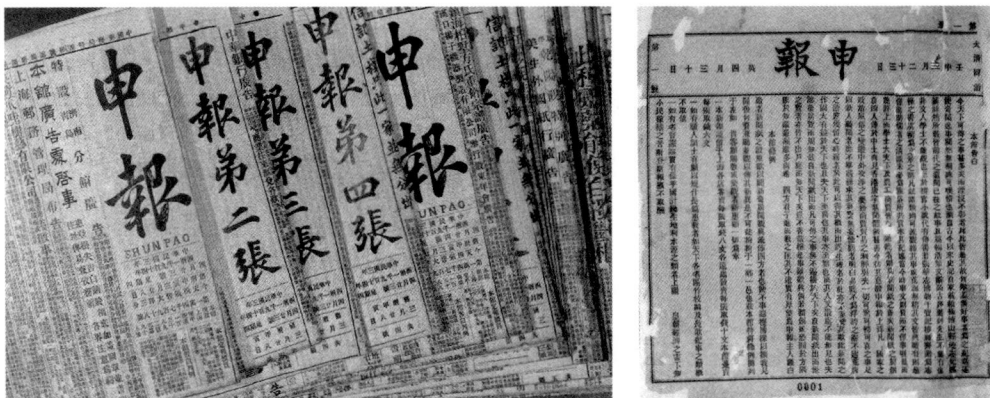

图 3-19   《申报》（近代中国最具影响力的报纸）

科学文化、时政新闻、各种趣闻等。光绪二十年（1894）之后，中国内忧外患，维新呼声日高，呈现出办报的高潮。光绪二十二年（1896），黄遵宪、汪康年、梁启超在上海创办《时务报》，旬刊，是维新派最重要、影响最大的机关报，也是中国人自己办的第一个杂志。同期还有其他一些报纸先后出版。随着这些报刊，中东欧国家的信息也源源不断地进入中国人的视野。

我们不妨从简单的统计角度来看一下《申报》。这是19世纪晚期至20世纪中期极具影响力的中文日报，包括上海版、汉口版和香港版，共26845号，全部的信息量超过20亿字。今天我们通过北京爱如生数字化技术研究中心研发制作的《申报》数据库，已经能够对其内容进行各类检索。我们在该数据库检索页面上输入中东欧16国的国名进行全文检索后，屏幕上即显示这样一些结果：波兰，共31075条记录；捷克，共19689条记录；斯洛伐克，共1955条记录；匈牙利，共7831条记录；罗马尼亚，共10155条记录；保加利亚，共3804条记录；塞尔维亚，共950条记录；克罗地亚，共31条记录；波斯尼亚，共112条记录；门的内哥罗，共17条记录；马其顿，共779条记录；斯洛文尼亚，共13条记录；阿尔巴尼亚，共3024条记录；立陶宛，共2914条记录；拉脱维亚，共571条记录；爱沙尼亚，共1714条记录。应当说，相关的内容绝大部分都出现在民国时期，但如果考虑到这些国家的名称早期汉译情况十分混乱，还有大量变体不包括在以上统计，而需要逐一辨析的话，其实际出现的程度会更高。

《万国公报》上刊发的有关中东欧特别是巴尔干地区的消息也相当可观，我们仅以该报的部分标题为例。

"巴士尼亚乱事未平"（第八年三百五十三卷，1875年9月11日，光绪元年八月十二日）；

"巴色利亚国乱事"（第八年三百五十六卷，1875年10月2日，光绪元年九月初四日）；

"巴西尼亚国乱党不服土王之命"（第八年三百七十五卷，1876年2月19日，光绪二年正月二十五日）；

"满得里哥国"（第八年三百七十六卷，1876年2月26日，光绪二年二月初二日）；

"色非亚国满德理哥国与土国战事"（第八年三百九十七卷，1876年7月22日，光绪二年六月初二日）；

"色飞亚国有等官商欲托俄国与土国讲和"（第九年四百零四卷，1876 年 9 月 9

日，光绪二年七月二十二日）；

"满得尼哥与土耳机交仗"、"马大非亚与瓦拉机亚作为局外之国"（第九年

四百零六卷，1876 年 9 月 23 日，光绪二年八月初六日）；

"鲁满尼亚自定主国"（第九年四百四十二卷，1877 年 6 月 9 日，光绪三年四

月二十八日）；

（土耳机国事）"鲁满尼亚用兵出乎不得而已"、"满得尼哥道谢俄国兴师"；

（色飞亚国）"辨明无自立为国之心"（第九年四百四十六卷，1877 年 7 月 7 日，光

绪三年五月二十七日）；

（大俄国事）"布里加利人愿投俄军"、"满得尼哥道谢俄国兴师"；（鲁满尼

亚国事）"聚兵扎寨俄军过道之右"（第九年四百四十九卷，1877 年 7 月 28 日，光

绪三年六月十八日）……[1]

1. 参见《〈万国公报〉总目·索引》，上海：上海书店出版社，2015 年版。

从以上的标题中不难看出，《万国公报》对国外特别是欧洲时局的关注程度是很高的，对

巴尔干地区的报道，无论是从信息量看，还是反映的迅捷程度，完全出乎我们一般的想象。

第四节　康有为的波兰史论和中东欧四国游记

在晚清时期与中东欧国家有过这样或那样关联的朝臣士人中，最突出的大概莫过于康有为。

他不仅写有专著《波兰分灭记》，而且还游历过匈牙利、塞尔维亚、罗马尼亚和保加利亚等国，

留有《匈牙利游记》、《欧东阿连五国游记》等第一手的相关文字记述，可谓知行合一，旷世

奇人，只是在以往的研究中并没有将其置于中国与中东欧国家关系的视角下进行研究和考释。

康有为（1858—1927 年），原名祖诒，字广厦，号长素，又号明夷、更甡、西樵山人、游

存叟、天游化人，广东省南海县丹灶苏村人，人称康南海，是晚清时期重要的政治家、思想家、

教育家，资产阶级改良主义的代表人物。他出生于官僚地主家庭，从幼年起习中国传统文化，接受正统的儒家教育，致力于科举考试和八股文。同治十三年（1874），"始见《瀛寰志略》、地球图，知万国之故，地球之理。"光绪五年（1879）开始接触西方文化，同年游香港，眼界大开，以后复阅《海国图志》等书，开始从中学转向西学。光绪十七年（1891）后在广州开设万木草堂，收徒讲学。光绪二十一年（1895）得知《马关条约》签订，上奏光绪帝，反对在甲午战争中败于日本的清政府签订丧权辱国的《马关条约》，提出应敌之策和强国大计，得到梁启超等 18 省 1300 多名举人联署支持，史称"公车上书"。

图 3-20　年轻时的康有为

　　康有为等提出"变法图强"的号召，在北京、上海组织强学会，创办报纸，宣传维新思想，严复、谭嗣同等人亦他地呼应，光绪皇帝启用康有为等。以康、梁为代表的维新派人士通过光绪帝在 1898 年 6 月 11 日至 9 月 21 日进行"戊戌变法"，倡导学习西方，改革政治、教育制度，发展农、工、商业，直至参与政治。变法维新遭到以慈禧太后为首的守旧派的强烈抵制，在随即发生的宫廷政变后惨败，但其思想启蒙意义和对中国社会进步的推动无疑是巨大的。

　　康有为作为中国近代史上探求救亡之道的一个重要代表人物，对西学颇为用心。他与中东欧国家的关联，主要发生在变法维新的思想准备阶段和变法失败后游走欧美的晚年。

一、向光绪帝进呈《波兰分灭记》

　　康有为于光绪二十四年（1898 年）向光绪帝进呈了《波兰分灭记》[1]，凡七卷。这部论著

1. 见国家清史编纂委员会·文献丛刊：《康有为全集》第四集，康有为撰，姜义华、张荣华编校，北京：中国人民大学出版社，2007年第1版，第395—423页。

大体上采用编年体叙事写法，讲述了 18 世纪波兰在波乃多斯国王[2]当政期间，由于守旧贵族阻

2. 即斯坦尼斯瓦夫·奥古斯特·波尼亚托夫斯基（Stanisław August Poniatowski），1764—1795年波兰国王。

挠，未及时变法自强，导致连续三次遭到俄国、普鲁士、奥地利等国瓜分，最终亡国的惨痛历

史事实。作者以此鉴观晚清现实，阐发了拔擢改良志士，开设制度局的必要性，恳请光绪帝"日

夕不忘波兰亡国之覆辙"，力推变法。

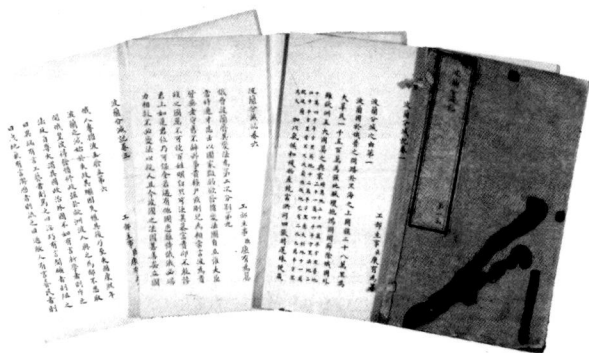

图 3-21　《波兰分灭记》
（故宫博物院藏）

　　卷首《波兰分灭记序》开宗明义，直言强国自立之重要："《传》谓：国不竞亦陵，何国

之为。呜呼！观于波兰之分灭，而知国不可不自立也。" 18 世纪波兰亡国的教训，19 世纪末

俄国藉修建铁路控制中国东北的现实，使康"臣所为每考波事而流涕太息也"，"然则吾其为

波兰乎？"在《进呈波兰分灭记序》中，作者讲述了他所了解到的波兰亡国后，从君主、后妃、

大臣到黎民百姓受到的屈辱和虐待，同样表达了他的同情和忧虑："臣既痛波兰之君民，行复

自念中国，未尝不为之掩卷流涕、泪下沾襟也。"对波兰之所以分灭的原因，也做了深刻剖析：

"一由其君忍受耻辱，不早英武自强也；一在其宰相大臣守旧保禄，苟延旦夕，而甘心卖国也。"

　　《波兰分灭记》全文约四万字，这对于精炼简约的古文来说已是相当可观的篇幅，通篇述

论相济，一气呵成。各卷目次及内容大体如下：

　　卷一：

　　波兰分灭之由第一（论波兰"灭亡之故"）；

　　波兰旧国第二（道基本国情、内政外交、战事版图、王朝沿革等）；

卷二：

俄女皇卡他利那专擅波兰第三（言波兰与俄国关系，叶卡特琳娜二世对波兰的控制）；

俄使恣捕波兰义士第四（叙俄国对 1768 年波兰国会的干涉，以及俄国公使莱普宁逮捕和流放波兰爱国者）；

波兰志士谋复国权与俄战第五（述天主教贵族组成同盟巴尔党，发愤反抗，遭俄军镇压）；

卷三：

俄人专擅波王废立第六（谈波兰失政失国的自身原因，论其在对俄关系中羸弱被动之势）；

卷四：

俄土争波兰义士起爱国党第七（敷 1768 年俄国与土耳其之间爆发战事，陈波兰国内力量面对复杂局势举义保国的斗争）

卷五：

普、奥、俄分波兰之原第八（谓普鲁士、奥地利两国觊觎波兰国土已久，借俄土战争造势取利，最终参与对波兰的瓜分）；

俄、普、奥三国第一次迫割波兰第九（说三国强行分割波兰，诡辩各种"理由"为其行径开脱，同时胁迫操纵议会，控制赋税、司法和粮饷，而波兰忠臣义士抗争败亡）；

卷六：

俄胁波兰废其变法为第二次分割第十（批波兰贵族守旧，抵制变法，俄皇从中作梗，波王寡断无能，后虽思变法，但还是受制于俄国胁迫，无法实现新宪）；

卷七：

波兰第三次分割而灭亡第十一（写波兰爱国志士为拯救国家毅然抗俄，发起科希秋什科起义，声势浩大，浴血奋战，大败俄军，然后内部分裂，俄、普、奥三国合兵围剿，起义最终失败，波兰彻底破亡）。

在《波兰分灭记》的结尾，作者再言波兰亡国教训之惨痛，进言光绪帝把握变局，勇于决断，以强力推行变法：

　　臣有为谨案：圣人不能为时当变而不变者，过时则追悔无及矣！以波兰王之明，

决意变法，可谓贤主。而内制于大臣，外胁于强邻，因循不早计；遂至于国亡身辱，

妻子不保，备古今寡有之酷毒。《中庸》贵"发强刚毅"，《洪范》以弱为六极，《易》

称"武人为于大君易"，志刚也，《诗》称汤为"武王桓拨"。当大变之时，非大武

无以拨易更革。观俄彼得之所以强，观波兰之所以亡，其欲变知变也同，而兴亡迥异，

岂有他哉？变法之勇与不勇异耳！若夸司尸乌司夸[1]之精忠赫赫，虽没犹荣。波兰可亡，

1. 夸司尸乌司夸，今译塔代乌什·科希秋什科（Tadeusz Kościuszko, 1746—1817），1794 年波兰民族起义领导人。

而夸司尸乌司夸之英灵不可泯矣！惜乎波王不能专用之以变法，至于土崩瓦解，虽发

奋慷慨，欲图恢复而不能也。臣感波亡之事，未尝不废书而流涕也。

光绪帝读了康有为进呈的著作后深受触动，对此，《康南海自编年谱》记载："当万寿后，

进《波兰分灭记》……上览之为之唏嘘感动，赏给编书银二千两。"文字之外更为重要的是，

通过康氏讲述的波兰故事，光绪帝愈发坚定了变法维新的信心。这一时期，康有为还向光绪帝

呈递了他的另外两部著作，《日本明治变政考》和《俄罗斯大彼得变政记》，借鉴他国经验，

为中国的变法寻找思想来源和实践模式。"戊戌变法"作为近代中国的一次资产阶级性质的改

良运动，深刻震动了清政府反省自我改革，推动了中华民族面对帝国主义和封建主义双重压迫

应有的思想解放，变法虽然以失败告终，但所力主的改革新政、救国图强的基本方向及其产生

的广泛影响，必然地成为了后来辛亥革命和五四新文化运动的历史前奏。

二、游记中东欧四国

"戊戌变法"失败后，康有为开始了 15 年的海外政治流亡，先是流亡日本，后辗转到过

加拿大、美国和墨西哥，但大部分时间还是香港和新加坡等英国的亚洲属地度过的。光绪三十

年（1904）初夏，他乘船经印度洋进入地中海，开始欧洲十一国游，以"考政治"。

康有为的欧游有不少文字记述，早年出版的多为《意大利游记》和《法兰西游记》两种。

2007 年，国家清史编纂委员会的文献丛刊《康有为全集》，经姜义华、张荣华编校，由中国人

民大学出版社出版，其中收录了《匈牙利游记》和《欧东阿连五国游记》。康有为以"阿连五国"

统称土耳其、罗马尼亚、保加利亚、黑山、塞尔维亚，根据他的笔记，他是在光绪三十四年六

月二十二日至七月七日（1908 年 7 月 20 日至 8 月 3 日）内游历了这些国家。文字今存塞尔维亚、保加利亚、罗马尼亚、土耳其游记四种，黑山游记尚未见，或许散佚。这些游记为我们了解康有为与今天的中东欧多国的历史联系提供了重要的史料依据。

（一）《匈牙利游记》

写于光绪三十四年六月（1908 年 7 月），全文近 2000 字，手稿藏上海博物馆。康氏文中记述了他在东游阿连诸国途中经匈牙利首都布达佩斯，以及对这个城市的观察和印象。这是他第二次到达该地，在他看来，布达佩斯是一个繁华的商业和娱乐之都，"茶寮、戏馆、浴堂、公园之盛比踪巴黎，与满的加罗[1] 鼎立，为欧洲行乐之地焉"。对依山临河的城市建筑他非常

1. 即蒙特卡罗，摩纳哥公国城市，素以赌场、歌剧院和海洋温泉浴场闻名。

欣赏，特别是对王宫，在他看来"壮丽几冠欧土"，"宫内环庭院皆雕刻精美"。布达佩斯的其他一些著名景观，诸如渔人堡、多瑙河大桥等，都被他观赏并记录下来：

> 所筑渔矶百丈高下，叠石矗墙，横列百户，侧竦亭塔，上有匈王士的份骑马像，盖匈之始从耶教者。矶墙亭塔皆峨特式，极奇诡，号为地球所无，亦非虚也。横河五桥，王宫前诘悟桥，又汽车桥；又一以列沙伯桥，一佛兰诗士约瑟桥，皆以帝后名，而悬铁索为之；又有玛结烈桥，则公爵玛结烈所筑。

康氏对布达佩斯的建筑和城市风貌是赞赏有加的，他在文中还写道：

> 其大建筑亦多伟丽，自议院、审院为最外，律师、公廨、银行、音乐院、股票交易所、戏馆皆矞皇精妙。建筑校在公园内，为希腊式，其余精丽者不可数。道路广洁，可比德国歪土那灵，夹道植树广长。

有趣的是，作者还留意到匈牙利人的音乐，对他们所使用的主要乐器不仅做了描述，而且还进行了比较考据：

> 匈之精于音乐，其琵琶最有名，欧各国多延至其乐部，衣红花衣，稍黄面者是也。

匈人颇以为食，行道间多以乞食者。今欧人琵琶之制日精矣，其木通中，其大有五六尺者，自琴之外以为通行乐器，其型皆与中国同。琵琶入中国自随之郑译始，此为吾北部音乐，匈牙利本自匈奴迁来，然则此乐自吾辈不入欧至明也，惟琴未决所自耳。

文中提到的"琵琶"，当以其古意和泛称来理解，即在古代弹拨乐器基础上改造而成，由梨形音箱、曲颈和弦组成的一种乐器，据文中的描写，莫过于大小提琴。欧洲自16世纪以后，意大利、法国、德国等国家都先后在提琴制作工艺方面达到了极为精致的水准。在匈牙利，小提琴是最为常见的乐器之一，无论是室内乐队，还是在民间日常生活中，在广场、街头、餐馆等公共场所，在节庆之时，都有演奏者欢快的琴声。

图 3-22 布达佩斯的博物馆和议院
（来源：《视觉百科全书·建筑》，
The Pepin Press）

康氏的《匈牙利游记》信息丰富，除上面的内容外，还记述了乡居的匈人（应为吉普赛人）的生活，城市美食，乡间民居等。对匈牙利人摆脱哈布斯堡皇室控制的斗争，也有所提及："匈人无日不谋自立，日日幸奥之有兵事，然奥主不许之。"

康有为离开匈牙利布达佩斯后，前往塞尔维亚，所到之处的自然环境和经济水平开始出现巨大落差，他很快看到了这些差距，心生感叹地写道："盖一出匈京，铲尽欧土繁华之俗，而亚洲尘土之形起矣，地亦枯槁，远非德、奥、法、意绿缛之色，然则有地运耶？"字里行间颇有一些今人所谈的"文明分界线"意味。

（二）《塞耳维亚游记》

全文约5000字，曾刊发在康有为在民国二年（1913年）自创自编自文的《不忍》杂志第四册，上海博物馆藏有部分手稿。作为《欧东阿连五国游记》之首篇，记述了作者访塞尔维亚游贝尔格莱德的见闻。

康氏自述，是经过十小时的汽车行程从布达佩斯抵达贝尔格莱德的。游记开篇，作者即赋诗点评了他对这个国家政治生活的印象：

游塞耳维亚京悲罗吉辣

多铙河曲三回折，左为匈境右奥城。中有崇冈临河曲，屹然危垒旌旗揭。

塞维自立启作都，千里平原此岘巍。极边保障作京室，一有边烽恐危隙。

奥将哀坚惜破比，今幸弭兵或免灭。道路崎岖既不治，室屋卑污且破裂。

议院陋小如茶室，有若荒村何可歇。太子徒游招手戏，有似儿嬉何以立。

抚有广土千里强，民愚治下无工商。但见沿途配件而戎装，以兵为国可黯伤。

百万之众难供张，小民颇复思前王。今主将军武龙骧，远处瑞士谋弑将。

假托民怨腾报章，还不讨贼见肺肠。英人责言岂畏强，操莽之奸天下是非在抑扬。

乃知春秋所彷徨，愿弑王坟何苍凉，嗟尔国小政乱何纪纲！

从这首诗里我们可以看到康有为作为一名政治家，对塞尔维亚国家政治生活的批评，所用的语言毫无掩饰，可谓针针见血。客观而言，他是在游历世界各地、遍考大国政治、深入研读比较之后得出的看法，自然有其根据。仔细阅读康氏的塞尔维亚游记，我们可以感到，但凡所到之处，皆有细致用心的观察和记述。从内容上看，大体可以归纳为两个要点：

1.以兵为国。在对这个城市自然位置简单描写后，首先给康氏留下深刻印象的是"兵房"、"武库"、"古炮"等城防设施和要塞军事据点，之后在文中又提到"以兵为国"；"盖塞耳维亚京无工无商，只有兵也，然塞耳维亚民，不过百万，而养兵三四十万，以兵为民，民劳甚矣。"对于塞兵的军事素养，他并不以为然，但对其反抗帝国统治、争取民族独立的斗争还是称道的，并且由此感叹中国面对列强侵略的怯弱。

其教兵非精练，闻多法人，军械亦购自法，其兵伍敧斜倚嬉，不足观也。然以蕞尔国自立，舍兵何恃？故近者与奥开衅，几欲称兵。岂有万里之大国如中华者，而畏人不敢言战，岂非异事哉？

2. 社会万象。文中对塞尔维亚的居民、政体、政党、文化、社会、城市建筑、教育、语言、宗教、税收、民俗、物产等都有一定的介绍，兹列举二三。

对贝尔格莱德，康氏看到"城道颇洁，绿柳青青，亦多花畦"；王宫"黄色颇丽"；"银行保险公司，最巨丽矣"；但也看到作为京城简陋落后的一面，"道泥泞，室屋卑污"。在他看来，"塞耳维亚民社会甚平等，无高卑等级，无贵族，以真农民之国也"。

关于贝尔格莱德大学，康氏写道：

> 游其大学，开四十八年矣。当闹市前三层，在塞耳维亚为丽壮矣。学生六百，教习七十，凡教三科，律学、哲学、工学，亦知所择哉。塞耳维亚小国，百余万人，而亦备一大学；此特如吾国一县耳。奈何以吾四万万人之大国，而亦限于一大学乎，岂非愚甚！

他对塞人的语言，也有相当准确的感悟和看法：

> 塞耳维亚语，纯为斯拉夫语，亦略假用突厥语，其他国语之感化绝稀。而塞语包含门的内哥语、波士尼亚语及古鲁逊语。在道辽河及西部多铙河南之地方，塞语盖为欧语中之一重要者矣。塞耳维亚与布加利亚语虽不同，然两国人各用其国语，亦能互通其意。

在游记的最后，康氏还谈到了塞尔维亚的文学，这正是我们在本书所关注的主题：

> 塞人亦如巴根各邦之俗，好作俗歌；俗歌虽简寡而明快，意味感人甚深。近代文学，虽不甚发达，然其文学结构，不拘形式而厚于感情，亦其特质也。

应当说，这段简约的文字，准确地概括了塞尔维亚民歌创作的传统，这也是整个巴尔干地区民族文学的重要内容。这些民歌源于生活，表达的感情丰富而真挚，节奏明快，语言琅琅上口，广为传唱。在19世纪初塞尔维亚文学进入近代以后，通过著名语言学家、历史学家和民间文学家卡拉季奇（Vuk Stefannović Karadžić，1787—1864）的搜集、整理、研究和出版，塞尔维亚民歌得以传承光大，为以后的作家提供了丰富的创作养分。康有为在短暂的塞国之行期间能够对此关注并有所述评，也说明其民歌具有突出感人的品质。

（三）《布加利亚游记》

全文约 7500 字，曾刊发《不忍》杂志第五册。在康氏的中东欧游记中篇幅最大，用心和用笔程度最高。

游记开篇，即介绍保加利亚民族参加 1877—1878 年俄土战争并获独立的历史，其中提到他在"廿年前编《突厥削弱记》，即述布自立事，不图今亲履其地，如读旧战记也"。接着，他对保加利亚的民族和宗教源流也作了考述。

从贝尔格莱德到索非亚，康有为已是舟车劳顿，但他对保加利亚兴致勃勃，印象颇好，评价甚高，并且十分看好保加利亚民族社会振兴之未来：

> 然苏非枕大冈，面广源，极目无尽，他日生聚，可为大都会，与塞耳维亚京之崎岖山谷远矣。今都仅类吾小邑，而全都无一非新道路，无一已成之路，而无一不修作广洁之式，嵌石堆沙，遍满诸衢，屋亦无一非新式新也。颇有石筑极新者，俄庙尤巨丽。比之塞耳维亚之污旧不治，去若天

图 3-23　塞尔维亚的皇宫
（来源：《视觉百科全书·建筑》，The Pepin Press）

壤，宜布人之自矜也。筑登登，削凭凭，触目皆是，真不愧为新邑也。吾见亦罕矣，

布之必兴，不能测所至矣。其君主宫前，以木填道已成，而整洁如巴黎矣。

类似这样的赞美，在文中还有多处。

在索非亚，康有为参观了古教堂、博物院，对当地古罗马时期的遗存，包括石刻、古画和其他文物都有记述，视"皆珍品"。

这篇游记的最重要内容恐怕还是对保加利亚政治生活的介绍，包括王宫君权和议会制度，以后者尤为详尽。从议会建筑外观到室内陈设，从参政党派到议员构成，均具体如实。颇为生动有趣的是，康参观议会之日恰逢对公众开放，他不仅以政治家的目光直面保加利亚议会政治，而且还与保商务部长进行了对话，对保实行的一院制的弊端直言不讳地加以评说：

阿连诸国皆实行一院制，是日开议院，吾特观焉。司院者待外客甚优，吾自称新

闻记者，因延吾与新闻记者并坐。其商务大臣延见握手，称未有中国客至此，中国为

古文明国，甚喜初见。问吾所见，吾称一院之制未善；彼不甚以为然，以为速而便民也。

康有为游观保加利亚议会居然恰好遇到了让他心跳不已的一幕。当天，议员们在审议增加农业税时发生激烈争执，不仅拳脚相加，甚至"拔刀而斫同党"，幸有大臣力阻打斗，但场面已极为混乱，康也急忙"避出"。对此，他十分感慨："议院之争乱哗溃、无礼无法至此，此吾所目击者。"然而，他在文中又接叙道："吾游奥维也纳，观其议院，亦大哗争，握拳持棍，或弹琵琶以乱人声。"这可谓是欧洲某些国家议会民主的真实历史写照。

康有为对保加利亚的记述还包括很多内容：他提到了斯拉夫字母创制者基里尔兄弟，强调文字对种族自立的重要；他谈到保加利亚人兴办银行和工业，重视农业的成效；赞其独立之后二十年间的进步；还对保加利亚人种与蒙古人种进行比较，对保语、塞语和俄语的差异程度进行说明，对婚俗、服饰等也有细致的描写。关于保加利亚的文学，他是这样记述的：

布人之娱乐，好歌谣，其精妙虽不及塞耳维亚人之史诗，然多长篇。曾听一人士

歌一诗而费一小时半者。诗歌多六句或八句为一节，而多生硬失韵。歌诗意多咏国中盗贼强悍之风，及男女恋爱缠绵之事，如吾国之《水浒》、《西厢》矣。

这里的观察和比对，在内容和方法上已经明显属于当今的比较文学。

作为已经可以视为文学作品的《保加利亚游记》，文中还包含四首"纯文学"的诗作。二首为七绝，康氏口占于离开索非亚东行，穿越巴尔干山的途中。"半日凡二千里，岩峦叠秀，重复浓深，然仅比吾国匡庐，山势低横，未为雄拔。"

> 半日行穿巴根山，千里岩壑道迴环；云岫排青看耸秃，涧流深碧听淙潺。

> 欧洲东岳亦尊之，山势低横雄不奇；五十年来俄突战，天分南北隔旌旂。

第三首写于出山之后、进入罗境时，由崇山入平川，跨江河行千里，对巴尔干地区进行实地考察后，联想到列国分立与一统之间的辩证关系。

> 自布加利亚穿巴根山，半日北出罗马尼亚境，乃知欧土诸岳，皆穿土中，与我国相反，故诸国竞立也
>
> 欧土三岳吾皆巡，比尔衮士大莫伦。阿尔频山居中尊，双矗雄秀摩天根。
>
> 巴根卑小难并论，皆穿土中南北分。滂沱四溃至海唇，海角权桠遂纷纷。
>
> 地中黑海多岛云，波罗的北海洲屿尤缤纷。国土无数相仆绿，崎岖各据山海滨。
>
> 弹丸棋布二千春，莫能一统兼并屯。小国寡民，君主不尊。或建市府，角立断断。
>
> 政体诡奇，乃地萌文。国会斯产，民权用伸。皆由地形所孕育，非关人力能陶甄。
>
> 吾华三边环崇山，西起陇蜀出昆仑。北自天山走贺兰，祁连太行长城垠。
>
> 南连五岭隔百蛮，中开天府万里原。凭东一面溟海澜，只有江河堑中间。
>
> 是以亘古一统全，帝者出震自乘乾。东西相反各有因，我得治安数千年。
>
> 彼久争乱铁血缠，互较得失我尤贤。彼今物质日新研，遂辟海力启坤乾。

宪法庚庚起民权，假不菲薄互资焉。水流沙转是天然，我言地形为政魂。

第四首是渡多瑙河时的感想，从河岸风光到追思旧日战火，俄土纷争，笔锋直指那场帝国之间战争的目的和实质。

自布加利亚入罗马尼亚境，渡多铙河，感俄突旧战

汪汪多铙河，南北界两国。我昔经奥匈，江浪频漠漠。

其长弥万里，到此烟波阔。平沙亘两岸，绿林点白阁。

水深澜不紫，沙鸥时狎获。风翻三色旗（罗人红黄蓝旗），呜呜舟鸣角。

汽车积烦热，清波自凉作。忆昔布人立，俄实辟其钥。

欲出黑海峡，假义行霸略。轻兵出多铙，旌旗照依约。

突人既不敌，五国乃扶弱。纷纷割地去，巴根北遂削。

我昔编其书，记突之削弱。写黄晋丹陛，鉴戒奋发跃。

十年久逋亡，不意践略约。横槊且赋诗，英雄迹如昨。

康有为还对保加利亚之所以能够实现民族独立和社会兴盛的原因作了分析，他将其归纳为宗教的凝聚力和俄国的外部支持，这应该是比较符合历史的。

（四）《罗马尼亚游记》

全文近 3000 字，手稿现藏上海博物馆。

游览匈牙利的布达佩斯、塞尔维亚的贝尔格莱德、保加利亚的索非亚之后，康有为对罗马尼亚又会是一番什么样的印象呢？

文章从罗马尼亚人的来源说起：

罗马尼亚人种，自东罗马来。尼者人种之名，盖突厥灭君士但丁那部，故东罗马人北徙居此，故语言风俗多传故国之旧，而文明程度亦比塞、布与突、希为特高。且游其境，土辟野治，驿站之洁美，道路之整齐，可比欧北诸国，而意、班诸罗马人尚不如之。他日之盛不可议，诚为欧东阿连五国之特出也。乃知立国真有自来矣。

从横亘保加利亚北部的巴尔干山跨越多瑙河，即进入罗马尼亚，"自此千里平原，绿野秀缛"。在作者眼里，多瑙河"曲折万里，汇合众流，遂泱泱浩荡，其广数里，有吾粤牂柯江之势，可比美之乌柯连，为密士必失河入海处"。如此水势可谓浩渺壮阔，"然皆远不能比吾长江也"，足迹遍布世界的康有为心中自有比较。不过，夕阳渡河，倒让他再次抚今追昔，见景观古，于是口占一诗：

多铙河流回碧漪，隔江飏飏布罗旗。追思三十年前事，俄突楼船今铁飞。

康有为对地处多元文明交汇之处的罗马尼亚产生的印象相当之好，关于这里的文明，他以一种比较文化的视域作出了自己的评价：

自多铙河南望北岸罗马尼亚，气象便自不同，其宫室尤妙异，盖地处欧东，兼有欧亚、东西之文明而熔铸之故也。其宫室本自希腊教庙式，兼有回人式，又有欧西式，三合而成之，故望之耳目一新，且尤妙雅。盖回式刻镂精美而患太密，希腊教庙式塔瓦兼印度之长，欧式大方而少刻镂，今集三者之长而去其短，实为精异。故除大建筑勿论，但言室屋之精雅，则德人新式为最，而罗马尼亚荟合欧亚之美亦次之，与夫印度捺铙之奇伟，三者几可谓冠大地矣。

对罗马尼亚的首都布加勒斯特，他同样以赞美的语气作了生动记述，文曰：

游于罗马尼亚京卜加利士，妙壮华严之楼阁相望。其各部官衙各竭其胜，邮部署外刻像最多，耸凸最曲，最妙丽。宰相宅亦大佳，其余人家园亦多胜妙。以视突京有同土壤，若视布、塞真同蚁蛭矣。虽室屋不高，然新整广洁，道路亦然。夜十一时至卜

加利士京，乘车一游。夜市甚闹，电灯荧荧，食馆、戏馆、庙宇、银行皆极壮丽，舞馆、

歌场竟夕，虽不能比匈京标德卑士而可称缩本矣。数日来，经布、塞之朴鄘为之一张目焉。

能治其国家，谁敢侮之？入其都邑，令人敬侮之心生，昔闻欧人亟称罗马尼亚，今乃信。

图 3-24　1900 年前后的布加勒斯特街景
（来源：《视觉百科全书·建筑》，The Pepin Press）

　　20 世纪初的罗马尼亚王国，经过独立后的治理，呈现出良好的发展势头，城市面貌不断改观，故首都布加勒斯特有"小巴黎"之美誉。这个历史符号对于今天的人们已经过于空泛，不过我们可以从康有为的这段文字中重新体味这个城市昔日的辉煌。康有为不仅"遍游"布加勒斯特，而且还提到了罗马尼亚山区的王宫，当为今天位于旅游胜地锡纳亚的夏宫。

　　关于罗马尼亚国家政治方面的内容，谈到了国王卡洛尔一世和议院，提到了"咳拉厘招"[1]

和"亚力山大·拉孤哗"[2] 两位政治家对罗立国政治的贡献："盖罗立于突之属部，政治最荒秽者，

今仅四十年，尽脱突俗，而与欧西诸大国齐驱，或有过者，则二公之功德可思也。"

　　因为要等黑海的船期，康有为在布加勒斯特停留了两日，得空漫步公园，"昼夜坐食于水榭亭台间，观凫游舟戏而听乐"，逍遥幽静，遥想故乡：

罗马尼亚京卜加利士公园水榭午憩

　　高柳垂垂路隔溪，微波绿榭鸟空啼。绝无人到忘身世，故国园亭梦似归。

1. 或为米哈伊尔·科格尔尼恰努（1817—1891），罗马尼亚政治家、历史学家和作家，科学院院士（1868）、院长（1887—1890），首相（1863—1865）和外交大臣（1876，1877—1878）。

2. 或为亚历山德鲁·伊昂·库扎（1820—1873），摩尔多瓦和蒙特尼亚联合公国、罗马尼亚民族国家的首任国君（1859—1862，1862—1866）。

康有为对罗马尼亚环境的整洁也颇有好感：

> 罗人能治其都邑，田野人家皆极整洁，车站尤胜。站场外垂籁高柳，绕屋幽阴，
> 设栅种花，扫撒极洁。惟欧北各国似之，欧南若法、奥、意、班、葡皆不如也。

他还乘车经过了多瑙河大桥，这是罗马尼亚著名工程师和科学家安格尔·萨利尼（Anghel Saligny，1854—1925）于 1890—1895 年间主持修建的，位于多瑙河下游的切尔纳沃德，当时是欧洲最长的大桥。康有为对此写道：

> 有二长桥为汽车渡诸洲，一五启罗迈当；其一为三启罗迈当，中作高拱型，桥头
> 有大金人守之，形胜奇壮。纽约桥最有名于大地，吾与此桥以为不让纽约也。

图 3-25　1902 年的罗马尼亚切尔纳沃德跨多瑙河大桥，时称"卡洛尔一世国王大桥"。

康有为对罗马尼亚的记述还包括其他一些内容，如有关农业、矿业、学校、工厂、行政区划、兵力等方面的信息。

在旅罗的第三天晚，康有为抵达了罗马尼亚黑海港口城市康斯坦察，从那里登船转赴土耳其。在渡黑海且留下文字记载的中国人里，可能他是第一位。

（五）关于《门的内哥游记》

康氏所说的"阿连五国"还包括"门的内哥"，即今天的黑山共和国，但康氏著作的研究者称，并未见《门的内哥游记》。如果我们留意《布加利亚游记》的结尾，可以看到那里即是对"门的内哥"的介绍，现将该段落抄录如下：

> 门的内哥国于巴根西南山中，在布加利亚西南。以其国小而险远，故独未至，然其国俗，已见其大概矣。其文字、言语、衣服、人种、教宗，皆与塞维、布加利亚同。惟所见其人，独较高大肥白，似瑞典、德人，而尚过之，犹吾国之有山东大汉，印度之有宾杂人，皆特颀伟强膂力。突京多延以守门，以山居人而高大肥白，亦可异也。其人性多忠义，尚勇敢，故各国甚倚重之，多延为兵。其妇女多力，能举臼，且能任战，上下山石如飞。故能以三十万人蕞尔之国，而能与突久战，与布加利亚同时自立，盖有所自，非徒恃山险也，此亦欧东之瑞士矣。今自立后，举国为兵，渐教工商，兴学校。闻其山水幽胜，岩瀑奇妙，冬夏皆雪，避暑亦佳，亦不亚瑞士，但地僻欧东，铁道未辟，未及大开耳。见其妇女亦多秀白，迥非欧东五国之黄黑，盖地势高寒故也。百年后交通既便，或为一新土矣，何所无桃源乎？

从这段文字中已经比较清晰地看到，康有为并没有单独前往黑山，很可能这里的记述就是《门的内哥游记》，而不再另有他篇。不论怎样，康氏对黑山的关注和所留下的文字，都极为珍贵。

从以上选取的康氏游记片断和要点来看，他在 1908 年对中东欧四国的考察和对五国的记述，堪称国人看世界的一次破天荒之举，无论是较前人依靠舆图和根据国外材料编撰的著作了解世界，还是与那些驻欧使臣在他国借助书刊和口耳遥观东欧小国相比，都是重要的突破。康氏以文人和政治家的独特目光和优雅笔触，真实而准确地记录了他的沿途观感，对所到国家的政治、社会等各个方面都作了分析，为我们提供了 20 世纪初东欧诸国的全景图。不仅如此，他在观察这些国家时，既考大局又看细节，始终以一种宽广的全球视野，以一种文化比较的方法，来进行独立自由、言之有据的评价，因而得出的结论总体上客观公允，耐人寻味。以往对康氏的研究主要关注其变法维新的思想和作为，以及流亡海外最终维护帝制走向反动的变化历程，而对这些游记并未给予应有的重视。今天当我们从中国与中东欧国家文化关系史的视角读解这些文字的时候，深感其史料价值之高，穿越文化时空之深，意义凸现，不言自明。

第四章　　晚清时期来华的中东欧人士
　　　　　及对双边文化交流的影响

在到徐家汇去的路上，两旁的风光使我想起了布拉迪斯拉发地区黑水一带的景色。[1]

——[奥匈帝国]泽齐·约瑟夫伯爵的中国旅行日记（1876）

　　当我们用目光追溯审视中国与中东欧国家近现代关系的时候，可以看到 19 世纪上半期的中东欧民族地区还处于异族帝国的统治下。波兰在 1795 年已被俄国、普鲁士和奥地利三国瓜分；捷克、斯洛伐克、匈牙利、斯洛文尼亚、克罗地亚以及特兰西瓦尼亚等地区，先是在奥地利帝国，1867 年以后又属于奥匈帝国；罗马尼亚、保加利亚、塞尔维亚、波斯尼亚、黑山、阿尔巴尼亚等仍被奥斯曼帝国统治，直到 1877 年以后逐步获得独立。然而，这也是一个民族觉醒，民族解放斗争与社会革命风起云涌的重要时期。其基本方向就是摆脱帝国统治与压迫，争取民族独立，建立现代政治制度，发展资本主义，振兴民族教育和文化，即从传统文明走向现代文明。在这一进程中，中东欧民族普遍受到启蒙主义思想和法国大革命的影响，自觉加强了与其他民族和文化的联系。对于那些在政治地位、经济水平和文化传统上具备一定条件的民族，其探索世界的触角也自然延伸到更远的地方，包括东亚和晚清中国。

第一节　匈牙利人的东方情结与奥匈帝国对华关系

　　在中东欧民族中，匈牙利人因其先祖来自亚洲，而有着深厚的东方情结，这对该国东方学的形成和发展也产生了一种内在需求和动力。19 世纪，匈牙利人致力于东亚探险考察，无论从批次人数、行迹范围，还是从取得的成果和所产生的影响看，都相当可观。特别是乔玛·山多尔对南亚的考察，在研习藏语和藏传佛教方面进行的开拓性活动及成就，使藏学在欧洲成为一门独立的国际性学科，匈牙利也因此成为国际藏学研究的重镇。匈牙利人在 19 世纪对华的各种探险考察，总体上偏重地理、科学、民族和文化，但也与政治、经济、军事等方面有不同程度的关联，到了奥匈帝国时期尤其明显。

一、欧洲藏学的开山祖师匈牙利人乔玛

1. 匈牙利人的姓氏排序是姓在前，名在后，这里的 Csoma 是姓，Sándor 是名，Kőrösi 为出生地。他的英文著作署名是 Alexander Csoma de Kőrös。

乔玛·山多尔（Kőrösi Csoma Sándor[1]，1784—1842）是匈牙利语言学家、旅行家和东方

学家，西方现代藏学的奠基人。他出生在东南欧地区一个叫"科罗什"（罗语 Chiuruş）的小村子，当时，那里属于哈布斯堡帝国的匈牙利特兰西瓦尼亚大公国，离属于奥斯曼帝国的瓦拉几亚（罗马尼亚公国）只有几公里。今天，这个村子已经属于罗马尼亚中部的科瓦斯纳县。村子的居民属于匈牙利族中的比较特殊的一支，叫塞库伊族。乔玛的家境贫寒，父亲在戍边军中效力。乔玛是家中的第六个孩子，儿时在当地乡村小学读书，1799 年到阿尤德上伯特连寄宿学校，其间对历史产生兴趣。1816 至 1818 年，他获得奖学金就读哥廷根大学，开始学习英语和一些东方语言，接触来自各国的同学，并且利用假期远足许多欧洲城市。他是一位语言天才，除母语匈牙利语外，在哥廷根期间就通晓拉丁语、希腊语、希伯来语、法语、德语、罗马尼亚语等 13 种语言；1819 年游学克罗地亚并学习斯拉夫语言；后来，前往东方途中学习了土耳其语、阿拉伯语和波斯语；到达印度加尔各答后，又掌握了藏语、孟加拉语、马拉塔语和梵文。

图 4-1 乔玛·山多尔（1784—1842），欧洲藏学的开创者。

作为匈牙利民族的一个分支，塞库伊人认为他们是跟随匈奴王阿提拉，在 5 世纪从东方西迁东欧的民族。乔玛在哥廷根学习东方语言的时候，注意到匈牙利民族与其他欧洲民族明显不同，而与东方却有种种不解之缘，于是决心通过历史比较方法来研究语言之间的亲缘关系，探索其中的奥秘。于是他在 1819 年 11 月 28 日离开自己祖国，开始了他的东方之旅。他穿过巴尔干半岛和地中海地区，取道中亚，经伊朗、布哈拉和阿富汗，其间或乘船或步行，历尽千辛万苦，于 1822 年 6 月到达印度拉达克地区的首府列城。当他得知几乎不可能从哪里翻越喀喇昆仑山脉进入亚洲腹地，便放弃了前行的计划，而停留在当地。当年 7 月 16 日，他遇到了英国驻印度特派员、探险家威廉·穆尔科夫特（William Moorcroft），他超凡的语言能力和学识，坚忍不拔的意志和适应能力，引起了英国官员的兴趣。一年后，他在穆尔科夫特的推荐下得到英方资助，开始在当地学习藏语和藏传佛教。1823 年 6 月离开列城转赴藏斯卡尔，到达了藏格拉寺院，在桑杰朋措喇嘛亲传下研习藏语和经文，浏览了大量佛教经典和手稿，进行了前后长达七年的苦修。

1831 年 5 月，乔玛到了加尔各答，进入亚洲学会工作。此后的两年里，他将搜集到的近 4 万条藏语词语，整理成世界上第一部《藏英词典》（*Essay toward a Dictionary, Tibetan and English*）和《藏语语法》（*A Grammar of the Tibetan Language*），于 1834 年 2 月出版。后来，他又陆续在恒河地区从事语言研究，开展田野考察，1837 至 1842 年在孟加拉亚洲学会（The Asiatic Society of Bengal）进行研究，发表多种著述。他在东方学和藏学研究方面的开创性贡献，使他先后被选为匈牙利科学家协会通讯会员（1833）、孟加拉亚洲学会荣誉会员（1834）。

乔玛很早就开始搜集整理梵语、藏语的佛教用语，并编有一部《藏梵英三语对照佛教术语词典》（*The Sanskrit-Tibetan-English dictionary of Buddhist terminology*，专业人士称其为 *Mahāvyutpatti*），但该书直到他逝世后多年，才由一位名叫杜卡（Theodore Duka）的乔玛的崇拜者从孟加拉亚洲学会图书馆发现了这

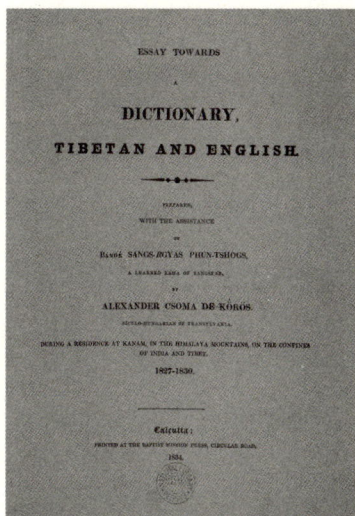

图 4-2 乔玛·山多尔编纂的世界上第一部《藏英词典》（1834），中国国家图书馆古籍馆藏。

部被遗忘的书稿。这部著作后来又分三次，分别在 1910 年、1916 年和 1944 年在《孟加拉亚洲学会论文集》（*Memoirs of the Asiatic Society of Bengal*）刊发，1984 年首次合集由匈牙利科学院在布达佩斯出版。

　　1842 年 3 月，乔玛再次上路，计划先到拉萨，之后从那里北上新疆，寻访古代匈牙利人的踪迹和文献资料，但在穿越尼泊尔特莱地区的途中身染疟疾，最后在位于印度东北与尼泊尔交界的大吉岭去世。后人为他在大吉岭竖立了一座墓碣，上面镌刻着匈牙利著名政治家、作家塞切尼·依什特万（1791—1860）撰写了题为《一位穷苦孤独的匈牙利人》的颂词：

> 没有金钱和掌声
>
> 全凭坚决而持久的爱国心的鼓舞
>
> 去寻找匈牙利人的摇篮，
>
> 最后瘫倒在劳累之中。
>
> 在远离祖国的地方安睡着
>
> 他永远的梦，
>
> 但在一切优秀的匈人灵魂中
>
> 他将会永生！[1]

1. 符志良：《早期来华匈牙利人资料辑要 (1341—1944)》，布达佩斯：世界华文出版社，2003 年版，第 118 页。关于乔玛的生平与业绩，另参阅 József Terjék, *Alexander Csoma de Kőrös, a Short Biography*, in "Collected Works of Alexander Csoma de Kőrös" edited by J. Terjék, Akadémiai Kiadó, Budapest, 1984.

　　乔玛独行万里、历尽艰险，去探寻匈牙利人的先祖家园及其奥秘，或许没有得到他期望的答案，然而他在对西藏的语言、宗教和典籍研究方面却名垂史册。严格地说，乔玛的足迹只到了藏南地区，还没有进入中国内地，但他对东方探索的执著和开创藏学的业绩，却成为了匈牙利人的骄傲和楷模。从 19 世纪下半叶开始，匈牙利学术界就非常重视对乔玛的纪念，1920 年成立了"乔玛学会"，此后又陆续有多家研究机构和基金会冠以他的名字。1984 年，乔玛诞辰 200 年之际，匈牙利国内和欧洲学术界都举行了许多纪念活动，全面整理出版了他的学术著作，缅怀这位藏学先驱。一代又一代的学者在乔玛开创的事业基础上，不断推动着藏学、东方学，以及汉学或中国学的研究。

二、奥匈帝国的对华关系

　　1867 年，多民族的二元君主制国家奥匈帝国建立，这是奥地利帝国与其境内匈牙利王国在统治与被统治过程中民族利益诉求、冲突与和解的产物。其地跨中欧、东欧和南欧，幅员辽阔，国土面积在欧洲位居第二，仅次于俄罗斯帝国。在经济、军事特别是机械制造和军火工业方面，都在世界上举足轻重，属于八大列强。今天的匈牙利、波兰、捷克、斯洛伐克、塞尔维亚、黑山、马其顿、波黑、克罗地亚、斯洛文尼亚、罗马尼亚等国，当时或全部或部分属于奥匈帝国，这些民族的人员以帝国居民的身份出现在世界各地，直到 1918 年第一次世界大战结束时奥匈帝国解体。因此，这一时期中国与中东欧的交往，在很大程度上涉及到奥匈帝国的背景。

　　奥匈帝国，按其匈牙利语读音，在中国晚清史料中译为"奥斯马加"。国家关系方面，同治八年（1869）九月初二，清朝与奥国签订"条约四十五款，通商章程九款，税则一册"，[1] 即今

1. 《清史稿·邦交八》。全文参见 [清] 陆元鼎 / 编：《各国立约始末记》（4），北京：国家图书馆出版社，2011 年版，第 238—369 页。

天的建交协议、贸易协定和关税税率表。虽然《条约》的第一款也美其名曰："嗣后，大清国与大奥斯马加国永远和好，敦笃友谊，两国商民彼此侨居皆获保护身家"，但实际上，奥匈帝国通过这样的条约，在外交、设领、通商、侨居等方面为本国攫取了大量在华特权和利益，要与其他侵略中国的列强一样"亦无不一礼均沾实惠"，它与处于半殖民地位的晚清政府与其他列强签订的屈辱性不平等条约毫无二致。

　　同治十年（1871 年）10 月 24 日，奥国委派嘉理治（Heinrich Freiberr von Calice）为驻华公使，兼任驻日本及暹罗国公使，常住东京。[2]

2. 中国第一历史档案馆、福建师范大学历史系合编：《清季中外使领年表》，北京：中华书局，1985 年版，第 43—44 页。

中国清政府在光绪七年（1881 年）谕命驻德国使臣李凤苞兼任驻奥国使臣，8 月 27 日到任，向奥匈国君呈国书。此后至 1911 年，陆续有许景澄等 8 人兼任驻奥匈帝国使臣。[3] 光绪三十一

3. 中国第一历史档案馆、福建师范大学历史系合编：《清季中外使领年表》，北京：中华书局，1985 年版，第 11—12 页。

年（1905 年）十一月，在立宪政运动影响下，清政府派遣大臣端方、戴鸿慈等人从北京出发，考察欧美主要国家宪政，为制定宪法先期准备。在半年多的时间里，考察大臣们历经 14 个国家，其中就包括奥匈帝国。所到之处，参观了议院、行政机关、教会、银行、商会、邮局、学校、博物馆、戏院、工厂、农场、监狱等，拜会政界人士，调查各项政治制度，了解宪政原理，搜集各类图书资料。

图 4-3　光绪三十一年（1905）赴欧美考察
宪政的清政府臣员在意大利罗马（前排左
七为端方）

在领事关系方面，自 1869 年 12 月起至 1911 年 10 月清朝灭亡，奥匈帝国先后在广州、汕头、琼州、北海、三水、香港、福州、厦门、淡水、台南（打狗）、宁波、温州、上海、镇江、南京、芜湖、九江、汉口、宜昌、烟台、天津、营口（牛庄）、大连、腾越、龙州、梧州等地设领，由英国领事兼任。而中国清朝政府仅在宣统元年八月（1909 年 9 月），根据驻奥使臣雷补同（1860—1930）的呈请，委任奥匈帝国商人安福来特道西克（Alfred Taussig）出任名誉领事。[1]

1. 中国第一历史档案馆、福建师范大学历史系合编：《清季中外使领年表》，北京：中华书局，1985 年版，第 134—145 页，第 90 页。

奥匈帝国依仗强大的政治、军事、经济实力，伙同其他帝国主义列强，先是通过与清廷签订不平等条约攫取在华利益，之后又直接派兵参加八国联军侵华战争，镇压义和团运动，从中国瓜分掠夺了大量财富和文物。

三、奥匈帝国时期中东欧来华探险旅行的人员

一个国家对世界的探索能力在很大程度上取决于综合国力。奥匈帝国所拥有的经济基础和文化传统，无疑为其向外扩张和人员在世界范围的流动提供了支持。从 19 世纪下半期到 20 世纪初，奥匈帝国对包括中国在内的东亚地区的兴趣日趋强烈，多方谋求对中国和日本的贸易，人员往来明显增多，其中有的是参加各种名目的探险或田野调查，有的是进行私人旅行，另外还有人员在奥匈帝国的驻华机构任职。从这些人员的民族来源看，主要为分布在中欧的匈牙利人，也有捷克人，比较重要的有以下一些。

（一）匈牙利桑图斯等人 1868 年对东亚和中国的考察

是年 10 月，奥匈帝国派遣"多瑙河"号和"弗里德里希大公爵"号两艘巡洋舰远航东亚，奥匈东亚科学探险队随船同行，其中有三位匈牙利人参加了这次东亚探险。

桑图斯·亚诺什（Xántus János，1825—1894），律师、自然科学家、匈牙利科学院通讯院士。启程后不久因对奥地利方面的歧视不满而中途离队，后在匈牙利文教部门资助下单独在中国、爪哇和婆罗洲进行考察，搜集了数十万件动植物标本和约 2700 件民俗物品，后来成为匈牙利民族博物馆的重要藏品。他对中国的考察只限于香港、澳门和广东某些地方，留有多篇通信和文章。

图 4-4 桑图斯·亚诺什画像

伯尔纳特·盖佐（Bernáth Géza，1845—1882），时任奥匈帝国驻华公使馆秘书，长于写作，以外交官和信使身份参加奥匈帝国东亚探险。1873 年出版《东亚之旅》一书，记述在中国和东亚的见闻。

考什·依沃尔男爵（Kaas Ivor，1842—1910），记者和编辑，游历甚广，到过印度、泰国、中国、日本，以及非洲和美国，1870 年返回匈牙利，撰写大量文字介绍所到之处的风情，著有《东亚探险》《佛教及其殉道者》等书。[1]

---

1. 关于这三位匈牙利人更多的情况，参见符志良：《早期来华匈牙利人资料辑要》（1341—1944），布达佩斯：世界华文出版社，2003 年版，第 36—40 页。

（二）泽齐伯爵兄弟 1875 至 1876 年间的东亚之行

泽齐·约瑟夫伯爵（又译基希，Zichy József，1841—1924）和其弟泽齐·阿戈斯特（Zichy Agost，1852—1925）出身于匈牙利最显赫的贵族家族之一，这个家族有几个分支，约瑟夫和他的兄弟属于沃德拉迪分支。哥哥约

图 4-5 泽齐·约瑟夫画像
（西斯洛伐克博物馆，特尔纳瓦市）

瑟夫在奥匈帝国政界身居要位，担任过匈牙利议员、帝国的农业、工业和贸易部长，以及布拉迪斯拉发地区行政长官等职。泽齐兄弟在 1875 至 1876 年间，进行了为期十个月的东亚旅行，其中有两个多月在中国。他们的旅行路线是：先穿过埃及抵达爪哇岛，在那里考察了佛教古迹。之后前往暹罗（泰国），从那里进入中国，并沿南方海岸到达上海，再东渡日本。结束日本之旅后回到中国，在北平组建驼队，经张家口到达库伦（乌兰巴托），再经伊尔库茨克和西西伯利亚回到欧洲。其中穿越蒙古戈壁沙漠的行程最为艰难，在匈牙利人东亚探险历史上也属首次。

　　泽齐·约瑟夫虽然出身豪门，官位显赫，但他们兄弟的东亚之行只是个人之举。其间泽齐·约瑟夫作了详细的日志，记录旅途见闻和个人感受。据作者称，日记完全为己而写而不求发表或为他人提供阅读，因而视角和文笔更加自由和真实。关于他在观察和理解东西方不同文明、区别和评价东亚不同社会和文化方面，斯洛伐克汉学家马文博认为："尽管泽奇·约瑟夫由于其出身、所受的教育、宗教信仰和职业生涯等方面的原因，很自然地倾向于西方世界，但他的日记表明，他能够克服以欧洲为中心的观念，领会异国文化的优点，批判地看待西方对中国的政治和文化影响，谴责殖民列强在中国的过火行为。"对此，他援引了泽齐在 1876 年 7 月 13 日参观 1860 年英法联军攻占北京期间焚烧的圆明园遗迹时的一段记述：

> 　　让羞耻的印记永远留在英格兰和法兰西民族身上，因为他们的军队为无耻的掠夺
>
> 欲望所驱使，焚烧了这座独一无二的艺术珍品之源，把它毁灭了，洗劫一空了……一
>
> 想到自认为是教育和文明代表的欧洲人在这里的所作所为竟然像野蛮的鞑靼人一样，
>
> 连一块完整的石头都不留下，我就羞愧地涨红了脸。[1]

1. 转引自 [斯洛伐克] 马丁·斯洛博德尼克（马文博）：《"这里一切都是土生土长的、都明显是中国的"——泽齐·约瑟夫伯爵中国之行的日记（1876）》，李梅译，陈平陵审订，载《欧洲语言文化研究》第 6 辑，北京：时事出版社，2011 年版，第 427 页。

　　从这段文字中，我们可以看到作者充满道义的内心世界。他的日记中还有多处以东亚的例子批评本国社会的弊端。他在内心一直追寻着与欧洲不同的、理想化、充满浪漫和异域情调的世界，当他来到中国南方后，似乎实现了这种长期的梦想，他所痴迷的正是这样一片原生态的土地：

> 　　我终于找到了我梦想过的、以为在地球上已经不存在的地方，终于找到了欧洲的

习俗所未触动过的、未曾塞满欧洲产品的、与一切让人想起欧洲的东西完全不同的地方。这里一切都是土生土长的，都明显是中国的，我所看到、听到、感觉到的一切在我面前打开了一个新世界，它的和谐是任何东西都破坏不了的。人、建筑、商店、服装、食品、货物、工具，所有一切，直到最小的细节，都带着土生土长的印记。[1]

1. 转引自 [斯洛伐克] 马丁·斯洛博德尼克（马文博）：《"这里一切都是土生土长的，都明显是中国的"——泽齐·约瑟夫伯爵中国之行的日记（1876）》，李梅译，陈平陵审订，载《欧洲语言文化研究》第 6 辑，北京：时事出版社，2011 年版，第 429 页。

泽齐·约瑟夫还注意到了中国人的勤劳、谦逊和经商禀赋，以及移民后仍能保持的民族文化认同。他在欣赏中国的同时，也对中国社会的一些落后愚昧现象表示了轻蔑和鄙视，在他看来，"中国人绝对是世界上最会算计的人了"。特别是随着行迹范围扩大，当他对中国南方和北方、对日本与中国的文明程度有了比较之后，最初的态度和看法也有所改变，欣赏日本批评中国的成分显然更多，而最后到了北京时，其沮丧和厌恶达到了极点。另外，对中国女性也有不少侮蔑性的描写。他的弟弟泽齐·阿戈斯特对中国的看法不仅负面，而且偏激，露骨地表示敌视。他认为中国人对"欧美文明"是一种"黄色威胁"，或者说是"黄祸"。应该说，这样一种态度真实地反映了那个年代帝国主义对近代中国进行武力侵略、经济掠夺和文化自大的心理和本质，它从一个侧面也折射出当时中国的贫弱和屈辱地位。

从历史和文化的角度看，泽齐·约瑟夫的中国日记对匈牙利和斯洛伐克两个民族的东方学研究、旅行史研究和游记文学都是不可多得的宝贵文献。而泽齐兄弟在东亚旅行期间购买的一批中国、日本等国的艺术品、武器和其他器物，在极大丰富其个人和本国东方收藏的同时，在客观上也为所在国家广大民众提供了感知中国和东亚的机会。

（三）塞切尼·贝拉伯爵 1877 的对东南亚和中国科考活动

匈牙利东亚地理学家塞切尼·贝拉伯爵（Grof. Széchenyi Béla, 1837—1918），其父即匈牙利著名政治家、作家塞切尼·依什特万，在波恩接受了高等教育，参与反对奥地利专制统治的斗争，游历甚广。1877 年 12 月，他出资并亲率一支团队，对东南亚和中国开展了为期三年的探险和科考，成员包括奥地利制图学家古斯塔夫·科莱特纳（1847—1893）少尉、地理学家罗茨·拉约什（Lajos Loczy, 1849—1920）、语言学家巴特林·卡博尔（Bálint Gábor, 1844—1913）等人。他们乘船前往孟买，经过锡金、不丹与西藏边界地区和爪哇岛，又取道新加坡到达香港，之后前往上海。1878 年，塞切尼先是与科莱特纳一道去了日本，之后返回中国。同年 12 月至 1880 年 5 月对西藏高原进行了外围的考察。他们从上海出发，沿长江西行，从武汉进入汉水，在陕西、甘肃、青海、四川、云南等省进行了地质、地理、气象、测绘等方面的考察，搜集了大量动植物、化石和矿物标本。他还从理论上论述了戈壁沙漠的起源，发现了敦煌的石窟庙宇，这些都被认为是重要发现。这次考察的成果，汇集在他与地理学家罗茨的合著的三卷大著《塞切尼·贝拉东亚之行的科学考察成果》，以匈牙利文在 1890 至 1897 年出版，影响巨大，他本人也因此当选匈牙利科学院院士，获得多种荣誉。

塞切尼·贝拉科考队中的成员中，罗茨后来成为匈牙利地理学会会长、科学院院士，著述很多，特别是《中华帝国的自然概观及其国家的描述》（1886）和《天朝地国史》（1901）都是当时的"权威之作"。巴林特是出生在特兰西瓦尼亚地区的一位语言天才，随塞切尼考察队到上海后不久患病，中途被送回匈牙利。此后十余年间，他因受到同行攻击而被迫出走他乡，做过翻译和教师，其间编有《南印度—泰米尔—蒙古—匈牙利语比较语源学词典》。1893 年，他受聘到克卢日大学[1]，在那里讲授鞑靼语、土耳其语、日语、蒙语、满语、芬兰语、朝鲜语、

1. 今罗马尼亚克卢日—纳波卡"巴贝什·鲍尧伊"大学。

卡巴德语等语言。1895 年参加高加索地区考察，回国后提出"匈奴人—塞凯伊—匈牙利人的亲缘关系"假说。他在语言特别是东方语言方面的广博知识，备受到同时代人和后人的景仰。

（四）匈牙利人霍普·费伦茨的东亚旅行与东亚艺术博物馆

霍普·费伦茨（Hopp Ferenc, 1833—1919），少时在眼镜店学徒，十年艺成。先去美国，后返回匈牙利办厂，专营教学用具，成为一名成功的实业家，积攒了大量财富。他极具冒险精神，先后五次环球旅行，足迹几乎遍及全球。1882 至 1883 年间，他到达天朝帝国，游历了香港、澳门、广州、厦门、福州、温州、上海、天津、北京等地。1903 年，他再次来华，先到东北，后经汉城抵达山东半岛，再转塘沽、天津和北京。在长期的全球旅行中，他收藏各地的文物，包括照片、矿物标本、宝石和艺术品无数，其中有大量来自东亚。1919 年，霍普将其 4000 多件来自远东的藏品，连同他在布达佩斯六区安德拉斯街 103 号的别墅一并捐给国家，在 1923 年建立了一座以他的名字命名的东亚艺术博物馆，开放至今。

图 4-6　霍普·费伦茨像　　　　图 4-7　霍普·费伦茨别墅内的东方收藏一角（1911 年）

（五）在华任职的捷克人

约瑟夫·哈斯（Joseph Haas, 1847—1896），中文名字夏士。出生于比尔森，从 1866 年起在东亚工作，当时担任奥匈帝国驻香港领事馆的见习翻译。1869 年参加了奥匈帝国船队的东亚远航。此后一直在奥匈帝国驻上海的领事机构任职，历任翻译、副领事（1883—1884）、领事（1884—1895）、总领事（1895—1896），还兼任过上海亚洲文会博物馆藏书楼的名誉主任，写有关于中国的文章，后在普陀山游玩时溺水身亡。他曾研究中国哲学和古币，1885 年在上海出版《德汉会话手册》。在他的提议下，维也纳东方学院开办了汉语教学。从 1873 年起，他陆续把自己的部分亚洲民族学收藏和一些中文、日本图书捐赠布尔诺弗朗基斯克博物馆，后来转入布拉格东方博物馆的藏品。[1]

1. 参见黄长著、孙越生、王祖望主编：《欧洲中国学》，北京：社会科学文献出版社，2005 年版，第 840 页。另见 [斯洛伐克] 马丁·斯洛博德尼克（马文博）：《"这里一切都是土生土长的，都明显是中国的"——泽齐·约瑟夫伯爵中国之行的日记（1876）》，李梅译，陈平陵审订，载《欧洲语言文化研究》第 6 辑，北京：时事出版社，2011 年版，第 426 页。

第二节　中东铁路的修建与来华的波兰等国侨民

中东铁路（亦称东省铁路、东清铁路，后称北满铁路、中长铁路，日俄战争结束后称中东铁路，即中国东北部铁路之意）是沙俄对华侵略扩张的产物，是 19 世纪末 20 世纪初沙皇俄国为攫取中国东北资源，争夺远东太平洋地区的霸权而修建的一条铁路。它的干线西由满洲里入境，经海拉尔、扎兰屯、昂昂溪、齐齐哈尔、哈尔滨直至绥芬河出境，横穿当时的黑龙江、吉林两省；支线从哈尔滨向南，经长春、沈阳等，直到旅顺口，纵贯吉林和辽宁两省。总长 2489 公里，呈 T 形分布在我国东北广大地区，在历史上也属于俄国连结欧亚的西伯利亚大铁路的一部分。

从 19 世纪 40 年代起，沙俄的侵略势力就伸入黑龙江流域，通过强迫清政府签订《中俄瑷珲条约》、《中俄北京条约》等一系列不平等条约，把黑龙江以北、乌苏里江以东的一百多万平方公里的中国领土并入俄国版图。为了进一步侵略和占领中国东北和朝鲜，并与当时也觊觎这两地的日本对抗，沙俄于 1891 年 2 月决定修筑西伯利亚铁路，并将其延伸到中国。光绪二十二年（1896）四月，沙俄利用中国在中日甲午战争中战败的困境，诱迫清政府派遣特使李鸿章与俄国外交大臣罗拔诺夫、财政大臣维特在莫斯科签订了《御敌互相援助条约》（又称《防御同盟条约》，通称《中俄密约》）。之后，清政府又被迫签订《中俄合办东省铁路公司合同》等一系列不平等条约，从而使沙皇俄国攫取了在中国东北修筑中东铁路等许多特权。中东铁路自 1898 年起在以哈尔滨为中心的中国东北地区分段修建，1903 年 7 月正式通车。中东铁路的权益长期为俄国、苏联和日本侵占，直到 1952 年 12 月 31 日，苏联才将该铁路移交中国。

一、来华的波兰人

随着中东铁路在 1898 年开工建设，大批俄国工程技术人员、管理人员、技术工人及其家属，护路军官兵以及商人、教师、医生、律师等来到哈尔滨。四通八达的水陆交通，相伴铁路修建而迅速兴起的工商实业，使这里充满谋生和淘金机遇，很快从一个驿站渔村，变成一个有着浓厚殖民地色彩和高度国际化的都市。在来自世界各地的侨民中，波兰人占有很大比例，其中大部分是中东铁路招聘的工程技术人员，还有一些波兰人陆续来到哈尔滨开办工商业，有的达到相当的规模。例如，波兰籍犹太人老巴夺兄弟最初开设切烟丝手工作坊，后来发展成老巴夺烟厂（哈尔滨卷烟厂前身）。1904 年，由波兰侨民开办、以锻造和简单机械制造为主的第一家工厂开工。1908 年，波兰侨民柴瓦德夫投资 180 万卢布，在阿什河畔修建了制糖厂（阿城糖厂前身），并招聘了大批波兰侨民。该厂建设时间早、规模大、技术先进，是中国制糖业的先驱企业。

图 4-8　哈尔滨老巴夺烟庄

图 4-9　阿什河糖厂

1907 年 11 月，在哈尔滨的波兰人成立波兰侨民会。1906 年，波兰天主教堂（圣斯坦尼斯拉夫教堂，St. Stanislas Catholic Church）动工修建，1907 年建成。"为此莫吉廖夫都主教辖区的大主教，也是波兰族人扬·采普利亚克专程从彼得堡赶到哈尔滨亲自参加盛典，并将自己登记为哈尔滨天主教区教民。"[1]1912 年，在教堂东院又建楼房一幢，成立了一所以著名作家显克维奇名字命名的波兰学校。

1. Н. П. 克拉金：《哈尔滨——俄罗斯人心中的理想城市》，张琦、路立新译，李述笑校，哈尔滨：哈尔滨出版社，2007 年版，第 248 页。转引自王志军、李薇：《20 世纪上半期哈尔滨犹太人的宗教生活与政治生活》，北京：人民出版社，2013 年版，第 21 页。

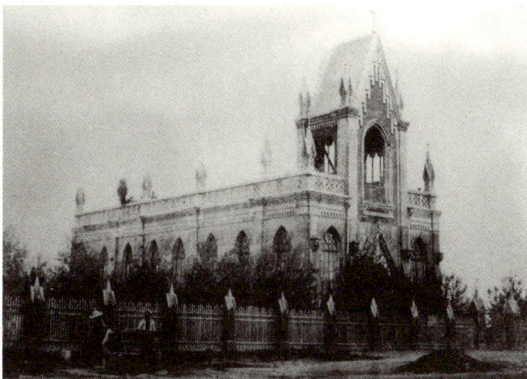

图 4-10　哈尔滨波兰天主教堂（圣斯坦尼斯拉夫教堂）

1918 年波兰独立后，在哈尔滨的波兰侨民逐年增加。在 20 世纪 30 年代，波兰侨民的人数超过万人。由于历史原因，部分波兰人有俄国或苏联国籍，一些人因为犹太人，生活在犹太人社区，造成国内外对在哈尔滨的波兰侨民统计数字存在一定差异。1945 年 8 月日本投降后，苏联军队进驻哈尔滨，部分波兰侨民返回波兰，有一部分加入苏联国籍。[2]

2. 1946 年 4 月哈尔滨解放，到 1948 年，市内仍有波兰侨民 835 人。1949 年 3 月 22 日，波兰人民共和国外交部代表克洛索夫斯基与哈尔滨市政府就遣返波兰侨民一事取得一致意见。哈尔滨市政府成立了遣送波兰侨民委员会，开始遣送波兰侨民回国。此后，波兰侨民陆续申请回国或出境。至 1956 年，波兰侨民减至 89 人，1960 年 28 人，1978 年再减至 5 人，1990 年仅剩 1 人。1993 年，最后一位波兰人斯托卡尔斯基离开哈尔滨回到波兰。

中东铁路建成不久，陆续爆发日俄战争、第一次世界大战和 1917 年俄国十月革命，这一时期俄国和东欧国家之间人员流动很大，铁路本身也为欧洲与远东的人员交流提供了极大便利，哈尔滨成为东北亚地区最开放的国际都市之一，其外国侨民人数规模远远超过天津、上海等辟有外国租界的城市。王志军、李薇的《20 世纪上半期哈尔滨犹太人的宗教生活与政治生活》等著述中都援引国外有关资料，提到 1913 年 1 月 14 日中东铁路局对哈尔滨及其郊区进行的一次人口普查结果：当时哈尔滨有 68549 人，53 个民族，使用 45 种语言，其中 100 人以上的民族有，俄国人（34313），中国人（23537），犹太人（5032），波兰人（2556），日本人（696），德国人（564），鞑靼人（234），拉脱维亚人（218），格鲁吉亚人（183），爱沙尼亚人（172），立陶宛人（142），亚美尼亚人（124）。

其中包括爱沙尼亚驻哈尔滨领事馆（1919 年 3 月 12 日设代表部，1924 年 5 月设领事馆），拉脱维亚驻哈尔滨领事馆（1919 年 12 月），波兰驻哈尔滨领事馆（1921 年 12 月设代表部，1925 年改领事馆），捷克驻哈尔滨领事馆（1931 年 6 月 15 日）等。[1]

1. 薛连举：《哈尔滨人口变迁》，哈尔滨：黑龙江人民出版社，1998 年版，第 135 页。

20 世纪 30 年代，除俄国、日本、朝鲜、波兰等国侨民外，在哈尔滨的其他国家侨民计有 20 余国，人数统计数字不一。从薛连举的《哈尔滨人口变迁》看，来自中东欧地区民族侨民在人数和年份上达到的高值是：波兰 1334 人（1934 年），立陶宛 388 人（1934 年），拉脱维亚 215 人（1933 年），爱沙尼亚 108 人（1934 年），捷克 223 人（1933 年），匈牙利 23 人（1937 年），罗马尼亚 14 人（1934 年），塞尔维亚 28 人（1934 年）。

1932 年哈尔滨沦陷，1941 年太平洋战争爆发，日本侵略者对外国侨民实行政治压迫和经济控制，因此许多外侨逐渐离开。1945 年 8 月日本投降时，哈尔滨市有其他国家侨民 1172 人。以后陆续减少，到 1956 年时已降至 8 国 40 人，但其中仍有捷克斯洛伐克 11 人，南斯拉夫 9 人，匈牙利 7 人。

图 4-11 光绪二十八年（1902）捷克人在哈尔滨创办的东巴伐利亚啤酒厂

中东铁路的修建，为波兰等中东欧地区的民族同中国社会和文化的交融提供了一次特殊机缘。在当时的哈尔滨，华洋杂处，教堂众多，冠以外国人名地名的街道比比皆是，如："华沙街"（今道里区安平街）、"巴尔干街"（今南岗区巴山街）、"罗马尼亚街"（今南岗区卢家街）、"塞尔维亚街"（今南岗区光芒街）等。波兰侨民为数可观，不仅有自己的社区，有1907年建立的波兰人协会，又称"波兰之家"（Gospoda Polska）俱乐部，而且还办有多种报刊，形成了天主教会与世俗相互依托的"波侨文化"。对一些波兰人家族来说，先辈的哈尔滨经历甚至成为不断传承的中国情结。

除波兰人协会外，还有爱沙尼亚侨民会（1917）、南斯拉夫侨民会（1923）等。

二、来华的匈牙利人

在中东铁路的修建过程中，也有匈牙利人参加，其中比较有名的是铁路工程师古巴尼·卡洛伊（Gubányi Károly，1867—1935）。他受匈牙利人塞切尼·贝拉伯爵1878至1880年在中国探险的影响，于1897年与另一同伴来到中国，次年参加中东铁路绥芬河至哈尔滨段的修建。他率领了一支由俄国、中国、朝鲜等国近300人组成的工队，承担了路基修建和隧道开掘，克服了诸多艰难和危险。工程结束后，他1904年返回匈牙利，著有《在满洲的五年》，记录了他在华的工作和生活。

20 世纪前半期哈尔滨的侨民及其文化，近年来引起了国内外学术界越来越多的重视。其中来自中东欧国家的侨民人数众多，涉及的民族范围广，内容丰富，是中外关系史研究的一个重要课题。但目前除关注较多的波兰侨民问题外，对当时来自波罗的海三国的侨民情况，还有中欧、东南欧地区的人员情况，我们都知之甚少，亟待中外学界协同推进相关研究。

第三节　其他来华的中东欧地区人士

在 20 世纪上半期，从中东欧地区通过各种途径来华的人士不仅数量增多，他们的活动范围也深入到中国内地，促进了不同民族之间的相互沟通。

1906 年 9 月，在法国工程铁路公司任职的波兰人后裔约瑟夫·斯卡尔贝克（Joseph Skarbek）获得来中国工作的机会，从马赛港登船前往上海。1907—1909 年间，他在中国拍摄了 500 多张照片，真实地记录了当时中国的自然景观、文化古迹、社会生活和乡村习俗，成为不可多得的历史文献。法国文化中心与波兰驻华使馆文化处曾于 2007 年 6 月在北京联合举办了"1906—1909，Joseph Skarbek 眼中的中国"摄影展。

图 4-12　"1906—1909，Joseph Skarbek 眼中的中国"摄影展宣传册封面

从民族身份的角度看，可以说斯卡尔贝克是法籍波兰人社群的一个典型代表。他的祖父约瑟夫·马切伊·斯卡尔贝克（Józef Maciej Skarbek）年轻时是波兰华沙军队的一名中尉，19世纪30年代初参加波兰军队反抗俄国统治的起义失败后，与当时数千官兵和一些知识分子流亡到法国、德国等地。这也是为什么后来在法国文化艺术界，有不少波兰人后裔的一个历史原因。

当我们考察晚清时期来华的匈牙利人情况时，不免又要提到原籍匈牙利的英国考古探险家和东方学学者奥里尔·斯坦因。他在英国和印度政府的支持下，在1900至1901年、1906至1908年、1913至1915年和1930年，先后四次到中国新疆及河西地区进行探险，前三次探险的成果分别汇集在《沙埋和阗废墟记》、《西域考古图记》、《亚洲腹地考古图记》等著作中。斯坦因的工作将地理学考察与考古学考察完好地结合，邀请了有关学科当时一流的欧洲学者参与对考察成果的综合研究，并根据自己丰富的学识总成三部大著，比较全面地记述了新疆地区的汉唐遗迹、敦煌艺术和山川风貌，揭示了中西文明交流史上许多充满神秘的演变和特质，因而在国际上引起巨大轰动，成为20世纪上半叶中国西部探险最重要的成果之一。他在新疆和甘肃发现的敦煌吐鲁番文物及其他中亚文物，是国际敦煌学研究的重要资料。

在评价斯坦因对中国新疆的探险问题上，虽然其人其著在国际学术界享有盛誉，匈牙利方面长期以来也引为自豪，但从中国学术界的对他的评价看，有些基本问题是不容忽视的。中国社会科学院考古研究所的巫新华先生，有过这样的观点：第一，斯坦因是肩负英国政府政治使命的学者；第二，他是靠谎言和骗术，并以行贿官员收买走卒等不正当手段而横冲直撞于新疆大地；第三，到处收集情报，散布攻击和分裂中国的谬论；第四，以偷绘高精度地图为己任；第五，大肆盗掘破坏古遗址，疯狂劫掠大批文物。[1] 国内外学术界都清楚，斯坦因1907和1914

1. 参见巫新华：“中译本序言”，见[英]奥里尔·斯坦因：《沿着古代中亚的道路——斯坦因哈佛大学讲座》，巫新华译，桂林：广西师范大学出版社，2008年版。

年从中国莫高窟掠走的遗书、文物就达一万多件。

匈牙利来华的人员情况复杂，有探险家、旅行家，也有传教士和商人，其中一些人的中国经历有较大影响。譬如：孔波尔蒂·尤布（Kompolthy Jób, 1879—1938）在华11年，1908年被任命为总部在汉口的中国邮政局副局长，1911年升任总部在南昌的邮政局局长。

晚清时期，罗马尼亚来华人员极少，从目前罗马尼亚学者的研究看，主要有两起。一是1898年，罗马尼亚工程师巴西尔·C.·阿桑（Basil C. Assan）在包括中国在内的远东地区进

行过旅行，回国后在罗马尼亚地理学会作了介绍中国情况的报告。二是 1910 年，有四位在巴黎

留学的罗马尼亚青年（Dumitru Dan, Paul Pârvu, Gheorghe Negreanu, Alexandru Pascu）

利用法国环游俱乐部组织的比赛机会来到中国，游历了许多地方，回国之后向同胞详细讲述在

1. Ion Buzatu, *Istoria relațiilor României cu China din cele mai vechi timpuri până în zilele noastre*（《罗马尼亚与中国关系通史》），Meteor Press,

"天朝帝国"的观感，不乏赞许之情。[1]

București, p.78.

第五章　　19 世纪中东欧民族对中国文化的关注

如有人前往水流的源头，总是会在同样的花丛中采撷花束。[1]

——[匈牙利] 魏莱士（*Weöres Sándor, 1913—1989*）

考察 19 世纪中国与中东欧民族的文化交流与文学关系，除了前面一章介绍的来华人员及其情况外，中东欧地区本土文化作为一个宽广的载体，也是值得我们考察和深入研究的对象。这一时期，尤其是 19 世纪中后期，欧洲的民族主义运动兴起，中东欧民族在争取民族解放的过程中，积极从外部寻找思想武器，因此普遍加强了与西欧先进的政治与文化的联系，在自身的教育和文化方面都得到较快的发展。知识阶层在社会进步中的作用愈加重要，现代文化和科学开始形成，民族文学领域出现许多经典作家和作品，各种报刊成为信息的窗口和文化传播的主要媒介，这些都不断扩大了中东欧民族对世界的认知视野，也为中国文化的传入创造了有利的条件。

这一时期，中国文化主要通过德、法、英语的媒介零散、偶发地进入中东欧地区，在传播和影响程度方面差异很大。生活在中欧地区的民族因文化教育基础厚重和各种先机，对中国文化的接受也自然多一些，而巴尔干地区的弱小民族，本身还处在为争取民族语言文化地位的艰难奋斗过程，所以对东方世界还谈不上有多少关注。

第一节　中国文化初入捷克

在中东欧民族中，捷克民族的文化和教育传统悠久，在历史上与西方世界的宗教、文化和文学有着许多天然的关系。早在 9 世纪，日耳曼的基督教传教士就开始进入波希米亚地区，对社会和文化发展产生了积极的意义。14 世纪查理四世时期，捷克人在文学、教育、建筑等方面达到了很高的水平。随之以后的社会生活中，愈加严重的日耳曼化又使捷克民族文化空间备受挤压，反对教会和外族统治的呼声越来越高，最终在 15 世纪初爆发胡斯领导的捷克宗教改革运动，并在他被处以火刑后，进一步发展为反对天主教会和日耳曼统治者的民族解放运动，为捷克民族文化的发展注入了动力。总体来看，日耳曼文化对捷克人、斯洛伐克人、匈牙利人、波兰人的精神生活和民族文化形成所产生的影响都是显而易见的。具体到在对东方探索和与其他民族文化交流方面，也起了重要的媒介和带动作用。地处欧洲心脏地区的布拉格，也在中西文化交汇与传播中一次次成就了先贤们的伟业。

1711 年，比利时耶稣会士魏方济（François Noël，1651—1729）在布拉格出版了《中国六大经典》（*Sinensis Imperii Libri Classici Sex*）的拉丁文译本，成为儒学经典西传的一个重要里程碑。它以《中国哲学家孔子》为基础，包括《大学》（*Adultorum schola*）、《中庸》（*Immutabile medium*）、《论语》（*Liber sententiarum*）、《孟子》（*Mencius*）、《孝经》（*Filialis observatia*）和《小学》（*Parvulorum*），共 608 页，是《四书》的第一个西文全译本。距 1581 年意大利传教士罗明坚（Michel Ruggier，1543—1607）首次翻译《四书》，过去了 130 年。魏方济是 1708 年从中国返回欧洲的，由于他在耶稣会的影响和对中国文化的深入了解，他被留在布拉格的克莱门特学院（Clementinum，今捷克国家图书馆所在地）编撰书籍和翻译经典。从这个时期开始，捷克人就通过拉丁文和德文接触到了中国的哲学和文学，但作为捷克本土的汉学研究，则要到 19 世纪才萌发显露。

1855 年，捷克民族复兴诗人瓦茨拉夫·内贝斯基（Václav Bolemír Nebeský，1818—1882），汇集各方面的资料，在博物馆杂志上发表了《中国文化生活民族志素描》（*Národopisné nástiny z kulturního života Číny*）。

1878 年，弗兰基谢克·楚布尔（František Čupr，1821—1882）根据德文本，节译了老子的《道德经》（*Tao-Te-King: cesta k Bohu a ctnosti*）。这是最早的捷克语《道德经》译本，参考的蓝本有两种：一是德国学者普兰克内尔（Reinhold von Plänckner）1870 年在莱比锡出版的德文版《道德经：通向德行之路》（*Lao-tse, Tao-te-king, Der weg zur Tugend*）；二是斯坦尼斯拉斯·朱里安（Stanislas Aignan Julien）1842 年在巴黎出版的法文本《老子道德经》（Lao Tseu Tao Te King, *Le Livre de la Voie et la de la Vertu par le Philosophe Lao Tseu*）。[1] 关于这一年出版的捷克文《道德经》，另有信息注明译者为 Fr. A. Urbanka，其中的究竟尚有待查考。[2]

19 世纪后期捷克汉学研究的奠基，主要还是归功于尤利乌斯·泽耶尔和鲁道夫·德沃夏克两位先驱者。[3]

---

1. 参见徐伟珠：《中国古代经典在捷克的译介——斯多切斯的翻译成就及对中欧文化交流的贡献》，载北京外国语大学欧洲语言文化学院编《欧洲语言文化研究》第 7 辑，北京：时事出版社，2013 年版，第 162 页。

2. 见王尔敏编：《中国文献西译书目》（*A Bibliography of Western Translation of Chinese Works*），中华文化复兴运动推行委员会主编，台湾商务印书馆发行，第 53 页。

3. 参见 [斯洛伐克] 马立安·高利克：《捷克和斯洛伐克汉学研究》，北京：学苑出版社，2009 年版。

一、泽耶尔的中国主题创作

尤利乌斯·泽耶尔（Julius Zeyer，1841—1901），捷克小说家、诗人和剧作家。父亲是布拉格的一个木材商，出自法国阿尔萨斯的贵族之家，母亲是皈依天主教的犹太妇女，他自幼从家中的保姆那里学习了捷克语。父母原本期望他继承家族工厂，但他却决意去学木匠。他曾尝试考高中和大学，但未能如愿。他一生喜好旅行，游踪遍及欧洲和东方许多地方。1877年以后，他移居到南波希米亚地区的小城沃德尼亚尼，在那里进行了十几年的文学创作，之后又回到布拉格，最终在布拉格去世。

泽耶尔早年对东方文学发生浓厚兴趣，阅读广泛，并将许多东方素材和主题融入了自己的文学创作。他在布拉格的纳普尔斯特克（Náprstek）图书馆读到了梅辉立（William Frederick Mayers，1831—1878）的介绍中国地理、历史、神话和民间文学的书籍《中国辞汇》（*The Chinese Reader's Manual*），从中获得了知识和灵感，又依据从其他途径得到的中国知识，从1881年开始创作"中国风格故事"，发表作品主要有以下三种。

第一种是题为《汉宫之背叛》（*Zrada v domě Han*，1881）的小说，发表在《鲁米尔》（*Lumír*）杂志，以捷克人的方式讲述了中国古代昭君出塞的故事。捷克和斯洛伐克汉学家高利克（Marián Gálik，1933— ）认为，这个故事主要取材于英国汉学家和外交官约翰·弗兰西斯·戴维斯爵士（Sir John Francis Davis）的《中国：帝国及其居民概述》（*China: A General Description of that*

图 5-1 尤利乌斯·泽耶尔

Empir and its Inhabitans，1857）和《中国杂记：散文和随笔集》（*Chinese Miscellanies: A Collection of Essays and Notes*，1865）中的一个章节和一篇文章写成。[1] 虽然作品的主题同

1. [斯洛伐克]马立安·高利克：《尤利乌斯·泽耶尔——向捷克介绍中国文学的第一位作家》，唐湛清译，载北京外国语大学欧洲语言文化学院编《欧洲语

为昭君出塞，但泽耶尔的小说在情节上与元代马致远著名的历史剧《汉宫秋》有很多不同。

言文化研究》第 6 辑，北京：时事出版社，2011 年版，第 398 页。

　　第二种是题为《桃花园中的幸福》（*Blaho v zahradě kvetoucích broskví*，1882）的小说，素材来自中国的话本小说集《二刻拍案惊奇》中的《女秀才移花接木》。

　　第三种是诗剧《比干的心》（*Srdce Pikangovo*，1884）。这部作品以公元前 11 世纪中国殷商王子比干爱国为民、以死谏君的故事，传递一种人类的牺牲精神和宗教的神圣境界。斯洛伐克著名汉学家高利克教授在一篇专论中曾这样写道：

> 泽耶尔根据马致远笔下的宫女昭君的故事、根据凌蒙初笔下的女诗人薛涛的传说撰写的作品，尽管有他的创造性发挥，但都是欧洲文学中对中国此类文学作品的最早加工撰写。在泽耶尔的作品中，和其他作家相比，捷克文学更多地关注了 18 和 19 世纪文学的异国元素。他在诗剧中表现了典型的跨文学创作方法。比干和耶稣公元前两千年末和公元一千年初，为了人类的幸福而决心牺牲自己的生命，他们的高尚情操也能够感动和鼓舞我们时代的人。[2]

2. [斯洛伐克]马立安·高利克：《尤利乌斯·泽耶尔——向捷克介绍中国文学的第一位作家》，唐湛清译，载北京外国语大学欧洲语言文化学院编《欧洲语言文化研究》第 6 辑，北京：时事出版社，2011 年版，第 407—408 页。

　　这段话很好地概括评价了泽耶尔在捷克汉学方面的开创性贡献。在高利克看来，"《比干的心》代表了泽耶尔取材于东方主题的具有宗教色彩的艺术作品的最高成就"。

二、鲁道夫·德沃夏克的中国古代经典翻译

　　另一位是捷克的东方学家、汉学家鲁道夫·德沃夏克（Rudolf Dvořák，1860—1912），他涉猎的学术领域十分广泛，通晓包括汉语在内的多种语言，对中国儒家和道家思想颇有研究，1887 和 1889 年分别发表《孔子的生平和教义》（*Čínana Konfucia život a nauka*）两辑，受到很高评价，很快被译成德语。他与诗人雅罗斯拉夫·维尔克里茨基（Jaroslav Vrchlický，1853—1912）合作，参照英译本和通古斯语译本，从《诗经》中选译了 160 首，1897 年编成两

册出版（*Ši-kingu dílu prvního kniha*），这是第一部直接从中文翻译成捷克文的作品。后来，他又独自翻译出版了《道德经》，撰写论文《孔子和老子：中国哲学比较研究》（*Konfucius a Lao-tsï. Srovnávací studie z filosofie čínské*），刊登在哲学杂志《捷克精神》（*Česká mysl*）第 1 期。这些都使他在捷克文化界获得了声誉。

第二节　中国文化进入罗马尼亚

对于罗马尼亚民族来说，"东方"的概念首先指奥斯曼土耳其帝国、阿拉伯世界、波斯，其次才是印度、中国、日本等。19 世纪罗马尼亚学者的视野向东方和西方的拓展，除了认识世界以发展本民族文化的内在需求外，还希望从域外的各种文献信息中发现与罗马尼亚民族历史相关的内容。18 世纪末罗马尼亚报刊开始出现，在传播各种文化科学知识和世界不同地区消息方面，成为愈加重要的来源渠道。19 世纪 30 年代以后，有关中国和中国文化的简讯、孔子语录、中国的民间俗谚等不时见诸报端。通过德国和法国的媒介，《特兰西瓦尼亚报》（*Gazeta Transilvaniei*）成为传播中国消息的主要渠道，其他一些报刊，如《罗马尼亚信使》（*Curierul românesc*）、《心智与文学》（*Foaie pentru minte, inimă și literatură*）、《罗马尼亚蜜蜂报》（*Albina românească*）、《周日蜜蜂报》（*Albina de Dumineca*）、《烛光报》（*Organul luminariei*）、《世界圣像》（*Icoana lumei*）、《图拉真碑柱》（*Columna lui Traian*）、《民族博物馆》（*Muzeul național*）、《家园》（*Vatra*）和《文学谈话》（*Convorbiri literare*）等，

1. 参见 Ileana Hogea-Velișcu, *Titu Maiorescu – Primul traducător de literatură chineză în limba română*, în "Analele Universității București" (limbi

也都有所贡献。[1] 在 19 世纪罗马尼亚人关注中国文化方面，主要有这样几位先知先行的人物。

și literaturi străine), anul XXXIV – 1985, p. 55（伊利亚娜·霍加—韦利什库：《蒂图·马约雷斯库——第一位中国文学的罗马尼亚语译者》，载《布加勒斯特大学年刊》外国语言文学版，第 34 卷，1985 年版，第 55 页）。

一、蒂图·马约雷斯库译《今古奇观》

根据布加勒斯特大学汉学家伊利亚娜·霍加—韦利什库（杨玲）教授的考证研究，最早把中国文学译介到罗马尼亚的是文学批评家和美学家蒂图·马约雷斯库（Titu Maiorescu,

1840—1917），他在 1880 年根据德文译本转译了一篇中国小说（*Istoria lui Ciuang Söng și a soției sale Tiän Shi*），即明末抱瓮老人辑著的《今古奇观》卷二十《庄子休鼓盆成大道》，刊登在当年的《文学谈话》杂志第 8、9 期上，这可以视为中国文学进入罗马尼亚的一个标志。

马约雷斯库从中学时代就学习法语、英语、意大利语、拉丁语和希腊语，大量阅读德国古典文学和浪漫主义文学，以及英国文学和法国文学，对世界文学产生浓厚兴趣；同时他喜爱戏剧，学吹长笛，打下了坚实的文艺基础。他的才华不断显示，逐步成为了 19 世纪下半期罗马尼亚政治和文化生活的重要代表人物。他曾留学维也纳和柏林，1860 年获巴黎索邦大学文学学士，担任过教师、中学校长、雅西大学校长、布加勒斯特大学校长，是罗马尼亚科学院的创始人之一，当选议员，两度出任宗教和公共教育部长。他和其他几位作家于 1863 年冬至 1864 年春，在雅西创办文学社团"青年社"（Societatea Junimea），吸引了大批作家文人，在提携新人、推动罗马尼亚文学发展方面起了非常重要的作用。

他是在作家斯拉维支的建议下，译介中国作品的。在那个年代，已有多种英文、法文、德文译本在欧洲流传。而他参照的德文蓝本（*Die Treulose Witwe, Eine chinesische Nouvellen und ihre Wanderung durch die Weltliteratur*）系 Eduard Grisebach 翻译，1873 年由 L. Rosner 在维也纳出版。

图 5-2　蒂图·马约雷斯库

二、瓦西里·波戈尔译中国古诗

在马约雷斯库和斯拉维支的影响下，"青年社"的另一位重要人物、诗人和翻译家瓦西里·波戈尔（Vasile Pogor, 1834—1906）在1882年翻译了两首中国古诗，发表在当年4月1日出版的《文学谈话》杂志上，这在罗马尼亚译介中国诗歌方面大概也属开先河的。

波戈尔翻译的中国古诗的罗马尼亚文标题分别是 *Din amuru* 和 *Amantul supus*，未注明媒介文本。由于经过多次转译和改写，从罗马尼亚语译文上看，已经难以判断原文出处。如果回译到汉语，这两首诗大致是这样的：

恩爱（公元前3000年的中国诗人）

一对冤家以背相对坐床前，／沉默无语爱情饥渴锁心间，／他面有愠色，她纯真无邪，／眸子闪亮传递着绵绵爱意，／目光痴情相遇在俊男靓女，／怨恨皆化解，相拥尽欢颜。

听命的情人

本该是爱，你却说满心是恨，／今天你的任何要求我都听顺，／然而你定会承认在别离时刻／向我回报一次次的热烈亲吻。

从译文注明的时间看，无疑属于先秦佚名之作。从其爱情内容、短小篇幅、民间歌谣等特征上看，当出自《诗经》。虽然在某些诗篇（如《狡童》、《褰裳》、《野有蔓草》等）中都有类似意象或情感表达的影子，但罗译文的内容和形式毕竟与原著差异太大，已经难以判定具体对应的篇目。从文化传播的角度看，自16世纪《诗经》就通过来华的传教士被译介到欧洲，而进入19世纪以后，以法国为中心的欧洲汉学界普遍重视对《诗经》的译介，各种译本不断增加。波戈尔从1849年开始在巴黎攻读法学，并获得博士学位。在文学翻译方面，首次将波德莱尔的诗作翻译成罗马尼亚文，还在雅西的《文学谈话》杂志上译介了许多其他法国诗人的作品。这些都可以从一个侧面提示我们，波戈尔应当是通过法文，很大可能是纪尧姆·波蒂埃（Guillaume

Pauthier，1801—1873) 的《诗经》译本（1872 年）转译的"中国古诗"。

在波戈尔之后译介过中国古诗的还有文学评论家博格丹—杜伊格（G. Bogdan-Duică，1866—1934)。他德文娴熟，年轻时曾做过不少文学翻译，其中就有"中国诗歌"，发表在《论坛报》第 7 卷（1891 年）104 期，依据的是 Ernst Meier 辑译的德文版本（*Morgenländsische Anthologie Klassische Dichtungen aus der sinesischen*，1886 年，莱比锡）和 S. Sebert 的译本（*Chinesische Gedichte*)。

三、瓦西列·阿列克山德里作"中国诗"

在 19 世纪，中国对于罗马尼亚人来说还是一个十分遥远而陌生的国家，但是他们借助欧洲其他国家的渠道，始终不断地了解有关中国的情况，同时对充满神秘的东方世界进行想象和描绘。著名政治家和作家瓦西列·阿列克山德里（Vasile Alecsandri，1818—1890）在 19 世纪 70 年代就创作了两首讲求意境、注重格律、韵味十足的"中国诗"。

第一首题为《满大人》（*Mandarinul*），以中国的皇家园林为衬托，描写山水美景和宫廷精致，以及想象中的王公佳人的生活。

满大人身着樱桃色华衣锦服，金色绮罗配玉纽美似花团。乌黑发辫上青色的冠冕楚楚，还有颗黄水晶扣缀饰顶端。

他在气势恢弘的夏宫里享福，象牙宝玉的怪面兽满园中。造型奇特的大灯笼四处散布，夜晚把柔光撒向那恶蛟龙。

开敞的曲廊透照着明媚阳光，从粉墙漏窗落在装饰花案。它把廊柱伸到一个精美内苑，在明镜般湖面把荷色惊乱。

用兴奋的目光眺望葱郁山岗，看高楼宝塔处有老僧念经，洪亮的声音在耳边不断回荡，原本是古刹铜钟锵锵奏鸣。

瞧湛蓝平静的水面舟楫翩然，蒲草帆和檀木桨推着金船，从里面传出欢愉人生的梦笑，娇娘的目光和酥胸柔情含。

她走进花园然后又隐身宫院，沙地上轻盈迈动三寸金莲，群群彩蝶在她面前飞舞招展，好让她在盆景前驻足流连。

到游廊盼满大人把自己恩宠，妩媚身影绸伞下悄然窥探，似水柔情尽在眉眼和微笑中，心想着尽情享受女爱男欢。

他坐在陶瓷龙座上意懒心静，对媚笑的姝丽们兴致索然，用轻薄透明的瓷碗品味香茗，沉醉地望着风筝云天招展。

第二首作品的标题是《中国风景诗》（*Pastelul chinez*），无论是风格还是内容与前一首都很相似，只是篇幅上多两小节。

在一条水晶蛇般的窄河上，釉瓦闪亮的白色凉亭锦相连。它们让京城所有富豪显贵，凉爽地过着养尊处优的日子。

高大的房顶带着白色屋檐，回廊里梁柱挺秀大灯笼悬挂，稀世珍宝在暗处绽放如花，把芬芳的花色撒向楼台亭阁。

红黄绿鹦鹉最喜欢人宠爱，伴着和悦的声音在金笼雀跃，朱红鸟喙把爱巢吻得欢快，把神圣的微笑和白杏仁集采。

然后带着觅食欢快地飞离，忽而落上那神圣薄透的屏风，又落到树枝和蓝色的瓷缸，鳞光闪闪的鱼儿在面前嬉戏。

顽猴飞快地跳到它们身后，从中国神怪的象牙肩膀蹿下，把桌上的棋盘翻到地毯上，车踩王后两个小卒又压了王。

三座精巧的拱桥横跨河面，桥边山还有雕刻的串串花环，神龙在夜中瞪着古怪眼睛，漂亮的彩旗纷扬在金色桅杆。

在远处那蓝色的塔林上面，仿佛有一幢瓷楼显露着雄姿，七层回廊环绕着七层楼阁，香炉里燃着幽香的草木花朵。

大人的千金悠闲地踏上桥，用一把黄色绸伞斜挡住骄阳，护着百合似的丰胸和肌肤，嘴边黑痣如同花上的小甲虫。

*　桥上情影倒映在盈盈水面，她的举手投足透*
着风情万种，目光停在船上垂钓的少年，他怦然
心动又抬眼报以笑容。

*　旁楼上有老者像鸱枭一般，用目光把这甜蜜*
的情景窥见，在稻米纸上慢慢涂抹点染，一幅画
图在笔下把绚丽尽显！

图 5-3　明代书画家文徵明的山水画
（罗马尼亚，阿瓦基安收藏）

　　阿列克山德里创作这两首"中国诗"的时候，摩尔多瓦与罗马尼亚公国刚刚实现统一不久，尚未从奥斯曼帝国统治下获得独立，他之所能够有如此灵感并且相当精到地写出这样的作品，与他本人渊博的学识、非凡的才华和独特的阅历有直接关系。他出生于臣僚之家，从小受到贵族式文化教育，在法国取得高中毕业文凭，并用法语创作。他参与了摩尔多瓦 1848 年革命及后来几乎所有关乎民族命运和文化发展的重大事件。他在 19 世纪四五十年代到过欧洲许多地方，后来出任摩尔多瓦外交大臣和统一后的罗马尼亚外交大臣期间，又频繁活动于欧洲列国。因而，他的文化视野和审美情趣都堪称国际水平。从他的这两首诗中，也可以看出 18 世纪以后欧洲"中国风"在园林、绘画、艺术等方面的普遍影响。他在对中国宫廷建筑、文化特征、人物心态等经过长期观察感悟后，以艺术的方式读解中国，体现了罗马尼亚文人雅士对中国文化的欣赏和认同。罗马尼亚在欧洲虽然是一个边缘贫弱的民族，但阿列克山德里的这两首"中国诗"却达到了较高的艺术品位，堪与 18 世纪法国诗人伏尔泰、19 世纪德国诗人歌德等创作或改编的"中国诗"相媲美。

四、诗人爱明内斯库谈中国文化

19世纪下半叶，有不少罗马尼亚的青年人到维也纳、柏林等教育文化中心留学，他们在那里不仅接触到先进的科学，也受到德国哲学的熏陶，以更为开阔的视野观察世界，摄取包括东方文化在内的知识养分。罗马尼亚经典作家中的大诗人米哈伊·爱明内斯库和小说家伊昂·斯拉维支都曾受到中国文化的濡染。

1869年，爱明内斯库来到奥匈帝国之都维也纳，在大学旁听各种感兴趣的课程。从那时起，他大量研读叔本华的哲学著作，受其影响对佛教和印度哲学发生浓厚兴趣，对中国的孔子、老子的思想也非常推崇。他后来创作的抒情哲理长诗《金星》所表现的宇宙观和社会观，有道家思想影响的痕迹。[1] 他的诗歌气质高贵，超脱凡尘，无论是放歌宇宙天地，抒发爱恨生死，还是凝神瞬间，望眼永恒，感伤天才，鄙视庸俗，都有一种深厚的哲思基础，因而留芳传世，这与他早年积累的东方文化底蕴不无关系。

1. 关于爱明内斯库作品中的老子哲学因素问题，参见冯志臣：《〈道德经〉与埃米内斯库的诗歌理念》，载北京外国语大学欧洲语言文化学院编：《欧洲语言文化研究》第4辑，北京：时事出版社，2008年版。

以往，人们只是从爱明内斯库留学维也纳期间关注东方哲学的思想轨迹去探讨他与东方世界的关系，近年来，又有学者从爱明内斯库曾具有的报人身份，去考察他所刊发的各种文字对中国的涉及，结果发现了许多多年尘封的史料，令人对这一问题有了全新的认识。罗马尼亚文学史家和出版人图多尔·内德尔恰（Tudor Nedelcea，1945— ）在《爱明内斯库视野里的中国及其价值》（*China și valorile ei în viziunea lui Eminescu*）一文中指出："在爱明内斯库的约15000页政论文稿中，对中国、对各种人

图 5-4　米哈伊·爱明内斯库

物和东方理念的涉及，对一些罗马尼亚或外国有关这个国家或大陆的评论和征引，占有重要的比例。"对此，作者列举了相当丰富的材料加以说明。

例如：在 1882 年 1 月 3 日出版的《时代报》（*Timpul*）第 7 卷第 2 期第 1 版，有爱明内斯库编写的 1881 年大事记，文中写有："二月，曾侯在彼得堡与俄国签订和约，据此中国将支付九百万卢布并将伊犁西部一地割让俄国；俄国有权在华设立诸多领馆，可与蒙古人进行免关税贸易。"

又如：爱明内斯库的其他一些文章表明，他对中国历史有细致的了解。罗马尼亚 1875 年 3 月成立的雅西大学生俱乐部，关注罗马尼亚人民的历史、语言和文化以及教育进步，提出"通过训练来拯救人类"的观点。在 1877 年 7 月 14 日发表在《雅西信使报》（*Curierul din Iași*）上的一篇评论中，爱明内斯库援引了中国的例子并以赞许的笔调写道："如果讲到知道多少，中国作为世界上最有教育的国家，有几千万人可以反证这一观点；主要问题是如何知道，在这个'如何'上，训练的作用终止而教育的作用开始了。"

爱明内斯库在报刊文章中有关中国的举例、述评和观点，还涉及到政治经济学、金融政治等方面的问题。对中国古代图书的编纂和刊印，他写有题为《世界上最大的书》（*Cea mai mare carte din lume*）的文章，发表在 1877 年 5 月 20 日第 52 期《雅西信使报》上，该文介绍了清朝康熙时期的《古今图书集成》，当时大英博物馆在通过各种渠道收购。而几乎与此同时，英国人迈耶斯也发表有《中国皇家藏书书目》一文，对《古今图书集成》加以推荐。爱明内斯库的文章极有可能在信息上来源于此。

爱明内斯库的一生只活了 39 岁，而且生命的最后几年都是在严重的精神疾病中度过的。在一生有限的时光中，"他广泛涉猎有关中国的各种书籍"。他的报刊文章中与中国的关联如此之多，对中国的了解之深入，令人称叹。他是 19 世纪下半期罗马尼亚人认识中国的一个典范，显示了这位民族诗人的东方情怀和世界意义。

五、作家斯拉维支赞中国伦理道德

斯拉维支与爱明内斯库是留学维也纳时期的同窗挚友。爱明内斯库建议斯拉维支按照"叔

本华—孔子—佛教—柏拉图"的顺序来研读经典，在他的
带动和影响下，斯拉维支开始将阅读的重点从历史转向哲
学，最终又集中在孔子的儒家学说。他赞同孔子的"三纲
五常"，推崇孔子的教育思想，认为孔子是"在所有规
劝人们善行的人中至高无上"（mai presus de toți aceia
care le–au dat oamenilor sfaturi în ceea ce privește
buna viețuire）。

　　1885年，斯拉维支根据读到的有关中国的书刊，撰写
了《中国和中国人》（China și chinejii）一文，在锡比乌
的《论坛报》第24、25和27期上连载。其中不仅有对中
国一般情况的介绍，还有不少有关汉语言文字的基本知识。
在他看来，"中国人民的伟大和古老，本身就是惊人的传
奇"。

图5-5　伊昂·斯拉维支

　　以孔子学说为核心的中国传统伦理道德观，逐渐成为
了斯拉维支文化理想、教育实践和文学创作活动中的一种
核心价值理念。他把孔子的思想作为文化启蒙和鼓舞奥匈
帝国中被压迫民族的武器，将其融入国民教育和道德养成。
在他创作的小说《吉利的磨坊》、《女看林人》(Pădureanca)、
《玛拉》（Mara）、《财宝》（Comoara）和《祖传》（Din
bătrâni）中，都可以看到他所坚持的伦理道德观，其中来
自中国文化的因素尤为明显。在晚年总结自己一生的时候，
斯拉维支仍将孔子视为对自己影响至深的精神导师，他写
道："无论过去还是现在，我都感到孔子的箴言是如此精辟，
它使我看到自身不足，而当我偏离其中那些关键的准则时，
又让我感到懊悔。"[1]

---

[1] ［罗马尼亚］斯拉维支：《我所经历的世界》（Lumea prin care am trecut），载《文学谈话》1930年2月号，第47页。转引自布雷亚祖：《斯拉维支与孔子》(Slavici și Confucius)，载《文学谈话》，锡比乌，1948年版，卷4，第54页。

　　斯拉维支对中国情有独钟，他从内心高度认同和赞赏

中国文化，推崇中国的传统价值，他的文化世界观也影响到其他一些罗马尼亚作家文人。我们前面提到的马约雷斯库翻译中国小说，博格丹—杜伊格翻译中国古诗，背后都有斯拉维支的宣传鼓动。

第三节　中国文化在其他中东欧国家的传播情况

由于年代久远、国别资料匮乏和语言障碍等原因，我们目前对 19 世纪中国文化在其他中东欧国家的传播情况还难以比较全面地把握。从赵刚、郭晓晶等人在《20 世纪中国古代文化经典在中东欧国家的传播编年》[1] 中整理的信息来看，这是中国文化开始被译介的萌芽时期，其

> 1. 该书纳入张西平总主编"20 世纪中国古代文化经典域外传播研究书系"，即将由大象出版社出版。

中的主要人物和著述有这样一些：

一、立陶宛大学的文学教授菲利普·奈留什·戈兰斯基（Filip Neriusz Golański）在 19 世纪初写过一部介绍中国的著作，书名很长，翻译成中文大意是："中国女文学家为欧洲男女文学家讲中国：关于中国和中国人的某些信息；关于中国的作家、历史、思想、句子和规则；某些中国谚语；翻译方法；孔子哲学——根据关于中国的最详尽的回忆录写成"（*Literatka chińska dla literatek i literatów w Europie: z niektóremi wiadomościami o Chinach i Chinczykach: z jch autorów, historyi, myśli, zdań i prawideł: z niektóremi oraz ich przysłowiami: sposobem tłumaczenia się, i filozofiią Konfucyusza: wedle dokładnieyszych pamiętników o Chinach*），1810 年在维尔纽斯出版（nakł. i drukiem Józefa Zawadzkiego）。

二、波兰人翻译从俄文、法文、英文等转译出版过多种西方旅行家或使臣的中国行纪，例如：伊戈尔·费德罗维奇·特姆科夫斯基（Egor Fedorovič Timkovskij）的《耶日·特姆科夫斯基 1820—1821 年经蒙古到中国的旅行》（*Podróż do Chin przez Mongoliją w latach 1820 i 1821. T. 2 / przez Jerzego Tymkowskiego odbyta*），托马什·威尔海姆·考汉斯基（Tomasz Wilhelm Kochański）从俄文翻译，1827 年在利沃夫出版（Piotr Piller）。法国传教士古伯察

（Evariste Regis Huc）的《1844、1845、1846 年鞑靼、西藏和中国游记》（*Wspomnienia z podróży po Tartarji, Tybecie i Chinach w latach 1844, 1845 i 1846 odbytej*），亚历山大·克莱迈尔（Aleksander Kremer）从法文翻译，1858 年华沙出版（S. Orgelbrand）。

三、匈牙利人从 19 世纪起也开始在本土通过其他语言的媒介接触中国文化。著名诗人奥洛尼·亚诺什（Arany János，1817—1882）曾翻译过三首中国诗歌，被视为匈牙利翻译中国文学作品的开端。

四、根据保加利亚学者的考证和研究，19 世纪中期以后，有关中国的信息开始零星地出现在保加利亚出版的各种报刊。例如，当时最重要的杂志之一《保加利亚书》（1858—1862）中就刊登过翻译的游记《关于中国的事》，译者是民族复兴时期的作家伊万·耐德诺夫（Ivan Naidenov）。1882 年出版的《图书馆》杂志，曾连载长篇游记《西藏风俗——在西藏旅行》。

在《进步》、《知识》等报刊上，也不时可以看到有关中国政治、社会与文化的新闻。[1] 当时，有关东方的知识只能辗转各种媒介进入保加利亚，内容浅显，还有一些错误，这固然与奥斯曼土耳其人长期统治造成的经济落后和文化封闭有直接关系，但从文化传播的角度看，又是任何一个民族早期认识中国必经的一段过程。

---

1. 参见 [保加利亚] 波丽娜·东切娃：《18 世纪中叶至 20 世纪初中国小说在保加利亚的接受》，林温霜译，载北京外国语大学欧洲语言文化学院编《欧洲语言文化研究》第 7 辑，北京：时事出版社，2013 年版，第 303—317 页。

第六章　　清末民初中东欧文学汉译的滥觞

新史氏曰：匈加利之仅有今日，匈加利人之不幸也。匈加利之尚
有今日，又匈加利人之幸也。夫以今日民族主义之磅礴天壤，彼匈加
利者，又岂以仅有今日而自足耶？然其能使之有今日，且使之将更有
优于今日之将来，谁实为之，吾敢断言而不疑曰噶苏士之赐也。呜呼！
今天下之国，其穷蹙如前此之匈加利者何限，而噶苏士何旷世而不一
遇也？海山苍苍，海云茫茫，其人若存，吾愿为之执鞭而忻慕者也。[1]

——梁启超（1873—1929）

1. 梁启超：《匈加利爱国者噶苏士传》，署名"中国之新民"，载《新民丛报》光绪二十八年（1902 年）四月一日，

第七号，第 52 页。另见《梁启超全集》第二册，北京出版社，1999 年版，第 826 页。"匈加利"即匈牙利，"噶苏士"

今译科苏特·拉约什（Kossuth Lajos, 1802—1894），匈牙利著名政治家和政论家、1848 年革命领导人。

第一节 波兰"亡国史鉴"与汪笑侬的新京剧《瓜种兰因》

自 19 世纪末开始，中国与中东欧民族和国家之间的关系发生了一系列重大变化。从中东欧诸国的历史文化在中国译介的向度看，这种变化也是空前的。它主要体现在两个方面：首先，译介的主体不再只是西方的传教士，中国敏感的知识界开始主动关注、介绍和讨论中东欧国家的历史与文化。其次，从文学关系的角度看，从 20 世纪初开始，中东欧诸国的历史文化及其形象，开始与中国文学发生直接关联，随后又正式开始译介中东欧文学作品，由此两者之间文学关系才开始真正体现"相互"的特征。在这个意义上，清末民初开启了现代以来中国与中东欧文学关系的新时代，也成为中东欧文学在中国译介及其影响的滥觞。

这一新的历史开端，与 19 世纪末、20 世纪初中华民族积贫积弱的世界境遇紧密相关。19 世纪中叶以降，经过两次鸦片战争，西方列强通过武力侵略强迫中国签订一系列不平等条约，中华帝国遭受空前的威胁与挑战，中日甲午战争失败后，亡国之虞更加笼罩着整个帝国。20 世纪初年，义和团运动溃败，《辛丑条约》签订后，帝国主义列强对中国的侵略更加深入，对中国的榨取、掠夺和奴役加重，标志着中国的进一步半殖民地化，民族危亡愈益严重。

图 6-1 《辛丑条约》签订时的列强公使

中国历来就有总结、编撰前代历史以为当代统治者资政鉴镜的传统，在近代中国遭受列强侵略，逐步沦为半殖民地国家，以至面临瓜分的危险之际，清醒的官僚士绅忧心焦虑，维新派人士更是大声疾呼。为了反对外国侵略，争取民族独立，挽救危亡，往往利用一些国家被瓜分、灭亡的历史，用来作为中国救亡图存和变法维新的史鉴，以警诫清朝统治者，唤醒国人。张之洞在 1904 年为自强学堂所作的《学堂歌》就有"波兰灭，印度亡，犹太遗民散四方。埃及国，古老邦，衰微文字多雕丧。越与缅，出产旺，权利全被他人攘。看诸国，并于强，只因不学无增长中国弱，恃旧邦，陈腐每被人讥谤"的字句，并被广为传唱。"亡国史鉴"便成为中国近代、特别是 20 世纪初年救亡图存的一种主流话语。当时介绍的亡国史，对象包括波兰、朝鲜、埃及、印度、越南、缅甸和菲律宾等国。据统计，1901—1907 年间，国内出现了 30 余部"弱小"国家的"亡国史"译述，原作者几乎全是日本人。[1]

1. 陈平原、夏晓红编：《二十世纪中国小说理论资料》，第 1 卷，北京：北京大学出版社，1997 年版，1897—1916 页。

正是在这一"亡国史鉴"的话语思潮中，作为曾经和正在遭遇外国侵略和亡国命运的中东欧诸国的历史，作为这一"史鉴"材料的一部分，开始进入中国人的视野，其中，与中国文学最早发生直接关联，也最早为中国知识界、思想界所介绍的是波兰。

波兰亡国史是晚清爱国史学方面外国亡国史的一种，它包括由国人编译或著写的关于波兰亡国历史的书籍、文章以及关于波兰亡国的报道。根据俞旦初在《清末亡国史"编译热"与梁启超的朝鲜亡国史研究》一文的统计，20 世纪初亡国史译本单行本中，以朝鲜亡国史数目最多（7 种），印度、埃及亡国史其次（各为 4 种），波兰亡国史有 3 种，之外还有波斯、安南、土耳其等国亡国史数目较少。相比于朝鲜、印度、安南等国，波兰有着独特的历史与特征。

维新派在这场救亡图存的改良运动中，非常重视利用史书这一载体。早在 1896 年 8 月 29 日的《时务报》就刊载了梁启超编写的《波兰灭亡记》，着力描述波兰沦为俄罗斯之亡国奴后的惨状：1830 年，"俄王谕波人，自七岁以上，凡穷困及无父母者，徙置边地，初则夜拘幼孩，继则白昼劫夺"。1830 年 5 月 17 日把波兰无数小孩解往西伯利亚时，"父母号哭攀援，愿与偕行，军士怒，殴伤路地，血肉狼藉，阒衖溢轨"。1898 年 7 月 24 日，康有为也著有《波兰分灭记》七卷（三册），作为递呈光绪皇帝的奏折，其中叙述波兰因政治腐败，从一个欧洲大国终被强国瓜分灭亡的历史，据康有为自己记述，光绪帝读后"为之啼嘘感动"。

20 世纪初的几年里，日本历史学者涩江保（Shibue Tamotu）的《波兰衰亡战史》就有多个汉语译述本。包括：（1）1901 年译书汇编社的编译本《波兰衰亡战史》；（2）1902 年开明书店译本《波兰衰亡史》；（3）1902年江西官报社译本《波兰遗史》，陈澹然译；（4）1904年上海镜今书局译本《波兰衰亡史》，薛蛰龙译述，署名江苏薛公侠。另外可能还有广智书局版译本（未见书）。可见波兰亡国史在当时的政治和知识话语中被关注的程度。

图6–2 梁启超（1896年摄）

在译书汇编社译述本的序言中，作者分析了波兰灭亡的三个主要原因，其一，认为国王公选制导致各党分列、相互倾轧、人心不思统一；其二，强国的干涉；其三，人民不得与政，由此给当时的中国提供警鉴。薛蛰龙译述的《波兰衰亡史》，前面刊有南社成员柳亚子（署名“中国少年之少年柳人权”）的序文。当时才18岁的革命青年柳亚子，读了《波兰衰亡史》译文后不胜慷慨激昂，更激发其反清革命的热情。在序文中以波兰亡国历史激励民众反对清廷和帝国主义瓜分中国，认为中国人当学习波兰“拒俄志士前援后继，项背相望，临之弹雨枪林而不惧，投之冰天雪窖而不悔”的坚强意志，学习波兰“爱国党之团结，哥修士孤（今译科希秋什科，波兰民族英雄）之运动”，敢于“扬旗击鼓，问罪于圣彼得堡”的斗争精神；学习波兰籍人士参加俄国虚无党，进行反对沙俄专制统治的革命气概。他认为，只要中国人民“能如波兰不忘祖国之精神”，“则彼异种称王者”“即断不能久践我土而久食我毛”。柳亚子肯定“吾友蜇龙译《波兰衰亡史》，于保种敌忾之旨三致意焉。十年血战，九世复仇，波兰之成功不远矣”。希望国人读《波兰衰亡史》，能使“我民族其猛醒，我民族其借鉴，我民族其毋自馁”，勇敢地进行争取民族自由独立的斗争。薛译本全书六章，并有附录：波兰灭亡

后之状况。该书"甲辰四月十五日印刷，同年五月初十日发行"。

　　除上述维新派人士的引述和涩江保著作的多个译本之外，当时还有许多讲述波兰亡国史的报刊文章。如 1901 年《杭州白话报》发表的《波兰国的故事》[1]，1902 年《经济丛编》的《波兰灭亡始末记》[2]，1903 年《外交报》的《波兰亡国之由》[3]，1904 年《俄事警闻》刊发的《讲俄国和普奥两国瓜分波兰的事》[4]，等等。后者还特别提醒读者，当时"俄国对中国的情形，是共对波兰一样的，从前既能共普奥瓜分波兰，现在就能共各国瓜分中国"。

1. 署名独头山人说。《杭州白话报》1901 年第 1、2、3 期。

2. 作者定州王振尧。《经济丛编》1902 年第 15、16 册，"历史"。

3. 《经济丛编》，1903 年第 27 册"历史"，录自《外交报》。

4. 《俄事警闻》，1904 年，第 44、49、50、52、54、56 号。

　　这种兴盛一时的亡国史鉴论述，在民众尤其是知识界发生了很大的影响，也为包括中东欧文学在内的弱势民族文学在中国的译介准备了相应的思想与文化的接受条件。据周作人 1902 年 3 月 9 日的日记记载，《波兰衰亡战史》

图 6-3　《波兰衰亡战史》（1901）

书出不久，青年鲁迅当即曾购阅此书，这也是引发周氏兄弟大力倡导和实践东欧等弱势民族文学译介的最初最重要的触发点，具体容后详述。另外，当时在章太炎致柳亚子书信中，也提到此书的译者"蛰龙"，事后 40 年，柳亚子在题为《五十七年》[5] 的自传里所作的说明中，还记得有薛蛰龙所译的《波兰衰亡史》等书，说明此书当时确曾引起学界广泛注意。不仅如此，这种影响还深入到话语方式的内部，并包涵了对波兰的历史评价的变化，也即对波兰的所指从"亡国"之鉴逐步转变为体现当代波兰人民争取斗争的所在地，以致于在有关世界格局和中国问题的论述中，"波兰"一词已经从名词变为动词，是"波兰我"？还是"美利坚我"、"德意志我"？这是被压迫的中国人

5. 柳亚子：《五十七年》，见《文学创作》，1944 年第 3 卷第 1 期。

的命运选择。[1]

1. 参见《江苏》杂志 1903 年 4 月 27 日刊发的《哀江南》一文，作者写道："支那而不自立也，

20 世纪初叶的这一亡国史鉴思潮，包括对中东欧历史

则波兰我，……支那而自理也，则美利坚我，德意志我。"《浙江潮》与《江苏》都是 1903 年

的叙述，不仅体现为历史、政论和思想领域，也反映到文

由留日学生创刊的杂志，同时颂扬波兰人民、波兰社会党为民族主义而斗争的事迹。

学领域中。波兰亡国史在当时中国文学艺术中的直接反映，

就是 1904 年问世的新京剧《瓜种兰因》[2]，在这一剧作中，

2. 陶绪：《晚清民族主义思潮》，北京：人民出版社，1995 年版。另参见 [美] 卡尔·瑞贝卡著：

波兰历史作为题材得以直接呈现。

《世界大舞台——十九、二十世纪之交中国的民族主义》，高瑾等译，北京：生活·读书·新知

作为中国近代京剧的积极的改革者，汪笑侬（1858—

三联书店，2008 年版。

1918）以波兰亡国史为题材，创作了新京剧《瓜种兰因》，

一名《波兰亡国惨》、《亡国惨史》，于 1904 年 8 月 7 日

在上海春仙茶园首演。主要演员有汪笑侬、沈韵秋、刘廷

玉、何家声等。该剧主要依据上述涩江保的《波兰衰亡史》

内容改编而成，是京剧舞台上第一个"洋装新戏"，剧本

叙述波兰与土耳其开战，由于内奸的破坏和统治者的妥协，

最后兵败乞和，丧权辱国，从而揭示"不爱国之恶果"。

这是中国戏剧（京剧）史上首次将外国题材搬上京剧舞台，

实为海派京剧之嚆矢。在该剧登台上演的同事，剧本也公

开发表。8 月 20 至 30 日，《瓜种兰因》剧本在《普钟日报》

图 6-4　汪笑侬

连载，署名"笑侬"，包括"庆典"、"祝寿"、"下旗"、

"惊变"、"挑衅"、"奉诏"、"遇险"、"卖国"、"通

敌"、"廷哄"、"求和"、"见景"和"开议"，共 13 场。

随后不久，《警钟日报》有复印单行小本刊行，陈独秀主

编的《安徽白话报》也据以转载。

汪笑侬在以波兰衰亡为主题进行京剧创作的过程中，

还留有一些相关的诗作，包括"自题《瓜种兰因》新戏（五

首）"和"自和《瓜种兰因》原作（五首）"[3]，概括了戏

3. 收入《汪笑侬戏曲集》，北京：中国戏剧出版社，1957 年版，第 295—296 页。

中的故事主旨，揭示了导致此类亡国惨剧的根本原因。

自题《瓜种兰因》新戏（五首）

担虎前门原不易，岂止后户引狼来。驱除异族仍无救，种教相同亦祸胎。

几番铁血破工夫，议政堂间草半枯。滋蔓阶前君不管，拚教多少好头颅。

尚有国旗在世上，几分权利或能争。一朝树倒猢狲散，再想猢狲弄不成。

国香散尽野兰芳，七月食瓜热血凉。请就前因证后果，感情焉得不心伤。

多少人才难救国，却因众志未成城。一家犹自分门户，无怪强邻界限争。

在一定意义上，这组诗为他创作的波兰主题京剧《瓜种兰因》作了很好的题注。

第二节　李石曾译《夜未央》和许啸天的"波兰情剧"

据现已掌握的材料可知，东欧文学最早在中国的译介，当开始于 20 世纪初叶，也是以波兰（从国别而言）戏剧（从文学样式而言）为开端的。这就是波兰剧作家廖亢夫（Leopold Kampf，1881—？）的话剧《夜未央》（Am Vorabend，英文 On the Eve）的翻译。它不仅是最早的外国戏剧中译，也是中外文学关系史上有目的开展的外国文学中译的开端。

李石曾（1881—1973），名煜瀛，李鸿藻之子，1902 年冬以驻法公使随员身份赴法国，先后在法国巴斯德研究院和巴黎大学学习生物，但热心于"普及学术改革社会的宣传"，并与张静江、吴稚晖等人创办中华印字局，组织成立"世界社"，宣扬无政府主义，出版各种中文期刊，在上海设立发行所面向各省发售，先后编辑出版《世界》画报、《新世纪》杂志和大型画传《近世六十名人》等，而由于他们与巴黎演剧界的关系，翻译出版戏剧作品也是他们活动的重要内容。

1908 年李石曾从法文翻译了廖亢夫的三幕话剧《夜未央》（同时译出的另一部戏剧为莫里哀的《鸣不平》）。《夜未央》译自法文，原名为 Le Grand Soir。该剧从 1907 年 12 月 23 日开始在巴黎美术剧院演出，在巴黎引起轰动。法文版剧本由 Robert d'Humiere 自德文（廖亢夫以德文写此剧）翻译，刊登在 1908 年 2 月 8 日出版的 L'Illustration Theatrale（《戏剧画报》第 81 号）上。该剧以 1905 年的俄国某大城市为背景，表现俄国虚无党的著名女英雄苏菲亚暗杀沙皇的故事。主人公桦西里在秘密印刷所工作期间，与联络员安娥相爱，被情感与义务的矛盾、现实压迫与行动乏力的焦虑所困，于是决定希望寻找别一种使命。面对印刷所被破坏和镇压升级，革命者筹划刺杀巡抚，桦西里承担了刺杀任务，最终在安娥的配合下，牺牲个人完成使命。

在翻译过程中，李石曾通过出演《夜未央》的法国演员德·珊诺（De Sanoit），得以结识了原作者廖亢夫，并请求廖亢夫为中译本作序。廖亢夫是波兰进步戏剧家，从他 1908 年夏为李石曾的中译本所写序言看，他很可能也是无政府主义的信仰者：

> 吾甚喜吾之《夜未央》新剧，已译为支那文，俾支那同胞，亦足以窥吾之微旨。夫现今时世之黑暗，沉沉更漏，夜正未央，岂独俄罗斯为然？吾辈所肩之义，正皆在未易对付之时代。然总而言之，地球上必无无代价之自由。欲得之者，惟纳重价而已。自由之代价，言之可惨，不过为无量之腥血也。此之腥血，又为最贤者之腥血。我支那同胞，亦曾留连慷慨，雪涕念之否乎？吾属此草，虽仅为极短时代一历史，然俄罗斯同胞数十年之勇斗精神皆在文字外矣。支那同志，其哀之乎？抑更有狐兔之悲耶？[1]

1. 见阿英编：《晚清文学丛钞》（小说戏曲研究卷），北京：中华书局，1960 年版，第 306 页。阿英所编该文注为"失名译"，实为"李石曾译"。

李石曾当时信奉无政府主义，他之所以翻译这个具有浓重政治色彩的剧本，也与辛亥革命前夕革命党的暗杀风潮有关。李石曾与廖抗夫一样，都觉得戏剧可以激发民众反抗黑暗专制的热情和战斗精神。

该译本最早于 1908 年由法国万国美术研究社刊（一说巴黎中国印字局）出版，在国内通过设在上海的世界社发行，广州革新书局于同年 10 月出版单行本。译本的问世，不仅为演剧界打开一个新的窗口，推动了中国新剧的变革，而且在整个文学界和广大读者中，都产生了持续性的影响。

译本出版当时，上海的青年许啸天（1886—1948，啸天生）就在章太炎的推荐下读到此剧，读后十分兴奋，随后也促使他开始戏剧创作和演剧的改良，成为我国现代话剧运动的开创者和促进者之一。他在四十年后回忆当时的情景：

> 那时，我只有十九岁，一方面在章太炎（炳麟）、邹蔚丹（容）所办的《苏报》
> 上投稿，一方面由章介绍给我几本翻译的剧本读。第一本，是《黑暗时代之一线光明》，
> 第二本，是《夜未央》，第三本，是《鸣不平》。除《鸣不平》是讽刺剧外，其他两本，
> 都是描写帝俄时代虚无党地下工作时的艰苦情形。那时，我正加入光复会，更觉深切
> 味。……待到我参加秋瑾先烈革命工作失败潜逃来上海以后，第一个见到于右任；于
> 氏正办《民呼报》，向我要稿件，我便大胆的开始写第一部剧本《多情的皇帝》。……
> 用意是在发扬民主精神。[1]

1. 许啸天《我与话剧的关系》，原载《永安月刊》115 期（1948 年永安月刊社出版），转引自袁进主编 "鸳鸯蝴蝶派散文大系"《艺海探幽》，上海 东方出版中心，1997 年版，第 310 页。

文中所说的《多情的皇帝》即《多情之英雄》。此剧是否在《民呼报》刊出待查，但可以看到，他写作此剧的动机来自于《夜未央》等译剧。从 1911 年第 2 卷第 1 期起，《小说月报》连续发表许啸天编译的八幕剧《多情之英雄》，并标注为 "波兰情剧"，也被戏剧史称为 "改良新剧"。它是根据波兰历史故事编译，描写女主人公儿依萨为哥修士孤殉情，儿依萨因与陆军上将哥修士孤恋爱受阻，绝望之际，举枪自杀。虽说表现因爱与嫉妒的悲剧，但作者将爱情与亡国之背景联系起来，体现了民族悲剧与个人爱情悲剧的紧密关联。许啸天在剧本附言中，借波兰喻中国的现实境遇道："此波兰故事也。国之将亡，必有其所以亡之原因。国民不爱国而逞私欲为之，大前提也。呜呼，灭六国者六国也。山河暗淡，狐鼠纵横。吾观是剧而有不能已于怀者。" 他的另一个剧本《残疾结婚》[2] 同样是一出革命与恋爱悲剧，也同样讲述了波兰

2. 许啸天：《残疾结婚》，载《小说月报》，第 1 卷第 2 期。

历史故事，波兰少将笛克生与爱人格兰茜力抗俄军压迫失败，两人带着伤残结婚后又双双自尽。

这种直接取材于波兰故事的编剧方式，也是早期中外文学关系中的一个特有现象，虽说上述许啸天的两个剧本情节不是直接取自于《夜未央》，却是在后者的启发与激励下展开的。这种从外国历史或直接从外国文本中取材改编的做法，在当时和之后的中国文学史上，也不限于许啸天一人。例如，1915 年 4 月在成都出版的《娱闲录》半月刊第十八册中，还出现了根据李石曾《夜未央》译本改写的"虚无党小说"《铁血》，署名觉奴。

李译《夜未央》在当时的影响以及在中外文学关系史上的意义，也可以从另外两个史料，即中国新文学史上的重要人物胡适和郑振铎的评价得以印证。

青年时期的胡适，也记录了对《夜未央》译本的阅读感受：1911 年"读西剧《夜未央》一过。是书叙俄国虚无党逸事，中有党人爱一同志女子，其后此人将以炸弹毙一酷吏，临行时与所欢别，二人相视而笑。其人忽变色曰'吾今生又多此一笑'，此等语大似吾国明代理学家临难时语，非有大学问不能道也"[1]。

1. 胡适 1911 年正月初三日记，引自《胡适的日记》上册，中国社科院近代史研究所、中华民国研究室编，北京：中华书局，1985 年版，第 18 页。

十年之后，郑振铎对李石曾当时翻译的《夜未央》和《鸣不平》两个剧本回忆道："那个时候正是中国革命潮闹得最厉害的时候，所以他们鼓吹革命的人，把这两篇东西介绍来，不惟是戏剧翻译的元祖，恐怕也是有目的的文学作品介绍的第一次呢。"[2]

2. 郑振铎：《现在的戏剧翻译界》，载《戏剧》第一卷第二期 1921 年 5 月 9 日，民众戏剧社编辑，中华书局出版。

这种影响，也体现在译本的出版印行的数量上：到 1928 年 5 月，《夜未央》的李石曾译本已经是第 4 版；至 1933 年为止，先后至少有三个版本行世，重印不少于八次以上。

图 6-5　1938 年李石曾（右）与顾维钧（左）在日内瓦

第三节　周氏兄弟与《魔罗诗力说》和《域外小说集》

　　鲁迅与周作人兄弟关注进而译介东欧文学，当然与世纪之交的民族处境和国内思想文化的背景有关，更与他们的个人志向与文化选择有关。1906 年夏天，归国完婚又返日的鲁迅，携弟弟周作人一起在东京住下，正式开始了弃医后的从文生涯，目的在于"第一要著"是要改变国民的精神，"发国人之内曜"，而"善于改变精神的是，我那时以为当然要推文艺"[1]，不过文艺不是鲁迅当时改变国民精神、建构民族未来方案的全部，只是其中重要的一部分，而译介外国文艺不仅是革新中国文学计划的一部分，也是其改变国民精神计划的一部分。

1. 鲁迅：《〈呐喊〉自序》

　　周氏兄弟来到东京后，起初的一个计划就是联合许寿裳、袁文薮、陈师曾等友人办一份思想文化类的杂志，即后来夭折了的《新生》。从随后几年周氏兄弟所呈现的成果来看，他们的工作主要体现为论述和移译两个方面。而这两方面的工作的标志性体现，就是鲁迅相继在《河南》杂志发表的系列论文和兄弟合译的《域外小说集》。前者即《人之历史》、《摩罗诗力说》、《科学史教篇》、《文化偏至论》、《破恶声论》和《裴彖菲诗论》；后者包括出版《域外小说集》一、二册和其他文学译作。因此，尽管《新生》没有办成，但对于他们的计划而言，这两方面成果的问世，也已经变相实现了《新生》杂志创办的初衷，按周作人说法，"在后来这几年里，得到《河南》发表理论，印行《域外小说集》，登载翻译作品，也就无形中得了替代，即是前者可以算作《新生》的甲编，专载评论，后者乃是刊载译文的乙编吧"[2]，这"乙编"的工作，

2. 周作人：《周作人回忆录》八一"河南——新生甲编"。

其实还应包括中长篇的《红星佚史》、《劲草》、《匈奴奇士录》、《炭画》、《神盖记》、《黄蔷薇》等文学译作在内。

　　在这一系列计划的实施过程中，年长并已经历弃医从文之抉择的鲁迅，当然起着总体的主导作用，周作人明显受到兄长的影响，两人心有默契、携手协作又各有分工侧重（两人在思想、文艺观念乃至践行上的分歧、失和时后来逐步呈现的）。如果说鲁迅对整体的文化革新计划的思路更加宏观、清晰而具逻辑性思考的话，周作人对文学的兴趣更加纯粹一些。所以这一时期鲁迅的重点是理论表述，而周作人的精力更多地放在翻译上。从语言的各自擅长看，鲁迅通日文、德文，周作人则英文能力好。所以，在对英文资源的汲取利用上，周作人起到重要作用，不仅

是他们译作中的主要源文本都来自英文本，他们还以类似林纾译述的方式，合作翻译了《裴彖飞诗论》和《域外小说集》中的部分篇目。

　　本节虽然不承担在总体上论述周氏兄弟早期思想及其文化活动的任务，但他们在 20 世纪初期有关东欧文学的译介，也只能放在上述总体框架中，并且将周氏兄弟的工作关联起来，才能看得清楚。其内容主要包括：鲁迅《摩罗诗力说》及"立意在反抗"的译介倡导；兄弟协作完成的《域外小说集》；周作人的其他译介工作。

图 6-6 鲁迅在日本留学时（1903）

　　《摩罗诗力说》是鲁迅在弃医从文后所写的一系列论文中的一篇，1907 年写于日本，1908 年 3 月发表于《河南》月刊第二、第三号，署名"令飞"。文章旨在"别求新声于异邦"，向国人引荐"摩罗之言，假自天竺，此云天魔，欧人谓之撒旦"，"立意在反抗，指归在动作，而为世所不甚愉悦者"，文章勾画其"流别影响，始宗裴伦，终以摩迦（匈牙利）文士"。文章虽也提及但丁、尼采、莎士比亚、柏拉图、弥尔顿、歌德、彭斯、济慈、爱伦德、柯尔纳、果戈理、易卜生等欧洲诗人、作家和思想家，但重点在于介绍英国拜伦、雪莱等浪漫主义传统下从俄国到波兰、匈牙利等国的浪漫主义"复仇诗人"，认为起自拜伦的精神传统，"余波流衍，入俄则起国民诗人普式庚（普希金），至波兰则作报复诗人密克威支（密茨凯维奇），如匈加利（匈牙利）则觉爱国诗人裴彖飞（裴多菲）；……此盖聆热诚之声而顿觉者也，此盖同怀热诚而互契者也"，"上述诸人，其为品性言行思维，虽种族有殊，外缘多别，因现种种状，而实统于一宗；无不刚健不挠，抱诚守真；

不取媚于群，以随顺旧俗；发为雄声，以起其国人之新生，而大其国于天下"。文章的第八、第九部分正是重点论述东欧地区四位"摩罗诗人"，包括三位波兰诗人和一位匈牙利诗人。鲁迅以更多的笔墨论及波兰诗人，除波兰文学自身的特点外，也与波兰的亡国历史和上述有关世纪之交中国思想文化界的"亡国史鉴"传统有关，在次年发表的《破恶声论》中，也再次提及："至于波兰印度，乃华土同病之邦矣，波兰虽素不相往来，顾其民多情愫，爱自繇，凡人之有情愫宝自繇者，胥爱其国为二事征象，盖人不乐为皂隶，则孰能不眷慕悲悼之。……俾与吾华土同其无极。"[1]

1. 鲁迅：《破恶声论》，载《河南》月刊第八期 1908 年 12 月 5 日。

　　鲁迅写作《摩罗诗力说》，主要参考了丹麦文艺评论家、文学史家勃兰兑斯（Brandes, Georg，1842—1927）的《波兰印象记》的英译本，第八章专论波兰诗人那部分，更是直接以勃兰兑斯的相关介绍作为论述基础。由于鲁迅的英文能力有限，无法直接利用英文论著，这部分的参考主要得自于周作人口述。

　　《波兰印象记》原著出版于 1888 年，1903 年出版英译本。内容大体分为两部分。前半部分在"观察与欣赏"标题之下介绍作者四次去波兰旅行与做演讲（在沙俄、奥统治区）时当时国家的情况和人民的情绪。波兰与波兰人给勃兰兑斯（犹太人的身份）留下了很深的印象，他对波兰的民族解放运动寄予深切的同情和全面的支持。他曾经说过："波兰是一种象征，是人类最崇高的因素而为了它斗争的象征。在欧洲在任何地方在世界各地，谁为自由而斗争那么同时也是为波兰斗争。"后半部分就是所提到的"19 世纪波兰浪漫主义文学"。作者指出了当时异军突起的波兰浪漫主义诗歌兴起的原因和发展过程，它的特色、成就和缺陷。波兰浪漫主义以立足于亡国民族对自己存在意义的肯定。国土被瓜分后，诗歌代表了民族心声，民族观念渗透了文学的一切。

　　鲁迅借用勃兰兑斯书中的这一部分为论述材料，在了解波兰诗人和波兰 19 世纪文学特征的基础上，组织自己的论述。《摩罗诗力说》的第八章从勃兰兑斯的论述入手，介绍了波兰的三位伟大诗人：密茨凯维奇（A. Mickiewicz，1798—1841）、斯沃瓦茨基（J. Slowacki，1809—1849）和克拉辛斯基（S. Krasinski，1812—1859）以及他们为波兰独立而创作的文学生涯。前两位作家被鲁迅称为所谓的"复仇诗人"，而克拉辛斯基被称为"爱国诗人"。

　　在对这三位诗人的介绍与评价时，鲁迅还有所侧重。他特别介绍的是主张以武力反抗，被称为"复仇诗人"的密茨凯维奇和斯沃瓦茨基，可是对在复仇中看不到民族出路，主张"彼主爱化"的克拉辛斯基，只在这章的最后用了寥寥数语，甚至没提到他的任何一部作品，这显然是鲁迅有意识的选择，以此凸显其激励复仇、反抗，张扬精神以拯救民族危亡的宗旨，而对波兰浪漫主义文学做这样系统而详细的介绍，在中外文学关系史上还是第一次。

《摩罗诗力说》的第九章重点论述匈牙利爱国诗人裴多菲（Petöfi Sándor, 1823—1849）。这位出生于布达佩斯的"沽肉者之子"也是鲁迅特别喜爱的诗人，后来更因为鲁迅而成为中国读者家喻户晓的外国诗人之一。鲁迅不仅在《摩罗诗力说》里介绍了裴多菲的生平和创作特色，称其"纵言自由，诞放激烈"，"善体物色，着之诗歌，妙绝人世"，是一个"为爱而歌，为国而死"的民族诗人。

次年，鲁迅又与周作人一起，翻译匈牙利作家爱弥儿·籁息（Reich E.）的《匈牙利文学史》之第二十七章《裴彖飞诗论》，该书由贾洛耳特（Jarrold and Sons）书局 1898 年版，"冀以考见其国之风土景物，诗人情性"，工作方式与翻译《红星佚史》一样，周作人口译，鲁迅笔述。完成译文后，即将稿件投给《河南》杂志，本拟分上下篇发表，上篇刊发于 1908 年 8 月 5 日第 7 号，署名"周逴"（周作人的笔名）。下篇则因《河南》停刊而未能发表，之后原稿也佚失。[1] 比起《摩罗诗力说》中论述的扼要，这篇译文中对裴多菲的介绍则要详尽得多。

1. 周作人：《鲁迅的故家》。另参见陈福康：《〈裴彖飞诗论〉是不是鲁迅的译著》，载《外国文学研究》，1980 年第 2 期。

之外，鲁迅还在日本旧书店先后购置裴氏的中篇小说《绞吏之绳》，又从欧洲购得德文版裴多菲诗集、文集各一册。

《域外小说集》的翻译，是与前述系列论文的写作同时进行的。1909 年，鲁迅与周作人在东京神田印刷所相继自费出版了他们的第一部译作《域外小说集》，共两册，收作品 16 篇。译文为文言。鲁迅后来说它诘屈聱牙，似有不满的地方。初版时，曾有序言一篇，作者云：

《域外小说集》为书，词致朴讷，不足方近世名人译本。特收录至审慎，译亦期弗失文情。异域文术新宗，自此始入华土。使有士卓特，不为常俗所囿，必将犁然有当于心，按邦国时期，籀读其心声，以相度神思之所在。则此虽大涛之微沤与，而性解思维，

实寓于此。中国译界，亦由是无迟暮之感矣。

《域外小说集》第一册于1909年3月出版，收小说7篇；第二册于同年7月出版，收小说9篇，周氏兄弟的翻译于1908—1909年间进行。其中鲁迅据德文转译三篇，其余为周作人据英文翻译或转译（其中《灯台守》中诗歌亦由他口译，鲁迅笔述）。书在东京付梓，署名"会稽周氏兄弟纂译"，周树人发行，上海广昌隆绸庄寄售。序言、略例，皆出自鲁迅手笔。鲁迅曾说，当时他们"注重的倒是在绍介，在翻译，而尤其注重于短篇，特别是被压迫的民族中的作者的作品。因为那时正盛行着排满论，有些青年，都引那叫喊和反抗的作者为同调的"[1]，总括一句，旨在标举"弱小民族文学"。

图 6-7　《域外小说集》（1909）
（来源：陈建功、吴义勤主编
《中国现代翻译文学初版本图典》）

1. 鲁迅：《南腔北调集·我怎么做起小说来》，见《鲁迅全集》第4卷，北京：人民文学出版社，1981年版，第511页。

这16篇作品中，就有波兰作家显克微支《乐人杨珂》（编入第一集）和《天使》（又译为《安琪儿》）、《灯台守》（一译《灯塔看守人》（编入第二集）；波斯尼亚（即后来的南斯拉夫，今属波黑）穆拉淑维支的《不辰》（通译《命该如此》），占16篇中的四篇。而初版两册都分别附"新译预告"，第一册后面的新译预告有：匈牙利育珂（约伊卡·莫尔）的《冤家》、《伽萧太守》、波兰显克微支的《灯台守》，后者已经在第二册中收入了；第二册新译预告有：匈牙利密克札忒的《神盖记》（通译《圣彼得的伞》）。其中有两位东欧作家的三篇作品。以后周作人继续从事译介，1910年至1917年间共完成21篇，1921年《域外小说集》由上海群益书社出版增订本时一并收入。其中包括新增的两篇东欧作家作品，一是波兰显克微支的《酋长》；一是波斯尼亚穆拉淑维支的《摩诃末翁》。前者译出后曾投寄上海的书店，不用，稿子也弄丢了；后来他用白话文重新翻译了一遍，发表在《新青年》第五卷第四号（1918 年 10 月 15 日）上，此后才收入新版的《域外小说集》。

其实，这里所说的 21 篇，只是针对 1921 年新版的《域外小说集》而言的。在《域外小说集》的翻译过程，周氏兄弟各有分工，相对而言周作人在具体翻译中做得比鲁迅更多些，尤其是其中不多的几个东欧作家作品，几乎都是周作人翻译的。事实上，周作人在《域外小说集》之外，对东欧文学状况的关注和翻译还有许多值得提及的史实。而在东欧国家中，波兰与匈牙利是最为他们关注，也介绍最力的。这里承续上两节的内容，先以有关波兰的内容为主，有关匈牙利部分的其他内容，留待下节再作补充和展开。

早在 1906 年刚到日本之时，周作人就在鲁迅的影响下，对外国文学尤其是弱小民族国家的文学给予积极的关注。周作人后来多次回忆这期间的读书生活时说到，他们当时特别重视波兰和匈牙利，"因为他们都是亡国之民，尤其值得同情"[1]。又说，"民国前在东京所读外国小说差不多全是英文重译本，以斯拉夫及巴尔干各民族为主，这种情形大约到民十还是如此"[2]。早在 1907 年所写的《读书杂拾》一文中，周作人已经对波兰女作家爱理萨阿什斯珂（Eliza Orzeszko）等做了篇幅颇长的评述[3]。

另外，波兰作家显克微支的中篇小说《炭画》的译稿在 1908 年底已基本完成，也是兄弟合译，并由鲁迅修改誊正的，不过要迟至 1914 年才由文明书局出版。这部

1. 周作人：《知堂回想录》，石家庄：河北教育出版社，2002 年版，第 237 页。

2. 周作人：《匈牙利小说》，见《书房一角》，石家庄：河北教育出版社，2002 年版，第 11 页。

3. 周作人：《读书杂拾》，初刊《天义报》第 7 期、第 8—10 期合刊，1907 年 9、10 月，引自《希腊之馀光》，第 531—536 页。

图 6-8 《炭画》（文明书局，1914）
（来源：陈建功、吴义勤主编
《中国现代翻译文学初版本图典》）

译稿先后投寄给商务印书馆的《小说月报》社和中华书局，均被退回。其中商务印书馆的退稿信（1913 年 2 月 17 日）称"行文生涩，读之如对古书，颇不通俗，殊为憾事"。那时人们不大能够接受运用古文的直译。此书于 1914 年 4 月由文明书局出版后，1926 年北新书局重版。1949 年后周作人又用白话文重新翻译了一遍，收入《显克微支短篇小说集》（人民文学出版社 1954 年版）一书中。其旧本卷首有 1909 年 2 月所作的《小引》，这里既有对作家的准确介绍，也有对中国国内形势的委婉嘲讽：

> 显克微支名罕理克，以一千八百四十五年生于奥大利属之波兰，所撰历史小说数
> 种皆有名于世，其小品尤佳，哀艳动人，而《炭画》一篇为最……自云所记多本实事，
> 托名"羊头村"，以志故乡之情况者也。民生颛愚，上下离析，一村大势，操之凶顽，
> 而农女遂以不免，人为之政亦为之耳。古人有言，庶民所以安其田里，而亡叹息愁恨
> 之心者，政平讼理也，观于"羊头村"之事，其亦可以鉴矣。

第四节　周氏兄弟与匈牙利文学的早期译介

　　与 18 世纪末被三次瓜分、19 世纪前后从欧洲地图消失 120 多年的波兰相比，匈牙利的境遇似乎要好许多，尽管 1848 年的匈牙利革命被奥地利与沙俄镇压，但 1867 年总算结束了长达 20 年的巴哈封建专制统治，建立了奥地利哈布斯堡王朝控制下的匈牙利王国，走上了城市资本主义道路。因此，19 世纪末至第一次世界大战前夕的二十多年中，相对于积贫积弱的半殖民地中国而言，匈牙利的近代历史中既有反抗外敌、争取民族独立的斗争经验——这一点与波兰相似，也是这一时期中国之匈牙利形象的主要方面；同时偶尔又作为资本主义现代化未来想象的参照——这方面在当时的中国表现不多。又因为中古时期匈牙利民族与中国有着特殊的关联，所以在清末民初的中外关系尤其是中国与东欧国家关系话语中，匈牙利也是仅次于波兰、被最早关注的国家之一。

早在 19 世纪末，维新变法失败后侨居国外的康有为，就在他的日记里记下与匈牙利民族代表会面的经过。而梁启超在 1902 年所撰的《匈牙利爱国者噶苏士传》，就是以匈牙利爱国者罗易·噶苏士（今译科苏特·拉约什）争取匈牙利民族独立，揭露奥匈政府罪恶，被下狱后坚持斗争，终为匈牙利贵族的卖国行为所累而失败的事迹，在颂扬噶苏士英雄行迹的同时，探讨匈牙利独立革命失败的原因（所以该作的副标题为"匈国之内乱及其原因"）。

图 6-9　匈牙利 1848 年革命主要领导人科苏特塑像（布达佩斯）

这样的民族英雄叙事，在世纪之交的当时不仅盛行于政界和精英知识界，也在普通民众有着广泛的认同度。如浙江萧山的一位"鸳鸯蝴蝶派"作家韩茂棠（韩天啸），就曾以噶苏士的事迹为题材，创作了传奇、弹词剧《爱国泪传奇》。还曾部分刊登于 1910 年 1 月（18—21 日、25 日、26 日）的《申报》"小说"栏，体裁标注为"历史小说爱国泪传奇"，署名"萧山湘灵子编"。据研究考证，该剧作于 1908 年 11 月之前[1]，只是《申报》仅刊出该剧的第一出"恸哭"，第二出"国会"未登载完。

---

1. 鄢国义：《湘灵子韩茂棠剧作小说考述》，载《安徽大学学报》，2015 年第 5 期，第 90—98 页。

剧前有《叙事》一篇，叙述剧中主人公匈牙利路易噶苏士的主要事迹。称其为"匈牙利一爱国大英雄"，"欲牺牲一身，以供国，为同胞谋自由幸福"，倡言自主，狂呼独立，震动全匈。后奥相梅特涅下令，被逮下狱三年。出狱后继续坚持斗争，揭露奥政府之罪恶。后以掌权的古鲁家卖国以图自免，"于是匈牙利仍为奥地利奴隶矣"。剧中感叹："呜呼，生存加里之心，没洒但丁之泪，英雄末路，孰有甚于噶苏士哉！"故剧名《爱国泪传奇》。第一出剧中路易·噶苏士上场，前有开场词云：

江山危卵，国耻何时洗？莫道英雄气短，破怒涛蛰起风云变，看男儿肝胆猛着先鞭。（《绕地游》）

国民与有兴亡责……叹身世，两渺然，只留忧国泪涟涟。健儿准备先身手，为国捐躯趁少年。（《鹧鸪天》）

剧中主人公还提醒读者（观众）：

我今抱定一自由独立的主义，赤手空拳，希望造成一光辉照耀的匈牙利，以为黄种荣（噶苏士系黄种），以为历史光。

第一出后附有"西河渔隐"的批注，也说明报纸编者及其希望读者对此作出的解读期待。云：

剧本中多系子虚乌有，未有演实人实事者，有之自饮冰主人《新罗马传奇》始，现在剧本中，泂称第一杰构。此本熔铸西史，均系实人实事，其气魄意境，与《新罗》略相仿佛。

……

记者于近世爱国英雄中，最崇拜噶苏士，故极力描写，一言一语，均有寄托，阅者试细味之。

由此可见，此剧写匈牙利争取自由独立的故事，无论是个人与国家兴亡的关联，还是对匈牙利民族种姓（黄种，与中华民族的相关、相似）的强调，都是突出了激励种姓，呼唤民族英雄，以期中国摆脱列强凌辱而独立自强的主题与宗旨。

另一方面，梁启超还在中华民族的未来想象中虚构了中国半个世纪后万国"来朝"的景象。1902 年发表的《新中国未来记》中想象 1962 年新中国的上海主办世界博览会，首都南京又有盛大庆典，包括英、俄、日、菲在内的各强国元首、钦差都来签订万国太平条约，其中特别提到"匈牙利总统和夫人"，同样也基于匈牙利的民族独立革命对中国志士的鼓励，和匈牙利民族东方起源的神秘的亲切感。

上节说到周氏兄弟有关匈牙利文学译介的三个史实：一、1908 年初，鲁迅在《摩罗诗力说》中介绍了裴多菲的生平及其创作，并提及其他匈牙利作家如魏勒斯马尔提、奥洛尼等诗人的名字。二、同年又与周作人一起，翻译匈牙利文学史家爱弥儿·籁息（Reich E.）的《匈牙利文学史》之第二十七章《裴象飞诗论》并部分刊发于《河南》月刊。三、在 1909 年上海商务印书馆出版的《域外小说集》二集的预告中，就说明周作人已经翻译了作家密克扎特的《神盖记》第一卷，并经鲁迅仔细修改。此外还有约卡伊·莫尔的《伽萧太守》的预告，但最后都未能问世。下面的叙述将在此基础上进行。

其实，早在 1907 年所写的《读书杂拾》一文中，周作人已经对波兰女作家爱理萨阿什斯珂（Eliza Orzeszko）、匈牙利诗人裴多菲等做了篇幅颇长的评述[1]。又回忆当时的情景是，

> 1. 周作人：《读书杂拾》，初刊《天议报》第 7 期、第 8—10 期合刊，1907 年 9、10 月。引自《希腊之旅光》，第 531—536 页。

"办杂志不成功，第二步的计划是来译书"，但"翻译比较通俗的书卖钱是别一件事，赔钱介绍文学又是一件事"[2]，不过两者也可以很好地结合。据周作人《墨痕小识》记载，周氏兄

> 2. 周作人：《关于鲁迅之二》，见《周作人自编文集·鲁迅的青年时代》，第 126 页。

弟译述的小说《红星佚史》刊印后，他和鲁迅从商务印书馆得到了二百元的稿酬。凭着这笔收入，二人购买了一套十五册的屠格涅夫小说集，还有所得不易的育珂摩耳（即约卡伊·莫尔）的小说、勃兰兑斯《波兰印象记》等。后来周作人根据那本育珂摩耳小说的英译本，即"1906 年在本乡真砂町的相模屋旧书店，卖得匈牙利作家育珂摩耳（Jókai Mór）小说《骷髅所说》的英文版"。[3]

> 3. 周作人：《玛伽尔人的诗》（1940 年），收入《旧书的回想记》，见《书房的一角》，第 5—6 页。

而此时这本英文版的育珂摩尔小说集，以及这位英译者 R. Nisbet Bain 的其他育珂摩尔译作，带出了出版其译作的伦敦 Jarrold and Sons 书店，引发了周作人和鲁迅对匈牙利、波兰文学的兴趣并成为他们了解前者的主要渠道。对此，二十年后的周作人在《黄蔷薇》一文中有具体的回忆：

> 此外倍因翻译最多的书便是育珂摩耳的小说，——倍因在论哀禾的时候很不满意于自然主义的文学，其爱好"匈加利的司各得"之小说正是当然的，虽然这种反左拉热多是出于绅士的偏见，于文学批评上未免不适宜，但给我们介绍许多异书，引起

我们的好奇心，这个功劳却也很大。在我个人，这是由于倍因，使我知道文艺上有匈
加利，正如由于勃兰特思（*Brandes*）而知道有波兰。倍因所译育珂的小说都由伦敦
书店 Jarrold and Sons 出版，这家书店似乎很热心于刊行这种异书，而且装订十分
讲究，我有倍因译的《育珂短篇集》，又长篇《白蔷薇》（原文 *A Feher Rozsa*，英
译改称 *Halil the Pedlar*），及波兰洛什微支女士（*Marya Rodziewicz*）的小说各一
册，都是六先令本，但极为精美，在小说类中殊为少见。匈加利密克扎特（*Kalman
Mikzsath*）小说《圣彼得的雨伞》译本，有倍因的序，波思尼亚穆拉淑微支女士（*Milena
Mrazovic*）小说集《问讯》，亦是这书店的出版，此外又刊有奥匈人赖希博士（*Emil
Reich*）的《匈加利文学史论》，这在戈斯所编《万国文学史丛书》中理特耳（*F.Riedl*）
教授之译本未出以前，恐怕要算讲匈加利文学的英文书中唯一善本了。好几年前听说
这位倍因先生已经死了，Jarrold and Sons 的书店不知道还开着没有，——即使开着，
恐怕也不再出那样奇怪而精美可喜的书了罢？但是我总不能忘记他们。[1]

1. 周作人：《夜读抄·黄蔷薇》，见周作人自编文集《夜读抄》，石家庄：河北教育出版社，2002 年版，第 5 页。

这里，周作人提到了育珂摩尔的短篇集和长篇小说，提到了密克扎特的《圣彼得的伞》，
赖希的《匈牙利文学史》，还有勃兰兑斯的《波兰印象记》、洛什微支的小说，等等。对于这
位未成谋面的译者，他在内心是以先生视之的：

倘若教我识字的是我的先生，教我知道读书的也应该是，无论见不见过面，那么
R. Nisbet Bain 就不得不算一位，因为他教我爱好弱小民族的不见经传的作品，使我
在文艺里找出一点滋味来，得到一块安息的地方，——倘若不如此，此刻我或者是在
什么地方做军法官之流也说不定罢？[2]

2. 周作人：《夜读抄·黄蔷薇》，见周作人自编文集《夜读抄》，石家庄：河北教育出版社，2002 年版，第 5 页。

正是凭着这些购得的书籍，这时期的周作人在《域外小说集》之外，还翻译了匈牙利作家
育珂摩尔的中篇小说《匈奴奇士录》和《黄蔷薇》和诗人密克札忒（Mikszath Kalman）的《神
盖集》。

1908 年，约卡伊·莫尔（育珂摩尔）的小说《匈奴奇士录》由周作人以文言译出，署名周逴译，

由上海商务印书馆印行。这是作者 1877 年所著的长篇小说，原名《神是一个》（*Egyaz-Isten*）。周作人说："里面穿插恋爱政治，写得很是有趣。"1908 年 8 月商务印书馆出版，6 万余字。

中篇小说《黄蔷薇》在 1910 年译出，这是周作人用文言翻译小说的最后一本。后于 1920 年经蔡元培介绍卖给商务印书馆，迟至 1927 年 8 月才出版。当时他还写过一篇《育珂摩耳传》，详细介绍这位匈牙利著名作家的生平和创作，只是一直没有发表。

关于匈牙利密克札忒的《神盖记》（通译《圣彼得的伞》）。周作人后来回忆说："《神盖记》的第一分的文言译稿，近时找了出来，已经经过鲁迅的修改，只是还未誊录，本来大约拟用在（《域外小说集》）第三集的吧。这本小说的英译，后来借给康嗣群，由他译出，于 1953 年由平明出版社印行。"

这三个译本都有详细的序文介绍作家与作品。

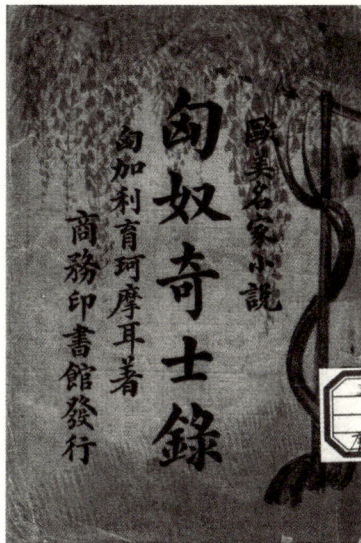

图6-10《匈奴奇士录》(上海商务印书馆，1908)

（来源：陈建功、吴义勤主编《中国现代翻译文学初版本图典》）

第七章　　　"五四"新文学作家与中东欧文学

因为所求的作品是叫喊和反抗，势必至于倾向了东欧，因此所看的俄国，波兰以及巴尔干诸小国作家的东西就特别多。[1]

——鲁迅（1881—1936）

三四年来，为介绍世界被压迫民族的文学之热心所驱迫，专找欧洲的小民族的近代作家的短篇小说来翻译。当时的热心，现在回忆起来，犹有余味；伦敦，纽约出版的各种杂志的"新书评论"栏是最注意阅读的，每见有新译成英文的小民族的作品，便专函去购买，每见有介绍小民族文学的短篇论文，便抄存下来，旧出或新出的小民族文学史，也多方弄钱来去购买，甚至为某种杂志偶然登了一篇小民族文学作品的译文，便将这杂志订阅了一年，以期续有所得。[2]

——茅盾（1896—1981）

1. 鲁迅：《我怎么做起小说来》，载《鲁迅全集》第 4 卷，北京：人民文学出版社，2005 年，第 525 页。

2. 沈雁冰编译：《雪人·自序》，开明书店印行，1931 年，第 5 页。

20 世纪初，中国社会的民族意识觉醒和民族主义思潮的兴起，为包括中东欧地区在内的弱势民族文学的中译和引进准备了相应的接受文化土壤，而周氏兄弟在世纪初的先行努力，也在文学界、翻译界逐步产生了一定的影响，这种影响并不仅仅局限在所谓的新文化与新文学人士。

向来被归于通俗文学阵营的"鸳鸯蝴蝶派"作家周瘦鹃（1895—1968），在其编译的《欧美名家短篇小说丛刊》中，也包含了多篇中东欧弱小民族文学作品。该书于 1917 年 3 月由上海中华书局出版，全书分上、中、下三卷。再版更名为《欧美名家短篇小说丛刻》。这也是中国现代文学史上继《域外小说集》之后的第二部短篇小说翻译专集。三卷译文中共收入 50 篇译作，其中英国作家作品 17 篇，法国作家作品 10 篇，美国作家作品 7 篇，俄国作家作品 4 篇，德国作家作品 2 篇，之外，意大利、匈牙利、西班牙、瑞士、丹麦、瑞典、荷兰、塞尔维亚、芬兰作家作品各 1 篇，英、美、法以外各国的作品，都集中在第三卷内。其中包括匈牙利作家育珂摩尔（Jokai Mor, 1825—1904，原署"玛立司堉堪"）的《兄弟》和塞尔维亚作家掘古立克的《一吻之代价》。全书在每篇译作之前，译者都冠于作家小传，简述作者生平和创作业绩。

图 7-1　青年周瘦鹃

鲁迅与周作人尤其对周瘦鹃此书在选目上的采集之广泛，不仅限于英、法诸国的做法，"大为惊喜，认为是'空谷足音'"[1]。当时，鲁迅正在民国政府的教育部任职，其

1. 转引自张菊香、张铁荣：《周作人年谱》，天津：天津人民出版社，2000 年版，第 82 页。

工作之一就是负责审查教科用书及相关书目。周瘦鹃的这一译作也是送审书目。据周作人回忆，鲁迅"见到这部《欧美小说译丛》，特地携回 S 会馆，（与周作人一起——引者注）

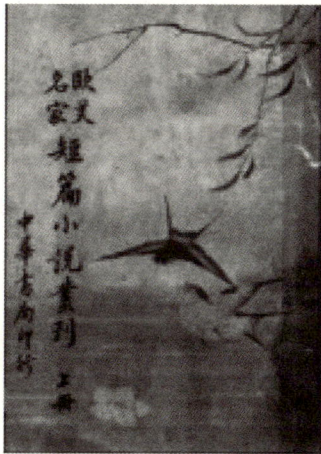

图 7-2　《欧美名家短篇小说丛刊》上册（上海中华书局，1917）

仔细研究，几经斟酌，乃拟定了那一则审查意见书”[1]，意见书中肯定，译者“用心颇为恳挚，

1. 周作人：《鲁迅与周瘦鹃》，载《自由论坛晚报》，1949 年 3 月 20 日。

不仅志在娱悦俗人之耳目，足为近来译事之光”，是“昏夜之微光，鸡群之鸣鹤矣”，并特别

指出，“其中意、西、瑞典、荷兰、塞尔维亚，在中国皆属创见，所选亦多佳作”。[2]

2.《通俗教育研究会审核小说报告：〈欧美名家短篇小说丛刻〉》，刊《教育公报》第 4 年第 15 期“报告”栏，1917 年 11 月 30 日出版。这份报告是鲁迅与

当然，这一时期译介中东欧国家文学最积极，也最具目的性和系统性的，当属以鲁迅、周

周作人合拟的，转引自顾钧《鲁迅翻译研究》，福州：福建教育出版社，2009 年版，第 66 页。

作人、茅盾为代表的新文学作家。

第一节　鲁迅对“弱小民族文学”的倡导及周氏兄弟的中东欧文学译介

　　“弱小民族文学”在中国译介的近代起源，肇始于西方列强的入侵和近代中国的民族主义

思潮的兴盛。前一章所述已经体现了这种思潮在社会文化领域的反映，在思想背景上，它至少

可以追溯到章太炎和梁启超的早期民族意识的提倡以及后者对近代文学观念的提倡。梁启超的

《新民说》、《小说与群治之关系》等著名论文正是其民族主义思想在文学观念中的鲜明体现。

这些思想和文学观念影响较为广泛，尤其对陈独秀、鲁迅、周作人等新一代知识分子产生了重

要的影响。具体而言，在五四新文化运动之前，中国对外国文学较大规模的翻译活动，起始于

中日甲午战争。中日战争的惨败事实，令当时中国士大夫中的有识之士深感国势积弱的屈辱和

窘境，迫切需要学习西方先进文化，而翻译文学也就在此社会热潮中兴起。因此，近代以至民

国前的文学翻译活动本身，就是以强烈的民族自强和认同意识作为动力的。不过，当时虽有梁

启超对文学翻译的提倡，有林纾、周桂笙、苏曼殊、伍光建等人的翻译实践，并且其中也有诸

如波兰、挪威、丹麦、匈牙利、希腊等一些弱小民族作品的翻译，但译介较多的还是英、法、德、

俄、美、日等强势国家的文学，对弱小民族文学特殊而明确的认同意识，即使在富于变革意识

的近代文人群体当中也还没有形成。

　　因此，从对外国文学的译介活动在国内所产生的社会影响，以及这种译介实践与社会思想

和文学思潮相呼应的角度看，20 世纪最早对以波兰、匈牙利等中东欧国家为代表的弱小民族文

学真正有意识的提倡和译介，首先应该是鲁迅和周作人兄弟。

如上章所述，早在 1907 年，鲁迅在《摩罗诗力说》一文中就竭力推崇 19 世纪的欧洲浪漫派作家，称他们都是"不为顺世和乐之音，动吭一呼，闻者兴起，争天拒俗"的"摩罗诗人"，他们"凡立意在反抗，指归在动作，而为世所不甚愉悦者悉入之，为传其言行思惟，流别影响，始宗主裴伦，终以摩迦（匈牙利）文士"。[1] 在这些作家中，苏格兰诗人彭斯（1759—

> 1. 鲁迅：《鲁迅全集》第 1 卷，北京：人民文学出版社，1981 年版，第 66 页。

1796）之于英格兰的统治；英国诗人拜伦（1788—1824）之于希腊反抗土耳其的独立战争；雪莱（1792—1822）、穆尔（1779—1852）之于爱尔兰的民族独立运动；阿恩特（1769—1840）、柯尔纳（1791—1813）之于德国反抗拿破仑侵略；马志尼（1850—1861）之于意大利抗法；莱蒙托夫（1814—1841）之于高加索民族的抗俄；密茨凯维兹（1798—1855）、斯洛伐茨基（1809—1849）、克拉旬斯奇（1812—1859）之于波兰独立；裴多菲（1823—1849）之于匈牙利独立运动，等等。从这些名字可以看出，他们都是弱小民族作家或者是站在弱小民族立场为其独立自由和反抗外民族强权而呼号呐喊的"斗士式"作家，"其为品性言行思惟，虽以种族有殊，外缘多别，因现种种状，而实统于一宗：无不刚健不挠，抱诚守真；不取媚于群，以随顺旧俗；发为雄声，以起其国人之新生，而大其国于天下"[2]。虽然这里没有使用"弱小民族"

> 2. 鲁迅：《鲁迅全集》第 1 卷，北京：人民文学出版社，1981 年版，第 98—99 页。

这个概念，但其译介之立意在反抗的弱小民族文学的意图是十分明显的，其介绍推崇的立意与后来的倡导和实践是一脉相承的。这种鲜明的译介意图，鲁迅在 30 年代的回忆中有明确的表述，说那时自己的兴趣并非创作：

> 注重的倒是在绍介，在翻译，而尤其注重于短篇，特别是被压迫的民族中的作者的作品。因为那时正盛行着排满论，有些青年，都引那叫喊和反抗的作者为同调的。[3]
>
> 3. 参见鲁迅：《南腔北调集·我怎么做起小说来》，收入《鲁迅全集》第 4 卷，北京：人民文学出版社，1981 年版，第 511 页。
>
> 那时满清宰华，汉民受制，中国境遇，颇类波兰，读其诗歌，即易于心心相印。[4]
>
> 4. 参见鲁迅：《"题未定"草（三）》，收入《鲁迅全集》第 6 卷，北京：人民文学出版社，1981 年版，第 355—356 页。

鲁迅的这种理念也影响了二弟周作人，乃至后来的三弟周建人。周作人在 1917 年发表的《一黉轩杂录》四则中，就包括《波阑之小说》一则，载该年《叒社丛刊》第 4 期，署名启明，介绍波兰近现代小说创作的概况。与此同时，从留学日本时期开始，周氏兄弟也开始了弱小民族文学的翻译实践，周作人的译介时间延续得更长，对中东欧文学的具体译介成绩也更多。虽然二周对外国文学的译介视野开阔，但对包括中东欧在内的弱势民族文学的译介，一直是他们这项工作的重要组成部分。在中外文学关系史上，他们不仅倡导最早，影响最大，也身体力行，客观上奠定了中国现代译介中东欧弱小民族文学的基础。之后，还在他们所主持的《新青年》、《文学》、《译文》等许多文学刊物和译介丛书中，继续提倡对弱小民族文学的译介，成为中国对中东欧文学译介与接受史上的标志性内容。

图 7-3　鲁迅——
"向来是想介绍东欧文学的一个人"

　　在五四新文化运动时期，尤其是 1918 至 1923 年间，周作人陆续译出一批中东欧短篇小说，其中颇有一些是当年从事《域外小说集》时打算翻译的作品，还有一些是《域外小说集》所译介作家的相关作品，分别在当时的报刊发表。其中包括中东欧作家的作品有：波兰作家显克微支的小说《酋长》，什罗姆斯基的小说《诱惑》、《黄昏》，匈牙利作家约珂莫尔的小说《爱情与小狗》。《酋长》一篇周作人早在留日期间就用文言文翻译过，投稿后不仅出版未果，稿件也遗失了，这次以白话文译出，正好也标志了周作人的文学翻译进入了白话时代。该作发表于 1918 年 10 月 15 日发行的《新青年》第五卷第四号。什罗姆斯基（Stefan Zeromski）的小说《诱惑》和《黄昏》先是发表在《新青年》第七卷第三号（1920 年 2 月 1 日发行）。这三篇波兰小说和一篇匈牙利小说译作后来收入译文集《点滴》（上、下），由北京大学出版部 1920 年 8 月出版发行。后来，开明书店又出改订本全一册，更名为《空大鼓》，1928 年 11 月初版，1930 年 5 月二版，1939 年 8 月三版。

　　之后，周作人又先后翻译了 4 位波兰作家的 7 个短篇小说，即显克微支的三个短篇小说：《波尼克拉琴师》、《二草原》和《愿你有福了》，初刊《新青年》第八卷第六号（1921年4月1日发行）。普洛斯的短篇小说《世界之霉》，初刊《新青年》杂志第8卷第6号（1921年4月）；短篇小说《影》，初刊《小说月报》12卷8号（1921年7月）。

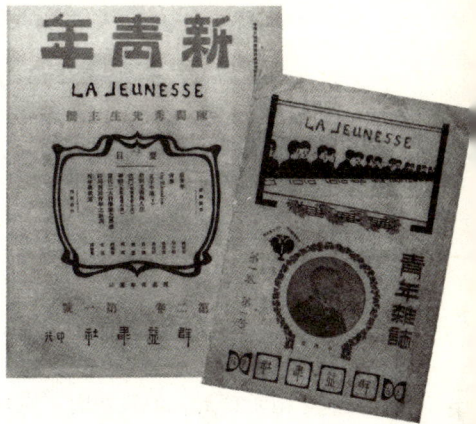

图7-4 《新青年》

还有戈木列支奇的《燕子与蝴蝶》和科诺布涅支加的《我的姑母》（分别刊载于《小说月报》第12卷第8、10号，1921年8、10月）。之外还有亚美尼亚作家阿伽洛年的《一滴牛乳》、保加利亚作家伐佐夫的《战争中的威尔珂》，等等。这些由周作人翻译的中东欧文学作品，后来都收入《现代小说译丛（第一集）》，于1922年5月初版，上海商务印书馆印行。

图7-5 《点滴》上册（1920）
（来源：陈建功、吴义勤主编《中国现代翻译文学初版本图典》）

图7-6 《鼓大空》（1928）

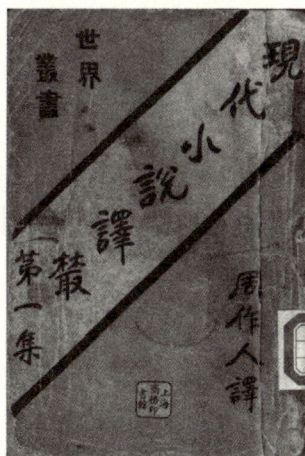

图7-7 《现代小说译丛》（1922）
（来源：陈建功、吴义勤主编《中国现代翻译文学初版本图典》）

此书虽然署名周作人译，其实是鲁迅、周作人和周建人三兄弟合作的成果。全书共30篇译文，其中鲁迅译了9篇，周作人译18篇，三弟周建人翻译了3篇，其中包括波兰作家式曼斯奇的短篇小说《犹太人》。此前周作人已有翻译的短篇小说集《点滴》问世，《现代小说译丛》继乎其后，都体现了以白话文来介绍"弱小民族文学"的实绩。冠名"第一集"，似乎预告有个大的计划，如同当初两兄弟合作翻译《域外小说集》之打算"继续下去，积少成多，也可以约略绍介了各国名家的著作了"。兄弟怡怡，合作译介中东欧文学的例子，更可以从周作人的《周建人译〈犹太人〉附记》一文可以看出。此文曾附在译文后发表于《小说月报》第 12 卷第 9 号（21 年 7 月 18 日发行），文中说明，波兰作家式曼斯奇的《犹太人》一篇，是由周建人依据英国般那克女士英译《波兰小说集》译出，周作人按照巴音博士的世界语译本《波兰文选》给予校对，但校对时"发现好几处繁简不同的地方，决不定是哪一本对的"，遂又由鲁迅以德译本式曼斯奇的小说集再校，互相补凑，最后完成了译稿。[1] 然而，《现代小说译丛》

1. 张菊香、张铁荣：《周作人年谱》，天津：天津人民出版社，2000 年版，第 182 页。

的续集未及开译，兄弟即告失和，这计划也就中断了。此外，周作人还翻译了波兰作家式玛耶尔的小说《故事》，载《时事新报·学灯》1921 年 9 月 10 日，署名仲密，又载同年《文学周报》第 13 期，署名周作人。翻译波兰作家诃勒涅斯奇的论文《近代波兰文学概观》，载《小说月报》第 12 卷第 10 号（1921 年 8 月 25 日发行），署名周作人。1922 年又发表《你往何处去》一文，介绍徐炳昶、乔曾勋的译作，即显克微支的《你往何处去》，称其为"历史小说中难得的佳作"。文章载《晨报副刊》9 月 2 日，署名仲密，后收入《自己的园地》。

第二节　茅盾与《小说月报》对译介中东欧文学的贡献

中国现代文学史上，除鲁迅、周作人之外，对中东欧文学译介最力、影响最大的当属著名作家、批评家和编辑家茅盾（1896—1981，原名沈雁冰，1928 年后渐以茅盾知名行世）了。与周氏兄弟相比，虽说对中东欧及其他弱小民族文学的译介，在时间上要晚十年左右，而且其译介实践在当时就得到前者的大力支持，包括在一定程度上受他们的影响，但从译介所取得的客观效果来说，一方面茅盾接续了周氏兄弟在晚清民初以来对弱小民族文学译介的传统，同时也借助于五四新文学社团（文学研究会）的影响力和期刊（《小说月报》等）园地的作用，将这一传统进一步发扬光大。

与周氏兄弟一样，茅盾对中东欧国家文学的译介，同样有着世界文学的整体眼光和对于弱势民族文学的独特关注，有着明确的指向性和理论意识。他对被压迫民族的文学和俄国文学予以热切关注。由于有意识地引进对现实人生产生影响的作品，茅盾作为编辑者并不想展开介绍外国文学的庞大系统工程，而是面对中国社会与中国文学的发展现实，展开针对性的译介工作。他在当时给周作人等人的信中，就表明了对翻译问题的看法："我现在仔细想来，觉得研究是非从系统不可，介绍却不必定从系统（单就文学讲），若定照系统介绍的办法办去，则古典的著作又如许其浩瀚，我们不知到什么时候才能赶上世界文学的步伐，不做个落伍者！"[1] "翻译《浮士德》等书，在我看来，也不

图 7-8 茅盾（沈雁冰）

1.《小说月报》，第 12 卷第 2 号，1921 年 2 月。

是现在切要的事；因为个人研究固能惟真理是求，而介绍给群众，则应该审度事势，分个缓急。"[2] 这种观念既是

2.《小说月报》，第 13 卷第 7 号，1922 年 7 月。

来自于茅盾世界文学的眼光和他对新文学发展的理想，同时也很快在鲁迅和周作人那里得到积极的回应和强有力的支持与帮助。

茅盾参与《小说月报》局部栏目调整的"半革新"，即负责"小说新潮栏"是从第 11 卷 1 号（1920 年 1 月）开始，而接任主编全面推行《小说月报》的革新是从第 12 卷 1 号到 13 卷 12 号，即从 1921 年 1 月到 1922 年 12 月。在其担任主编的两年间，《小说月报》完全是在商务印书馆答应茅盾所提出的"馆方应当给我全权办事，不能干涉我的编辑方针"[3] 条件下运作的。上任伊始，他就给《小说月报》

3. 茅盾：《革新〈小说月报〉的前后》，见《我走过的道路》（上），北京：人民文学出版社，1997 年版。

以高端前沿的定位，他在给李石岑的信中说到，希望读者与同仁以"英国的 *Atheneum*（雅典娜杂志），美国的 *Dial*（即

The Dial 杂志），或是法国的 *Mercure de France*（《法国信使》杂志）"[1] 的标准来评判《小说

1. 沈雁冰：《致李石岑》，载 1921 年 1 月 31 日《时事新报》的"学灯"评坛栏。

月报》，并给以意见和建议，这也体现了年轻茅盾的世界性眼光和建设中国新文学的宏大抱负。

因此，在译介方针上，突出更有现实针对性的弱势民族文学，同时以即时的外国文坛信息的介

绍作为开拓国内文坛视野的手段，故而拟开设"译丛"和"海外文坛消息"栏目：

> 海外文坛消息，我打算自己写，因为我定阅了不少欧美的报刊，例如《泰晤士报》
>
> 的《星期文艺副刊》，《纽约时报》的《每周书报评论》等等，其中尽有这类消息。
>
> 这是新门类，大概会受人欢迎。[2]

2. 茅盾：《革新〈小说月报〉的前后》，见《我走过的道路》（上），北京：人民文学出版社，1997 年版。

自 1921 年主持《小说月报》的革新后，茅盾依托鲁迅、周作人等文学研究会主将的支持，

在该刊发表了大量弱小民族文学译作和介绍文章，还推出"被损害民族的文学号"（第十二卷

第十号，1921 年 10 月发行），仅中东欧国家文学就包括波兰、捷克、塞尔维亚、保加利亚、克

罗地亚、立陶宛、拉脱维亚、爱沙尼亚等 8 个民族的作家作品，以及芬兰、犹太、希腊、乌克兰、

亚美尼亚等其他小国文学情况。茅盾在《小说月报》"被损害民族的文学号"的编者《引言》

中说明了译介与倡导"被损害民族的文学"的意图及其基本情况。《引言》第一部分即以"为

什么要研究被损害的民族的文学"为题，指出：

> 一民族的文学是他民族性的表现，是他历史背景社会背景合时代思潮的混产品！
>
> 我们要了解一民族之真正的内在的精神，从他的文学作品里就看得出——而且恐怕惟
>
> 有从文学作品中去找，才找得出。
>
> 凡在地球上的民族都一样的是大地母亲的儿子；没有一个应该特别的强横些，没
>
> 有一个配自称为"骄子"！所以一切民族的精神的结晶都应该视同珍宝，视为人类全
>
> 体共有的珍宝！而况在艺术的天地内是没有贵贱不分尊卑的！
>
> 凡被损害的民族的求正义求公道的呼声是真的正义真的公道。在榨床里榨过留下
>
> 来的人性方是真正可宝贵的人性，不带强者色彩的人性。他们中被损害而向下的灵魂
>
> 感动我们，因为我们自己亦悲伤我们同是不合理的传统思想与制度的牺牲者；他们中

被损害而仍旧向上的灵魂更感动我们，因为由此我们更确信人性的沙砾里有精金，更确信前途的黑暗背后就是光明！

　　因此，我们要发刊这"被损害的民族的文学号"。[1]

　　1. 沈雁冰："被损害民族的文学号"之《引言》，署名"记者"。载《小说月报》，第 12 卷第 10 号。

　　《引言》第二部分"这些民族所用的语言文字"，则介绍了专号所涉及的八个民族的族类、语言等简况。八个民族归入五类：即斯拉夫种、新犹太、希腊和阿美尼亚。其中与今天的中东欧地区有关的主要是斯拉夫部分。斯拉夫种包括波兰、捷克、塞尔维亚、克罗地亚、乌克兰、保加利亚、斯洛文尼亚等。并指出，这里"介绍的几个被损害的民族大都有独立的语言。……因其环境与历史各不相同，所以他们的文学也各有异彩"。在该专号的《被损害民族的文学背景的缩图》一文中，茅盾也指出，"应特别注意与该民族文学产生有关的三点。第一，属于何人种；第二，因被损害而起的特别性；第三，所处的特别环境"。

　　从这两段话可以看出茅盾借助《小说月报》大力译介被损害民族文学的动机和目的非常清晰。编者希望并相信：相似的国情可以激发人们对于被损害民族文学的接受兴趣；译介被损害民族文学，可以带给中国读者强烈的心理暗示，并激励中国的新文学建设；因为文学可以振作民族精神，最终实现强国理想。这样的信念与努力，既属于茅盾，同时也是属于革新后的《小说月报》或者说属于文学研究会同人的。

　　这些话也清楚地表明了编者推出这样一个专号，和当年的周氏兄弟有着同样的思路：通过被损害民族与中国同处于被压迫地位的国情相似性，激起人们的心理共鸣，或是因其不幸而同情，或是因其奋发而振作。

图 7-9 《小说月报》"被损害民族的文学号"（1921）

　　事实上，在茅盾一开始接手《小说月报》，以文学研究会代理机关刊物的角色实行新文学期刊的编辑实践的当时，就与当时在北京的鲁迅、周作人、郑振铎等相互呼应，并得到了周氏兄弟的强有力的支持。因为茅盾没有保存鲁迅、周作人的书信，而鲁迅 1922 年的日记也因太平洋战争而遗失，因此无法确切考辨茅盾与鲁迅的最早通信情况。但最晚在 1921 年的 4 月 8 日，鲁迅日记中就记有"晚得伏园信，附沈雁冰、郑振铎笺"。鲁迅在 13 日即回复茅盾，18 日就"以《工人绥惠略夫》译稿一部寄沈雁冰"，自此，茅盾开始与鲁迅频繁通信，据鲁迅日记记载，之后不到 9 个月的时间内，彼此书信往返 50 多次。从鲁迅给周作人的信中，可以间接透露出茅盾与他通信的主要内容。比如 1921 年 4 月 8 日给周作人的信中说到"雁冰令我做新犹太事"，9 月 4 日的信中所提及的"雁冰又曾约我讲小露西亚（即乌克兰——引者注）"。据相关研究[1]，

1. 此处参阅林传祥《鲁迅与茅盾的交往及其史料》，载《中国档案》，2002 年第 2 期，第 54—56 页。

在茅盾主持《小说月报》革新的两年间（1921、1922 年），鲁迅提供了 9 篇稿件，其中短篇小说创作 2 篇，即《社戏》和《端午节》，译介作品 7 篇，仅给"被损害民族的文学号"就提供了 4 篇译文及 4 个译后附记，包括保加利亚作家跋佐夫的《战争中的威尔珂》，捷克评论家凯拉绥克的《近代捷克文学概观》（署名唐俟）两个中东欧作家作品。前者转译自德译本《勃尔格里亚女子与其他小说》，作品歌颂了农夫威尔珂的爱国热情，并抗议统治者在兄弟民族之间挑起的战争，鲁迅在附记中赞扬伐佐夫"不但是革命文人，也是旧文学的轨道破坏者，也是体裁家……"。后者节译自凯拉绥克《斯拉夫文学史》第二卷第 11、12 两节与 19 节的一部分。文章论述了自 1848 年欧洲革命后到 19 世纪末叶捷克民族文学发展概况以及各时期著名作家的创作，鲁迅在译后记中称赞"捷克人民在斯拉夫民族中是最古老的人民，也有着最富的文学"。

　　这一期"被损害民族的文学号"中译作者除鲁迅和茅盾自己外，还有周作人、沈泽民和胡天月等。周作人翻译的《波兰文学概观》（波兰珂勒温斯奇著）和短篇小说《姑母》（波兰科诺布涅支加著），沈泽民翻译的《塞尔维亚文学概观》（Chodo Mijatovich 著）和塞尔维亚作家的《强盗》（Lazarevic 著），胡天月译述的《新兴小国文学述略》等都属于中东欧国家文学概况和作家作品译介。

　　这一时期茅盾与鲁迅的通信主要是为约稿、荐稿，并且讨论如何革新《小说月报》，当然也包括有关弱小民族文学的译介问题。就在 1921 年 7 月茅盾筹备第十号的"被损害民族的文学号"时，去信周作人，也通过周作人向鲁迅约稿。信中说：

现在拟的论文题目是：1，波兰文学概观…… 2，波兰文学之特质…… 3，捷克
文学概观；4，犹太新兴文学概观；5，芬兰文学概观；6，塞尔维亚文学概观。其中除 (2)
是译，余并拟作。(1)、(3) 两篇定请先生（指周作人——引者注）做，(4)、(5、
(6) 三篇中拟请先生择一为之。关于 (4) 的，大概德文中很多，鲁迅先生肯担任一
篇否？……上次鲁迅先生来信，允为《小说月报》译巴尔干小国之短篇，那么罗马尼
亚等国的东西，他一定可以赐一二篇了。如今不另写信给鲁迅先生，即谐先生转达为
感。[1]

1. 转引自陈漱渝：《鲁迅与茅盾早年交往的几件事》，载《锦州师范学院学报》，1979 年第 1 期，第 33—35 页。

在经过一年的革新实践后，沈雁冰更进一步明确地阐发了自己译介弱小民族文学的意图：

我鉴于世界上许多被损害的民族，如犹太如波兰如捷克，虽曾失却政治上的独立，
然而一个个都有不朽的人的艺术，使我敢确信中华民族哪怕将来到了财政破产强国共
管的厄境，也一定要有，而且必有不朽的人的艺术！而且是这"艺术之花"滋养我再
生我中华民族的精神，使他从衰老回到少壮，从颓丧回到奋发，从灰色转到鲜明，从
枯朽里爆出新芽来！在国际——如果将来还有什么"国际"——抬出头来！[2]

2. 沈雁冰：《一年来的感想与明年的计划》，载《小说月报》，第 12 卷第 12 号。

当然，这一时期茅盾自己身体力行，翻译了大量包括中东欧在内的弱小民族文学作家作品，
持续译述了相关国家与地区的文坛状况。就中东欧文学在现代中国的译介史来看，茅盾的贡献
尤其突出。具体体现在以下几个方面：

首先，全面关注中东欧各国的文学。茅盾在五四新文学运动初期开始截止于 20 世纪 20
年代末，他对于中东欧文学的译介就涉及了波兰、匈牙利、南斯拉夫、塞尔维亚、罗马尼亚、
捷克、格鲁吉亚、亚美尼亚、克罗地亚、保加利亚、斯洛文尼亚等十多个国家，除影响重大
的《小说月报》外，茅盾还先后在《时事新报·学灯》、《民国日报·妇女评论》、《文学
旬刊》、《文学周刊》、《诗》、《妇女杂志》等报刊上发表中东欧文学译作，加上其借助
社团和期刊平台对译介活动的策划编辑，可以说全面开创了现代翻译文学史上对中东欧文学
的译介格局。尽管茅盾本人只掌握一门外文（英文），他对于中东欧文学的译介基本都借助

于商务印书馆所属的东方图书馆的英文图书和订阅的《泰晤士报》的《星期文艺副刊》、《纽约时报》的《每周书报评论》等英文报刊而获取，但这也恰好为其获取对象国家及地区较为全面的文学历史和发展现状、选择具有国际影响的作家作品，提供了有利的条件。

其次，翻译数量多，影响大。茅盾所身体力行和积极倡导的对中东欧国家文学的译介，在五四新文学运动时期的外国文学翻译整体中，虽然绝对数量没有西欧、北美文学多，但若从中东欧文学在中国的译介历史看，这一时期茅盾的这部分工作，不仅在数量上远远超过了上一个时期（见前章），而且由于借助于新文学的社团与期刊平台的动员力与影响力，使得这时期的译介工作体现了持续性，这种传统一直延续到 30 年代的《文学》杂志、《译文》杂志，乃至新中国时期的《译文》——《世界文学》杂志。这也使茅盾成为中国现代翻译文学史上继鲁迅、周作人之后，对包括中东欧文学在内的弱势民族文学译介传统的最重要的继承者和光大者。仅在主持《小说月报》工作的两年内，茅盾所翻译的短篇小说大多是弱小民族国家的作家作品，据统计，仅 1920 年就有译作 30 余篇,1921 年多达 50 余篇。而在其策划的"被损害民族的文学号"一期中，他自己就翻译了 14 篇小民族作家作品。其中包括波兰 2 篇（首），捷克 3 篇（首），塞尔维亚 1 篇（首）等中东欧作家的作品。这一时期茅盾所译的外国文学作品，除其他单行本之外，后来结集为翻译作品集《雪人》与《桃园》，先后由开明书店（1928）和文化生活出版社（1935）出版，其中包括许多中东欧国家的作家作品。

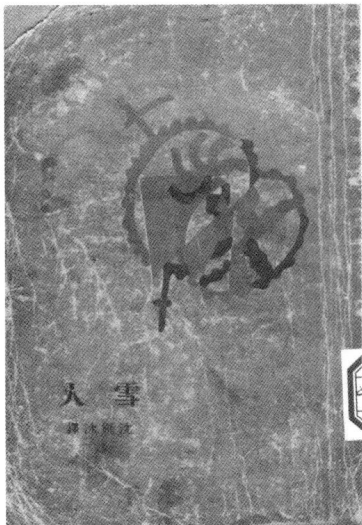

图 7-10　《雪人》（1928 年初版）

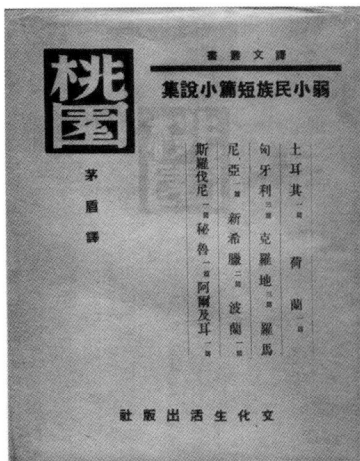

图 7-11　《桃园》（1935 年初版）

再次，译介所涉及的文类较为全面，译介方式立体多样。茅盾这时期对中东欧文学的译介，所涉及的文类既有诗歌（如发表于"被损害民族的文学号"上的《杂译小民族诗》，共十首，载《小说月报》第 12 卷第 10 号，1921 年 12 月 10 日）、戏剧（如匈牙利剧作家莫尔奈，即莫尔纳尔 [Ferenc Moinar 1878—1952] 的戏作《盛筵》，载《小说月报》第 13 卷第 7 号，1922 年 7 月 10 日出版，署名冬芬）、小说，又有神话、游记及其他散文作品的翻译，也有研究论著的译述。在研究论著的译述中，既有对象国的文学历史和整体状况的介绍（如《南斯拉夫的近代文学》，斯塔诺伊维奇（Milivoy S. Stanoyevich）著，佩韦译，载《小说月报》第 14 卷第 4 号，1923 年 4 月 10 日出版，后收入《近代文学面面观》），对发展现状的跟踪（如《捷克三个作家的新著》），又有重点作家作品的介绍和分析。同时，茅盾个人及其策划的对中东欧文学的译介方式多样，或者借助作品译文的前、后记介绍作家生平及其创作特点，介绍与该作家相关的文学思潮概况，或者专门译述外国研究者的论著。有两个例子可以说明茅盾译介工作的特点。

早在沈雁冰接手《小说月报》之前，他就翻译了波兰作家热罗姆斯基（Stefan Zeromski, 1864—1925）的短篇小说《诱惑》，译文发表在《时事新报》副刊《学灯》1919 年 12 月 18 日，这篇小说两个月后又有周作人（译作什罗姆斯基）的译本，发表在《新青年》第 7 卷第 3 号上（见上节），后收译文集《点滴》及其改订本《空大鼓》，先后由北京大学出版部（1920）、开明书店出版（1928）。这个时候，他还没有与身为北京大学教授的周作人取得联系（据茅盾的回忆，他们的直接联系应该在一年以后的 1920 年底，筹备成立文学研究会之时），两人在几乎相同的时间，翻译了同一位作家的同一部作品，虽是一种历史的巧合，也可以见出在译介中东欧文学方面的契合。茅盾在译文之后，又有译后记如下：

> 译完了这篇，有些意思，也就写在下面。这篇东西的注意，我看只是篇终"他的灵魂……自由"两句话。修道的教士强把一个人活泼泼的理智用到枯寂虚无的地方，自以为是解脱尘俗，实在是灵魂上的大锁条。雁冰记，二九·十一·一九一九。
>
> 这一篇倘然和 Hewvg Wthuy Jones 的 "Miehael and his lost Omgel" 一剧比较看，那就更有可研究的地方。我看两篇的意思仿佛，不过作法不同罢了。——雁冰又记

　　两段附记，不仅表明了译者对作品人物的批评性评价，还进而引入相关主题的戏剧文本加以对照，以启发读者和研究者做进一步的思考。这样的做法，充分体现了茅盾译介实践的本土文学建设立场，待到他自己编辑文学刊物《小说月报》，策划外国文学翻译的时候，他更可以放开手脚，实现其立体地译介外国文学的意图。这样的情形，这里也举一例。

　　刚接手《小说月报》不久，茅盾翻译了匈牙利作家拉兹古（Andreas Latzko）的短篇小说《一个英雄之死》，发表在《小说月报》第 12 卷第 3 号（1921 年 3 月 10 日）上。译文之后的附记"雁冰注"中，首先介绍作者拉兹古为一名匈牙利军官，在第一次世界大战的意大利战场受伤后，写了一本谴责战争的系列战事小说 Menschen im Krieg（战中的人）。然后引述法国作家罗曼·罗兰的长篇评论，介绍此书中的 6 个短篇小说：

　　　　从第一页到最后一页，反抗的声浪，哓哓不曾止过一刻；但在最后一篇中，却明明白白地写出来：一个从战争回来的兵，杀了一个以战争牟利的人！

最后，茅盾又作出译者自己的评述：

　　　　这一次大战后所产生的有价值的——也许是永久价值——战争小说，如巴比塞的《火》和拉兹古的此篇《战中的人》，都是写在战场上的人的痛苦；如马丁纳（Marcel Martinet）的 Les Temps Mandits（一首诗），和乔芙（P.J.Jouve）所做的各诗（Vous etes des hommes, Poeme contre le grand crime, Danes des Morts 等是），都是转而描写居家之人的痛苦的；犹如威尔士（H.G.Wells）的 Mr. Britling sees it Through 则讲到苦痛一面少而言及了解一面多；又如哥特林（Douglas Goldring）的 The Fortune, a Romance of Friendship 则分析地描写这场大祸的动因与人类所以不能趋避的缘由的：凡诸长篇短著，中国都不曾译过，实在觉得有些寂寞，我所以译了这篇。

　　在这段不长的文字里，译者在介绍所译文本的出处和作者生平的同时，已经将欧洲不同国家、不同作者、不同题材的战争文学作品联系起来，寥寥数语，勾勒了一幅欧洲文学所折射的第一次世界大战图景，体现了其敏锐的感受力和开阔的文学视野。茅盾长期关注战争文学、战争与文学的关系，之后不久就编译了长篇评论《欧洲大战与文学》、《欧战给与匈牙利文学的影响》等。但从这个译者附记可以看出，这样关注和用心，早在20世纪20年代初期就已经开始了。

第三节　朱湘与他的《路曼尼亚民歌一斑》

"五四"前后，中东欧国家的诗歌也开始进入中国读者的视野。以罗马尼亚诗歌为例，早在 1922 年，沈雁冰就开始关注罗马尼亚的诗人爱明内斯库，他在当年 11 月 10 日发行的《小说月报》第 13 卷第 11 号的"海外文坛消息"栏目中，发表了《罗马尼亚两大作家》的人物介绍，讲到爱明内斯库，并节译了他的诗作《一个达契亚人的祈祷》：

> 我愿拦住我生命的去流，／被一切人推在一边的，／直到我的眼枯干而无泪，／直到世上一切都成为我的仇敌，／直到我不再能认识我，／直到我的恳求与悲哀使我僵硬像石头，／直到我能够诅咒我的母亲；／只有到了那时候，／最大的憎恨方能看起来有些像是爱，／而那时或者我能忘却我的痛苦，／而能死。

最早开始罗马尼亚诗歌翻译的还有文学研究会诗人朱湘（1904—1929），目前我们看到的第一部译成中文的罗马尼亚诗集就是他的作品。1922年10月，他翻译了"路马尼亚民歌"二首《疯》和《月亮》；12月又译出《干姊妹相和歌》，分别刊登于《小说月报》第 13 卷第 10、第 12 号上。1924 年 3 月，朱湘翻译的罗马尼亚民歌《路曼尼亚民歌一斑》由上海商务印书馆出版。这也是朱湘发表的第一部译诗集，被列入"文学研究会丛书"。1986 年出版的《朱湘译诗集》中收录了该集包括朱湘所译的罗马尼亚民歌 14 首。按序分别为：《无儿》、《母亲悼子歌》、《花孩子》、《孤女》、《咒语》、《干姊妹相和歌》、《纺纱歌》、《月亮》、《吉普赛的歌》、《军人的歌》、

《疯》、《独居》、《被诅咒的歌》和《未亡人》。另外，朱湘还写了"序"、"采集人小传"和跋文"重译人跋"。

这些译作的蓝本，是罗马尼亚旅法作家埃列娜·沃格雷斯库（Elena Văcărescu，1886—1947）以法语辑录出版的《丹博维查的歌者》（*Le Rapsode de la Dambovitza*）的英译本 *Bard of the Dimbovitza*。关于其出处，朱湘的"序"中交代，这是埃列娜·沃格雷斯库女士"费了几年心血，在丹博维查县里，从农人口中采集民歌"而成的，"所靠的不是人为的格律，却是天然的音节"。另外他还介绍罗马尼亚民歌的存在生态和艺术特点：民间艺人弹着乐器"考不查"，挨家挨户地游唱；"这些附歌与本歌有时一点关系也没有，有时却有极美的关系。更有些时候，本歌没有什么好处，附歌却极有文学价值"。

图 7-12　诗人朱湘

"采集人小传"是朱湘对埃列娜·沃格雷斯库及其作品背景的介绍。朱湘在文中称："埃列娜这家的人，自 18 世纪中叶起，历代都在罗国文坛上有极大的影响与极高的名望。"这样评价沃格雷斯库家族在罗马尼亚文学中的地位，把握相当妥切。关于《丹博维查的歌者》，朱湘推测"大概是在 1887 年到 1890 年的时间成书的"，因为该书的英译本是 1891 年初版的。

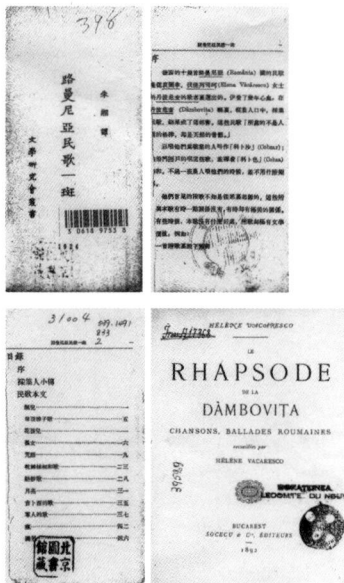

图 7-13　《路曼尼亚民歌一斑》（1924）和《丹博维查德歌者》（1892）

为了"供给与读者一些在译文外的有用的材料，以补助他们的探求"，朱湘以较多的笔墨写了"重译人跋"。在这里，他将原书中反映出的罗马尼亚民族的性格、心理和民族民情简单归纳为四点："生性忧郁，酷好战争，亲友自然，迷信鬼神"，并分别列举了所译民歌中的例子来说明。同时，他还分析了形成这些民族特征的历史原因："他们所以这样忧郁大概是为了他们的国家从古到今一直被外人所侵犯蹂躏，他们从来没有得到过片刻以上的安宁的原故。"又如："正因为他们家国的幸福被他国所骚扰剥夺了，他们就极力地看着喜爱战争——保护家国的惟一兵器。"朱湘深为罗马尼亚民歌的"好战"而惊叹，他对此的理解是，因为"他们也多成是势逼至此呵"，也正体现了罗马尼亚民族奋起反抗外敌的英勇悲壮之举。"亲友自然"是朱湘从所接触到的民歌中窥见的罗马尼亚民族与大自然相互融合、俨然一体的情景。关于"迷信"，或许是朱湘翻译过程中的主观感受，它主要来自罗马尼亚民歌中所反映的那些民俗内容。在这方面，朱湘还将中罗两国民间关于"天上落一颗星，地上就要死去一个人"的说法做了比较，指出二者的相似性。

朱湘认为，"民歌是民族的心声，正如诗是诗人的。又如从一个诗人的诗可以推见他的人生观、宇宙观、宗教观，我们从一个民族的民歌也可以推见这民族的生活环境、风俗和思想"；"从一个民族的民歌可以推见这民族的生活环境、民族和思路。从另一方面看民歌内包的，或文学的价值固然极有趣味，从这一方面看民歌外延的或科学的价值也是极有用处的。"他本人也正是以这样一种积极、科学的态度译介罗马尼亚民歌的。尽管由于历史条件的限制，他无法更全面地考察研究罗马尼亚民歌，但这些译诗客观上开创了罗马尼亚诗歌汉译的先河，使中国读者开始了解本来十分陌生的罗马尼亚这个中东欧民族。

第四节 各种文学期刊对中东欧文学的译介

如果从报刊媒体的角度来观察五四新文化运动暨 20 世纪 20 年代中东欧文学在中国的译介，则可以看到，除《新青年》、《小说月报》等期刊或开风气之先，或有大量译介之外，还有其他期刊也参与了对中东欧文学的介绍工作。

有关《新青年》及《小说月报》的译介情况，上述已有涉及，这里再做一些概括。作为新文化同人杂志的《新青年》月刊对中东欧国家文学的译介，主要体现在鲁迅兄弟及茅盾等人的工作中。这一时期，除一般性报道外，《新青年》还登载过波兰、匈牙利的文学作品。如周作人译的波兰作家热罗姆斯基的《诱惑》、《黄昏》，载 1920 年 2 月，第 7 卷 3 号；沈雁冰编译的《十九世纪及其后的匈牙利文学》连载于 1921 年 6 月，第 9 卷 2、3 号，等等。

1921 年文学研究会成立，这个重要的新文学社团"以研究介绍世界文学，整理中国旧文学，创造新文学为宗旨"，其译介外国文学的特点就是对俄国、东欧等被损害民族的译介极为重视，加以茅盾革新并主持新的《小说月报》，作为文学研究会的代理机关刊物。自此，《小说月报》便成为这一时期译介包括中东欧文学在内的弱势民族文学最力的期刊。据统计，《小说月报》改革后的第 12 卷到终刊第 22 卷为止，共发表 39 个国家的 304 位作家的作品共 804 篇。[1]

1. 吴锦濂等：《文学研究会对外国文学的译介》，见贾植芳等编《文学研究会资料》（中册），郑州：河南人民出版社，1985 年，第 753 页。

茅盾主持改革后的《小说月报》在 1921 年的第 12 卷明显增加了中东欧文学译介的数量。这年 10 月还出版了"被损害民族文学专号"，在我国第一次全面系统介绍东欧文学。茅盾在这期专号的《引言》中（署名记者）专门阐释了"为什么要研究被损害的民族文学"，特别对斯拉夫语言文字的特点做了介绍，列举了俄文、波兰文、捷克文、塞尔维亚文、克罗地亚文和斯洛文尼亚文的词汇例子，说明其相像之处，这是中国学者对斯拉夫语言研习的最早例证之一。

专号所登载的三篇关于波兰、捷克、塞尔维亚文学的概述，包含了丰富信息，对这些国家的代表性作家都有提及。译文之后大都附有译者撰写的附记，介绍作者生平、民族背景，并对其创作做简要评述。如鲁迅在《近代捷克文学概观》的附记中，称赞"捷克人在斯拉夫民族中是最古的人民，也有着最富的文学"。在《战争中的威尔珂》的"附记"中，称伐佐夫"不但是革命的文人，也是旧文学的破坏者，也是体裁家"。这种做法也是周作人、茅盾的译文中所一贯采用的。

这一期内容广泛，其中有关于东欧国家或民族的文学发展概况、小说和诗歌、绘画与雕塑作品的图文占绝大部分，另外还介绍芬兰、乌克兰、犹太、希腊和波罗的海、中亚地区国家或民族文学的内容。其中东欧部分内容包括：

波兰：诃勒温斯奇的《近代波兰文学概观》和科诺布涅支加（今译科诺普尼茨卡）的小说《我的姑母》，均为周作人译；科诺普尼茨卡的诗作《今王》和阿斯尼克（今译阿斯内克）的诗作《无限》，沈雁冰译。

捷克（波西米亚）：凯拉绥克的《近代捷克文学概观》，唐俟（鲁迅）译；具克（今译切赫）的《旅程》，冬芬（茅盾）译；散尔复维支的诗作《梦》和白鲁支（今译贝兹鲁奇）的诗《坑中做工的人》，沈雁冰译。

保加利亚：跋佐夫（今译伐佐夫）的小说《战争中的威尔珂》，鲁迅译。

塞尔维亚：米亚托维奇（Chedo Mijatovich）的《塞尔维亚文学概观》，沈泽民译；拉扎莱维奇的小说《强盗》，沈泽民重译；斯坦芳维支的诗作《最大的喜悦》，沈雁冰译。

克罗地亚：森陀卡尔斯基《茄具客》，沈雁冰译。

《小说月报》的专号形式，影响巨大，之后也为其他文学期刊所采用。自此，东欧文学开始较多地进入中国，吸引了一大批译者和读者。据初步统计，1921 年到 1931 年《小说月报》发表东欧文学的译文多达 115 篇，是我国 20 年代译介东欧文学最多的期刊。[1]

1. 丁超：《中罗文学关系史探》，北京：人民文学出版社，2008 年版，第 184 页。

除发表翻译作品外，《小说月报》还刊登了许多关于东欧文学的评论与报道。茅盾在其编写的"海外文坛消息"栏目中，发表了不少反映东欧作家、作品和文学大事的短文和简讯。他和郑振铎主持的"现代世界文学者传略"栏目，仅在 1924 年就专题介绍了匈牙利的莫尔奈、海尔齐格，南斯拉夫的柯苏尔、柯洛维支，波兰的布什比绥夫斯基、莱蒙特、推兑玛耶尔，捷克的白支洛支、白息那、斯拉梅克、马哈、齐拉散克、沙伐、捷贝克等东欧作家。

如前所述，《小说月报》是由商务印书馆出版经营，即便革新之后，也只是文学研究会的代理机关刊物。文学研究会真正的机关刊物是《文学旬刊》。它于 1921 年 5 月 10 日创刊。先后由郑振铎、谢六逸、叶绍钧、赵景深等人负责编辑。自 1923 年 7 月第 81 期起改名《文学》（周刊），均附在上海《时事新报》发行。1925 年 5 月第 172 期起定名《文学周报》，脱离《时事新报》，开始按期分卷独立发行。第 4 卷起由上海开明书店出版。到第 8 卷时，改由远东图书公司印行。1929 年 12 月出至第 9 卷第 5 期休刊，前后共出 380 期。其创刊号《文学旬刊宣言》声明，该刊"为中国文学的再生而奋斗，一面努力介绍世界文学到中国，一面努力创造中国的文学，以贡献于世界的文学界中"。与《小说月报》一样，也非常注重对中东欧文学的译介，先后译介了不少作家作品和文学概况，主要集中于波兰、匈牙利和保加利亚三国的文学。如 1925 年刊发有茅盾（署名雁冰）编译的《波兰小说家莱芒忒》（通译莱蒙特，刊 1 月 5 日第 155 期），化鲁（胡愈之）编译的《再谈谈波兰小说家莱芒忒的作品》（8 月 16 日，第 186 期）。又有茅盾（署名玄珠）编译的《匈牙利文学史略》（1924 年 4 月 28 日，第 119 期），（胡）愈之翻译 Fngen Heltar 的小说《伯爵的裤子》（1924 年 5 月 19 日，第 122 期），仲持（胡仲持，胡愈之之弟）翻译的莫列兹琼伽的小说《错投了胎》（1926 年 1 月 24 日，第 209 期）；保加利亚文学有胡愈之译籁诺甫《迷的书选译》（1926 年 5 月 16 日，第 225 期），茅盾（署名沈雁冰）译伊林潘林的小说《老牛》（1926 年 7 月 18 日，第 234 期），钟宪民译斯泰马托夫小说《在坟墓里》和《海滨别墅》（1928 年 3 月 11 日第 307 期，6 月 3 日第 319 期），等等。

另外，还有其他文学或者文化团体的刊物也对中东欧文学有相应的介绍，包括：

《语丝》周刊。这是由梁遇春、周作人、鲁迅、林语堂、钱玄同、孙伏园、俞平伯、刘半农等参与的文学周刊，于 1924 年 11 月在北京创刊，语丝社因此而得名。1926 年，作家鲁彦翻译了保加利亚诗人安娜·卡吕玛的《天鹅的歌》（载第 92 期），保加利亚作家遏林违林的小说《眼波》（载同年第 96 期）。1929 年，署名爱涛翻译了三首南斯拉夫诗歌，伊万·开卡的《孩子们与老人》、安·格·麦士斯的《邻舍》和拉柴力维基的《井边》，分别刊载于 1929 年的第 5 卷第 1、2、3 期。

《莽原》周刊、半月刊。这是于 1925 年 4 月 24 日成立于北京的莽原社社刊，莽原社因此而得名。主要成员有鲁迅、高长虹、黄鹏基、尚钺、向培良、韦素园、韦丛芜等。《莽原》周刊开始由鲁迅主编，1926 年以后改为半月刊，1927 年 12 月《莽原》半月刊出至第 2 卷第 24 期停刊。韦素园于 1925 年 8 月发表波兰作家解特玛尔的小说《鹤》（载该年第 17 期），次年，曹靖华翻译有显克微支的《乐人杨坷》（载该年第 19 期）。

《狂飙》周刊。由高长虹主办的《狂飙》周刊（1924 北京，1926 上海）也相继四次刊登了鲁彦的译作，它们是《波兰民歌四首》（1926 年 11 月第 5 期）、显克微支的小说《提奥克虏》（1926 年 12 月第 12 期）和《天使》（1927 年 1 月第 13 期）以及拉脱维亚作家 J.Gulbis 的小说《黄叶》（1927 年 1 月第 16 期）。

图 7-14　《语丝》　　　　图 7-15　《莽原》　　　　图 7-16　《朝花》

　　《朝花》周刊、旬刊。是朝花社的社刊，朝花社于 1928 年 11 月在上海成立，由鲁迅、柔石、王方仁、崔真吾、许广平创办的一本刊物。1929 年相继刊发了由梅川翻译的《裴多菲诗二首》、裴多菲《诗二首》和英国作家 Genung 的小说《沛妥斐》，分别刊载于《朝花》周刊 1929 年第 7、10、11 期，梅川还翻译了保加利亚作家伊林潘林的《黑的玫瑰花》，刊于同年《朝花》旬刊第 1 卷第 1 期。崔真吾（署名真吾，1902—1937）翻译的《捷克的近代文学》、捷克作家斐鲁克的小说《奥斯忒拉伐》和凯沛克兄弟的小说《岛上》，分别刊于《朝花》旬刊 1929 年第 1 卷第 2、3 期。还有岩野译匈牙利作家摩尔那（即莫尔纳）的小说《银柄》，载《朝花》周刊 1929 年第 7 期。

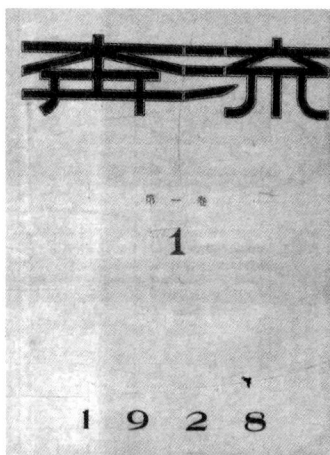　　　　　　

图 7-17　《奔流》　　　　　　图 7-18　《太阳月刊》

图 7-19　《真美善》

　　《奔流》月刊。是鲁迅先生在上海创办并亲自主编的第一份文学刊物。1928 年 6 月 20 日创刊，北新书局发行，1929 年 12 月 20 日出至第 2 卷第 5 期停刊，共出版 15 期。鲁迅对此刊费力甚多，不仅亲自抄定"《奔流》凡例五则"，阐明该刊宗旨为："揭载关于文艺的主张、翻译，以及介绍"，致力于介绍无产阶级革命文学理论，他还精心撰写了《编校后记》12 篇，并亲笔题写刊头、设计封面。1929 年 7 月第 2 卷第 3 期，刊载了孙用翻译的匈牙利作家 F. Herezeg 的小说《马拉敦之战》，同年 8 月的第 4 期还刊登了白莽（即殷夫）翻译的匈牙利诗人裴多菲的一组作品《黑面包及其他》、孙用翻译的保加利亚作家伐佐夫的散文《过岭记》和石心翻译的波兰作家密兹凯维支的诗歌《青春的颂赞》。

　　《太阳月刊》和《海风》周报。两者都是文学社团太阳社的刊物，分别创刊于 1928 和 1929 年。太阳社 1927 年秋成立于上海，发起人为蒋光慈、钱杏邨（阿英）、孟超、杨邨人等，主要成员包括夏衍、洪灵菲、顾仲起、楼适夷、殷夫、冯宪章、任钧、迅雷等。1928 年 3 月第 3 期，刊发了绍川翻译的保加利亚作家 Liljanov 的散文《达怒蒲的秘密》，1929 年《海风》周报相继刊发了楼适夷翻译的波兰作家勃频斯基的小说《弥海儿溪亚》（第 4 期特大号，译者署名舒夷）和波兰作家柯尔支柴克的小说《资本家的灵魂》（第 12 期，译者著名适夷）。

　　从以上刊发中东欧译作的期刊及其背景可以看出，它们或者是文学研究会的会刊，是《小说月报》译介方针在另一平台的体现，或者是五四新文学运动之后兴起的其他新兴文学社团的社刊，但都有一个共同点，就是与鲁迅及茅盾等新文化运动倡导者早期倡导的对弱势民族文学译介的传统有精神上的渊源，即便是太阳社的主办的刊物，虽然在整体艺术观念上与鲁迅有所不同，但其所刊发的中东欧作家作品的译者也与鲁迅的这种翻译传统有着明显的传承关系。从译者来看，除鲁迅、周作人、茅盾外，还有巴金、沈泽民、胡愈之、王鲁彦、赵景深、施蛰存、冯雪峰、林语堂、楼适夷、孙用、李霁野、钟宪民等，分别从事过东欧多国或者某一国文学的译介工作。

当然也有一些例外的情况。比如，小说《孽海花》的作者，被视为近代著名小说家、出版家的曾朴，虽然不属于新文学阵营，但也赞同五四新文学的基本主张，认为中国文学应开辟"新路径"，输入外国新文学，注入新血液以扩大中国文学领域；他也赞扬"为人生而艺术"的观点，提倡纯净的大众化的白话文和"平民文学"。1927—1931 年，曾朴与长子曾虚白在上海创设真美善书店，创刊《真美善》杂志（"真美善"语出法国革命时期文学口号），在大力介绍法国文学的同时，也刊发了一些东欧文学的译介。1928 年 2 月，曾虚白就翻译了匈牙利作家稽斯法吕提（Kisfoludi）的小说《看不见的伤痕》，载《真美善》第 1 卷第 8 期。之后，又有汪倜然翻译波兰作家育珂摩尔的小说《有 48 颗星的房间》和赵景深译保加利亚作家伊林潘林的小说《黑玫瑰》，分别在《真美善》1929 年 4 月第 3 卷第 6 期和 5 月第 4 卷第 1 期。而商务印书馆出版的《小说世界》这样以俗文学为主要定位的杂志，也曾刊登过茅盾等人的东欧文学译作。如茅盾（署名沈雁冰）译裴多菲小说《私奔》（载 1923 年 1 月第 1 卷第 1 期）、匈牙利密克柴斯的小说《皇帝的衣服》（载 1923 年 1 月第 1 卷第 3 号），以及署名 Cn 女士翻译的波兰显克微支的小说《上帝保佑你》（在 1926 年 10 月第 14 卷第 17 期）等。

第八章　　20 世纪三四十年代中东欧文学在中国的译介

　　无论如何弱小的国家都有它们自己的灵魂。或者，我们可以说，

正因为它们弱小，受压迫，被损害，它们的灵魂愈加沉痛，愈加悲哀，

而从这里所发出的呼声愈比大国的急切、真挚、伟大。[1]

——王鲁彦（1901—1944）

1. 鲁彦：《世界短篇小说集〈序〉》，上海：亚东图书馆，1928 年版。

第一节　20世纪三四十年代中东欧文学译介概述

20世纪30年代的中国，一方面是北伐之后的国民政府相对统一了在大部分国土各自称雄的军阀割据势力，是蒋介石政权统治中国的巅峰时期或称民国之"黄金十年"；同时各种政治对立包括国共斗争形势更加严峻复杂，以国际左翼运动为背景的中国左翼文化运动也最为活跃；而西方列强的在华势力依然享有一系列政治、经济等特权。日本作为东亚帝国主义的势力则从东北一隅逐步扩大，历经1931年的"九一八"事变、1937年的"七七"事变和"八一三"淞沪之战的全面侵华战争，其军国主义侵华势力扩张至华北、中原，乃至除了西南、西北边域之外的整个中国，同时中国人民的抗日战争也相继展开。在这个抵抗外敌并且伴随国共之间的内战、摩擦和合作的时期里，包括中东欧文学在内的弱小民族文学在中国的译介，在总体上仍基本延续了20年代的发展势头，直至1937年全面抗战开始，尤其是以北平、上海等文化中心为代表的城市先后失去相对稳定的文化活动与文学翻译出版的条件后，中东欧文学的翻译也受到全面冲击，数量则有明显减少。

到30年代，许多在前一个时期已经开始被译介的中东欧作家中，除了显克维奇等作家只有少量新译作品，多旧译重版之外，大部分作家的译介在30年代都有新的进展和深入：比如，匈牙利爱国诗人裴多菲的长诗《勇敢的约翰》由孙用译出（上海湖风书局，1931）；保加利亚作家伐佐夫、

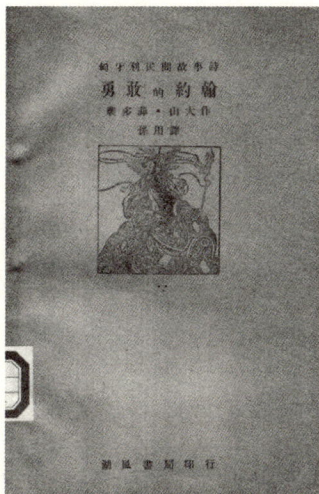

图8-1　《勇敢的约翰》（1931）

斯塔马托夫、埃林·彼林等，都有了进一步的介绍。同时，30 年代还为中国读者带来了一些新的中东欧作家面孔及其作品。如捷克小说家涅鲁达、恰佩克等，都有了相应的介绍。由于这个时期中东欧文学译介在数量和规模上都有了重要进展，本章将有具体的分述，这里不做展开，而对 40 年代的情况稍作概述。

因为 20 世纪 40 年代中国遭遇连绵不断的战争，因此外国文学的译介受到很大的影响。在这一时期的东欧文学译介中，一部分内容是延续了 30 年代对于裴多菲、显克维奇等著名作家的译介。但与此同时，这一时期的译介具有与前一时期所不同的特点，这主要体现在期刊、书籍出版因战争影响而萎缩，导致译介总体数量的明显减少，与前 20 年相比尤其如此；另一方面，由于战争文化的压力，民族意识空前高涨，因此，文化和文学界，包括读者大众对于强势民族特别是法西斯主义盛行国家的文学，在总体上往往有一种天然的排斥感（除非是这些国家的反战文学）。相反，一些在题材和主题上反抗殖民者侵略的现实、体现争取民族独立和解放斗争要求的作家作品的译介有明显的增强。比如，波兰、匈牙利等被长期受到挤压乃至分割的国家，对其文学的译介仍然相对较多。

在这一时期波兰文学的中译中，虽然显克维奇这样大作家的译作已经明显减少，只有施蛰存所译的《胜利者巴尔代克》和贺绿波翻译的《爱的变幻》两个中篇小说。但却第一次出现了两个女作家的名字，一是 E. 奥热什科娃（1841—1910），她是活跃在 19 世纪后期的带有革命倾向的现实主义作家，一生著作极丰，1942 年由钟宪民所译的长篇小说《孤雁泪》（又译《玛尔旦》，通译《玛尔达》，1872）是作者早期作品中最有影响的一部。该作描写一个小贵族出身的城市妇女，在父夫相继去世后出外谋生，最后惨死的经历，呼吁妇女的生存权利。该书中译本于 1942 年由重庆进文书店出版，1944 年重版，1947 年、1948 年又有上海国际文化服务社再出两版，在读者中影响不小。另一位女作家是 20 世纪波兰革命作家华西列夫斯卡（1905—1964），1939 年后侨居苏联。当时中国所译她的作品除《到乌克兰去》等 4 个短篇外，还有代表作长篇小说《泥濯上的烈焰》（通译《池沼上的火焰》，苏桥自英语转译，桂林建文书店 1942 年出版）和《被束缚的土地》（穆俊译，香港海燕书店 1941 年出版）。1924 年获诺贝尔文学奖的莱蒙特，之前只有少量短篇小说在中国译出，而在这一个时期里，他的那部反映 1905 年革命前后沙俄占领下波兰农村各种矛盾状况的"伟大的民族史诗式的作品"《农民》由费明君自日文转译出版（上海神州国光社，1848 年 11 月出版）。

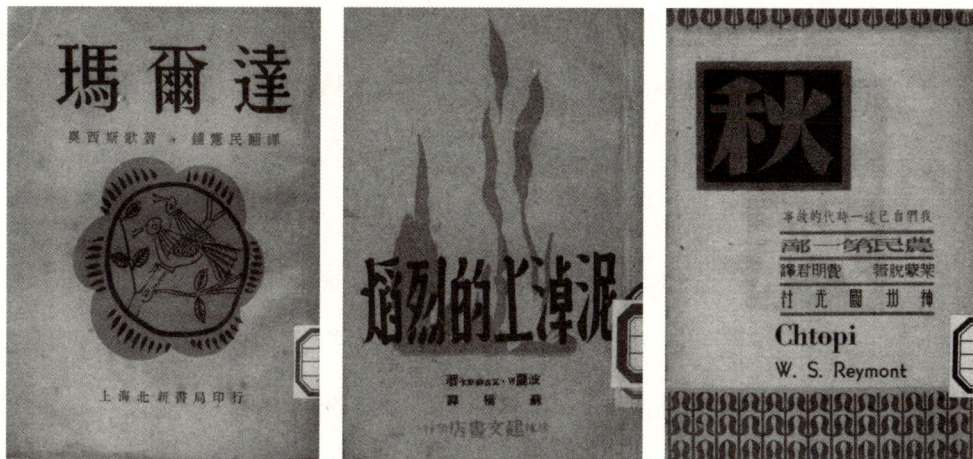

图 8-2 波兰文学中译本：《玛尔达》（1942）、《泥淖上的烈焰》（1942）、《农民》第一部《秋》（1948）

在对匈牙利文学的译介中，也出现了类似的趋势。伏契克（1903—1943）的报告文学《绞索勒着脖子时的报告》（通译《绞刑架下的报告》），由刘辽逸自俄文转译，1948 年先后由大连和佳木斯的光华书店出版。此外，还有霍尔发斯的长篇小说《第三帝国的士兵》，由黎烈文自法语转译，译文先由《现代文艺》连载（自 1940 年第 3 期至 1941 年第 6 期），后由福建永安改进出版社出版，1943 年上海文化生活出版社再版。培拉·伊诺斯（1895—1974，通译伊列什）的长篇小说《喀尔巴阡山狂想曲》，由郑伯华自俄文转译，桂林远方书店 1944 年 5 月出版。伊列什是匈牙利当代著名作家，早年曾因参加革命而长期流亡苏联，并担任"无产阶级作家国际联盟"的秘书长和文学杂志的编委。在第二次世界大战中投笔从戎，屡建战功，并亲自参加解放布达佩斯的战斗。《喀尔巴阡山狂想曲》是作者 1939—1941 年间创作于苏联的一部自传性长篇小说，作品描写了一个革命者的战斗历程。在原作出版三年后就被译成中文出版，可见译介之及时。

图 8-3 《喀尔巴阡山狂想曲》（1948）

　　概括地看，20 世纪三四十年代中东欧文学的中译，与上个时期相比，大致有这样几个特点：第一，译介的作家作品涵盖了更多的中东欧国家，参与译介活动的人数更多，所涉及的作家作品也更多。第二，茅盾、巴金、王鲁彦、孙用、钟宪民等一批作家翻译家为中东欧文学的译介做出了重要贡献，尤其茅盾的译介不仅数量多而且影响大。第三，一些重要的文学期刊以"专号"的方式集中译介中东欧文学为主的外国文学作品，尤其是《文学》杂志、《矛盾》月刊相继推出的"弱小民族文学专号"影响最大。第四，除分散在各类报刊上的翻译文本及介绍研究文章外，出版了一批中东欧文学作品的单行本译著，从而使流播的范围超出了报刊读者之外。第五，由于中东欧国家语言的限制，其译介活动基本上借助于第三种语言转译者居多，其中最多的是英语，而最有特点的是世界语（Esperanto），虽然这种方式从世纪之初就已开始，但从译介的成果来看，这个时期体现得最为突出，这部分内容也将在本章作专门叙述。最后，从中东欧文学译介的数量来看，这时期的前半段即 20 世纪 30 年代呈现出较为兴盛的局面，全面抗战之后的后半期则明显减少，但正是在民族矛盾与民族战争最激烈的时代里，中东欧文学所体现的弱势民族经验及反抗侵略、争取独立的精神倾向，更加切合当时的读者期待和社会心理，因此对中东欧文学的认同也在一定程度上超越了原有的政治势力和文化派别，对中国文学带来了更深入的影响。

　　以下拟对这一时期中东欧文学在中国的译介作展开论述。

第二节　茅盾、巴金、王鲁彦、孙用等翻译家的译介贡献

　　如上一章所述，茅盾是中国现代史上对中东欧文学的译介贡献最大的作家、翻译家之一。如果限于这一译介领域的开创性而言，鲁迅、周作人之外，当属茅盾无疑；就其实际影响力而言，他在 20 世纪三四十年代对中东欧文学译介的影响肯定超过周作人，几乎与鲁迅不分伯仲；而就具体成绩来说，茅盾对中东欧文学的译介甚至要超过周氏兄弟。

　　与鲁迅、周作人相比，茅盾在这方面的译介，延续了五四时期的注重弱小民族文学译介的

传统，并在 30 年代继续引领这一传统，进一步发扬光大。具体表现为：

第一，影响力显著。茅盾是鲁迅、周作人之后在中东欧文学译介中影响最大的新文化人士。他在继 20 年代初期主编《小说月报》之后，这一时期又与鲁迅等一起，编辑《文学》、《译文》等杂志，大力译介包括中东欧文学在内的外国文学。尤其是与鲁迅一起，在 1934 年 5 月 1 日出版《文学》月刊第 2 卷第 5 号"弱小民族文学专号"，集中发表包括中东欧文学在内的弱势民族文学 35 篇（首），其中他本人就有多达 6 篇小说翻译和 1 篇研究文章。其中除土耳其作家 Resik Halid（译者署名连琐）和秘鲁作家 Lopez Albujar（译者署名余声）的两个作品在此不论外，还有 4 篇中东欧作家的作品：

一是波兰作家 K.p.Tetmajer 的小说《耶苏和强盗》，茅盾以"芬君"署名译者，译文前有附记云：作者"1865 年生于塔特洛山地。波兰的天才诗人。曾在克拉科大学毕业。著作有抒情诗及戏曲小说及小品文，各多种。《在山麓》是短篇小说集，都为塔特洛的故事，塔特洛的方言引入波兰文学，此为第一次"。

二是南斯拉夫女作家淑芙卡·克伐特尔（Zofnka Kveder）的《门的内哥罗的寡妇》，译者署名"牟尼"（茅盾），在附记中也介绍了"门的内哥罗"地方的地理、民族及其历史，同时也介绍了这位女作家及其创作的概况："作者淑芙卡·克伐特尔是女流小说家；又是南斯拉夫的著名妇女主义者（Feminist），他的小说大都用斯罗伐尼文字写的，但也用捷克，塞尔维·哥罗地亚以及德文。此篇是她的短篇集《巴尔干战事小说》中的一篇。"

三是克罗地亚（茅盾译为"哥罗地亚 Croatia"）作家伊凡·科尼克（Ivan Krnic）的小说《在公安局》，译者署名"丙申"（即茅盾）。

四是罗马尼亚作家密哈尔·萨杜浮奴（Michail Sadoveanu）的小说《春》，译者署名芬君（即茅盾）。译者依英文：World Fiction 第 1 号（1922 年 8 月）所载 Adrio Val 的英译文转译。前记中译者这样介绍作者：他"是近代罗马尼亚最有名的作家。他是摩尔达（Moldava）省的人。曾为国家剧院的监督。在罗马尼亚近代的文学运动——要从民俗风土中去汲取题材的文学运动，萨杜浮奴就是一个主角。他曾经办过多种杂志，其中最有名的就是《罗马尼亚生活》。他的作品大都是'罗马尼亚的'热情，感抒情的美"。

最后是那篇译介文章。茅盾署名冯夷编译了题为《英文的弱小民族文学史之类》的文章，介绍了英语世界的一系列有关弱小民族文学史著作，不仅有助于当时的普通读者和研究者，也为我们提供了作者自己认识和介绍中东欧文学发展状况的具体线索。

第二，茅盾对中东欧文学译介所涉及的国家最多。除波兰、匈牙利这两个当时译介较多的国家外，还有捷克（波希米亚）、斯洛伐克、罗马尼亚、南斯拉夫、保加利亚、塞尔维亚、克罗地亚，以及亚美尼亚、格鲁吉亚等国的文学。

第三，茅盾是当时所有中东欧文学译介者中最具全局与整体视野的。他的译介不限于中东欧地区的一国、一人或者某一种文类的翻译，译介层次丰富多样；有地区或国别文学发展概况的介绍，这在 20 世纪 20 年代就有《欧战给匈牙利文学的影响》（B. 佐尔纳 / Bela Zolnai，元枚译，《小说月报》第 13 卷第 11 号，1922 年 11 月 10 日）、《南斯拉夫的近代文学》（斯塔诺伊维奇 / Milivoy S. Stanoyevich，佩韦译，《小说月报》第 14 卷第 4 号，1923 年 4 月 10 日，后收入《近代文学面面观》）等，也有具体的作家作品的译介，涉及小说、诗歌、散文、戏剧和研究各个文类。

图 8-4　巴金（1938 年，桂林）

作家巴金（1904—2005）一生翻译了大量外国文学作品，其中也翻译了一部分中东欧作家作品。早在五四运动前后，少年巴金正为无政府主义的反抗精神所陶醉，读到了李石曾翻译的波兰剧作家廖亢夫的话剧《夜未央》。十年之后在追述阅读李石曾译本的激动时写道：

> 大约在十年前吧，一个十五岁的孩子，读到了一本小书。那时候他刚刚信奉了爱人类爱世界

的理想，有一种孩子的梦幻，以为万人享乐的新社会就会与明天的太阳同升起来，一切的罪恶就会立刻消灭，他怀着这样的心情来读那一本小书，他底感动真是不能用言语形容出来的。那本书给他打开了一个新的眼界，使他看见了另一个国度里一代青年为人民争自由谋幸福的奋斗之大悲剧。在那本书里边这个十五岁的孩子第一次找到了他底梦景中的英雄，他又找到了他底终身事业。他便把那本书当作宝贝似地介绍与他的朋友们。他们甚至把它一字一字地抄录下来，因为那是剧本，所以他们还把它排演过几次。这个小孩子就是我，那本书就是中译本《夜未央》。[1]

> 1. 巴金：《前夜·序》，上海：上海启智书店，1930年出版。

图 8-5　巴金藏波兰作家廖亢夫的《夜未央》及书中插图
（来源：《巴金·激流人生》，作家出版社，2015）

不过，后来巴金对李石曾译本的处理方式不太满意，于是萌生了自己翻译的念头。李石曾的译文是用当时流行的半文半白的汉语表述。一方面，他不仅翻译了剧本的对话和场景描述，还翻译了舞台指示，因此译文多达二百多页。另一方面，他也居于自己的文化交流理念，删减了某些情节。在《夜未央》重印时，李石曾表达了对文化间交流的看法。他认为，直接翻译外国戏剧可能还不是表现剧本意图及其意义的最佳途径，因为不同文化间总是存在着一定的差异，因此，"中国演西剧，不必一定要用西国衣冠……不一定要用纯粹的西装与完全的西式"[2]。年

> 2. 李石曾：《重印〈夜未央〉剧本序文》，载《剧学月刊》，1932年第1卷第3期。

青的巴金在为《夜未央》的剧情而感动的同时，又对李石曾的译本有自己的看法，尤其是在他留学巴黎，读到法文译本之后，对这些被李译所"删节的地方，不太满意"，回忆早年所读时的情景，"仿佛做了一个苦痛的，但又是值得人留恋的梦"，"它还保留着与我同时代的青年底梦景"，于是"便动笔来重新把它译过"。[3]1930年，巴金的译本在上海启智书店出版，题为《前

> 3. 巴金：《夜未央》，上海启智书店，第107页。

夜》。但1937年文化生活出版社再版时，又改名为《夜未央》。1943年又有重庆版（渝一版）印行。

值得一提的是，在巴金译本出版后，同为四川籍的影剧女演员赵慧深(1914—1967)，以巴金译本为底本，改编了题为《自由魂》的多幕话剧，该剧本 1938 年由上海杂志公司出版。赵慧深是四川宜宾人，著名学者、古典戏曲专家赵景深之妹，曾因主演《马路天使》、《雷雨》（繁漪）而成名。改编者将剧情背景移植到 1937 年秋沦陷后的北平。剧中人物情节均已中国化，但所表达的强烈的民族救亡主题，仍与《夜未央》有着明显的模仿与对应关系，这也可以从两剧人物的名字看出：桦西里 / 李曦华，苏斐亚 / 苏菲，安娥 / 史薇娜，马霞 / 马霞，安东 / 扬棣，葛高 / 葛志高，巡抚 / 大汉奸桂某，苏沙 / 小平，于方 / 姑父刘维奇，歌剧院 / 新民大戏院，血钟 / 血钟。而编剧、演剧者乃至观众都不避讳改编与仿作，在抗日烽火年代成为"国防剧目"之一而盛演一时。

图 8-6　巴金译《前夜》
（《夜未央》，1930）

从译本后续流传的记录可知，不止一代人的记忆支撑了一部异国作品在中国的令人回味的历史。可以看出，《夜未央》一剧的翻译与流播深刻地参与并且丰富了 20 世纪的中国文学。[1]

1. 韩一宇：《〈夜未央〉在中国的翻译与流播》，载《新文学史料》，2012 年第 2 期。

除《夜未央》之外，巴金还翻译过保加利亚那密若夫（通译多勃里·内米罗夫，Dobri Nemirov）的短篇小说《笑》（原名《里多》）和罗马尼亚伏奈斯蒂的《加斯多尔的死》。尤其值得一提的是匈牙利世界语作家尤利·巴基（Julio Baghy，1891—1967）的中篇小说《秋天里的春天》。正是在这篇作品情绪的感染下，他后来创作了中篇小说《春天里的秋天》，作品哀婉动人的抒情基调，与尤利·巴基的作品异曲同工，十分契合。

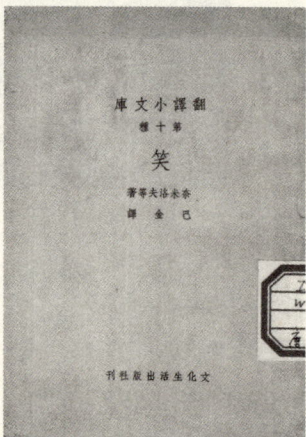

图 8-7　巴金译《笑》（1948）

图 8-8　巴金译《秋天里的春天》
（1932）

作家王鲁彦（1901—1944）也是中东欧文学译介的积极参与者。鲁彦早年在北京大学旁听鲁迅的课程，与鲁迅有着深刻的精神联系，是鲁迅引导王鲁彦认识到文学在改变人的精神、改变社会方面的巨大作用，从而与文学结下不解之缘。特别是1925—1926年间，王鲁彦与鲁迅有过较多的私人交往。频繁的接触和交流，使王鲁彦不可避免地在翻译和创作上受到鲁迅很大影响，以致有评论家把叶绍钧、王鲁彦、许杰、许钦文、胡也频、冯文炳等人称为"鲁迅派"的作家。王鲁彦取笔名"鲁彦"（其原名叫王衡），便有模仿鲁迅之意。在翻译外国文学方面，王鲁彦也以鲁迅为榜样，注重介绍俄国和东欧弱小民族的文学。他说：

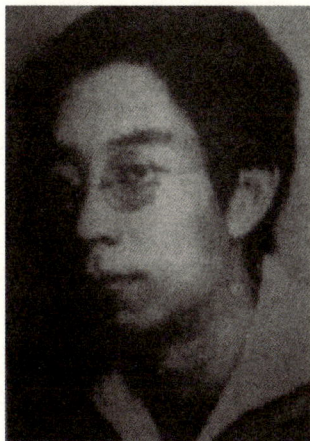

图 8-9 翻译家王鲁彦

> 无论如何弱小的国家都有它们自己的灵魂。或者，我们可以说，正因为它们弱小，受压迫，被损害，它们的灵魂愈加沉痛，愈加悲哀，而从这里所发出的呼声愈比大国的急切、真挚、伟大。文艺正是从灵魂中发出来的呼声，我因此特别爱弱小民族的文艺。在它们文艺的园地里，我常常看见有比大国的更好的鲜花。[1]
>
> 1. 鲁彦：《世界短篇小说集·序》，上海：亚东图书馆，1928年版。

图 8-10 鲁彦译《在世界的尽头》（1930）

自1922年起，鲁彦就开始从世界语翻译外国文学作品。相继在《小说月报》、《狂飙》、《矛盾》、《文学》、《文艺月报》、《语丝》、《文艺月刊》等刊物发表译作。其中包括如下中东欧作家作品：《显克维支小说集》（北新书局，1928）、《世界短篇小说选》（亚东图书馆，1928），波兰先罗什伐斯基的中篇小说《苦海》（1929），

图 8-11 鲁彦译《忏悔》(1931)

短篇小说集《在世界的尽头》（1930），南斯拉夫米尔卡波嘉奇次的长篇小说《忏悔》（1931），波兰显克微支的短篇小说集《老仆人》（文学书店，1935）等，成为从世界语翻译外国文学作品数量最多的作家（翻译家）。其中大部分是保加利亚、波兰和捷克、匈牙利等中东欧国家的文学。

　　翻译家孙用（1902—1983）也是中东欧文学译介的重要人物。孙用原名卜成中。祖籍浙江萧山，生于杭州。1919 年杭州宗文中学毕业后，长期在邮局工作，自学英语和世界语。自 1922 年起开始在《小说月报》发表译作，也因翻译投稿而结识鲁迅，得到鲁迅的鼓励和肯定，并在文学翻译的取向上深受鲁迅的影响。先后出版的译作有波兰作家戈尔扎克等的《春天的歌及其他》（短篇小说集，上海 中华书局，1933），保加利亚作家伐佐夫的《过岭记》（短篇小说集，上海，中华书局，1931），爱沙尼亚诗集《美丽之歌》，《保加利亚短篇集》（上海，正言出版社，1945）等。

图 8-12　翻译家孙用

　　其中特别要提及的是孙用所译匈牙利诗人裴多菲的长诗《勇敢的约翰》。这是一部长篇童话叙事诗，裴多菲的代表作。它以流行的民间传说为题材，描写贫苦牧羊人约翰勇敢机智的斗争故事。孙用是据世界语译本转译的。在出版时得到鲁迅的大力推荐，还亲自校对，并在 1931 年 4 月 1 日写了《〈勇敢的约翰〉校后记》，终于当年 10 月在上海湖风书店。中间的几经周折，鲁迅在校后记中有交代：

图 8-13　孙用译《保加利亚短篇集》

　　这一本译稿的到我手头，已经足有一年半了。我向来原是很爱 Petöfi Sándor 的人和诗的，又见译文的认真而且流利，恰如得到一种奇珍，计画印单行本没有成，便想陆续登在《奔流》上，绍介给中国。一面写信给译者，问他可能访到美丽的插图。

　　译者便写信到作者的本国，原译者 K.de Kalocsay 先生那里去，去年冬天，竟寄到了十二幅很好的画片，是五彩缩印的 Sándor Bélátol（照欧美通式，便是 Béla Sándor）教授所作的壁画……这《勇敢的约翰》的画像，虽在匈牙利本国，也是并不常见的东西了。

　　然而那时《奔流》又已经为了莫名其妙的缘故而停刊……便绍介到小说月报社去，然而似要非要，又送到学生杂志社去，却是简直不要，于是满身晦气，怅然回来，伴着我枯坐，跟着我流离，一直到现在。但是，无论怎样碰钉子，这诗歌和图画，却还是好的，正如作者虽然死在哥萨克兵的矛尖上，也依然是一个诗人和英雄一样。[1]

　　1. 鲁迅：《〈勇敢的约翰〉校后记》，见《鲁迅全集》第 8 卷，人民文学出版社，2005 年版，第 352 页。

　　可以见出，鲁迅为该译本的问世，倾注了多少心血。此外，孙用后来还从其他语种翻译波兰诗人密茨凯维支的代表作《塔杜须先生》及《密茨凯维支诗选》，为嘉奖他翻译波兰文学的成就，波兰政府授予他密茨凯维支纪念章。

　　钟宪民，约 1910 年生于浙江崇德，世界语者，卒年不详。1927 年时为上海南洋中学学生，课余学习世界语，是年给鲁迅写过信，曾为商务印书馆《学生杂志》编过世界语栏，还编过《世界语捷径》。1929 年在南京国民党中央党部宣传部国际科任职，终其一生。他曾将《阿Q正传》译成世界语于 1930 年于上海出版合作社出版。自 1928 年起发表从世界语转译的外国文学作品，先后翻译了长篇小说 2 部，中篇小说 2 部、长诗 1 部和若干短篇小说，几乎全部集中在匈牙利、保加利亚、波兰和捷克等中东欧国家。其中包括尤利·巴基的长篇小说《牺牲者》（1934 年）、波兰短篇小说集《波兰的故事》等，尤其以波兰作家奥西斯歌的长篇小说《玛尔达》（又译孤雁泪、玛尔旦、北雁南飞）影响最大。奥西斯歌，即波兰女作家 E. 奥热什科娃（Eliza Orzeszkowa，1841—1910），《玛尔达 Marta》1872 年出版，是其早期作品中最有影响的一部，带来了世界性的声誉。该译本 1929 年 7 月由北新书局（上海）初版，40 年代又出了 4 个版本（进文书店，重庆，1942、1944 年 11 月；上海国际文化服务社 1947 年 10 月、1948 年 9 月），值得一提的是，这本小说在 20 世纪 60 年代的台湾非常盛行，琼瑶小说《一帘幽梦》男主人公楚濂和《心有千千结》男主人公若尘的藏书中，都有这一本波兰女作家的悲情小说。之后，还翻译了尤里·巴基的长篇小说《在血地上》和波兰世界语作家费特凯的中篇小说《深渊》等作品。

第三节　《文学》、《矛盾》等文学期刊对中东欧文学的译介

如上所述，20 世纪三四十年代中东欧文学译介在发表与出版形式上的一个特点：一是出现了一批译作的单行本，包括长篇作品与中短篇作品的结集，也包括以中东欧国别为书名的译文选本。如 1936 年，上海生活书店出版了由徐懋庸、黎烈文等翻译的《弱小民族小说选》。鲁迅在同年去世后，这一译介传统在新文学的第二代作家中得到继续。1938 年，上海启明书局出版了由鲁彦翻译的《弱国小说名著》，收有王鲁彦、艾芜、施蛰存、卞之琳、赵景深、孙用、钟宪民等人翻译的弱小民族文学作品；二是一些重要的文学杂志，集中刊发包括中东欧文学在内的弱小民族文学译作，产生了很大的影响，这也是上一个阶段《小说月报》之《被损害的民族文学专号》这一传统的延续。这一节将重点介绍《文学》月刊、《矛盾》月刊的"弱小民族文学专号"。

《文学》月刊是 20 世纪 30 年代发行的大型文艺刊物中寿命最长，影响最大的文学期刊。1933 年 7 月创刊于上海，由鲁迅、茅盾、郑振铎、叶圣陶、郁达夫、陈望道、胡愈之等十人集体编辑，他们中的大多数都曾积极倡导或参与对弱小民族文学的译介。该刊自 1933 年 7 月 1 日出版第 1 期，到 1937 年 11 月上海沦陷后停刊，共出版 8 卷 53 期。从编辑阵容可以看出，它是以左翼文化为主导倾向，以左翼作家为主，又团结了一批自由作家的新文学阵地。其中，茅盾既是其发起人之一，又是组织者和实际编辑工作负责人。在该刊存在的四年多时间里，承担过这份期刊编辑工作的有郑振铎、傅东华、黄源、王统照和茅盾。不过，前四位都曾在版权页编辑者的位置上挂名，而茅盾则由于特殊原因只能在幕后工作，但却只有他从始至终地参与了《文学》的编辑工作。因此可以说，这份刊物和《小说月报》、《文艺阵地》、《笔谈》等期刊一

样都倾注了茅盾的心血。

在 1934 年 5 月 1 日出版的第 2 卷第 5 号上，《文学》杂志推出了"弱小民族文学专号"。专号刊发的内容，包括署名化鲁（即胡愈之）的《现世界弱小民族及其概况》和茅盾所作的题为《英文的弱小民族文学史之类》（署名冯夷）两篇译介文章，并刊载有亚美尼亚、波兰、立陶宛、爱沙尼亚、匈牙利、捷克、南斯拉夫、罗马尼亚、保加利亚、希腊、土耳其、阿拉伯、秘鲁、巴西、阿根廷、印度、犹太等 17 个国家的 26 位作家的 35 篇（首）作品，其中大部分都是中东欧地区的文学作品。

如上节所述，在这些译作中，茅盾本人就有亲自翻译了 6 篇小说，并撰写 1 篇研究文章，其中包括 4 篇中东欧作家的作品。此外，还有胡仲持译的亚美尼亚作家西哈罗尼安（Avetis Aharonian，1866—1948，亚美尼亚作家、政治家和民族运动领袖）的小说《更夫》和周筦译《狱中》，杜承恩译波兰小说家、诗人斯特凡·热罗姆斯基（Stefan Zeromski，1864—1925）的小说《在甲板上》，鲁彦译立陶宛作家 Vineas Kreve 的小说《啄木鸟的命运》和捷克作家 Josef Limanck 的《唐裘安的幻觉》，裴子译爱沙尼亚作家 Mait Metsanurk 的小说《敬虔的人》，天虹译匈牙利作家费伦克·摩尔拿（即莫尔纳 Ferenc Molnar）的小说《不会学好的人》，叶籁士译匈牙利诗人裴多菲的小说《晚秋》，竺君译捷克作家揆伯·槎德（K.M.Capek-Chod 1855-1925）的小说《在卷筒机上》，孙用译罗马尼亚作家勃拉太斯古（I. AI. Bratescu）的《说谎的尼古拉》，卞之琳译罗马尼亚作家西撒·彼述理斯科（Cezar Petresco）的《算账》，杨启光（契元）译保加利亚作家艾琳·培林的《梦想家》，梭甫译保加利亚作家伊凡·伐佐夫的《乐乍老头子在看着》和叶籁士译保加利亚作家史米能斯基（Hristo Sminenski）的《楼梯的故事》等 14 篇中东欧短篇小说。其中大部分译作都附有译者的前记或者后记，介绍作者及其国家的历史、文化与文学状况，或者概括作者的创作特点等等。比如，孙用的《说谎的尼古拉》是从 T. Morariu 的世界语译本《黑暗与光明》中选取转译的，他在译文的前记中转述了原文作者在罗马尼亚文坛中的地位及其创作特点：

　　在现代的罗马尼亚文学中，勃拉太斯古是有了世界的声名的。他生于 1868 年。

　　他的主要而普遍的作品是两个短篇小说集：《黑暗与光明》和《在真理的世界上》。

> 他的小说和随笔特重深细的心理分析，有明白而适当的表现手腕，藉此，所以他的每
> 一句都似乎将灵魂的顷刻永久不变。他的作品成了罗马尼亚的大众的和家庭的宝藏。
> 勃拉太斯古是一个深入的探索者，尤其关于儿童的灵魂。

卞之琳的《算账》则转译自法国《蓝杂志》1933 年 16 期，原译名 Reglement de Comptes，原译者 B. Nortines，译者在附记中除说明译本来源外，还简要介绍了原作者的相关信息：

> 西撒·彼忒理斯科，罗马尼亚当代名作家，1892 年生，1931 年获得国授散文奖，
> 所作长短篇小说一部分已译成意大利、捷克等文本。

除此之外，茅盾在该期的补白和插图中，也安排了大量中东欧等弱小民族文学与文化的信息。该期共有十条补白，其中涉及中东欧国家文学的就有一半，它们是：《乌克兰民歌片段》、《波兰名作家：一，莱芒脱（即莱蒙特）》、《波兰名作家：二，什朗斯基》、《捷克戏剧家加拉·揆伯》、《南斯拉夫抒情诗一首》等。在该期前几页的插图中，编者还安排了许多对象国概况或者作家的图片，包括《摩尔拿及其手迹》（即匈牙利作家莫尔纳）、《史米能斯基画像》（保加利亚作家）、《彼多斐像》（即匈牙利诗人裴多菲）、《什朗斯奇》等作家像或手迹，以及《捷克斯洛伐克的建国祭》、《大战后保加利亚建设之成绩》、《波西米亚的铁工厂（捷克民族工业建设之一斑）》、《匈牙利的农民（烟斗是他们的好朋友）》、《波兰风景》等图片。由此可见茅盾作为编者在全方位介绍中东欧国家文学、文化及政治、经济方面的用心。

就在《文学》月刊推出"弱小民族文学专号"后不到一个月，《矛盾》月刊也推出了"弱小民族文学专号"，集中刊发了一批包括中东欧文学在内的弱小民族文学译作。《矛盾》月刊 1932 年 4 月创刊与南京，自第 2 卷第 1 期（1933 年 1 月）起由南京移至上海出版，至 1934 年 6 月终刊，由矛盾出版社出版，共出版 16 期。这是一份具有国民党政府官方背景，在其推动的民族主义运动中应运而生的文学期刊。

自 1928 年蒋介石政权建立后，政治意识形态的凝聚力便成为其巩固政权所必需的手段之一，国民党阵营本来就具有的民族主义理念和思想倾向被进一步大力发展起来，并且被赋予强大的

功利主义诉求。从理论上讲，国民党的立国纲领"三民主义"本身就包含了民主、人权等知识分子启蒙主题的核心内容，也应该包括社会平等和大众解放的内容，但在实际政治操作中，民主与民权趋于虚化，只有民族主义蜕变为国家权力企图控制社会思想，实现文化统一的思想核心。加之蒋介石个人观念中的儒家思想基础和民族主义倾向，使占据了统治地位的国民党政权一心只想在"爱国主义"和"传统文化"的旗帜下统一民众的思想文化和社会舆论，而不顾及现代知识分子对传统文化的批判和在这种批判中形成的以民主和人权为核心的社会理想，也不考虑被压迫阶级因贫穷和苦难而酝酿着的阶级反抗情绪和翻身欲望，只是一味为了政权稳定而千方百计扑灭它。从政权控制与政治稳定的实用目的出发，他们对个人自由的张扬和阶级翻身的鼓吹都显得深恶痛绝，因此理所当然地鼓动和支持所谓的"民族主义文学运动"。

1931年"九一八"事变和1932年"八一三"事变之后，中苏关系随即解冻和复交，民族主义文艺运动在对外关系上由反苏逐渐向抗日转变，发表了不少抗日的作品。这一时期，具有官方背景的潘子农、徐苏灵、汪锡鹏等文人组成了矛盾出版社，在国民党官方的资助下，创办了《矛盾月刊》，继续从事民族主义文艺的组织活动，并成为后期民族主义文艺运动的中坚之一。就在倡导"民族主义文艺"的同时，开始组织和刊登"弱小民族文学"的译介文章，这在20世纪上半期的弱小民族文学的译介过程中，是一个较为特别的现象，也充分体现了中国文化现代化过程的内部复杂性。《矛盾》月刊的"弱小民族文学专号"就是在这种复杂的背景下，于1934年6月1日推出的，这是《矛盾》月刊的第3卷第3、4期合刊。

不过，从整个国际国内的文化背景看，民族主义思潮本身又有着比较复杂的构成，其中果然包括了前述国民党政权的意识形态维护，并在文艺界寻找他们的一些代理人（如"民族主义文艺运动"的提倡者王平陵、朱应鹏等），他们是在不同于五四新文化的思想和政治背景上，接过这一现代话语，为权力意识形态服务，这一点早在当时就被鲁迅、瞿秋白、茅盾等左翼作家所揭露和批判。[1]对于这些"民族主义者"此时倡导和译介弱小民族文学，茅盾认为，他们

1. 参见茅盾《民族主义文艺的现形》，载《文学导报》第1卷第4期，署名石萌。《民族主义文学的任务和命运》，1931年10月23日，见《鲁迅全集》第四卷，第311—320页，人民文学书版社，1981年出版。

不是多情地对民族解放运动表示支持，而是把欧、亚一些国家富有民族特点的文艺，作为"民族主义文艺"的同调或援手，以达到他们的政治和文化目的。但是，除了其中的少数御用文人具有明显的特定政治动机之外，民族危亡的客观现实所引发的民族情绪高涨仍然是大多数译介者的主要动机因素。站在今天的立场上看，对于当年"民族文学"的提倡者或者同情者，不能

一概以国民党政权的"鹰犬"视之，何况，在文学理论的倡导和外国文学的译介之间还不能完全划上等号，至少，这种译介实践本身，客观上为包括中东欧文学在中国的译介做出了推进，另外，对民族主义文艺运动的提倡者与具体的译介成员之间的交错，译者的主观意图和翻译实践的客观效果之间，也存在着区别。

就从参与这期专号的译者来看，虽然有一部分明显带有国民党政府的官方色彩，但其中的作者和译者多为具有中间色彩、甚至包括许多左翼文人在内，如施蛰存、王鲁彦、孙用、黎锦明、伍蠡甫等，就很难将他们归于所谓"御用文人"之列。

这也从一个侧面可以看出，在民族矛盾日渐激烈的时代背景下，弱势民族文学在中国文化中被接受程度的加大。另外，虽说《矛盾》月刊原本有官方背景，但当刊物办到第三年（1934年）时，也面临着经费紧缺、常常拖欠稿费的局面，而编者在这种情况下仍组织"弱小民族文学专号"，也有读者因素的考虑。事实上这期专号同时也是该刊的终刊号，编者徐苏灵在题为《读者·作者·编者》的终刊词中的话，可以作为上述判断的印证：

> 在四面债户（印刷所、报馆、广告公司、房东、电话局和被欠着稿费的作家们，都是《矛盾》的债户呢。）的楚歌中，挣扎着把这三、四期合刊的"弱小民族文学专号"编妥，自己叹了一口深长底慰安底气，而事实上我又替《矛盾》增添了一笔债了……关于这专号的内容，我更不敢说什么，一方面是因为当我写这闲话的时候，全部的稿件还正在印刷机上旋转着呢。一方面就是恰恰在我们这专号出版之前，《文学》也有一个同样性质的专号先我们出版了。好在我们的目录没有和题目的冲突，所以为梦想也不致会太使读者失望吧。

这期"专号"中，共编入16个"弱小民族"国家的24篇译作，所涉及的文体包括小说、诗歌、散文和戏剧，另外还有两篇译介文章《新土耳其诗人奈齐希克曼》（徐迟）和《西班牙散文作家俞拿米罗》（金满城）。其中包括波兰、匈牙利、捷克、罗马尼亚、保加利亚、立陶宛、爱沙尼亚等7个中东欧国家、15位作家（诗人）的15篇译作。具体篇目如下：

施蛰存译波兰作家斯蒂芬·什朗斯奇（Stofan Meronski）的小说《强性》。文后附记：

作者为"近代波兰的一个大作家，因为他正如显克微支一样，是个社会的悲观主义者，所以在他的忧郁情感看来，恶是世界的本体"；"他短篇中的杰作……有一篇显着讽刺的名字的叫做《强的女性》，描写一个女子将她个人的幸福牺牲于一个理想的服务，在她底真正的'西昔夫思之劳役'（什氏著名长篇之名，题目取材于希腊古典，西昔夫思者，古柯林思之王，被谪人间作搏运巨石上山之劳役者之后，以一个乡村小说教师的地位悲哀可怜地死去）"。

钟宪民译匈牙利作家 Tamas Talu 的小说《五年》。

亚轮译立陶宛作家 J. Biliunas 的小说《幸福的灯火》。

章铁民译罗马尼亚玛丽皇后（Marry）的英文小说《战士与十字架》。译者前记介绍了玛丽皇后的生平，称"她的作品最能抓住多数民众的意识，并且打动过罗马尼亚的农民的心。这篇……收在《世界短篇小说选》里面。译者爱她能够紧张地写出民族精神和宗教思想抗争，结果是为了救赎一帮卫国的壮士，耶稣亲自捐了他的十字架来当柴烧，多么耐人寻味！原名是'What Valise Saw'，想使题目更明显一点，便大胆杜撰了一个。好在译者有这样的自由"。

苏灵译保加利亚作家 Dimitr Ivanov 的《一个官员的圣诞节》。

顾仲彝译捷克剧作家 Karel 与 Josef capek 六幕剧《亚当——创造者》。

孙用根据 1932 年出版的世界语本《爱沙尼亚文选》选译了"较现代的"5 位诗人的 5 首诗歌，总题为《爱沙尼亚诗选》，同时转译了世界语本卷首所载的 N. Anderson 和 A. Oras 合著的《爱沙尼亚文学概说》一文。这五首诗是：（1）考度拉的《你为什么哭呢》。"L. Koidula（1843—1936）是新闻记者 J. V. Janrsen 的女儿，奠定了爱沙尼亚的抒情诗和戏剧的基础。她的爱国的和描写自然的诗歌表现了无比的天才。"（2）雅各里的《诗人之心》。"Jakob Liiv, 生于 1859 年。他是倾向于形式的，古典主义的诗歌的。对冷静的诗式的重视，使一般的注意研究诗之技巧问题上去。"（3）苏脱的《是时候了》。"K.E.Soot 生于 1862 年。他的地位是在于十九世纪的感伤的抒情诗和浪漫的谣曲以及同世纪末的象征主义之间的。他虽然老是有着忧郁的沉思的倾向，然而也有以轻灵的笔致而成功的时候。"（4）约翰里芙的《落花》。"Juhan Liiv（1864—1913）是诗人，他是在爱沙尼亚文学中最动人的，最悲剧的人物之一。他以新闻记者终其一生，兼职得不到物质上的安定。他的生命的大部分就在乎为了每日面包的工作以及神经质的幻想。然而也正因了他的神经病——气候变成了狂疾——使他有了诗的灵感，他的诗是充满了幻想，深刻的生活，热烈的自然的。他是雅各里扶的弟弟。"（5）哈伐的《我不能再沉默了呀》。"A. Haeva，生于 1864 年。他是考度拉之后的女诗人，她的爱国诗和情诗正就是前者诗的续篇。她的抒情诗是很受了同时代的德国诗的影响的。她又是莎士比亚和隔得（即歌德——引者注）的译者。"

孙用从 1925 年出版的世界语本《保加利亚文选》"选译了 5 篇篇幅较短的，其作者也是较现代的"，总题为《保加利亚诗选》，其中有"最为中国熟识的，而在他本国也最有名的伐佐夫"。具体篇目是：（1）安特尔金的《一时和永久》。"I. S. Andrejchin，生于 1872 年，是在索菲亚的中学教书的。他的早年的作品的题材是关于社会的。其后他刊行了译本诗集《新歌集》，显露了对于近代主义和印象主义的倾向。"（2）赫力斯托夫的《十四行》。"K. Hristov，生于 1875 年，在年轻的时候，他就是最有力的抒情诗人之一。保加利亚语到了他的手里，就达到了极度的活泼、弹性、和谐、准确的地步，在别的诗人中，是很少见的。他有翻译了许多外国文的诗。"（3）启林格诺夫的《像鲜花的凋谢》。"S. Chilingirov 生于 1881 年，他是多年的教师和议员。他著作了许多的诗歌和小说，文学的和政治的作品。他的印行的著作，有儿歌，抒情诗，诗的小说，剧本，诗剧，游记，等等。"（4）拉吉丁的《渴望》。"N. V. Rakitin，生于 1885 年。他的对于生产地巴尔干的儿时的印象，永远使他和自然相联系，这，他是爱着的，歌唱着的。他已经印行了许多本的诗集。受国家的年俸。"（5）格伯的《你忧郁着》。"D. Gabe，生于 1886 年。在 1906 年，她发表了她的第一部作品。她歌唱着恋爱和往事。她翻译了波兰诗人们的结集，也译出了密子吉微支的《塔兑须先生》。"

除《文学》、《矛盾》两个杂志之外，三四十年代还有《译文》、《文艺月刊》、《小说月报》、《新时代》、《青年界》、《文艺杂志》等文学期刊，也发表了不少中东欧国家的译作。

第四节 以 Esperanto 为中介语的中东欧文学译介

世界语作为一种人工语言和国际辅助语言，是由波兰眼科医生柴门霍夫（Ludwik Łazarz Zamenhof，1859—1917）在 1887 年创立的，在之后一百多年的历程中，这种代表着人类多元文化沟通理想的语言符号系统，传遍世界各地，尽管并没有一个民族将其作为日常生活语言，但它不仅已经成为人类大同理想的象征，更在现代世界文化、文学交流中发挥了特殊的作用。

世界语在跨语际、跨文化实践中的功能意义，除了体现在中外思想文化交流和语言文字变革等领域外，对中国新文学也发生了直接的影响。这种影响在五四新文化运动之后日渐得以显现。

它的表现之一，就是许多新文学作家都先后积极参与世界语运动当中。比如，鲁迅曾担任北京世界语专门学校的董事，并讲授《中国小说史略》课程；周作人于1923年担任北京世界语学会会长；瞿秋白、茅盾等20年代初在上海大学执教时，积极提倡世界语，而作为上海大学学生的丁玲，当时就曾加入了世界语班的学习。在新文学的第二代作家中，曾参与世界语活动或学习过世界语的还有：王鲁彦、萧军、萧红、叶君健、金克木、楼适夷，等等。这些作家的先后参与，使世界语运动显示了其与新文学运动的紧密结合。

图 8-14　世界语创制人柴门霍夫

表现之二，就是在对外国文学的译介实践中，作为一种特殊的中介语言，世界语在引进外国近现代文学，特别是中东欧文学，为中国现代文学提供外来资源方面发挥了特殊的作用。它既表现在所译介的特定对象方面，也表现在译介实践过程所包含的特定价值内涵上。当然，与20世纪上半期数量庞大的所有外国文学中译作品相比，以世界语为中介语的外国文学译作，只占其中的一小部分。如果仅从数量角度来衡量它在中外文学交流史的作用，似乎可

以忽略不计[1]，这也是该现象不被现代文化和文学研究所重视的一个重要原因。

1. 据笔者不完全统计，20 世纪上半期出版发行的这一类外国文学翻译作品有 100 多部（篇），其中还包含一些重译篇目。

　　如上所述，蔡元培、陈独秀、鲁迅等新文化运动的第一代倡导者们本身就是早期世界语运动的提倡者和参与者，他们关于世界语的主张及其活动，对新文学的产生和发展都有一定的辅助和推动作用。而鲁迅对世界语的态度，对于新文学的作用更大，影响也更直接。本书第六章所述李石曾翻译波兰剧作家廖亢夫的《夜未央》，虽然是在法国从法文译出的，但也与法国的世界语运动有关，一方面他与张静江、吴稚晖等人组织成立"世界社"，宣扬无政府主义，世界语就是他们共同的爱好，而该译剧正是通过在上海世界社向国内发行的。

　　1908 年，张继在日本举办世界语讲座时，鲁迅也加入了听众的行列。鲁迅由此对世界通用语的历史、柴门霍夫的理想和世界语的特点有了深刻的理解，这也为他日后同情、支持世界语运动奠定了坚实的思想基础。尽管鲁迅没有在理论上对世界语的意义做过多少直接的说明，但他还是出任由蔡元培执掌的北京世界语学校的董事，并在该校担任《中国小说史略》的课程，还把世界语称为渡向"一种人类共通的言语"之彼岸的"独木小舟"[2]。为了译介弱势民族的文

2. 参见鲁迅：《渡河与引路》（1918 年 11 月 4 日），见《鲁迅全集》第七卷，北京：人民文学出版社，2005 年版，第 36 页。

学特别是中东欧弱势国家的文学作品，鲁迅对作为中介语的世界语尤其重视，热情支持世界语中译工作，并对以世界语作为文学翻译的中介语言寄寓了特别的涵义。1929 年 6 月，他在谈到为什么采用世界语译本翻译时说道：

　　　　我们因为想介绍些名家所不屑道的东欧和北欧文学……所以暂只能用重译本，尤其是巴尔干诸小国的作品，原来的意思，实在不过是聊胜于无，且给读书界知道一点所谓文学家，世界上并不止几个受奖的泰戈尔和漂亮的曼殊斐儿之类。[3]

3. 见《通讯》，载 1929 年 7 月 20 日《奔流》月刊 2—3 期，收入《鲁迅全集》第 7 卷，北京：人民文学出版社，2005 年版，第 129 页。

　　鲁迅还在推荐和接纳世界语译作在自己主编的《奔流》、《译文》等刊物上发表。即使在病危时，鲁迅仍然没有忘记对世界语的支持，他在给上海的世界社的复信中写道："我自己确信，我是赞成世界语的。"[4] 体现了鲁迅对世界语的一贯态度。

4. 见鲁迅《答世界社信》，载《世界》月刊 1936 年第 9、10 期合刊上，引自《鲁迅全集》第 8 卷，北京：人民文学出版社，1981 年版，第 402—403 页。

　　更重要的是，鲁迅凭借其在新文坛上的影响，积极推动以世界语来介绍外国文学，使其在中外文学关系的跨语际、跨文化实践中，发挥了重大作用。在 20 世纪上半期的以世界语为中介的中外文学译介者中，包括巴金、王鲁彦、孙用、钟宪民、金克木、楼适夷、魏荒弩、胡愈

之等作家和翻译家，其中大部分人都与鲁迅有着直接的联系，或者受鲁迅的熏陶和影响，他们当中，翻译数量较多的如王鲁彦、孙用和钟宪民等三人，都是浙江籍，其中王鲁彦作为"乡土文学"作家和世界语翻译家，是直接受鲁迅影响的；后两人的文学活动则以主要以翻译为主，也都因为世界语翻译而与鲁迅有过直接联系。而巴金不仅一生积极参与世界语运动，翻译世界语作品，还曾用世界语写作，因而成为中国现代文学史上少有的几个直接以世界语写作的作家之一。尽管上一节已经对巴金、鲁彦、钟宪民、孙用几位对中东欧文学翻译的贡献已经做过整体论述，这里还是就世界语翻译的角度做出补充说明。

　　巴金的世界语活动和他的文学创作几乎是同时开始的，据统计，他一生有关世界语的著译有 90 万字之多[1]。作为理想主义者的巴金，对世界语运动的积极参与和热情关注，几乎贯穿

1. 参见许善述《从〈新青年〉杂志上的一场争论看巴金对世界语的贡献》，收入《世纪的良心》，上海文艺出版社，1996 年版，第 238 页。

了他的整个文学生命的始终。在他看来，世界语是一种宣扬人类大同理想的语言。1921 年，17 岁的巴金刚刚接触世界语，就为世界语的理想所感动，在当年写下的《世界语之特点》[2] 一

2. 此文发表于《半月》1921 年 5 月第 20 号，署名沛甘。

文中说：

　　　世界语主义就是在使不通语言的民族，可以互相通达情意，而融化国家、种族的界限，以建设一个大同的世界。今欧战结束，和平开始。离世界大同时期将不远矣。我们主张世界大同的人应当努力学"世界语"，努力传播"世界语"，使人人能懂"世界语"，再把"安那其主义思想"[3] 输入他们的脑筋，那时大同世界就会立刻现于我

3. 即无政府主义。

们的面前。

　　对于世界语文学，巴金更是抱了热烈的理想，他在《世界语文学论》中认为："只要人们用这语言哀哭，这语言便是活的"，"只要人们把自己的灵魂放在这语言里，这语言便是活的"。世界语文学具有美好的前景："在现今的世界上苦难太多了。……世界语文学便是来去掉人类间的隔膜，激起他们的共同感情，使他们结合起来应付苦难，来谋全体的幸福。世界语文学是传播同情和友爱的工具，给那般不幸的受苦的人以一点爱情，一点安慰，一点勇气，使他们不致灰心，不致离开生活的正路。"[4]

4. 《世界语文学论》，载 1930 年《绿光》第 7 卷第 7、8、9、10 合刊。见《巴金与世界语》，北京：中国世界语出版社，1995 年版，第 30—47 页。

1928 年巴金游学巴黎，结识了后来成为中国著名世界语运动组织者的胡愈之，并由此结下

一生的友谊。同年，发表了以世界语写作的独幕剧《在黑暗中》[1]，这大概是中国最早的世界语

原文创作之一。5 年后，又发表世界语短篇小说《我的弟弟》[2]。此外，巴金通过世界语先后翻

译了 30 多万字的外国文学作品，其中就包括如前所述的波兰作家廖亢夫的剧本《夜未央》，

以及其他两个中东欧作家的短篇小说：保加利亚那密若夫（Dobri Nemirov）的《笑》和罗马

尼亚伏奈斯蒂的《加斯多尔的死》。尤其值得一提的是匈牙利世界语作家尤利·巴基的中篇小

说《秋天里的春天》[3]。正是在这篇作品情绪的感染下，他创作了中篇小说《春天里的秋天》，

作品哀婉动人的抒情基调，与尤利·巴基的十分契合。巴金在晚年时陈述对世界语倾注一生感

情的理由时所列举的四点理由中的第四点，即"世界语能够表达复杂深厚的感情"，正是在他

的世界语文学的阅读、翻译以及由此而激发的创作实践中所得出的结论。

1. 发表于上海世界语学会会刊《绿光》11—12 合刊。

2. 发表于 1933 年 7 月《绿光》新 1 号。

3. 上海：开明书店，1932 年出版。

图 8-15 巴金（后排左一）和积极推动世界语在中国传播的朋友们（1929 年，上海）

直到晚年，他还是不减对世界语的热情。1980 年，他以年迈之躯远赴斯德哥尔摩参加第 65

届国际世界语大会，并且写道：

经过这次大会，我对世界语的信念更加坚强了。世界语一定会成为全体人类公用

的语言……世界语一定会大发展，但是它并不代表任何民族、任何人民的语言，它只

能是在这之外的一种共同使用的辅助语。……要是人人都学会世界语，那么会出现一

种什么样的新形势，新局面！[4]

4. 见《世界语——随想录四十八》，引自《讲真话的书》，成都：四川文艺出版社，1990 年版，第 483—486 页。

历经磨难的老人，仍然如此坚执于 60 年之前的理想，难怪被称为"世界语理想和信念的化身"[1] 了。

1. 见陈原：《我们的巴金，我们的语言》，引自《巴金与世界语》，许善述编，北京：中国世界语出版社，1995 年版，第 1 页。

另一位以世界语译介弱小民族文学的重要作家就是王鲁彦。1920 年，少年王鲁彦在北大旁听文学课程时，正值俄国作家爱罗先珂来中国，他便从爱罗先珂学世界语。同时一边开始创作，一边从世界语翻译文学作品。1923 年先后参加文学研究会和世界语协会，就是一个标志。自 1922 年起，他就开始从世界语翻译外国文学作品。相继在《小说月报》、《狂飙》、《矛盾》、《文学》、《文艺月报》、《语丝》、《文艺月刊》等刊物发表译作。《显克维支小说集》（北新书局，1928）、《世界短篇小说选》（亚东图书馆，1928），中篇小说《失去影子的人》（1929），波兰先罗什伐斯基的中篇小说《苦海》（1929），短篇小说集《在世界的尽头》（1930），南斯拉夫米尔卡波嘉奇次的长篇小说《忏悔》（1931），波兰显克微支的短篇小说集《老仆人》（文学书店，1935）等，成为从世界语翻译外国文学作品数量最多的作家（翻译家）。其中大部分是保加利亚、波兰和捷克、匈牙利等中东欧国家的文学。

除了巴金与王鲁彦两位作家兼翻译家外，还有两位译者在世界语文学作品中译方面成就比较突出的，他们便是钟宪民和孙用。关于他们的译事活动，在前面已有介绍。

此外，其他翻译者及其译作还有：胡愈之、叶君健、胡天月、叶籁士、卢剑波、劳荣等。以及金克木译保加利亚斯塔玛托夫小说《海滨别墅与公寓》；魏荒弩翻译《捷克诗选》等。

从以上许多作家和翻译家的译介工作及其成果中可以看出，这些以世界语为中介的外国文学作品的翻译中，大部分作家作品都是波兰、保加利亚、罗马尼亚、南斯拉夫、捷克斯洛伐克、匈牙利以及俄国等中东欧国家的作家作品，只有极少数例外。导致这种情况的出现，有着客观条件的限制和主观有意识选择两个方面的原因。

从客观因素看，与这些国家相对弱小的国际地位相对应，它们的文学写作语言，在西方世界——因而在中国也都属"小语种"，极少有人学习，更遑论精通。因此，除了波兰的显克微支、莱蒙特、密兹凯维奇，匈牙利的裴多菲，捷克的聂鲁达、恰佩克等在当时已经具有世界影响的作家之外，这些"小民族"文学在英语、法语、德语世界很少有介绍，即使是这些作家，也有大量作品和生平材料是从日本中转译介至中国。这样，世界语就成为一个十分便捷的译介通道，特别是保加利亚文学中的绝大多数作品和文学概括，都是借助于世界语引入的。

　　而从译介者的主观选择来看，不管是世界语文学译介倡导者之一的鲁迅，还是理想主义者巴金，或者是稍后参与世界语运动的其他作家和翻译家，他们都对于世界语本身寄予了不同程度的文化理想，其中，关注和同情弱小民族的生存状态，介绍弱小民族文学成就，以抵抗列强的压迫，争取民族的平等和解放，无疑是共同的追求。正是这些基本的、也是共同的动力，推动了这些世界语者借助于世界语这个中介，积极进行中外文学文化的交流，为中国文学的现代化作出了一份特殊的努力。

第九章　　20 世纪前半期中东欧国家对华政治与文化关系

　　我热爱这个国家，她对我来说亲如姐妹。但即便如此，我对她也很严厉，我看到了她的贫困，知道她的缺点。我为她振奋过，失望过，伤心过，但是我从来不能无动于衷。人们不可能对自己的亲人无动于衷。[1]

——[捷克]雅罗斯拉夫·普实克（1906—1980）

---

1. 雅罗斯拉夫·普实克:《中国——我的姐妹》，丛林、陈平陵、李梅译，北京：外语教学与研究出版社，2005 年版，第 425 页。

20 世纪上半期对于整个人类的历史来说，是空前残酷和最为惊心动魄的半个世纪。两次帝国主义战争，使一大批国家经历民族危难，而广大正义力量团结抵抗，最终战胜凶暴的侵略者，赢得了民族解放和世界和平。面对复杂而多变的国际形势，各个民族国家都从自身的利害出发，不断平衡国内的阶级矛盾和政治角力，纵横捭阖地调整对外关系，一方面求稳固土，另一方面又积极拓展疆域，最大限度地谋取各种新利。中东欧国家也是在这种特定的历史背景下，在对华政治外交关系、人员赴华、对中国文学和文化吸纳等方面，纷纷展现出各自的眼光、作为、功过和高低，留下了给后人以镜鉴和启迪的史实篇页。

第一节 中东欧对华政治与外交关系

鲁迅曾讲："各种文学，都是应环境而产生的，推崇文艺的人，虽喜欢说文艺足以煽起风波来，但在事实上，却是政治先行，文艺后变。"[1] 他在这里讲到了政治对文艺的主导和影响，

1. 鲁迅：《现今的新文学的概观——五月二十二日在燕京大学国文学会讲》，见《鲁迅全集》第 4 卷，北京：人民文学出版社，1981 年版，第 134 页。

二者之间相互作用。在统观 20 世纪前半期的中东欧国家对华关系方面，可以看到这一时期的政治与外交关系已经具有了实质性内容，虽然与文学关联不大，但对其进行简略的回顾，可以帮助我们更加全面地认识和理解包括文学交流在内的民族间相互认知的历史演进。

1912 年中华民国建立后，部分中东欧国家陆续与中国建立外交关系，签订条约的有波兰、捷克斯洛伐克、拉脱维亚、爱沙尼亚等，其中拉脱维亚和爱沙尼亚在 1940 年被并入苏联。罗马尼亚与中国建有外交关系，但未互订条约。[2]

2. 参见石源华：《中华民国外交史》，上海：上海人民出版社，1994 年版，第 4 页。

一、中华民国与波兰的外交关系

在 20 世纪前半期中国与中东欧国家的关系方面，中国同波兰之间的官方交往占有显著的

3. [波兰]施乐文：《波兰与中华民国的关系》，载中国社会科学院近代史研究所编：《中华民国史研究三十年》（1972 – 2002），北京：社会科学文献出版社，

位置，对此，波兰学者施乐文曾提出"五个时期"的划分观点。[3]

2008 年版，第 757 页。

1918 年 11 月，波兰第二共和国建立，恢复了 1795 年被俄国、普鲁士和奥地利瓜分灭亡的

波兰共和国。1922 年 2 月，中华民国与波兰签订了《通商条约》，两国开始交往。

1929 年 9 月 18 日，国民政府外交部长王正廷与波兰驻华代表渭登涛（Weydenthal）分别代表本国政府在南京签署了《中波友好通商条约》，正式建立外交关系。条约包括正文、议定书和换文，主要内容有：两国及人民间永敦友好；两国互派外交代表及领事，并依法享有一切权利与豁免；两国人民在对方境内受所在国法律保护和管辖；两国以国内法规定关税，在关税上彼此享受不低于他国享受之待遇；两国已开商埠在现行法令范围内，准许对方商船自由驶入等。条约还规定，自批准后第 30 日起生效，为期 3 年，期满后若双方未通知修改或废除，则继续有效。[1]

1. 石源华主编：《中华民国外交史辞典》，上海：上海古籍出版社，1996 年版，第 145 页。本节的基本资料亦来源于此。

中波建交后，波兰于 1929 年在上海设立总领事馆，库路辛斯基等先后任总领事，长期负责代办波兰对华交涉事务。1939 年该馆因本国受到德国发动的战争而关闭。

1930 年 7 月 1 日和 3 日，波兰政府全权代表渭登涛和国民政府外交部长王正廷在南京就中波侨民适用法令章程进行了换文。

1931 年两国互设公使馆。同年 8 月 13 日，国民政府委任王广圻为驻波兰全权公使（未到任）。波兰方面于 11 月 19 日任命渭登涛代办使事，1934 年 1 月 16 日任命其为全权公使。中国驻波兰公使馆于 1933 年在华沙设立，同年 5 月 13 日，李锦纶被任命为驻波兰全权公使，9 月 26 日到任。

1939 年 9 月 1 日，法西斯德国全面进攻波兰，第二次世界大战爆发。由于波兰被占领，中国驻波兰公使馆于同年 10 月 2 日关闭。

1942 年 1 月，中国将驻波兰公使馆改设在当时波兰流亡政府所在的英国伦敦，由驻荷兰公使金问泗兼代馆务。同年 2 月，中国承认波兰流亡政府。6 月 24 日，中国与波兰流亡政府将公使馆升格为大使馆。

1945 年 7 月，国民政府宣布承认波兰新政府。1946 年，驻波兰使馆从伦敦返迁华沙，金问泗兼任大使。该馆在 1949 年 10 月中华人民共和国与波兰共和国建立外交关系后，于同年 11 月关闭。

二、中华民国与捷克斯洛伐克的外交关系

1930 年 2 月 12 日，中华民国与捷克斯洛伐克建立外交关系。国民政府外交部长王正廷和

捷克斯洛伐克全权代表倪慈都在南京签署《中捷友好通商条约》，主要内容为：两国及其人民间永敦和好；两国互派外交代表及领事，并依国际公法享有一切权利；两国人民及其财产在对方境内受所在国法律、法院保护和管辖；两国以国内法规定关税，在关税上彼此享受不低于他国之待遇，双方不得向对方人民征收高于或异于本国或他国人民的关税、内地税等；两国已开商港，允许对方商船驶入；本约自互换批准后 15 日起生效，为期 3 年，届期如未得废约通知，应继续有效等。同年 11 月 20 日，两国在南京互换批准书。[1]

1. 石源华主编：《中华民国外交史辞典》，上海：上海古籍出版社，1996 年版，第 148 页。

1931 年 8 月 13 日，中华民国任命驻波兰公使王广圻兼驻捷克斯洛伐克全权公使（未到任），在布拉格设立公使馆。1933 年 5 月 13 日，驻波兰公使李锦纶同时被任命为驻捷全权公使，1934 年 6 月 25 日免离。同日，张歆海被任命为驻波兰全权公使，兼任驻捷全权公使。1936 年 9 月 2 日，梁龙被任命为专任公使。

在 1938 年 9 月的慕尼黑会议之后，纳粹德国很快占领了捷克斯洛伐克的苏台德地区。1939 年 3 月，又出兵并吞捷克斯洛伐克全部领土。中华民国驻捷公使馆因而于 1939 年 7 月 15 日关闭。

1941 年 8 月 26 日，国民政府承认捷克斯洛伐克前总统爱德华·贝奈斯逃亡英国后组织的流亡政府，在英国伦敦复设使馆，由驻荷兰公使金问泗兼代馆务。次年该馆返迁布拉格。1944 年 9 月 15 日，金问泗被任命为驻荷兰兼驻捷克全权大使。1946 年 8 月 13 日，梁龙任全权大使。

1949 年 10 月中华人民共和国与捷克斯洛伐克共和国建立外交关系后，民国驻捷使馆关闭。

图 9-1　1937 年 9 月，出席国联在日内瓦召开的第十八届大会的中华民国代表团合影。
前排左起第二人为梁龙，第三人为金问泗，第五人为顾维钧。
（来源：金光耀、赵胜上编著：《一代外交家顾维钧》，上海辞书出版社，2006 年）

三、中华民国与罗马尼亚王国的外交关系

早在 20 世纪 20 年代，罗马尼亚政界人士就提出与中国建立外交关系。1920 年 5 月 26 日，罗马尼亚驻西伯利亚使团长维克多·克代雷曾向本国政府建议，"分别在东京和北京设公使馆，设兼任两地的陆军和海军武官"，并在上海和哈尔滨设立领事馆，以保护罗马尼亚侨民利益。1930 年 3 月，中国驻柏林公使告知罗马尼亚公使，称其受命与罗马尼亚签订一项仲裁、友好和谅解条约。由于当时罗马尼亚在外交上更多地考虑到苏联和日本的态度，未作积极回应，建交问题被一再拖延。

1931 年，罗马尼亚著名外交家尼古拉·蒂图列斯库（Nicolae Titulescu, 1882—1941）再次当选担任国际联盟主席。当年日本发动"九·一八事变"，开始侵占中国东三省，南京政府请求国联介入，但国联在解决这一问题上态度软弱，无所作为。蒂图列斯库作为国联主席，出于对罗马尼亚自身在国际上的利益和对均衡对华对日关系的考量，虽"不可能做出大的举动来支持中国"，但还是呼吁国联各成员国共同遵守盟约的规定，反对外部侵略，尊重各成员国的领土完整，维护中国的权益，使中方感到"通过罗马尼亚的声音，起码听到了正义"（măcar vocea justiției s-a făcut auzită prin glasul României）[1]。

1939 年，民国政府通过罗马尼亚驻布拉格公使馆向罗马尼亚王国政府建议两国建交，得到积极回应。1939 年 10 月 18 日，中华民国委派的首任特使和全权公使梁龙在布加勒斯特递交国书。1941 年 7 月，罗马尼亚追随法西斯德国承认伪满洲国和汪伪政府，国民政府与其断交。

1. 关于 20 世纪上半期的中罗关系，罗马尼亚方面的研究和文献主要见于：（1）罗马尼亚外交部、国家档案馆合编，罗穆鲁斯·约恩·布兰拉大使主编：《1880 – 1974 年间的罗中关系文献汇编》，布加勒斯特，2005 年；（2）扬·布扎杜：《罗中关系通史简编》（Istoria relațiilor României cu China din cele mai vechi timpuri până în zilele noastre），布加勒斯特：Meteor Press 出版社；（3）扬·布扎杜：《中国历史与文明·罗马尼亚与中国》（Istoria Chinei și a civilizației chineze. România și China），布加勒斯特：Uranus 出版社，2009 年。中国方面的研究和文献主要见于：（1）刘勇：《百年中罗关系史》（1880—1980），北京：时事出版社，2009 年；（2）丁超：《中罗文学关系史探》，北京：人民文学出版社，2008 年。

四、中华民国与匈牙利的外交关系

1918 年奥匈帝国瓦解后，匈牙利独立，成立了匈牙利共和国。1919 年，共产党人建立匈牙利苏维埃共和国，但很快就在国内外敌对势力的联合攻击下被颠覆。20 世纪二三十年代，中匈之间交往很少。"二战"期间，匈牙利追随法西斯德国，在 1941 年承认伪满洲国和汪伪政府。

1945 年匈牙利获得解放，1946 年 2 月成立匈牙利共和国，同年 6 月，国民政府宣承认匈牙利政府，但两国未正式建立外交关系。

五、伪满洲国和汪伪政府与部分中东欧国家的关系

1931年"九一八事变"后，在日本侵略者的扶持下，末代皇帝爱新觉罗·溥仪于1932年3月9日在长春建立了傀儡政权"满洲国"，使中国东北地区的经济沦为日本经济的附庸以及掠夺的对象，人民生活陷入了极端贫困和痛苦。

伪满洲国政权未得到世界普遍的承认，中国南京国民政府和国际联盟都不承认这一政权。当时世界上约有60个独立国家或政权，承认"伪满洲国"的共23个，为日本、苏联、德国、法国、意大利、西班牙、罗马尼亚、保加利亚、芬兰、克罗地亚、波兰、匈牙利、斯洛伐克、丹麦、萨尔瓦多、泰国、缅甸、菲律宾、梵蒂冈、中华民国南京汪伪政权、"蒙古自治邦"（内蒙古）和自由印度临时政府。1942年2月24日，波兰宣布取消承认"伪满洲国"。

抗战时期，在日本的策划下，国民党副总裁汪兆铭等人于1938年12月逃离重庆，公开叛国投敌。之后又在日本人的扶持下，于1940年3月在南京成立伪中央政府，汪兆铭任行政院长和军事委员会委员长。同年11月，与日本建立"外交关系"，签订《基本关系条约》，又同伪满洲国建立"外交关系"，后参加德、意、日反共产国际协定。

汪伪政府成立后，仅得到日本、德国、意大利等11个国家的"承认"。然而，罗马尼亚、斯洛伐克、克罗地亚、保加利亚和匈牙利等中东欧国家由于在第二次世界大战期间加入轴心国，其傀儡政府追随德意反苏反共，也在1941年分别与汪伪政府"建交"。

部分中东欧国家与伪满洲国和汪伪政府的关系，是在特定的历史条件下，国内亲德的极右政权在处理对华关系方面的严重错误。

第二节　中国与中东欧民间的战斗友情及其历史贡献

20世纪上半叶，中国和大多数中东欧国家在世界上都处于贫弱的地位，有着许多相似的遭遇，都经历了摆脱帝国主义统治，争取民族独立和国家解放的斗争道路。在这一过程中，中国

人民与中东欧国家人民之间相互同情和支持，留下了许多感人的事例，形成了国际主义的团结战斗友情和传统。这些内容与本书的文学交流主题并无直接关系，但是对于我们以一种更宽的视野来认识双边文学交流的历史背景和文本内外的世界，以及特定的社会环境对于文学发展的影响，毕竟还是有所帮助。

一、进步舆论对重大事件的相互报道和声援

进入 20 世纪以后，中东欧国家迎来了建立统一独立的民族国家的历史机遇。第一次世界大战结束了俄罗斯帝国、奥匈帝国等欧洲帝国王朝的统治，波兰共和国得以重建，匈牙利苏维埃共和国、捷克斯洛伐克共和国、斯洛文尼亚—克罗地亚—塞尔维亚王国相继出现，立陶宛、爱沙尼亚和拉脱维亚也分别独立，建立了资产阶级共和国，中东欧民族国家都进入了一个政治社会平稳、资本主义上升、文化教育振兴的时期。然而第二次世界大战使中东欧国家重新陷入血与火的灾难，波兰、捷克斯洛伐克、南斯拉夫、阿尔巴尼亚等国受到外敌侵略，人民遭受蹂躏，文化遭受毁灭性的破坏，直到战后东欧人民民主国家建立，才重新走上和平与发展的道路。

在这一过程中，中国的新闻报刊对发生在中东欧地区的重大事件都有所报道。翻阅《申报》、《京话日报》、《新青年》、《晨报》、《大公报》、《东方杂志》等当时有影响的报刊，都可以看到不少有关中东欧国家的消息。这里我们仅以对保加利亚的报道为例。

1923 年 9 月，保加利亚人民在共产党人格奥尔基·季米特洛夫等组织领导下，发动了"九月起义"，以武装革命反对资产阶级右翼政党支持的军人独裁统治，在国际上引起强烈反响。中国的新闻报刊对保加利亚的事件也极为关注，北平的《晨报》、上海的《申报》，以及《东方杂志》等，都连续刊登大量报道，述评有关情况。[1]

1. 马细谱：《保加利亚九月起义及其在中国报刊上的反应》，载《东欧》，1988 年第 3 期。

图 9-2　《国际政治分析地图》上的中东欧
（1940 年、中国人民抗日军政大学陈列馆藏）

在第二次世界大战期间，中国的进步报刊对中东欧地区人民的反法西斯斗争的报道就更多。马细谱先生曾专文介绍中国进步报刊对保加利亚人民反法西斯斗争的报道，根据他的检索统计，仅在 1941 到 1945 年期间，中国共产党在革命根据地延安出版的《解放日报》和在国统区重庆出版的《新华日报》，就刊登了涉及保加利亚政治和王国政府、保加利亚人民反法西斯斗争和人民政权建设方面的消息 463 则，另外还发表有关社论 3 篇、短评 5 篇和文章 7 篇。[1]

1. 马细谱：《中国进步报刊论二战中保加利亚人民的反法西斯斗争》，载《东欧》，1989 年第 1 期。

中东欧国家报刊和进步舆论对中国革命的报道和声援也非常之多，仍以保加利亚为例：季米特洛夫作为国际工人运动的杰出活动家，从 1935 年到 1943 年担任共产国际执行委员会总书记，领导各国共产党开展反法西斯和争取无产阶级解放的斗争。他通过共产国际的讲坛号召国际无产阶级支援中国人民的抗日战争，并在很多文章中对中国革命和中国共产党给予道义上的支持。毛泽东同志 1942 年在延安干部会上发表《反对党八股》的演讲，其中特别提到季米特洛夫关于宣传工作的讲话。[2]

2. 杨燕杰：《中国人民的伟大朋友季米特洛夫——纪念季米特洛夫诞生一百周年》，载《东欧》，1982 年第 1 期。

在中国人民近代反帝反封建的斗争中，罗马尼亚的进步力量从一开始就给予了积极的声援，他们通过报刊，抨击帝国主义对中国的侵略和压迫，表达对中国人民的同情和支持。在 1884 年法国发动侵华战争，迫使清政府签订《中法条约》之际，罗马尼亚民主舆论指出：这些列强在亚洲打着"推行文明"的幌子，实行扩张主义的政策。中日甲午战争期间，罗马尼亚有影响的进步报刊一针见血地指出："这场战争是正在崛起的充满扩张主义欲望的日本资产阶级一手制

造的。"1897 年 12 月，《新世界》杂志刊文，强烈谴责德国对山东的侵占。1895 年至 1901 年

的义和团反帝爱国运动，八国联军入侵中国，屠杀中国人民，激起了罗马尼亚工人阶级和进步

力量的义愤。《新世界》杂志的文章写道："欧洲的征服者及其统治阶级是制造北京骇人听闻

的悲剧的罪魁祸首。军国主义和资本主义是引起在中国进行大屠杀的 原因……如果现在还谈铁

与血的话，我们十分清楚，铁与血就是基督教文明的工具。"[1]

1. 参见《罗马尼亚工人民主运动与亚、非、拉人民的民族社会解放斗争的团结和传统友谊》（Constantin Botoran, Tradiții de solidaritate ale mișcării

罗共中央历史和社会政治研究所在 1973 年曾编辑出版过一部题为《罗中人民团结友好的

muncitorești și democratice din România cu lupta de emancipare națională și socială a popoarelor din Asia, Africa și America Latină），布加勒斯特：

传统》的文献集，从各种报刊和档案中选收了 159 篇文献，都是 1900 至 1949 年间发表在罗马

政治出版社，1977 年。另见卢云九：《中罗友谊源远流长》，载北京外国语学院《东欧》丛刊第三辑，1983 年。

尼亚一些公开、半公开直至地下报刊上有关中国局势和中国人民解放斗争的文章。从内容上看，

有抨击八国联军侵占北京的短评，有对辛亥革命的报道和评论，更多的文章是揭露帝国主义对

中国的侵略压迫，谴责蒋介石背叛革命，称颂工人农民运动，介绍中国共产党及其领导下工农

红军，反映中国人民的抗日战争。[2]

2. 雨池：《一部中罗人民友谊的珍贵文献》，载《东欧》，1990 年第 1 期。

如果我们将考察的视野投向其他中东欧国家，同样会发现大量这样的史料。

中东欧国家的人民不仅通过各种报刊舆论对中国革命表示持续声援，而且还有多位优秀儿

女在第二次世界大战期间来到中国，直接参加中国人民的抗日战争。来自波兰、罗马尼亚、保

加利亚和捷克斯洛伐克等多国的医生，都为反法西斯斗争的胜利做出了可贵的贡献，有的还牺

牲在中国战场。

二、来华参加抗日作战的波兰英雄

汉斯·希伯（Hans Shippe, 1897—1941），国际主义新闻战士。出生在波兰的克拉科夫（当

时属奥匈帝国），波兰文名字 Grzyb，他在德国读大学期间加入共产党，后定居德国，所以很

多材料上都把他列为德国人。他通晓英、德、俄、波兰和中国等多国文字，1925 年第一次来中

国，同年于北伐军总政治编译处做编译工作。作为记者，他深入下层民众了解中国的实际情况，

积极报道上海工人运动，回国后出版《从广州到上海：1926—1927 年》一书，吸引了许多关心

中国的读者。

1932 年秋，希伯告别新婚的妻子秋迪，再度来华。不久，他的妻子也追随丈夫来到中国。

希伯在上海与史沫特莱、马海德、路易·艾黎等国际友人组织了一个马克思主义学习小组，共同研究中国的情势。此后他以笔名"亚细亚人"在美国《太平洋事务》、《亚细亚杂志》和德国《世界舞台》等多种报刊上，发表了大量关于中国和远东问题的文章，成为世界著名的反法西斯政论家。

1938 年春，经八路军武汉办事处的安排，希伯来到延安，受到毛泽东的亲切会见。他先后采访过毛泽东、周恩来、叶挺、项英、刘少奇、陈毅、粟裕、罗荣桓等中共领导人，深度考察和报道了中国共产党领导的抗日斗争。

1941 年初，他先到苏北新四军军部采访，为深入了解山东八路军的抗日情况，又于 9 月辗转进入山东滨海地区抗日根据地，受到八路军 115 师政委罗荣桓和抗日军民的欢迎。在日寇发动的大扫荡中，希伯坚持留下与八路军战士一道参加反扫荡，进行战地报道。11 月 30 日清晨，在大青山突围战斗中壮烈牺牲。

1942 年，山东军民为了纪念希伯烈士，为他建立了一座白色圆锥形纪念碑，罗荣桓题词"为国际主义奔走欧亚，为抗击日寇血染沂蒙"。聂荣臻题词"伟大的国际主义战士、中国人民的亲密战友汉斯·希伯同志永远活在我们心中"。

维托尔特·乌尔班诺维奇（Witold Urbanowicz, 1908—1997），是来华参战的波兰战斗机飞行员。他 1933 年起在波兰空军服役。1939 年 9 月"二战"爆发后，他奉命和他指挥的中队截击德国轰炸机，后向罗马尼亚边境撤退，准备到黑海地区接受英国向波兰提供的飞机。因情况有变，他安排好率领的人员后，返回波兰，打算参加国内战斗，但不幸被捕，险遭德军枪杀。他凭着机智勇敢，很快越狱逃生，重新与自己率领的队伍会合，最终将这支队伍完整地交给当时在法国的波兰流亡政府。

1940 年 1 月，乌尔班诺维奇和一些波兰飞行员被派往英国，全面接受训练后编入皇家空军的一个战斗机大队。同年 8 月，他驾驶飓风式战机击落一架德军飞机。不久被调入英国皇家空军中全部由波兰飞行员组成的第 303 中队，担任小队指挥员，很快成为少校中队长。在整个不列颠空战中，他确认击落德机 15 架，在波兰王牌飞行员中战绩排列第二。1942 年春，波兰流亡政府领导人西科尔斯基将军任命他为波兰驻美国大使馆空军副武官。习惯于飞行作战的乌尔班诺维奇对外交兴趣不大，于是在 1943 年加入美国陆军航空队。同年 9 月，他接受了当时美国第 14 航空队（即美国志愿飞行团"飞虎队"）司令陈纳德的邀请，随机来到中国。10 月加入第 75 中队，驾驶 P40 战机参加常德会战。12 月 11 日，他驾机在空中遭遇 6 架日军零式战机，当即击落两架日机。此后他又击落多架日机。1943 年底，他获得美国国防部颁发的飞行十字勋章，另外还受到国民党政府的嘉奖。不久回到英国，又重返波兰驻美国大使馆担任武官直至战争结束。

"二战"结束后，乌尔班诺维奇返回波兰，但波兰人民共和国政府却指控他是美国间谍将他逮捕，后被驱逐出境，回到美国。他先后在几家航空公司和飞机制造公司供职，1973 年退休。1991 年苏东剧变后，他得以再次返回波兰。1995 年，波兰共和国正式向他追授将军军衔。

三、国际援华医疗队的中东欧国家人士

抗日战争期间，以白求恩为代表的一大批国际医护人员来到中国，在极其恶劣的工作和生活条件下，开展救死扶伤的工作，挽救了大量抗日军民的生命。1939 年，来自波兰、捷克、德国、奥地利、罗马尼亚、匈牙利、保加利亚和苏联的共产党人组成了一支国际援华医疗队，支持中国人民的抗日斗争，用他们博大的人道主义和国际主义情怀、精湛的医术乃至热血和生命，与中国人民结下了深厚的革命友情，为抗日战争的最后胜利建立了功绩。

这支有多位中东欧国家医生参加的国际援华医疗队，成员都来自 20 世纪 30 年代西班牙内战时期由各国共产党人组成的国际纵队。当时他们都响应共产国际的号召，志愿去支援西班牙人民的正义斗争。1939 年，西班牙共和政府最后失败，巴塞罗那陷落，国际纵队被迫向法国境内撤退。当他们进入"中立"的法国领土时，被法国军警解除了武装，关进了格尔斯、圣西普里安等地的集中营。后来，他们从英国援华医疗委员会等国际人道组织的救援行动中得悉，中国大地上正在进行反法西斯的抗日战争，于是义无反顾地报名，在获得保释后前往中国援助抗战。

1939 年 8 月，他们乘船从英国利物浦出发，途中经法国马赛港时又有一批被保释出来的志士加入。1939 年 9 月 13 日到达香港，受到保卫中国同盟和中国红十字总会代表的欢迎。宋庆龄亲自会见了他们，还在住所设宴为这批"西班牙医生"饯行。由于当时广州已被日军攻陷，

无法从那里进入内地，他们又从海路绕道越南，经海防到达广西南宁。在克服了许多困难后，于1939年10月1日到达当时中国红十字总会救护总队的驻地贵阳图云关。

在这批来自欧洲的国际主义战士中，除德国、苏联、奥地利人外，还有来自中东欧国家波兰的傅拉托、陶维德、戎格曼、甘理安、甘曼妮，捷克的柯理格、基什，罗马尼亚的柯列然、杨固，匈牙利的沈恩，保加利亚的甘扬道等人。后来加入他们行列的还有罗马尼亚医生柯列然的妻子柯芝兰。共有来自30多个国家的国际医疗人员先后加入救护总队。

图9-3　由部分中东欧国家医师和共产党人组成的国际援华医疗队在贵州图云关（1939年）

欧洲来华医疗队的成员都是共产党员，怀有共同的理想和坚定的信念，同时经过战争环境的严酷考验。他们到贵阳之后即设法与中国共产党联系，积极要求到解放区去，像他们在西班牙的战友、加拿大医生白求恩那样，到中国共产党领导下的解放区和中国军民一起与日本侵略者作斗争，为此他们还专门派代表到重庆中共办事处。由于当时通往延安和解放区的道路已被国民党封锁，周恩来同志向他们解释，只要是在中国，和中国军民一起，在哪里都是一样帮助中国人民的抗日战争，这样他们才留在国统区，担任了红十字会救护总队的医生。

这批从欧洲来华的国际医生，分赴湖北、两广等地的国民政府的部队，开展战场救护、人员培训、卫生防疫等工作，同时也为当地民众服务，在极其艰苦的条件下，全心全意地奉献了自己的青春乃至生命。从1939年3月到1945年底，他们所在的中国红十字会救护总队，在总队长林可胜的率领下，3000余名中外医护人员共完成手术12万台，医治军民600余万人。

　　来自中东欧国家的医生与中国人民同甘共苦，生死与共，留下许多感人的故事。波兰医生傅拉托是国际医疗队的负责人，在重庆期间，他为董必武、邓颖超等中共办事处的许多同志都看过病，被比誉为华佗。1941 年皖南事变后，罗马尼亚医生杨固和另外两位同志赴重庆向周恩来同志汇报工作，周恩来同志三次会见他们，让他终生难忘。柯列然的妻子受到丈夫的感召，在 1941 年初也来到中国，取名柯芝兰，与丈夫一起活跃在云南的蒙自和粤北的乐昌等军队医院。后来，在护理伤寒病患者过程中不幸染病，于 1944 年 3 月 14 日殉职，为中国人民的抗日斗争献出了宝贵的生命。杨固在中国的六年里，先后在广西、贵州、云南、四川、江西、湖南、湖北的许多地方抢救伤病员并为当地居民看病，其间他自己也被传染上斑疹伤寒。保加利亚医生甘扬道与医疗队转战在贵州、湖南、云南等地，三次见到周恩来。在贵州图云关，他结识了曾就读于燕京大学护理系、后参加抗日救护工作的中国姑娘张荪芬，1942 年结为伉俪。

　　1945 年抗战结束后，这批国际医疗队的人员陆续返回自己的祖国，为对华友好事业又作了许多贡献。他们来华支援中国人民抗日战争的业绩，成为人民之间战斗友谊的生动见证，受到后人的景仰和珍视。抗战胜利 40 周年之际，贵阳市为他们竖立了一座汉白玉纪念碑，正面用中英文镌刻碑文：“为支援中国抗战，英国伦敦医疗援华会组成医疗队，于 1939 年来到贵阳，为中国人民抗击日本侵略者作出贡献。兹刻碑以志不忘。”纪念碑的左右分别用中英文列出国际医疗队医务工作者名单。中国领导人在访问中东欧国家时，在讲话中多次高度评价这些国际主义友人，表示“中国人民将永远铭记他们的不朽业绩！”[1]

1. 关于国际援华医疗队的情况，参见王砚：《国际援华医疗队与中国人民并肩抗战功绩永载史册》，载《参考消息》副刊，2005 年 8 月 31 日。另见中华人民共和国名誉主席宋庆龄陵园管理处编：《罗马尼亚的白求恩——布库尔·科列然与中国》，上海：上海辞书出版社，2009 年版。

　　2015 年 8 月 31 日，中国人民抗日战争暨世界反法西斯战争胜利 70 周年之际，为让人们牢记历史、珍爱和平，并纪念曾经在贵阳地区服务过的国内外医疗救援队志愿者，贵州人民对外友好协会、贵阳市人民对外友好协会与中国国际广播电台共同在贵阳市图云关举行了“抗战胜利 70 周年暨国际援华医疗队纪念活动”。当年国际友人、中国医疗人员的后人，以及各界人士共同缅怀先辈的业绩和精神，传颂他们的故事，凭吊他们的牺牲，纪念共同的胜利。

图 9-4　中国红十字会救护总队纪念碑（贵州图云关，2013 年）
（摄影：中国国际广播电台骆东泉）

四、创作孙中山塑像的波兰裔艺术家和捷克艺术家

波兰和捷克民族的文化艺术享誉世界，他们的作品在中国也有重要影响。今天我们在南京中山陵看到的孙中山先生的雕塑，其创作者与波兰和捷克有着密不可分的联系。

1925 年 3 月 12 日，中国资产阶级民主革命的先行者、中华民国创建者孙中山先生在北京逝世。1928 年 10 月 20 日，中国国民党孙总理丧事筹备委员会第六十二次会议决定，请法国著名雕塑家郎度斯基为孙中山雕塑。

雕塑家保尔·郎度斯基（Paul Maximilien Landowski，1875—1961）是法籍波兰裔人，他的父亲曾在波兰参加反抗俄国的统治活动，不久被捕并判处死刑，后改判流放西伯利亚做苦工。流放期间历经千辛万苦，最终设法逃脱，来到法国行医并入法国籍。保尔·郎度斯基出生在巴黎，中学毕业后学习绘画，后来进入巴黎艺术学院学习雕塑，1900 年以作品《大卫战士》获罗马奖。当他接到孙中山雕像工作时已当选法兰西艺术院士，在创作过程中，他认真研究孙中山生平资料和各种照片，以完美地表现伟人的气质。由他创作的孙中山大理石坐像及基座上六块浮雕于 1930 年完成。同年 11 月 12 日，在南京中山陵建成后举行了孙中山雕像奉入揭幕大典，为后人瞻仰。

南京中山陵的孙中山卧姿雕像则出自捷克艺术家高崎。

鲍孚斯拉夫·高契（1889—1942），1920 年从符拉迪沃斯托克来到中国，在天津和北京居住一段时间后，从 1922 年起侨居上海，他为自己取了中国名字高崎。当时，他参加了南京中山陵孙中山卧姿雕像的设计竞标，他的方案在众多参加者中胜出。此后，他用 15 个月的时间创作雕像，由他创作的雕像采用北京产的白色大理石，重 1.5 吨，雕塑脚下石质垫块上刻有"B. KOČÍ 1.6.1929"的字样。

保尔·郎度斯基和鲍孚斯拉夫·高契两位艺术家，在创作孙中山先生雕像的同时，也连通了中国与波兰和捷克两个民族。

第三节　波兰、匈牙利、罗马尼亚等国的早期汉学

20 世纪上半期，中国的语言、文学和文化在部分中东欧国家受到越来越多的关注，有组织的专业性汉学研究开始出现在若干大学。在投身于中国研究的人员中，有的在西方国家大学受到东方学的训练，有的直接到过中国，实地考察研习了中国的语言文化，还有的是从国际政治、文化和学术以及世界文学的视域，进入中国文化。他们共同推动着本国文化界对中国的认知，有不少开拓性的建树。

一、波兰汉学

1919 年至 1939 年，是波兰汉学的初创时期。第一位东方学教师是波格丹·雷赫特尔（Bogdan Richter，1891—1980），他毕业于莱比锡大学。从 1919 年起，他在华沙大学讲授东西方关系史和远东历史。在 1921 至 1932 年间，他教授汉语和日语。1922 年，他创办了远东文化教研室，这是波兰第一个专门研究远东问题的机构。雷赫特尔有多种研究著述，影响较大的是《中国文学·日本文学》（Literatura chińska. Literatura japońska）。

1922 年，波兰东方学协会成立，初在利沃夫，后迁往克拉科夫。该协会广泛团结波兰从事东方学研究的学者，开展了许多有关东方各民族语言和文化知识的普及性工作。从 1925 年开始出版"东方文库"，包括不少有关中国文学的内容。1931 年开始逐年举办东方学学者大会，建立了制度性的学术交流平台，"二战"期间中断，战后又重新恢复。

1932 年华沙大学成立东方学院，远东文化教研室纳入该院。此前曾在巴黎攻读汉学和日本学，又在华大取得汉学高级博士学位的扬·雅沃尔斯基 (Jan Jaworski, 1903—1945) 担任助教。1933 年，汉语教研室设立，雅沃尔斯基晋升副教授，领导各种学术活动。他 1935 年出版的《世界史》一书，包含他在中国历史和日本历史研究方面的主要成果。雅沃尔斯基还涉足过外交领域，1934 至 1936 年，在波兰驻哈尔滨总领事馆任职。

对波兰汉学的奠基起到重要作用的还有维托尔德·雅布翁斯基 (Witold Jabłoński, 1901—1957)。他也毕业于一所法国大学，1930 年底来到中国，担任过国联中国教育改革委员会的顾问，在清华大学教授过法语和法国文学，对中国社会和文化进行了广泛深入的考察。1933 年，他以论文《〈礼记〉中的个人情感和礼制》获得博士学位，1935 年又以《中国民歌研究》通过了高级博士论文答辩。他从 1934 年起任华沙东方学院讲师，协助雅沃尔斯基教授创办了汉学教研室。雅布翁斯基的研究领域广泛，参与许多国际文化和学术活动，1945 至 1946 年还担任过波兰驻中华民国大使馆参赞，对波中早期关系有多方面的贡献。

在 20 世纪上半叶，波兰人通过德、法等国的文化媒介，陆续译介出版了不少介绍中国和中国文化的书籍。其本国人员在远东地区的侨居，对传播中国知识也起到了推动作用。[1] 在译介中国文学方面，诗人、翻译家和记者莱米鸠什·科维亚特科夫斯基 (*Remigjusz Kwiatkowski*, 1884—1961) 翻译过中国诗歌，并著有《中国文学》 (*Literatura chińska*) 一书，1907 年在华沙出版。

1. 参见易丽君：《波兰汉学的源流》，载《东欧》季刊，1989 年第 3 期。另见 Irena Kałużńska, *The Sinology Department of Faculty of Oriental Studies, University of Warsaw-Past and Present*，载张西平、[匈] 郝清新编：《中国文化在东欧：传播与接受研究》，北京：外语教学与研究出版社，2013 年版。

值得一提的是，1935 年在北平创办国际汉学杂志《华裔学志》 (*Monumenta Serica*) 的天主教圣言会会士、汉学家鲍润生 (Franciszek Ksawery Białas, 1878—1936)，通常被认为是德国汉学家，但因出生在波兰的西里西亚，也被波兰汉学界引以为荣。

二、匈牙利汉学

在20世纪前半期,匈牙利人对中国文化艺术的兴趣不断扩大。1910年,都兰语协会(Turanian Society,又称匈牙利亚洲学会/Hungarian Asia Society)成立,目的是"通过东方根源的研究来加深匈牙利民族意识"。学会的发起者们借用了19世纪德国语文学家和东方学家马克斯·穆勒(Max Müller,1823—1900)理论中的术语"都兰语族"(又译"图雷尼语族"),这样一个既非印欧语又非闪族语的假定的欧亚语族群,来突出匈牙利人的语言人种寻根意识,也可以宽泛地理解为欧亚研究。他们在宣言中称:"我们的目标……是研究、传播和发展亚洲人民和欧洲人民涉及我们的科学、艺术和经济,并将其与匈牙利的兴趣协调一致。"[1] 在所开展的研

1.FAJCSÁK, Györgyi, *Collecting Chinese Art in Hungary from the Early 19th Century to 1945, as Reflected by the Artefacts of the Ferenc Hopp*

究和活动方面,其重心也逐渐转向东亚。两次世界大战之间的年代,在布达佩斯成立了匈牙利

Museum of Eastern Asiatic Arts, Department of East Asian Studies, Eötvös Loránd University, Budapest, 2007, p. 104.

收藏家和艺术爱好者协会,其成员通过欧洲和亚洲各地的古董商搜集包括中国在内的东方艺术品,并在国内多次举办展览。费伦茨·霍普博物馆的中国艺术藏品多达2000件左右,办展次数和规模都很突出。1935—1936年,费尔文茨·道卡齐·佐尔坦(Felvinczi Takács Zoltán)旅行印度、中国、日本,之后写成的《远东佛路》(*Buddha útján a Távol-keleten*)一书,对中国社会有许多真实的记述。施密特·尤若夫(Schmidt József,1868—1933)的佛教研究也有重要成果。

汉学的形成与发展在很大程度上要归功于语言学家李盖蒂·拉约什(Ligeti Lajos)。他早年在罗兰大学学习古典语言,同时学习土耳其语和匈牙利哲学。1925年取得博士学位后,他又到巴黎从事博士后研究,在著名汉学家马伯乐指导下学习汉语,在藏学家雅克·巴科指导下学习藏语,在伯希和指导下学习蒙语等。1928至1930年他对内蒙古进行田野调查后,回到匈牙利在布达佩斯科学大学新组建的内陆亚洲教研室任教,1939年担任教研室主任,培养了第一代汉学研究者,他的研究侧重中国有关亚洲匈奴人和其他游牧民族的文献史料。1935年出版《中国:过去与现在》(*Kína. Múlt és jelen*),简述从远古截至日本入侵满洲的中国历史。1940年出版《不为人知的亚洲腹地》等。由于他在东方语言和艺术研究方面成就突出,1936年34岁时即当选匈牙利科学院通讯院士。

中国文化典籍在匈牙利也有多种译介。1902年,匈牙利驻华领事官员路德维格·埃尔诺

（Ludvig Ernő，1876—? ）从《笑林广记》中选译了 82 个故事翻译成匈牙利文，1903 年由雅典娜出版公司在匈出版。由于原书为文言文，他选定篇目后，首先请他的朋友、意大利驻华使馆秘书维塔莱·桂多（Vitale Guido，1862—1918）翻成白话，然后路德维歌再译成匈文。他还写有长达 16 页的前言，对书中各篇做了丰富的注释。他在前言中驳斥了列强称中国"是世界第二号病夫"之类的污蔑，态度鲜明地指出，"那是我们还不了解中国，因为我们都还年轻，而中国却是长了胡子的老者，他有五千多岁了。请相信中国会幸福的"。他对那些学了一点中文就自称"汉学家"的人毫不客气，直言他们不如去潜心编写一本词典，或许对社会还有些用处。[1] 应该说，这些思想客观而公正，不仅在那个时代非常难得，即使在今天来看也仍令

1. 见符志良：《早期来华匈牙利人资料辑要（1341-1944）》，布达佩斯：世界华文出版社，2003 年版，第 96—97 页。

人深思，不乏教益。

1907 年，斯托依持·依万（Stojits Iván）翻译了《道德经》。在 20 世纪二三十年代，一批中国古代诗歌也被翻译成匈牙利文。其中斯托拉尼·德若（Kosztolányi Dezső）翻译的《中国与日本诗歌》（1931 年）为匈牙利文坛所公认。林语堂的著作在三四十年代的匈牙利颇受欢迎，《吾国与吾民》、《京华烟云》、《风声鹤唳》、《讽颂集》、《啼笑皆非》等作品译本

2. 参见 Georgely Salát, *Chinese Literature in Hungary: An Historical Overview of Translations*，载张西平、[匈]郝清新编：《中国文化在东欧：传播

的印数都很大，《生活的艺术》在 1939 至 1947 年间甚至出了 9 版。[2]

与接受研究》，北京：外语教学与研究出版社，2013 年版。

三、罗马尼亚汉学

罗马尼亚没有像波兰、捷克和匈牙利等中欧国家那样在大学专设汉学研究部门，但是在一些学者的研究中都不同程度地涉及到中国，有若干专书出版，为 1949 年以后专业性的中国学研究奠定了基础。

历史学家尼古拉·约尔卡（Nicolae Iorga，1871—1940）在 1904 年编写出版了《远东的战争：中国、日本、亚洲的俄国》（*Războiul din Extremul Orient. China, Japonia, Rusia asiatică*）一书，介绍了中国的历史、文化和传统，提出发展对华关系。1906 年，伯伊里亚努（M.G. Băileanu）撰著的《中华文明简编》（*Incercări asupra Civilizațiunei Chinezești*）出版，概述中国社会的主要情况。1918 年，米哈伊尔·内格鲁（Mihail Negru，1888—? ）编著的《中国文明与思想举要》（*Aspecte și fragmente din civilizațiunea și gândirea chineză dela originǎ* şi pană astăzi）出版，正文部分有 308 页，具有中国历史文化和社会小百科的性质。

1926 年，扬·瓦西列斯库—诺塔拉（I. Vasilescu-Nottara）在中国进行了 6 个月的旅行，著有《从上海到北平穿越中国》（Străbătând China de la Shanghai la Pekin），记述了作者在上海、南京和北平等地的见闻观感。全书共 19 节，附有 64 幅照片。作者在书中对中国的文化艺术给予很高评价，认为中国艺术是人类艺术的巅峰之一。他对于深受帝国主义奴役的中国人民寄予同情，看到上海的公园门口"华人与狗不得入内"的牌子，他认为"如此的观念，对于两个民族之间的接近和两种文明的相互理解没有任何益处"。他还写道："我读到的许多近代旅行家所写的中国游记，在谈到中国人的性格和他们的文明时，都是完全错误的。"他认为，"多数欧洲人并不理解六千年的中国文明"；"欧洲人在枪炮的保护下作为征服者上岸，这不能使风俗和观念迥异的两个民族友好；""欧洲文明与中国文明之间肯定存在差异，但孰高孰低，确实很难评判"。

还有一位名叫格奥尔基·约内斯库（Gheorghe Ionescu din Budeasa）的罗马尼亚医师，在日本和中国游历三年，著有《中国和日本趣闻》（Curiozităţi din China şi Japonia），1929—1930 年间出版。

罗马尼亚当时来华的旅行者很少，不过在三四十年代的上海，还是有一定数量的罗马尼亚侨民。罗马尼亚外交部的涉华档案对这一情况亦有所记载和印证。其一：1937 年 8 月 13 日淞沪会战开始，中国军队英勇抗击侵华日军进攻上海。8 月 20 日，罗马尼亚驻日本公使格奥尔基·斯托伊切斯库电告外交部，英国和法国驻上海总领事提出对因战争进入租界的罗马尼亚人进行保护。[1] 其二：1940 年 2 月 4 日，中国罗马尼亚人协会在 D. 斯特凡内斯库的寓所召开了特别会议，有 41 名成员出席，会议由协会的名誉会长、罗马尼亚驻日全权公使 Gh. 帕拉斯基维斯库主持。[2] 其三：1941 年 4 月 27 日，罗马尼亚远东商会在上海举行大会，通过了商会章程。[3] 从这些公布的档案中，罗马尼亚人在沪情况可见一斑。

1. 罗马尼亚外交部、国家档案馆合编，罗穆鲁斯·约恩·布杜拉大使主编：《1880 - 1974 年间的罗中关系文献汇编》，布加勒斯特，2005 年，档案 15，第 173—174 页。

2. 罗马尼亚外交部、国家档案馆合编，罗穆鲁斯·约恩·布杜拉大使主编：《1880 - 1974 年间的罗中关系文献汇编》，布加勒斯特，2005 年，档案 19，第 177—178 页。

3. 同上，档案 21，第 179—180 页。

在中国诗歌的译介方面，什特凡·奥克塔维安·约瑟夫（Şt. O. Iosif, 1875—1913）在 1907 年通过德文翻译了李白的《静夜思》，发表在当年 12 月 23 日的《播种者》（Semănătorul）杂志。单独成书出版的有中国诗歌集《玉笛》（Din flautul de jad），译者是诗人亚历山德鲁·特奥多尔·斯塔马蒂亚德（Alexandru Teodor Stamadiad, 1885—1956），1937 年由布加勒斯

特罗马尼亚图书出版社出版并获国家诗歌奖。这部诗集的
蓝本是法国人朱迪斯·高狄埃（Judith Gautier，1846—
1917）在旅居巴黎的中国文人帮助下编译而成的。斯塔马
蒂亚德的译本共包括诗歌 168 首，作者近百人，是一个相
当完整的中国诗歌选本。

在 20 世纪三四十年代，罗马尼亚人翻译出版了《道
德经》和法国人乔治·苏利耶·德莫朗（G. Soulié de
Morant）撰写的《孔子生平》（*Vieaţa lui Confucius (Krong
Ţe)*，约 1941—1942 年）等书。这个时期罗马尼亚学术界研
究中国的一个突出特点，就是有多位在思想、文学和文化
方面举足轻重的名家大师都不同程度地关注到中国，并留
下一些不乏真知灼见的论述。

哲学家和诗人鲁齐安·布拉加（Lucian Blaga，
1895—1961）早在在 1925 年，就写有《麻将牌》（*Mah-
Jong-ul*）一文，发表在当年 9 月 7 日第 251 期的《言论报》
（*Cuvântul*）上。在文中他阐述了对中国文化的基本看法，
从麻将牌论及长城、凤、龙、花草等所具有的文化隐喻，
其中还提到了孔子学说。1942 年，他又写下了题为《论道》
（*Dao*）的长文，阐述了他对中国哲学、文化和艺术的认识。
作者在文中态度鲜明地反对欧洲中心主义，对轻视中国文
化的论调给予了无情的驳斥。他指出：

图 9-5 鲁齐安·布拉加

　　在研究外国文化尤其是在谈论这些文化所
谓的"缺陷"的时候，我们欧洲人是何等的主观
片面。举个例子，记得有人经常发出责难，包括
在一些论述中国哲学史的书里，说中国精神从来
也没有能够形成宏大的思想体系。这种责难因为

包含着对事物的一种观察，所以貌似正确；然而这种认为在中国没有创造出宏大思想体系的观察，紧随其后的还是一种妄断，其中充斥着欧洲人的主观主义："可怜的中国人，他们没有系统的头脑，他们没有建设性的逻辑！他们在哲学方面缺少天赋！他们的思想是残缺不全的！是箴言式的！可怜的中国人！"——可是欧洲人为什么不去用充分的时间，不慌不忙，调动起自己所有的同情力量，去研究一句中国箴言呢？那样他们就会看到，中国箴言看上去短小，但所包含的内容要远远超过欧洲箴言。中国"箴言"以它的特有方式，以其透彻和隐晦，取代着"整体"；它奇妙地等值于一种"体系"；而欧洲箴言始终给人某种残缺感和断裂感。关于中国精神没有能够创造体系的质疑，从中国人的角度来说很容易被推翻。一个中国人可以回答说：我们的一句箴言有时能顶欧洲人的一个体系。我这里仅从不胜枚举的例子中列举了其一，对于欧洲人的主观主义，如果我们不摆脱它，各种风险就都留在我们一边。拿外国文化的某一方面与我们文化中同类方面进行比较，就对其大做文章，似乎我们的标准就是绝对的尺度，这至少是幼稚的。为了回到我们对中国精神善意提出的异议，我们为什么不同时问问自己：中国的哲学思想，从其自身的角度看，是不是有非常充分的理由，或明智、或本能地绕开那些宏大而系统化的论述呢？对于中国人来说，体系极有可能不是一种理想。相反，或许中国人会感到系统化是欧洲思想和印度思想的一个缺点。对于思想博大精深并敏于形而上学的中国人来说，欧洲人的那些体系所产生的当是大洪水以前魔怪的、令人生厌和恐惧的印象。体系的缺失，包括在欧洲人们对其赋予的作用和意义的缺失，在中国是一种先天无能的症状吗？或者更确切地说，是由于倾向另外一些精神而造成的冷漠迹象吗？如此提出问题，等同于一种回答。支配中国精神的是它自身的力量，自身的价值，这意味着，如果你希望能从一些所谓的价值角度去理解它，那至少是苛求，因为价值对于它们所涉及的精神本身来说，完全是相同的。当我们想大致评价像中国文化这样的一种外国文化时，我们应当让它按照自身的内在标准来展现在我们面前。[1]

---

1. 鲁齐安·布拉加：《论道》，原载 *Religia și spirit*, Sibiu, Editura „Dacia Traiană" S.A., 1942（《宗教与精神》，锡比乌："图拉真的达契亚"出版社，1942 年版），中译文见张西平主编《国际汉学》，第二十辑，郑州：大象出版社，2010 年版。

这样的观点，在当时的罗马尼亚包括在整个中东欧都是不多见的。它体现了作者在深厚的学术积淀和研究基础上，对中国文化及其价值做出了一种客观独立的判断。在这篇论文中，布拉加还通过比较中国绘画与欧洲绘画技法上的差异，深入分析了中国人与欧洲人在思维上的不同之处，论述了中国传统观念中人与自然的紧密和谐关系，最终从哲学和美学的高度来阐释中国文化艺术现象。另外，他还将老子学说与孔子思想作了比较，对孔子所主张的"礼"不乏赞美，认为孔子是人类缔造的最伟大的礼仪创造天才；而礼仪属于精神，使人们将虔诚的心态转化为行动，变得更加宽容。应该说，布拉加对于中国文化的感悟和理解，大大超越了他的前人。多年后，布拉加还选译过《诗经》和李白的诗作，收入在 1956 年国家文学艺术出版社出版的《世界诗歌选》中。

20 世纪享有国际学术威望的宗教史家、作家米尔恰·埃里亚德 (Mircea Eliade, 1907—1986) 对中国的文学和宗教也有不少论述。他少年时代发表的第一篇短文就与中国有关，标题是《蚕之敌》(Duṣmanul viermelui de mǎtase)，讲到中国雅砻江流域的蚕农消灭虫害的事情，文章刊发在 1921 年 5 月 17 日的《大众科学和旅行报》。1932 年，他写有《说玉》(Jad...) 一文，在阅读西方学者著作的基础上，表述了他对中国传统中"玉"的文化意义和社会功能的基本看法。1938 年，埃利亚德发表题为《一位俄国学者论中国文学》(Un savant rus despre literatura chinezǎ) 的文章，对 1937 年在巴黎出版的俄国汉学家阿列克谢耶夫 (Vasile Alexeev, 1881—1951) 的演讲集《中国文学》做了评介。文中写道："中国是西方发现的第一个亚洲文明。在某种意义上可以说，它在 18 世纪西方试图根据卢梭和启蒙主义发现的理想公民建立自己的理想国家时，甚至'统治'了欧洲思想。"作者谈到了以法国为代表的西方汉学界在研究和译介中国文化过程中的主要倾向，指出了西方在对中国文学翻译方面的问题。对此，他认为："一部东方哲学著作的译者自身就应当是一位哲学家，正如迦梨陀娑或杜甫的译者应当是诗人。"他强调任何东方学者翻译一位哲人或诗人，应当具有令人折服的资质。另外，他对儒家和道家思想对于中国古代文学的影响，以及胡适和他倡导的白话文运动也有简要的评析。埃利亚德对东方的兴趣和深厚积淀与他 1928—1931 年间在印度的研修有直接关系。战后，他的学术研究转向世界宗教史，著作中有不少有关中国宗教的内容。他的学术研究和文学创作并行不悖、相互衬映，在他本人看来是"对立重叠，阴阳合一"(Coincidentia oppositorum. Marele tot. Yin și Yang.)，从中也可看到他对中国文化的参悟。

这一时期，还有罗马尼亚作家，从中国文化中寻找灵感，留下了饶有风趣的创作。1902 年，诗人考什布克（George Coşbuc，1866—1918）写有两首以中国传说故事为题材的诗歌。一首是《石头狮子》（*Leii de piatră*），取材于北京的传说"卢沟桥的狮子——数不清"。全诗共 15 节，每节 6 行，开头的两节是这样的："夷人出京华，/ 坦途向西行，/ 闲情逸致赏风物，/ 卢沟桥上看美景，/ 长虹飞跨雄姿展，/ 奇观煞费游客心。// 桥宽护栏高，/ 雕柱石狮卧，/ 两排峙立破空去，一路活跃百态生，/ 看似不多实难数，/ 古今几人能弄清。"另一首题为《皇位之争》（*Pentru tron*），讲项羽与刘邦争夺天下的故事。这篇作品借用"赛马称王"的藏族文学题材，来"戏说"历史，已完全跳出了历史真实，不过作为文学作品，其大胆想象倒也创造了一种另类的"想象异国"。

1943 年，作家、文学评论家和文学史家乔治·克林内斯库（George Călinescu，1899—1965）根据中国古代神话故事创作了话剧《舜帝》，全名《舜帝——平安大道》（*Şun sau Calea neturburată*）。这部作品在 30 年代就开始构思，作者受到了法国汉学家马塞尔·葛兰言（Marcel Granet，1884—1940）有关中国神话、宗教和文明的著作启发，对于当时罗马尼亚法西斯势力上升，实行军事独裁，最终被卷入战争的严酷现实充满忧虑，最终通过中国古代开明君主来塑造传递一种治国理念和理想。在克林内斯库看来，最能体现这种思想的历史人物，就是中国古代传说中父系社会后期部落联盟领袖舜。他来自人民，代表人民的意志；他在忠臣辅佐下带领百姓治理水患，架桥铺路，开荒种地，

图 9-6　乔治·克林内斯库

发展畜养, 开办教育; 他是才华、坚忍、进步和正义的化身。
作者力求通过作品来表现"以德治国"(*stăpâneşte prin
virtute*)和"建设与和平的使命"(*misiunea constructivă
şi paşnică*)的主题。

　　这一时期对中国文化发生兴趣的罗马尼亚学者还有
多位, 像哲学家安东·杜米特里乌(Anton Dumitriu,
1905—1992)在对东西方哲学思想进行比较研究中, 就多
处提到中国先秦诸子百家。[1]1948年, 扬·布雷亚祖(Ion

1. 见 Anton Dumitriu, *Orient şi occident*, Bucureşti, 1943. (安东·杜米特里乌:《东方与西方》, 布加勒斯特, 1943年)

Breazu)发表论文《斯拉维奇与孔子》, 对孔子在欧洲的
接受情况以及罗马尼亚作家斯拉维奇与孔子思想的接触轨
迹进行了深入研究和阐述。他们和前面提到的几位名家及
其事例, 都反映出罗马尼亚民族对中国文化的兴趣和在本
国社会文化语境中作出的创造性接受。

第四节　捷克汉学家普实克对中国文学的译介

　　捷克汉学的奠基和早期发展与普实克的名字是连在一
起的。他与当时其他一些欧洲汉学家的不同是, 在进入汉
学研究的阶段在欧洲大学接受了专业学术训练, 之后又来
到中国实地考察中国文化, 与中国文学界发生了直接交往,
深刻地影响了以后的汉学研究。

　　雅罗斯拉夫·普实克(Jaroslav Průšek, 1906—1980),
1925—1927年就读于布拉格查理大学艺术和人文学院,

图9-7　捷克汉学家普实克

学习希腊、罗马和拜占庭历史，1928—1930 年在瑞典哥德堡大学汉学家高本汉教授（Bernhard Karlgren，1889—1978）门下研修汉学和日本学，1930—1932 年又转赴德国，在哈雷和莱比锡两地，先后在哈伦（Haloun）教授和汉尼斯（Hänisch）教授指导下继续研修汉学。1932 年，他在捷克斯洛伐克东方研究所出资支持下，到中国进行了历时两年半的学术考察。他从欧洲乘船走海路，穿过苏伊士运河，经锡兰、新加坡等地，从香港进入中国。最初他准备研究中国经济史，但接触中国社会实际后，他的兴趣转向了中国人民的社会生活、风土人情和民间文艺。在华期间，他结识了鲁迅、茅盾、郭沫若、冰心等一批文化界进步人士，特别是与鲁迅互通书信，建立了深厚的友谊。经他翻译的《呐喊》捷文本 1937 年在布拉格出版。鲁迅在此前的 1936 年 7 月 21 日，专门为这个译本写了序言：

> 记得世界大战之后，许多新兴的国家出现的时候，我们曾经非常高兴过，因为我们也是曾被压迫，挣扎出来的人民。捷克的兴起，自然为我们所大欢喜；但是奇怪，我们又很疏远，例如我，就没有认识过一个捷克人，看见过一本捷克书，前几年到了上海，才在店铺里目睹了捷克的玻璃器。
>
> 我们彼此似乎都不很互相记得。但是现在的一般情况而论，这并不算坏事情，现在各国的彼此念念不忘，恐怕大抵未必是为了交情太好了的缘故。自然，人类最好是彼此不隔膜，相关心。然而最平正的道路，却只有用文艺来沟通，可惜走这条道路的人又少得很。
>
> 出乎意料地，译者竟首先将试尽这任务的光荣，加在我这里了。我的作品，因此能够展开在捷克的读者的面前，这在我，实在比被译成通行很广的别国语言更高兴。我想，我们两国，虽然民族不同，地域相隔，交通又很少，但是可以互相了解，接近的，因为我们都曾经走过苦难的道路，现在还在走——一面寻求着光明。[1]

1.《鲁迅全集》第六卷，人民文学出版社，2005 年版，第 544 页。

鲁迅在 1936 年 9 月 28 日，也就是他生命中的最后一个月，又亲笔致信普实克，谈到与他的著作捷克文译本有关的想法，信中写道：

　　我同意于将我的作品译成捷克文，这事情，

已经是给我的很大的光荣，所以我不要报酬，虽

然外国作家是收受的，但我并不愿意同他们一样。

先前，我的作品曾译成法、英、俄、日文本，我

都不收报酬，现在也不应该对于捷克特别收受。

况且，将来要给我书籍或图画，我的所得已经够

多了。

　　我极希望您的关于中国旧小说的著作，早日

完成，给我能够拜读。我看见过 Giles 和 Brucke

的《中国文学史》，但他们对于小说，都不十分

详细，我以为您的著作，实在是很必要的。[1]

　　　1.《鲁迅全集》第十四卷，人民文学出版社，2005 年版，第 398 页。

　　鲁迅与普实克的交往和友情，是 20 世纪二三十年代中国文学界与中东欧国家文学交流方面最富有代表性的事例和佳话。它对于普实克和捷克汉学后来的发展，产生了不同寻常的影响。

　　普实克 1934 年离开中国，到日本访学，1937 年 1 月返回捷克。当年夏天，他在美国加州大学伯克利分校讲授中国现代文学课程，年底回到捷克。从那时起，他主要在东方研究所和查理大学工作，专注于汉学研究。从 1937 年到 1945 年，还为进入中国市场的捷克拔佳制鞋企业的员工进行汉语培训。他亲自编写汉语教科书，不仅用于学员，也用于大学的教学。第二次世界大战爆发后，纳粹德国占领捷克，大学关闭，东方研究所的工作也陷入瘫痪，但普实克仍坚持他对东方语言的教学和对中国文化的研究。

　　1940 年，他将在中国考察的见闻和研究心得汇集成《中国——我的姐妹》（*Sestra moje Čína*）一书出版。这部

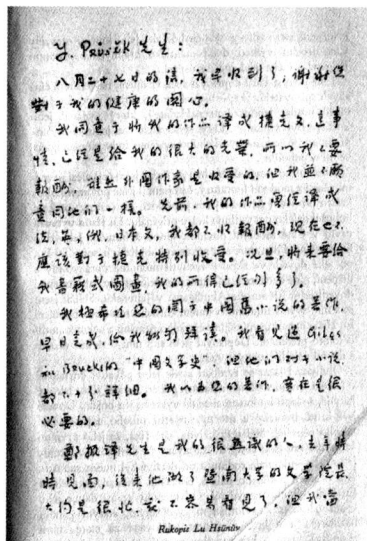

图 9-8　鲁迅 1936 年致普实克的信
（来源：*Sestra moje Čína*，1940 年）

著作共含 49 章, 以平实的笔调, 全面真实地记录了他在中国生活期间最重要的一些经历和感受。相比较于其他一些中国游记类著作, 该书最有价值的内容莫过于那些对中国文化的观察和阐释, 尤其是他与 30 年代中国文艺界的交往记述, 包括作家鲁迅、胡适、郭沫若、茅盾、徐志摩、冰心、郑振铎、丁玲, 以及画家齐白石、戏剧家梅兰芳等。他对于博大精深的中国传统文化和朝气蓬勃的五四新文化表现出由衷的兴趣和热爱, 认为欧洲对中国文化的发现, 其意义堪比当年复兴古希腊罗马文化。他反对片面的"厚古薄今", 对丰富的民间文艺、"话本"以及白话小说都非常推崇。对中国的贫穷、保守和落后以及各种丑恶现象, 他并不回避, 但也并不冷眼旁观, 而是对贫苦大众寄予了深切同情, 对中国的未来充满希望。他在该书的"结束语"中写道:

> 我不能预见中国和中国文化的未来。但是如果我们环视四周, 关注正在上升的对这一文化的兴趣——对曾经在上个世纪那样被嘲笑和被曲解过的中国文化的兴趣——答案也许就清楚了。跨过一切混乱, 中国文化正在成为世界文化的重要组成部分, 他与古希腊罗马文化同等重要。[1]
>
> 　1. 雅罗斯拉夫·普实克:《中国——我的姐妹》, 丛林、陈平陵、李梅译, 北京: 外语教学与研究出版社, 2005 年版, 第 428—429 页。

历史证明, 普实克当年对中国和中国文化的评价是极富远见的。对于苦难深重浴血奋斗的中华民族, 落后和黑暗终将过去, 一个崭新的中国已经不远。

第十章　毛泽东时代对东欧文学的引进

　　50 年代初期，曾经有过那样辉煌的日子！到处是鲜花、阳光、

青春、理想和自信！ [1]

——乐黛云

1. 乐黛云：《四院 沙滩 未名湖》，北京：北京大学出版社，2008 年版，第 2 页。

1949 年 10 月 1 日中华人民共和国举行开国大典，毛泽东主席在北京天安门城楼向全世界庄严宣告中华人民共和国成立。中国共产党和中国人民经过艰苦卓绝的武装斗争赢得了历史性胜利，中国从此结束了一百多年被帝国主义列强侵略奴役的屈辱历史，再一次向世界宣示了国家主权和统一。新中国的建立，不仅开辟了中国历史的新纪元，而且也壮大了世界和平、民主和社会主义的力量，鼓舞了世界上被压迫民族和被压迫人民争取解放的斗争。

毛泽东主席在开国大典上宣布："中华人民共和国中央人民政府是代表中华人民共和国全国人民的唯一合法政府。凡愿遵守平等、互利及相互尊重领土主权等原则的任何外国政府，本政府均愿与之建立外交关系。本政府任命周恩来为中央人民政府政务院总理兼外交部长。"外交部部长周恩来签署公函，将中央人民政府公告送达世界各国政府，表示新中国愿与各国建立正常外交关系。苏联和东欧人民民主国家是最早承认新中国的一批国家。在苏联（10 月 3 日）之后，中国分别与保加利亚（10 月 4 日）、罗马尼亚（10 月 5 日）、匈牙利和捷克斯洛伐克（10 月 6 日）、波兰（10 月 7 日）、阿尔巴尼亚（11 月 23 日）建立大使级外交关系。南斯拉夫联邦共和国在 10 月 5 日也发表声明并致电承认新中国，但由于苏南矛盾的影响，[1] 新中国对南来电"暂予搁置"，两国到 1955 年 1 月 2 日才正式建交。

1. 当时以苏联为首的欧洲各国共产党和工人党情报局已经通过决议，发动组织对南的整肃和制裁，将其革出国际共运，东欧国家慑于苏联的权威和影响也纷纷参与支持，中共在南问题上也表示与苏联站在一起。

在本书中，我们把 1949 年至 1976 年作为新中国发展以及对外文化交流的第一个时期，并称之为"毛泽东时代"；因为这 27 年间中国的政治、外交、经济、文化建设，包括十年"文革"，都是在这位历史伟人领导下进行的，是一种治国理念和实践的完整体现。具体到中国与东欧国家的文学和文化交流，又可以大致划出几个小的不同阶段。50 年代可以视为第一阶段，在以苏联为首的社会主义阵营的影响下，中国与东欧各国在政治、经济、文化、科技、教育等领域的交流合作得到蓬勃发展。文学交流作为文化交流的一个重要内容，也备受关注。通过互译和出版文学作品、互派作家访问、互演剧目等，极大地促进了人民之间的相互了解和友好感情。1960 年至 1966 年是第二个阶段，由于中苏关系开始恶化，中国与东欧国家的文化交流开始趋缓，甚至出现某些曲折，但中国与东欧不同国家之间的文化交流情况并不相同，呈现出较大的差异。1966 年至 1976 年的"文革"十年是第三个阶段，中国的对外交流经历了一个非常时期，文化事业受到严重影响，文学翻译和出版等工作更是几乎全部中断。从中国与东欧国家双边交流看，与罗马尼亚之间的文化交流基本上持续正常发展，与阿尔巴尼亚之间的文化交流则经历了上升、频繁到逐渐减弱，与南斯拉夫之间的文化交流则前期一度中断后开始恢复，而与波兰、捷克斯洛伐克、民主德国、匈牙利、保加利亚等五国之间的文化交流，在"文革"开始后就实际上中断，直到 80 年代初才重新恢复。

第一节　新中国与东欧人民民主国家政治文化关系概述

一、新中国与东欧国家的政治文化关系

在历史上，东欧人民民主国家特指第二次世界大战结束时在中欧和东南欧地区诞生的南斯拉夫、阿尔巴尼亚、波兰、捷克斯洛伐克、罗马尼亚、保加利亚、匈牙利、民主德国等八个国家。它们都是以本国反法西斯力量和广泛的爱国统一战线为基础，在苏联的直接支持下建立的，经过一段时间联合政府的过渡，最终从多党制演变为由共产党全面领导的一党制，经济上原有的多种经济成分也逐渐由单一的计划经济所取代。

1947 年 9 月 22 日，苏联、东欧国家和法国共产党及意大利共产党代表在波兰的西里西亚什克拉尔斯—波伦巴的小温泉场召开共产党和工人党成立会议。会议通过的《关于国际形势的宣言》指出，世界上出现了"两个阵营"—— 一个是"帝国主义的反民主阵营"，另一个是"反帝国主义的民主阵营"，锋芒直指美国的"杜鲁门主义"和"马歇尔计划"。"冷战"由此开始，整个世界在政治、经济、军事、文化上被一分为二。东欧国家作为战后被划入苏联势力范围的盟友，开始同苏联一起与以美国为首的西方阵营在政治、军事和经济上进行抗衡，这种情况一直延续到 1989 年各国发生剧变。

以苏联为首的和平民主阵营的建立，对于中国共产党领导人民夺取新民主主义革命的最后胜利是一种鼓舞，同时也为宣传中国革命和开展对外交往提供了有利的国际舞台，为新中国初期的外交选择建立了重要参照。中国共产党的建立，本身就得到了共产国际的直接支持，以后的中国革命与苏联和共产国际有密切的联系。1948 年底，中共领导人开始考虑未来新政权的外

交政策。[1]1949 年春夏之交，毛泽东主席先后提出"另起炉灶"、"打扫干净屋子再请客"和"一

1. 牛军著：《冷战与新中国外交的缘起（1949—1955）》，北京：社会科学文献出版社，2012 年版，第 115 页。另见同作者《论新中国外交的形成及其主要特征》，

边倒"三项方针，为新中国外交指明了方向。中共中央在领导指挥全国的最后解放，筹备建立

载《历史研究》1999 年第 5 期，另收入《冷战与中国外交决策》，北京：九州出版社，2013 年版，第 27 页。

新中国的同时，积极运筹同苏联及东欧民主国家的交往，并派遣代表团赴东欧国家进行访问交

流。包括毛泽东本人对此也有想法，他在给斯大林的一封电报中说，他打算用 1—3 个月的时

间出访，包括到东欧和东南欧国家看看"人民阵线"和其他这类工作。[2]虽然毛泽东和其他中

2. 牛军著：《冷战与新中国外交的缘起（1949—1955）》，北京：社会科学文献出版社，第 136 页。原注材料来源苏方："Cable, Stalin (Kuzneitsov) to

共领导人当时没有能够亲赴这些国家，但已经开始安排重要的出访和人员交流。

Mao Zedong (via Terebin)"，20 April, 1948, CWIHP, Issue 16, Fall 2007/Winter 2008, p. 116.

　　1948 年 12 月，中国解放区妇女代表团出席了在罗马尼亚布加勒斯特举行的第二次国际妇

女代表大会并进行访问。

　　1949 年 3 月，党中央决定组织大型代表团，赴法国巴黎参加世界和平大会，表达中国人民

渴望和平和保卫和平的立场和信心。根据中央要求，组成了由郭沫若为团长，刘宁一、马寅初

为副团长，郑振铎、丁玲、田汉、曹禺、曹靖华、艾青、徐悲鸿、萧三、戈宝权等文艺界和学

术界著名人士共 40 人的代表团。他们于 3 月 29 日乘火车从北平出发，4 月 2 日进入苏联，16

日抵达捷克斯洛伐克境内。由于当时的法国政府对中国代表团有意刁难，只允许 8 人入境参会，

而中国代表团不接受这一限制，大会被迫于 4 月 20 日在巴黎和捷克首都布拉格同时召开，中

国代表团全体成员出席在布拉格的会场。会议期间，郭沫若的讲话受到最热烈的欢迎。中国人

民解放军占领南京的捷报通过电波传到会场，引起一片沸腾，各国代表竞相与中国代表热烈拥

抱，欢呼庆贺。[3]

　　　　3. 参见郑振铎著，陈福康整理：《最后十年（1949—1958）——郑振铎日记选》，郑州：大象出版社，2005 年版。

　　1949 年六七月间，由李伯钊任团长，由解放区一批青年文艺工作者组成的中国青年文工团，

赴匈牙利布达佩斯参加第二届世界青年与学生和平友谊联欢节。毛泽东主席、朱德总司令、周

恩来副主席等中央领导亲切接见艺术团全体成员，并作了重要指示。毛泽东说："出去要宣传

中国革命的伟大胜利，要加强和各国青年的友谊，要向苏联学习。"[4]在联欢节上，全体团员

　　　　4. 中华人民共和国文化部对外文化联络局编：《中国对外文化交流概览》（1949—1991），北京：光明日报出版社，1993 年版，第 53 页。

以饱满的热情和精湛的演艺，表现了中国人民迎接伟大胜利的豪情，节目《大秧歌舞》和《胜

利腰鼓舞》获得集体一等奖，李波获独唱二等奖，郭兰英获独唱三等奖。随后艺术团又转赴苏

联访问演出，也取得圆满成功。新中国对外文化交流工作的序幕也由此拉开。

　　这一年的 7 月，中共欧洲委员会书记、中华全国总工会副主席刘宁一，率职工代表团访问

匈牙利、罗马尼亚。

1949 年 9 月，肖华率中国民主青年代表团参加在匈牙利首都布达佩斯举行的世界民主青年第二次代表大会，之后又应邀访问保加利亚。

这一年的春夏，上海棠棣出版社印行了由石啸冲著的《东南欧新民主国家史纲》，这是我国第一部集中介绍战后形成的东南欧人民民主国家的专书。该著作在"导论"部分分析了战后东南欧的变革及其发生的内外动因，勾勒了新的政权制度的轮廓和基本特征。主体内容分为三篇，按国别各设七章，以"东南欧的蜕变"、"各国的民主改革"和"新民主国家的经济建设"为题，分别谈及各国的相关情况。作者在"序"中写道："第二次世界大战给欧洲带来了破坏，也给欧洲带来了变革，这种变革是扬弃旧的，创新性的。旧欧洲产生了新欧洲，东南欧七国——南斯拉夫、波兰、罗马尼亚、保加利亚、捷克斯拉夫、匈牙利及阿尔巴尼亚，就是新欧洲的光辉榜样。"这些"写于黎明之前"的文字，为广大读者全面了解东欧国家提供了非常及时的信息和时政分析。

1949 年 9 月 29 日，中国人民政治协商会议第一届全体会议通过了《中国人民政治协商会议共同纲领》。总纲第十一条确定："中华人民共和国联合世界上一切爱好和平、自由的国家和人民，首先是联合苏联、各人民民主国家和各被压迫民族，站在国际和平民主阵营方面，共同反对帝国主义侵略，以保障世界的持久和平。"[1] 新中国外交的核心和主要方向也由此可见。

1.《中华人民共和国对外关系文件集（1949—1950）》第一集，北京：世界知识出版社，1961 年版，第 1 页。

新中国与东欧国家建交后，双方对政治关系极为重视，高规格互派大使，签署多种合作协定，在社会主义阵营内开展交流，组织高级别代表团互访，建立党际和国家间的政治互信和盟友关系，在重大国际问题上相互支持配合。中国的党政军领导人率代表团对东欧多国进行访问，推动双边关系迅速发展。1955 年 12 月，中共中央政治局委员、书记处书记朱德在国防委员会副主席聂荣臻和全国人大常委会委员刘澜涛陪同下，率中共代表团出席罗马尼亚工人党第二次代表大会并访罗，之后又接连访问匈牙利、捷克斯洛伐克、波兰等国。1956 年 12 月至 1957 年 1 月，全国人大常委会副委员长彭真率全国人大和北京市代表团访问捷克、罗马尼亚等国。1959 年 4 月 24 日至 6 月 13 日，以国务院副总理兼国防部长彭德怀元帅为团长的中国军事代表团访问波兰、民主德国、捷克斯洛伐克、匈牙利、罗马尼亚、保加利亚、阿尔巴尼亚、苏联和蒙古等 9 个社会主义国家。[2] 东欧国家也派出许多代表团，特别是在 1954 年新中国成立 5 周年和 1959 年新中

2. 参见孙立忠著：《见证"同志加兄弟"的军事交往——随同王树声大将出访九国》，北京：军事科学出版社，2005 年版。

国成立 10 周年之际，东欧国家党政领导人都应邀率团来华参加庆祝典礼。1956 年 9 月中共召

开八大，东欧国家也纷纷派遣党的代表团来华参加。

在文化交流方面，1951 年 7 月，以周巍峙为团长的中国青年文工团一行 216 人赴苏联、民主德国、匈牙利、波兰、罗马尼亚、捷克斯洛伐克、奥地利、阿尔巴尼亚等国访问演出，时间长达一年多。1954 年，由陈沂率领的中国人民解放军歌舞团一行 270 人赴捷克斯洛伐克、罗马尼亚、波兰、苏联进行了三个多月的巡回演出。他们的演出受到所在国家的热情接待和广大民众的热烈欢迎，促进了人民之间的相互了解和友好感情，形成了新中国对外文化交流史上亮丽的风景线。这一时期，北京各界也举行了许多宣传东欧国家的活动。文学界和出版界也开展了卓有成效的合作。

如果按国别列举 20 世纪 50 年代中国与东欧国家之间重要的政治交往和文化活动，我们还可以看到以下一些。[1]

1. 这里列举的国别交往情况，主要根据裴坚章主编的《中华人民共和国外交史（1949—1956）》编写。

（一）中国与保加利亚

1950 年 9 月 8 日，中国驻保加利亚首任大使曹祥仁向保加利亚国民议会主席团主席达米扬诺夫呈递国书。他在"颂词"中代表中华人民共和国中央人民政府主席和中国人民向达米扬诺夫主席和伟大的保加利亚人民致热诚的敬意；深信中保外交关系的顺利进展，对两国人民的团结合作，经济与文化的发展，并对以苏联为首的和平民主阵营的巩固，将有很大贡献。[2]

2.《中华人民共和国对外关系文件集（1949—1950）》第一集，北京：世界知识出版社，1961 年版，第 64 页。

同年 9 月 30 日，保加利亚首任驻华大使彼得科夫（Янко Петков）向毛泽东主席呈递国书。毛主席说："中保两国人民间是存在着深厚友谊的。保加利亚人民在伟大领袖季米特洛夫领导下对内外反动派进行英勇斗争的事迹，以及目前经济、文化建设上的成就，一向为中国人民所深切关怀与钦佩。"[3]

3.《中华人民共和国对外关系文件集（1949—1950）》第一集，北京：世界知识出版社，1961 年版，第 68 页。

1952 年 7 月 14 日，中保签订《中华人民共和国与保加利亚人民共和国文化合作协定》；7 月 21 日，中保签订第一个关于交换货物及付款的贸易协定。

1954 年 9 月，在北京隆重举行了庆祝保加利亚国庆十周年大会，朱德副主席、周恩来总理等领导人出席。董必武副总理率中国政府代表团赴保加利亚参加其国庆活动并进行访问。同年，保加利亚部长会议副主席拉伊科·达米扬诺夫率政府代表团来华参加中华人民共和国成立五周年活动并访问，受到毛泽东主席的接见。11 月 5 日，保加利亚民间创作展览在北京劳动人民文化宫开幕，展品包括古代和现代工艺品 800 多件。

1956 年 8 月，保加利亚芭蕾舞艺术团在北京演出。

1957 年 3 月，保加利亚艺术家代表团在北京、广州、上海、天津等城市演出。9 月，保加利亚部长会议主席安东·于哥夫率保加利亚政府代表团访华。

1959 年 9 月，保加利亚共产党中央政治局委员、国民议会主席团主席米特尔·加涅夫率保加利亚党政代表团应邀来华参加中华人民共和国建国 10 周年庆祝活动。

（二）中国与罗马尼亚

1950 年 3 月 10 日，罗马尼亚人民共和国驻华首任大使鲁登科（Teodor Rudenco）向毛泽东主席呈递国书。毛主席说："中罗两国政府及人民正在为世界和平的共同目标而努力奋斗。我相信，中罗两国在政治、经济及文化方面的益加密切的合作，必将有利于两国人民，且将更加巩固与加强世界民主和平阵营的力量。"[1]

1.《中华人民共和国对外关系文件集（1949—1950）》第一集，北京：世界知识出版社，1961 年版，第 40 页。

图 10-1   罗马尼亚首任驻华大使鲁登科向中国中央人民政府主席
毛泽东递交国书后握手。

同年 8 月 11 日，中国驻罗马尼亚首任大使王幼平向罗马尼亚国民议会主席团副主席尼库里递交国书。

1951 年 12 月 12 日，中罗签订《中华人民共和国与罗马尼亚人民共和国文化合作协定》。

1952 年 7 月 30 日，中罗签订第一个关于交换货物及付款的贸易协定。

　　1954 年，罗马尼亚工人党第一书记阿波斯托尔率政府代表团来华参加中华人民共和国 5 周年国庆并进行访问。随同的还有大国民议会主席团主席格罗查，他是应毛泽东主席特意邀请访华的。毛泽东主席在刘少奇、宋庆龄副主席及周恩来总理陪同下会见代表团。

　　1956 年 9 月，罗马尼亚工人党中央第一书记乔治乌—德治率党的代表团来华参加中国共产党第八次代表大会并访问。罗马尼亚"云雀"民间舞蹈音乐团一行 126 人也在这一年访华演出。

（三）中国与匈牙利

　　1950 年 2 月 15 日，匈牙利公使级外交代表夏法朗柯（Safrankó Emánuel）向刘少奇副主席呈递国书。刘少奇副主席讲："中匈两国人民的友谊已长远存在，今天两国政府与两国人民又正为一个共同的目标而努力奋斗。中国人民对匈牙利人民在战后建设中的努力和成就，极为钦佩。我相信：中匈两国正式外交关系之建立，将更进一步发展与巩固两国人民的友好合作，并将有助于世界的持久和平。"[1]7 月，匈方将驻华公使馆升格为大使馆，夏法朗柯升任大使。

1.《中华人民共和国对外关系文件集（1949—1950）》第一集，北京：世界知识出版社，1961 年版，第 38 页。

　　同年 8 月 24 日，中国驻匈牙利首任大使黄镇向匈牙利人民共和国主席团主席罗奈伊递交国书。

图 10-2　中国首任驻匈牙利大使黄镇在匈牙利国会大厦前哥舒特广场举行的国书递交仪式上

　　1951 年 1 月 22 日，两国签订第一个关于货物交换及付款的贸易协定。7 月 2 日，签订《中华人民共和国与匈牙利人民共和国文化合作协定》。

1952 年，匈牙利"国家人民文工团"访华演出，周恩来总理举行招待会表示欢迎。

1954 年 9 月，匈牙利部长会议第一副主席赫格居斯率政府代表团参加中华人民共和国五周年国庆活动并访华。毛泽东主席在刘少奇、周恩来、陈云、邓小平、邓子恢、李富春陪同下会见代表团。

1955 年 4 月，国务院副总理邓子恢率中国政府代表团前往参加匈牙利解放十周年庆典并访问。

1956 年 9 月，匈牙利人民劳动党中央政治局委员、书记处书记卡达尔率团来华参加中共八大。

（四）中国与捷克斯洛伐克

1950 年 1 月 14 日，捷克斯洛伐克共和国首任驻华大使魏斯柯普夫（František C. Weiskopf）向刘少奇副主席呈递国书。他在"颂词"中讲，布拉格与北京相距万里，山河阻隔，但这不过是地理上的距离而已；因为在思想与感情的领域内，我们两个首都、两个国家、两个民族彼此非常接近。[1]

1. 《中华人民共和国对外关系文件集（1949—1950）》第一集，北京：世界知识出版社，1961 年版，第 35—36 页。

图 10-3 1950 年 9 月，中国驻捷克首任大使谭希林向捷克斯洛伐克
总统哥特瓦尔德呈递国书。

1950 年 6 月 20 日，中国与捷克斯洛伐克签署《中捷贸易协定》，这是新中国与东欧国家签署的第一个政府间协定。

1952 年 5 月 6 日，签订《中华人民共和国与捷克斯洛伐克共和国文化合作协定》。

1954 年 9 月 24 日，捷克斯洛伐克共和国副总理兼文化部长瓦·柯别茨基率政府代表团抵京参加中华人民共和国建国 5 周年庆典，在机场受到周恩来总理、董必武副总理和邓小平副总理的迎接。

1957 年 9 月，以费林格主席为首的捷克斯洛伐克国民议会代表团和以斯沃波达市长为首的布拉格市人民委员会代表团访华，受到毛泽东主席的接见。

1959 年 9 月 27 日，捷克斯洛伐克总统安·诺沃提尼抵京参加中华人民共和国建国 10 周年庆典，在机场受到中国国家主席刘少奇的迎接。10 月 1 日，毛泽东主席会见诺沃提尼总统。

1960 年 2 月 11 日和 12 日，全国人民代表大会常务委员会委员长朱德、国家主席刘少奇分别会见捷克斯洛伐克国民议会主席费林格和由他率领的捷克斯洛伐克国民议会代表团。

（五）中国与波兰

1950 年 6 月 12 日，波兰共和国首任驻华大使布尔金(Juliusz Burgin)向毛泽东主席呈递国书。毛主席讲："中波两国人民间的深厚友谊久已存在。在世界反法西斯大战中，我们曾以无限的同情与关怀注视波兰人民的坚强英勇的斗争，今日对波兰人民重建祖国的辉煌的成就，更寄以极大的钦佩。"[1]

1.《中华人民共和国对外关系文件集（1949—1950）》第一集，北京：世界知识出版社，1961 年版，第 44 页。

同年 7 月 20 日，中华人民共和国驻波兰首任大使彭明治向波兰总统贝鲁特呈递国书。

1951 年 1 月 29 日，两国签订第一个货物交换及付款协定。4 月 3 日，签署《中华人民共和国与波兰共和国文化合作协定》。6 月，中波合营轮船公司正式成立，这是中国同苏联之外的国家建立的第一个合资企业，对于发展对外贸易、打破美国对中国的经济封锁起了历史性作用。

图 10-4   中国驻波兰首任大使彭明治与波兰外交部长斯克热舍夫斯基在华沙签署《中华人民共和国与波兰共和国文化合作协定》。

1953 年，波兰"玛佐夫舍歌舞团"一行 151 人访华。毛泽东主席接见该团的负责人和主要演员，并与朱德和刘少奇副主席、周恩来总理等观看了演出。

1954 年 7 月 27 日至 30 日，周恩来总理兼外长在出席日内瓦会议后应邀对波兰进行友好访问。这是中国政府首脑首次访问波兰和东欧国家。周总理会见了波兰统一工人党第一书记贝鲁特、国务委员会副主席萨瓦斯基、部长会议主席西伦凯维兹，在各种场合的讲话中对波兰政府和人民给予的帮助表示感谢，赞扬并支持波兰在解决国际问题和维护世界和平方面做出的巨大贡献，表示中国需要在经济文化等许多方面向波兰学习。

这一年的 9 月，波兰统一工人党第一书记贝鲁特率政府代表团来华参加中华人民共和国五周年庆祝活动。毛泽东主席两次与他见面。10 月，陈毅副总理率中国政府代表团在参加民主德国国庆活动后顺访波兰。

（六）中国与阿尔巴尼亚

中国与阿尔巴尼亚建交后并未马上互派大使，而是通过中国驻匈牙利等国的使馆开展与阿方的联系。

1950 年，中国驻苏联大使馆参赞曾涌泉作为中国政府代表参加了阿尔巴尼亚解放六周年庆典。1951 年，中国驻匈牙利大使黄镇代表中国共产党参加了阿尔巴尼亚劳动党成立十周年庆祝活动。1952 年，中国驻罗马尼亚大使王幼平作为中方代表参加了阿劳动党第二次代表大会。

1954 年 9 月，中国驻阿尔巴尼亚首任大使徐以新、阿尔巴尼亚首任驻华大使奈斯蒂·纳赛分别到任。毛泽东主席 9 月 13 日接受纳赛大使呈递国书时说："中阿两国人民在历史上第一次建立友好的外交关系五年来，我们两国人民已结成了兄弟般的友谊。在互派大使之后，我们两国之间的真诚的友好合作关系必将获得进一步的发展。"

这一年两国还互派了高级别的代表团。9 月，阿尔巴尼亚外交部长什图拉率政府代表团来华参加中华人民共和国五周年国庆活动并进行访问，毛泽东主席在刘少奇、周恩来、陈云等陪同下会见代表团。10 月，在什图拉访华期间，两国签订了《技术与科学合作协定》和《文化合作协定》。11 月 28 日至 12 月 4 日，李先念副总理率中国政府代表团前往参加阿尔巴尼亚解放十周年庆祝活动并访问，受到阿党政领导人霍查、谢胡等的亲切接待。

1956 年 9 月，阿尔巴尼亚劳动党第一书记霍查率党代表团来华参加中共八大。

（七）中国与南斯拉夫

1955 年 1 月 2 日中南建交后，很快互派大使。中国首任驻南大使伍修权在 5 月到任。南斯拉夫首任驻华大使弗·波波维奇在 6 月 30 日向毛泽东主席呈递国书。毛泽东主席说："中国人民对于南斯拉夫人民在争取祖国独立和建设幸福生活中所做的努力，表示衷心的祝贺。我们同你们推迟建交是有原因的，这就是我们希望和苏联一起同你们搞好关系，这样比较好。现在两国已经建立了外交关系，我们两国在发展相互间的政治、经济、文化各方面友好合作有着一致的愿望。"

从这一年开始，两国的交往逐渐增多。1955 年，两国互派了工会代表团、军事代表团，文化、教育和体育领域也开始交流。1956 年，南共联盟代表团来华参加中共八大。两国签订了《贸易协定》和《贸易支付协定》、《科技合作协定》、《邮政合作协定》、《电讯合作协定》以及《文化合作年度计划》等。

20 世纪 50 年代中国与东欧国家交往的一个突出特点，就是双方的党和国家领导人对发展彼此之间的关系极为重视，政治交往的频次和规格都相当之高。根据《周恩来外交活动大事记（1949—1975）》的记载粗略统计，周恩来总理在 1950—1959 年间，亲自出席与东欧 7 国相关的会见、会谈、访问、参观、会议、迎送、招待会、演出、吊唁等重要外交活动至少在 260 场以上。

　　这里特别值得一提的是，中国党和国家领导人非常重视与东欧国家互换留学生的工作，以培养各种经济文化建设和开展国际交往的人才。1949 年 12 月至 1950 年，毛泽东主席和周恩来总理访问苏联期间曾会晤东欧各国领导人，周总理亲自同波兰、捷克、匈牙利、罗马尼亚、保加利亚等国的领导人商谈互派留学生学习语言文字，以加强团结开展合作。刘少奇副主席也在 1950 年 5 月就与捷克和波兰交换留学生之事批示，当时中央对此非常重视，5 位主要领导人都过问了派遣留学生赴东欧学习的工作。经中央进一步研究，决定派 25 名大学生去波兰、捷克、匈牙利、罗马尼亚和保加利亚，每个国家 5 名，专门学习这些国家的语言文字和历史。政务院文教委员会遵照中央的指示，从北大、清华、燕京、南开、复旦、北师大等最好的大学选拔留学生。9 月即派往东欧 5 国，受到了"超乎寻常的高规格的热烈欢迎"，罗马尼亚甚至安排火车专列到边境迎接。对他们的学习，各国也做了特殊的安排，选派优秀教师，为中国留学生单独开课。1953 年暑期，除留匈学生延长一年外，其他全部结束学业回国，在新中国对东欧国家关系方面发挥了特殊的作用。其中有部分人员又根据国家需要，先后转入北京大学和北京外国语学院，创办相关语言专业，培养东欧语言人才。[1]

1. 参见李传松编著：《新中国外语教育史》，北京：旅游教育出版社，2009 年版，第 91—92 页。

　　1954 年，波兰语和捷克语专业在北京大学创办，隶属俄罗斯语言文学系，第一批留学波兰的萧惠敏、留学捷克的周志尧，分别主持了这两个专业的初期建设。1956 年，罗马尼亚语专业在北京外国语学院建立，第一批留学罗马尼亚的裴祖逖成为该专业的首位教师。1961 年，北外增设保加利亚语专业、匈牙利语专业，首批留保的杨燕杰、留匈的贾淑敏，从外交部转入北外，分别主持了这两个专业的建设。同年，还增设了阿尔巴尼亚语专业。

图 10-5　新中国第一批派往罗马尼亚的留
学生与友人合影。

图 10-6　新中国第一批派往匈牙利的留学生参加节日游行（1952 年）。

　　1950 年 8 月 31 日，政务院文化教育委员会正式向教育部下达接受东欧 5 国留学生的任务。清华大学具体承担了这一工作，将新中国为外国留学生设立的第一个培训班定名为"东欧交换生中国语文专修班"，这也是新中国对外汉语教学的开端。当时不仅要为东欧国家培养掌握汉语，熟悉中国政治、历史、文化和社会的人才，而且也实际承担了为这些国家培养第一代对华外交官的任务。为此，各方面的重视程度和工作力度，在中国教育史上都是极其罕见的。中央政府任命清华大学教务长、校务委员会副主席、著名物理学家周培源为专修班的班主任，担任过赵元任先生助手的邓懿负责专修班的教学工作，后来还有著名语言学家吕叔湘先生担任外籍学生管理委员会主席，经过严格挑选审核的杜荣、熊毅、傅惟慈 3 位教师组建了最初的教学班子。中国教师在教学中倾注了全部热情、经验和才智，东欧的留学生也克服了种种困难，勤奋用功，取得了极为显著的进步。在完成了 1 年半到 2 年的基础汉语学习后，东欧留学生在 1952 年被调整到北京大学、中国人民大学等院校开始专业学习。他们在华学习期间，参加了由教育部、团中央和学校安排的各种活动，深入了解中国的政治、社会和民情，对中国文化和中国人民产生了深厚的感情。他们中间的许多人后来都长期从事对华工作，为东欧国家与中国的政治交往和文化交流做出了历史性贡献。

图 10-7 "东欧交换生中国语文专修班"的第一批东欧国家
留学生

图 10-8 "专修班"的班主任、清华大学教务长、校
务委员会副主席、著名物理学家周培源（中）

　　中国与东欧国家开始交换留学生，最初以学习对方国家语言、历史、政治、文化为主，很
快又扩大到其他学科领域。从 1950 年到 1963 年，中国出于国内经济建设和对外交往的需要，
向东欧国家陆续派遣了多批次的留学生，其中捷克斯洛伐克 238 人，波兰 160 人，匈牙利 88 人，
罗马尼亚 75 人，保加利亚 68 人，阿尔巴尼亚 23 人，南斯拉夫 14 人。学习的范围包括自然科学、
工程技术、人文和社会科学、医学、农学、艺术等领域的众多学科。[1] 他们当中许多人后来都
在不同的领域建功立业，成为国家的栋梁之材。在东欧文学译介和研究方面，产生了我国第一
代直接用对象国语言开展工作并卓有成就的翻译家。

1. 参见杨建伟：《负笈东欧，报效祖国——记 20 世纪五六十年代赴东欧留学的学长们》，载北京外国语大学欧洲语言文化学院编《欧洲语言文化研究》第 5 辑，
北京：时事出版社，2009 年 12 月第 1 版，第 517—526 页。

图 10-9 1963 年 9
月周恩来总理和陈
毅副总理在人民大
会堂接见回国休假
的全体留学东欧的
学子。

二、新中国与东欧国家文化交流的盛况与激情

20 世纪 50 年代是中国与东欧国家之间全面交往、关系快速发展的时期。无论是从领导人在正式场合坚定自信、热诚友好的讲话，当时的新闻报道，还是从一些亲历者的私人手记和以后的回忆中，我们都能够感受到那个特定时代高昂的旋律，以及带给人们的梦想与激情。

许多爱国知识分子和文学艺术人士在国民党统治时期就为和平民主奔走呼号，1949 年又直接参与了建立新中国和以后的对外文化交流。在他们当中，郑振铎先生是一位突出的代表。从他的日记和年谱中，我们可以看到，他在生命的最后十年参加了大量与东欧国家之间的文化交流活动，并且留下了许多对中国与东欧文学交流史研究具有珍贵史料价值的记载。

关于 1949 年 4 月赴捷克斯洛伐克首都布拉格出席世界和平大会的情况，郑振铎日记都有简明扼要的记述，包括从北京乘火车出发后沿途的活动、看到的景色和感受。4 月 16 日代表团乘坐的列车进入捷克，对这一天他写道：

……到了捷克的境内，是十二时半，受到隆重的接待，好几个朋友来接，有专车。沿途经过 Kosice, Gilina 等地，均有盛大的会，音乐队吹奏着国歌，演说。在 Kosice，有农民代表二（女），献面包与盐。一路上，风景好极了，远望雪山晶白，流人［水］淙淙，宛如到了江南，甚动乡思。[1]

1. 郑振铎著，陈福康整理：《最后十年（1949—1958）——郑振铎日记选》，郑州：大象出版社，2005 年版，第 9 页。

第二天到达布拉格，"在站上受到了盛大的迎接"。

4 月 23 日是第三次世界和平大会召开的日子，郑振铎记有：

今天的情绪热烈极了！捷克工人、农人［民］的代表们，送礼者纷纷而来。上午，得到大军三十万过江的消息（英国兵船事），既兴奋，又发愁。到了十二时许，主席宣布解放军已入南京，何其神速也！代表们一致起立，热烈鼓掌，为中国道贺。会场秩序散乱了起来，过十多分钟才安静下来。[2]

2. 郑振铎著，陈福康整理：《最后十年（1949—1958）——郑振铎日记选》，郑州：大象出版社，2005 年版，第 11 页。

在布拉格期间，他与捷克文化界进行了许多交流：重逢 30 年代在中国结识的老朋友普实克，会见捷克作家协会主席，还与翻译过李白、杜甫诗作的捷克诗人马赛修斯晤谈；访问了查理大学；欣赏了捷克的电影、歌剧和芭蕾舞；还与吴耀宗、徐悲鸿一同参观了国家博物馆，与翦伯赞等人参观了民族博物馆和现代艺术陈列所。

　　郑振铎与东欧国家及其文化有许多重要的交往。从 1949 年起，他陆续担任中国文学艺术界联合会和中国文学工作者协会常务委员、新中国第一个文学研究专业机构中国文学研究所首任所长、中国科学院学部委员、文化部副部长等职务。他在 1953 年 11 月访问波兰。在 1957 年 9 月访问保加利亚，10 月再次访问捷克斯洛伐克。两次出访期间，还分别途径匈牙利和罗马尼亚。在国内，他参与接待了大量东欧国家的访华文化代表团。关于这些情况，在本章的其他节中还会提到。

图 10—10　中国代表团出席第三次世界和平大会，前排左一为郑振铎。

　　第二次世界大战结束后，在苏联影响下成立了多个世界性群众组织，世界大学生联合会就是其中之一。它成立于 1946 年，第一次代表大会在捷克首都布拉格举行。1950 年 8 月 14 日至 23 日，这座古老美丽的欧洲名城又迎来了出席第二次代表大会的 78 个国家的一千多名宾客。新中国也派出了由 28 人组成的大型代表团参加这次国际会议。时隔 65 年后，当年作为代表团成员参会，后成为新华社资深记者、国际问题专家的丁永宁，对她所经历的那次出访依然记忆犹新：

　　　　1950 年仲夏，北京—莫斯科国际列车在西伯利亚辽阔的原野上奔驰。列车里活跃着一个充满青春活力的集体——中国大学生代表团。他们前往布拉格参加新中国成立后中国青年出席的第一个国际会议——世界大学生第二次代表大会。代表团成员来自全国主要省市的大学和青年学生组织，其中有时任天津中央音乐学院学生会主席的吴祖强（后来成为著名作曲家、中国文联党组书记、中央音乐学院院长）、北京大学学生乐黛云（后来成为北大中文系教授、比较文学专家）、中华全国民主青年联合会驻世界民主青年联盟代表吴学谦（后成为中共中央政治局委员、国务委员兼外交部长、副总理、全国政协副主席），我则是上海大学生代表，当时担任震旦大学学生会主席。[1]

1. 丁永宁：《我的回忆》，2015 年于北京自费印制出版，第 4 页。

图 10-11　中国代表团全体成员在会场门前，前排左四为乐黛云，中排左二为丁永宁。（照片由丁永宁提供）

　　代表团到达捷克斯洛伐克，"在首都布拉格车站，欢迎群众因迎接第一个来自新中国的代表团而无比兴奋。他们不仅送上鲜花，还把代表团每个成员抬起来游行"，"那时我们都沉醉在新中国加入社会主义大家庭的胜利喜悦中"。[2]

2. 丁永宁：《我的回忆》，自费印制版，北京：2015 年，第 3 页。

　　历史给亲历者留下的记忆和震撼，往往伴随一生。对那次会议，代表团的另一位成员，当时北京市学生代表乐黛云，回国后为报刊写了报道《不能忘怀的友情》，详细记述那种"每到一个地方，总是有热烈的问候、拥抱和无数鲜花在等待我们"的场面。作为中国改革开放后在比较文学界具有重要国际影响的领军学者，乐黛云先生在晚年的回忆录中以清晰睿智的目光，重新回顾和审视了当年的盛况和激情，那毕竟是人类在 20 世纪共同面对的一段历史。[3] 作为一

3. 见乐黛云著：《四院 沙滩 未名湖》，北京：北京大学出版社，2008 年版。

个极为相似的细节，她和丁永宁在出访期间都被征询是否愿意留在驻外机构工作。她们做出了不同的选择，决定了以后不同的人生轨迹，但殊途同归的是，都同样为国家和社会做出了杰出的贡献。

三、外国文学译介出版的特定时代背景

新中国外交"一边倒"的基本方针，决定了新中国在政治上将坚定地站在以苏联为首的和平民主阵营之内，共同反对帝国主义侵略，保障世界和平。这是中国人民在经过近代百年内忧外患，以全民族的流血牺牲赢得独立和解放后的历史选择。对于当时的东欧人民民主国家来说，也是各种因素汇聚而成的必然。这也决定了新中国的对外文化交流的主要对象，是苏联、东欧各国等社会主义阵营的国家。对此，党和国家通过多种方针政策、外交渠道、各种文化出版机构等，进行规划和实施。在考察这一特定时代东欧文学译介出版活动时，有这样几个方面是不容忽视的。

首先，新中国成立前后召开的两次中国文学艺术工作者代表大会，为新中国文学艺术的发展奠定了思想和组织基础。1949 年 7 月 2 日至 19 日在北平召开的中华全国文学艺术工作者代表大会，彻底结束了由于国民党的长期统治造成的国统区和解放区的分割，两支文艺大军胜利会师，形成了中国文艺运动史上的空前团结和创造力量。在开幕式上，朱德、董必武、陆定一等分别代表中共中央、华北局和华北人民政府、中央宣传部向大会的致辞，周恩来总理向大会做的长篇政治报告，郭沫若做的题为《为建设新中国的人民文艺而奋斗》的报告，茅盾、周扬分别做的关于国统区和解放区文艺运动的报告，可谓新中国文艺事业的集体宣言和纲领性文件。大会期间，毛泽东主席亲临会场向代表们致意欢迎。他在《在延安文艺座谈会上的讲话》中提出的文艺新方向，被大会一致确定为新中国文艺工作的总方针。

时隔四年，1953 年 9 月 23 日至 10 月 6 日在北京召开的第二次大会，改名为中国文学艺术工作者代表大会。当时党提出了过渡时期的总路线，国家开始实施第一个"五年计划"，周恩来总理向大会做了关于过渡时期总路线和文艺工作任务的政治报告，周扬做了题为《为创造更多的优秀的文艺作品而奋斗》的报告，茅盾做了题为《新的现实和新的任务》的报告。大会号召文艺工作者为实现新的历史任务而奋斗，强调繁荣创作，用社会主义现实主义创作方法创造新英雄形象。

其次，在对外文化交流方面，新中国从 1951 年起与东欧国家陆续签订文化合作协定，使文化交流有了法律框架和机制保证。国家间互设的大使馆代表各自的国家和政府，体现国家意

志，履行政治文化使命，在文化交流的具体联络、建议和组织等诸多方面，起了至为关键的作用。从今天已经解密的外交档案中可以看到，当时双方对文学作品的互译和出版都很重视，从作家和作品的推荐、参考译本的提供到出版后样书的交换，以及戏剧作品的排演、作家的互访等，几乎完全在官方机构的运作下进行。共产党与工人党情报局机关刊物《争取持久和平，争取人民民主！》从 1949 年开始发行中文版，汇集了大量有关苏联东欧等人民民主国家政治、经济、社会、文化等方面的文章，是那个时期社会主义阵营重要的信息交流平台，为新中国开展与相关国家的交流合作提供了重要的参考和依据。

再有，国内出版机构的组建、专业刊物的创办，为包括东欧文学在内的外国文学译介出版提供了必要的物质条件。1951 年 3 月，人民文学出版社在北京成立，属文化部领导，冯雪峰任社长兼总编辑，蒋天佐任副社长，聂绀弩、周立波、张天翼、曹靖华、冯至任副总编辑。除现代文学、古典文学编辑部外，还设有外国文学编辑部，当时的编辑力量以俄文为主。作为国家级最重要的文学专业出版机构，人民文学出版社还先后使用过作家出版社（1953—1958，1960—1969）、艺术出版社（1953—1956）、中国戏剧出版社（1954—1979）、外国文学出版社（1979—2009）等副牌，出版各类文艺图书。

1952 年 6 月 1 日，上海文艺出版社正式成立。它的前身是新文艺出版社，是由郭沫若主持的群益出版社、余鸿模的海燕书店和任宗德主持的大浮出版公司组建起来的公私合营出版社，以后又陆续有巴金主持的平明出版社和文化生活出版社等相继并入。该出版社在五六十年代也出版了相当一批包括东欧文学在内的外国文学作品，形成了与人民文学出版社南北呼应、协同互补的出版格局。

分别创刊于 1949 年 5 月 4 日、1949 年 10 月 25 日的《文艺报》、《人民文学》等文学期刊，是宣传党和国家的文艺方针、交流信息、发表优秀文艺作品、引领时代潮流的主要阵地。茅盾在《人民文学》"发刊词"中开宗明义地列出了作为全国文协的机关刊物的六方面任务，包括"加强中国与世界各国人民的文学的交流，发扬革命的爱国主义与国际主义的精神，参加以苏联为首的世界人民争取持久和平与人民民主的运动"。在对译文的征集问题上，他明确表示："我们最大的要求是苏联和新民主主义国家的文艺理论，群众性文艺运动的宝贵经验，以及卓越的短篇作品；其次是资本主义国家的革命的进步的作品和文艺批评以及欧美古典文学的批判的现实主义的作品。"这些都反映了那个特定时代党和国家的文艺方针，以及《人民文学》等刊物的办刊取向。

　　1953 年 7 月，由中华全国文学工作者协会译文编辑委员会编辑、茅盾主编的《译文》杂志创刊，成为新中国文学界介绍外国文学的重要园地。该刊沿用 30 年代鲁迅先生创办的《译文》月刊名称，以继承其精神。茅盾在"发刊词"中回顾了鲁迅当年创办《译文》的用意和产生的巨大影响，同时重提了文学艺术在新的国内外形势下所面临的任务："在文学工作者这方面来说，今天我们不但迫切地需要加强学习苏联及人民民主国家的社会主义现实主义的优秀文学作品，也需要多方面的'借鉴'，以提高我们的业务水平，因而也就需要熟悉外国的古典文学和今天各资本主义国家的以及殖民地半殖民地的革命的进步的文学。"《译文》杂志从创刊号开始，就以相当的篇幅刊载东欧文学。1958 年更名《世界文学》后一以贯之，为译介传播东欧文学做出了历史性贡献。

　　新中国文学和出版界对东欧文学的认识、译介和出版工作，就是在这样一种特定的时代背景下，以无比的欢欣和信任拥抱着新生的共和国，以高涨的热情和真诚的奉献迅速起步，并且取得了不凡的成就。

第二节　波兰文学在中国

　　在新中国报刊对波兰文学的早期介绍中，我们首先看到的是发表在《争取持久和平，争取人民民主！》刊物第 81 期、转载于《新华月报》1951 年 4 月号的译文《为新波兰而斗争的文学与艺术》，作者沃·索科尔斯基，时任波兰统一工人党中央委员会候补委员。文章主要宣传波兰工人党中央对本国文化艺术发展提出的任务和宗旨；关于波兰文学，则分别按戏剧、诗歌、散文介绍了当时最活跃的作家和有影响的作品；另外，还介绍了美术、音乐、电影等艺术门类的新成就。索科尔斯基的另一篇文章《人民波兰为社会主义现实主义的文艺而斗争》发表在同一刊物 1953 年第 20 期，当年第 12 期《文艺报》转载。该文主要秉承苏联的意识形态和文艺创作原则，结合波兰文艺创作的成就和差距，批评"公式化"、"自然主义"、"华而不实"等创作倾向，倡导社会主义现实主义的艺术。

　　为了对新中国毛泽东时代我国文学出版界对波兰文学的译介的数量规模有一个基本印象，我们根据人民文学出版社编印的《外国文学图书目录（1951—1990）》，对该社出版的东欧国家文学作品进行了阶段性的统计分析。从1951年至1976年，以人民文学出版社及其副牌名义出版的波兰文学作品含诗歌4种、小说15种、戏剧5种、作家评传1种，共计24种。此外，还有上海文艺出版社等多家出版的波兰文学作品约30种。

一、诗歌

　　1950年，上海文化工作社在"世界文学译丛"中推出了孙用在1948年译成的波兰大文豪密茨凯维支的史诗作品《塔杜须先生》。这部作品主要根据1943年在伦敦出版的诺伊斯（G.R. Noyes）的英译散文本转译，同时参考了格拉鲍甫斯基的世界语韵文译本，因此中译本仍为散文体，而并非原著的诗歌体。但其初版后又再版加印，1953年第3版时印数已累计6500册，发行可观。到了1955年，又由人民文学出版社出版了经景行校订的布面精装本，印数1000册，书名也改定为《塔杜施先生》。书前有法国画家唐盖于1842年作的作者像，书中收1951年华沙"书籍与知识"出版社的《密茨凯维支选集》的插图5幅。为便于读者理解作品，译者将原译本的注释一并译后，另有校订者增补的注释，使这部分的总量多达305条。由于当时我国还不具备能够直接从波兰文翻译的力量，只能采取转译。

图 10–12　《塔杜施先生》（1955 年版）

译者也在"后记"中以极为坦诚谦逊的语气写道："这一部伟大的诗作，只能依照散文译本转译出来，实在是深深感到不安的。"而实际上，如果我们将孙用先生的译本与后来直接从波兰文翻译的文本相比较，会发现其转译本在忠实程度和文字的精美方面，水平都相当之高。

20世纪50年代在北京出版了4部波兰诗集，均为密茨凯维支作品，它们是：孙用译的《密茨凯维支诗选》（作家出版社，1954年5月）；孙用等译的《密茨凯维支诗选》（人民文学出版社，1958年8月）；景行译、孙用校的《康拉德·华伦洛德》（人民文学出版社，1958年10月）；孙用译的《歌谣选》（人民文学出版社，1958年12月）。

以作家出版社1954年版的《密茨凯维支诗选》为例：全书收录了诗作32首，按序分为"抒情诗六首"、"克里米亚十四行诗"（18首）、"叙事诗六篇"、"插曲两篇"。孙用先生在"后记"中对这些译诗的源译本、译者、刊载处和媒介语言（英语、世界语）等都做了非常细致的说明。

1958年人文版的同名诗集，内容增加到40篇。其中有4首诗歌（《希维德什》、《青年和姑娘》、《歌》、《犹豫》）是林鸿亮（林洪亮）直接从波兰文译出。新中国派往波兰的留学生已经开始参与波兰文学的译介活动。

二、小说

1951年6月，神州国光社再版了两部重要的波兰文学译著。一部是莱蒙脱的《农民》（春、夏、秋、冬）四卷，另一部是由显克微支的反映古罗马暴君尼禄穷奢极欲最终覆灭、歌颂早期基督教斗争精神的长篇历史小说《你往何处去》。两书译者均署名费明君，1948年初版。

古典文学范围的翻译小说主要为普鲁斯、显克微支、奥若什科娃、柯诺普尼茨卡、莱蒙特等作家的作品，包括：

《普鲁斯短篇小说集》，海观等译（作家出版社，1955年2月）；普鲁斯的《前哨》，庄寿慈译（人民文学出版社，1957年9月）。

《显克微支短篇小说集》，施蛰存等译（作家出版社，1955年4月）。

奥若什科娃的《乡下佬》，张道真译（作家出版社，1956年11月）；《奥若什科娃短篇小说集》，施有松[1]译（人民文学出版社，1957年9月）；奥若什科娃的《马尔达》，金锡龃译（人民文

1. 施有松（1924—1977），江西南昌人，本名施养培。祖上世代为官，到祖父一代家道中落。从幼年起受到家学熏陶，培养了很好的语文功底。抗战时期为生活所迫辍学，1946年考入南昌大学校长办公室任秘书。1949年南昌解放后，开始自学俄语。1951年考入北京国际书店任俄文翻译，接触到包括波兰文学作品在内的俄文书籍。1955年在《译文》杂志发表第一篇文学翻译作品——玛·柯罗普尼茨卡的短篇小说《烟》。以后在人民文学出版社外国文学编辑室负责人孙绳武等鼓励下，翻译出版多种波兰文学作品，其中《涅曼河畔》在1979年被收入世界文学名著文库。

学出版社，1959 年 6 月，分特精、精、平三种版本）。

柯诺普尼茨卡著《烟》，施有松译（人民文学出版社，1958 年 9 月）；《柯诺普尼茨卡短篇小说集》，施有松译（人民文学出版社，1958 年 12 月）。

《莱蒙特短篇小说集》，金锡焮等译（人民文学出版社，1959 年 6 月，分特精、精、平三种版本）。

另外，还有亚尼娜·鲍兰任尼斯卡著的《唱歌的树》（民间故事），刘华兰译（作家出版社，1958 年 10 月）。

现代文学范围的小说包括：塔道乌施·康维茨基的《新线路》，黄贤俊译（人民文学出版社，1954 年 3 月）；席包尔一里尔斯基的《煤》，廖辅叔译（作家出版社，1957 年 8 月）；聂维尔利的《一个人的道路》，傅韦[1]译（作家出版社，1958 年 4 月，分特精、精、平三种版本）；董博罗芙斯卡的《黑夜与白昼》，柯青译（人民文学出版社，1959 年 7 月，分特精、精、平三种版本）。

图 10-13 费明君译《你往何处去》（1951 年版）

图 10-14 金锡焮等译《莱蒙特短篇小说集》（1959 年版）

1. 傅韦，即傅惟慈，满族，北京人。1923 年出生，1942 年考入北京辅仁大学西语系，后借读浙江大学（贵州）。1947 年转入北京大学西语系。1950 年毕业后在清华大学、北京大学为留学生讲授汉语，并从事翻译。退休前任北京语言大学外语系教授。中国作家协会会员、中国翻译工作者协会第一、二届理事，2004 年荣获资深翻译工作者称号。出版的主要译作有德译长篇小说《布登勃洛克一家》、《臣仆》，剧本《丹东之死》，英译长篇小说《月亮和六便士》、《问题的核心》、《密使》、《长眠不醒》及《动物农场》，另翻译波兰长篇小说《一个人的道路》等东欧文学多种。

三、戏剧

戏剧类翻译出版主要包括列昂·克鲁奇科夫斯基的三部作品：《罗森堡夫妇》，冯俊岳译，陈佶校（作家出版社，1955 年 2 月）；《德国人》，李家善译（作家出版社，1955 年 11 月）；《克鲁奇科夫斯基戏剧集》，傅佩珩[2]等译（人民文学出版社，1959 年 7 月，分特精、精、平三种版本）。另外，还有叶日·尤兰道特的《这样的时代》，姜丽等译（作家出版社，1957 年 10 月）；加·查波尔斯卡娅的《杜尔太太的道德》，陈锌、姜历群译（中国戏剧

2. 傅佩珩（1923—），山东福山人。女。1943 年考入北京辅仁大学生物系。1945 年离校后，历任哈尔滨松江省政府李兆麟的俄语机要秘书、哈尔滨中苏友好协会编译局副局长、哈尔滨政府市长外交室秘书兼外侨科副科长、东北局宣传部国际宣传科俄文翻译、哈尔滨外语学院级部主任、外教组组长、教务科科长、研究生室副主任兼讲师。1954 年调长春译制片厂任翻译，直至 1982 年离休。在长影译制厂工作期间，有译作 50 余部，还译有俄语词典多种。

出版社，1959 年）；等等。

克鲁奇科夫斯基（Leon Kruczkowski，1900—1962）出生于克拉科夫一个订书匠家庭，早年学习化工，当过化工工程师，但从少年时代就爱好文学，18 岁开始发表诗作，二三十年代之交参加左翼进步文化活动，"二战"期间参加反法西斯卫国战争，被俘后被关入德国战俘营。"二战"结束后他返回波兰，并先后担任波兰文化部副部长（1945—1948）和波兰作家协会主席（1949—1956）等要职，代表波兰参与了大量人民民主国家之间的文化交流活动，1953 年获"加强国际和平"斯大林国际奖。中国译介出版的他的几部作品，应该说都是当时产生重大影响的新剧作。

《德国人》（Niemcy）是他的"传世之作"，写于 1949 年，最初的剧名为"德国人是人"。作品以 1943 年沦陷时期的波兰为背景，通过一个德国生物学教授的家庭悲剧，客观而深刻地剖析了德意志民族的内在品质和法西斯主义及其战争之所以能够产生的特定根源，进而提出和回应"为和平而斗争"的时代主题。作品在 1950 年被授予国家一等奖，不仅很快成为波兰国内各剧院上演的剧目，而且还在巴黎等许多欧洲大都市上演，并被拍成电影。

六幕剧《罗森堡夫妇》（Ethel et Julius[今译卢森堡]）是围绕当时举世震惊的"卢森堡夫妇间谍案"创作的话剧。美国当局指控美籍犹太人卢森堡夫妇在 1945 年世界上第一颗原子弹在日本广岛投掷前三个月，将原子弹情报秘密传递给苏联，1950 年将其逮捕，后不顾本人辩护和各方面的声援，1953 年 6 月将其处死。作为一部戏剧作品，作者没有去简单地回放整个事件的起因和过程，而是以高度凝练的方式，"将这个惊心动魄的悲剧所含的政治的、人生的意义，仿佛通过聚光镜似地都集中在朱丽尤斯与爱瑟两个人临难前几小时中紧张的生活里面"。作者力求通过这部作品，来揭露事实真相，抨击美国当局的阴谋，弘扬卢森堡夫妇珍爱和平与真理胜于自己生命的伟大精神。

四、文学理论、评论和文学史

从 20 世纪 50 年代中国译介波兰文学的各种文献资料中可以看到，密茨凯维支是这一时期最受关注的波兰诗人，不仅有多种作品集被翻译成中文出版，还有不少诗作散见于报刊。1955 年他被列为世界文化名人，中国同许多国家一样，以各种形式纪念这位伟大的诗人。当年 5 月

5日，在北京隆重举行了世界文化名人纪念大会，茅盾发表《为了和平、民主和人类的进步事业》。《新华月报》、《文艺报》、《人民文学》、《国际展望》等许多报刊均发表署名文章，介绍其生平与创作。

雅斯特隆著《密茨凯维支评传》，张闳凡译，人民文学出版社，1959 年 2 月第 1 版，印数 6600 册。该书的篇幅不大，正文部分仅 90 页，但内容全面，详略得当，对密茨凯维支的生平、主要作品及其思想和艺术性都有细致深入的评介和分析。作者米耶什斯拉夫·雅斯特隆是一位活跃的现代作家，1951 年国家奖金获得者，为波兰作家协会领导人之一。中文译本系根据约翰·札瓦达（J. Zawada）1956 年的世界语译本转译而成。关于密茨凯维支，作者在书中写道："虽然这位诗人的政治活动超越了一个国家、一国文学的范围，虽然他是一位那样杰出的作家，然而他的精神，他的作品，最富于民族性，同时又超出了民族的界限并具有国际意义。"对于当时已经能够读到多种密茨凯维支作品的中译本的读者来说，这部评传出版及时，为全面认识和理解这位伟大诗人提供了一个新的视角。

第三节　捷克斯洛伐克文学在中国

在考察新中国对捷克斯洛伐克文学的译介活动的时候，有这样几个早期的书文信息是值得一提的。一是由魏荒弩辑译的《捷克艺文选》，上海光华出版社 1949 年刊行，根据世界语版转译。全书分两编，上编"捷克小说选"收录了 J. 聂鲁达的短篇作品《他是无赖》，以及另外 7 位作家的作品各一；下编"捷克诗歌选"包括 J.V. 斯拉狄克等 12 位诗人的作品 15 首，译者对选收的作家有简略介绍；附录有"各国歌曲"6 首。这些作品是魏荒弩 1941 年至 1944 年期间在昆明陆续译出，1948 年编辑成书的。二是刊登在 1950 年 8 月 1 日出版的《人民文学》第 2 卷第 4 期的短篇小说《里狄斯十字架》，作者是捷克作家魏斯科普夫，时任捷克驻华大使，译者朱葆光。作品描写在纳粹占领捷克期间，一个叫里狄斯的村庄被野蛮毁灭，战后得到重建获得新生的故事。三是发表在《人民文学》第 3 卷第 4 期的"捷克诗抄"，包括 C. 希第尼希基的《月夜》、

S. 牛曼的《收获》、J. 罗哈的《夜莺唱着另一支歌》和 V. 史

丘起尔的《前进》等 4 首，邹荻帆[1] 译。在这一期的《人

民文学》上，还有 D. 塔塔尔克的短篇小说《小公鸡临死的

挣扎》，贾芝[2] 译。这些都是最早进入新中国读者视野的

捷克斯洛伐克文学作品。

在数量规模上，从 1951 年至 1976 年，以人民文学出

版社及其副牌名义出版的捷克斯洛伐克文学作品含诗歌 2

种、小说 18 种、散文 2 种、戏剧 6 种、作家评传 1 种，共

计 29 种。[3] 此外，还有上海文艺出版社等多家出版的捷克

斯洛伐克文学作品 20 余种。

图 10–15 魏荒弩辑译《捷克艺文选》
（1949 年版）

1. 邹荻帆（1917—1995），湖北天门人，当代诗人和翻译家。出生于湖北蒲圻（现赤壁市）。早年就读于湖北省立师范学校。1936 年发表长篇叙事诗《做棺材的人》和《没有翅膀的人们》。1938 年后在武汉等地从事抗日救亡运动，曾与穆木天、冯乃超等创办《时调》诗刊。1940 年入重庆复旦大学学习，以后做过中学教师、报刊编辑。1949 年后历任对外文化联络局办公室主任、《文艺报》编辑部主任、《诗刊》主编等职。著有诗集《青空与林》、《噩梦备忘录》、《尘木集》、《在天门》、《木厂》、《走向北方》、《金塔一样的麦穗》，诗论集《诗的欣赏与创作》、长篇小说《大风歌》等。

3. 人民文学出版社：《外国文学图书目录（1951—1990）》。

一、诗歌

涅兹瓦尔（Vítězslav Nezval）著《和平歌》（Zpěv

míru），朱子奇译（作家出版社，1955 年 9 月）。这是

一篇以单行本出版的长诗，64 开，34 页（正文部分只有

23 页），书前有作者短序"致中国读者"，书后有"注释"

和"译后记"。作者维吉斯拉夫·涅兹瓦尔 1900 年出生，

父亲是铅字工人，后来做了乡村教师，母亲是农家女。涅

兹瓦尔中学毕业后进入布拉格查理大学哲学系学习。从青

年时代就开始写作，有诗歌、散文、小说、剧本和文艺评

论等多种，不少作品都是歌颂工人阶级的斗争。他 1924 年

加入捷共，捷克斯洛伐克解放后在政府新闻教育部负责电

影工作。《和平歌》写于 1950 年，1953 年获得世界和平理

事会的金质奖章，被译成多种文字流传一时。1953 年秋，

在世界和平理事会工作的朱子奇也开始翻译这首作品。原

2. 贾芝（1913—2016），象征派诗人、现代民间文学活动家 · 民间文艺学家。1913 年 12 月出生于山西省襄汾县。1938 年从西北联合大学毕业后赴延安参加革命，入抗日军政大学、鲁迅艺术学院学习。1948 年调延安大学工作。1949 年 5 月到北平后，在文化部工作。次年中国民间文艺研究会成立，任秘书组长。1953 年到中国科学院文学研究所工作，任民间文学研究室主任；1979 年任中国民间文艺研究会副主席；1980 年任中国社会科学院少数民族文学研究所所长、研究员。著有《民间文学论集》和《新园集》，与孙剑冰合作编选《颂歌》《中国民间故事选》，主编《中国歌谣选》和《中国民间文学丛书》多种，另有诗集《水磨集》以及一些译作。

诗的韵律严格而完整，共 80 节，每节 5 行，末行都是"我歌唱和平"。作者称："我愿以我自己的诗篇来促进和加强全世界人民之间的淳朴的人类感情和他们在保卫世界和平事业斗争中的团结。"诗中写道："为了在我的故乡和任何地方，／每一个人都能长寿延年，／为了牧人的桶盛满奶浆，／为了条条江河好养鱼，／我歌唱和平。"作品的主题和内容主要迎合特定时代的政治鼓动宣传需要，有朴实的话语，也有空洞的口号，谈不上有多少诗意。

马哈（K.H. Mácha）的诗集《五月》（Máj），杨熙龄根据 H.H.McGoverne 英译本（*Orbis*, *Prague*，1949）转译（人民文学出版社，1960 年 11 月）。收入同名长诗和抒情诗 10 首，以及译者写的"关于马哈"的译后记。卡勒尔·亨涅克·马哈是 19 世纪捷克著名的进步浪漫主义诗人，虽然他 26 岁就英年早逝，但他的浪漫主义长诗《五月》（1836 年出版）和其他一些抒情诗在捷克文学中都有重要地位和影响，《五月》被誉为"诗歌中的珍珠"。这篇叙事诗的主人公维兰是一个感情热烈的人，被家庭驱赶后，成了一群强盗首领。他杀死了一个曾经诱奸他所爱的女人的人，后来才发现那人正是自己的父亲。他的行为被天主教会和封建贵族视为大逆不道，因而被送上了刑场。作品描写了无辜的主人公所受到的精神折磨，牢狱和死刑的阴森场景，另一方面也描写了五月里美丽的自然风光。在作者的笔下，自然的美好和谐反衬出当时封建专制的残忍与混乱。"辉煌的太阳在广阔的山谷／铺下它那黄金色的大氅，／在它那拥抱一切的光芒下，／早晨的珍珠似的露水闪闪发光；／整个大地都陶醉地躺卧着，／受了欢乐的五月纯洁魅力的影响。／／所有这一切，囚徒重看了一次，／他要与所有这一切永诀，／深深的痛苦涌过他酸疼的心坎；／他叹息着——泪水迸流。／再一次，最后一次，他看了这一切，／于是他向天空抬起泪痕纵横的脸。"马哈的诗歌叙事与抒情交织，注重展示人物复杂的内心世界，语言富有张力和乐感，这些在中译文都得到了较好的传递。

二、小说

《哈谢克短篇小说集》，水宁尼[1] 译自俄文（人民文学出版社，1952 年 2 月），包括 22

1. 水宁尼（1931—1999），原名缪世，四川重庆人。原电子工业部十院高级工程师，业余喜好文学和翻译，擅写杂文，兼任《北京晚报》栏目主笔多年。

篇短篇小说，多半是作者在半个世纪以前写的。白描的手法、鲜明的爱憎、隽永的情节、浓烈的讽刺，构成了哈谢克短篇小说的特色。

哈谢克最著名的作品《好兵帅克》，也经萧乾[1]从英文转译出版（作家出版社 1956 年 4 月，

1. 萧乾（1910—1999），文学翻译家、作家。出生于北京，1926 年在北新书屋当学徒，开始接触文艺。1933 年开始发表小说，1935 年于燕京大学毕业后，相

人民文学出版社 1957 年 8 月），让中国读者认识了这位捷克讽刺文学中最杰出的作家。这部

继任天津、上海、香港《大公报·文艺》主编，兼任旅行记者。1939 年赴英国任伦敦大学东方学院讲师，兼《大公报》驻英记者。1942 年进剑桥大学英国文

以一个普通的捷克士兵在第一次世界大战期间的经历为题材的长篇小说，用辛辣的讽刺笔法，

学系攻读研究生。1944 年作为《大公报》驻英特派员兼战地记者，采访西欧战场，1945 年采访旧金山联合国成立大会、波茨坦会议及纽伦堡审判。1948 年赴

毫不留情地揭穿了资产阶级的种种骗局，让读者看到了奥匈帝国残暴的统治，显示了捷克人民

香港参加《大公报》起义，并协助地下党英文刊物《中国文摘》的编译工作。1949 年起任英文刊物《人民中国》副总编辑。1953 年改任作协《译文》编委、

对它的深恶痛绝和顽强的反抗。在萧乾翻译这部作品时，它已经被翻译成二十多种文字在世界

编辑部副主任。1961 年调人民文学出版社任编辑，1979 年任该社顾问。1985 年调中央文史馆，任馆长。主要译著有易卜生《培尔·金特》、詹姆斯·乔伊斯

流传，对 20 世纪欧洲人民反抗暴政、争取自由起了巨大的鼓舞作用。欧洲进步作家和批评家

《尤利西斯》（与文洁若合译）等。

曾把哈谢克同塞万提斯和拉伯雷相提并论。由于作者过早地去世，他没有能按照原来的计划完

成《好兵帅克》后面的故事。按照哈谢克的意图，他要反帝战士帅克在伟大的十月革命以后走

向人民方面，而且要他去参加中国人民的解放战争。但就这一点，就足以激发广大读者的无穷

想象。

魏斯科普夫著《远方的歌声》，冯至、朱葆光从德文译（人民文学出版社，1953 年 8 月）。

作品含 3 篇小说、1 篇随笔和 8 篇逸事。作者在 1950—1952 年间任捷克斯洛伐克驻华大使。

鲍日娜·涅姆曹娃的《野姑娘芭拉》，馥草译（作家出版社，1956 年 4 月）。中篇小说《外

祖母》，吴琦译（人民文学出版社，1957 年 12 月）。主人公是一个普通捷克农妇，灵巧聪慧，

热爱自己的祖国和人民，同情被压迫的人。作品包含大量捷克乡村的风土人情，以及民间传说、

故事和民歌，被视为捷克文学中的瑰宝。

伊拉塞克的《还我自由》，张家章译（人民文学出版社，1958 年 10 月，分精装、平装两

种）。玛丽亚·玛耶洛娃的《矿工之歌》，鲍文蔚、戴钢译（作家出版社，1954 年 12 月）。

杨·德尔达的《"红色托尔季查"》，林秀译（作家出版社，1955 年 11 月）；短篇小说集《沉

默的防御工事》，阆凡、劳荣译（作家出版社，1956 年 7 月）。

安托宁·萨波托斯基的作品 4 种，其中包括长篇小说三部曲：描写 1884 年至 1887 年间早

期工人运动的《新战士站起来》，徐小丽、邱林绮译（1957 年 11 月）；描写 1905 年俄国革命

对捷克工人运动影响的《动荡的一九〇五年》，轶光译，希钦校（人民文学出版社，1959 年 3

月）；描写 1920 年社会民主党的背叛和捷克斯洛伐克共产党诞生的小说《红星照耀着克拉德诺》，

王仲英、麦芽译（1958 年 10 月）。还有他根据母亲的回忆录创作、反映 19 世纪中期社会生活

的长篇小说《黎明》，杨乐云等译（人民文学出版社，1960 年 5 月，分特精装、平装两种）。

　　瓦塞克·康尼亚的自传体长篇小说《受战争迫害的人们》，郑孝时译（人民文学出版社，1958 年 8 月）。米纳奇的《昨天和明天》，何青译（人民文学出版社，1958 年 10 月）。

　　普伊曼诺娃的作品 3 种：《十字路口的人们》，徐声越译（人民文学出版社，1958 年 11 月）；《玩火》，杨霞华译（人民文学出版社，1959 年 2 月）；《生与死的搏斗》，功良译（人民文学出版社，1963 年 2 月）。

三、报告文学

　　影响最大的莫过于尤利乌斯·伏契克（Julius Fučík）的纪实文学作品《绞刑架下的报告》（*Reportáž psaná na oprátce*）。作者伏契克是捷共党员，曾任《红色权利》报和《创造》杂志记者。1936 年以后，捷克斯洛伐克受到纳粹德国的侵略威胁，他和他的同志们怀着强烈的爱国热忱，写下了许多尖锐犀利的文章揭露纳粹分子的阴谋。1939 年德国入侵后，他转入地下斗争。由于叛徒出卖，1942 年被捕。1943 年 8 月 25 日他被柏林的纳粹法庭判处死刑，9 月 8 日被处死。1943 年春，他在被关押的庞克拉茨的德国秘密警察监狱里陆续写下一些文稿，记录狱中生活和与法西斯分子进行的英勇坚定的斗争。这些文稿后经他的夫人古斯达·伏契柯娃搜集整理，1945 年在捷克出版，陆续被译成 90 多种文字，在世界各国广为流传，被誉为捷克无产阶级文学经典的作品。

　　早在 20 世纪 40 年代末，刘辽逸[1] 就将这部作品译成

图 10-16　《绞刑架下的报告》
（人民文学出版社 ,1952 年版）

1. 刘辽逸（1915—2001），原名刘长菘，安徽濉溪人。民进成员。1939 年毕业于西北联合大学法商学院商学系。曾任翻译、中学教师。1949 年后历任人民文学出版社外国文学翻译、译审，民进中央委员。1943 年开始发表作品，主要译著有列夫·托尔斯泰的《战争与和平》等多部，曾获第一届鲁迅文学奖全国优秀文学翻译彩虹奖荣誉奖。

中文，以《绞索套着脖子时的报告》为书名先后由多家出版社出版（生活·新知·读书三联书

店，1947 年，1951 年；光华书店，1948 年 7 月；新文艺出版社，1952 年 9 月；人民文学出版社，

1959 年 4 月）。陈敬容[1] 翻译的《绞刑架下的报告》（人民文学出版社，1952 年 10 月）也是

1. 陈敬容（1917—1989），笔名蓝冰、成辉、墨弓等。四川乐川人。女。中学时期即开始攻习英文，补习法语与俄语，自修中外文学。抗战爆发前后曾任中

一个有影响的译本。80 年代以后出版的译本就更多。伏契克在书中表现出的坚定的革命理想和

小学教师及书局编辑。1946 年到上海专门致力于文学创作和翻译。两年后与诗友辛笛、杭约赫等共同创办了《中国新诗》月刊，任编辑。1949 年后，入华北

斗争精神，以及身陷囹圄和面对死亡时的无所畏惧，对中国的青年一代起到了极大的教育和鼓

大学正定分校，同年底到最高人民法院检察署工作。1956 年，调《世界文学》杂志社从事翻译和编辑工作。1973 年因病退休。为中国作家协会会员，主要译

舞作用。"生活是没有旁观者的。""人们，我爱你们。你们要警惕！"这些都成了广为引用

作有《安徒生童话选》、《巴黎圣母院》等。在文学创作方面，先后出版新诗和散文集《盈盈集》、《交响集》、《老去的是时间》等。

和流传的箴言警句。直到 2014 年，北师大版的初中语文教材仍选其中的片段做课文。

四、戏剧

瓦塞克·康尼亚的《父子劳模》，王金陵译（人民文学出版社，1953 年 2 月），是新中国

最初介绍的捷克斯洛伐克戏剧之一。作品创作于 1949 年，描写捷克斯洛伐克第一个五年计划

时期，老一代与年轻一代对待生产和社会生活的不同态度。

不过翻译界很快就把戏剧译介的重点转向了 19 世纪捷克最重要的戏剧家、民族戏剧的奠

基人约瑟夫·卡耶坦·狄尔（J. K. Tyl, 1808—1856）。先是出版了《吹风笛的人》（*Strakonický*

dudák），姜丽、林敏译（作家出版社，1956 年 7 月）。这部作品在捷克的剧院已经上演了

一百多年，家喻户晓，深受捷克人民喜爱。它真实地反映了封建制度和资本主义交替时期的捷

克乡村生活。作者巧妙地揭示了随着资本主义的到来而在农村中日益发展的阶级矛盾和金钱

势力，并将其作为剧本的基本冲突，从而成功地表现出剧中事件的本质和各种类型的人物形

象，同时也传递着一种高度的爱国主义思想。三年后，狄尔的另一部作品《血的审判》（又

名《库特诺山的矿工》）也由王金陵翻译出版（中国戏剧出版社，1959 年 9 月）。这是世界

舞台上第一部以工人起义为主题的剧作，所表现的是 15 世纪末由尖锐的阶级矛盾引起的历史

事件。剧本写于 1847 年，即布拉格起义的前一年，显然作者要以此来反映和鼓舞他所处时代

的工人运动。

《迪尔戏剧集》，杨成夫等译（人民文学出版社，1962 年 12 月），收入 6 部剧作，除上

面提到的两部外，还有《布拉格女仆和乡村帮工》（又名《纵火犯的女儿》）、《杨·胡斯》、

《固执的女人》（又名《多情的助理教师》）和《依尔日克的幻梦》，都是充满强烈的现实主义和爱国主义、追求社会公平正义的作品。

《卡·恰彼克戏剧选集》，吴琦译（作家出版社，1957 年 2 月），收入《白色病》和《母亲》两个反法西斯主义的剧本。雅罗斯拉夫·克利玛的《幸福不是从天降》，杨乐云、孔柔译（作家出版社，1958 年 6 月），以工业生产和工人阶级自我教育为主题，是 1952 年获捷克斯洛伐克国家一等奖的作品。阿洛依斯·伊拉塞克（A. Jirásek）的《灯笼》（*Lucerna*），杨乐云、孔柔译（人民文学出版社，1959 年 3 月），是与狄尔的《吹风笛的人》同样在捷克深受欢迎的神话剧。

五、文学理论、评论与文学史

亚伯·恰彼克著《惠特曼评传》，黄雨石译，作家出版社 1955 年 11 月出版。这是作者为《草叶集》捷克文译本撰写的长篇序文，译者根据中国作家协会提供的英文打字稿译出，以响应世界和平理事会的号召，在惠特曼的《草叶集》出版一百周年之际纪念这位伟大作家。

第四节　匈牙利文学在中国

从 1951 年至 1976 年，以人民文学出版社及其副牌名义出版的匈牙利文学作品含诗歌 7 种、小说 9 种、戏剧 7 种，共计 23 种。

一、诗歌

新中国译介出版最多的匈牙利诗人自然是裴多菲，主要的译者是从 20 世纪二三十年代就开始翻译东欧文学的老翻译家孙用。这一时期出版的裴多菲作品，既有孙用在 1931 年就翻译

出版的《勇敢的约翰》（人民文学出版社，1953 年 3 月）
重印本，也有他新选编翻译的《裴多菲诗选》（作家出版
社，1954 年 10 月，分精装、平装两种；人民文学出版社，
1959 年 5 月），还有兴万生翻译的《信徒》（人民文学出
版社，1963 年 2 月）等。

　　《裴多菲诗选》共收录诗人的作品 105 首，按年代分
为 8 个部分，另外收有旧译《勇敢的约翰》。书前有译者
根据匈牙利评论家的研究论文撰写的前言《裴多菲·山陀
尔》，介绍这位"匈牙利最伟大的诗人"的生平、创作成
就和艺术特色。在"后记"中，译者特别追溯了起始于鲁
迅的裴多菲作品汉译历程，并对自己选编的新译本做了说
明，特别提到他不懂匈牙利文，在选译过程中得到了匈牙
利留学生高恩德、梅维佳和北京大学一些同学的帮助。裴
多菲一生短暂，创作生涯只有十多年，但他却留下了八百
多首脍炙人口的诗篇，不仅成为匈牙利人民的精神财富，
而且在世界上也产生了共鸣和影响。他在诗歌中表现的艺
术才华和战斗豪情，特别是对生命、爱情和自由的讴歌，
深深地感动了一代又一代的中国读者。人们最熟悉的那首
《自由与爱情》——"*生命诚宝贵，／爱情价更高；／若
为自由故，／二者皆可抛！*"，经过青年诗人白莽的翻译
成为一首慷慨豪迈的杰作。在孙用的译本里，我们又读到
了这首诗的直译文本："*自由，爱情！／我要的就是这两样。
／为了爱情，／我牺牲我的生命；／为了自由，／我又将
爱情牺牲。*"这里的"译文是尽可能地直译的"，两种译
法各有千秋，可以让我们更加准确地读解感悟这篇作品。
从 20 世纪 30 年代到 50 年代初，裴多菲的名字已经为中国

图 10-17　《裴多菲诗选》
（作家出版社，1954 年版）

文学界熟知，但他的作品译介数量并不是很多，孙用选译的《裴多菲诗选》为广大读者更多地了解这位诗人的作品起到了重要的作用。该书多次再版加印，到 1962 年 9 月第 7 次印刷时已达到 85000 册。

孙用还翻译了另一位诗人尤诺夫的《尤诺夫诗选》（合译，人民文学出版社，1957 年 11 月），以及匈牙利著名诗人奥洛尔·雅诺士的长篇叙事诗《多尔第》（人民文学出版社，1960 年 3 月）。

二、小说

初期译介的作品主要有费雷斯·彼得《考验》，赵少侯[1] 译（人民文学出版社，1953 年 7

1. 赵少侯（1899—1978），浙江杭州人。1919 年在北京大学法文系毕业后一度留校任教。以后曾在中法大学、上海劳动大学以及青岛、山东大学任教授，讲

月）；纳吉·山陀尔《和解》，陈殿兴译（人民文学出版社，1953 年 11 月）；《莫里兹短篇

授法国文学。1949 年后任人民文学出版社法文编辑。中国作家协会会员，毕生从事法国文学的教学、研究和翻译，在莫里哀作品翻译方面贡献尤为突出。

小说集》，何家槐译（作家出版社，1955 年 3 月）；约尔卡·莫尔《为了自由》（作家出版社，

1956 年 5 月）；莫里兹的作品《孤儿院的孩子》，王书钟译（作家出版社，1956 年 11 月），

以及《七个铜板》，凌山等译，（人民文学出版社，1958 年 12 月）；约卡伊·莫尔的名著《黄

蔷薇》也由汤真[2] 重译出版（人民文学出版社，1960 年 3 月）。

2. 汤真（1927— ），原名汤匡时，曾用笔名苏朴、南文贞等。浙江萧山人。毕业于浙江大学。1951 年至 1958 年在上海文艺联合出版社、新文艺出版社外国

这里还要提到几部在特定历史背景下进入新中国读者视野的匈牙利大体量小说。

文学编辑室编辑，以后又任江西人民出版社编辑、编辑室主任，文学刊物《百花洲》副主编，编审，为中国作家协会会员，江西分会副主席，中国外国文

《查尔卡小说选》，秦水从俄文转译（人民文学出版社，1960 年 3 月，分精装、平装两种）。

学学会理事，江西省外国文学学会会长。从 50 年代起，编辑外国文学，业余翻译出版了大量长篇、中短篇小说集及少年儿童作品和文学评论。主要译著有 [俄]

作者查尔卡·马特（Zolka Mató，1896—1937），是一位国际主义战士和无产阶级作家。他参

阿克萨柯夫《家庭纪事》（三部曲）、[匈] 约卡伊·莫尔《黑钻石》、[匈] 伊雷什·贝拉《喀尔巴阡山狂想曲》（三部曲，合译）等。

加了第一次世界大战，在俄军战俘营里接触到马克思主义，后参加苏联红军和共产党，长期征战并在苏联从事国际共运活动，受到苏联政府的重视和奖励。1936 年西班牙内战爆发后，他再次拿起武器，指挥第十二国际旅作战，1937 年牺牲。他在匈牙利念书的时候就写过小说，苏联内战结束后重新开始写作，二三十年代创作了多部小说。他属于富尔曼诺夫、法捷耶夫、奥斯特洛夫斯基那一批有着丰富实战经验，又坚定献身于共产主义事业的作家，因此他的作品和主题也具有强烈的革命斗争色彩。《查尔卡小说选》收入 11 个短篇和 1 部长篇《杜伯尔杜》，内容上可以分为三类：描写帝国主义战争的，描写苏联国内战争的，揭露匈牙利社会民主党的本质的。中国作家萧三在 30 年代初就在莫斯科结识了查尔卡，故专门为这部译著做了序。

伊雷什·贝拉（Illés Béla，1895—1974）的长篇小说《祖国的光复》（Honfoglalás），由

秦水从俄文转译出版（人民文学出版社，1960 年 3 月，分精装、平装）。作者也是一位参加了两次世界大战的国际主义战士，对于中国读者来说他的名字并不陌生。早在 1943 年，当中国人民还在进行反抗日本帝国主义侵略的战争岁月，他的那部博得世界声誉、自传成分相当大的长篇史诗《卡尔巴阡山狂想曲》就有了中译本，而且距该书在莫斯科的初版时间（1941 年）不过两年多一点。《祖国的光复》写成于 1953 年，主要反映 1943 年苏军在收容和改造匈牙利战俘并最终使他们觉悟，站到正义的力量一边，自觉加入打回匈牙利去"光复祖国"的解放战争。

两年之后，伊雷什·贝拉的《蒂萨河在燃烧》（共二册）也经柯青从德文转译成中文出版（人民文学出版社，1962 年 4 月，分精装、平装两种）。这是他的第一部长篇小说，写成于 1929 年，即匈牙利苏维埃共和国建立十周年的时候。作者曾亲身经历这一重大历史事件，因此在作品里忠实地记录了 1918 年至 1921 年间匈牙利共产党人进行无产阶级革命及地下斗争的情况，分析了当时的局势，探讨了匈牙利苏维埃共和国一些成功和失败的经验。在当时的政治语境下，这部作品，连同之前已经译介到中国的《卡尔巴阡山狂想曲》和《祖国的光复》，三部巨著被视为匈牙利无产阶级革命的波澜壮阔的历史画卷，展现了匈牙利人民在共产党领导下走过的一段必然的历程。

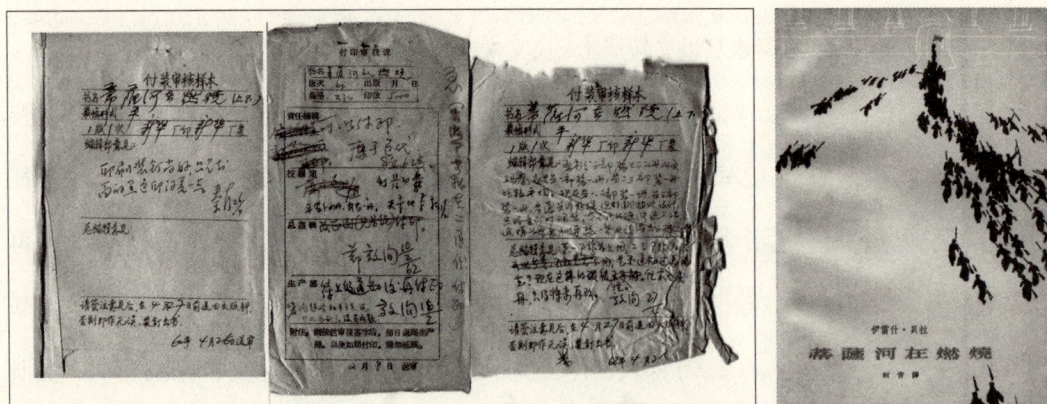

图 10-18　《蒂萨河在燃烧》及其编辑排印工作记录（人民文学出版社，1962 年）

然而 60 年后，当我们重新审视当年这些作品的出版，不难发现其中特定的国际政治背景和强烈的意识形态影响。1956 年 10 月，匈牙利爆发了声势浩大的反对苏联和要求政治改革的民主游行，苏军出兵 12 个师进行武装干涉，在布达佩斯酿成大规模的流血事件，震惊世界。

国际共产主义运动内部的强烈对抗，围绕国家的发展道路和政权建设进行的激烈的政治较量，使社会主义国家普遍加大了对政治舆论的掌控力度。伊雷什·贝拉的作品得以在中国译介出版，反映了当时的这样一种政治环境和现实需要。历史经常是在不断否定过程中前进的。1989年，匈牙利最高法院宣布撤销当年对纳吉等人的判决，数十万民众自发地参加为他们举行的国葬。1956年事件在匈牙利早已被公认为"人民起义"。苏联和俄罗斯领导人先后多次为当年对匈出兵向匈牙利道歉。[1] 而当年的那些作家连同他们的作品，也只能停留在特定的历史瞬间。

1. 参阅侯凤菁著：《燃烧的多瑙河——匈牙利1956年事件真相》，北京：新华出版社，2009年版。

三、戏剧

曼狄·艾瓦《平日的英雄》，蔡时济译（作家出版社，1954年8月），大概是最早译介到新中国的匈牙利戏剧作品。紧随其后的是海依·尤利乌斯的两部作品：一部是社会主义经济建设题材的《生活的桥梁》，冯亦代[2] 译（作家出版社，1955年5月）；另一部是写第二次世界大战后世界原子能科学家在研究工作中两种思想斗争的《原子能》，傅韦等译（作家出版社，1955年10月）。

2. 冯亦代（1913—2005），散文家、翻译家、社会活动家。原名贻德，笔名楼风、冯之安、马谷、公孙仲子等，浙江杭州人。1932年入上海沪江大学攻读工商管理系，辅修英国文学。1939年创办英文刊物《中国作家》，1940年主编《电影与戏剧》，1945年在上海创办《世界晨报》。历任中外文化联络社经理，新闻总署国际新闻局秘书长兼出版发行处处长，外文出版社办公室代理主任、出版部主任，《中国文学》（英文）编辑部副主任，中国作家协会理事，中国翻译工作者协会常务理事兼副秘书长等。翻译大量欧美文学作品。

维莱格·莫里兹、嘉保·德所根据匈牙利现实主义作家日格蒙德·莫里兹作品改编的四幕剧《亲戚》，也经茅於美从英文转译出版（作家出版社，1955年12月）。作品主要揭露两次世界大战之间的30年代匈牙利官场的黑暗腐败。

萨波·巴尔的《夏日骤雨》，傅佩珩译（人民文学出版社，1958年8月），以及乌尔本·艾尔纳的《战斗的洗礼》，傅韦译（人民文学出版社，1958年9月），都是反映农村集体化和社会主义建设的作品。同样表现农村新旧思想冲突和对小农思想斗争的还有西兹马瑞克·马蒂阿斯等创作的三幕六景喜歌剧《小花牛》，也经傅维慈（原书署名）、周毓英根据德译本转译出版（中国戏剧出版社，1959年）。时隔五十多年，已经是耄耋之年的傅惟慈仍对当时的情况有着清晰有趣的记忆："这出歌剧由中央实验歌剧院排练后曾在北京天桥剧场上演，时间大约在1956年春季。为增加效果，剧院决定上演时弄一头真牛上台。后来找不到花牛，就用一头小黄牛代替，剧名也改为《小牛》。演员的歌唱和乐队效果都不错，受到欢迎。"[3]

3. 《傅惟慈译文自选集》前言《走上翻译之路》，桂林：漓江出版社，2013年版，第2页。

在艺术水平上值得称道的还有弗罗什马蒂·米哈尔（Vörösmarty Mihály, 1800—1855）

的诗剧《钟哥与金黛》（*Csongor és tünde*），裴培译（人民文学出版社，1962 年 12 月，分精装、平装两种）。这部作品取材于民间传说，表现勇士钟哥和仙女金黛一对恋人在黑暗势力面前历尽艰险和考验，最终如愿以偿的故事。这是一部思想与艺术完美统一的优秀作品，在匈牙利的剧院上演了一百多年，历久不衰，堪称经典。

第五节　罗马尼亚文学在中国

从 1951 年至 1976 年，以人民文学出版社及其副牌名义出版的罗马尼亚文学作品含诗歌 3 种、小说 16 种、戏剧 5 种，共计 24 种。从全国范围看，仅"文革"前 17 年，就翻译出版了罗马尼亚文学作品单行本 54 部，绝大部分在 50 年代，其中 1955—1957 年达到高峰，出版了 28 部。[1]1951 年 3 月，世界知识社以单行本出版了时任罗马尼亚作家联合会书记的评论

1. 丁超：《中罗文学关系史探》，北京：人民文学出版社，2008 年版，第 198 页。

家米哈伊·诺维柯夫（Mihai Novicov，1914—1992）的长篇文章《罗马尼亚人民共和国的文学向社会主义现实主义迈进》，拉开了新中国译介出版罗马尼亚文学的序幕。

一、诗歌

在新中国初年的报刊中已经可以看到对罗马尼亚诗歌的介绍。1951 年 2 月 10 日的《光明日报》刊发了江狄的文章《罗马尼亚的人民诗人艾敏乃士古》，根据《罗马尼亚评论》（1950 年第 6 期）的文章编译。爱明内斯库是罗马尼亚家喻户晓的民族诗人，1950 年是他诞辰 100 周年，罗马尼亚国内举行了许多纪念活动。中国的主要报纸以相当大的篇幅配合介绍，也让广大读者了解了这位伟大诗人的生平和作品。50 年代虽然没有出版他的作品集，但在文学刊物上都有较为集中的小辑。《译文》杂志 1954 年 1 月号发表葆荃（戈宝权）翻译的《祝你晚安》、《重新在那条胡同里》、《而你始终没有来临》、《假如白杨树在夜里面……》和《树林呀，你为什么摇摆……》等 5 首爱明内斯库的诗作。该刊 1958 年 1 月号刊登了徐文德直接从罗马尼亚文翻

译的《我们的年青人》、《致我们的批评家》和《湖》3 首。改刊《世界文学》后的 1959 年 8 月号，又有戈宝权翻译的《我对你有什么愿望，亲爱的罗马尼亚》。这些都为后来的《爱明内斯库诗选》（上海译文出版社，1981 年）做了先期的准备。

图 10-19 1951 年《光明日报》刊发的纪念罗马尼亚诗人爱明内斯库百年诞辰的文章

50 年代通过单行本译介的罗马尼亚女诗人有玛丽亚·巴努斯（Maria Banuș，1914—1999）。她早期的作品柔和纯美、朴实沉静，"二战"期间面对残酷的现实，她的创作充满了对法西斯战争的激愤和憎恶，追求自由与解放成为了她的创作基调，50 年代又更多地在作品中注入了歌颂和平和反对战争的思想主题。1955 年发表的《美国，我对你说》是当时最优秀的作品之一，曾在当年第五届世界青年与学生和平友谊联欢节的文艺竞赛中获得文学一等奖。诗人描绘出了两个母亲的形象，一个象征着欧洲的普通劳动者，一个象征着美国的普通劳动者。欧洲母亲饱经忧患，在战争中失去了丈夫和孩子，失去了一切欢乐和希望，但是她为了重新建设国家而坚强地工作着，她的爱情又苏醒过来，并且正在期待一个新的生命降临。诗人力图用诗歌在两个母亲中间架起一座相互理解的桥梁，劝告人们警惕谎言与阴谋，不要让风暴和火焰毁灭千千万万普通人的生活。这部作品由胡文静翻译，先是以单行本出版（作家出版社，1957 年 8 月，简精装本），

后又收入胡文静等译的《巴努斯诗选》（人民文学出版社，1959 年 8 月，简精装本）。

而另一本《托马诗选》，译者邹荻帆、孙玮[1]、卢永（人民文学出版社，1957 年 12 月），

收录的作品具有那个时代特有的政治色彩，"解放"、"正义"、"自由"、"和平"、"真

---

1. 孙绳武（1917—2014），又名孙玮，著名出版家、翻译家、中国作家协会会员。河南偃师人，1936 年参加革命工作，1942 年毕业于西北大学商学院，主修俄文，1947 年转入苏联驻华大使馆文化处工作，1949 年进入时代出版社，1953 年调入人民文学出版社，历任总编室副主任、外国文学编辑室主任、副总编辑，享受国务院老文艺家津贴和政府津贴。从事外国文学编辑工作六十载，曾获第四届中国韬奋出版奖，2012 年被中国出版集团评为首批"编辑名家"。

理"、"献给党"等激昂的话语，使他的作品在格调上同那些在苏联包括中国流行一时的"颂歌"非常接近，当社会环境发生变化后，此类作品就很快被其他主体和形式的作品取代。

二、小说

在 20 世纪 50 年代初译介出版的首先是一些反映革命斗争题材的中短篇小说（集），如彼得·杜米特里乌的《六月的夜》（上海平明出版社，1950 年 10 月），再现 1907 年农民不堪忍受压迫揭竿而起的《农民起义》（上海平明出版社，1953 年 12 月），描写罗马尼亚解放之初农村阶级斗争的《仇恨》和《打狼》，奥雷尔·米哈莱反映战后罗共执掌政权的《罗马尼亚的春天》（中南人民文学艺术出版社，1953 年 12 月），以罗马尼亚工人阶级反抗斗争题材为主的《萨希亚短篇小说集》（作家出版社，1954 年 4 月）等。当时选取的作品主要来自布加勒斯特出版的英文版杂志《罗马尼亚评论》（Rumanian Review）。不过这种有很大权宜性和随意性的选材译介在当时罗马尼亚文学引进工作中占的比例并不大，并且很快被其他一些作品所淹没。

30 年代曾经被鲁迅译介的罗马尼亚小说家米哈伊尔·萨多维亚努，在 50 年代已经担任罗马尼亚大国民议会副主席、作家联合会主席等要职，他的作品在中国颇受重视，译介出版的作品多达 9 部。具体是：中篇小说《泥棚户》，黎声译（上海平明出版社，1952 年 7 月），另一个版本为赵蔚青译（作家出版社，1955 年）；短篇小说集《柯兹马·拉柯尔》，劳荣译（上海文化工作室，1953 年 3 月）；长篇小说《米特里亚·珂珂尔》，贾芝译（作家出版社，1955 年 6 月）；故事集《安古察客栈》，李伦人译（上海新文艺出版社，1955 年 8 月）；故事集《战争故事》，赵蔚青译（作家出版社，1956 年 3 月）；长篇小说《斧头》，朱惠译（新文艺出版社，1957 年 9 月）；长篇小说《漂来的磨房》，方煜译（上海文艺出版社，1959 年）；长篇小说《马蹄铁·尼古阿拉》，冯俊岳译（上海文艺出版社，1959 年 11 月）；中篇小说《百花岛》，钱金泉、孔庆炎、汪新宁、蔡虇丽、王芙译（作家出版社，1964 年）。应当说，萨多维亚努的小说创作题材十分广泛，语言自然质朴，叙事简洁生动，在 20 世纪罗马尼亚文学中占有重要地位。不过当时译介的这些作品在文学价值上还是差异很大的，既有厚重历久之作，也有迎合政治需要的虚浮文字。

经典作家的作品汉译比重明显提高。《克里昂加选集》，洪有纾等译（人民文学出版社，1958 年 2 月），克里昂加《白奴的故事》，沈怀洁等译（人民文学出版社，1958 年 11 月）；《斯拉维支小说集》，高骏千等译（人民文学出版社，1957 年 12 月）；《聂格鲁吉小说选》，陈小曼译（人民文学出版社，1960 年 8 月，半精装本）；《弗拉胡查短篇小说集》，刘连增等译（人民文学出版社，1957 年 12 月）；列勃里亚努的长篇小说《起义》，黎星译（人民文学出版社，1959 年 8 月，特精和平装两种版本）等。以上都是 19 世纪到 20 世纪上半期罗马尼亚文学中有影响的作品。

　　战后开始在罗马尼亚文坛上崭露头角的青年作家也受到中国翻译界的关注，如玛林·普列达、彼得鲁·杜米特里乌、弗·埃·加兰等。普列达的农村题材中篇小说《在一个村子里》，杨友等译（作家出版社，1957 年 5 月），长篇小说《莫罗米特一家》，主万译（人民文学出版社，1959 年 8 月，特精和平装两种版本），都是出版不久即被译介到了中国，其中《莫罗米特一家》是奠定普列达这位重要小说家文坛地位的代表作之一。杜米特里乌描写多瑙河和黑海捕鱼工人生活的长篇小说《海燕》，由尚青根据英文本转译出版（人民文学出版社，1959 年 8 月，特精和平装）。还有弗兰契斯克·孟嘉努以工业化为题材创作的长篇小说《穆列希河上一城市》，由云天、达恺从俄文转译（上海文艺出版社，1958 年）；加兰写农业合作化前夕农村阶级斗争的《巴拉干》，贝凡根据法文本转译出版（作家出版社，1965 年 3 月，精装和平装）等。这些作品在题材和内容上，刚好迎合了同时期中国社会进行的大规模社

图 10-20　《莫罗米特一家》
（人民文学出版社，1959）

会主义建设和人民公社化对文艺宣传的需要。

　　还有林新、沈怀洁、洪有纾根据法文转译的《罗马尼亚现代短篇小说选集》（新文艺出版社，1957 年 11 月），金易、艾迅、金锡润根据英文本转译的《罗马尼亚现代短篇小说选集》第二集（上海文艺出版社，1959 年），分别收入了一批重要作家的作品，比较集中地反映了罗马尼亚现代小说创作。

三、戏剧

　　值得庆幸的是，罗马尼亚 19 世纪戏剧大师扬·卢卡·卡拉迦列在这一时期依然受到文学界的景仰和重视。1952 年在他百年诞辰之际，罗马尼亚国内举行了一系列活动，大量再版他的作品，中国的《人民日报》对此有专门的报道。很快，他的代表作四幕话剧《失去的信》就经余亢詠翻译出版（上杂出版社，1953 年 4 月）。稍后又有《卡拉迦列戏剧选集》（作家出版社，1955 年 5 月）问世，由齐放根据布加勒斯特出版的法文本转译。该书收入了《一封失掉的信》和《莱欧尼达先生遇到"反动派"的时候》，都是卡拉迦列最重要的作品，至今还是罗马尼亚一些剧院的保留剧目。

图 10-21　《卡拉迦列戏剧选集》
（作家出版社，1955）

　　两次世界大战之间的作家米哈伊尔·塞巴斯蒂安的剧作《最后消息》也有了中译本，石永礼译（作家出版社，1956 年 4 月）。

　　20 世纪 50 年代译介出版的罗马尼亚戏剧作品还有奥莱尔·巴琅格的《败类》，劳荣译（人民文学出版社，1952

年 12 月）；他和尼古拉·莫拉鲁合作的话剧《为了人民的幸福》，水建馥译（作家出版社，1954 年 11 月）；米哈尔·达维多格鲁的话剧《矿工们》，叶至美译（人民文学出版社，1953 年 3 月）；玛丽亚·巴努斯《伟大的一天》，奚建瀛译（中国戏剧出版社，1957 年 4 月）；霍里亚·罗维奈斯库的三幕六场话剧《堡垒在崩溃》，闻时清、裘果芬译（中国戏剧出版社，1958 年 8 月）。

在当时产生一定反响的是《堡垒在崩溃》，该剧以 1943—1948 年罗马尼亚解放前后阶级斗争极其尖锐的历史时期为背景，描写了一个曾被认为是不可征服的资产阶级家族最终分崩破灭的故事。该剧写于 1955 年，在罗马尼亚上演后受到热评，还获得国家奖，并在莫斯科公演。天津人民艺术剧院在 1957 年底也将其搬上舞台，成为新中国上演的第一部罗马尼亚戏剧。[1]

1. 当时的剧评，见赵大民《资产阶级知识分子往何处去——试评罗马尼亚话剧〈崩溃的堡垒〉及其演出》，载《中国戏剧》，1958 年第 1 期。

第六节　保加利亚文学在中国

从 1951 年至 1976 年，以人民文学出版社及其副牌名义出版的保加利亚文学作品含诗歌 3 种、小说 8 种、戏剧 3 种、文艺理论 1 种，共计 15 种。国内其他一些出版社也出版了多种保加利亚文学作品。

一、诗歌

谈到保加利亚文学，首先要提到伊凡·伐佐夫。鲁迅在 1921 年就翻译过他的《战争中的威尔珂》，1935 年又译其短篇《村妇》，孙用也在 1931 年辑印了他的 5 个短篇《过岭记》。新中国出版的第一部保加利亚诗集，就是伐佐夫的《可爱的祖国》，孙用译（文化工作社，"译文丛刊"，1952 年 5 月）。该书开本和篇幅都不大，收诗 4 首、小说 6 篇，书前有 A. 索博科维支的文章《伟大的保加利亚诗人伊凡·伐佐夫》，另有"后记"。伐佐夫诗歌的一个重要特点就是字里行间充满了对祖国的挚爱："可爱的祖国，你多么美丽！／你的天空伸展着神异的青青！／你的大地陈列着迷人的图画！所见的一切都是永远的美景……／这里，快乐的溪谷，

那里，雄伟的大山，／地上满是花朵，天上——金刚石的
光明……／可爱的祖国，你多么美丽！"（《可爱的祖国，
你多么美丽》）

　　孙用还翻译了《斯米尔宁斯基诗文集》（人民文学出
版社，1959 年 9 月，简精装本），收录诗作 27 首，小品
文 5 篇，书前有赫利斯托·拉德夫斯基写的介绍性序文《赫
利斯托·斯米尔宁斯基》，书后有"译后记"。这位诗人
1898 年出生在马其顿，后迁居索非亚，1923 年因病去世。
他虽然一生只活了 25 岁，但创作了许多"一战"时期关乎
民族和社会重大题材的作品，具有强烈的斗争精神和理想
意义。他的名字在中国并不陌生，1935 年的《译文》杂志
和其他的报纸副刊都发表过他的作品。

　　《波特夫诗集》，杨燕杰、叶明珍译（人民文学出版社，
1959 年 10 月，简精装本），是 19 世纪保加利亚诗人赫里
斯托·波特夫（Христо Ботев，1848—1876）的作品专辑，
选收了诗人的全部作品 20 首。波特夫是在 1876 年保加利
亚反抗土耳其奴役的四月起义中牺牲的，年仅 28 岁。他留
下的作品为数不多，但却成为了保加利亚人民为争取民族
独立和解放、自由和美好而斗争的巨大的精神鼓舞。他那
首悼念民族英雄的挽歌——"在争取自由的战斗里倒下的
人，／永生不死：大地、天空、猛兽、自然／都要为他哀悼，
／歌手们也要唱歌赞颂他……"（《哈基·迪米特尔》），
也成为了他本人的坚定信念和英雄写照，后来的许多反法
西斯战士也是唱着波特夫的这首诗从容就义的。

　　《瓦普察洛夫诗选》，周煦良等译（上海文艺出版社，
1959 年 9 月），共收尼古拉·瓦普察洛夫（1909—1942）

图 10-22　《波特夫诗集》
（人民文学出版社，1955）

的诗 34 首，都是他诗作中比较优秀的作品，作者用亲切、热烈的诗句表达了他对工人阶级、革命和社会主义所抱的信心。诗人受到苏联和保加利亚共产党人影响，投身工人运动，写下许多进步诗歌。"二战"期间，他作为保共中央军事委员会委员开展抵抗斗争，被法西斯逮捕，英勇牺牲。1953 年，世界和平理事会追授瓦普察洛夫名誉和平奖，对他的诗歌创作给予了公认的荣誉。他的诗歌深刻表达了他所处时代人们对和平和幸福的渴望："你曾经教过我们，亲爱的母亲，／要爱所有的人，像我爱你一样。／我愿意爱他们，母亲，但是／我必须也要有面包和自由。"（《祖国》）他不仅是一位革命者，而且也是一位乐观的诗人："我生活着，／劳动着，／并且勇气十足，／尽我可能，／我来写诗，／面对着那阴郁的生活／我毫不害怕，／并且我不打算／对它让路！"（《信念》）这样的坚定和情感，在那个年代的许多人身上都可以看到。

《拉德夫斯基诗选》，杜承南译（作家出版社，1961 年 12 月，简精装本），收录了诗人赫利斯托·拉德夫斯基的作品 54 首，分别取自他二三十年代以后出版的诗集《献给党》、《脉搏》、《在缺少空气的年月里》、《我的共和国》、《幽默和讽刺》和《寓言诗》，并仍按原书名编排。在他的诗作中，可以感受到一种坚定的无产阶级革命理想和斗争气概："我爱生活，爱我们的行星，／我爱黎明时东方的晨星。／在严酷的斗争里我奔向光明，／在群众中我学会了斗争，／面对死亡我高歌猛进！"（《共产党人》，1928 年）当然，他的创作还包括祖国、母亲、自由、爱情、生死等其他一些主题，但可以看出，总体上受当时以马雅可夫斯基为代表的苏联诗风影响很大。

1965 年，人民文学出版社上海分社还出版了《斯米尔宁斯基、瓦普察洛夫诗选》，将此前以单行本发行的两位诗人作品合集，列入"外国革命文学作品"系列，译者为孙用等。

二、小说

20 世纪 50 年代中国译介出版了为数不少的保加利亚小说：约丹·育符柯夫《白燕》，马清槐译（文艺翻译出版社，1951 年 8 月）；伊凡·伐佐夫《可爱的祖国》，孙用译（文化工作社，1952 年 5 月），伐佐夫等《保加利亚短篇小说集》，陈登颐、邱威译（光明书局，1952 年 6

月），伐佐夫等《不好客的村庄》，黄贤俊译（文化工作社，
1953 年 1 月）；赫·斯米尔宁斯基等《复仇的故事》，金
福译（平明出版社，1954 年 5 月）；史·达斯卡洛夫《加
尔乔》，徐吉贵、殷伯和译（中国青年出版社，1955 年 4 月）；
维·盖诺芙斯卡娅等《早晨》，杨骅、金霞、赵哀琴译（新
文艺出版社，1956 年 3 月）；古里雅希基《农业机器站》，
马杏城译（作家出版社，1956 年 10 月）；维任诺夫《第二连》，
北索译（作家出版社，1957 年 2 月）；叶·科拉洛夫《他
们成为勇敢的人》，吴世毅译（中国青年出版社，1957 年
12 月）；《马丁诺夫中篇小说集》，苏鹏、孙以莘译（人
民文学出版社，1958 年 10 月）；彼得罗夫《侬卡》，袁
湘生译（人民文学出版社，1959 年 3 月）；达斯卡洛夫等《狐
狸——保加利亚短篇小说集》，徐霭等译（新文艺出版社，
1957 年 10 月）；等等。

　　在 20 世纪 50 年代译介的保加利亚小说中，伐佐夫的
作品占有突出位置，其中最有影响的是《轭下》，施蛰存
根据英译本转译（文化工作室，1952 年 4 月初版，作家出
版社，1954 年 6 月）。这部作品是伐佐夫在 1877 年初流
亡敖德萨期间创作的，它描写了 1876 年保加利亚人民反抗
奥斯曼土耳其暴政的起义，是一部具有近代史诗性质的长
篇名著。他的另一部作品《米特洛芬和陶尔米道尔斯基》
也有中译本，伊信译（作家出版社，1956 年 2 月）。

　　批判现实主义作家埃林·彼林的短篇小说也有多种在
中国出版，例如：《艾林·沛林短篇小说集》，杨铁婴译（群
众书社，1955 年 4 月）；《大地》，方闻译（文化生活出
版社，1956 年 5 月）。同样属于经典的还有：卡拉维洛夫

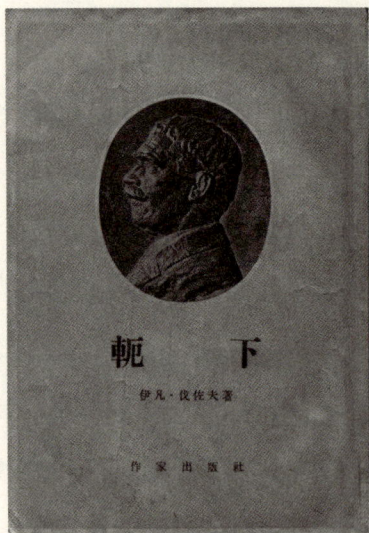

图 10-23　《轭下》
（作家出版社，1954）

的小说集《旧日的保加利亚人》，梅岑、黛云译（平明出版社，新译文丛刊，1955 年 12 月）；乔·卡拉斯拉沃夫的长篇小说《儿媳妇》，陈登颐译（新文艺出版社，1956 年 11 月）；季米特尔·塔列夫的长篇小说《铁灯》，袁湘生译（作家出版社，1961 年 8 月）；等等。另外，现代作家狄莫夫的两卷本长篇小说《烟草》也被翻译出版，秦水译（人民文学出版社，第一卷 1959 年 9 月，第二卷 1960 年 8 月，分特精、精、平装三种规格）。

三、戏剧

奥尔林·瓦西列夫《人间乐园》（原名《警报》），田大畏译（作家出版社，1955 年 12 月）。剧本写于 1948 年，描写第二次世界大战期间保加利亚人民在共产党领导下的反法西斯斗争故事。作品获得了季米特洛夫奖，并被拍成电影，在中国也放映过。作者 1954 年曾访问中国，同年创作的《幸福》一剧写四个年轻人在保加利亚社会激荡的二十年间的不同命运变化，反映个人与社会之间相互错综复杂的关系，传递革命理想和乐观主义精神。作品出版后也在国内获奖，并很快在中国得到译介，杨秀怡译（作家出版社，1958 年 9 月）。

影响较大的戏剧作品是克鲁姆·丘里亚夫科夫 1952 年创作的五幕话剧《第一次打击》（Първият удар），叶明珍、张庆才译（中国戏剧出版社，1959 年 7 月）。这是一部纪实作品，反映了 1933 年在德国发生的所谓"国会纵火案"和具有历史意义的"莱比锡审判"。刚刚上台的希特勒纳粹党为镇压共产党，在国会竞选中赢得多数席位，由戈培尔和戈林策划了纵火阴谋，以此为由大肆逮捕迫害共产党人，保加利亚共产党主席季米特洛夫也遭到逮捕。他在莱比锡最高法院的审判庭上慷慨陈词，对德国法西斯给予了政治道德上的坚决回击，显示了坚贞、勇敢、正义的力量，成为国际共产主义运动史上的一个经典案例。这部作品由辽宁人民艺术剧院于 1960 年 3 月 31 日在北京天桥剧场上演，可见其在当时的影响。

图 10-24　1960 年 3 月 31 日，辽宁人民艺术剧院在北京天桥剧场演出保加利亚话剧《第一次打击》。图为演出结束后保加利亚驻华大使班切夫斯基上台和演员们握手。

季米特尔·戈诺夫、季米特尔·潘戴利耶夫的《暴风雨过后的痕迹》，叶明珍译（中国戏剧出版社，1965 年 7 月），内部出版。这时中国与保加利亚等东欧国家的关系已经发生了人所共知的变化。

四、文艺理论

这方面的著作有《季米特洛夫论文学、艺术与科学》，杨燕杰、叶明珍译（人民文学出版社，1958 年、1959 年，分特精、精、平装三种规格）。全书分"文学、艺术与科学的一般问题和任务"、"论个别作家"两部分，收文章 39 篇，另有一组"回忆季米特洛夫"的文章。季米特洛夫是国际共产主义运动中有影响的领导人，他的政治著作在 30 年代就被介绍到中国。他的这部文艺理论作品也因政治而具有特别的意义。

第七节 南斯拉夫文学、阿尔巴尼亚文学在中国

一、南斯拉夫文学

中国与南斯拉夫在 1955 年 1 月 2 日正式建交，之后两国便开始进行文化交流，但毕竟比其他东欧国家要晚了好几年。1958 年以后，两国关系重趋恶化，文化往来锐减。这些都影响到南斯拉夫文学在中国的译介出版。

从人民文学出版社的《外国文学图书目录（1951—1990）》上看，1951 年至 1976 年，以人民文学出版社及其副牌名义出版的南斯拉夫文学作品只有 6 种，其中诗歌 1 种、小说 4 种、戏剧 1 种。

诗歌是《普列舍伦诗选》，张奇、水建馥译（人民文学出版社，1957 年 1 月），收诗作 21 首。另有苏联人斯·乌尔班为苏联文学出版社 1955 年版《普列舍伦诗选》写的序文《弗兰采·克萨维里·普列舍伦》。普列舍伦（1800—1849）是斯洛文尼亚伟大诗人，毕生致力于斯洛文尼亚语言和文化工作，歌唱自由，今天斯洛文尼亚国歌的歌词就是他创作的。

小说包括：伊凡·参卡尔《老管家耶尔奈》，黄星圻、郭开兰译（人民文学出版社，1957 年 4 月）。作者一生短促，生活困顿，但文学成就使他成为普列舍伦之后斯洛文尼亚文学中的最伟大作家。他的作品的丰富是惊人的，逝世后出版的选集有 20 卷之多。这部小说写于 1907 年，讲述了一个辛勤劳作 40 年的老仆人，在老东家死后被少爷赶出，

图 10-25 《老管家耶尔奈》
（人民文学出版社，1957）

无家可归，到处漂泊，满心隐痛，上诉无门，最终在绝望中放火烧掉了他服侍了 40 年的庄园。作者通过这样一个令人辛酸感慨的故事，揭露了社会和法律的虚伪，表达了普通百姓对公平正义的渴望。

其他中译小说还有：塔夫卡等《南斯拉夫短篇小说集》，高骏千等译（作家出版社，1957年 6 月）；敏笛罗维奇《云层笼罩着塔拉》，石建开译（作家出版社，1957 年 10 月）；姆拉登·奥利亚查《娜嘉》，杨元恪等译（作家出版社，内部书，1964 年 7 月）。

戏剧为伊沃·沃依诺维奇《暴风雨》，春秋译（人民文学出版社，1957 年 8 月）。

二、阿尔巴尼亚文学

译介出版的品种相对比较丰富。从 1951 年至 1976 年，以人民文学出版社及其副牌名义出版的阿尔巴尼亚文学作品含诗歌 10 种、小说 7 种、戏剧 1 种，共计 18 种。

诗歌大部分为戈宝权译，包括：《吉亚泰诗选》（人民文学出版社，1959 年 11 月，半精装）；《阿尔巴尼亚诗选》（合译，上海文艺出版社，1959 年 11 月）；《恰奇诗选》（合译，人民文学出版社，1959 年 11 月，半精装）；《德拉戈·西理奇诗集》（合译，作家出版社，1964 年 5 月，精装、平装）；《拉扎尔·西理奇诗集》（作家出版社，1964 年 11 月，精装、平装）；拉扎尔·西理奇《教师》（作家出版社，1966 年 2 月，精装、平装）；《恰佑比诗选》（合译，作家出版社，1964 年 11 月，精装、平装）；《山鹰之歌》（合译，上海文艺出版社，1965 年 1 月）。

另外，还有《米吉安尼诗文集》，裴培译（人民文学出版社，1959 年 11 月）；《弗拉舍里诗选》，杜承南译（人民文学出版社，1962 年 11 月）；《米耶达诗选》，乌兰汗等译（人民文学出版社，1962 年 11 月）。

"文革"期间有《阿果里诗选》，郑恩波译（人民文学出版社，1974 年 11 月，精装、平装）。

小说有：《阿尔巴尼亚短篇小说集》，屠珍、梅绍武译（上海新文艺出版社，1956 年）；吉雅泰《丹娜》，林耘译（人民文学出版社，1958 年 12 月）；斯巴塞《他们不是孤立的》，黎星译（人民文学出版社，1959 年 11 月，特精、精、平装三种）；斯皮罗·查依《五封信》，施友松译（人民文学出版社，1959 年 11 月，半精装、平装）；《阿尔巴尼亚短篇小说集》，

徐萍、和子等译（作家出版社，1961 年 10 月，精装、平装）；《阿尔巴尼亚现代短篇小说集》，

张奇等译（作家出版社，1964 年 11 月，精装、平装）。

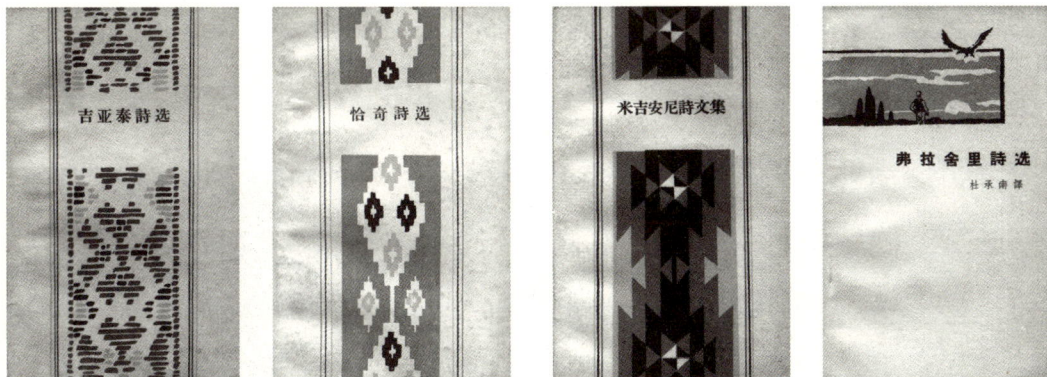

图 10-26 人民文学出版社出版的几种阿尔巴尼亚诗集：《吉亚泰诗选》（1959）、《恰奇诗选》（1959）、《米吉安尼诗文集》（1959）和《弗拉舍里诗选》（1962）

在刊发于报刊的小说中，值得一提的是拉齐·帕拉希米的反法西斯题材短篇小说《巡逻》，它由著名作家冰心根据作者的英文打字稿翻译，发表在《世界文学》1963 年 11 月号。

"文革"期间有《阿尔巴尼亚短篇小说集》，多人译（1973 年 3 月，精装、平装）；斯巴塞《火焰》，李化等译（人民文学出版社，1975 年 12 月）。

戏剧是：雅柯伐《哈利利和哈依丽亚》，春秋译（人民文学出版社，1959 年 11 月，特精、平装）。

第八节　波罗的海三国文学在中国

1918 年独立的爱沙尼亚、立陶宛和拉脱维亚波罗的海三国，由于 1939 年 8 月签订的《苏德互不侵犯条约》[1]，在 1940 年 6 月至 8 月间被苏联军队占领，随即并入苏联，直至 1991 年重新获得独立。此间，中国未与波罗的海三国有直接的政治和文化关系，翻译界对其文学也少有关注，但并非完全没有。孙用、魏荒弩等翻译名家都有相关的译作刊发出版，数量虽然不多，

---

1. 又称《莫洛托夫—里宾特洛甫条约》，所包含的秘密附属议定书划定了苏德双方在东欧的势力范围。据此，波罗的海三国和罗马尼亚的比萨拉比亚地区均被划入苏联势力范围。

然在今天看来却显现出了译者和出版社一种独特的文化眼光和历史责任感，可谓意义非凡，弥足珍贵。

一、爱沙尼亚文学

孙用在三四十年代就陆续选译了一些爱沙尼亚文学作品，并汇集成《美丽之歌——爱沙尼亚诗选》，由文化工作社于 1949 年 3 月在上海初版，1951 年 4 月再版。该书收录作品 31 首，都是从 1932 年塔林的爱沙尼亚世界语协会印行的世界语版本转译，内容包括民歌 12 首、贝德尔生 2 首、克鲁兹华尔德 1 首、考度拉 3 首、雅各·李扶 2 首、苏特 3 首、约翰·李扶 4 首、哈伐 4 首。

这些诗作普遍反映了一个弱小民族对自己语言、文化、家国、生活和情感的珍视，经名家翻译后意蕴十足。例如："为什么不让／我们的语言，／争取永久，在歌的烈焰中／燃烧着，直到高天？"（克利斯将·约克·贝德尔生：《月》）又如："心啊，你是多么强烈地／在我的胸中跳跃，／只要一喊着你的名字：／爱沙尼亚，我的祖国！／我经历了顺境和逆境，／我并不让苦痛毁了，／我一生中失去了多多——／只有你，我却永不忘掉！／在生命的最初一刻，／我已在你的胸中呼吸／当我欢唱着的时候，／我享乐了你的气息。／你一定看到了我的眼泪，／也听到了我的忧愁……／爱沙尼亚，我已对你说过／我的歌声，我的奋斗！"（考度拉：《爱沙尼亚的大地和爱沙尼亚的心》）

20 世纪 50 年代中国还出版了勃·列托夫编、兹·扎杜奈斯卡雅改写的《爱沙尼亚民间故事》，王金陵译（少

图 10-27 孙用译《美丽之歌——爱沙尼亚诗选》（文化工作社，1951）

图 10-28 《爱沙尼亚民间故事》（少年儿童出版社，1955）

年儿童出版社，1955 年）。该书收入民间故事《狼和绵羊》、《为什么兔子的嘴唇是裂开的》、《宝贵的话》、《猫头鹰怎么学会叫的》、《木片和树皮》、《蚊子和马》、《编扫帚的人》、《聪明的乡下姑娘》、《年轻的铁匠》、《奇妙的磨子》、《禁结》、《海水为什么是咸的》等 12 篇，另有符·柯纳雪维奇的插画。

二、拉脱维亚文学

魏荒弩是最早译介拉脱维亚文学的翻译家之一。20 世纪 40 年代他就翻译了拉脱维亚民歌《出征》，并收入 1949 年出版的《捷克艺文选》。这是一首短歌，表现了人民不怕牺牲、保家卫国的英勇精神："为了来捍卫祖国，／我将置头颅于沙场。／我宁愿捐弃头颅，／但舍不得祖国灭亡。／／怒吼，怒吼吧，电神！／请殛毁了那荻纳桥，／敌人犯我边疆，／请勿让其假道。／／三个国王相争，／兄弟们策马前行。／强男如橡树，／钢刀铮铮鸣。／／小兄弟你到哪里，／我都要把你跟到，／你在哪儿挂着钢刀，／我便在那里截着军帽。"

魏荒弩还通过俄文翻译过其他一些拉脱维亚诗歌，其中有两首发表在《新世界》杂志 1950 年 7 月号，同年的《人民文学》第 2 卷第 6 期转载。第一首是 П.·席斯尔的《歌手》，写当时最有影响的美国黑人歌手保罗·罗伯逊，热情地称赞其歌声表现的艺术感召力和斗争精神："他的声音——比尼阿加拉瀑布还响，／他的声音——比哈得逊湾的水还深，／他用歌唱同豺狼的帝国搏斗，／他用歌唱顽强地打击着黑暗。／他的歌像一炷燃烧的火焰，／鞭笞着美利坚的黑夜，／罗伯逊的歌声召唤着／兄弟奴隶们同敌人去斗争！／他用歌唱诅咒着奴隶制度，——／歌唱吧，罗伯逊，歌唱吧！"第二首是 Д.·瓦阿蓝基的《沼泽之歌》，写垦荒劳动："青年们，姑娘们，男人们／用歌声迎接着黎明。／耕种机喘息着／在劳动突击队的后面跟进。"这首作品谈不上有多少诗意，更多地是一种宣传鼓动，在当时的东欧国家中非常普遍。新中国之初兴起的社会主义建设，在话语体系上也需要这些来自民主主义国家的声音。

三、立陶宛文学

在我国 40 年代对立陶宛文学的译介中，同样也可以看到翻译家魏荒弩的名字。《捷克艺文选》就收有他翻译的立陶宛民歌《囚徒》，全诗是这样的："啊，在那青葱青葱的森林里／有一座郁暗的监牢。／就在这座监牢里／有人把年幼的小兄弟关锁着。／在那里他永远不知道，／是不是冬日过去，是不是春天来了；／永远看不见光明的太阳，／既不见日出，又不见日落。／我放一只金环儿在墙上，／也许我能在那里开一扇窗子，／好让那小兄弟一见太阳。／我想放一片白皑皑的雪花，／好让他知道有严寒的冬霜，／我想放几朵鲜花在墙头，／好通知一声儿他那夏日的束装。"歌中对少年囚徒寄予的思念、关爱和解救之情，通过译者朴实无华的文笔得以重塑，散发着一种温暖和感动。

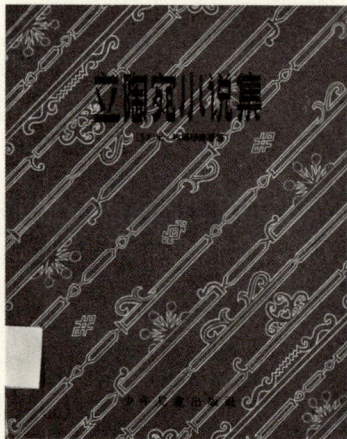

图 10-29　《立陶宛小说集》
（少年儿童出版社，1957）

另外两部作品是：《立陶宛民间故事》，彭玲译（少年儿童出版社，1954 年）；热马伊捷《立陶宛小说集》，郑孝时、苗根译（少年儿童出版社，1957 年）。

第九节　中国作家出访东欧及有关记述

在文学交流史研究方面，作家的互访交流是一个非常重要且生动有趣的课题，他们的国际题材的游记文字在今天看来还有文化交流历史纪实的价值。在新中国成立前夕，中国共产党已经开始了与东欧人民民主国家的交往。中共欧洲委员会书记刘宁一曾到访东欧多国，写有《欧游漫记》（浙江新华书店，1949 年 9 月），记述了他在保加利亚会见季米特洛夫、"两过匈牙利"和访问捷克的观感。新中国与东欧国家建交后，伴随着政治关系的迅速上升，文化交流也如火如荼地开展起来。其间有不少文化艺术界名人和重要作家都陆续出访东欧，与对方的文化和文学界进行了热情的交流，如巴金 1950 年对波兰的访问，老舍 1953 年参加捷克戏剧收获节，沈雁冰 1953 年率中国代表团访问波兰，郑伯奇 1956 年访问罗马尼亚，等等。一些作家写下各种文字，记述当时的盛况和见闻，特别是那里的人民对新中国和中国人民的友好感情，向国内读者介绍这些对他们来说既希望了解又知之甚少的国家，以多种方式参与了东欧国家在新中国的形象塑造。在这里我们仅列举若干人物实例，撷取他们参与文化交流的瞬间和文字片段，从中触摸那个时代的脉搏和外部世界在中国作家和知识分子内心的投映。

一、巴金

新中国成立后，巴金担任上海市文学艺术界联合会副主席、中国作家协会上海分会主席。1950 年 11 月，他作为中国代表团成员，赴波兰出席第二届世界保卫和平大会，对波兰进行了两周的访问（13 日到 26 日）。回国后，即写下《华沙城的节日》、《奥斯威辛集中营的故事》、《古城克拉科》、《第二届世界保卫和平大会》和《灰阑记》等文章，在 1951 年初陆续发表在上海的主要报刊，同年 3 月又结集出版 [1]。这些文章内容丰富具体，笔触生动感人，无论是

1. 巴金：《华沙城的节日》，1951 年 3 月由平明出版社初版，同年 8 月由人民文学出版社重排新版，共印行 3 版（次）。另见《巴金全集》第 14 卷，人民文学出版社，1990 年版。

对和平大会的介绍，还是写在波兰的见闻观感，都令中国的广大读者耳目一新，为之感染和振奋。

从写作和发表的时间看，首先是对大会的综述性文章《第二届世界保卫和平大会》（1950 年 12 月 25 日《人民日报》）。会议原本应在英国的设菲尔德召开，但英国政府并不欢迎这样一个由社会主义阵营国家主导的国际性大会，设置各种障碍，百般阻挠。在这种情况下，和大执行局决定改在波兰首都华沙举行。以郭沫若为团长的中国代表团，立即动身从莫斯科乘火车前往华沙。参会的有来自 80 个国家的 1756 位不同民族的代表，会议举行了 7 天，通过了《告全世界人民书》和《致联合国书》两个重要文件，选举产生了世界和平理事会，"号召全世界人民用行动保卫和平"。

"二战"期间，华沙是受损害最大的欧洲城市之一，几乎全部被德国军队烧光摧毁。英雄的波兰人民在废墟上重建家园，敞开怀抱热烈欢迎世界各国爱好和平的人们，给巴金留下了深刻的印象。他在文中写道：

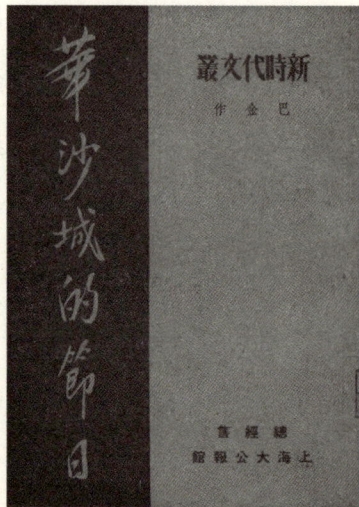

图 10-30　巴金《华沙城的节日》（1951）

> 我们到了华沙，在大汽车中看见灯火辉煌的市街，在现代化的招待所里看见波兰友人的亲切、愉快的脸，那些充满了自信的年轻的脸，我就放心了。波兰人已经在华沙的复兴工作中完成了奇迹，他们一定会完成更多的奇迹。

对浴火重生的华沙，巴金在散文《华沙城的节日》中有更多具体生动的描写。在和平大会结束的 11 月 22 日夜晚，在华沙胜利广场举行了盛大的游行欢庆活动。

> 充满着信心的、年轻的、欢乐的歌声接连地朝台上扑来。我们的眼光接触到的尽是带着兴奋愉快的表情的脸。人们笑着，谈着。人们欢叫，唱歌。不认识的人彼此招呼，相对微笑。我真想跟所有的人握手，也觉得所有的人都想跟我握手。今天是一个节日，是全世界人民的节日。

在《华沙城的节日》里，作者不仅记述了那个盛大感人的夜晚，而且还记述了华沙在战争中受到的毁灭，华沙的居民进行的一次次英勇抵抗和付出的巨大牺牲，也正因此，他们对保卫和平有无比坚定的意志和力量。

《奥斯威辛集中营的故事》更多的是一篇纪实文学。在波兰期间，主人安排中国代表团和罗马尼亚、匈牙利、阿尔巴尼亚、阿根廷等国的代表一道参观了这座德国纳粹关押和屠杀犹太人的监狱。在这篇长文里，巴金并不是简单记述观感，而是将实地参观和多年的知识与思考相结合，全面深刻地剖析德国纳粹的战争罪行，并由此谈到帝国主义在"殖民地上的屠杀，争夺市场的战争，大规模的轰炸，整个城市的毁灭……"，包括在上海的种种战争罪行，呼唤对和平的珍视和保卫。

离开奥斯威辛，巴金一行乘火车来到古城克拉科夫，迎接他们的是"鲜花、旗帜、亲切的脸和欢乐的声音"。他们参观了那里的圣玛丽亚教堂，在街头和市场与当地的民众交流，了解他们对中国人的真情实感。这些都被记录在《古城克拉科》一文中。

《灰阑记》是一篇有关中波文学交流的散文，其中谈到了文化交流过程中普遍存在的变异现象，今天读来颇感一种原生的朴拙和真诚。在克拉科夫，巴金等中国代表团的成员受邀观看一出"中国戏"——当地一位汉学家瓦吉斯瓦夫·多布洛渥尔斯基（Wladyslaw Dobrowolski）教授根据中国元代李行道著、威卜勒尔（Jan Wypler）的波兰文译本改编的。虽然讲的是一个在中国流传了几百年的民间故事，但在内容编排、人物设计、服装道具、音乐插曲、宣传广告等方面完全是按波兰人的理解和想象来处理的，与真正的中国戏已经相差很远了，甚至可以说面目全非。在巴金看来，"要了解现在的中国，看这个戏是没有用的。它至多不过让人知道早在 13 世纪，中国就有这样的好戏罢了（在当时说自然是好的）"。从这里我们可以看到当时波兰对中国的了解是多么有限，且充满了各种主观的离奇想象。看过演出，巴金一直在想，"是什么东西支持着这许多工作人员在几乎是不可能的条件下完成了这么一件困难的工作呢？是什么东西鼓舞着这几个演员给那些对他们是非常陌生的脚色添了生命呢？是什么东西把成千成万的克拉科市民拉到青年剧院来聚精会神地看几百年前的东方古国的'悲剧'呢？"当巴金乘坐的火车开动时，当他望着站台上那些挥手送行的人们，答案找到了，这就是波兰人民"对新中国的敬爱"。

二、郑振铎

郑振铎参加了大量与东欧文学界的交流活动，这些内容在本章第一节已有介绍。继 1949

年 4 月赴捷克斯洛伐克出席在布拉格举行的世界和平大会后，他在 1953 年 11 月访问波兰，出席中国古代诗人屈原的纪念活动。在 11 月 16 日的日记中，他写道：

> ……二时许，到达华沙。大使馆和波兰和大 [1] 的人都来接。汽车经过市内时，战
> 1. 和大，指世界保卫和平大会。
> 争的痕迹尚存若干。住 Hotel Orbis 的 223 号。时间较莫斯科晚二小时，所以此时倒
> 还是正午十二时也。安顿好后，下楼吃饭。有魏德志等人作陪。饭毕，已三时半矣。
> 2. 曾涌泉（1902—1996），中国驻波兰大使（1952—1955）。
> 四时一刻，曾大使 [2] 来谈。快到五时，赴屈原纪念会。我和朱 [3] 都坐在主席台上。先
> 3. 指同行的朱世纶（1907—1995），时任中国人民抗美援朝总会宣传部副部长。
> 由汉学家某氏报告屈原纪念的意义，后由我报告屈原的生平及纪念的原因。休息了一
> 会，再举行音乐晚会。有著名的诗人及演员朗诵中国民歌及屈原诗。最后，由著名钢
> 琴家演奏钢琴。我代表和大，送礼给波兰和大。散会，已八时。即至作家俱乐部晚餐。
> 参加者凡十二人，以教汉学者为多。我又送一份礼给波兰作家协会。归时，已十时许。
> 十一时睡，倦甚！ [4]
> 4. 郑振铎：《最后十年（1949—1958）》，郑州：大象出版社，2005 年版，第 28 页。

郑振铎在波兰的访问前后只有 6 天，他在波兰方面的安排下游览了华沙，看到战争对这座城市"破坏之烈，触目惊心。而恢复之快，亦大足令人钦佩"。他还参观了印刷厂（1950 年世界保卫和平第二次大会的会场）、集体农庄、汽车制造厂、博物馆等，观看了话剧《幸福》，同波兰文化界人士进行了交流，之后经捷克转赴奥地利的维也纳，同另路到达那里的以茅盾为团长的中国代表团出席世界"和大"理事会会议。

1957 年 9 月，郑振铎和作家柯灵等人访问保加利亚，10 月再次访问捷克斯洛伐克。他 9 月 3 日从北京出发，取道莫斯科，9 月 6 日经基辅和布加勒斯特抵达索非亚，此后至 9 月 29 日在保加利亚停留了 3 周多的时间，可谓一次"深度"考察交流。他参观了季米特洛夫故居，出席了保加利亚解放 13 周年庆祝活动，拜会了保国科学院、文化部，参观了博物馆、农业生产合作社、工厂、教堂、修道院等，就文化、教育、文学、考古、文物保护、中保文化交流等方面的专题与保方人士进行了广泛深入的交流，并且非常详细地记录了有关情况。从他 9 月 13 日的日记中，我们可以看到当时双方交流的话题和程度：

> ……十一时半，访问保加利亚文学研究所，所址即在科学院内。所长等均在迎候。
> 我谈到中国的文学研究有两个困难：一是对浩如烟海的古典著作，要重新估价；二是

如何把少数民族的作品包括进去。他们说，他们有两个争论，一是文学史分期的问题。
文学史的分期和历史发展的分期应否一致？一致到什么程度，不一致到什么程度？文
学有自己的特殊性，不能和历史发展完全符合。结论是：基本上不忽视人民发展史，
但文学史有特殊现象，有自己的分期法。二是民间创作问题。民间创作应否包括到文
学史里去？是否要有另一机构研究之？我介绍了我们的经验。这个研究所在 1949 年
成立，现有研究人员二十多人，其任务是研究保国文学史，并把文学史写出来。同时，
也研究文学理论及美学。分六部：（1）新保文学部，（2）古保文学部，（3）儿童
文学部，（4）保俄、保苏文学联系部，（5）与世界各国文学联系部，（6）文学理
论部。出有两种刊物：一为《文学思想》（两月刊），讨论现实问题；二为公报（年
刊或半月刊），刊载科学著作。单行专著已出版十五六本。以作家为单位的文学记载
及档案有六十万件，一般性的有三万件。谈得很畅，并商定彼此交换刊物。他们提议：
兄弟国家的文学研究机构，应有定期的会议，彼此交流经验，宣读论文。十二时半，
告辞出来。一位副所长陪着我们到旅馆午餐，又谈了不少……[1]

1. 郑振铎：《最后十年（1949—1958）》，郑州：大象出版社，2005 年版，第 178 页。

郑振铎在日记中对在保加利亚的访问逐日记载，内容丰富而细致，不仅反映了他个人与保加利亚文化的关系，而且也为我们认识那个年代中国与保加利亚文化交流情况提供了难得的史料。

郑振铎一行于 9 月 29 日早晨离开保加利亚，途经匈牙利首都布达佩斯后于当天中午抵达捷克斯洛伐克首都布拉格。第二天，他访问了东方研究所，受到汉学家普实克等十余位中国语文的研究人员的欢迎。他们一起谈到工作日程，商定星期一、二、四的下午由郑振铎在研究所举办中国文学讲座，"从古代讲起，将有八九讲到十讲"。从他的日记看，郑振铎在东方学院共做了八次讲座：第一讲，"古代的神话与传说"（10 月 3 日）；第二讲，"唐代的传奇文与变文"（10 月 7 日）；第三讲，"宋元话本"（10 月 8 日）；第四讲，"三国志演义和水浒传"（10 月 14 日）；第五讲，"西游记、金瓶梅及其他"（10 月 15 日）；第六讲，"三言、二拍及其他"（10 月 17 日）；第七讲，"红楼梦、绿野仙踪与儒林外史"（10 月 21 日）；第八讲，"晚清的小说"（10 月 24 日）。此外，他在捷克期间又根据国内的通知，增加了"考古"问题的讲座，向捷克科学院考古研究所介绍了"新中国考古工作"。

访问捷克期间，郑振铎看得最多的就是各种博物馆，包括国立博物馆、王宫、古堡以及其他一些专门博物馆，深入系统地了解了捷克民族的历史、文化和艺术。在 10 月 16 日，他在友人陪同下参观了捷克文学博物馆。它位于布拉格的斯特拉霍夫修道院，始建于 1140 年，1949 年改为文学馆。他在日记中写道：

> 这是新型的博物馆，煞费经营的苦心。如何能将作家们的作品和生平形象化了呢？
> 这是一个很大的成就。我们在那里看到了许多熟悉的捷克作家等，像 Macha（作《五
> 月》者），像女作家 Nemcova，像聂鲁达他们，都有专室。又到其图书馆去，这是
> 捷克最古老的图书馆，原属于修道院，成立于十七世纪。其中古书甚多，共有 13 万册，
> 发挥了很大的作用。[1]

1. 郑振铎：《最后十年（1949—1958）》，郑州：大象出版社，2005 年版，第 199 页。

类似的记述还有不少。郑振铎还访问了布拉迪斯拉发，在那里受到斯洛伐克科学院的两位文学研究所所长的迎接。他访问捷克一个月，开展了大量文化交流活动，对捷克汉学界是重要的学术支持和精神鼓舞。访捷期间他的主要陪同美莱娜，后来成为了一位有国际影响的汉学家。

在 1957 年秋访问保加利亚和捷克斯洛伐克之后，郑振铎在北京又陆续参加过中国与罗马尼亚、保加利亚、阿尔巴尼亚、波兰等东欧国家之间的文化交流活动。不幸的是，1958 年 10 月 17 日率中国文化代表团出访途中因飞机失事遇难。

三、冯至

冯至（1905—1993），诗人、外国文学研究家、翻译家。原名冯承植。河北涿县人。1921 年入北京大学，1928 年留校任教。1930 年赴德国留学，专攻文学和哲学。回国后，于 1936 年到上海同济大学执教。抗战爆发后，随校迁往昆明，在西南联合大学任教授。抗战胜利后，随校迁返北京，任北京大学西方语言文学系教授。1949 年 7 月，以作家和学者的双重身份参加了全国第一次文艺工作者代表大会，并当选为全国文联委员。1951 年担任北京大学西语系主任。1964 年后，任中国社会科学院外国文学研究所所长、顾问。主编《德国文学简史》，译有海涅《哈尔次山游记》、《德国，一个冬天的童话》、《海涅诗选》、《布莱斯特选集》等。

1950 年春随代表团出访苏联和东欧，写有《东欧杂记》（新华书店，1950 年；人民文学出版社，1951 年），收录散文游记 12 篇。冯至在"后记"中提到，他先于 1950 年 3 月 30 日抵达莫斯科；第二天乘飞机前往布达佩斯，十天后返回莫斯科；住了将近二十天后于 4 月 29 日飞柏林，5 月 4 日到布拉格，26 日再到柏林；6 月 4 日飞回莫斯科，7 日回国。在东欧停留了两个多月。

《东欧杂记》的散文以极大的热情讴歌新生的东欧人民民主国家。在《裴多菲的祖国》中，作者表达了对匈牙利爱国诗人的崇敬之情。书中有的篇章是围绕某一专题展开，比较注重思想的分析和自我反省。例如《爱情诗与战斗诗》一篇，就是从匈牙利诗人裴多菲在本国的声望和影响着笔，阐述了社会因素和价值标准与作家接受、评价之间的关系，认识不同时代对文学创作提出的命题和要求。在《伏契克〈在绞索下写的报告〉》一篇，作者介绍了这位捷克共产党人与纳粹分子进行了英勇坚定的斗争，述评了他的生平和创作。《新中国在东欧》则通过作者在捷克、匈牙利等国与民众的接触，记述他们对新中国的友好感情，从现实的差距来谈及加强人民之间相互了解的必要。

1952 年冬天，宋庆龄、郭沫若率中国代表团出席在维也纳举行的保卫世界和平大会，冯至作为代表团成员参会。后来，他又先后访问过民主德国、罗马尼亚、匈牙利、捷克斯洛伐克，写下了歌颂匈牙利人民和罗马尼亚人民建设新生活的诗篇和散文。1964 年，中国社会科学院外国文学研究所成立，冯至出任所长。在他的领导和鼓励下，东欧文学研究力量不断壮大，为"文革"结束后东欧文学翻译

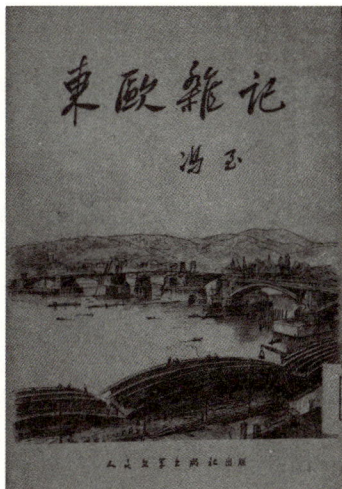

图 10-31　冯至《东欧杂记》（1951）

和研究的蓬勃发展奠定了深厚基础。[1]

1. 参见兴万生：《冯至与东欧文学》，载中国社会科学院外国文学研究所编《冯至先生纪念论文集》，北京：社会科学文献出版社，1993 年版。

四、田间

田间（1916—1985），诗人。原名童天鉴，安徽省无
为县开城镇羊山人。1933 年考入上海光华大学外文系，
1934 年加入中国左翼作家联盟，1935 年任《每周诗歌》主编，
创作并出版处女作《未明集》。1938 年春夏，到延安与文
艺界同仁共同发起街头诗运动日。诗作《假如我们不去打
仗》传遍全国，被闻一多称为"擂鼓诗人"、"时代的鼓手"。
以后在晋察冀边区当战地记者，组织抗战文化宣传工作，
并创作了多部有影响的诗歌作品。1949 年他兼任察哈尔省
文联主任，出席第一届全国文代会。新中国成立后，任全
国文联研究会主任、中央文学研究所秘书长兼研究员等职。
1954 年他与冯至出访民主德国、罗马尼亚、保加利亚等国，
次年写作《欧游札记》（作家出版社，1956 年 1 月）。

图 10-32　田间《欧游札记》（1956）

　　这部游记分为两部分：第一辑 14 篇是访问民主德国的
见闻，第二辑 8 篇是在罗马尼亚和保加利亚的观感。在散
文《火花大厦》里，作者记述了应剧作家巴琅格的邀请观
看话剧《为了人民的幸福》的场景，介绍了新闻和出版中
心"火花大厦"的繁忙景象：

　　　　现在，在这颗红星下面，劳动者正在印刷《斯

　　大林全集》、埃米列士古的诗集和许多画页。中

　　国的小说《吕梁英雄传》译本，已经装订好了，

　　看样子，马上就要送出厂去。

散文《地洞和别墅》主要介绍了罗马尼亚农民的生活，文中穿插了作者读过的萨多维亚努的作品《泥棚户》、1907 年农民反抗地主的大规模起义、乡村博物馆见闻，以及解放以后人民住房条件的改善情况。《伊萨杨的家》写斯大林城（布拉索夫）工人群体的工作和生活。《比卡兹水电站》记述了罗马尼亚人民在东喀尔巴阡山区修建水电站、造福农业的情况。

对保加利亚的印象，首先反映在《我赞美索非亚》一篇里。来到这座以白色建筑为基调的城市，作者想到了他少年时曾经读过的伐佐夫诗歌；拜谒季米特洛夫的陵墓，让他重新感受到那一代人为之奋斗的理想。《木雕的皇宫》写一座旧日的保加利亚皇家建筑和当时的社会贫富差距，讲解放后劳动人民兴修水利、改天换地的劳动。《人之歌》缅怀了在与法西斯斗争中牺牲的青年诗人瓦普察洛夫。《葡萄园子》记述了保加利亚葡萄种植业的传统和农业合作社带来的变化。

通过田间的《欧游札记》我们可以看到 50 年代中期罗马尼亚、保加利亚等国的社会景象和双边交往的热烈气氛。

五、陈残云

陈残云（1914—2002），小说家、电影剧作家，新加坡归侨。出生于广州，家境贫寒，在亲属资助下求学。1935 年入广州大学读书，出版诗集《铁蹄下的歌手》。1940 年到广西桂林逸仙中学任教，参加抗日救亡运动。1941 年经夏衍介绍赴新加坡，后从马来西亚经泰国等地辗转回国。抗战胜利后，他流落到香港，在漂泊的生活中创作电影剧本《珠江泪》，被拍成电影后打破粤语片卖座最高纪录。广州解放后，他任华南文学艺术学院秘书长。1953 年后，先后担任中国作家协会广东分会副主席、广东文联副主席及对外友好协会广东分会副会长等职。1954 年，在广州公安局任办公室副主任期间，写出电影文学剧本《羊城暗哨》。1959 年夏，他受中国作家协会派遣，先后出访罗马尼亚和阿尔巴尼亚，发表了一批短诗和游记，主要内容后收入《珠江岸边》（作家出版社，1962 年 4 月）。

在这些散文中，作者记叙了他在罗马尼亚、阿尔巴尼亚的见闻，反映了两国人民勤劳勇敢的精神风貌和他们对中国人民的真挚感情。在《生活在前进的人们中》（1959 年 6 月 15 日于布加勒斯特）一文里，作者写道：

　　　　在罗马尼亚一个月的旅行参观访问中，我的
生活过得非常适意而愉快，就像在自己家里一样，
处处都得到亲人般的接待和爱护。就是在街头上，
在火车上，在餐馆中，在戏院中，处处都有亲切
的眼睛和微笑的面孔，我一点都不感到陌生，虽
然语言不通，我却理解到人民的感情。

对罗马尼亚的自然风光，作者也写得细腻而动情：

　　　　在旅行的过程中，我还觉得我生活在诗一样
的国家里。罗马尼亚整个国家都很美丽，很肥沃，
而且都富于诗意。林木参天的喀尔巴阡山，静悠
悠的多瑙河，微波荡漾的黑海，望不尽头的翠绿
的平原，红色和淡灰色的村庄，白色的羊群和牛
群……这一切，都如此美丽，色彩鲜明，勤劳的
罗马尼亚人民，在热情的劳动中将使它变得更美。

　　在主人的安排下，陈残云几乎走遍了整个罗马尼亚的
国土。他在另一篇题为《盛开的玫瑰》的游记中描写了布
加勒斯特、斯大林城（布拉索夫）、康斯坦察、克鲁日、
雅西等城市的风貌；同时还记录了许多乡村的变化和农户
的生活，特别留意到农民对艺术的感觉和喜爱。在他的眼
里，罗马尼亚"从城市到乡村，正如盛开的玫瑰一样，处
处是红色的花朵"。

　　在《珠江岸边》一书中，有三篇散文是访问阿尔巴尼
亚的印象记。其中《阿尔巴尼亚散记》是一组长篇叙事散文，

图 10-33　陈残云《珠江岸边》（1962）

包括"初访地拉那"、"克鲁亚，英雄的城堡"、"沉不了的城市杜列斯"、"古城新貌"、"湖边夜话"、"一雨成秋的考尔察"、"深山大岭一小村"及"贺加勒村之夜"等八节，总篇幅接近三万字，记录了作者访问各地的印象和与不同人物的交流。民族英雄斯坎德培的业绩，亚得里亚海滨的美景，工农业建设的成就，夜宿农家的体验等等，都被汇集到作者的笔下。

在那个年代，阿尔巴尼亚民众对中国怀有深厚的友好和感激之情。《地拉那漫笔》（1959年6月27日地拉那）一篇，就清晰地记录了作者的感受和当时的氛围：

当我走在街头上，我经常觉得自己是一个最幸福的人，常常被友爱的视线包围，常常有人高声叫："基那，基那！"（中国，中国！）并且常常在孩子们的包围中。

百货公司有漂亮的杭州绢伞，食品商店有中国的红茶和奶粉，文具商店有中国的水笔和小巧的笔记本子，阿尔巴尼亚的朋友总是高兴地告诉我："这是中国的。"年轻的文学理论家拿乔·约尔卡奇对我说，人们很喜爱中国的东西。他告诉我，学生们对笔记本子，特别喜爱，一切最好的笔记本，都认为是中国的，"中国的"变成了一个"最好"的代名词。

应该说，类似的场景在许多东欧国家都可以看到，它们反映了那个年代人民之间的相互信任和友好，是新中国在东欧国家的真实形象和客观存在。

六、朱德熙

朱德熙（1920—1992），中国著名古文字学家、语言学家、语法学家、教育家，为国家的语言文字工作做出卓越贡献。根据中国和保加利亚政府间的文化协定，他作为新中国派往保加利亚的第一位汉语教师，于1952年9月赴索非亚大学任教。他同曾参加国际援华医疗队的国际友人甘扬道的夫人张苏芬一起，克服了各种困难，在保加利亚开创了汉语教学，这在与新中国建交的国家中是最早的教学点之一。当时他们共同筹集教学资料，编写了第一部《汉语教科书》，1954年5月由科学艺术出版社出版。

当时索非亚大学将汉语课定为全校性选修课，组织了专门的汉语讲习班。朱德熙从1953

年2月正式开课。第一堂课的学生有近二百人，他们来自语言文学、哲学、历史、法学等院系，规模空前。在接下来的几年里，汉语班的学生人数一直保持在30人左右。

1955年夏天，朱德熙完成了在保加利亚的汉语教学任务后回国。后来的教学工作由张荪芬接手继续进行。他们在索非亚大学开创的汉语教学，为保加利亚培养了第一批通晓汉语的人才，为该校后来正式建立汉语专业奠定了坚实的基础。朱德熙赴保任教，也成为中保文化交流史上的一段佳话。

图10-34　1952年在保加利亚时的朱德熙

七、童庆炳

童庆炳（1936—2015），北京师范大学教授，著名文学理论家，在中国古代诗学、文艺心理学、文学文体学、美学等方面的建树对新时期文艺学理论影响很大。在他的教师和学术生涯中，有三年的时间是作为中国语言文学专家在阿尔巴尼亚度过的，可以说他与东欧也有过一种特别的缘情。

1967年，中国的"文化大革命"已经铺天盖地展开，中国的对外文化交流基本上中断。50年代中国与苏联东欧国家之间的亲密合作关系已经随着中苏论战而不复存在，但此时同阿尔巴尼亚却互为"第一友邦"，建立了"迥非寻常的特殊关系"。阿尔巴尼亚在劳动党领导下独家以官方姿态支持中国的"文革"，"有时调门甚至比中国还高"[1]。

1. 关于这一时期的中阿关系，参见范承祚《阿尔巴尼亚独家支持中国"文化大革命"始末》，载《纵横》2015年02期。

为执行中国和阿尔巴尼亚之间的文化协定，这一年的9月，童庆炳受教育部指派，赴国立地拉那大学历史语言系教书，

2. 收入童庆炳：《旧梦与远山》，北京：北京大学出版社，2015年版。

一直到1970年6月回国。90年代，他曾写有两篇回忆文章[2]，

追述在那里的工作和生活记忆，让我们可以大致了解他在阿尔巴尼亚的教学活动和那个特殊年代民间的文化交往。

《妮基》通过一位阿尔巴尼亚女大学生学习汉语的故事，讲述了对外汉语教学过程中遇到的各种困难，以及由于不同语言文化背景引起的种种趣闻，反映了中阿师生之间的深厚友情。对当时的汉语教学，作者是这样记述的：

> 那时我作为一位中国的语言文学教师，只能给生活在亚德里亚海滨的阿尔巴尼亚学生讲授对他们来说是极其陌生的屈原、杜甫、李白、鲁迅、毛主席诗词和"样板戏"。这些内容通过一位在北大读了八年书的高级翻译讲授了一段时间以后，系里觉得我的工作太轻，就与我商量开设一个汉语班，由二年级的学生选读。汉语对这些欧洲的学生来说是很难学的。据说该国流行一句成语，意思是：学习汉语等于去尝试死亡。我想选我的课的学生一定不多，你想想：谁活得好好的，突然会来"尝试死亡"呢？出乎意料的是最后竟然有近 20 位学生愿意来"尝试死亡"。

作者写这篇文章的时候距当年已过去三十年，但对每一位学生的面容、性格甚至包括发音特点仍记忆犹新，对主人公妮基的印象、对她后来的命运的牵记更是贯穿始终。

图 10-35　童庆炳同他的阿尔巴尼亚学生
（照片由童小溪提供）

图 10-36　童庆炳赴阿讲学途径匈牙利
（照片由童小溪提供）

在地拉那大学教书的日子里，教学任务对于童庆炳来说并不重，但远离祖国和亲人，周围没有熟识的朋友，空闲的时间很多，让他在初到时感到"日子难熬"。于是，他"像一只饥饿的狼"，在中国驻阿尔巴尼亚大使馆寻找一切可读的书籍。他意外地发现了被使馆的"红卫兵"封存的图书室，像"孔乙己"一样"哆嗦着摸着进入那个不大的地下室"，"看到了满屋的书"，由此他在地拉那的枯燥生活变得无比"幸运"和充实。对于这段往事，在他的散文《在地拉那"偷书"》里有真切的回忆：

> 地拉那真是个读书的好地方。那里几乎看不见什么工厂，天总是蓝的，空气总是透明而清新。冬天不冷，夏天不热。鲜花和西瓜四时不断。哪里去找这么美好的地方？汽车很少，你不要担心二氧化硫。在那里你最能清晰听到的声音是人们匆匆的脚步声和刮风时的呼呼声。特别是女人的高跟鞋敲击路面那种有节奏的声音。地拉那安静得令人感到来到了一个深山老林。在那里，没有国内激烈的"派战"和无穷的"政治表态"，没有任何人事干扰和纷争。心境如同一弯平静的湖水，水波不兴，只要你愿意，你完全可以进入一种"禅境"。在这种环境中，当你翻开书页时，每一个字似乎都会自动跳进你的头脑里。

在当时国内政治动乱、文化荒芜的时期，能够在国外教书、读书，拥有自己的"书城"，"自由自在地通过书籍进入古今中外"，对于作者来说实在是无比幸运和幸福的事情。

朱德熙、童庆炳等名师大家在中东欧国家讲学的事例，还有许多其他在这里没有提到的前辈教师在那里开展的同样的工作，都从不同的侧面反映了中国与中东欧国家之间文化交流和教育合作的历史，构成了人文交流的精彩瞬间，为我们今天更好地推进文化间的对话和理解树立了一种先行楷模，平添了精神动力。

第十节　一个时代留给我们的遗产与思考

从以上非常粗略的回顾介绍中可以看出，新中国与中东欧国家建交后在文化交流方面开启了一个全新的时代。从 1949 年到 70 年代中后期的 30 年里，中国翻译界和出版界在对中东欧文学译介和出版方面取得了重要的成就，推动了对外文化交流和国内文化建设，展示了译家、编辑和出版家的通力协作和文学创造，给后人留下了一笔丰富的遗产，为"文革"后改革开放新时期进一步推进和深化对中东欧文学的研究译介积累了经验，提供了参照，奠定了基础。尽管这一特定时期早已经成为历史，但其间大量的人文活动、思想潮流、文艺成就、失误教训、运作规律等，仍值得我们全面总结，深入思考，并重新审视评价。对这个时期，我们以为有这样几点是需要特别注意的。

一、历史地观察和解读当年东欧文学翻译和文化交流。每一个时代都有属于自己的命题，都有主导社会的力量和话语。新中国与东欧人民民主国家建交之初，第二次世界大战的硝烟刚刚散去，工人农民的社会地位得到空前提高，真正参与到人民民主政权的建立和社会生活的各个方面。对于遭受战争创伤的各国人们来说，和平与建设是人们共同的心声。而两大阵营之间悄然开始的"冷战"，朝鲜半岛激烈展开的"热战"，都影响着世界和平的进程，因此，保卫世界和平自然成为了各国人民的坚定选择和回应。苏联以其政治、军事、经济、科技和文化的不可比拟的优势，在社会主义阵营中占据绝对的核心和统治地位。在文学艺术领域，苏联所倡导的社会主义现实主义一度也成为许多国家信奉的圭臬。这种特定的国际背景决定了中国与东欧国家文化交流包括文学互译出版的基本方向、价值标准和话语体系，不过这些要素并非一成不变，而是随着时间的推移和国际形势的走势，在不断变化和重组，包括局部的甚至是整体性的否定。

意识形态和国家意志在双边文化交流中起着极为重要的作用。从大量有关材料包括中东欧国家部分解密档案中可以清楚地看到，长期以来，在文化交流方面，大到文化协定的商签、重要项目的策划、年度执行计划的制订和落实，小到具体的翻译出版选题推荐、交流团组和人员的安排，都是在政府部门主导、外交代表机构协调和干预下进行的。这一方面使文化交流有政策、机制和物质层面的保障，但另一方面也使交流的形态、思想的产出、艺术的提升受到一定限制，甚至流于形式，浮于表面，趋于固化。这种情况并不仅仅为 20 世纪 50 年代所特有。如何处理好官方与民间、形式与内容、规模与节奏、主体与客体等诸多相对关系，是一个需要各方面长期思考不断调整的问题。

二、实事求是地评价东欧文学译介出版的成就和不足。从我们可以接触到的 20 世纪 50 年代出版的东欧文学中译作品看，新中国之初对东欧文学的译介出版取得了极为丰硕的成果。除了本章提到的几个主要出版社外，《译文》（1953—1958）及其改刊后的《世界文学》（1959— ）杂志，在译介东欧文学方面都发挥了无法替代的作用。其间固然有一些内容肤浅、应时应景之作，但很多作品还是属于有关国家文学的经典佳作，经过了时间的考验，对于中国读者了解该国文学传统不可或缺。实际上，中国的东欧文学翻译家们都有较高的美学鉴赏能力，包括在 50 年代的译介活动中也很快瞄准了那些有价值的作家和作品，北京和上海两地的主要出版社这一时期的出版目录完全可以印证这一点。

五六十年代的东欧文学翻译作品和中国作家出访的散文游记，多有服务于政治需要的特点，虽热情洋溢，但艺术修饰不同程度存在欠缺。对其中一些内容，包括作者和亲历者后来也有不同的看法，比如冯至对自己的《东欧杂记》，"后来一直抱有遗憾和羞愧的态度"[1]，这样的反思在中国改革开放之后是有代表性的。正是知识分子和作家的这种可贵的反省和自我否定，才不断推动着从个人到整个时代的认知水平、价值理念、文学审美和文化创新。

1. 见蒋勤国著：《冯至评传》，北京：光明日报出版社，2015 年版，第 195 页。

三、积极总结和弘扬五六十年代东欧文学翻译的传统。新中国与东欧国家建交后，许多文化界人士都以极大的热情参与了与东欧国家的文化交流。老一代翻译家中的孙用、冯至、萧乾、冯亦代、端木蕻良、朱子奇、孙绳武、戈宝权、水宁尼等正值创作的旺盛期，都不同程度地关注参与了东欧文学的译介出版。老一代学者和翻译家深厚的文学修养，一丝不苟、勤奋敬业的翻译态度，使那个年代的东欧文学译介精彩纷呈，佳作不断。孙用从二三十年代就开始翻译东欧文学，1949 年以后的十余年间，是他译介东欧文学成就最为丰富和集中的阶段，共出版东欧文学译著 11 部，为新中国的对外文化交流事业做出了杰出的贡献。1959 年，他获得了匈牙利人民共和国劳动勋章和波兰密茨凯维支纪念章。尽管如此，他始终以极为谦逊和认真的态度对待包括东欧文学在内的翻译。他在多部译作"后记"中坦言，他最不满意的就是不懂原文，只能通过其他语言转译。

新中国成立之初的印刷出版条件极为简陋，除 50 年代中期陆续面世的少量"精装本"外，平装书所用纸张的粗糙程度是今天无法想象的。然而就是这样粗黄的劣质纸页，却为我们留下了大量丝绸般光滑柔美的文字和熠熠生辉的思想，折射出老一代翻译家们孜孜不倦、精益求精的精神。他们在 50 年代的许多东欧文学中译本的"后记"中，都十分详尽地说明翻译过程中所依据和参考的各种文本，以及序文、注释、插图等附带内容的来源，甚至包括暂存的阙疑和问题。那一代译家视文字如生命，虚怀若谷，严谨敬业。这种优良传统在技术和物质条件都突飞猛进的今天，尤其值得我们借镜反观，珍视承传。

虽然从 20 世纪初中国就开始翻译出版东欧文学作品，但真正研习掌握这些国家语言并直接从源语言翻译文学作品，还是在新中国成立之后。50 年代，派往东欧国家的留学生在留学期间或回国之后，即开始参加所学语言文学的翻译活动。如 1950 年派往保加利亚留学的杨燕杰和叶明珍，派往罗马尼亚的裴祖逖，1953 年派往罗马尼亚的徐文德，1954 年派往波兰留学的林洪亮、易丽君，以及国内在北京大学学习波兰语（1954）的程继忠，在北京外国语学院学习罗马尼亚语（1956）的陆象淦，都陆续有译作问世。其中既有在人民文学出版社出版的译著，也有在《译文》和《世界文学》刊发的译作，还有裴祖逖与罗马尼亚作家合作译成罗文出版的《阿诗玛》，徐文德选译并在罗马尼亚文学刊物发表的毛泽东诗词等。国内一些掌握通用外语的翻译家，也通过自学掌握了若干东欧语言。如翻译家戈宝权，他在 1949 年去布拉格参加第一次世界和平大会时就学习了一点捷克语，1950 年访问波兰时学习了一点波兰语，1957 年访问南斯拉夫和保加利亚，又学习了一点塞尔维亚语和保加利亚语。[1]50 年代中后期，施有松开始直接从波兰文翻译，

1. 参见《戈宝权同志答本刊记者问》，载《外国文学研究》，1981 年第 1 期，第 54 页。

杨乐云也开始直接从捷克文翻译文学作品。这些在当年还只是个别现象，随着时间早已被遗忘，但从翻译史研究的角度看，它却预示着新中国第一代东欧文学翻译家的出现和翻译语种多样化时代的到来。

四、通过电影现象来深化对文艺作品接受规律的认识。在新中国与东欧国家的文学和文化交流方面，电影的互译互映可以视为一种比较特殊的形态。

我国译介外国电影的历史可以追溯到 20 世纪 40 年代后期，长春电影制片厂是我国最早开始译制外国影片的制片厂。为了让我国观众能够很好地欣赏和理解外国电影，使外语对白的外

国电影变成汉语对白的影片，长影厂从 1948 年夏天着手尝试，1949 年 5 月完成了我国第一部

译制片——苏联故事片《普通一兵》。[1]

1. 参见尹广文：《长影译制片的过去和现在》，载中国电影家协会电影史研究部编《中华人民共和国电影事业三十五年：1949—1984》，北京：中国电影出版社，

　　新中国成立后，无论是政治文化宣传还是人民群众的文娱生活，都需要大量鼓舞人心、健

1985 年版，第 320—326 页。

康向上的电影。50 年代中国与苏联、东欧等社会主义国家之间密切的友好交往，也需要充分借

助和发挥电影的社会功能。这些都为东欧国家的电影进入中国提供了特殊的契机。1953 年，在

中国分别举办了东欧多国电影周活动，包括：捷克斯洛伐克电影周，展映《黎明前的战斗》等

8 部影片；匈牙利电影周，展映《牧鹅少年马季》等 6 部电影；保加利亚电影周，展映《祖国

的早晨》等 3 部影片。1954 年的波兰电影周，为中国观众带来《最后阶段》等影片 5 部。1955

年的罗马尼亚电影周，有《在我们的村子里》等 2 部影片。1956 年的南斯拉夫电影周，上映《旧

恨新仇》等 4 部影片。

　　五六十年代，长春电影制片厂译制了第一批东欧国家电影。罗马尼亚影片中，有表现侦察

人员机智勇敢的《密码》，描写一位船长在革命者的帮助下认清法西斯的罪恶本质从而倾向革

命的《多瑙河之波》，表现民族英雄图多尔领导人民进行反抗异族统治斗争的《民族英雄》。

匈牙利影片有介绍 19 世纪发现产褥热病源的医生塞麦尔威斯生平的《革命医生》，揭露奥匈

帝国时期统治者丑恶的《军乐》。波兰影片有表现 1944 年 9 月华沙起义时一批波兰爱国志士被

迫进入下水道与纳粹占领者进行斗争的《他们热爱生活》（原名《下水道》），描写中世纪波

兰人民抗击侵略者的《十字军》。捷克斯洛伐克影片有根据著名小说改编的讽刺喜剧片《好兵

帅克》，有描写 19 世纪捷克杰出的医学家扬斯基取得科学发现的影片《血的秘密》。保加利

亚影片有根据伐佐夫同名小说改编的故事片《在压迫下》和反映诗人瓦普察洛夫生平的《人之

歌》。南斯拉夫影片中，有抗击德国法西斯斗争题材的《当机立断》和《追击者》等等。[2]

2. 参见尹广文：《长影译制片的过去和现在》，载中国电影家协会电影史研究部编《中华人民共和国电影事业三十五年：1949—1984》，北京：中国电影出版社，

　　"文革"期间，由于中国的政治、文化、教育、出版等各个方面都处于一种非正常状态，

1985 年版。

国内文艺生活极度贫乏，对外文化交流基本中断；而这一时期中国与阿尔巴尼亚之间的关系发

展到空前绝后的"同志加兄弟"的火热程度，与罗马尼亚之间的关系也得到大幅提升，这两个

国家的电影也在这种特殊背景下比较集中地进入中国。上海电影译制片厂在 1967—1976 年完成

的 27 部译制片中，阿尔巴尼亚电影就多达 15 部。反法西斯题材的影片《宁死不屈》（1967）、《海

岸风雷》（1968）、《地下游击队》（1969）、《第八个是铜像》（1973），反映人民群众投

身社会主义建设和日常生活的《广阔的地平线》（1968）、《脚印》（1971）、《在平凡的岗位上》（1974）等，都是这一时期在中国译制上演的影片。罗马尼亚的影片，如历史题材影片《勇敢的米哈依》（1972）、《斯特凡大公》（1976），反映人民群众面临可能发生的生态灾难而奋不顾身、保护家园的《爆炸》（1974）等，也在"文革"时期进入中国。而在 70 年代末 80 年代初，更多的罗马尼亚电影、更为精彩的南斯拉夫电影和其他东欧国家电影接二连三地在中国译制演映，而且大部分译制的影片取得了远远超出在产地国的效果。其中固然有特定的国际和双边关系背景，有意识形态和官方操控的作用，但能够吸引中国观众的还是那些影片讲述的人民英勇抵抗外敌的斗争故事，是那些鲜活的人物和多彩的生活，以及充满个性的思想、睿智幽默的话语、优美抒情的音乐、旖旎和谐的自然景色。这些给处于文化荒漠和饥渴的广大中国观众带来了巨大的抚慰、信心和灵感，深深地嵌入了整整一代人的集体记忆，成为了一种旷世罕见的文化现象。

　　1976 年秋，波兰著名作家亚当·密茨凯维奇的诗剧《先人祭》经北京外国语学院波兰语教师易丽君翻译，由人民文学出版社出版。当时的中国，正在走出"文革"的阴霾，书店里的外国文学作品还十分稀少。中国社会科学院文学研究所所长何其芳读到这部译著，欣喜地称赞它是"第一只报春的燕子"，说这部作品"写得好，译得好，出得好"。在这部译作出版不久，随着中国的改革开放，东欧文学的译介出版迎来了又一个繁花似锦的春天。

第十一章　1949 年以后中东欧国家对中国文学的
研究、译介和出版

桂花很特别——，

　　她的香味离远了更易捕捉。[1]

　　　　　　——［保加利亚］瓦列里·彼得洛夫

追思往昔，

哎呀，多少奇迹，多少中国的精华被我错过，

我过于蜷缩在欧洲的中心，

依附古希腊的理性，

习惯于三段论

而对于远东我出生得太晚！[2]

　　　　　　——［罗马尼亚］马林·索列斯库

---

1. 录自保加利亚作家瓦列里·彼得洛夫 1958 年出版的访华后出版的《写给中国的书》。

2. 马林·索列斯库：《同一个中文字符的完美交谈》（Marin Sorescu, Conversaţie pură c—o literă chinezească）。

1949 年以后中东欧国家对中国文学的研究、译介和出版，是双边文化交流的一个重要内容，它一方面受到不同时期国家之间政治关系的直接影响，另一方面也脱离不开各国战后的体制、意识形态话语、文化建设的基本方向，包括原有的东方学基础和传统，对中国文化的接受能力等因素。这种文学的流通和接受活动大体上经过了四个阶段：第一阶段从 1949 年东欧国家同新中国建交开始，各国在以苏联为首的社会主义阵营中，积极开展与新中国的文化交流，掀起了第一次高潮，但是到了 60 年代随着中苏论战和交恶便开始降温。第二阶段可以 1968 年"布拉格之春"为标志，东欧国家内部在对苏态度和对华关系问题上严重分化，对中国文学的研究和译介，也愈加强烈地表现出各自的政治和文化主体立场。第三阶段从 70 年代末到 1989 年，随着部分东欧国家对华关系的调整，对中国文学也有了较多的关注，并在 80 年代整体上趋向积极恢复的状态。第四阶段是 1990 年以后，中东欧国家政治、经济、文化的全面转型，为中国文化进入这些国家提供了更加自由的环境，特别是中国改革开放取得的巨大成就使中国文化的国际影响力日益提升，使中东欧国家对中国文学和文化的关注程度不断提高。

在 50 年代初，东欧国家对中国文学作品的选择和引进明显受到苏联的统领和影响，强调社会主义文学话语，突出现实主题，译介出版的速度很快。1951 年，作家丁玲的长篇小说《太阳照在桑干河上》、周立波的长篇小说《暴风骤雨》、贺敬之和丁毅的歌剧《白毛女》同时获斯大林文学奖，这些作品都在东欧国家得到传播。《太阳照在桑干河上》在 1949 年就有了保加利亚文译本，后又被翻译成波兰文（*Słońce nad rzeka Sanghan*，1950）、匈牙利文（*Felkelt a nap a Szangan folyó felett*，1950）、罗马尼亚文（*Răsare soarele deasupra râului Sangan*，1950）、斯洛文尼亚文（*Sunce nad rijekom Sangan*，1950）和捷克文（*Na řece Sang-kan*，1951）等在这些国家出版。周立波的《暴风骤雨》也有捷克文（*Bouře*，1951）、罗马尼亚文（*Uraganul*，1952）、波兰文（*Huragan*，1953）和阿尔巴尼亚文（*Shtërgata*，1954）等译本。

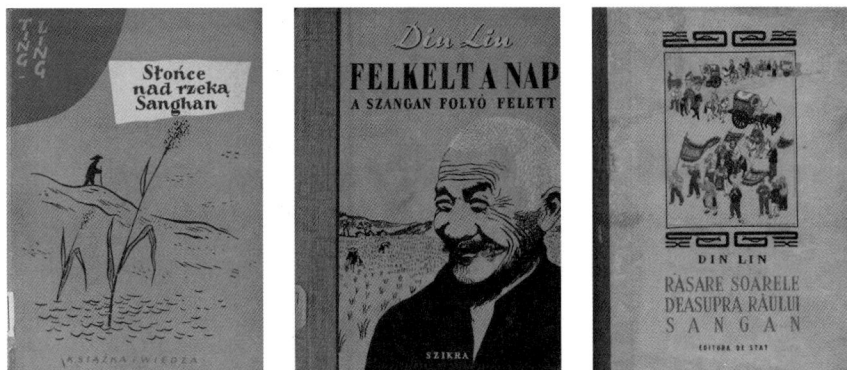

图 11-1   (左起) 丁玲的《太阳照在桑干河上》的波兰文译本 (1950)、匈牙利文译本 (1950)、罗马尼亚文译本 (1950)

图 11-2   捷克文《太阳照在桑干河上》译者白利德 1951 年给洪深的签赠本

在热烈友好的政治氛围中, 东欧国家在各自国家以多种形式大力介绍中国的文学和艺术。1953 年, 世界和平理事会号召纪念包括中国古代伟大诗人屈原在内的世界四大文化名人, 东欧各国热烈响应, 都举行了相关的纪念活动。50 年代, 各国还有计划地安排了一批作家或兼有作家身份的政治家或党政官员来华访问, 深入中国社会, 走访各地城市、工厂和乡村, 并同中国文学界进行接触和交流。他们当中的不少人回国之后都撰文出书, 介绍新中国的巨大变化, 为这些国家民众了解中国提供了大量全新而生动的信息。另外, 东欧国家还接待了许多中国的文化界和科学界人士访问, 波兰、保加利亚等国吸收中国科学院院长、中国文联主席郭沫若为本国科学院院士或荣誉院士, 在对华交流方面表现出很高的热情和姿态。

下面我们就部分中东欧国家对中国文学接受的主要成就作简略介绍。

第一节　中国文学在捷克和斯洛伐克

捷克斯洛伐克对中国文学和文化的研究译介工作，在汉学家普实克的组织下，从三四十年代起就奠定了很好的基础。1947 年，他担任查理大学教授，兼任艺术和人文学院新设立的中国和日本学系主任。1949 年 4 月，世界和平大会同时在布拉格召开，以郭沫若为团长，会集了一批重要作家和文艺家的中国代表团到访捷克，使中国在捷克的影响迅速扩大，带动了捷克汉学界对中国文学的关注和引进。普实克和他的一些年轻的汉学研究同事当年都参与了接待中国代表团和交流活动。

1950 年末，普实克以捷中文化学会主席的身份率领捷克斯洛伐克第一个文化代表团访问中国。他们一行乘火车穿经苏联，从满洲里进入中国，12 月 17 日到达北京。当晚，普实克一行受到了中方的热情款待，郭沫若设宴为他们接风洗尘。访华期间，他们有机会见到了政务院总理兼外交部长周恩来、文化部长沈雁冰，还有丁玲、老舍、萧三、艾青、郑振铎等著名作家和诗人。中方安排他们访问南京、杭州、上海、广东等地，参观了学校、图书馆、博物馆，观看了戏剧演出，同中国文学艺术界进行了广泛接触和交流。普实克对新中国之行激动不已，后来在《新东方》杂志上撰文介绍访华的观感。

普实克利用这次访华为布拉格东方研究所挑选了大量书籍，回国时带回中国政府捐赠以及他主持采购的中文书刊两万七千余册。其中包括十分丰富的现代文学书籍和大量善本线装书，如中国二十五史、古本戏剧丛书、完整的《新青年》、《小说月报》等合订本、民间文学、地方志、宗教典籍、中国现代文学的各种作品版本、系统的报刊杂志等。他用这些珍贵的图书在东方研究所建立了"鲁迅图书馆"，以后又不断丰富，使中文藏书多达六万多册，成为欧洲最重要的汉学藏书之一。

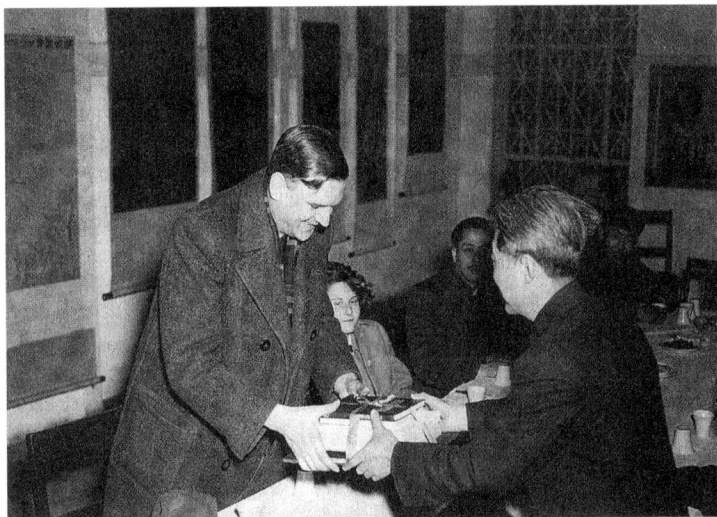

图 11-3   徐悲鸿向普实克赠书

图 11-4   普实克在东方研究所建立的"鲁迅图书馆"

1952 年，普实克当选捷克斯洛伐克科学院通讯院士，不久成为院士。1953 年，被任命为重新调整后的捷克斯洛伐克科学院东方研究所所长。1956 年和 1960 年，多次参加捷克斯洛伐克科学院与中国科学院之间的学术合作协议签订和访华交流活动。五六十年代，他还担任过捷克斯洛伐克科学院驻国际科学院联盟代表、国际现代语言文学联盟副主席，当选德国撒克逊科学院和巴伐利亚科学院通讯院士，获得柏林洪堡大学和斯德哥尔摩大学授予的"荣誉博士"。

图 11-5　1960 年 2 月 16 日，中国科学院院长郭沫若（左三）会见由普实克（左四）率领的捷克斯洛伐克科学院代表团。

　　这一时期，普实克本人在中国研究和中国文学译介方面也完成了许多新的开创性工作。他的著作包括在捷克、德国、法国、美国等国家出版的专著和刊发的论文，主要有《中国通俗小说起源研究》（Researches into the beginning of the Chinese popular novel，1955）、《解放的中国文学及其民族风格和传统》（Literatura osvobezené Činy a jeni lidové tradice，1958）、《中国现代文学研究》（Studies in modern Chinese literature，1964）、《话本的起源及其作者》（The origins and authors of the hua-pen，1967）、《中国历史和文学论集》（Chinese history and literature: colection of studies，1970）、《抒情与史诗：现代中国文学论集》（The lyrical and epic: studies of modern Chinese literature，李欧梵编，1980）等。他主持编写了两卷本的《亚非作家词典》（Slovník spisovatelů: Asie a Afrika，1867）；和史罗甫（Zbigniew Słupski）等学者共同主持编写了三卷本《东方文学词典·东亚卷》（Dictionary of Oriental Literature. East Asia，1974）在伦敦出版；将《孙子兵法》（O umění válečném,1949）、《聊斋志异》选注本《命运之六道的故事》（Zkazky o šesteru cest osudu，1955）、《浮生六记》（Šest historii prchavého života，1956）等翻译成捷克文出版。

　　普实克学识渊博，精通文学、历史、哲学等人文学科，他从 20 世纪 30 年代开始研究中国，40 年代以后开始在欧洲学术界产生影响并享有声望。50 年代中期以后，他更多地关注中国现代文学，在这方面的成就和贡献比他对中古和晚清通俗文学的研究更为著名；他在各种学术研讨会上宣读的论文和讲授的课程，包括在 1963 年再次赴美的讲学，无论是对捷克斯洛伐克的学生和青年汉学研究者，还是对其他东欧国家和欧美的学生，都有很强的针对性和普适性。他在欧美发表和出版的著作，引起了国际汉学界对中国现代文学研究更多的关注。作为一名出色的教育家，普实克以宽阔的视野、广博的胸怀、严格的学术要求培养了一大批学生，使捷克斯洛伐克的汉学家队伍不断壮大，布拉格也成为国际汉学研究的重镇，他本人及其众多弟子的学术研究和翻译成果在欧美学术界产生很大影响。

　　普实克不仅是一位学术大师，而且也是捷克汉学界和捷克人民对华友好的一种崇高象征。1968 年 8 月 20 日深夜，苏联动用 20 万"华约"成员国军队和 5000 辆坦克，入侵捷克斯洛伐克，武力镇压政治民主化运动"布拉格之春"。原定 8 月 22 日在布拉格举行、有近 500 名汉学家参加的第 20 届中国学大会被迫取消，《新东方》杂志也被停刊。在随后的年月里，普实克和捷克的汉学家经历了异乎寻常的磨难，他像许多知识分子精英一样被从捷共清除，甚至被从他以数十年心血亲手培育起来的东方研究所解雇，被禁止参加一切学术活动和教学工作，处境极其艰难。面对这种巨大的政治压力和身心迫害，普实克坚持反对苏军占领，坚决拒绝附和反华，始终保持着一位正直的知识分子的良知和骨气。在垂暮之年，他亲自将珍藏数十年的一件文物——鲁迅早年亲笔为其《呐喊》捷克文译本书写的序言——捐赠给北京鲁迅博物馆，再一次表达了他对中国和中国文化的真挚感情。

　　正是由于普实克数十年对中国文化进行的孜孜不倦和卓有影响的学术活动，"布拉格汉学学派"从 20 世纪五六十年代开始就在欧洲学术界占有一席之地，汉学家的人数和影响都相当可观，以下是其中部分汉学家及对中国文学的研究和译介情况。

　　奥古斯丁·帕拉特（Augustin Palát，中文名字白利德，1923— ），1945 年毕业于布拉格东方学院汉语专业，1948 年毕业于布拉格查理大学哲学院汉语系，留校任教。1954—1958 年任捷克斯洛伐克驻华大使馆文化参赞；1958 年在中国科学院历史二所从事研究工作；1959—1970 年任捷克斯洛伐克科学院东方研究所副所长；1990 年当选欧洲汉学学会副会长。他是普实克十分器重的高足、助手和传人，从 50 年代初到 60 年代，辅佐普实克在捷克培养了一大批中国文化学者。他对中国的研究，涉及文学、史学、哲学、艺术等多个领域，著述丰富。文学方面，翻译出版《太阳照在桑干河上》、《白毛女》、《白洋淀》等中国现代文学作品；唐代绝句集《玉笛》（*Nefritová flétna*，1954），李白诗歌集《碧波亭》（*Pavilon u zelených vod*，与赫鲁宾合译），《水浒传》（*Příběhy od jezerního břehu*，1962，节译本）等古典文学作品。

兹德涅克·赫尔德里奇卡（Zdeněk Hrdlička，中文名字何德理，1919—1999），于 1942 年就读于普实克创办的汉语班，战后进入查理大学攻读汉语和中国历史，1949 年获中国学专业博士学位。早在 1948 年新中国尚未成立的时候，他就曾协助中方建立新华社布拉格分社，1949 年又担任出席世界和平大会中国代表团的陪同人员。他的中文名字就是郭沫若帮助选定的。1950 年随捷克斯洛伐克第一个文化代表团访华，1951 年出任捷驻华使馆首任文化专员和政务参赞。1968 年坚决反对苏军占领捷克斯洛伐克，1970 年被清洗出外交部，后担任东方研究所研究员，1976 年被迫退休，但一直坚持对中国问题的研究。

他的夫人薇娜·赫尔德里奇科娃（Věceslava Hrdličková，中文名字何德佳，1924— ），与他同期就学于普实克门下，在查理大学学习汉语和中国历史，1950 年获得查理大学中国学专业博士学位。她和丈夫都曾到美国哈佛大学学习日语，因此也是日本学家。她 1954—1981 年在查理大学任教，讲授中国文学和中国文学史，培养了许多优秀的学生，同时从事了大量中国文化和文学的专题研究。1990—1999 年担任捷中国友好协会主席。

何德理和何德佳夫妇合作或单独出版著作、译作近 40 种，发表论文 400 余篇。何德理的《大鼓书中的古老中国的故事》（1957）受到国际汉学界的重视。何德佳的《中国古典文学》（1980）也有较大的影响。在中国文学译介方面的成就包括：鲁迅、茅盾小说集《荷花湾》（1951）、中国当代小说选《春之声》（1989）等。

图 11-6　捷克汉学家何德佳

2014 年纪念中捷建交 65 周年的时候，何德佳老人曾撰写专文，回忆她与丈夫一生的中国情缘，其中深情地记述了她和丈夫最初来到中国的情形，以及后来在驻华使馆工作期间与中国文学艺术界的交往：

> 就这样 1950 年的 12 月，我们乘坐火车穿越西伯利亚前往北京，在抵达北京之前，我们从火车上远眺了长城，那是我们在中国所期待的所有异乎寻常的事务之首要，两个星期后，我们在北京火车站下了车。当时是 12 月，一个寒冷但充满阳光的日子，五色斑斓的宫殿屋顶光彩熠熠，我们身在中国，仿佛置身于童话故事里。
>
> 在北京逗留几天后，我们开始到中国各地访问。不管是到了南京，当时长江上还没有架设连接南北的大桥，我们乘坐的火车沿浮桥的铁轨过江，还是到了风光旖旎的杭州、令人联想到欧洲式城市上海、还有独具一格的广州，可以想象出当时我们是多么百感交集。
>
> ……
>
> 在华工作期间，我们有机会结识了很多知名人士。譬如他们当中有著名画家齐白石。我们出席了授予他人民艺术家称号的 93 岁寿辰庆祝宴会，好几次到他的工作室去拜访他。我们还会见了当时担任文化部长的作家茅盾先生，他邀请我们到前门外大街的翠华楼饭庄，品尝著名的北京烤鸭。他的大家风范令我们非常钦佩。
>
> 我们还在各个不同场合与土生土长的北京人、作家老舍会面，他的文学作品证明他是一名地地道道的北京通，现在他也因喜爱盆景而被全世界的人推崇为热心的盆景培育师。难以释怀的友情，是和以画马驰名中外的画家徐悲鸿的接触，令人扼腕的是他于 1953 年溘然去世。我们还认识了京剧旦角演员梅兰芳和许许多多的其他艺术家和雕塑家。[1]

1. 威娜·赫尔德里奇科娃：《中国丰富了我的生活》（Čína obohatila můj život），载《我与中国》（纪念中捷建交 65 周年文集），布拉格／北京，2014。

从亲历者对往事的回忆文字中，我们可以感受到 50 年代中国与捷克之间的友好氛围和文化交往。

奥尔特瑞赫·克拉尔（Oldřich Král，中文名字克拉尔，1930—　），1954—1957 年在捷克斯洛伐克科学院东方研究所读研究生，曾到北京留学。1958 年开始在查理大学亚非学院任教，1968 年以后受到"布拉格之春"的影响，1971 年被迫离开大学，在不利的环境下潜心研究《红楼梦》

和禅宗。1989 年 11 月重返查理大学，担任亚非学院院长。他从汉语辑译了《道——中国古代文选》（*Tao—texty staré Číny: Antologie*，1971），包括《道德经》在内的老子、庄子以及其他中国古代哲学家的思想。从中文翻译的文学作品有《儒林外史》（*Literáti a mandaríni*，1962），曹雪芹的《红楼梦》（*Sen v červeném domě*，1986—1988）、《家》、《林家铺子》等。

达娜·卡尔沃多娃（Dana Kalvodová，中文名字高德华，1928—2003），主要从事中国戏曲研究。1949—1953 年在查理大学哲学院亚非学系学习中文和中国历史，毕业后留校任教，最初在远东系，后在戏剧史和戏剧理论系。1968 年完成的科学副博士论文《关于戏曲〈桃花扇〉的研究》已经通过答辩，但由于苏军占领捷克等政治原因，直到 1990 年才获得学位。她翻译的中国文学作品主要有《莎菲女士的日记》（*Deník slečny Suo-fej a jiné prózy*，1955）、关汉卿的戏剧《窦娥冤及其他剧本》（*Letní sníh a jiné hry*，1960）、《桃花扇》（*Vějíř s broskvovými květy*，1968）等。

玛尔塔·李莎娃（Marta Ryšavá，1933— ），1953 至 1958 年在查理大学学习汉语、中国历史和中国文学，1959 至 1961 年在北京大学和中国科学院文学研究所攻读研究生课程，曾任捷克斯洛伐克科学院东方研究所远东室研究员。她的研究领域几乎涉及中国文学的各个方面，翻译了大量中国文学作品，发表许多相关的研究论文和介绍中国作家的文章。主要译作包括《聊斋志异》（*Vyznání*，1974，节译本）、李白诗集《关山月》（*Měsíc nad průsmykem*，1977），收李诗 235 首，另外还有王维、白居易和孟浩然的作品合集《三和弦》（*Trojzvuk*，1987），寒山、拾得诗集《玉潭明月》（*Nad Nefritovou tůní jasný svit*，1987）等。

赫罗尔多瓦—什托维奇科娃·达娜（Dana Heroldová-Štóvíčková，中文名字史丹妮，1929—1976），1947 至 1952 年在查理大学普实克教授指导下学习汉语，1954—1957 年先后在北京大学和北京俄语学院（今北京外国语大学前身之一）捷克语专业任教，1958 年到捷克斯洛伐克科学院东方研究所从事研究。从 1951 年到 1976 年，发表和出版论文和译作 137 篇（部），她翻译成捷克文的《中国民间传说》，后来又被转译成英、法、德、荷、意、挪、芬等文本，流传甚广。她的译作还包括艾青、郭沫若等名家的诗集，赵树理、袁静、孔厥等人的小说等。1976 年史丹妮因车祸不幸遇难，她的好友艾青专门写下《致亡友丹妮之灵》的诗，纪念这位友人。

雅罗米尔·沃哈拉（Jaromir Vochala，中文名字吴和，1927— ），1958 年毕业于北京大学中文系，回国后在查理大学哲学院亚非语系从事汉语教学，发表许多有关汉语语音、语法、教学等方面的著述，编写捷汉双语词典和教材，将《诗经》、《离骚》、乐府等中国古代诗歌，以及茅盾、张天翼等现代作家的作品翻译成捷克文出版。

米莲娜·多列热洛娃—薇林格洛瓦（Milena Doleželová-Velingerová，1932— ）也是一位具有重要影响的汉学家。她 1955 年毕业于查理大学，1958—1959 年在中国科学院文学研究所从事研究，1965 年在捷克斯洛伐克科学院以对中国传统小说的研究获博士学位。1969 年以后侨居加拿大，在多伦多大学东亚研究系担任中国语言文学教授。她的学术著作多以英文出版，主要有《鲁迅的医术》（*Lu Xun's Medicine*）、《晚晴小说情节结构类型学和晚清小说的叙述模式》（*Typology of Plot Structures in Late Qing Novels and Narrative Modes in Late Qing Novels*）、《20 世纪开始时的中国小说》（*The Chinese novel at the turn of the century*，1980）、《中国现代文学的起源》（*The Origins of Modern Chinese Literature*）等。

还有其他一些汉学家更多地专注于某一领域的研究，像蒂莫特乌斯·波科拉（Timoteus Pokora，中文名字波考拉，1928—1985）对中国古代哲学的研究；奥尔德瑞赫·史瓦尼尔（Oldřich Švarný，1920— ）对汉语语音学的研究；兹拉塔·切尔纳（Zlata Černá，中文名字乌金，1932— ）对中国艺术和民间美术的研究；以及约瑟夫·科尔马什（Josef Kolmaš，中文名字高马士，1933— ）的藏学研究，等等，都各领风骚，成就非凡。

图 11-7　普实克（前排左三）1953 年出任捷克斯洛伐克科学院东方研究所时与他的部分同事
（图片来源：*Jaroslav Průšek, 1906–2006, remembered by friends, Prague, 2006*）

斯洛伐克在第一次世界大战后的 1918 年 10 月 28 日与捷克联合组成捷克斯洛伐克，1989 年政局变化后，通过全民公投，在 1993 年 1 月 1 日正式脱离捷克和斯洛伐克联邦共和国[1]，成为一个独立国家。

1.1990 年 3 月以前为捷克斯洛伐克社会主义共和国。

斯洛伐克汉学队伍的形成主要得益于捷克。1960 年斯洛伐克科学院东方学研究室成立，最初的两位研究人员是马立安·高利克（Marián Gálik, 1933—　）和安娜·多勒日洛娃—弗尔奇科娃（Anna Doležalová-Vlčková, 1935—1992）。他们是最早学习汉语的斯洛伐克人，从 1953 年起就读于布拉格的查理大学学习，1958 年取得硕士学位，高利克还于 1958—1960 年在北京大学中文系留学。他们使斯洛伐克的汉学研究从一开始就有较高的起点，至今已经产生了四代汉学家，在对中国文学的研究和译介方面硕果累累。[1]

1. 参见玛丽娜·恰尔诺古尔斯卡（黑山）：《斯洛伐克汉学研究五十年》，载北京外国语大学欧洲语言文化学院编《欧洲语言文化研究》第 6 辑，北京：时事出版社，2011 年版。

高利克的硕士论文是《茅盾的小说创作》；1966 年又以《茅盾与中国现代文学批评的形成》获得文学博士学位；1985 年，他在斯洛伐克科学院以博士论文《现代中国文学思想的成因(1917—1930)》通过答辩，获得科学博士学衔。从 1960 年起，他长期在斯洛伐克科学院东方学所工作。1988 年以后，他在布拉迪斯拉发的考门斯基大学哲学院东亚语言文化系创办了中文教研室并兼职教授中国文学、历史和哲学。他与中国和国际学术界有大量的联系，担任兼职教授，进行学术访问，参加许多国际汉学会议，是许多中国和国际学术组织的成员。

在汉学研究方面，他主要关注中国现代文学、古代文学和文学理论，中国与西方文学和文化相互关系，《圣经》在中国的文学接受史，中国现代文化史和东西方文化比较研究。

由于普实克的影响以及在中国留学期间与茅盾等著名作家的接触，高利克对中国现代文学的研究情有独钟，而对茅盾创作研究则是其汉学研究活动的开端。1961 年，他出版了第一部译作——茅盾的小说《林家铺子》。1969 年，在德国出版专著《茅盾与中国现代文学批评》（*Mao Tun and Modern Chinese Literary Criticism*）。此后陆续在国内和国际发表大量有关茅盾的研究论文和专题演讲，被公认为世界级的茅盾研究专家。他还将老舍的小说《骆驼祥子》翻译成斯洛伐克文，于 1962 年出版。在中国与欧洲现代文学比较研究方面，1980 年出版专著《中国现代文学批评发生史（1917—1930）》（*The Genesis of Modern Chinese Literary Criticism*, 1917–1930），1986 年出版专著《中西文学关系的里程碑（1898—1979）》（*Milestones in Sino-Western Literary Confrontation*, 1898–1979），后在欧洲和中国多次再版，产生巨大反响。另一部专著《捷克和斯洛伐克的汉学研究》也于 2009 年在北京出版。

　　高利克在中国文学研究和译介方面的成果多达 600 多种，其中专著 12 部，学术论文 290 多篇，学术评论 210 多篇。获得斯洛伐克科学院奖（2003）、"洪堡奖"（2005）等重要荣誉。

图 11-8　高利克（中）与中国波希米亚学专家丛林（左二）、周尊南（右二）、李梅（右一）、徐伟珠（左一）

　　安娜·多勒日洛娃与高利克同期就读于布拉格查理大学，后来又都选择中国现代文学为研究方向，她最初专注于郁达夫研究。1958 年完成硕士论文《郁达夫文学作品的价值》，1968 年又以《论郁达夫文学创作的特色》（*Yü Tafu: Specific Traits of His Literary Creation*）在捷克斯洛伐克东方研究所获得博士学位，后来该论文在纽约出版，连同她在国际期刊上发表的其他一些专题论文，包括经她翻译成斯洛伐克文的郁达夫作品，使她成为有国际影响的郁达夫研究专家。

　　从 1960 年到 1992 年因病去世，她一直在斯洛伐克科学院东方研究所从事学术研究。1989 年以后，曾在考门斯基大学哲学院东亚语言文化系中文教研室兼职讲授中国现代文学。在多年的学术生涯中，她同中国和欧洲的学术界都有较多的交往。在她 70 年代以后的研究中，对中国当代文学也有一定关注，特别是政治环境对于文学的影响，她是最早研究中国"文革"后"伤痕文学"的欧洲汉学家之一。在她去世后，她的博士论文中文版《郁达夫研究》1996 年出版，她翻译的斯洛伐克文版中国当代作家小说选《李顺大造屋》于 2008 年出版。另一位斯洛伐克汉学家黑山女士是这样评价多勒日洛娃和她的这部译著的：

　　在她选择并翻译出版中国文学作品 20 年后的今天，在阅读她翻译的阿城的《棋

王》、高晓声的《李顺达造屋》和王蒙的《夜的眼》
等作品时，我们确实可以佩服她当初选择这些作
品的出色眼光。因为这些作品不仅显示了"文化
大革命"这一特定的非人道历史时期的氛围，也
是中国"反思文学"中的瑰宝，作品没有以苦涩
的激愤，而是以略带自我嘲讽的笔触介绍主人公，
反映了他们那个时期的生活磨难，主人公从生活
的洗礼中坚强地走出来成为闪耀光辉的人物。这
些优秀的译作使安娜·多勒日洛娃获得令人称羡
的翻译和文学研究方面的声誉，2009 年她在斯洛
伐克获得最高翻译奖——杨·霍利奖。[1]

1. 参见玛丽娜·恰尔诺古尔斯卡（黑山）：《斯洛伐克汉学研究五十年》，载北京外国语大学欧洲语言文化学院编《欧洲语言文化研究》第 6 辑，北京：时事出版社，2011 年版，第 379 页。

黑山本人属于斯洛伐克第二代汉学家，她的斯文名
字玛丽娜·恰尔诺古尔斯卡（Marina Čarnogurská，
1940—　），1969 年毕业于布拉格查理大学，主要研究中
国古代哲学。她在布拉迪斯拉发的考门斯基大学哲学院
攻读博士学位时，正值国内因"布拉格之春"运动对知
识分子特别是汉学家进行政治甄审的时期，1973 年她的
博士论文已经写成，但未被允许答辩。在此后近 20 年的
时间里，她用非所学，完全凭着对中国文化的执着独自
进行研读和翻译，直到 1990 年才获平反，进入科学院从
事学术研究。1991 年，终于有机会对就早已完成的博士
论文《战国时期儒学的发展和独特性》追补答辩，获得
哲学博士学位。从 90 年代开始，她的学术活动十分活跃，
参加了大量国际性的汉学会议，到台湾进行过为期两年
的访学，研究工作专注于荀子和道家哲学，成果颇丰。

图 11-9　黑山译斯洛伐克文版
《红楼梦》卷一（2001）

在中国文学研究和译介方面，在七八十年代极为困难的情况下，翻译了老舍的《月牙》等小说，斯洛伐克作家出版社将这一作品与高利克翻译的《骆驼祥子》合集，1983 年出版。她最重要的贡献是将《红楼梦》（*Sen o červenom pavilóne*）完整地翻译成斯洛伐克文，该书为红色皮面，装帧精美，煌煌四大卷分别取"春"、"夏"、"秋"、"冬"作为副题，每卷含 30 回，总篇幅近 2600 页，于 2001—2003 年间由 PETRUS 出版社在布拉迪斯拉发出版。2003 年 10 月 15 日，在中国艺术研究院等五单位联合在京举行的曹雪芹逝世 240 周年纪念大会上，黑山荣获《红楼梦》翻译贡献奖。2004 年，她又获得斯洛伐克的"杨·霍利"奖。

斯洛伐克还活跃着一批中青年汉学家：弗拉基米·尔安多（Vladimír Ando）、亨莉耶塔·哈塔洛娃（Henrieta Hatalová）、鲁比察·奥布霍娃（Ľubica Obuchová）都曾就读于查理大学，从本科一直到取得博士学位，后分别从事中医药、中国少数民族语言文化、中国历史、中斯关系等方向的专门研究。斯洛伐克独立之后由考门斯基大学哲学院培养并有过中国留学经历的一批新人已经在学术上崭露头角，马丁·斯洛博得尼克（Martin Slobodník）、爱雷娜·赫得维格尤娃（Elena Hidvéghyová）、贝雅娜（Janka Benická）等都是其中的佼佼者。

第二节　中国文学在波兰

在回顾 1949 年以后波兰对中国文学的研究、译介和出版情况时，首先要从维托尔德·雅布翁斯基谈起。这位从 20 世纪 30 年代就开始研究中国文化并受国联派遣来华从事教育和学术工作的波兰人，1947 年卸任波兰驻华使馆参赞后，担任了华沙大学汉学教研室主任，在该校恢复中国语言文化教学和研究活动，培养专门人才，鼓励教师的学术发展，筹集汉学专业图书。1949 年波兰与中国建交后，双边文化交流和学术研究的条件得到明显改善。华沙大学的汉学教研室可以直接邀请中国教师讲授中国语言文化，同时波兰的学者和学生也有机会赴华学习，补

1.Irena Kałużyńska，*The Sinology Department of the Faculty of Oriental Studies, University of Warsaw – Past and Present*，载张西平、[匈]
充了大量的图书资料。[1]
郝清新编：《中国文化在东欧：传播与接受研究》，北京：外语教学与研究出版社，2013 年版，第 449 页。

雅布翁斯基在波兰学术界有较大的影响，兼任华沙大学东方学院院长、教育部东方学学科

教学大纲委员会主任，并且是波兰科学院东方学部委员和主任，在波兰开展了许多中国知识的普及宣传工作。新中国成立后，他先后三次访问中国，第一次作为波兰文化代表团成员于 1953 年访华，第二次代表波兰科学院参加由中国科学院在北京举行的汉语标准化问题研讨会，第三次 1957 年 5 月来华。这一次他选择了红军长征路线进行徒步考察，同时为他长期关注的中国民歌研究搜集补充素材，但未能走完全程便返回北京，在 7 月 22 日参加波兰使馆举行的国庆招待会的第二天，不幸突发心脏病去世。[1]

1. 参见易丽君、赵刚：《波兰汉学的发展》，收入张西平主编《西方汉学十六讲》之第十一讲，北京：外语教学与研究出版社，2011 年版。本节的基本信息多来自于此。

雅布翁斯基对中国的认识从书本到现实，从外部观察到内部体验，特别是他在中国获得的丰富的外交和文化阅历，使他后来对中国的研究十分广泛，涉及中国历史、政治、哲学、语言、文学等，不仅研究古代而且也关注现代，一些研究都紧密围绕波兰中国学研究和波中文化交流的需要，相对于当时的西方汉学来说有不少突破和创新，这在那个年代是极为可贵和难得的。在对中国文学的译介方面，他翻译出版了《白毛女》（1952），主持编辑翻译《中国文学作品选》（*Antologia literatury chińskiej*，1956），选编《中国文学史选读》（*Z dziejów literatury chińskiej*，1956）；合译《楚辞》（*K'ü Jüana: Pieśni z Cz'u*，1958）、《毛泽东诗词》等。另有《屈原》（*K'ü Jüan: zbiór referatów wygłoszonych na sesji ku czci poety*，1954）等专著出版。

雅布翁斯基去世后，雅努什·赫米耶莱夫斯基（Janusz Chmielewski，1916—1998）接任汉学教研室主任一职。他曾在华沙大学和法国学习汉学，长于古汉语和中国古代哲学研究，他与雅布翁斯基、沃伊塔谢维奇等合作翻译了《南华真经》（*Prawdziwa księga południowego kwiatu*，1953），是《中国文学作品选》的主要译者之一。

与雅布翁斯基同时代的奥尔格尔德·沃伊塔谢维奇（Olgierd Wojtasiewicz，中文名字魏德志，1916—1996），在 50 年代也为中波文学交流做出过许多贡献。他早年在法国读书，接受过汉学研究的训练，后长期在华沙大学汉学教研室任教。曾与雅布翁斯基等人一起翻译了屈原的作品，以及郭沫若的剧本《屈原》，并组织了波兰对屈原的纪念活动。他对中国现代文学关注较多，主要译著有老舍的《骆驼祥子》（*Ryksza i inne opowiadania*，1953）和茅盾的《子夜》（*Przed świtem*，1956）等作品，还主编并与他人合作翻译《郭沫若选集》（*Pisma Wybrane*，1955），另外还参加了《南华真经》的翻译。沃伊塔谢维奇更多地还是一名语言学家，他的《翻译理论导论》（*Wstęp do teorii tłumaczenia*, 1957）是波兰第一部翻译学研究著作，其中的一些理论观点早于奈达，他也因此被后人称为"波兰翻译研究之父"。

从 60 年代初开始，由于中苏关系的影响，波兰与中国的政治关系也落入低谷，这直接影响到波兰对中国语言文化的教学和研究，以及双边文化交流。中方不再向波兰派遣语言教师；曾经非常丰富的图书交流不断减少并受到控制，最终停止；波兰的汉学家和学生也没有机会赴华学习或开展研究；中国研究的论文发表和翻译图书出版极为困难。这种情况一直持续到 80 年代初才逐步缓解改善。即便在这样的困境中，还是有一些波兰汉学家坚持开展对中国的研究，取得了一系列重要成果，保证了波兰汉学的连续性。

米耶奇斯瓦夫·昆斯特莱尔（Mieczysław Jerzy Künstler，中文名字金思德，1933—2007），语言学家、汉学家，华沙大学教授，在赫米耶莱夫斯基之后担任华沙大学汉学教研室主任（1979—1998）。1972 年起任波兰科学院东方学部委员，1993—2006 年任该学部主任。他对中国的研究主要集中在先秦思想、古代神话、艺术和建筑等方面，有《孔子的事业》（*Sprawa Konfucjusza*, 1983）、《中国神话》（*Mitologia chińska*, 1985）、《中国艺术》（*Sztuka Chin*, 1991）《中国文化史》（*Dzieje kultury chińskiej*, 1994）等多种著述出版，另外还翻译了《论语》（*Dialogi konfucjańskie*, 1976）等中国古代文化经典。

在华沙大学以中国文学为主要研究方向的波兰汉学家

图 11-10　1956 年 10 月 19 日，魏德志在北京举行的鲁迅先生逝世二十周年纪念大会上讲话

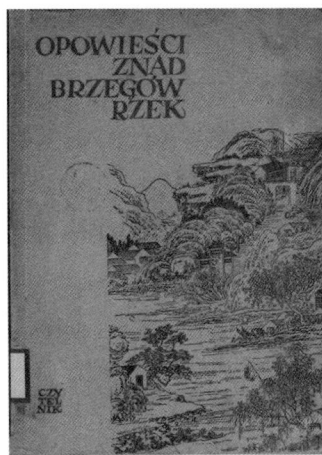

图 11-11　《水浒传》波兰文译本（1952），Eleonora Romanowicz 从英文转译。

主要有两位。

塔德乌什·日比克夫斯基 (Tadeusz Žbikowski, 1930—1989)，曾在波兰驻广州领事馆任职，侧重中古文学特别是元曲研究，节译《西游记》的部分章节分两卷出版 (*Wędrówka na Zachód i Małpi bunt*, 1976; *Wędrówka na zachód*, 1984)，为波热娜·科瓦尔斯卡翻译的《聊斋志异》(*Mnisi-czarnoksiężnicy, czyli Niesamowite historie o dawnych ludziach*, 1961)、娜塔莉亚·比利翻译的《三国演义》(*Dzieje Trzech Królestw*, 1972) 等名著的波兰文译本作序。对现代文学也有兼顾，研究过曹禺戏剧创作中的欧洲戏剧影响，翻译过巴金、老舍、叶圣陶等现代作家的作品。

兹比格涅夫·斯乌普斯基 (Zbigniew Słupski) 是在捷克查理大学培养的汉学家，导师就是大名鼎鼎的普实克。他的中文名字"史罗甫"更为中国学术界熟悉，1964 年他在普实克指导下读研究生的时候，在捷克斯洛伐克科学院东方研究所的杂志《东方文献》(*Archiv Orientâlí*) 上发表《读第一部中国现代小说史札记》(*Some Remarks on the First History of Modern Chinese Fiction*)，参与了普实克与夏志清之间围绕《近代中国小说史》的那场学术笔战。他在米耶奇斯瓦夫·昆斯特莱尔之后担任华沙大学汉学教研室主任 (1999—2004)，主要研究中国文学，尤其以老舍研究见长，著有《老舍评传》，翻译出版两卷本《老舍短篇小说选》，另有《中国文学概览》(*Szkice o literaturze chińskiej*, 1989) 等著述。

波兰汉学界对中国的研究涉及不同领域，出版图书的

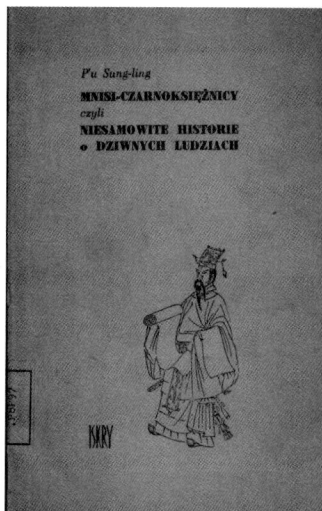

图 11-12　波兰文版《聊斋志异》(1961)

图 11-13　波兰文版《金瓶梅》(1994)

种类也较为多样。1989 年以后的古典文学译介作品主要有胡佩芳（Irena Sławińska）翻译的《金瓶梅》（*Kwiaty śliwy w złotym wazonie*, 1994），马热娜·史兰克—伊列娃（Marzenna Szlenk-Iliewa）译的《诗经：孔子选编版》（1995）等。现当代文学方面，有伊莲娜·卡乌仁斯卡（Irena Kałużyńska）、约安娜·玛尔凯维奇（Joanna Markiewicz）和兹比格涅夫·斯乌普斯基共同选译的《中国当代短篇小说选》，第一卷的选收范围从 1918 至 1944 年，第二卷从 1979 至 1985 年。韩少功的《马桥词典》、张贤亮的《绿化树》等也有波兰文译本，当然，近年来备受关注的还有莫言的小说。

第三节　中国文学在匈牙利

　　战后匈牙利的东方学研究在原有基础上有了全面发展，学科内涵不断丰富，成果显著。中国研究作为东方学领域的一个重要学科，又包括了汉学、藏学、蒙古学、满学、敦煌学、突厥学、西夏学等不同的分支，涉及历史、民族、宗教、政治、经济、社会、文学、艺术等诸多领域，范围极为广泛。这样庞大复杂的研究自然需要相应的专业力量支撑。匈牙利人本身就对东方研究有一种内在的驱动力，19 世纪就已开始了对中国的探索。在 20 世纪前半期，李盖蒂和白乐日（Balázs István, 1905—1963）两位中国学研究的先行者，又承前启后以许多开创性的学术活动巩固了原有的基础。1949 年中匈建交以后，匈牙利即派遣多批学生来华留学，培养专门人才，进一步充实和加强了中国研究的队伍。在出版方面，匈牙利的做法与其他一些中东欧国家有所不同，它很早就将中国文学书籍的出版相对集中在欧罗巴出版社（Európa Könyvkiadó）。自1950 年至 90 年代中期，该出版社已经出版了一百多种中国文学作品或相关图书，即便在中匈关系比较疏远的六七十年代这一工作也未停止，依然出版中国文学类图书约 30 种，[1] 在规模、

1. 参见黄长著、孙越生、王祖望主编：《欧洲中国学·匈牙利篇》，北京：社会科学文献出版社，2005 年 9 月第 1 版，第 868 页。本节的部分信息亦来源于此。

特色和连续性上都非常突出。东方学研究和中国研究在匈牙利科学领域具有较高的地位和影响力，李盖蒂不仅是科学院院士，并且多年担任科学院副院长，他在 1947 年创办《匈牙利科学院东方学报》（*Acta Orientalia Academiae Scientiarum Hungaricae*），到 1976 年一直担任主编，

对相关研究起到了至关重要的组织推动作用。

特凯伊·费伦茨（Tökei Ferenc，中文名字杜克义，1930—2000）于 1949—1953 年间就读于布达佩斯罗兰大学哲学院博物馆学专业，同时学习了汉语和藏语课程，毕业后继续在该校读研究生，1956 年获语言学副博士，1965 年获文艺学博士学位。他从 1957 年起在匈牙利科学院哲学研究所从事学术研究，1969—1972 年担任该所所长，1972 年担任科学院东方学研究中心主任。1973 年当选匈牙利科学院通讯院士，1985 年成为正式院士。另外还兼任多种学术和社会职务。

他的主要研究领域是中国古典文学、哲学、文学类型学和历史哲学，学术成果极为丰硕。对中国文学的研究主要体现在文学史和古代文论，著有《中国文学史简编》（A kínai irodalom rövid története，与米白合著，1960）、《中国 3—4 世纪的文学理论——刘勰的诗歌理论研究》（Genre theory in China in the 3rd–6th centuries–Liu Hsieh's theory on poetic genres，1971）、《中国文学概略》（Vázlatok a kínai irodalomról，1970）等。在文学作品译介方面的成就包括：在大学期间与人合作翻译出版的《屈原诗选》（1954）及单独撰写的专著《中国抒情诗的诞生：屈原及其时代》（1959）；组织并参与翻译的《诗经》（1957）；蒲松龄的《聊斋志异》（1959）；与人合译的《关汉卿杂剧选》（1958）、王实甫的《西厢记》（1960）和李行道的《灰阑记》（1960）；鲁迅等现代作家的短篇小说等。另外，还为大量中国文学和文化著作的匈语译本作序或撰写导读，发表书评文章。

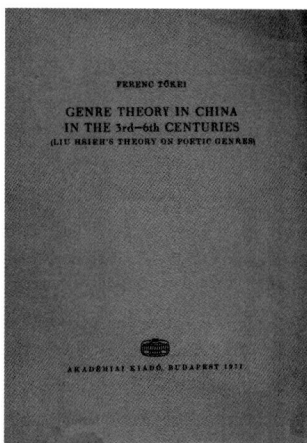

图 11-14　杜克义、米白著　　　　　图 11-15　《中国 3—4 世纪的文　　图 11-16　杜克义译匈文袖珍版
　《中国文学史简编》（1960）　　　　学理论——刘勰的诗歌理论研究》　　　《灰阑记》（1960）
　　　　　　　　　　　　　　　　　（1971）扉页

中国的匈牙利研究专家符志良在杜克义逝世后曾专门
发表文章，深情缅怀这位杰出的匈牙利汉学家和中国人民
的朋友，文中有这样的回忆和评价：

> 作为屈原的研究者，他最喜欢屈原的名句"路
> 漫漫其修远兮，吾将上下以求索"，所不同的是
> 屈原在他的时代里求索开明的政治和治国之道，
> 而杜克义求索的是中国文化的精髓——哲学和文
> 学的真善美！半个世纪来，他忽而执鞭任教，为
> 汉学培养一个又一个后继者；继而又广邀同道，
> 深入钻研，在科学院东方研究室内孵化出一批又
> 一批研究成果。他所著的《亚细亚生产方式》一
> 书被译成六种外国文字出版，他本人也蜚声于国
> 际汉学界并曾主办过国际东方学大会。他足迹遍
> 踏欧美和亚洲，仅在中国社会科学院的研究访问
> 交流中他本人就去中国达十次之多。近十年来，
> 为适应两国业内人士学习研究之需，先生又倡导
> 和推进中匈双语的出版工作，以扩大中国古代经
> 典的流传和普及。生活在布达佩斯的华人们有幸
> 得以目睹这些精美的书坛精品时需知：杜克义先
> 生是以不拿稿费，让利于出版家的方式在推动中
> 国文化的传播！[1]

> 1. 符志良：《怀挚友，念深情——写在杜克义先生逝世一周月之际》。

琼戈尔·鲍尔纳巴什（Csongor Barnabás，中文名字
陈国，1923— ）于 1942—1947 年在布达佩斯罗兰大学哲
学院学习，师从李盖蒂教授，取得匈牙利和意大利文学教
师资格证书和中国语文学博士学位，同期还选择蒙古语文

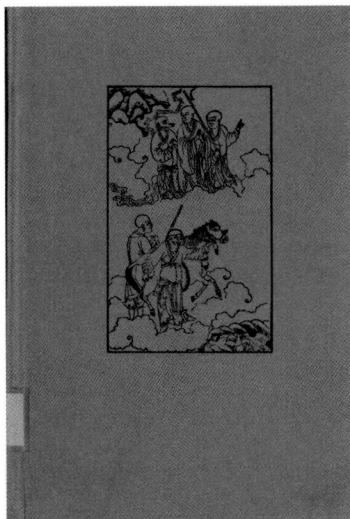

图 11-17　陈国译匈文本
《西游记》（上卷，1969、1980）

学和突厥语文学作为辅修方向。他从 1948 年开始在中国和东亚教研室任教，1963—1983 年任中国和东亚研究系主任。曾多次到中国访学：1957 年到中国科学院语言研究所在罗常培教授指导下从事了半年的学术研究；1963 年在中国科学院历史二所进行有关古代民族柔然的史料搜集和专题研究；1984 年到北京大学专门就《水浒传》等中国古典小说开展研究；1988 年到中国社会科学院少数民族研究所进行学术访问。他的研究成果也多围绕这些领域或课题。在中国文学研究和译介方面，他最重要的成就是独力翻译的匈牙利文版《水浒传》（*Vízparti történet*，1961、1977）、《西游记》（*Nyugati utazás avagy a majomkirály története*，1969、1980）等古典小说，这两部名著都多次再版。另外，他还同其他汉学家合作，译介了《白居易诗选》（*Po Csü-ji versei*，1952）、《李白诗选》（*Li Taij-po Versei*，1962）、两卷本《中国古典诗歌选》（*Klasszikus Kínai Költők*，I-II，1967）等。

高洛·安德烈（Galla Endre，中文名字高恩德，1926—2008），1945 年考入罗兰大学文学院匈牙利语—德语专业，1950 年毕业后留校任教。同年 12 月，他作为中匈建交后首批匈牙利留学生来华，先在清华大学学习了两年汉语，后转入北京大学中文系读研究生，其间结识了在北大俄语系学习的冒寿福，结为伉俪。在北京留学期间，他就开始参加一些匈牙利文学和中国文学的交流互译工作。翻译家孙用在 50 年代多种匈牙利文学译著中都提到他的贡献。1955 年毕业后，高恩德进入匈牙利外交部，后调入罗兰大学文学院从事教学和研究，曾担任中国和东亚系主任。他在中国现代文学、匈中文学交流史、中国当代思想史和文化史等方面有深厚学养和造诣，取得许多开创性的成就。他早年的译著包括贺敬之和丁毅合著的《白毛女》（*A fehérhajú lány*，1961）、《中国现代诗歌选》（*Modern Kínai költők*，与米白合译，1961）、鲁迅杂文选《文学·革命·社会》（*Lu Hszün: Irodalom-forradalom- társadalom esszék*，1981）、老舍的《猫城记》（*Macskaváros krónikajá: Regény*，1981）等，晚年又翻译了鲁迅的《朝花夕拾》等作品。另有专著《匈牙利文学在中国》（*A Magyar irodalom Kínában*，1968）。

米克洛什·帕尔（Miklós Pál，中文名字米白，1927—2002），1946—1950 年就读于布达佩斯的帕兹马尼·佩泰尔大学（即罗兰大学前身）匈牙利语和法语专业，1951—1954 年在北京留学，先后在清华大学学习美术，在北京大学学习汉语，在中央美术学院攻读美术史。回国后又获得美术史副博士学位和文学博士学位。在东亚艺术博物馆从事过中国艺术品馆藏管理，担任过工艺博物馆和东亚博物馆馆长，在中国美术史教学和研究方面成就突出，撰写出版了许多介绍中国艺术和美术的专著和论文。米白对中国文学也有广泛深入的研究，除前面提到他与杜克义合著的《中国文学史简编》外，他还单独或与其他汉学家合作翻译了许多文学作品，包括老舍的《骆驼祥子》（1957）和《茶馆》（1960），郭沫若的剧作《屈原》（1958），曹禺的《雷雨》（1959），关汉卿的杂剧选《窦娥冤》和《赵盼儿风月救风尘》（*Tou O ártatlan halála: Csao Pen-er, a mentőangyal*，与杜克义等合译，1958），《中国现代诗歌选》（与高恩德合译，1961）等。

匈牙利汉学界译介出版的中国文学作品还有很多，例如 1950 年来华留学的汉学家尤饶·山多尔（Józsa Sándor，中文名字尤山度，1928— ）在 50 年代后期翻译出版了艾芜的《山野》（*Vad hegyek között*，1958）、茅盾的《春蚕》（*Selyemhernyó*，1958）、《毛泽东诗词》（*Mao Ce-tung 21 verse*，合译，1959）等，他还著有《中国和奥匈帝国》（*Kína és az Osztrák-Magyar Monarchia*，1966）。匈牙利翻译界从其他语文版本也转译了一些重要的中国文学作品，如拉扎尔·久尔吉（Lázár György）从德语转译的两卷本《红楼梦》（*A vörös szoba álma*，I–II，1962、1964、1976、1988），沃尔高·伊伦娜（Varga Ilona）从德语转译的《好逑传》（*Virágos gyertyák avagy egy jó házasság története: Kínai regény a XVII. századból*，1961、1969、1974）等，都多次再版。

从 1980 年代开始，一度中断的中匈文化交流得到恢复。1987 年 6 月，中国外交部副部长钱其琛访问匈牙利并与匈方签署了中匈文化、科学和教育合作协定。同年 11 月，中国文化部长、作家王蒙率中国政府文化代表团访问匈牙利，出席了中国伟大的文学家鲁迅和翻译家孙用的半身塑像揭幕仪式在裴多菲故乡的落成仪式。中国新时期文学开始受到关注，王蒙的短篇小说选《说客盈门》（*A csirizgyár igazgatója*，1985）、古华的《芙蓉镇》（*Hibiszkuszháza: Regény*，1987）等多种作品被陆续翻译成匈文。进入 21 世纪以后，匈牙利翻译界对中国现当代文学的关注明显增多，苏童、余华、刘震云、马原、韩少功、姜戎等当代作家的作品被译成匈文出版，朱自清、沈从文、许地山等一批现代作家也进入读者的视野。2007 年 11 月，在中国国家图书馆举办的"津渡——中匈书展"，集中展示了两国文学和文化互译出版的成果。[1]

1. 参见李孝风：《中匈文化交流的历史概貌》，载闵惠泉、邓炘炘主编：《国际语言与语言文化》，北京广播学院出版社，2003 年 9 月第 1 版。另见龚坤余：《中国文学在匈牙利》；郭晓晶：《中国文化在匈牙利的传播》，分别载北京外国语大学欧洲语言文化学院编《欧洲语言文化研究》第 3、4 辑，北京：时事出版社，2007 年、2008 年。

第四节 中国文学在罗马尼亚

罗马尼亚对中国文学的接受主要是 1949 年以后的事情，虽然不像捷克、匈牙利、波兰等中欧国家在二次大战前后就在大学开设了中国语言文化教学和系统的东方学研究，并且已产生有重要影响的汉学家，但中罗两国之间几乎未受国际形势影响的持续友好合作的特殊关系，为中国文学进入罗马尼亚创造了有利的氛围，无论是文学作品的翻译出版、戏剧作品的上演，还是作家之间的交流、翻译家的合作，都有大量丰富生动的内容，取得了引人瞩目的成就，在沟通两国文化、加深人民之间相互了解方面发挥了无法替代的作用，使罗马尼亚的中国研究和对中国文化的接受也颇显后发之势。

在中罗建交之初的五六十年代，罗马尼亚与其他东欧国家一样，首先通过俄文等媒介翻译出版了一批在当时更多具有政治意义的中国文学作品，如丁玲的《太阳照在桑干河上》（1950）、赵树理的《李有才板话》（1951）、周立波的《暴风骤雨》（1952）、草明的《原动力》（1952）、孔厥和袁静的《新儿女英雄传》（1954）、柳青的《铜墙铁壁》（1956）等。对中国现代文学也有一定关注，出版了罗译本的鲁迅作品《祝福》（1949）、《故乡》（1951）和《鲁迅短篇小说集》（1955）、《鲁迅选集》（两卷本，1959、1962），《郭沫若选集》（1955）和《孔夫子吃饭——郭沫若诗歌、小说、戏剧集》（1965），老舍的《〈骆驼祥子〉及其他短篇》（1958），《茅盾小说选》（1964）等。古代文学部分则有尤塞比乌·卡米拉尔（Eusebiu Camilar，1910—1965）在中国的罗语翻译裴祖逊帮助下翻译的《中国古代诗歌选》（*Din poezia chineză clasică*，1956、1957）；阿德里安·马纽（Adrian Maniu，1891—1968）翻译的《李太白诗选》（*Din cîntecele lui Li-Tai-Pe*，1957）；诗人罗姆鲁斯·弗尔佩斯库（Romulus Vulpescu，1933—）主持编译的《中国古代诗歌选》（*Antologia poeziei chineze clasice*，1963）；斯特凡娜·韦里萨尔—特奥多雷亚努（Ștefana Velisar-Teodoreanu，1897—1995）和安德列·班塔什（Andrei Bantaș，1930—1997）合译的《水浒传》（*Pe malul apei*，节译本，1963）等。

1966 年，罗马尼亚世界文学出版社出版了蒲松龄的《聊斋志异》选译本《黄英》（*Duhul crizantemei*），译者是布加勒斯特大学外国语言文学院东方语言系的汉语教师托尼·拉迪安（Toni

Radian，中文名字江冬妮，1930—1990），她是 1950 年首批来华的 5 名罗马尼亚留学生之一。这部译作是罗马尼亚人直接从中文翻译的第一部文学作品，标志着对中国文学的译介开始进入一个可以不再经由其他媒介而直接从源语言引进的时期。

到了 70 年代，中国与罗马尼亚之间的友好合作关系全面提升，罗马尼亚通过派往中国留学或依靠本国力量培养的汉学家队伍逐渐成熟，显示出巨大的翻译热情和创造力。对中国文学的译介和出版也随之步入了一个黄金时期。

在中国古代文学方面，有托尼·拉迪安翻译的《今古奇观》（*Întîmplări uimitoare din zilele noastre şi din vechime*，1982）、《聊斋志异》（*Ciudatele povestiri ale lui Liaozhai*，1983）、三卷本的《中国中古小说选》（*Nuvela chineză medievală*，1989）。布加勒斯特大学汉语教师伊丽亚娜·霍加—韦利什库（Ileana Hogea-Velişcu，中文名字杨玲，1936—　）与作家和翻译家伊凡·马尔丁诺维奇（Iv Martinovici，1924—2005）合译的三卷本《红楼梦》（*Visul din pavilionul roşu*，节译本，1975）、屈原的《楚辞》（*Qu Yuan, Poeme*，1974）。贝尔纳德·魏什勒（Bernard Wechsler）老师翻译了《枕中记——唐代传奇选》（*Însemnări dinăuntrul unei perne, nuvele din epoca Tang*，1969）。外交官和汉学家康斯坦丁·鲁贝亚努（Constantin Lupeanu，中文名字鲁博安，1941—　）和夫人、诗人米拉·鲁贝亚努（Mira Lupeanu，中文名字鲁美娜，1944—2006）合译的《诗经选》（*Cartea poemelor, Shijing*，1985）、《儒林外史》（*Întîmplări din lumea cărturarilor*，1978）、《金瓶梅》（*Lotusul de Aur, Vaza şi Prunişor de Primăvară*，1985）、《官场现形记》（*Întîmplări din lumea mandarinilor*，1986）和《水浒传》（*Osândiţii mlaştinilor*，1987—1989）。旅罗华人李玉珠也和亚历山德鲁·萨乌格（Alexandru Saucă）合作翻译了《聊斋故事选》（*Întîmplări extraordinare din pavilionul desfătării*，1975）、明清故事集《绿衣女》（*Frumoasa în straie verzi*，1977），与诗人 M.·扬·杜米特鲁（M. Ion Dumitru，1947—　）合译了《中国词选》（*Antologia poeziei chineze, poezie cîntată Ţî*，1980）。以上这些作品都是直接从中文翻译成罗马尼亚文。

图 11-18　江冬妮译罗文本　　　图 11-19　杨玲等译罗文本　　　图 11-20　鲁博安夫妇译罗文本
《今古奇观》（1982）　　　　《红楼梦》（1985）　　　　　《金瓶梅》（上卷，1985）

　　中国现当代文学作品的罗文本翻译出版情况也很可观。鲁博安夫妇的贡献尤其突出，这一时期他们译介了小说 7 部、诗集 2 部、戏剧集 1 部，具体为：鲁迅的《故事新编》（*Mituri repovestite*，1973），巴金的长篇小说《家》（*Familia*，1979），老舍的长篇小说《四世同堂》（*Patru generații sub același acoperiș*，1983），中国现代短篇小说选《春桃》（*Piersica de primăvară*，1983），叶圣陶的长篇小说《倪焕之》（*O viață*，1985），王蒙小说集《深的湖》（*Lacul adînc*，1984）；《中国现当代诗歌选》（*Poezie chineză contemporană*，1986）和《艾青诗选》（*Ai Qing, Poeme*，1988）；《中国 20 世纪戏剧选》（*Teatrul chinezesc din secolul XX*，1981）等。还有其他几位汉学家的译作，如维奥列尔·伊斯蒂奇瓦亚（Viorel Isticioaia-Budura，1953— ）翻译的茅盾的长篇小说《子夜》（*Miezul nopții*，1983）；阿德里安娜·切尔德让（Adriana Certejan，中文名字阿莉）与小说家尤利安·尼亚克舒（Iulian Neacșu，1941— ）合译的巴金的长篇小说《寒夜》（*Nopți reci*，1985）；杨玲翻译的陈冲小说集《克拉玛依快车之梦》（*Visul din acceleratul de Kelamayi*，1989）等。

图 11-21　鲁博安夫妇译罗
文本《家》（1979）

图 11-22　鲁博安夫妇译罗
文本《四世同堂》（1983）

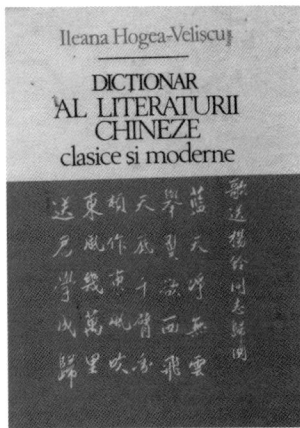

图 11-23　杨玲编著《中国古代
和现代文学词典》（1983）

　　这一时期，中国的罗语工作者也开始参与中国文学的外译，杨学茞主译的《中国女作家小说选》（*Zbucium, proză feminină chineză*，1988）包括冰心、丁玲、茹志鹃、谌容、张洁、郭碧良、铁凝等 8 位作家的 11 篇精品力作，是一部有代表性、选篇和语言都非常精美的选本。

　　1989 年，罗马尼亚经历了"十二月革命"，开始进入全面的体制转型，文化领域也发生深刻的变革。作家联合会不再隶属政府文化部门，而是作为民间的文化社团，完全独立自主地组织行业性活动和对外交流。作家群体一方面有了完全的思想表达和写作出版自由，另一方也遭遇了转型时期市场经济环境带来的前所未有的冲击。这一时期出版的有关中国的书籍较为庞杂，多为介绍传统文化的出版物，而纯文学的翻译作品相对偏少，比较突出的有诗人亚历山德鲁·安德里佐尤（Alexandru Andriţoiu，1929—1996）同汉学家罗阳（Ion Budura，1957— ）合译的《中国现当代诗选》（*Antologie de poezie chineză modernă şi contemporană*，1990）；汉学家维珊（Florentina Vişan，1947— ）翻译的《玉阶——中国古代诗歌选》（*Trepte de jad. Antologie de poezie chineză clasică SHI*，1990）；汉学家莫坎努（Cristian Mocanu）翻译的老舍的长篇小说《骆驼祥子》（*Omul–cămilă*，2004）；中国翻译家李家渔与埃尔维拉·伊瓦什库（Elvira Ivaşcu，1927—2014）合译的军旅作家朱春雨的长篇小说《橄榄》（*Măslinul*，2003）等。

　　特别值得一提的是，罗马尼亚人对中国戏剧一直表现出很大兴趣，迄今为止已经有多部中国戏剧作品被搬上罗马尼亚舞台。早在 1952 年 10 月，西部城市蒂米什瓦拉就上演过中国歌剧《王贵与李香香》。1958 年 9 月，郭沫若创作的话剧《屈原》在布拉索夫市民族剧院上演。1959 年 4 月，克卢日剧院上演了曹禺的《雷雨》。1984 年，雅西民族剧院将谢民的《我为什么死了》搬上舞台。1988 年，布加勒斯特诺塔拉剧院重排《雷雨》。1995 年 5 月，皮亚特拉—尼阿姆茨青年剧院排演了《赵氏孤儿》；1998 年，布加勒斯特诺塔拉剧院又以新的阵容再次演绎了这部戏剧经典。2007 年，该剧院上演了廖一梅的先锋实验剧《恋爱的犀牛》。这些作品在罗马尼亚都获得了很好的反响，不同时期的观众对中国戏剧艺术和作品所关注的社会问题有了更直观的认识和感受。

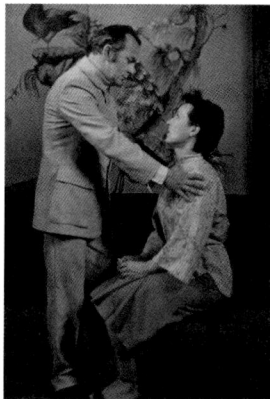

图 11-24 《我为什么死了》
剧照（1984）

图 11-25 《赵氏孤儿》剧照（1998）

罗马尼亚在持续开展对中国文学和文化译介出版的同时，在不同时期都派遣过一些作家、翻译家和出版家随团访华，与中国文学艺术界开展了丰富的互动交流。有不少作家或兼具作家身份的政界人士在访华后发表文章、出版专书，记述访华观感，介绍中国文化，其中有不少作品都是典型的纪实文学或游记文学，通过这种方式向罗马尼亚读者分享了他们的见闻，塑造了中国形象。

1952 年，罗马尼亚作家联合会书记特拉扬·谢尔玛鲁（Traian Şelmaru, 1914—1999）访华后撰写了《新中国通讯》（Reportaj din China nouă）。1953 年底，作家联合会的另一位书记欧金·弗伦泽（Eugen Frunză, 1917— ）随罗马尼亚代表团来华参加新中国国庆活动，回国后出版了《六亿自由的人民》（600 milioane de oameni liberi, 1954）。与他同时来华访问的还有著名文学史家、小说家克林内斯库，他撰写了《我到了新中国》（Am fost în China nouă, 1955）。尤塞比乌·卡米拉尔在访问中国后翻译了中国文学作品，还写下了《阳光帝国》

(Împărăția soarelui, 1955) 一书, 描写了所到城市的名胜古迹、风土人情、故事传说, 还有与中国作家杨朔、草明等人的交流情况。

1954 年 9 月下旬, 罗马尼亚大国民议会主席团主席彼得鲁·格罗查博士 (Dr. Petru Groza, 1884—1958) 应毛泽东主席的专门邀请, 来华参加新中国成立五周年庆典活动, 之后又同中国工商界和民主人士广泛座谈, 访问了北京、南京、上海、杭州、广州、南宁、昆明、重庆、武汉等许多城市。他回国后写有《在六亿人民的国家——中国的昨天与今天》(Prin țara celor șase sute de milioane, China de ieri și de azi, 1956), 该书采用日记形式, 包含丰富的内容, 记述了与中国主要领导人的会见, 包括同达赖、班禅等西藏宗教领袖接触的情况, 从一位罗马尼亚民主政治家和作家的视角, 对当时的中国社会和文化的作了大量观察, 具有较高的文献价值和文学价值。

图 11-26　彼得鲁·格罗查拜谒鲁迅墓 (1954)

得益于中国与罗马尼亚之间长期稳定友好的关系, 罗马尼亚作家和文化界人士访华并撰文写书的情况一直延续, 到七八十年代以后更为活跃。作家欧金·巴尔布 (Eugen Barbu, 1924—1993) 的《中国日志》(Jurnal în China, 1970)、保尔·安杰尔 (Paul Anghel, 1931—1995) 的《中国一瞥》(O clipă în China, 1978)、西蒙·波普 (Simion Pop, 1930—) 的《中国书》(Cartea Chinei, 1977) 等, 都是有一定影响的中国游记和文化随笔。通过中国作家协会的邀请和安排, 一批罗马尼亚当代最著名的作家陆续访问中国, 他们当中包括 1983 年访华的扬·弗拉德 (Ion Vlad, 1929—) 和彼得·瑟尔库迪亚努

（Petre Sălcudeanu，1930—2005），杜•拉•波佩斯库（Dumitru Radu Popescu，1935— ）；
1987 年访华的乔治•伯勒伊泽（George Bălăiţă，1935— ）、米尔恰•拉杜•雅科班（Mircea
Radu Iacoban，1940— ）、扬•伦克伦让（Ion Lăncrănjan，1928—1991）；1991 年访华的尼
古拉•普雷利普恰努（Nicolae Prelipceanu，1942— ）等人；1997 年访华的欧金•乌里卡鲁（Eugen
Uricaru，1946— ）等人；1999 年访华的欧金•内格里奇（Eugen Negrici，1941— ）等人；

图 11-27　邓力群会见罗马尼亚作家联合会主席、小说家杜米特鲁•拉杜•波佩斯库（1983）

2001 年访华的尼古拉•布列班(Nicolae Breban,1934—)等人。这些作家亲眼目睹了中国的现实，
通过与中国文学界同行的交流对中国文学和文化有了较多的了解，回国后通过文字和其他形式，
向国内民众传播了中国知识，促进了文化交流。雅西的诗人卢奇安•瓦西柳（Lucian Vasiliu，
1954— ）和卡西安•玛丽亚•斯皮里冬（Cassian Maria Spiridon，1950— ）热情推动中国诗
歌的译介交流，剧作家迪努•格里戈雷斯库（Dinu Grigorescu，1938— ）出版了老舍的《茶馆》、
廖一梅的《恋爱的犀牛》等剧作，并分别促成改编为广播剧或搬上布加勒斯特戏剧舞台。

第五节　中国文学在其他中东欧国家

除以上重点介绍的几个国家外，其他一些中东欧国家在接受中国文学和文化方面，也根据本国的实际情况开展了一些译介出版活动，其数量规模、译介内容、规律特点等虽有差异，但总体上都体现着本国文化对世界的开放包容，对中国文化和文学审美的多元兴趣和主动接受。从以下非常有限的信息中，也可以看到中国文学在这些国家流播的基本情况。

一、在保加利亚

在中保建交之初的 20 世纪 50 年代，一些保加利亚作家就随各种代表团陆续访问了新中国。如根据中保文化合作协定 1953 年执行计划在同年底应邀访华的保加利亚文化代表团，就有科学艺术文化委员会副主席、作家埃米尔·曼诺夫，还有另外两位作家奥尔林·瓦西列夫和尼古拉·朗科夫。他们与中国作家协会副主席丁玲，理事曹禺，政务院文化教育委员会对外文化联络事务局办公室主任、诗人邹荻帆等文学界人士都有接触和交流。在整个 50 年代，保加利亚作协与中方的交流互访较多。作家瓦列里·彼得洛夫 1955 年访华后，1958 年出版《写给中国的书》，详细记述了他在中国长达半年的见闻和感受。1956 年 10 月，作家尼·马林诺夫访华，参加鲁迅逝世二十周年纪念活动。但是从 60 年代中期到 80 年代初，中保两国之间的文化交流基本中断。1982 年 5 月，诗人莉·斯特芬诺娃和纳·凯赫里巴列娃访华。1988 年 4 月，保加利亚作家代表团访华。以后又陆续有一些保加利亚作家到中国访问，文学界交流逐步恢复。

在译介中国古典文学方面，保加利亚出版了《水浒传》（*Речни заливи*，1956）、《中国古代小说集》（*Средновековни китайски новели*，1967）、《龙》（*Дракони《聊斋志异》选译本，1978*）、《中国古代文学作品选读》（*Древнокитайска литература. Христоматия*，1979）、《东坡笔记》（*Су Шъ. "Записки от Източния склон"*，1985）、《山海经·天问》（*Каталог на планините и моретата. Небесата питам*，1985）、《搜神记》（*Издирени и записани чудновати истории*，1986）等。在经过 90 年代相对沉寂之后，中国古代文学作品在 21 世纪之初重新引起人们的阅读兴趣，

《中国古诗集》（*Старокитайска поезия*，2001）和《中国山水诗集》（*Поезия на планините и водите*，2003）等出版，受到读者欢迎。

　　五六十年代是保加利亚译介出版中国现当代文学作品最为集中的一个时期，除政治因素外，保加利亚语同俄语较高的亲缘程度也使转译相对容易和快捷。面世的保文本中国文学作品有鲁迅的《呐喊》（1953），茅盾的《子夜》（1953），《郭沫若文集》（1958），老舍的《骆驼祥子》（1959），巴金的《寒夜》（1961）；赵树理的《李家庄的变迁》（1950）、《小二黑结婚》（1951）、《三里湾》（1957），袁静、孔厥的《新儿女英雄传》（1953），周立波的《暴风骤雨》（1953），杜鹏程的《保卫延安》（1959），李英儒的《野火春风斗古城》（1962），杨沫的《青春之歌》（1965）等。80 年代以后，主要有艾青诗选《永远的旅程》（1987）。[1]

1. 参见陈瑛：《中国文学的玫瑰国之旅》，载北京外国语大学欧洲语言文化学院编《欧洲语言文化研究》第 5 辑，北京：时事出版社，2009 年 12 月第 1 版。

图 11-28　博拉·贝莉万诺娃译保文本《龙》（《聊斋志异》选译本，1978）

图 11-29　博拉·贝莉万诺娃译保文本《山海经·天问》（1985）

图 11-30　保文本《李白诗选》（2014）

　　保加利亚有一批汉学家，长期坚持对中国文化的译介和研究。博拉·贝莉万诺娃（*Бора Беливанова*，中文名字白宝拉或白雪松，1934— ）教授是其中的杰出代表，她几十年辛勤笔耕，出版大量著译，1985 年获得了保加利亚翻译家协会"东方诗歌翻译奖"和保加利亚翻译界最高的奖励——"基里尔和麦托迪一级勋章"。1994 年出版专著《1978—1988 年的中国文学》，对中国新时期文学进行了系统的研究和介绍。2009 年 9 月在北京举办的第十六届北京国际图书博览会上，获得"中华图书特别贡献奖"。

二、在南斯拉夫及后分国家

南斯拉夫最早译介出版的中国文学作品之一是 1937 年从德文转译出版的《水浒传》。1950 年，在贝尔格莱德出版了鲁迅的短篇小说集《阿 Q 正传》和丁玲的《太阳照在桑干河上》。以后又陆续出版了鲁迅的短篇小说集《铸剑》（贝尔格莱德 1957，萨拉热窝 1977）、《呐喊》（1977）、《中国小说史略》（1985）；老舍的《骆驼祥子》（1959）、《猫城记》（萨格勒布 1989）、《茶馆》（1990）；茅盾的《子夜》（1960）；《毛泽东诗词》（贝尔格莱德 1971，弗乐舍兹 1971，萨格勒布 1977）；巴金的《家》、《憩园》和《寒夜》（里耶卡，1981）；还有聂华苓的《桑青与桃红》（萨格勒布，1985）等。古代文学也有不少，如《中国古代故事》（1958）、《红楼梦》（1959）、《水浒传》（萨拉热窝 1961，卢布尔雅那 1960）、《金瓶梅》（1962）、《中国古典抒情诗选》（1962）、《肉蒲团》（1980）、《西游记》（1988）等。

在后南斯拉夫时期，塞尔维亚、克罗地亚、斯洛文尼亚、波黑、马其顿等国对中国文化和文学都有不同程度的关注，大体上可以看到这样几个较为明显的特征：一是对中国古代哲学研究和译介较多，如贝尔格莱德大学汉学家普希奇·拉多萨夫（Pušić Radosav, 1960— ）教授对老子和《道德经》的研究译介，斯洛文尼亚哲学家玛雅·米利琴斯基（Maja Miličinski 1956— ）教授对孔子和《论语》的研究译介，都直接依据中文材料，在本国有开创性意义。二是中国古代和现当代文学在汉学研究中始终保持着一定比例，不断有新的译作问世，如中国古代诗歌选《露珠里的世界》（贝尔格莱德，1991），《王维诗集》（卢布尔雅那，1997），曹禺的《雷雨》（贝尔格莱德，2003），张贤亮的《男人的一半是女人》（萨拉热窝，1990），苏童的《我的帝王生活》和《碧奴》（贝尔格莱德，2006）等。三是对在国际上有一定影响的华人文学亦有关注，译介出版了张香华的《丝与葡萄酒》（克鲁谢瓦茨，1992）、《茶，不说话》（贝尔格莱德，1996）、《泪滴》（1998），哈金的《等待》（2001），高行健的《灵山》（2001），戴思杰的《巴尔扎克与小裁缝》（2002）、山飒的《围棋少女》（2006）等。四是有多种国际文学交流平台，促进作家之间的交流，也扩大了中国文学的影响。如 1993 年 10 月，中国诗人邹获帆参加南斯拉夫"斯梅德雷沃诗歌节"，获最高荣誉"斯梅德雷沃古城堡钥匙奖"。1998 年 3 月，马其顿斯特鲁加诗歌节组委会向中国诗人绿原颁授当年该诗歌节最的"金环奖"。

2006 年，中国当代著名诗人吉狄马加作品集《秋天的眼睛》的马其顿文版和《吉狄马加诗歌选集》塞尔维亚文版分别出版。

图 11-31　张香华选编、普希奇·拉多萨夫译塞文本《中国当代诗歌选》（1994）

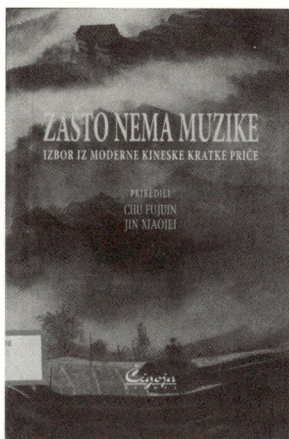

图 11-32　储福金、金晓蕾选译塞文本中国当代短篇小说精选《为什么没有音乐》（2005）

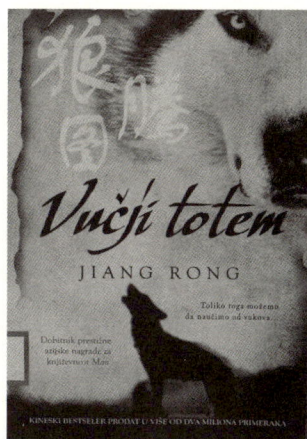

图 11-33　米洛斯拉夫·巴西奇·帕尔科维奇译塞文本《狼图腾》（2008）

三、在阿尔巴尼亚

中国文学从 20 世纪 50 年代开始进入阿尔巴尼亚。根据陈逢华的研究[1]，1953 年，李季的

1. 陈逢华：《中国文学在阿尔巴尼亚的译介》，载北京外国语大学欧洲语言文化学院编《欧洲语言文化研究》第 5 辑，北京：时事出版社，2009 年 12 月第 1 版。

长篇叙事诗《王贵与李香香》（Van Kuei dhe Li Sian-sian-i）由阿尔奇·克里斯托（Alqi Kristo）翻译成阿尔巴尼亚文，纳伊姆·弗拉舍里出版社出版，由此拉开了阿尔巴尼亚人译介中国文学的序幕。以后又陆续出版了周立波的《暴风骤雨》（Shtrëngata，1954），《中国中短篇小说集》（Novela dhe tregime kineze，1955），《郭沫若短篇小说和戏剧选》（Vetëvrasja e trimit-tregime dhe drama të zgjedhura，1955），《茅盾选集》（Një natë vere，1957）等多部作品。

60 年代中阿关系的走热，也使中国文学较多地得到译介，阿尔巴尼亚读者可以读到屈原的《离骚》（Li Sao apo brenga e internimit，1960），曹禺的四幕话剧《雷雨》（Shtrëngata me katër akte，1961），《杜甫诗选》（Përse më dhemb zëmra – Du Fu，1962），杨沫的《青春之歌》（Kënga e Rinisë，1961），郭沫若的《女神》（Perëndeshat，1962），周而复的《上

海的早晨》（*Měngjesi i Shangait*，1962），曾朴的《孽海花》（*Lulet në detin e së keqes*，1963），叶圣陶的《倪焕之》（*Mësuesi*，1964），巴金的《爱情三部曲》（*Dashuria*，1964）等不少作品。当时的这些作品多通过俄文转译。中国文学的译者行列中还有后来因获得布克国际文学奖而享誉欧洲文坛的作家、诗人伊斯玛依尔·卡达莱，他翻译出版的《中国古代诗歌》（*Poezi klasike kineze*，1961），可谓中阿两国文学交流方面的名家译名著的一个典型事例。此外，1964年阿尔巴尼亚人民剧院成立20周年之际，排演过中国话剧《战斗里成长》和《雷雨》，也受到观众的欢迎。

图 11-34　阿文本　　　　图 11-35　阿文本　　　　图 11-36　阿尔巴尼亚作家代表团访问北京外国语学院
《中国古代诗歌》（1961）　《杜甫诗选》（1962）　　　（1964）

　　70年代以后中阿关系逐渐趋冷，在1979年以后的15年里，阿尔巴尼亚没有再出版中国文学的翻译作品，这种情况一直到进入21世纪后才略有改变。

四、在波罗的海三国

　　爱沙尼亚、拉脱维亚、立陶宛三国在苏联时期主要通过俄文译本来阅读了解中国文学，也有部分作品被转译成这些国家本民族语言。1959年，爱沙尼亚汉学家于尔纳根据俄文本转译的《三国演义》大概是苏联时期以民族语言出版的第一部中国古代经典的全译本。

　　当时，波罗的海三个加盟共和国只有很少的作家和文化艺术界人士能够在苏联的安排下参加国际文化交流。一个突出的例子是立陶宛诗人、小说家和翻译家安塔纳斯·温茨洛瓦（Antanas Venclova，1906—1971），他在1954年随苏联作家代表团访华，之后写下《中国旅行记》（1954）

一书，详细记述了访华见闻，包括同郭沫若、茅盾、老舍、丁玲、艾青、赵树理等著名作家以及戈宝权、高莽等俄苏文学专家的会面交流情况，他还创作了中国题材的诗作。多年后，他的儿子托马斯·温茨洛瓦（Tomas Venclova，1937— ）又续写了这段与中国文学的情缘，他来华参加了 2011 年青海湖国际诗歌节并荣获当年的金藏羚羊国际诗歌奖。

苏联时期，各加盟共和国的年青人学习汉语，一般要选择莫斯科大学的东方语言学院。拉脱维亚的汉学家贝德高（Peteris Pildegovics）从 1964 年开始在莫斯科学习汉语，1970 年毕业后先后在符拉迪沃斯托克苏联远东大学和拉脱维亚大学教授汉语，1998 年又作为首位拉脱维亚驻华使馆临时代办主持建馆，担负对华外交工作。他从 70 年代开始编写、历经多年艰辛最终完成的《汉语拉脱维亚语大词典》，为拉脱维亚人学习汉语和中国文化提供了重要的工具，对两国文化交流也是一个历史性贡献。

1991 年爱沙尼亚、拉脱维亚和立陶宛脱离苏联，恢复独立，同年中国分别与三国建立外交关系。从 90 年代开始，汉语教学陆续进入这些国家的大学，不少年轻人直接来华留学，很好地掌握了汉语。例如拉脱维亚自 1998 年首次向中国派出留学生，截至 2015 年已经有 200 多人次通过中方的奖学金和校际交流途径到中国留学。2010 年以后，爱沙尼亚塔林大学孔子学院、拉脱维亚大学孔子学院、立陶宛维尔纽斯大学孔子学院相继建立，"汉语热"不断升温，中国文化在当地得到前所未有的关注和传播。2011 年春夏时节，中国作家协会副主席丹增率中国作家代表团对爱沙尼亚、拉脱维亚和立陶宛三国进行访问，直接推动了双边的文学交流。

第十二章　　新时期以来中东欧文学的译介与研究

如果永恒轮回是最沉重的负担，那么我们的生活，在这一背景下，
却可在其整个的灿烂轻盈之中得以展现。

但是，重便真的残酷，而轻便真的美丽？ [1]

——米兰·昆德拉

1. 米兰·昆德拉：《不能承受的生命之轻》，许钧译，上海：上海译文出版社，2003 年版，第 5 页。

第一节　新时期中东欧文学的译介

1976 年 10 月，中国的政治生活发生了根本性的变化，延续了十年的"文革"结束。文化同其他各个领域一样，在经历了一场浩劫之后，终于迎来了春天。1978 年 12 月在北京召开的中共中央十一届三中全会，开启了一个改革开放的新时期，也催生了中国文化、文学和学术的一个黄金时代。中东欧文学翻译和研究，经过十多年的沉寂，从 70 年代末开始，显示出勃勃生机，很快有了改观。在新时期最初的十多年时间里，尽管对西欧与北美文学的译介日渐成为整个外国文学译介的主流，但外国文学的译介范围还是在整体上不断扩大，中东欧文学的译介传统也得以恢复。翻译界不但继续拓展了对中东欧国家一些近代著名作家（如显克维奇）的译介 [1]，而且还新引进了一批中东欧作家和作品，如：罗马尼亚诗人考什布克（一

1. 在 1978 至 1980 不到 3 年的时间里，先后出版了显克微奇长篇历史小说《十字军骑士》（陈冠商译，上海译文出版社，1978）、《你往何处去》（侍桁译，

译科什布克，George Coşbuc，1866—1918）、南斯拉夫作家伊沃·安德里奇（Ivo Andrić，

上海译文出版社，1980）和《显克微支中短篇小说选》（陈冠商译，江苏人民出版社，1979）。至此，这位波兰近代伟大作家的代表性作品几乎全部有了中译本。

1892—1975）等。这一时期，还重印了一些经典作家的作品中译本，同时组织翻译家直接从原文重译出版了一批名著，如捷克作家哈谢克、伏契克等人的作品，都是七八十年代之交出版的具有影响的译作。[2]

2. 米吉安尼：《我们是新时代的儿女》，萧曼译，北京：人民文学出版社，1978 年版；瓦普察洛夫：《瓦普察洛夫诗选》，周熙良译，上海：上海译文出版社，

也正是从那时起，开始呈现出翻译和研究齐头并进的勃勃生机。新时期的中东欧文学翻译

1978 年版；《考什布克诗选》，冯志臣译，北京：人民文学出版社，1979 年版；马林·普列达：《呓语》，卢仁译，北京：外国文学出版社，1979；伊沃·安

中，相当一部分是经典重译，也有许多新译得以问世。他们包括从捷克文直接翻译的哈谢克的

德里奇：《德里纳河上的桥》，周文燕、李雄飞译，北京：人民文学出版社，1979 年版；哈谢克：《好兵帅克历险记》，星灿译，北京：外国文学出版社，

《好兵帅克历险记》（星灿译）、伏契克的《绞刑架下的报告》（蒋承俊译），马哈的《五月》

1983 年版；伏契克的报告文学《绞刑架下的报告》，蒋承俊译，北京：人民文学出版社，1985 年版。

（蒋承俊译），从波兰文直接翻译的显克维奇《你往何处去》（林洪亮、张振辉两个译本），从罗马尼亚文直接翻译的卡拉迦列的《卡拉迦列讽刺文集》（冯志臣、张志鹏译），扬·卢卡·卡拉迦列的《一封遗失的信》（马里安·米兹德里亚、李家渔译），米哈伊尔·萨多维亚努的《中篇小说选》、《短篇小说选》（张增信译）和《什特凡大公》（陆象淦译）等。还有显克维奇的《十字军骑士》（张振辉、易丽君译）、莱蒙特的《福地》（张振辉、杨德友译）、普鲁斯的《玩偶》（张振辉译）、普列达的《呓语》（罗友译）、《世上最亲爱的人》（陆象淦、李家渔译）、安德里奇的《桥·小姐》、塞弗尔特的诗选《紫罗兰》（星灿、劳白译），还有兴万生翻译的裴多菲诗歌的多种选本等从原文直译的中东欧文学作品，都在中国读者心中留下了

深刻的阅读记忆。而且这些译本大都有长篇论文作为序言，对作家、对作品都有精当和深入的研究和评析。

图12-1　星灿译《好兵帅克历险记》（人民文学出版社，1983、2008）

图12-2　易丽君、张振辉译《十字军骑士》（上下卷，花山文艺出版社，1996）

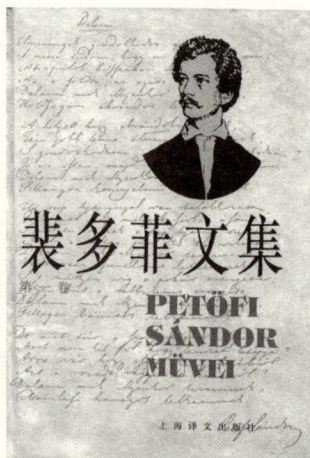

图12-3　兴万生译《裴多菲文集》（6卷，上海译文出版社，1996）

另外，各地的出版单位还组织力量选译出版了一大批中东欧各国文学作品集。包括：《东欧短篇小说选》（人民文学出版社，1979）、《东欧短篇小说选》（冯植生译，中国青年出版社，1988），以及《南斯拉夫短篇小说集》（马源译，人民文学出版社，1978）、《美人鱼三姐妹：南斯拉夫民间故事》（王志冲编著，浙江人民出版社，1980）、《皇帝的鬼耳朵：南斯拉夫民间故事》（云南人民出版社 1981）、《南斯拉夫当代童话选》（贝洛奇·埃著，湖南少儿出版社 1982）、《海盗的眼睛：保加利亚民间故事选》（知白译，新蕾出版社，1983）、《保加利亚短篇小说选》（余志和译，新华出版社，1984）、《南斯拉夫讽刺小说选》（努希奇著，四川人民出版社 1985）、《婚礼：南斯拉夫短篇小说选》（安德里奇著，黑龙江人民出版社，1986）、《南斯拉夫马其顿诗选》（托多罗夫斯基著，作家出版社，1988）。匈牙利的《匈牙利民间故事选》（孙小芬编译，江西人民出版社，1982）、《匈牙利童话选》（埃列克、贝奈德克著，河南少年儿童出版社，1985）、《匈牙利短篇小说选》（张春风编译，新华出版社，1985）、《匈牙利现代小说选》（德里·蒂博尔著，外国文学出版社，1984）、《神秘的王后：匈牙利民间故事》（徐汝舟编译，云南人民出版社，1986）。罗马尼亚的《罗马尼亚戏剧选》

（张志鹏等译，外国文学出版社，1981）、《罗马尼亚神话故事选》（郑庆耆编译，江西人民出版社，1982）、《天上的摇篮——罗马尼亚当代文学作品选》（陆象淦、李家渔、冯志臣译，中国社会科学出版社，1983）。以及《波兰现代短篇小说集》（亦波编译，中国广播电视出版社，1985）、《湖美人：阿尔巴尼亚童话集》（谢尔科娃著，上海译文出版社，1995）、《捷克斯洛伐克短篇小说选》（徐哲译，新华出版社，1985）等。

值得一提的是两套丛书。一是在上节提及的大型丛书"外国文学名著丛书"即"网格本"中，本时期终于有波兰普鲁斯《傀儡》（上、下册，庄瑞源译，上海译文出版社 1978、1982）和显克微支的《十字军骑士》（上下册，陈冠商译，上海译文出版社 1978、1981），匈牙利裴多菲的《诗选》（兴万生译，上海译文出版社，1990）和约卡伊·莫尔的《金人》（柯青译，人民文学出版社，1981），保加利亚伐佐夫《轭下》（施蛰存译，人民文学出版社，1982），捷克卡·恰佩克的《鲵鱼之乱》（贝京译，人民文学出版社，1981）等 6 部译著入选。二是由中国社会科学院外国文学研究所和重庆出版社编辑出版的"东欧文学丛书"。丛书重点介绍东欧各国当代文学创作中的名篇佳作，特别是 80 年代的新作，选材注重思想性和艺术性，同时兼顾各种流派和各种艺术风格。其中包括：[保加利亚] 古利亚什基的《怪人》（樊石译，1989）；[捷克] 斯韦达的《情与火》（星灿、劳白译，1990），聂鲁达·扬的《小城故事》（杨乐云、蒋承俊译，1990）；[南斯拉夫] 安德里奇的《五百级台阶：南斯拉夫小说选》（高韧译，1990）；[罗马尼亚] 特拉扬·利维乌·比勒耶斯库的《黄昏情思》（次农、王敏生译，1990）等。

图 12-4　易丽君、袁汉镕译
《火与剑》（上下卷，花山文艺出版社，1997）

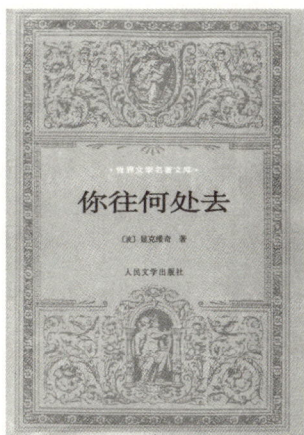

图 12-5　张振辉译
《你往何处去》（人民文学出版社，2000）

图 12-6　林洪亮译
《哈尼娅》（人民文学出版社，2006）

　　1989 年，东欧各国政局先后发生剧变，共产党政府纷纷垮台，社会主义体制被彻底抛弃，各国选择了新的发展道路，深刻影响并改变了东欧国家的历史进程。这种影响和改变自然会波及社会的各个领域，包括文学。东欧剧变后，我国对中东欧文学的译介面临许多新的课题，包括一定的困难。造成这种情况的原因是多方面的，对国内与东欧国家教育、文化、社科等领域相关的单位的影响程度不一，不过这种局面持续的时间并不很长。这一时期制约东欧文学研究、译介和出版的问题主要来自三个方面：一是东欧剧变在意识形态层面产生的冲击，如何处理文学研究和译介与体制更替的关系，不仅对于研究者和译者，而且对于出版社，都是一时间难以把握的难题。二是原有的研究和翻译队伍出现的整体性老化，最突出的就是中国社会科学院外国文学研究所东欧文学室，基本上是集体步入退休，最终甚至使一个曾经人丁兴旺、业绩辉煌的团队建制都不复存在。三是过度的市场化对于人文社科研究和出版造成的冲击，不能盈利的文学作品特别是一些小国文学翻译大多无法避免被边缘化的命运。

　　但是，这一次挫折毕竟不同于 60 年代的政治动荡，和以往不同的是，这一次的困境并没有导致中东欧文学译介的停滞，而是某种沉淀。沉淀有助于走向深入，进行反思。事实上，随着世界格局的变化和全球现代化进程的展开，中国与中东欧国家在政治、经济和文化方面似乎又同样面临了后冷战时代的文化困局和文化生机，相互间有着许多特殊的关联，也因为这种种关联，使中国与中东欧文学的交流和相互关系，又在新的全球化语境中找到了新的契合，体现了某种共同的节奏、相似或相关的展开方式。因此，尽管在 90 年代初一段时间内，中东欧文学译介遭遇了一些问题，翻译和研究依然在进行，只是节奏放慢了一些，不久之后，作为外来文学译介的一个重要组成部分，中东欧文学的译介逐渐趋于正常，相应地研究更加深入和系统（容后节详述），从而使新中国第二个三十年的中东欧文学译介与研究在整体上形成了热潮。

　　作品翻译方面，在一系列大型外国文学翻译作品丛书中，以中东欧及其各国分卷的形式出版了一批译作。例如，由作家刘白羽署名主编的《世界反法西斯文学书系》中，分别由杨燕杰、林洪亮等主编了保加利亚、阿尔巴尼亚－罗马尼亚、波兰、南斯拉夫卷、捷克－匈牙利等五卷（重庆出版社 1992），还有《世界散文随笔精品文库·东欧卷》（林洪亮、蒋承俊主编，中国社会科学出版社，1993)；《我曾在那个世界里》（蒋承俊选编，河北教育出版社，1995)；《世界短篇小说精品文库·东欧卷》（张振辉、陈九瑛主编，海峡文艺出版社，1996)；《世界经典戏剧全集·7》（东欧卷，林洪亮编译，浙江文艺出版社，1999）；《世界诗库》（第5卷：俄罗斯—东欧卷，飞白编译，花城出版社，1994）；《世界短篇小说精品文库》（东欧卷，柳鸣九编，海峡文艺出版社1996）；《世界经典散文新编·东欧卷》（冯植生主编，百花文艺出版社，2000）；《东欧国家经典散文》（林洪亮主编，上海文艺出版社，2005），以及《捷克幽默笑话》（海华编译，外国文学出版社，1991）；《祖国 母亲 爱情：匈牙利著名诗人诗选》（许强编译，当代世界出版社，1999）；《断头台》（中外文学名著读本·东欧卷，蔡茂友编译，收入俄苏中东欧文学作品60多篇，今日中国出版社，1994）；《世界童话经典》（东欧·南欧卷，浦漫汀编，春风文艺出版社1996）；《世界寓言经典》（东欧卷，吴庆先编，春风文艺出版社1997），等等。

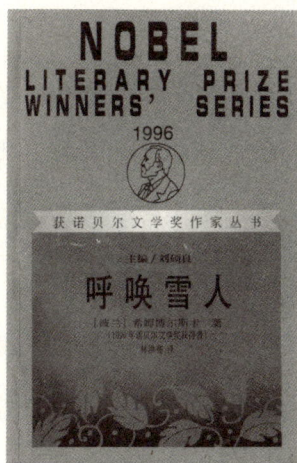

图12-7　林洪亮译《呼唤雪人》
（漓江出版社，2000）

图12-8　许衍艺译《无命运的人生》
（上海译文出版社，2003）

图12-9　刘星灿等译《河畔小城》
（中国青年出版社，2007）

另外还有：《呼唤雪人》（林洪亮译，漓江出版社，2000）；《诗人与世界：维斯瓦娃·希姆博尔斯卡诗文选》（张振辉译，中央编译出版社，2003）；《无命运的人生》（许衍艺译，上海译文出版社，2003）；《伊凡·克里玛作品系列》（5卷，星灿、高兴主编，中国友谊出版公司，2004）；《安娜·布兰迪亚娜诗选》（高兴译，河北教育出版社，2004）；《世界美如斯》（杨乐云等译，中国青年出版社，2006）、《塔杜施·鲁热维奇诗选》（张振辉译，河北教育出版社，2006）、《河畔小城》（杨乐云、刘星灿、万世荣译，中国青年出版社，2007）；《一个女人》

（余泽民译，上海人民出版社，2009），等等。

从外国文学期刊的角度看，《世界文学》杂志一直在孜孜不倦地译介中东欧文学作品。它先后推出的《斯特内斯库小辑》、《鲁齐安·布拉加诗选》、《塞弗尔特作品小辑》、《米沃什诗选》、《赫拉巴尔作品小辑》、《米兰·昆德拉作品小辑》、《希姆博斯卡作品小辑》、《凯尔泰斯·伊姆雷作品小辑》、《贡布罗维奇作品小辑》、《埃里亚德作品小辑》、《齐奥朗随笔选》、《霍朗诗选》、《克里玛小说选》等在艺术性和思想性上都具有一定的分量。有些作品甚至引起了读书界、评论界和出版界的高度关注和热情呼应，比如赫拉巴尔、齐奥朗等。

《世界文学》1993 年第 2 期重点推出《捷克作家博·赫拉巴尔作品小辑》，收入中篇小说《过于喧嚣的孤独》、短篇小说《中魔的人们》和《露倩卡和巴芙琳娜》以及创作谈。这位受到哈谢克影响的作家，在中国也得以译介。《过于喧嚣的孤独》是其最有代表性的小说，作品讲述了一位爱书的废纸打包工每天不得不将大量的书籍当作废纸处理的故事。小说通篇都是主人公的对白，绵长，密集，却能扣人心弦，语言鲜活，时常闪烁着一些动人的细节，整体上又有一股异常忧伤的气息。《赫拉巴尔小辑》出版后，赢得了众多读者的喜爱。从 2003 年起，中国青年出版社出版的《赫拉巴尔作品集》也陆陆续续与中国读者见面。包括《我曾侍候过英国国王》、《我是谁》、《传记三部曲：林中小屋》、《传记三部曲：婚宴》、《传记三部曲：新生活》、《过于喧嚣的孤独·底层的珍珠》、《巴比代尔》等。星灿、杨乐云和万世荣等捷克文学专家和翻译家都参加了翻译。另外，《世界文学》1999 第 6 期刊登了《齐奥朗散文六篇》，其中既有箴言，也有笔记，也有一些评论。

《世界文学》之所以一直关注中东欧文学，与它几十年的传统有关，与中国和中东欧国家共同的经历有关，自然，更主要的还是与中东欧文学丰富的资源有关。进入改革开放时期，《世界文学》更注重作品的艺术性、思想性和经典性，将文学价值提升到了一定的高度。如此，我们便通过这个窗口，目睹了一大批真正有价值的外国作家的文学风采。除《世界文学》外，还有其他一些外国文学期刊，如《外国文艺》、《译林》、《国外文学》等，也不同程度地翻译了中东欧文学作家作品。

从译介的影响角度看，这段时间内，捷克文学的翻译是一个重点。中国青年出版社成功地出版了赫拉巴尔、塞弗尔特的作品，特别是自 80 年代后期开始的米兰·昆德拉的译介，使捷克文学热在中国读书界悄然掀起。另外，新时期之后获得诺贝尔文学奖的中东欧作家也先后成为译介的焦点，这部分内容将在下节一并详述。

　　尽管与欧美其他语种与国家的文学译介相比，中东欧文学的译介始终处于相对边缘的状态，在读者中的关注度也不及前者，但在日益多元化的文化与文学环境中，仍有少数有识之士积极投身中东欧文学的翻译推介，也受到不少有心的读者的欢迎。最后需要提及的就是新世纪由《世界文学》主编高兴主编的"蓝色东欧丛书"，由花城出版社出版，2012 年推出了第一辑，包括阿尔巴尼亚伊斯梅尔·卡达莱的《谁带回了杜伦迪娜》（邹琰译）、《错宴》（余中先译）、《石头城记事》（李玉民译）、《梦幻宫殿》（高兴译）；罗马尼亚的加布里埃尔·基富的《权力之图的绘制者》（林亭、周关超译）和《罗马尼亚当代抒情诗选》（卢齐安·布拉加等著，高兴编译）等 6 种。第二、三、四辑也陆续面世。随后还会有更多的中东欧优秀文学作品被译介，这一套丛书，可以说是继上述的"网格本"和"东欧当代文学丛书"之后的又一套成规模、有影响的中东欧文学译介的最新成果。

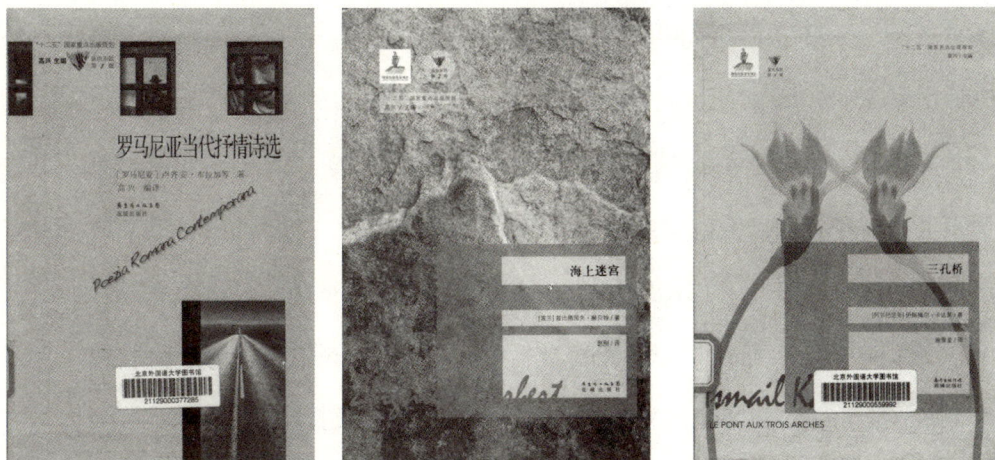

图 12-10　高兴主编的"蓝色东欧丛书"之《罗马尼亚当代抒情诗选》（高兴译）、[波兰]兹比格涅夫·赫贝特《海上迷宫》（赵刚译）、[阿尔巴尼亚]伊斯梅尔·卡达莱《三孔桥》（施雪莹译）。

第二节　新时期中东欧文学研究的深入

进入新时期后，中外文学的交流进入了一个黄金时代。外国文学作家作品和思潮流派大量译介的同时，它在社会文化生活中产生了巨大影响，对当时中国文学创作也发挥了重要的启发和引导作用。特别是在新时期之初，正是丰富多彩的外国文学，引领着一批中国作家逐步走上了创作之路。同时，中东欧文学的研究，也正是从那时起，开始呈现出崭新的局面。

这种研究局面的展开，除开放的文化交流政策推动外，专业人才队伍的壮大、研究机构与期刊出版的兴盛也是重要的推手。如上节所述，北京外国语大学东欧语系（今欧洲语言文化学院）和中国社会科学院外国文学研究所的东欧文学研究室，是中东欧文学研究的重镇，随着新时期的教学与科研日渐走上正轨，"文革"前的老一辈学者重新焕发热情与"文革"后培养的新一代学人的渐次崭露头角，专业的翻译与研究队伍也不断壮大。同时，以《世界文学》、《外国文艺》、《译林》等杂志为标志的外国文学期刊对中东欧文学的译介也起到有力的推动作用。除此之外，还有相关研究机构出版的研究集刊，更是专业研究的发表平台。如北京外国语学院东欧语系在1982年创办了《东欧》丛刊，1987年起改为季刊全国发行，直至1999年改刊为《国际论坛》之前的17年间，一直是国内唯一一家专门刊载中东欧文学与文化研究的期刊。吉林师范大学外文系苏联与东欧文学研究室也曾在新时期初出版《苏联文学与东欧文学》年刊（1979、1980年两期）。另外，中国社会科学院东欧中亚研究所于1981年创办《苏联东欧问题》，1993年改名为《中欧东亚研究》公开发行，后更名为《俄罗斯东欧中亚研究》双月刊，它虽是一份以政治与国际关系为主综合性学术研究刊物，但也部分涉及中东欧文学与文化的译介。

在新时期初的十多年间，中东欧文学研究也取得了可观的成果。

首先应该提及的是研究资料的编撰。东北师范大学苏联东欧文学研究室李万春、胡真真编辑的《东欧文学资料索引》，油印本，16开，220页，1981年印行。编者李万春也是俄苏文学翻译和研究者，该索引收录了建国前后翻译出版的东欧文学作品以及研究书目，包括建国到1981年6月大陆主要报刊发表的中东欧文学作品译文和评论文章，建国前的《新青年》、《译文》、《东方杂志》和一些译文集中有关中东欧文学的条目。条目分东欧文学综合参考、东欧各国分国资料、东欧各国电影戏剧参考三个部分。尤其对五六十年代我国东欧文学翻译评价的资料目录做了详尽的收录，不仅是当时最完整的东欧文学译介研究资料索引，之后也没有人做过类似的工作。该索引虽然没有公开出版，但在专业领域有着重要的影响，许多研究者都从中受益。

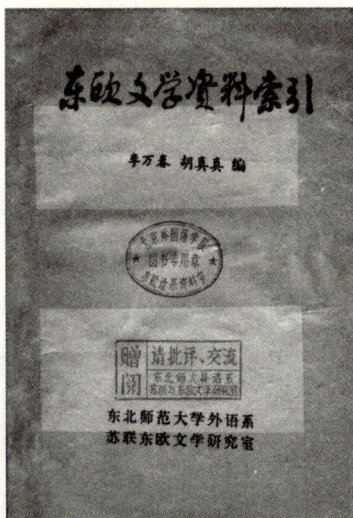

图 12-11　李万春、胡真真编
《东欧文学资料索引》（油印本，1981）

　　其次，除报刊发表的许多译介与研究论文外，一批中国学者翻译或撰著的东欧文学史、作家评传相继问世。译著有勃兰兑斯的《十九世纪波兰浪漫主义文学》（成时译，人民文学出版社，1980）、巴拉伊卡·吉希·帕莱尼切克的《捷克斯洛伐克文学简史》（星灿译，外国文学出版社，1984）。论著类首先是孙席珍的东欧文学史遗著，也经蔡一平编辑整理后，改名为《东欧文学史简编》，1985年由湖南人民出版社出版。另外还有王荣久的《东欧文学名家》（黑龙江人民出版社，1984），郑恩波的《南斯拉夫当代文学》（北岳文艺出版社，1988）。兴万生撰著的匈牙利诗人《裴多菲评传》（上海文艺出版社，1981、1984年，辽宁人民出版社再版时改名为《裴多菲：1823—1849》），冯植生、张春风著的匈牙利作家莫里兹的评传《莫里兹：1879—1942》（辽宁人民出版社，1984）。此外，叶君健（《南斯拉夫散记》四川人民出版社，1980）、陈模（《南斯拉夫游记》湖北人民出版社，1981）等作家的东欧游记，以及周而复、丁宁、刘心武等人在不同文学期刊上发表的有关东欧国家的散文游记，虽非直接述评东欧文学，但也在一定程度上介绍了东欧国家的当代生活，有助于国内读者了解东欧文学的背景。

　　最具标志性的东欧文学研究成果，是两卷本《东欧文学史》。自 1980 年代初开始，中国社科院外国文学研究所的东欧文学室，开始酝酿和筹备《东欧文学史》的撰写工作。这是项开创性的艰巨而庞大的学术工程，它将是一项填补东欧文学研究领域空白的工作。经过有关专家和学者们的艰苦努力，终于 1980 年代中期完稿。至 1990 年，这部 50 多万字的著作作为"东欧文学丛书"的一种，由重庆出版社印行。

图 12-12　中国社科院外国文学所东欧文学室编著《东欧文学史》（上、下，1990）

全书分上、下两卷，1022 页。按年代顺序分为四编，不仅囊括了中东欧所有国家的文学发展史，而且根据具体情形，主次分明，重点突出，既有宏观概括，也有微观描绘，既涉及基本历史和文艺思潮，也兼顾作家论述和文本细读，还关注到其他艺术种类与文学之间的相互影响。参与撰写者都是通晓中东欧有关国家语言的学者，所依据的全部是第一手材料。这是中国社科院外国文学研究所东欧文学研究室成立之后，在学术研究上的一次集体亮相。撰写的分工是：林洪亮和张振辉负责波兰文学部分；蒋承俊和徐耀宗（唯一外单位的作者）负责捷克斯洛伐克文学部分；兴万生、冯植生和李孝风负责匈牙利文学部分；王敏生负责罗马尼亚文学部分；陈九瑛和樊石负责保加利亚文学部分；高韧负责南斯拉夫文学部分；郑恩波和高韧负责阿尔巴尼亚文学。这是自孙席珍的筚路蓝缕之作后，由通晓对象国语言的专业学者所撰写的第一部《东欧文学史》，到目前为止，这依然是最全面、最权威的中东欧文学史方面的著作。

图 12-13　1983 年秋，中国社会科学院外国文学研究所在香山组织《东欧文学史》编写工作座谈会，邀请
人民文学出版社、北京外国语学院等单位专家参加，是新时期东欧文学研究和翻译界的一次重要活动。
（前排左起）蒋路、戈宝权、孙绳武、叶水夫、张羽；
（第二排左起）林洪亮、郑恩波、张振辉、蒋承俊、□□□、朱伟华、樊石；
（第三排左起）刘星灿、□□□、易丽君、李孝风、陈九瑛、刘知白、夏镇、李家渔、林秀珍、冯植生；
（第四排左起）叶明珍、黄雨辰、□□□、□□□、柴鹏飞、高韧、□□□、裴祖逖、□□□。

在东欧剧变之后至今的时期里，东欧文学研究成果丰硕。

首先，在中东欧文学史综合研究方面，具有标志性的成果是吴元迈主编的《20 世纪外国文学史》（五卷本）的东欧文学部分。吴元迈主编的《20 世纪外国文学史》全书近 290 万字，由凤凰出版社、译林出版社 2004 年出版。这是由吴元迈主持的"20 世纪外国文学史"课题最终成果。它在 1996 年被立为社科院重点课题，1997 年被立为国家哲学社会科学基金"九五"规划重大资助项目，1998 年又被确立为中国社会科学院"精品战略"第一批重点管理课题，于 2002 年 7 月结项。它是一部集体撰写的大型文学史著述，参与编撰的学者来自中国社会科学院外国文学研究所、北京大学、南京大学以及北京、南京、上海和香港等地的其他科研机构、高等院校。其中的东欧文学部分，由冯植生、林洪亮、蒋承俊、陈九瑛、高韧、高兴等东欧文学专家承担，他们将东欧文学史叙述的下限延伸到 1990 年代。至此，东欧文学从古至今的基本面貌，在我国学者的笔下得到了初步呈现。

其实，在这部集体参与的史著之前，已经有众多国别文学史、专题文学史研究著述的出版。其中对东欧文学史做综合叙述的有：张振辉等著的《东欧文学简史》（上、下册，海南出版社，

1993）；林洪亮主编《东欧当代文学史》（中央编译出版社，1998）；杨敏主编《东欧戏剧史》
（文化戏剧出版社，1996）。国别文学史包括：冯植生著《匈牙利文学史》（社会科学文献出
版社，1995）；林洪亮著《波兰戏剧简史》（社会科学文献出版社，1995）；张振辉著《二十
世纪波兰文学史》（青岛出版社，1998）；易丽君著《波兰战后文学史》（外语教学与研究出
版社，2002）；冯志臣编《罗马尼亚文学教程》（外语教学与研究出版社，2002）等。值得一提
的是，北京外国语大学利用自身优势，在90年代中期策划了"北京外国语大学外国文学史丛书"，
由外语教学与研究出版社1999年前后推出。作者大多是北外长期活跃在外语教学和文学研究
第一线的骨干教师。丛书包括《波兰文学》（易丽君，1999）、《罗马尼亚文学》（冯志臣，
1999）、《保加利亚文学》（杨燕杰，2000）和《捷克文学》（李梅、杨春，1999）。这套丛
书以大学生为读者对象，注重通俗性、概括性、生动性、便捷性，每本都在十万字左右，属于
文学简史，是很好的国别文学史入门书，对普及东欧国家文学史知识，提供外国文学翻译和研
究线索，都有一定的作用。杨燕杰、易丽君、冯志臣等教授长期在东欧语系工作，有着深厚的
外文和中文功底，教学之余，从事翻译和研究，成就斐然。

图 12-14　林洪亮主编
《东欧当代文学史》
（中央编译出版社，1998）

图 12-15　杨敏主编
《东欧戏剧史》
（文化艺术出版社，1996）

图 12-16　冯植生主编
《20 世纪中欧、东南欧文学史》
（上海外语教育出版社，2008）

之后，还有蒋承俊著《捷克文学史》（上海外语教育出版社，2006）、冯植生主编的《20
世纪中欧、东南欧文学史》（上海外语教育出版社，2008）等相继问世，所有这些著作，都表
明中东欧文学史研究在深度和广度上又有了进一步的拓展。

高兴编著的《东欧文学大花园》（湖北教育出版社，2007 ）虽非系统的东欧文学史论著，但也别具特色。作者出于东欧文学翻译家、研究者立场，尤其是期刊编辑的视角，对东欧诸国的文学重新进行了梳理和认识，从中国接受者的立场，将观照重点放在今天看来特别有价值有意义的作家作品上。出于种种缘由，在很长一段岁月里，东欧文学被染上了太多的艺术之外的色彩。一些作家和作品被夸大了，另一些作家和作品又被低估了，还有一些作家和作品根本就被埋没了。随着时代变迁，接受者眼光也随之发生很大的变化。因而，重新阅读、重新评价、重新梳理，成为一件必须的事。例如其中对捷克作家哈谢克的论述。作者认为，哈谢克的《好兵帅克历险记》将幽默和讽刺作为有力的武器，借用帅克这一人物，对皇帝、奥匈帝国、密探、将军、走狗等都给予讽刺和批判。作者有意打破文学的严肃性和神圣感，让读者在笑声中获得某种感悟。哈谢克最大贡献正在于：为捷克民族和捷克文学找到了一种独特的声音，确立了一种传统。正如《理想藏书》的编著者皮沃和蓬塞纳所说："士兵帅克不仅是捷克人精神和抗敌意志的永恒象征，而且还是对荒诞不经的权势的痛彻揭露。这位反英雄是幽默的化身，而这幽默是对我们千变万化时代的唯一可行的应答。"[1] 而哈谢克作品现实批判意义以及在捷克和东欧文学史

1. 转引自高兴编著《东欧文学大花园》，武汉：湖北教育出版社，2007 年版。

上的意义，这是读者和研究者所理解与概括出来的。本书不仅内容丰富，立意新颖，可读性也颇强，不仅对专业读者有参考价值，也使读者看到较小的国家同样有精彩纷呈的文学景观。

　　其次，在东欧经典作家研究、文学史专题研究方面也有重要的成就。一批东欧经典作家的评传出版或修订出版。他们有：林洪亮著的《密茨凯维奇》（重庆出版社，1990）和《显科维奇：卓尔不群的历史小说大师》（长春出版社，1999）；张振辉著《莱蒙特：农民生活的杰出画师》（长春出版社，1995）；《显克维奇评传》（社会科学文献出版社，1991）和《密茨凯维奇评传》（人民文学出版社，2006，外文出版社，2006)；冯植生著《裴多菲传》（人民文学出版社，2006，辽宁人民出版社，2007)；乌兰著《波兰民族的良心——斯·热罗姆斯基小说研究》（人民文学出版社，2006）；庞激扬著《马林·普雷达评传》（中国青年出版社，2011）；还有范炜炜译《欧洲精神：围绕切斯拉夫·米沃什，雅恩·帕托什卡和伊斯特万·毕波展开》（莱涅尔—拉瓦斯汀著，吉林出版集团有限责任公司，2009）；天海蓝著《安德里奇传》（时代文艺出版社，2012），等等。文学史专题性研究著作有：蒋承俊《哈谢克和〈好兵帅克〉》（社会科学文献出版社，1993）；陈九瑛《重轭下的悲歌：保加利亚爱国诗歌研究》（中国社会科学文献出版

社，1996）；赵刚《波兰文学中的自然与自然观》（外语教学与研究出版社，2007）；宋炳辉《弱势民族文学在中国》（南京大学出版社，2007）；茅银辉《艾丽查·奥热什科娃的女性观与创作中的女性问题》（外语教学与研究出版社，2008）；丁超《中罗文学关系史探》（人民文学出版社，2008）等。

第三节　后三十年中东欧文学研究的热点

在新中国后三十年的中东欧文学研究中，也出现了东欧当代作家的一系列研究热点。

其中，诺贝尔奖获得者就是热点之一。这里也有两种情形，一种情况是由于这些东欧作家先后获得诺贝尔奖文学奖，受到西方和世界文学文坛的关注。20 世纪上半期东欧只有两位作家获奖，即波兰的显克维奇（1905 年获奖）和莱蒙特（1924 年获奖），这两位作家成为当然的译介与研究热点，详情已有上述。另一种就是当代获奖作家的译介与研究。由诺奖作家的译介与研究的带动，中国的读者与研究者，对东欧相应国家的文学、历史及文化状况的整体也有了了解和进一步研究的兴趣，使其与中国当代文化与文学发生进一步的关联。

1961 年获奖的南斯拉夫（塞尔维亚）作家安德里奇，因为当时国内政治意识形态对西方文学的排斥和主流话语对诺贝尔文学奖的冷淡，一直到 70 年代末之后才有相应的译介和研究，先后翻译出版了《德里纳河上的桥》（周文蒸、李雄飞译，人民文学出版社，1979）、《萨瓦河畔的战斗》（包也直译，上海译文出版社，1980）、《婚礼：南斯拉夫短篇小说集》（樊新民译，黑龙江人民出版社，1986）、《情妇玛拉》（王森译，外国文学出版社，1988）、《特拉夫尼克风云》（郑泽生、吴克礼译，上海译文出版社，1988）、《万恶的庭院》（臧乐安、井勤荪、范信龙、包也直译，上海译文出版社，2001）、《桥·小姐》（高韧、郑恩波、文美惠译，漓江出版社，2001）等作品，但有关安德里奇的研究则比较有限，专业期刊的研究论文至今只有李士敏、马家骏等十多篇以及天蓝海著的评传一部《安德里奇传》（时代文艺出版社，2012）。

作为一个东欧小国的波兰，历史上曾无数次沦为强国间利益争斗的牺牲品，然而文学上却有着非常骄人的历史。早在 1905 年，亨利克·显克维奇就以他"一个历史小说家的显著功绩和对史诗般叙事艺术的杰出贡献"而获得诺贝尔文学奖。1924 年，弗瓦迪斯瓦夫·莱蒙特又以他的"土地的史诗"《农民》而获得该年的诺贝尔文学奖。在 20 世纪下半叶，波兰又有两位诗人获此殊荣。一位是切斯瓦尔·米沃什，战争年代他曾写过大量反法西斯诗歌，60 年代迁居美国，一直努力写作，创作了大量诗歌，如《白昼之光》、《没有名字的诚实》等诗歌集，也写过小说如《权力的攫取》等。他强调创作的现实性，但又认为这种现实性要靠诗人来赋予作品，显然这就不可避免地会带上诗人自己的主观性。米沃什早期是个比较悲观的诗人，后随着年龄增长与阅历的丰富，对生活的认识不断深化，他的作品逐渐开始显现其深度与广度，他以能在作品中表现"人道主义的态度和艺术特点"而获得了 1980 年度的诺贝尔文学奖。米沃什在中国的译介在当时也没有引起多大的反响，除少量译作在期刊发表外，评价文章同样不多，直到新世纪之后，才有若干评价文章和《米沃什词典》（西川、北塔译，三联书店，2004）、《切·米沃什诗选》（张曙光译，河北教育出版社，2002）两部诗集和诗歌评论集《诗的见证》（黄灿然译，广西师范大学出版社，2011）以及莱涅尔—拉瓦斯汀的论著《欧洲精神：围绕切斯拉夫·米沃什、雅恩·帕托什卡和伊斯特万·毕波展开》（吉林出版集团有限责任公司，2009）翻译出版，后者所叙述的三位思想家中，除切斯拉夫·米沃什外，还有捷克哲学家雅恩·帕托什卡和匈牙利思想家伊斯特万·毕波。

时隔 16 年，另一位波兰女诗人维斯拉瓦·希姆博尔斯卡又获得了诺贝尔文学奖。希姆博尔斯卡的主要诗集有《大数字》（1976）、《桥上的人们》（1986）、《终了与开端》（1993）等。她的诗歌从 50 年代开始就具有较大的影响力。早期作品主要是表达热爱祖国反对战争的感情；后来的作品视野逐渐开阔，追寻历史、放眼世界、抨击现实，她关注着整个人类的发展和变化，她因为"不寻常的精确性描绘出了历史和生命的内涵，具有深刻的讽刺意义"获得 1996 年度的诺贝尔文学奖。当时，中国文坛对诺贝尔文学奖的态度已经有了很大的改变，不仅不排斥，而且充满了期待与渴望。因此，获奖后不久，国内的报刊就有十多篇专题报道、介绍与研究文章。但一般读者对这位女诗人所知甚少，更从新世纪开始所形成的每年度的诺贝尔文学奖媒体热，因此，随后的几年里，并没有多少译介研究的出现，直到新世纪之后，才有《呼唤雪人》（林洪亮译，漓江出版社，2000）、《诗人与世界：维斯瓦娃·希姆博尔斯卡诗文选》（张振辉译，中央编译出版社，2003）两部诗集翻译出版。

　　捷克斯洛伐克也是历史上屡经磨难的民族，同样在文学艺术上也是硕果累累。从近期而言，因为 20 世纪 60 年代的"布拉格事变"及其与苏联的矛盾冲突，捷克与中国之间在半个多世纪中虽然没有特别密切的政治、经济交往，但它的国际境遇、政治体制及其变迁、国内知识分子的命运遭遇、思想文化与文学特点等与中国的相似性，在新时期中国引发了强烈的兴趣和高度的关注，这种关注当然也与诺贝尔文学奖有关。

　　首先是获得 1984 年诺贝尔文学奖的老作家雅罗斯拉夫·塞弗尔特。这位作家从事文学创作的时间较早，20 世纪 20 年代就已经成名。其作品内容多歌颂友谊、爱情及一切美好的事物。30 年代希特勒上台以后，当捷克面临着生死存亡之际，诗人才从他的美好的梦境里清醒过来，开始为祖国的自由而呼吁。代表作品有诗集《别了，春天》、《披上白昼的光》等。"二战"结束后，他的创作有了新的发展，但诗歌的主题仍然是祖国和爱情。由于诗人的创作与当时主流社会的意识形态存在着距离与分歧，如反对个人崇拜和小资情调等，他曾受到过公开批判，被迫停止发表作品十几年。60 年代晚期复出时，他推出了数部诗集，如《皮尔迪利的伞》、《身为诗人》等，另有回忆录《世界美如斯》。他的作品在中国的译介有诗集《紫罗兰》（星灿、劳白译，漓江出版社，1986），回忆录《世界美如斯》（杨乐云、杨学新、陈韫宁译，中国青年出版社，2006）。

　　如果说塞弗尔特的译介首先是因为诺奖而引起中国读者的瞩目，那么，瓦茨拉夫·哈维尔（Václav Havel，1936—2011）更多的是因为他的精神力量和思想锋芒，他在民主政治上的努力及其成就。他的重要作品有《花园盛会》、《乞丐的歌剧》、《展览会的开幕典礼》、《抗议》、《过失》、《诱惑》等。哈维尔除了是一个著名的作家，哈维尔作为一个社会活动家的生涯更加引入注目。70 年代，由于持不同政见，他基本上在抗议斗争和审判牢狱中度过。他是著名的《七七宪章》运动的主要起草人，"天鹅绒革命"后，1989 年 12 月 29 日被人民选为总统。1992 年 7 月，捷克与斯洛伐克分离后，他辞去总统职务。1993 年哈维尔再次就任捷克总统。哈维尔的政论作品有《狱中书简》、《给胡萨克的信》、《无权者的权力》、《政治与良心》、《对沉默的解剖》、《知识分子的责任》等。哈维尔不仅在捷克文学中具有典型性与代表性，而且在整个东欧文学中也是一个颇有研究价值的作家。不过因为意识形态因素，哈维尔虽然在中国知识分子中谈论颇多，但其作品的翻译则一直受到限制。

另外，由于中国与东欧之间特殊的政治文化渊源，有若干东欧作家在中国的翻译与研究，获得了特别明显的本土文化与文学响应。其中，捷克流亡作家米兰·昆德拉是一个突出的个案。

米兰·昆德拉在中国的译介起于 70 年代末，捷克语翻译家杨乐云在题为《美刊介绍捷克作家伐错立克和昆德拉》[1]的编译文章中对昆德拉创作及其在欧美的影响作了简单介绍，但很

1. 《外国文学动态》，1977 年第 2 期，署名"乐云"。

长时间得不到呼应。八年后，美籍华裔学者李欧梵发表《世界文学的两个见证：南美和东欧文学对中国现代文学的启发》[2]一文，把加西亚·马尔克斯和昆德拉作为南美和东欧当代作家的

2. 《外国文学研究》，1985 年第 2 期。

代表介绍给中国读者，其中重点介绍昆德拉的《生命中不能承受之轻》以及《笑忘录》、《玩笑》等小说，但对读者而言，因没有翻译作品的出版，这种介绍仍显隔膜。这种局面直到 1987 年才被打破[3]，作家出版社出版了昆德拉的两部长篇小说中译，即景凯旋、徐乃健译《为了告别的聚会》

3. 1987 年，《中外文学》杂志第 4 期发表赵长江译短篇小说《搭车游戏》是昆德拉作品的最早中译。

（1987 年 8 月）和韩少功、韩刚译《生命中不能承受之轻》（1987 年 9 月），而尤以后者在中国文坛和读者中的影响最大，从此开始了持续至今的"昆德拉热"。这首先表现在对其人其作的翻译介绍和研究阐释连续不断，从 90 年代起，昆德拉作品的汉译不仅覆盖其创作的全部，许多作品不止一个译本，而且译介速度逐渐与作家创作基本同步，他的每一个写作举动几乎都在中国译介者的关注之中。

昆德拉一进入中国，首先引人注目的是他作为一个出生于东欧社会主义国度的作家，对政治现状的批判态度，经历十年"文革"中国读者很容易从这种政治批判中找到认同。最早开始翻译昆德拉作品的小说家韩少功一开始就意识到：中国读者特别需要昆德拉，因为他写的社会主义捷克的情况和中国很接近。作家莫言也同样认为：昆德拉的政治讽刺能够引发中国人的"文革"记忆。当然，昆德拉的吸引力不仅在于批判态度，更在其独特的批判方式，它的尖锐性和超越性。20 世纪 80 年代后期，中国文坛的"伤痕"、"反思"文学思潮虽已消退，但中国作家和读者的历史反思和现实批判的激情仍在，他们只是厌倦了七八十年代之交那种简单化的批判方式，期待一种更有效的反思途径。因此，尽管昆德拉在西方被看作索尔仁尼琴式的极权政治反抗者，但他的中国形象意涵一开始就不限于此，因为他显然具有索氏所没有的幽默、机智和怀疑主义品质，其现代叙事手法和艺术风格都与后者绝然有别。

另外，昆德拉小说中大量的性爱展示是一个十分明显的标识，尽管因为长期的禁忌使中国

研究者在当时很少正面肯定这一点。在同时期中国文学中，虽也有张贤亮、王安忆等大胆通过性爱进行社会批判和人性探索的例子[1]。但前者的性爱不过是进行政治批判的简单工具或者直接中介，性爱本身在主题中没有独立地位，而王安忆出于某种艺术考虑，在直面性爱时有意模糊了时代政治因素，这两者都在一定程度上妨碍了对政治现实、人性和人的生存处境的进一步探索与反思。对昆德拉而言，性爱与情欲是探讨人的本质的一个入口，是照亮人的本质的一束强光，它使得昆德拉的政治批判具有某种独特的力量，从而在对极权政治体制与社会的批判之外，还有更高一层的对人的批判与发现。这对同样经历过历史创痛的中国作家，也提出了更高的诘问与要求。新时期的中国小说中还没有人像昆德拉那样，直接将政治和性爱两个主题如此紧紧地结合，并且将两者同时加以形而上的提升，使之达到抽象的高度。而昆德拉在处理政治和性爱两大主题的大胆独特方式，恰好同时刺激了中国文学两根敏感的神经，极大地刺激了中国当代读者和作家的想象力。当然，昆德拉的吸引力，还在于其独特的小说观念和艺术手法。他在《生命中不能承受之轻》中，以"轻与重"、"肉体与灵魂"、"忠诚与背叛"、"记忆与遗忘"、"媚俗"、"玩笑"等关键词进行构思，加以音乐性的共时结构的采用，使其自由地融小说和散文于一体，将关于存在问题的哲理探讨与小说技巧随机结合，而他的讽刺、反讽等等手法，那种历尽辛酸之后的无奈、荒诞与自嘲，对习惯于怒目金刚或者涕泪交零式的中国读者来说，就显得特别新颖有力。

1. 如张贤亮的中篇小说《男人的一半是女人》和王安忆的短篇小说《小城之恋》、《荒山之恋》、《锦绣谷之恋》和中篇小说《岗上的世纪》等，都是20世纪80年代引人瞩目的，大胆涉及性爱问题的作品。

图 12-17　米兰·昆德拉作品系列（上海译文出版社，2003，2006 年重印）

　　而昆德拉对于中国当代文学的影响，不仅波及新时期几代作家，韩少功、莫言、王安忆、阎连科、王小波、陈染等诸多作家的创作在八九十年代的变化，都有昆德拉启发的因素。身兼作家和昆德拉作品译者于一身的韩少功，就是深受昆德拉影响者之一，他在其长篇小说《马桥词典》[1]中对昆德拉的标志性艺术方式的借鉴与发展就是这种影响一个例子。昆德拉习惯于把

1. 韩少功《马桥词典》，最早发表在《小说界》杂志 1996 年第 2 期，后由作家出版社于 1996 年出版。2003 年 8 月由美国哥伦比亚大学出版社出版英译本 *A Dictionary of Maqiao*。

类似于词典条目的关键词解释方式结合于小说叙事之中，从而在叙述情节的同时获得议论的高度自由，这在其《生命中不能承受之轻》、《笑忘录》、《玩笑》、《生活在别处》等小说中被屡屡使用。而韩少功的《马桥词典》则在借鉴的基础上，进一步强化词条解释方式在叙述中的作用，使词典诠释的形式不再是通常情节叙事的补充。他以完整的构思提供了一个地理意义上的"马桥"王国，将其历史、地理、风俗、物产、传说、人物等等，以马桥土语的为符号，汇编成一部含 115 个词条的名副其实的乡土词典；同时又以词典编撰者与早年亲历者的身份，对这些词条做出诠释，引申出一个个回忆性故事。这就使故事的文学性被包容在词典的叙事形式中，传统叙事方式反过来成为词典形式的补充，因此把以词条形式展开的叙事方式推到极致，并以小说形式固定下来，从而丰富了小说叙述形态。这不仅对于中国文学，而且对于世界文学来说都是具有创造性的[2]。

2. 参见陈思和：《〈马桥词典〉：中国当代文学的世界性因素之一例》，载《当代作家评论》，1997 年第 2 期。

　　引发中国持久昆德拉热的另一个不可忽视的因素，就是中国文坛对新时期民族文学未来发展的策略性考虑。作为最早面向中国读者的昆德拉介绍者，李欧梵用意本就不是在一般意义上介绍昆德拉和马尔克斯两位新起的外国作家，而带有明显的世界文学意识，以及为中国当代文学如何走向世界的设计策略，他"呼吁中国作家和读者注意南美、东欧和非洲的文学，向世界各地区的文学求取借镜，而不必唯英美文学马首是瞻"，这也是其他外国作家和思潮在中译活动得以展开并产生影响的重要动力。马尔克斯和昆德拉在中国新时期引起的巨大影响，恰好反映了新时期中外文学思潮交汇中的一个特殊现象。当时，西欧、北美现代文学思潮大量引进，使英、美、法、德等国的文学在七八十年代之交占据中国文学话语的主流地位，引发一系列的学习和模仿，其后果是，一方面带激起传统政治意识形态的压力，另一方面，激进而繁多的先锋写作形式，也使中国读者的接受呈现某种疲倦和滞后。更重要的是，在尾追西方现代主义文学的同时，中国文学主体寻求民族文学发展的焦虑也日益暴露。诺贝尔奖日渐成为一种情结，更把这一焦虑表面化了。马尔克斯在 1982 年获奖，昆德拉的被提名，似乎预示了非西方的小

民族文学同样可以"走向世界"，被世界（某种意义上就是西方）认可。李欧梵的文章尽管声称"得不得奖并不重要"，但他以诺贝尔奖作为推荐的一个佐证，还是挠到了中国作家和读者的痒处。事实上，1985 年"寻根文学"在中国的崛起，正好印证了中国作家在这种焦虑下的"走向世界文学"的努力。不论寻根文学与马尔克斯、福克纳、昆德拉这些外来作家是否具有确凿的因果联系，但都表明处于文化边缘状态的民族文学，在寻求世界认同的努力上具有某种共通性。综上所述，昆德拉这位后来依据西欧（法国）的作家，与当代中国文学之间形成了复杂的关系，他的影响甚至超出文学领域之外，与中国当代文化思潮形成呼应[1]。这果然以新时期以

1. 参见宋炳辉：《米兰·昆德拉在中国的译介及其接受》，见《弱势民族文学在中国》，南京：南京大学出版社，2007 年版，第 187—218 页。

来中外文学交往的正常化为前提，但同样与昆德拉与中国文化语境的契合有关。

这一时期对于米兰·昆德拉的研究，除上述提及的论文之外，还有许多重要的成果出版。其中，李凤亮主编《对话的灵光：米兰·昆德拉研究资料辑要：1986—1996》（中国友谊出版公司，1999）是最早出版的相关著作，也是一部完整收集了上世纪后期中国对昆德拉译介与研究状况的研究资料，后来也成为许多研究者的重要参考。之外还有，李平的昆德拉传论《错位人生：米兰·昆德拉》（四川人民出版社，2000）；彭少健的《诗意的冥思：米兰·昆德拉小说解读》（西泠印社出版社，2003）；仵从巨著《叩问存在：米兰·昆德拉的世界》（华夏出版社，2005）；高兴著《米兰·昆德拉传》（新世界出版社，2005）；李凤亮《诗·思·史：冲突与融合——米兰·昆德拉小说诗学引论》（商务印书馆，2006）；彭少健《米兰·昆德拉小说：探索生命存在的艺术哲学》（东方出版中心，2009）；张红翠《"流亡"与"回归"：论米兰·昆德拉小说叙事的内在结构与精神走向》（北京师范大学出版社，2011）等。此外，吴晓东的讲演录《从卡夫卡到昆德拉：20 世纪的小说和小说家》（三联书店，2003）、宋炳辉的《弱势民族文学在中国》（南京大学出版社，2007）和裴亚莉《政治变革与小说形式的演进：卡尔维诺、昆德拉和三位拉丁美洲作家》（中国社会科学出版社，2008）也都设有专章，对昆德拉的生平、思想和创作艺术作出专门的论述。袁筱一译的《阿涅丝的最后一个下午：米兰·昆德拉作品论》（里卡尔，弗朗索瓦著，上海译文出版社，2005）也是国内昆德拉研究的重要参考。

当然，昆德拉的译介热潮仍然与其被多次提名诺奖有关，而作为新世纪初获奖的匈牙利犹太作家的凯尔泰斯，自然更让读者产生了浓厚的兴致。2002 年诺贝尔文学奖的得主是匈牙利的老作家凯尔泰斯，他是一位犹太人，但他像许多西方犹太人一样，他并不信奉犹太教，也不懂

希伯来语，甚至完全不了解犹太人的风俗习惯，仅仅因为血统的关系，所有的人仍然视之为犹太人，这种自己无法左右的身份认定，使他深感自己无论是在犹太人之中还是在犹太人之外，都是一个陌生的外来者。凯尔泰斯少年时代曾在两个纳粹集中营生活过，这种生活给他后来的时光投下了浓重的阴影，他的很多作品都离不开集中营生活的主题，而他作品的意义显然不仅仅在于回忆与记住。真实生活中的他非常勤勉也非常孤独，不爱与人交往，也真的不想要孩子，因为他像他作品中的主人公一样，也不想生一个犹太孩子。

凯尔泰斯用德语写作，也翻译过许多德国哲学家的作品。有人说他毫无名气，虽然他成名确实算晚了一点，但并非无名小卒。他的作品在德国、法国和北欧读者甚众，并且荣获过多种国际文学奖，只是我们一直以来对东欧国家的文学关注得太少而已。研究他的作品，至少有两个问题值得我们深入的探讨：一是"二战"中犹太人的处境；二是德国纳粹主义形成的社会基础。纳粹对犹太人的种族灭绝政策使犹太人陷入绝境，然而，除了希特勒纳粹这些罪魁祸首以外，德国民族应该承担什么责任？其他歧视犹太民族的人们，还有那些见死不救的人们，他们又该承担什么责任？应该如何防止纳粹主义在今天死灰复燃？希特勒的极权主义在今天又会以何种形式出现？随着2003年以后凯尔泰斯的中译本陆续面世，中国的广大读者得以直接通过作品来进一步思考和认识这些问题。

凯尔泰斯的作品就相继有：长篇小说《无命运的人生》（许衍艺译，上海译文出版社，2003，译林出版社，2010）；日记体小说《船夫日记》（余泽民译，作家出版社，2004）和《惨败》（卫茂平译，上海译文出版社，2005），随笔集《另一个人：变形者札记》（余泽民译，作家出版社，2003）；中篇小说《英国旗》（余泽民译，作家出版社，2003）；电影剧本《命运无常》（余泽民译，作家出版社，2004）；中篇小说《给未出生的孩子做安息祷告》（朱建飞译，上海译文出版社，2005）。卫茂平、余泽民、刘学思、周明燕等都发表过相关的论文。

第四节　研究视野与方法的探索和未来发展的挑战

最后，随着中国与东欧文学译介与交流的深入，随着文学各学科之间的汇通，在本时期的东欧文学研究中，出现了较为明显的学术研究视野与方法的变化与探索。其中，比较文学的学术视野与理论的引入，使国际文学关系研究的方法与外国文学研究得以有机结合，因此，这一时期的东欧文学研究不仅在成果上体现了多学科视野、理论与方法的结合，也在研究的参与者方面体现了多学科的互动。这种多学科的互动汇通，首先来自于外国文学研究领域的自我觉醒和反思。从吴元迈的《回顾与思考——新中国外国文学研究 50 年》[1] 到陈众议的《外国文学翻译与研究 60 年》[2]，作为中国外国文学学术界的两代领军人物，他们对本领域的成就与不足的评述，对多学科参与下的外国文学学术研究的展开，特别是越来越自觉的中外文化与文学的比较与关系研究的学术意识的强调，典型地体现了本领域 60 年来学术视野与方法的变化与探索，反过来也影响和推动了这种多元互动的深入，与东欧文学的翻译与研究直接相关，出现了一些新的探索性研究成果。

丁超的《中罗文学关系史探》借助比较文学的基本方法，对中国与罗马尼亚之间的文学和文化关系做了较为系统深入的史料搜集和研究，首次对两国文学互相接受的历程进行了双向梳理和现代诠释，展示了中罗文学关系丰富多彩的全貌。作为一种国别个案研究，该书在方法和范式上，也为中国与其他小国文学和文化关系的研究提供了一定启示和借鉴。此外，王友贵的《波兰文学汉译调查 1949—1949》[3]、林温霜的《传自黑海的呼号：保加利亚文学在中国的接受》[4] 等论文，也是在中国与东欧对象国之间政治与文化关系历史的背景上，对对象国文学在中国的译介及其影响进行系统的梳理和历史分析。而宋炳辉的《弱势民族文学在中国》[5] 则立足于中国现代文学的建构与中外文学关系角度切入中国与东欧文学的关系，以比较文学的文学关系研究方法，将 20 世纪初期以来鲁迅等新文化运动发起者倡导的以东欧文学为代表的"弱势民族文学"在中国译介及其接受的传统进行系统的历史研究，在梳理东欧文学在 20 世纪中国译介脉络的同时，将关注重点放在对中国现代文化与文学建构意义的分析上，是从比较文学与中国文学领域参与东欧文学研究，并与之形成对话和互动的一个例子。

1. 《外国文学研究》，2000 年第 1 期。

2. 《外国文学研究》，2009 年第 6 期。

3. 《广州外语外贸大学学报》，2007 年第 6 期。

4. 北京外国语大学欧洲语言文化学院编：《欧洲语言文化研究》第 4 辑，北京：时事出版社，2008 年版。

5. 宋炳辉：《弱势民族文学在中国》，南京：南京大学出版社，2007 年版。

当然，新中国 60 年的东欧文学研究，还存在许多有待补充、拓展、系统与深入的地方。尤其是与英、法、德、俄等语种的文学研究相比，无论在重要作家作品和文学思潮流派的翻译介绍，还是对译介研究历史的系统梳理，还是对其中国文化与文学关系的深沉研究与分析等领域，还都是方兴未艾的研究领域。总之，东欧文学翻译和研究依然有着丰富的空间和无限的前景，就连经典作家翻译和研究都还存在着许多空白，需要一一填补。不仅赫拉巴尔、塞弗尔特、齐奥朗、埃里亚德、贡布罗维奇、赫贝特、凯尔泰斯、卡达莱这些在世界文坛享有声誉的中东欧作家仍需进一步研究和译介，而且还有一大批中东欧国家转轨之后日益活跃于文坛并有大量读者受众、在本国和欧美已经产生影响的新一代作家，都亟待研究和译介。要做的事情其实很多，关键在于人才队伍，如何能形成一支翻译和研究队伍，如何在国际文化交流格局全面开放的新世纪，尤其是在国家"一带一路"倡议和中国与中东欧关系面临前所未有的机遇的新时期，切实提升学术研究的视野与水平，使这一传统事业得以薪火相传，并发扬光大，是所有从事中外文学与文化交流的人文知识分子，尤其是中东欧文学相关学科的翻译、研究和教育工作者的职责。

第十三章　　当代中东欧文学重要翻译家和研究者

　　搞好翻译确实不是一件容易的事，当然也不是高不可攀的。只要在思想上树立起严谨的态度，勤于学习各种知识，努力博览群书，尽可能多学几种外语，并在翻译的过程中，勤于查阅有关的辞书和参考资料，坚持多实践，那么，就能逐步克服"译事难"，而使自己的翻译水平不断得到提高。[1]

——戈宝权（1913—2000）

1. 戈宝权：《漫谈译事难》，原载《译林》，1983 年 2 期。

　　除在第七、八章介绍的鲁迅、周作人、茅盾、巴金、王鲁彦、施蛰存、孙用、钟民宪等人之外，新中国又产生了一批中东欧文学的翻译和研究者。与民国时期的译介者相比，他们普遍掌握中东欧对象国家的语言，除少数人和个别语种（比如上述世界语翻译）外，都是新中国成立之后成长起来的对象国的专业翻译与研究者，具有在对象国的留学或者工作经历。因此，他们对中东欧文学是从对象国语言原文直接翻译为汉语。当然，这个时期也有不少通过第三种语言（主要是英、法、德、俄和世界语等）转译而来的，但已经不构成整个中东欧文学中译及研究队伍的主体。本节介绍的一批专家，大多出生于 20 世纪 30 年代以后，是国内中东欧各国语言文化研究和译介领域的重要代表人物。

第一节　波兰文学翻译家和研究者

　　易丽君，女，1934 年 12 月出生，湖北黄冈人。北京外国语大学教授，博士生导师。1954 年从武汉大学中文系到波兰华沙大学波兰语言文学系学习，1960 年获硕士学位。回国后在中央广播事业局苏联东欧部任编辑、记者。1962 年调北京外国语学院东欧语系（今北京外国语大学欧洲语言文化学院）任教至今。曾兼任波兰语教研室主任、《东欧》杂志副主编等职。长年从事波兰语教学、波兰文学研究和翻译工作。发表论文 70 多篇，专著《波兰战后文学史》（外语教学与研究出版社，2002）、《波兰文学》（外语教学与研究出版社，1999）、《易丽君选集》（外语教学与研究出版社，2011）和大量译著。

　　主要译著有亚当·密茨凯维奇的诗剧《先人祭》（易丽君译，袁汉镕校，人民文学出版社，1976）、《先人祭·第四部》（易丽君译，浙江文艺出版社，2000）、《先人祭》（全译本）（易丽君、林洪亮、张振辉译，四川文艺出版社，2015）和史诗《塔杜施先生》（易丽君、林洪亮译，袁汉镕校，人民文学出版社，1998）。长篇小说有雅·伊瓦什凯维奇的《名望与光荣》（上、中、下部）（易丽君、裴远颖译，外国文学出版社，1986）；亨·显克维奇的《十字军骑士》（上、下部）（易丽君、张振辉译，袁汉镕校，花山文艺出版社，1996；译林出版社，

2002；凤凰出版社，2011），《火与剑》（上、下部）（易丽君、袁汉镕译，花山文艺出版社，1997；人民文学出版社，2011），《洪流》（上、中、下部）（易丽君、袁汉镕译，花山文艺出版社，2001；人民文学出版社，2011）和《伏沃迪约夫斯基骑士》（易丽君、袁汉镕译，人民文学出版社，2011）；奥·朵卡萩的《太古和其他的时间》（易丽君、袁汉镕译，大块文化出版有限公司，台北，2003；湖南文艺出版社，2006；第二版，大块文化出版有限公司，台北，2006）；维·贡布罗维奇的《费尔迪杜凯》（易丽君、袁汉镕译，译林出版社，2003；大块文化出版有限公司，台北，2006）；奥·朵卡萩的《收集梦的剪贴簿》（易丽君、袁汉镕译，大块文化出版有限公司，台北，2007）；《亨·显克维奇选集》（其中的《火与剑》、《洪流》、《伏沃迪约夫斯基骑士》由易丽君、袁汉镕译，人民文学出版社，2011）；切·米沃什的《被禁锢的心灵》（乌兰译，易丽君校，倾向出版社，台湾，2011），切·米沃什的《被禁锢的头脑》（乌兰、易丽君译，广西师范大学出版社，2013）；兹·赫贝特的《带马嚼子的静物画》（易丽君译，花城出版社，2014）；诗歌《波兰二十世纪诗选》（上海译文出版社，1992），《亚当·密茨凯维奇的长诗》(1980, 1981)，《切·米沃什诗抄》(1981)，《尤·杜威姆诗选》(1987)，《维·席姆博尔斯卡诗选》(1997)，《切·米沃什诗选》(2011)，马莱克·瓦夫什凯维奇的《微光》(赵刚、易丽君译，作家出版社，2013)等。中短篇小说包括塔·鲁热维奇的《我的女儿》、《在外交代表机构》；哈·阿乌德尔斯卡的《绿宝石的眼睛》；佐·纳乌科夫斯卡的《云端的一夜》、《施帕内尔教授》、《日记摘抄》；雅·伊瓦什凯维奇的《菖蒲》、《肖邦故园》、《草莓》、《夜宿山中》、《齐格弗雷德》、《白马》、《卢蒂尼亚河上的磨房》；斯·姆罗热克的《小矮人》（外八篇）；阿·鲁德尼茨基的《金色的窗口》、《清流》；玛·科诺普尼茨卡的《1835年》；玛·昆策维乔娃的《终身大事》；玛·东布罗夫斯卡的《日记选录》，马·皮洛特的《斜眼的姑娘》；伊·伊雷登斯基的《纯洁的爱》；斯·斯塔文斯基的《战斗的时刻》；塔·博罗夫斯基的《请大家到煤气室去》；莱·万图拉的《我亲手建成的房子》；马·赫瓦斯科的《X医生的浮游生物》；杨·奥若格的《头巾》；沃·茹克罗夫斯基的《鹡鸰鸟》、《阿丽亚德娜的夜晚》；斯·斯塔努赫的《夜鸟》；汉·奥若戈夫斯卡的《倒着来的小男孩》；亚·卡明斯基的《安泰克的胜利》；维·贡布罗维奇的《日记选》等50来篇。另有专集《波兰民间故事》（湖南少年儿童出版社，1989）以及一些儿童文学。此外还为《外国文学家大辞典》、《外国名作家大词典》、《二十世纪外国文学大辞典》、《中国大百科全书》等撰写过 300 多位波兰作家、语言学家的简介。

上述的所有波兰文学译著，全都是第一次从波兰文原著直接翻译成中文的。通过这些文学译著，首次将切·米沃什、维·席姆博尔斯卡、雅·伊瓦什凯维奇、塔·鲁热维奇、兹·赫贝特、卡·普·泰特迈耶尔、莱·斯塔夫、尤·杜威姆、奥·朵卡萩等 40 多位波兰知名作家的作品翻译、介绍给中国读者。

1984 年和 1997 年先后两次获波兰文化部长授予的"波兰文化功勋奖章"；2000 年获波兰总统亚·克瓦希涅夫斯基授予的"波兰共和国十字骑士勋章"；2004 年获波兰教育和体育部长授予的"国民教育委员会功勋章"。2004 年获中国译协授予的"资深翻译家"荣誉称号。2007年获波兰外交部长授予的"在世界上介绍波兰文化杰出贡献奖"、波兰作家和舞台作曲家版权协会理事会授予的"波兰文学翻译杰出成就奖"、波兰格但斯克大学校务委员会授予的"格但斯克大学荣誉博士"学位。2008 年，被波兰语言委员会授予"波兰语言文化大使"荣誉称号。2011 年获波兰总统布·科莫罗夫斯基授予的"波兰共和国十字军官勋章"。2012 年获得波兰书院授予的"横渡大西洋"文学翻译大奖。

图 13-1　波兰驻华大使布尔斯基代表波兰总统亚·克瓦希涅夫斯基
向易丽君教授颁授"波兰共和国十字骑士勋章"（2000 年）

袁汉镕，易丽君的先生，1933 年 11 月生，广东省潮州人。毕业于波兰华沙大学数学物理系，获硕士学位。著名核物理学家，中国原子能科学研究院研究员，曾任国际原子能机构核标准参考数据顾问组、中子源性质顾问组成员。长年从事核物理特别是核数据的研究工作，为中国原子弹、氢弹的研制和改进提供过大量的重要核数据；拓展了中国核标准参考数据研究的领域，促进了中国核数据研究系统的建立和发展。在核物理专业工作之余，特别是在退休以后与夫人易丽君一起翻译了多部波兰经典文学作品。

林洪亮，1935年生，江西南康人。中国社会科学院外国文学研究所研究员，波兰文学翻译家。1953年考入武汉大学中文系，1954年被国家选派到波兰华沙大学语言文学系学习，1960年毕业，获硕士学位。回国后分配到中国科学院文学研究所苏联东欧组工作，1964年外国文学研究所成立后转入该所。曾任东欧文学室主任（1985—1994年）、苏联东欧学会第二届理事、欧美同学会理事、东欧分会副会长。中国作家协会会员；1993年起享受政府特殊津贴；2007年被中国翻译家协会授予"资深翻译家"称号。

林洪亮在留学期间开始文学活动，1955年发表有关华沙和世界青年联欢节的报道文章。1957年在前辈翻译家孙用的鼓励下，翻译了米兹凯维奇诗歌，其中4首（《希维特什》、《歌》、《姑娘与青年》、《犹豫》）是中国最早从波兰文直接翻译过来的作品，收入孙用、景行的《米兹凯维奇诗选》（人民文学出版社，1958）。留学回国后，1961年翻译波兰著名哲学家沙夫的《人的哲学》（合译，人民出版社，1963）和有关人道主义的文章。1962年翻译米兹凯维奇、奥热什科娃、普鲁斯的文学评论文章，发表在《古典文艺理论译丛》第四辑（1964）。

1978年应上海文艺出版社之约，翻译显克维奇的《音乐迷杨科》，发表论文《鲁迅与密茨凯维奇》和《论显克维奇和他的〈十字军骑士〉》。同时参加《外国名作家传》、《外国文学作品提要》和《中国大百科全书》有关波兰文学的撰稿。

80年代以后陆续出版专著《密兹凯维奇》（重庆出版社，1990，1999年获九单列市第二届图书二等奖）、《波兰戏剧简史》（社会科学文献出版社，1995）、《显克维奇：卓尔不群的历史小说大师》（长春出版社，1999）、《肖邦传》（中国社会科学出版社，2010）等。组织并参与编撰《东欧文学史》（重庆出版社，1990，获第一届外国文学图书二等奖）；参与编撰《东欧戏剧史》（文化艺术出版社，1996）；主编《东欧当代文学史》（中央编译出版社，1998）。文学译著包括显克维奇的长篇历史小说《你往何处去》（上海文艺出版社，1983，至今已出 6 版）、《十字军骑士》（上下册，陕西人民出版社，1998）、《火与剑》（译林出版社，2005）、《灯塔看守》（解放军文艺出版社，1999），短篇小说集《第三个女人》（漓江出版社，1987），中短篇小说集《哈尼亚》（人民文学出版社，2006），显克维奇《中短篇小说选》（人民文学出版社，2011）和《显克维奇选集》（八卷本，合译，人民文学出版社，2011）；密兹凯维奇的长诗《塔杜施先生》（与易丽君合译，人民文学出版社，1998）、《先人祭》（全译本，与易丽君、张振辉合译，四川文艺出版社，2015）；诺贝尔奖得主希姆博尔斯卡的诗集《呼唤雪人》（漓江出版社，2000）和《一见钟情》（台海出版社，2003）；《肖邦通信集》（中国社会科学出版社，2010）；贡布罗维奇的长篇小说《着魔》（上海文艺出版社，2014）等。主编或参与编选的文集有《灵魂的枷锁》、《东欧文学丛书》（12 种，工人出版社，1988）、《世界反法西斯文学书系》（总编委和东欧分系五卷的主编，12 种，重庆出版社，1990）、《世界散文随笔精品选·东欧卷》（中国社会科学出版社，1993）、《世界当代中短篇小说选·东欧卷》（团结出版社，1994）、《世界经典戏剧·东欧卷》（浙江文艺出版社，1997）、《东欧国家经典散文》（上海文艺出版社，2005）、《戈宝权纪念文集》（江苏教育出版社，2001）等。另外，还为《欧洲文学史》（商务印书馆，2001）撰写了东欧文学的有关章节，为《20 世纪外国文学史》（译林出版社，2004）撰写了波兰文学的章节。

图 13-2　波兰总统亚·克瓦希涅夫斯基与林洪亮研究员亲切交谈

1984 年获波兰文化部颁发的"波兰文化功勋奖章",1994 年获波兰"心连心奖章",2000 年获波兰总统授予的"波兰共和国十字骑士勋章",2010 年获波兰文化和民族遗产部授予的"荣耀艺术波兰文化勋章"。

张振辉,1934 年生,湖南长沙人。中国社会科学院外国文学研究所研究员,波兰文学翻译家。1953 年入南开大学俄文系学习,1954—1960 年留学波兰华沙大学语言文学系,获硕士学位。回国后在中国科学院文学研究所苏联东欧组工作,后转入外国文学研究所东欧文学室。中国作家协会会员;1993 年起享受政府特殊津贴;2007 年获中国翻译工作者协会授予的"资深翻译家"称号。

主要著作包括学术专著《显克维奇评传》(社会科学文献出版社,1991)、《莱蒙特——农民生活的杰出画师》(长春出版社,1995)、《20 世纪波兰文学史》(青岛出版社,1998,获中国社会科学院第三届优秀科研成果奖)、《密茨凯维奇传》(外国文学出版社,2006)、《东欧文学简史》(海南出版社,1993)、《东欧文学》(时代文艺出版社,2001)、《20 世纪欧美文学史》(合著,北京大学出版社,1995)等。发表《波兰文艺复兴时期的杰出诗人科哈诺夫斯基——纪念诗人逝世四百周年》、《普鲁斯中短篇小说创作》、《奥热什科娃和她的〈涅曼河畔〉》、《论热罗姆斯基的创作》、《论波兰象征派文学》等论文数十篇。

文学翻译作品有波兰作家莱蒙特的长篇名著《福地》(与杨德友合译,漓江出版社,1984);显克维奇的长篇名著《十字军骑士》(与易丽君合译,花山文艺出版社,1996)、《你往何处去》(人民文学出版社,2000)和《显克维奇精选集》(山东文艺出版社,1997),显克维奇书信集《旅美书简》(中国社会科学出版社,2013);《诗人与世界——维斯瓦娃·希姆博尔斯卡诗歌书评选》(中央编译出版社,2003);普鲁斯的长篇小说《玩偶》(上海译文出版社,2005);《塔杜施·鲁热维奇诗选》(河北教育出版社,2006);赫贝特·兹比格涅夫的散文集《花园里的野蛮人》(2014)以及普特拉门的长篇小说《年青的一代》(重庆出版社,1990);克鲁奇科夫斯基的剧本《德国人》、霍乌伊的剧本《奥斯维辛近旁的房子》等。

图 13-3 张振辉研究员（右）与波兰汉学家爱德华·卡伊丹斯基

另外译有学术著作、波兰汉学家爱德华·卡伊丹斯基的人物传记《中国的使臣——卜弥格》（大象出版社，2001）、波兰著名文论家英伽登的《介于本体论、语言理论和文学哲学之间的研究》和《论文学作品》（河南大学出版社，2008），以及《卜弥格文集：中西文化交流与中医西传》（与张西平合译，华东师范大学出版社，2013）等。

1997 年获波兰文化部颁发的"波兰文化功勋奖章"，2000 年获波兰总统授予的"波兰共和国十字骑士勋章"，2006 年获波兰文化和民族遗产部颁发的"荣耀艺术波兰文化金质奖章"。

杨德友，1938 年出生于北京，山西大学外语学院教授，多语种翻译家和学者。1956 年入学就读于北京外国语学院波兰语专业，1957 年因政治原因被转学到山西大学英语专业，1961 年毕业留校工作至今。其间曾在美国（南卡罗来纳州、北卡罗来纳州、佛罗里达州）三所州立大学从事访问交流，并讲授中国文化、波兰文化、翻译技巧等课程。

图 13-4 翻译家杨德友教授

教学之余长期从事翻译工作，范围涉及文学、宗教、哲学、艺术、历史、心理学等领域，语种包括波兰文、英文、俄文、德文、法文、西班牙文等。发表论文和译文近百篇，译著30多种在国家图书馆有藏。

波兰文学翻译作品包括：《福地》（第一部，与张振辉合译，漓江出版社，1984）；《关于来洛尼亚王国的十三个童话故事》（三联书店，2007）；柯拉柯夫斯基的《宗教：如果没有上帝》（牛津大学出版社，1995，三联书店，1997）；故事集《与魔鬼的谈话》（华夏出版社，2007）；《自由的太阳：密兹凯维奇经典诗歌选》（北岳文艺出版社，2013）；贡布罗维奇的短篇小说集《巴卡卡伊大街》（与赵刚合译，上海文艺出版社，2014），长篇小说《横渡大西洋》（上海文艺出版社，2013）、《色》（人民文学出版社，2012）、《宇宙》（2014）；维希涅夫斯基的长篇小说《寂寞联机》（花城出版社，2012）；博罗夫斯基的短篇小说集《石头的世界》（花城出版社，2012）；纳乌科夫斯卡的短篇小说集《椭圆浮雕》（北岳文艺出版社，2015）等。

2002年获"传播波兰文化波兰外交部长奖"；2014年获波兰文化部授予的"波兰总统文化骑士奖（POLONICUM）"。2009年获中国翻译工作者协会授予的"资深翻译家"荣誉称号。

杨德友教授兴趣广泛，除语言文学外，对天文、地理、音乐、绘图、经济学，甚至物理学都有浓厚兴趣。从50年代后期开始，他身处各种压力和艰苦的环境，自强不息，孜孜不倦，克服了很多常人无法想象的困难，在翻译和研究方面取得了丰硕的成就。从他的译著选择和读者认同程度，可以看到所涉范围之广、产出数量之多、对生活和世界体察之深。

第二节　捷克文学翻译家和研究者

杨乐云（1919—2009），女，江苏常州人，1944年毕业于上海私立沪江大学英语系。1948年至1963年在捷克斯洛伐克驻华大使馆做翻译工作，1963年7月起在中国社会科学院外国文学研究所《世界文学》编辑部工作，直至退休。从1993年起，享受政府特殊津贴。

她长期从事东欧文学编辑工作，为《世界文学》选编了一大批优秀的东欧文学作品，并参与了"世界文学丛刊"和"世界文学小丛书"的策划和编辑，推出了《夜驰白马》、《天上的摇篮》、《会说话的猪》等一批东欧文学选集。在她身上体现着一种甘为他人做嫁衣的职业品格和风范。

图 13-5　外国文学编辑家、捷克文学翻译家杨乐云

作为翻译家和研究者，杨乐云从 1956 年开始发表作品。译有捷克剧作家克里玛的剧本《幸福不是从天而降》（与孔柔合译，人民文学出版社，1958）；伊拉塞克的剧本《灯笼》（与孔柔合译，人民文学出版社，1959）；雷曼《捷克斯洛伐克民歌集》（音乐出版社，1960）；萨波托斯基长篇小说的《黎明》（与孔柔合译，1960）；卡·恰佩克的《戏剧选》（与吴琦、蒋承俊合译，1982）；《鲍·聂姆佐娃中短篇小说选》（与吴琦合译，人民文学出版社，1983）；博胡米尔·赫拉巴尔的《时光静止的小城》（北京十月文艺出版社，2014）、短篇小说集《巴比代尔》（与万世荣合译，中国青年出版社，2004）、中篇小说集《过于喧嚣的孤独·底层的珍珠》（与万世荣合译，中国青年出版社，2003）和《中魔的人们》（与万世荣合译，大块文化出版社，2006）；以及杨·聂鲁达散文选《小城故事》（又译为"布拉格小城画像"，与蒋承俊合译，重庆出版社，1990），诺伊曼的诗歌集《早春的私语》（与华如君合译，上海译文出版社，1997）等。她翻译其影响最大的译作塞弗尔特的《世界美如斯》（中国青年出版社，2006）时，已年过七旬。

为表彰她为外国文学翻译事业尤其是捷克文学翻译事业作出的贡献，中国翻译工作者协会授予她"资深翻译家"称号；捷克共和国外交部授予她捷克"马萨里克"银质奖章。

刘星灿，女，笔名"乐辛"，1937 年生于湖南湘乡。1960 年毕业于布拉格查理大学捷克语言文学系。历任中国对外文化联络委员会中捷文化交流及友好协会干部、北京第二外国语学院东欧语系捷克语教研组长、人民文学出版社编审。

译著有哈谢克的《好兵帅克历险记》（人民文学出版社、外国文学出版社，1983）；马利·米洛什的小说《王岭好汉》（广西人民出版社，1983）；塞弗尔特的诗集《紫罗兰》（与劳白合译，漓江出版社，1986）；斯韦达的《情与火》（与劳白合译，重庆出版社，1990）；伊凡·克里玛的短篇小说集《爱情对话》（中国友谊出版社，2004）、长篇小说《被审判的法官》（中国友谊出版社，2004）、杂文集《我是谁：谈话，小品札记选》（中国青年出版社，2004）和短篇小说集《我的金饭碗》（花城出版社，2014）。赫拉巴尔·博胡米尔的传记体小说《我曾伺候过英国国王》（中国青年出版社，2003）和三部曲（与劳白合译）《婚宴》（北京十月文艺出版社，2015）、《新生活》（北京十月文艺出版社，2015）和《林中小屋》（中国青年出版社，2004），以及《湖畔小城》（中国青年出版社，2007）、《甜甜的忧伤》（北京十月文艺出版社，2014）。丈夫劳白也是捷克语翻译家，许多译著都是他们合作的成果。

另外，她还编译《捷克斯洛伐克民间故事选》，翻译了一系列捷克儿童文学作品，有萨波托茨基的儿童文学作品《芭蓉卡》（广西人民出版社，1980）、《世界童话之树》（广西人民出版社，1984）；希哈·宛庚的童话《新格列佛游记》（少年儿童出版社，1997）；门采尔的《世界著名动物故事》（四川文艺出版社，1999）；恰佩克的童话《猫狗小英雄》（中国画报出版社，2005）和拉达的童话《天下第一猫》、《天下第一猫之衣锦还乡》（湖南少年儿童出版社，2009）。

她还翻译了巴拉伊卡的《捷克·斯洛伐克文学简史》（1984）、马扎尔·托马什的《你读过赫拉巴尔吗》（中国青年出版社，2010）等研究著作，并著有哈谢克评传《雅·哈谢克》（人民文学出版社，2010）等。

1990 年曾获捷克斯洛伐克"涅兹凡尔"奖。

蒋承俊（1933—2007），女，笔名殷俊，籍贯重庆。1949 年 12 月参加中国人民解放军，1952—1954 年在中国人民志愿军某兵团司令部任文化教员。1954—1955 年在北京大学俄语系波捷班学习，1955—1961 年在捷克布拉格查理大学捷克语文系学习，1961 年 9 月分配到中国科学院文学研究所苏联东欧文学组工作，后转入外国文学所东欧文学室，任研究员，1993 年退休。中国作家协会会员；1993 年起享受政府特殊津贴；2007 年获中国翻译工作者协会授予的"资深翻译家"称号。

译著包括：伏契克的《绞刑架下的报告》（人民文学出版社，1979）、扬·聂鲁达的《小城故事》（重庆出版社，1990）等。编译东欧女性文学作品集《我曾在那个世界里》（"蓝袜子丛书"东欧卷，河北教育出版社，1995）；翻译了马哈的诗歌集《五月》（社会科学文献出版社，1996）、聂鲁达的短篇小说集《群相谱》（四川人民出版社，1998）。临终前，重译了雅罗斯拉夫·哈谢克讽刺文学巨著《好兵帅克》（与徐耀宗合作，北京燕山出版社，2007）。她还著有《哈谢克和好兵帅克》（社会科学文献出版社，1993）和中国第一部系统的《捷克文学史》（上海外语教育出版社，2006），另外还参与了《东欧文学简史》、《东欧戏剧史》、《东欧当代文学简史》等著作的写作。其身后又有译著、奥尔加·申普芙卢戈娃的回忆录《尘寰中的故我》（与丛林合译，国际文化出版公司，2013）出版。

万世荣，1930 年出生于湖北应城，笔名宛庚。1953 年考入南开大学中文系，1954 年赴布拉格查理大学学习，1958 年毕业，先后在驻捷克大使馆和外交部工作。1980 年开始发表作品。译有伊拉塞克的民间故事《捷克古老传说》（人民文学出版社，1985）；恰佩克的游记《海国风情》（与徐浩合作，上海文化出版社，2000）；伊凡·克里玛的中篇小说《爱情与垃圾》和《风流的夏天》（中国友谊出版公司，2004）；还有赫拉巴尔·博胡米尔的中短篇小说集《过于喧嚣的孤独·底层的珍珠》（与杨乐云合译，中国青年出版社，2003）、《巴比代尔》（与杨乐云合译，中国青年出版社，2004）和长篇小说《一缕秀发》（北京十月文艺出版社，2014）。

2002 年被中国翻译工作者协会授予"资深翻译家"荣誉称号。

第三节　匈牙利文学翻译家和研究者

兴万生（1931—2007），黑龙江讷河人。1947 年参加工作，1951 年 9 月起先后在东北师范大学中文系、北京俄语专科二部、北京大学俄语系学习。1954 年 9 月赴匈牙利留学，1959 年毕业于匈牙利布达佩斯大学文学历史系，任中国社会科学院外国文学研究所研究员，东欧文学研究室主任。著有《裴多菲评传》（上海文艺出版社，1981，辽宁人民出版社，1984），译作：《裴多菲文集》（六卷，上海译文出版社，1996—1997）、《阿兰尼诗选》（上海译文出版社，1996）以及柯达伊《论匈牙利民间音乐》（人民音乐出版社，1964）等。1991 年获匈牙利文教部部长颁发的"匈牙利文化"奖，1996 年获匈牙利总统颁发的"匈牙利共和国金质奖章"，1999 年获匈牙利总统授予的"匈牙利共和国十字勋章"。1992 年起享受政府特殊津贴。2003 年被中国翻译工作者协会授予"资深翻译家"荣誉称号。

冯植生，1935 年出生，广西百色人，中国社会科学院外国文学所研究员。1953—1954 就读于武汉大学中文系，1954 年秋赴匈牙利留学，1959 年秋毕业于匈牙利罗兰大学语言文学系，获优秀学士学位。回国后分配到中国科学院文学研究所从事科研工作，1964 年转入外国文学研究所，曾任东欧文学室主任。中国作家协会会员，国际匈牙利学会会员。1993 年起享受政府特殊津贴。夫人张春风也是匈牙利语翻译家。

著有《匈牙利文学史》（社会科学文献出版社，1995，上海外语教育出版社，2013）、《东欧文学简史》（与张振辉合著，海南出版社，1993）、《莫里兹：1879—1942》（与张春风合著，辽宁人民出版社，1984）、《裴多菲传》（外国文学出版社，2007）。主编《20 世纪中欧、东南欧文学史》（上海外语教育出版社，2008）、《20 世纪外国文学史》第五卷：1970 至 2000 年的外国文学 (译林出版社，2004，与吴元迈、钱善行合作) 等。译作有：日格蒙德的小说《强盗》（漓江出版社，1981）；《米克沙特短篇小说选》（上海译文出版社，1981），《圣彼得的伞》（与张春风合译，山西人民出版社，1983），米克沙特的中篇小说《笼中鸽》（漓江出版社，1985）；莫里兹《亲戚》（与张春风合译，湖南人民出版社，1985）；《东欧短篇小说选》（上下册，主编，中国青年出版社，1988）；莫拉·弗伦茨的长篇小说《金棺》（与张春风合译，上海译文出版社，1994）和东欧散文选《被忘却的歌》（百花文艺出版社，2000）等。

2006 年获匈牙利驻华大使馆颁发的"新闻奖"。2007 年获中国翻译工作者协会授予的"资深翻译家"称号。

李孝风（1934—2015），女，副研究员。生于四川成都。1953—1954 年就读于南开大学俄文系，1954 秋至 1959 年秋留学匈牙利布达佩斯罗兰大学的匈文—历史系。回国后分配到中国科学院文学研究所苏联东欧组工作，主要研究匈牙利现当代文学和文学现状与动态，写出了大量的文学动态报导。同时还参加了《东欧文学史》、《东欧文学简史》、《20 世纪外国文学史》的撰写工作，为《中国大百科全书·外国文学卷》、《中国大百科全书·戏剧卷》、《20 世纪外国文学大辞典》、《外国文学作品提要》等辞书撰写有关匈牙利作家的词条。为国家重点科研项目《马克思主义哲学史》撰写了第八卷第八章《马克思主义哲学在匈牙利》。译著有《李斯特生平传记小说》（合译）、《布达佩斯的春天》等。

2006 年获匈牙利驻华大使馆颁发的"新闻奖"。

图 13-6　中国社科院外国文学研究所东欧文学室的部分研究人员：
（左起）冯植生、李孝风、张振辉、蒋承俊、陈九瑛、樊石、高韧、林洪亮

第四节　罗马尼亚文学翻译家和研究者

徐文德，中国国际广播电台译审。1934 年生于上海，1951—1953 年就读于北京外国语学校（今北京外国语大学）英语系。1953—1956 年就读于布加勒斯特大学语言文学系。1956—1964 年、1965—1968 年先后任中国驻罗马尼亚大使馆职员、外交部苏欧司科员，驻罗使馆随员。1968—1996 年就职于中国国际广播电台罗马尼亚语组（1973—1986 年任组长）。

图 13-7　罗马尼亚驻华大使敦卡向徐文德颁授爱明内斯库诞辰 150 周年纪念奖章及证书

主要译著有《爱明内斯库诗选》（与戈宝权、李宁来合译，上海译文出版社，1981）、苏尔巴特等著的《社会主义年代的罗马尼亚》（合译，江苏人民出版社，1985）、《中国历代笑话 100 篇》（与丽亚—玛丽亚·安德烈伊策和扬·安德烈伊策合译，罗马尼亚旅游出版社，1990）、《中国古代寓言选萃》（与埃尔维拉·伊瓦什库合译，布加勒斯特巴科出版社，1993）。翻译出版罗汉对照本《中国唐诗集》和《中国古词精品》（中国国际广播出版社，2015）等。

1989 年 6 月应邀赴罗参加罗马尼亚大诗人爱明内斯库逝世一百周年活动，获罗马尼亚作家协会颁发的"爱明内斯库奖状"。2000 年爱明内斯库诞辰 150 周年之际，获罗马尼亚总统签发"爱明内斯库诞辰 150 周年纪念奖章"及证书。2009 年 10 月获罗马尼亚外交部颁发的中罗友好"杰出贡献奖"。

王敏生，女，副研究员。1935 年出生于河南开封。1953 年秋入北京大学中文系学习，1954 年秋赴罗马尼亚布加勒斯特大学罗马尼亚语言文学系学习，1960 年毕业，分配到中央广播事业局对外部工作，三年后转入中国科学院文学研究所苏联东欧组，1964 年随组转入外国文学研究所。曾被中央广播事业局和外交部借调工作十多年。参加《东欧文学史》、《中国大百科全书·外国文学卷》等书罗马尼亚部分的撰写工作。译著有《罗马尼亚通史简编》（与陆象淦合译，三卷），小说《斧》、《骗人的早晨》、《爱的呼声》、《黄昏情思》等多部，以及《世界反法西斯文学书系》罗马尼亚卷中的小说《北方公路》，《世界著名机智人物故事大观》中的多篇作品。

冯志臣，1937 年出生，吉林敦化人。北京外国语大学教授、博士生导师，罗马尼亚文学翻译家。1956 至 1961 年在北京外国语学院波捷罗语系学习罗马尼亚语，毕业后留校任教。1961 至 1965 年在罗马尼亚布加勒斯特大学语言文学系读研究生，获语文学博士学位，博士论文题目《"劳动"概念的语义溯源及历史演化》。回国后继续在北外任教，侧重研究罗马尼亚语言和文学，曾任罗马尼亚语教研室主任、东欧语系主任和《东欧》杂志主编等。1993 年起享受政府特殊津贴。

主要著作包括：《雅西库扎大学》（湖南教育出版社，1991）、《东欧戏剧史》（罗马尼亚篇，文化艺术出版社，1996）、《东欧当代文学史》（罗马尼亚篇，中央编译出版社，1998）、《罗马尼亚文学》（外研社，1999）、《罗马尼亚文学教程》（外研社，2002）、《20 世纪中欧、东南欧文学史》（与冯植生等合著，上海外语教育出版社，2008）、《罗马尼亚语通论》（社会科学文献出版社，2012）等，主编《汉罗词典》（北京语言学院出版社，1994）和《罗汉词典》（北京语言文化大学出版社，1996）。译著有《考什布克诗选》（人民文学出版社，1979）、《卡拉迦列讽刺文集》（与张志鹏合译，外研社，1982）和萨多维亚努的历史小说《吉德里兄弟》（与李家渔合译，人民文学出版社，1985），剧本《公正舆论》、《权力与真理》等。

图 13-8　罗马尼亚总统伊利埃斯库出席冯志臣教授译著《埃米内斯库诗文选》首发式

2009 年被中国翻译工作者协会授予"资深翻译家"荣誉称号。2009 年获罗马尼亚外交部颁发的中罗友好"杰出贡献奖"。

　　陆象淦，1938 年生于上海嘉定。历史学博士，中国社会科学院文献信息中心（原情报研究所）研究员。1961 年毕业于北京外国语学院（今北京外国语大学）波捷罗语系（今欧洲语言文化学院），进入中国科学院哲学社会科学部情报研究室工作。1979 年赴罗马尼亚进修，1981 年获罗马尼亚克卢日大学历史学博士学位。1982 年赴意大利佛罗伦萨大学进修。1983—1988 年在中国社会科学院文献情报中心工作，历任研究室主任、学术委员等职。1992 年开始享受国务院颁发的专家特殊津贴。1988—1998 年任中国社会科学院社会科学文献出版社总编辑，1998—2015 年任该社顾问。

图 13-9　人文学者、翻译家、出版家陆象淦

　　著有《沙皇俄国对罗马尼亚的侵略扩张与比萨拉比亚问题》（《历史研究》1976 年第 4 期；德国慕尼黑东南欧

研究所月刊《*Wissenschaftlicher Dienst Sudosteeuropa*》翻译转载，No.12，1979），《科技革命与社会的互动》(英文稿，获第九届国际社会科学联合会大会优秀征文奖，东京，1989)，《现代历史科学》(重庆出版社，1991)《马克思主义哲学在意大利》(八卷本《马克思主义哲学史》第八卷——当代卷，北京出版社，1996，该书先后获得1998年度"五个一工程奖"，吴玉章社会科学优秀著作奖，1999年度国家社会科学基金项目一等奖) 等；主编有《当代国外马克思主义研究文库》(社会科学文献出版社，2009—2012，列入中国社会科学院重点研究课题和新闻出版总署"十一五"重点图书规划项目) 等。

译有多种罗马尼亚学术著作和文学作品：《马克思关于罗马尼亚人的札记——未发表过的手稿》(人民出版社，1973)，三卷本《罗马尼亚通史简编》(与他人合译，商务印书馆，1978)，长篇小说《呓语》(马林·普列达著，与他人合译，人民文学出版社1978；外国文学出版社，1979年，第二版)，历史小说《什特凡大公》(米哈伊·萨多维亚努著，人民文学出版社，1980)，中篇小说《公路一侧的生活》(米哈伊·辛著，中国社会科学出版社，1983，收入《天上的摇篮——罗马尼亚当代文学作品选》)，长篇小说《世上最亲爱的人》(马林·普列达著，选译，与他人合作，中国社会科学出版社，1983，收入《天上的摇篮——罗马尼亚当代文学作品选》)，三幕荒诞剧《除夕夜之猫》(杜米特鲁·拉杜·波佩斯库著，中国社会科学出版社，1983，收入《天上的摇篮——罗马尼亚当代文学作品选》)，《阿尔盖齐诗文集》(图多尔·阿尔盖齐著，与他人合译，外国文学出版社，1987)，《神殿的基石——布拉加箴言录》(卢齐安·布拉加著，花城出版社，2014)，长篇小说《乌村幻影》(欧根·乌里卡鲁著，花城出版社，2016) 等，以译笔流畅，在信达基础上注重意境的转化和刻画见长。

李家渔，1941年出生于四川长宁。1965年毕业于北京外国语学院东欧语系罗马尼亚语专业，同年被分配到中央广播事业局对外部 (今中国国际广播电台) 工作，参加我国对罗马尼亚广播工作的筹备。1968年对罗节目开播之后，任翻译、编辑、播音员、记者、修辞定稿人，1986—1995年任罗语部主任，1993年被评为译审。曾任中国翻译家协会第四届理事、中国国际广播学会理事。1992年被评为"有突出贡献的国家级专家"，享受政府特殊津贴。2010年被中国翻译工作者协会授予"资深翻译家"荣誉称号。

曾多次作为中国国际广播电台记者，参加中国党和国家领导人访问罗马尼亚的报道，采访过罗马尼亚各界许多名人。在中国国际广播电台工作的 45 年间，主持过多种深受听众喜爱的专题节目，其中"万花筒"、"中国精神文明"获国际台优秀节目奖；"中华智慧"先后获国际台"名牌节目"奖，全国新闻播音、主持奖和"彩虹奖"。1999 年以后，应罗马尼亚国家广播公司邀请，作为中国专家两度赴罗马尼亚国际广播电台工作，指导罗方汉语节目部的筹建和业务培训。

图 13-10　新闻工作者、翻译家李家渔

在文学翻译方面，单独或与人合作翻译出版罗马尼亚文学作品 20 余部，主要有：传记文学作品《科马内奇》（人民体育出版社，1979）；《齐奥塞斯库——传记和文选》（商务印书馆，1979）；讽刺喜剧《圣人米蒂格·布拉吉努》（《世界文学》，1979）；长篇小说《水》（外国文学出版社，1980）；儿童小说集《给逃学者的信》（中国少年儿童出版社，1982）；《天上的摇篮——罗马尼亚当代文学作品选》（中国社会科学出版社，1983）；长篇小说《扬帆》（上下卷，外国文学出版社，1984）；《萨多维亚努选集》（四卷，合译，外国文学出版社，1985）；儿童长篇小说《当我十三岁半的时候》（江苏少年儿童出版社，1986）；科幻作品《未来之谜》（中国国际广播出版社，1993）；中篇小说《霍尼贝格医生之谜》（《世界文学》，2000）；《罗马尼亚民间故事选》（少年儿童出版社，1991）等。

另有 4 部对外翻译作品在罗马尼亚出版：《中国古代成语故事选》（宇宙出版社，1986）、《中国神话》（宇宙出版社，1989）、《中华智慧》（BACO 出版社，

2002)、朱春雨的长篇小说《橄榄》（经济学家出版社，2003）。在中罗两国报刊上发表翻译作品、报道、游记、随笔等百余篇。曾获罗马尼亚作家协会颁发的"罗马尼亚文学国外促进奖"（1986），罗马尼亚作家协会和文化部联合颁发的"罗马尼亚文学翻译奖"（1990）。

第五节　保加利亚文学翻译家和研究者

杨燕杰（1930—2009），广东兴宁人。1948 年考入北京大学，先后就读于教育系和英语系。1950 年由国家选派保加利亚索非亚大学保加利亚语言文学系留学，1953 年毕业。回国后在外交部苏欧司工作。1961 年调入北京外国语学院（今北京外国语大学），主持创建保加利亚语教研室，在十分困难的条件下，编写多种教材，主讲保语各年级的语言实践课、语法课、文学史等，培养出一批又一批保语人才。先后担任保语教研室主任、东欧语系副主任、东欧研究室主任、《东欧》杂志主编、北京外国语学院学位委员会委员等。是中国作家协会会员、中国翻译工作者协会会员、北京市翻译工作者协会理事。从 1992 年起享受国务院特殊津贴。

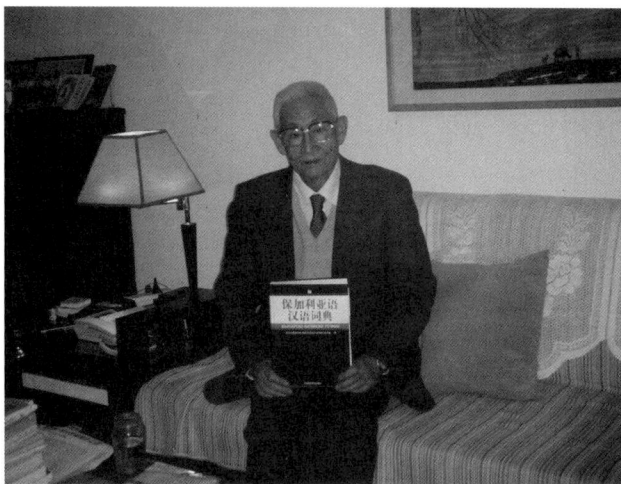

图 13-11　保加利亚文学翻译家杨燕杰教授

著有学术专著《索非亚大学》（湖南教育出版社，1988）、《斯拉夫文化》（合著，浙江人民出版社，1993）、《保加利亚语语法》（外研社，2000）、《保加利亚文学》（外研社，2000）等；主编《保加利亚语汉语词典》（外研社，2007）。译著有：玛斯拉尔斯基、卡拉斯托扬诺夫等的歌曲集《咳，斯塔内哦，斯塔内！》（音乐出版社，1956）；斯巴索夫格的歌曲集《相逢在匈牙利》（音乐出版社，1956）；《季米特洛夫论文学、艺术和文化》（人民文学出版社，1958）；《波特夫诗集》（合译，人民文学出版社，1959）；伊凡·伐佐夫的《诗选》（人民文学出版社，1982）；《白色的长椅：保加利亚二十世纪诗选》（上海译文出版社，1996）；《季米特洛夫日记选编》（广西师范大学出版社，2002）等。

　　1990 年获"保加利亚翻译家协会奖"和保加利亚国家级"基里尔和麦托迪勋章"，1999 年获保加利亚共和国总统颁发的国家一级"马达拉骑士"勋章。

　　叶明珍（1931—2013），杨燕杰的夫人，早年在燕京大学医预系学习。1950 年作为新中国第一批留学人员在保加利亚索非亚大学学习，学成回国后先在人民文学出版社任编辑，后调入中国社会科学院俄罗斯东欧中亚研究所。从 50 年代起开始翻译保加利亚文学作品，《波特夫诗集》、《季米特洛夫论文学、艺术和科学》等，都是他与杨燕杰合作的成果。

图 13-12　保加利亚文学翻译家陈九瑛

　　陈九瑛，女，1934 年生，湖南常德人。1953 年 9 月入天津师范大学中文系学习，1954 年秋留学保加利亚索非亚大学语言文学系。1960 年回国后分配到中国科学院文学研究所苏联东欧文学组工作，1964 年转入外国文学研究所，任研究员。1993 年起享受政府特殊津贴。

出版专著《重轭下的悲歌——保加利亚爱国诗歌研究》（社会科学文献出版社，1996），合著有《东欧文学史》、《东欧当代文学史》、《东欧戏剧史》和《20 世纪中欧、东南欧文学史》（上海外语教育出版社，2008）等。并发表了《保加利亚近 30 年小说纵览》（获社科院外文所优秀论文奖）等十多篇论文和评介文章。为《中国大百科全书·外国文学卷》、《中国大百科全书·戏剧卷》等辞书写有大量词条。还为北京大学主编的《欧洲文学史》撰写了古代至 18 世纪东欧文学的章节。译著有：小说《星星在我们顶空》、《灵魂的枷锁》、《两个朋友》，长篇小说《轭下》（合译）、《夜驰白马》（合译）：戏剧《警报》、《求职梦》，《保加利亚民间故事》等。

2006 年获保加利亚总统授予的"基米尔·麦托迪学术文化勋章"。

樊石，（曾用名樊玉龙），1938 出生，湖北通城县人，副研究员。1959 年秋入北京外国语学院留苏预备部，翌年 9 月被派往保加利亚索非亚大学斯拉夫语言文学系学习。1966 年 6 月回国后分配到中国科学院外国文学所东欧文学室工作，后借调外单位，1975 年 9 月调回外国文学所。1886—1994 年任东欧文学室副主任。1989 年 12 月至 1991 年 6 月在保加利亚索非亚大学进修。1993 年 1 月至 12 月由新华社借调赴保加利亚工作，1994 年退休。曾任欧美同学会东欧分会理事。

合著有《东欧文学史》，并参与《中国大百科全书·外国文学卷》、《外国名作家传》、《外国文学作品提要》、《二十世纪外国文学大辞典》等辞书的词条撰写工作。译著有长篇小说《怪人》、《轭下》（合译）、《新城奇缘》（合译）、《季米特洛夫一家》（合译）；中篇小说《障碍》、《黑天鹅》、《急诊室》、《保加利亚短篇小说选》（合译）；剧本《可靠的后盾》等。并发表了《两次大战间保加利亚现实主义思潮》等十多篇论文。

刘知白，女，北京外国语大学教授。1936 年生于上海，中学就读于天津南开女中和重庆南开。1953 年在北京师范大学中文系学习。1954 年由国家派往保加利亚索非亚大学语言文学系学习。毕业后在中国驻保加利亚大使馆工作，1963 年调任北京外国语学院任教，曾任保语教研室主任、《东欧》杂志主编、校务委员等职。从 1994 年起享受国务院特殊津贴。

主要著作：《保加利亚语》（第四册）、《汉保保汉翻译教程》（外研社，1999）、《保汉词典》（合编）。共翻译出版了 61 位保加利亚作家和政论文作者的作品，其中包括：《保加利亚童话选》、《世界童话名著文库》（保加利亚部分）、《世界儿童小说名著文库》（保加利亚部分）、《海盗的眼睛》、《白色的童话》、《乱扔东西的碧良卡和懒虫日夫科》、《如果你养育了一只杜鹃鸟》、《日夫科夫回忆录》（合译）、《每一个秋夜》、《两分钟幽默故事》、《爱情心理学》（合译）等；翻译（汉译保）《女篮五号》等十余部中国电影台本。

图 13-13　保加利亚文学翻译家刘知白

1999 年获保加利亚共和国总统颁发的国家一级马达拉骑士勋章，2015 年获中国非通用语教学研究会颁发的"非通用语教育终身成就奖"。

余志和，新华社高级记者、资深翻译家。1941 年生于四川邛崃市。1964 年毕业于四川外语学院俄语系。曾任新华社索非亚分社首席记者、《参考消息》总编辑、经济信息编辑部主任等职。独立或牵头翻译的保加利亚文学作品有：《保加利亚短篇小说选》，中短篇小说集《傍晚静悄悄》，短篇小说集《野性故事》，长篇小说《工人阶级的儿子》、《新城奇缘》等。

第六节　前南斯拉夫文学和阿尔巴尼亚文学翻译家和研究者

高韧，1930 年出生，副研究员。1948—1950 年曾在哈尔滨外国语专科学校学习，1950—1954 年在中国人民大学外交系学习。1954 年 9 月至 1956 年 1 月在驻苏使馆工作，1956 年 4 月至 1963 年 3 月在对外文委工作，1965 年 4 月至 1977 年 3 月在北京第二外国语学院东欧语系任教，曾任教研室副主任。1977 年 3 月调入中国社科院外国文学所东欧文学室工作，1987 年离休。

主要著作：参加《东欧文学史》（上下册）、《20 世纪外国文学史》、《20 世纪中欧、东南欧文学史》中有关阿尔巴尼亚和南斯拉夫文学的撰稿工作。参加《中国大百科全书·外国文学卷》、《中国大百科全书·戏剧卷》、《外国名作家大辞典》等辞书的词条撰写工作。译著有阿尔巴尼亚的长篇小说《火焰》、南斯拉夫的中短篇小说集《五百级台阶》、《乔皮奇短篇小说选》、长篇小说《乔·小姐》，俄罗斯的《纽伦堡幽灵》、《罪犯》、《追捕》等。还在各种东欧文集和文学刊物上发表了不少的译作和文章。

郑恩波，满族，阿尔巴尼亚语、塞尔维亚语和俄语翻译家、作家，研究员。1939 年生于辽宁盖州，笔名红山鹰、洪英、章正博等。1964 年毕业于北京大学俄语系，后留学阿尔巴尼亚地拉那大学。回国后到外国文学所工作。不久被借调至《人民日报》，从事翻译和记者工作，以"红山鹰"的笔名发表了一批有影响的阿尔巴尼亚通讯。文化大革命后回到外国文学所。1981 年 9 月至 1982 年 12 月在南斯拉夫进修。1986 年 11 月任外国文学研究所科研处副处长。1992 年 7 月调往中国艺术研究院，担任当代文艺研究室主任。中国作家协会会员，欧美同学会理事和东欧分会副会长，阿尔巴尼亚作家和艺术家协会的国外荣誉会员。

图 13-14　阿尔巴尼亚作家与艺术家协会主席里茂兹·迪兹达里向郑恩
波颁发荣誉会员证书（2005 年 3 月 12 日）

著有学术著作《南斯拉夫当代文学》（北岳文艺出版社，1988）、《大运河之子刘绍棠》（社会科学文献出版社，1991）、南斯拉夫作家安德里奇评传《安得里奇：二十世纪巴尔干的荷马》（长春出版社，1999）及《阿尔巴尼亚》（与马细谱合著，社会科学文献出版社，2004），并参与《东欧文学史》（重庆出版社，1990）、《东欧文学简史》（海南出版社，1993）、《20 世纪欧美文学史》（北京大学出版社，1995、1999）、《东欧当代文学史》（中央编译出版社，1998）、《东欧戏剧史》（文化艺术出版社，1996）等著作中阿尔巴尼亚、南斯拉夫等部分的撰稿。

翻译著作有阿尔巴尼亚作家阿果里的《阿果里诗选》（人民文学出版社，1974）、长诗《母亲阿尔巴尼亚》（《诗刊》1976 年第 2 期）和长篇小说《居辽同志兴衰记》（重庆出版社，2009），阿尔巴尼亚作家卡达莱的长篇小说《亡军的将领》（重庆出版社，2008）、祝万尼的长篇小说《重新站起来》（重庆出版社，1990）以及法道斯·阿拉比的长诗《血的警报》和科尔·雅科瓦的《维果的英雄们》（《世界反法西斯文学书系·阿尔巴尼亚卷》，重庆出版社出版 1992）和电影《亡军还乡》（中央电视台首播，1991）。另外翻译南斯拉夫作家荻克里奇的长篇小说《沼泽庄》（江西人民出版社，1984），以及西班牙伊巴涅斯的儿童故事《鲟鱼》（江西人民出版社，1981）。还著有散文集《来自南斯拉夫的报告》（世界知识出版社，1985）、《望儿山·多瑙河·紫禁城》（蓝天出版社，1993）等。

柴盛萱，曾用名柴盛宣、柴朴，1934 年出生于安徽萧县。1955 年至 1959 年在上海外国语学院学习俄语，1959 年被国家选派保加利亚学习塞尔维亚语。1963 年学成回国，先被分配到外交部翻译队工作，后借调到北京外国语学院，担任新创建的塞尔维亚—克罗地亚语教研组组长兼塞语教师。1976 年以后在国家旅游局、文化部外联局任职。1985 至 1995 年期间分别出任中国驻南斯拉夫大使馆、中国驻南联盟大使馆文化参赞。1982 年起先后在《诗刊》、《世界文学》等刊物发表译诗，主要译著有《戴珊卡·马克西莫维奇诗歌选》（陕西音像出版社，2010 年）等。2009 年获中国翻译协会授予的"资深翻译家"荣誉证书。

第七节　东欧文学研究和译介的薪火相传

20 世纪 90 年代对于东欧文学在中国的译介出版来说是一个相当困难的时期，文学在整体上都处于被边缘化的尴尬境地。随着一代卓有成就的东欧文学翻译家的退休——尽管他们实际上仍以不同方式继续参与东欧文学的研究和译介——东欧文学的翻译队伍青黄不接，人才断档凸显，而转型时期的东欧文学变局莫测，原有的国际交流渠道需要重建，这些都关乎到东欧文学的研究译介传统能否延续，在外国文学研究的格局中能否保持应有的体量和影响力。二十多年后的今天，当这项事业在一定程度上已经走出困境的时候，我们可以看到，它离不开笔耕不辍、中流砥柱的老一代翻译家，也离不开一批从事中东欧语言工作的中青年人员的坚守和努力，这方面承前启后、贡献突出的一位代表，就是中国社会科学院外国文学研究所的高兴。

高兴，1963 年出生于江苏吴江。1979 年考入北京外国语学院东欧语系罗马尼亚语专业，同时学习英语和罗马尼亚语。大学期间，迷恋文学，尤爱诗歌，阅读了大量中外文学作品。1983 年本科毕业后，考入北外罗马尼亚语专业攻读研究生，1987 年毕业获文学硕士学位，是我们国家高校中东欧语言文学专业的第一批取得硕士学位的专门人才。当年，他进入社科院外文所，到《世界文学》编辑部工作。从此，他把东欧文学的研究、翻译、编辑和出版作为了自己毕生的志业，以对文学的挚爱，把心中的理想与现实的工作紧密结合，虚心向前辈学习，借助《世界文学》杂志的工作平台，创造性地开展东欧文学的研究译介，取得了令人瞩目的成就。

在近三十年的编辑生涯中，高兴一直在孜孜不倦地编辑和出版东欧文学作品，在《世界文学》杂志和出版社先后推出了"斯特内斯库小辑"、"鲁齐安·布拉加诗选"、"塞弗尔特作品小辑"、"米沃什诗选"、"赫拉巴尔作品小辑"、"米兰·昆德拉作品小辑"、"希姆博斯卡作品小辑"、"凯尔泰斯·伊姆雷作品小辑"、"贡布罗维奇作品小辑"、"埃里亚德作品小辑"、"齐奥朗随笔选"、"霍朗诗选"、"克里玛小说选"、"布鲁诺·舒尔茨小说选"、卡达莱长篇小说《梦幻宫殿》等大量东欧作家的作品。这些作品在艺术性和思想性上都有一定分量，引起了读书界、评论界和出版界的关注，产生了较大的社会反响。

图 13-15　中东欧文学翻译家、编辑家和出版家高兴

2014 年，高兴出任《世界文学》主编。他适当调整办刊方向，努力打破外国文学领域长期存在的欧美中心主义，将目光投向了不少所谓"小国"和"弱国"的文学，包括东欧文学。在他看来，大国并不一定就意味着文学的优越，而小国也并不见得就意味着文学的贫乏。事实上，在读了太多的法国文学、美国文学、英国文学之后，不少中国读者一直期盼能读到一些小国的文学，比如非洲文学，比如东欧和南欧文学、北欧文学，比如大洋洲文学。他们希望面对迅速蔓延、但并不利于甚至扼杀文学个性和多样化发展的"全球化"，能够从小国文学中找到一种清新质朴而又独特的气息，一种真正属于并滋养生命和心灵的东西。

编辑工作之余，高兴长期从事研究、翻译、编辑和创作。他出版了《米兰·昆德拉传》、《布拉格，那蓝雨中的石子路》、《东欧文学大花园》等专著和随笔集。其中，专著《米兰·昆德拉传》（新世界出版社，2005）和文集《东欧文学大花园》

（湖北教育出版社，2007）都颇有特色。从 80 年代以来，昆德拉在中国一直受到关注。高兴在书中凭借多年的积累，通过种种迂回路径贴近昆德拉的生命，勾勒出他的人生轨迹，尽可能地呈现一个真实的昆德拉。在如何阅读和理解昆德拉的问题上，他提出了不少自己的观点，对西方语境中的昆德拉进行了一定的批判。该书出版后，被《文汇报》、《新华文摘》、《书摘》等数百家报刊和网站转载，受到读者的欢迎。在过去很长一段时间，东欧文学被染上了太多的艺术之外的色彩，一些作家和作品被夸大，另一些作家和作品又被低估，还有一些根本就被埋没。《东欧文学大花园》正是对东欧文学的一次重新打量和梳理。作者采用点击方式，简约线路加上基本景点，选取在作者看来最具代表意义的作家、作品和流派加以介绍，体现了一种新的构思和撰写策略

如何让读者领略到真正有价值的东欧文学作品，一直是高兴思考的问题。2010 年，他和花城出版社合作，开始主编国家出版基金资助项目和"十二五"国家重点出版项目"蓝色东欧"大型文学译丛。由于历史的缘故，东欧文学很容易让人联想到那些"红色经典"，为了更加客观地翻译和介绍东欧文学，突出东欧文学的艺术性，他和出版社为这一系列定名"蓝色东欧"，旨在让读者看到另一种色彩的东欧文学，同时也为东欧文学译者，尤其是中青年译者，提供一个宽阔的成长平台。"蓝色东欧"系列以小说作品为主，适当考虑优秀的传记、散文和诗歌等作品，翻译对象为 20 世纪东欧杰出作家，注重艺术性、代表性，兼顾当代性，尽量从原文译介。但由于东欧文学翻译队伍的现状，也选择了部分英语和法语权威版本转译。文学是能为一个国家、一个民族增添魅力的。它本身就是一个国家、一个民族魅力的一部分。高兴期望"蓝色东欧"能让中国的读者领略到东欧国家和东欧民族独特的魅力。"蓝色东欧"计划出版一百部东欧文学作品，到目前为止三十多部作品已同读者见面。

文学翻译一直是高兴热心做的事情。他的译作大部分都是东欧文学作品，诗歌、小说、散文都有，日积月累，已达数百万字。他的主要译著有《凡高》、《黛西·米勒》、《雅克和他的主人》、《安娜·布兰迪亚娜诗选》、《我的初恋》、《梦幻宫殿》、《托马斯·温茨洛瓦诗选》、《罗马尼亚当代抒情诗选》、《水的空白：索雷斯库诗选》、《十亿个流浪汉，或者虚无：萨拉蒙诗选》等。

此外，高兴还从事文学创作，发表散文和诗歌数百篇，出版《忧伤的恋歌：高兴诗歌和译

诗合集》等作品集，作品曾被收入几十种选本，并被译成英语、俄语、孟加拉语、波斯语、罗马尼亚语、捷克语、塞尔维亚语、亚美尼亚语、荷兰语、波斯语、越南语等。

作为国际文化交流的积极参与者，他参与过许多中外文学交流活动，其中比较有影响力的是青海湖国际诗歌节和西昌丝绸之路国际诗歌周。经他安排和邀请，迄今已有数十位东欧作家到访过中国，同中国文学界建立了联系。

几十年如一日，高兴犹如一名辛勤的文化使者，往返于中国文学和外国文学之间。谈到中国文学和外国文学的关系和影响时，高兴曾说："中国文学是我居住的老房子，我在这座老房子里生活，成长，和劳作。久而久之，它成为我生命的部分，渗入我的血液，确立我人生的基本姿态。这已不仅仅是影响的问题。而外国文学更像这座老房子里开建的新窗户，让我看到了更多的外部的景致，让我懂得了山外有山，拓展了我的视野，培育着我的想象力，给我带来了活力和新鲜感。"

近年来，我国翻译界和出版界对中东欧文学日益重视，研究和译者队伍也呈现出良好的势头。北京外国语大学欧洲语言文化学院的赵刚教授、北京外交人员服务局语言文化中心的乌兰教授等，在波兰文学翻译方面都已出版多部译著。中国国际广播电台俄东中心从事中东欧语言节目制作的青年专业人员，在利用新媒体为中国与中东欧国家民众之间铺路架桥的同时，也在越来越多地参与文学翻译。而新时期留学或移民中东欧国家的人员中，也不乏热衷文学翻译和创作的高手，匈牙利文学翻译家余泽民就是一位佼佼者，他在多部译著中表现出的艺术审美、文化底蕴和文字功力，以及他在文学翻译上的高产能力，受到了普遍好评。在新世纪的中东欧文学翻译方面，还有一批有重要影响的法语文学、英语文学翻译家加入其中，如在昆德拉作品系列的翻译方面，许钧译《不能承受的生命之轻》、余中先译《被背叛的遗嘱》、董强译《小说的艺术》，以及其他一些译家和译作，都为保持中东欧文学原著的思想性和艺术性，增加其影响力和生命力，起到了或许通过从原文直接翻译难以达到的效果。

结语：相约文学未来，共襄大业盛事

文化具有超越政治的力量。我以为，看不见、摸不着的文化，可以跳出政治藩篱，不同国度的人民之间的友谊是任何力量都无法阻止的。文化交流的重要性即在于此。[1]

——欧阳山尊（1914—2009）

世界上没有一个民族的声音，是应该被忽视的，尽管有的声音是如此微弱，但它却代表着一种尊严和存在！[2]

——吉狄马加

我们的愿望是：让中国文化走向世界，也让世界文化走向中国。[3]

——汤一介（1927—2014）

1. 欧阳山尊：《东欧之行的收获》，载中国对外文化交流协会主办《中外文化交流》（增刊），2014 年 9 月 20 日出版。

2. 吉狄马加为《世界文学》创刊六十周年的贺词，《世界文学》2013 年第 5 期。

3.《汤一介集》第七卷"面对中西文化"，北京：中国人民大学出版社，第 23 页。

纵观中国与中东欧地区民族之间的相互认知和交往的漫长历程，我们可以看到，如果从 13 世纪第一位踏上中国土地的波兰人本尼迪克特算起，至今已有近八百年的历史；而从 17 世纪初传教士利玛窦通过他绘制的《坤舆万国全图》为中国人带来最初的中东欧地理知识，也过去了四百年之久。伴随着东西方之间民族迁徙、铁骑逐鹿、宗教传播、文化交融、御敌强国、争取独立自由的历史大潮，中国与中东欧地区的民族从陌生到相识，从远望到亲近，构成了中外关系史上奇特而多彩的篇章。

中国与中东欧国家之间相距遥远，语言不通，文化迥异，因此在早期的相互了解过程中文字是主要的信息载体，作为语言文字艺术的文学作品又是一幅幅波澜壮阔、丰富生动的历史和社会风情画卷。从 19 世纪末 20 世纪初开始，中国与中东欧民族在历史的遇和际会中相互进入文学作品的移译印行时代，一代代文学家和翻译家以学习借鉴人类一切优秀文学来推进本国文学现代进程的历史担当，盗取"天火"照亮人心，启蒙思想以振兴国运，通过他们的才智和创造性劳动，使一大批文学作品进入了对方的知识和审美视野，对于不断加深中国与中东欧国家广大民众的相互认知、理解、欣赏和友爱，起到了无法替代的作用。无论是中国文学对"弱小民族文学"译介的选择，还是中东欧国家文学以对东方华夏风物的审美追寻，还是根据特定时期政治文化需要为从彼处寻求精神力量而进行的文学接受，都体现着一个国家在从传统转向现代的过程中对优秀的外国文学采取的开放包容主动摄取的积极姿态。正是通过这种本国文学发展的内在需求与外国文学译介的择取向度的契合，一个民族或国家的文学获得了生命的滋养，在文学创作、文学审美、文学理论等各个方面不断丰富塑造着自身个性并在世界范围展示着无穷魅力。

在回顾中国与中东欧国家的文学交流时可以看到，不同历史时期的世界政治环境、译者队伍、出版条件等，都对文学作品的互译出版产生了很大影响。从鲁迅时期到新中国之初，再到改革开放的新时期，中东欧文学的翻译家、研究家和出版家筚路蓝缕，成就斐然。中东欧国家对中国文学的译介出版也始终前行，不断推新。在经过 20 世纪 90 年代的中东欧政治经济变局和文化出版时艰后，21 世纪之初，中国与中东欧国家的文学交流迎来了全新的历史性机遇。

近年来，中东欧国家对中国文学和文化的译介出版普遍升温。互联网技术使信息无比畅通，青年一代的国际流动日益活跃，阅读和审美也呈现出前所未有的开放和多元。特别是新世纪以来兴建的"孔子学院"和政府主导互设的国家文化中心，为中国和中东欧的广大民众加深彼此之间的了解搭建了一个个信息和友好的平台。

中东欧国家的知识界和出版界不仅对中国的传统文化一直保持着很高的兴趣，而且对于当代中国的关注也越来越多。在当代文学方面，莫言的作品颇受重视。在他获诺贝尔奖之前，波兰就翻译出版了《酒国》（*Kraina wóldki*，2006），罗马尼亚出版了《红高粱》（*Sorgul roşu*，2008）。2012 年他获诺贝尔奖后，中东欧各国更是争相译介出版他的作品。例如，罗马尼亚人文出版社连续推出了罗文本的《生死疲劳》（*Obosit de viaţă, obosit de moarte*，2012）、《天堂蒜薹之歌》（*Baladele usturoiului din Paradis*，2013）、《蛙》（*Broaşte*，2014）、《酒国》（*Ţara Vinului*，2014）等。铁凝、吉狄马加、苏童、余华、高晓声等一批当代著名作家和诗人的作品，在中东欧国家也都有不同程度的译介。在中东欧国家的各种国际诗歌节和书展上，有越来越多的中国作家和优秀作品出现。

在中国，一度被边缘甚至遗忘的东欧文学重新进入了出版界的视野。广东花城出版社有限公司策划、高兴主编的大型文学丛书"蓝色东欧"，以上百卷的规模对现当代中东欧文学作新的发掘和系统引进，在体量上超过任何一个时期，因而被纳入"十二五"国家重点出版规划，列为国家出版基金资助项目。对一些有重要国际影响的作家，国内出版界已经突破了过去以引进单部作品为主的做法，转向版权整体引进和系列化出版的新模式。继 2003 年上海译文出版社的"米兰·昆德拉作品系列"（14 种）之后，吉林出版集团有限责任公司在 2008 年推出罗马尼亚域外作家诺曼·马内阿的作品系列（《黑信封》等 3 种），人民文学出版社在 2011 年出版波兰文学巨匠《显克维奇选集》（8 卷本），浙江文艺出版社在 2015 年推出阿尔巴尼亚作家伊斯梅尔·卡达莱作品系列（《H 档案》、《金字塔》等 3 种），译林出版社推出匈牙利作家马洛伊·山多尔的作品系列（《烛烬》、《伪装成独白的爱情》等 6 种），还有其他一些正在翻译出版过程中的系列作品。这些都说明中东欧国家文学的独特价值，以及中国翻译界和出版界对引进这些国家的名家名作的充分认同和积极态度。

除传统的作品翻译出版、作家代表团互访外等形式的文学交流外，由中国文学界主办的国际文学节和设立的文学奖正在成为促进文化互动的重要平台，在国际上产生越来越大的影响，向世界传递着中国学者的文学立场和审美视角。人民文学出版社和中国外国文学学会从 2002

年开始联合主办"21 世纪年度最佳外国小说"国际文学作品评选和出版活动，2014 年度获奖作品有罗马尼亚作家弗洛林·拉扎雷斯库的《麻木》。由青海省人民政府、中国诗歌学会等主办的青海湖国际诗歌节也是一个范例，它从 2007 年 8 月至今，已经成功地举办了 5 届，中东欧国家有几十位诗人陆续参加过该诗歌节。2011 年，诗歌节的组委会和评奖委员会将第二届金藏羚羊国际诗歌奖授予立陶宛诗人托马斯·温茨格瓦。另一个重要的国际诗歌活动及奖项"诗歌与人·诗歌奖"，由诗人黄礼孩主编的杂志《诗歌与人》在 2004 年创立，经过多年努力其影响力不断上升。斯洛文尼亚的诗人托马斯·萨拉蒙在 2012 年、波兰诗人亚当·扎嘎耶夫斯基在 2014 年分别获得该奖。

随着"一带一路"建设和中国-中东欧国家"16+1 合作"的全面展开，文化领域的国际合作也愈加丰富，大型的文化和文学图书翻译出版项目陆续推出。2015 年，北京出版集团与捷中文化交流协会合作，在布拉格搭建了中国文学面向中东欧国家的推介平台"十月作家居住地·布拉格"。中国新闻出版代表团访问阿尔巴尼亚期间与阿方签署了《中阿经典图书互译出版项目合作协议》，双方在 5 年内翻译出版 50 部作品。这预示着中国与其他中东欧国家之间的类似合作也会相继展开。

中国的戏剧界对中东欧国家戏剧也表现出新的热情。2015 年波兰弗罗茨瓦夫剧院来华演出了克里斯蒂安·陆帕的最新作品史诗话剧《伐木》和亚当·密茨凯维奇的诗剧《先人祭》，捷克喷火剧团在天津上演瓦茨拉夫·哈维尔原著、皮特·布哈克导演的话剧《反语》，都受到中国观众热烈欢迎。古老的文学也在通过与其他一些新的艺术、传媒和出版形态的结合，更为生动地反映其深厚的内涵、灵动的思想和唯美的追求。

历史又一次给我们以机遇，让我们留住文学，阅读和书写文学，相约心灵与未来。

我们相信，中国与中东欧国家之间的文学交流一定会在无数前人共同奠定的基础上，继续成为关注人类命运、体现人文关怀、放射理性光芒、关照当下现实的重要方式，在国之交民相亲心相通的广阔时空中精彩纷呈，暖意无穷，熠熠生辉。

中国－中东欧国家文学（文化）交流大事记稿

公元前 139 年（西汉建元二年）

汉武帝派遣张骞出使西域，前后十余年，获得大量西域资料，司马迁称张骞此行为"凿空"。

公元 73 年（东汉永平十六年）

班超随从大将军窦固出击北匈奴，并奉命出使西域，重新打通隔绝 58 年的丝绸之路。

97 年（东汉永元九年）

班超派副使甘英出使大秦国（罗马帝国），到达条枝海（今波斯湾），临海欲渡，由于安息国海商的婉言阻拦，未能实现。

100 年（东汉永元十二年）

罗马帝国属下的蒙奇（马其顿）、兜勒（色雷斯）地区遣使到洛阳，向汉和帝进献礼物。汉和帝厚待两地来使，赐予两国国王最高荣誉的紫绶金印。

约 374 年（东晋宁康年间）

北匈奴的一支被逐出漠北地区继续西徙后，开始进入东欧。

1236—1241 年（元太宗八年至十三年）

蒙古汗国第二次西征，窝阔台汗派遣拔都等诸王征服伏尔加河以西诸国。1241 年，蒙古军队分别大败西里西亚的波兰大公"虔诚者"亨利克二世率领的联军、匈牙利国王贝拉四世率领的匈牙利军队。

1246 年（蒙古定宗元年；南宋淳祐六年）

意大利方济各会修士柏朗嘉宾受教宗英诺森四世派遣出使蒙古，波兰人本尼迪克特（Benedykt Polak）随行，成为中外史料中记载的第一位到达东方和中国并留有口述文献的波兰人。

1275 年（元至元十二年；南宋德祐元年）

出生于今天克罗地亚的科尔丘拉岛城的世界著名旅行家和商人马可·波罗，跟随父亲和叔叔前往中国，到达元大都（今天的北京）并朝见蒙古帝国的忽必烈大汗。

1602 年（明万历三十年）

意大利天主教耶稣会传教士利玛窦（Matteo Ricci, 1552—1610）在北京绘印《坤舆万国全图》，第一次引入部分中东欧的地理专名及其汉语译名。

1616 年（明万历四十四年）

达尔马提亚（今克罗地亚）传教士邬若望（Johann Ureman, 1583—1621）到达澳门。

1623 年（明天启三年）

意大利传教士艾儒略（Giulio Aleni, 1582—1649）在杨廷筠协助下完成《职方外纪》，其中有专节介绍波兰。

1626 年（明天启六年）

立陶宛传教士卢安德（Andrius Rudomina, 1596—1631）到达澳门。

1644 年（明崇祯十七年，清顺治元年）

波兰传教士卜弥格（Michał Boym, 1612—1659）到达澳门。在中国期间，编纂了第一部汉语—拉丁语词典，绘制了中国各省地图，编有《中国植物志》等书，并作为南明使者返赴欧洲沟通罗马教廷。

1658 年（明永历十二年，清顺治十五年）

匈牙利传教士白乃心（Grueber Jean, 1623—1680）到达澳门，翌年以数学家和画师身份进入北京宫廷，后与比利时人吴尔铎结伴穿越西藏。

1676 年（清康熙十五年）

罗马尼亚人尼古拉·斯帕塔鲁·米列斯库（Nicolae Spătarul Milescu, 1636—1708）受俄国沙皇派遣，率 150 余人使团到达北京。留有《西伯利亚纪行》、《出使中国奏疏》和《中国漫记》等著述 3 种。

1680 年代

波兰国王杨·索别斯基三世（Jan III Sobieski）在华沙的维兰努夫行宫里建造了"中国厅"，陈列来自中国的瓷器、家具、工艺和绘画等。

1716 年（清康熙五十五年）

波希米亚（捷克）耶稣会士严嘉乐（Karel Slaviček, 1678—1735）到达广州，后入京城供职宫廷，通过书信向欧洲教会和科学界介绍不少有关中国的情况，被后人辑为《中国来信》。

1725 年（清雍正三年）

波斯尼亚—黑塞哥维那的塞尔维亚人萨瓦·卢基奇·弗拉季斯拉维奇（Sava Vladislavić，1668—1738）受俄国女皇叶卡捷琳娜派遣，率 120 人使团出使中国。为俄国宫廷写有《关于中国的实力和情况的秘密报告》。

1738 年（清乾隆三年）

斯洛文尼亚传教士刘松龄（August von Hallerstein，1703—1774）到达澳门，后入京城，在清朝钦天监任职 30 年，升至监正，官居三品。

1785 年

在波兰的克拉科夫雅盖沃大学开始有人讲授孔子学说。

1795 年

罗马尼亚雅西主教公署翻译刊印法国人撰写的《世界地理》，包含专门章节介绍中国。

1819 年

匈牙利人乔玛·山多尔（Kőrösi Csoma Sándor，1784—1842）从匈牙利出发，开始东方之旅。

1834 年

乔玛·山多尔编纂的世界上第一部《藏英词典》和《藏语语法》出版。

1839 年（清道光十九年）

林则徐主持编译《四洲志》。这是近代中国第一部相对完整的世界地理志书，其中波兰列为单独一章，另有关于匈牙利、捷克、罗马尼亚等其他中东欧民族的信息。

1842 年（清道光二十二年）

魏源以《四洲志》为基础，编著《海国图志》，初刊五十卷本，后补成百卷。这是近代中国第一部较为系统详尽介绍世界地理历史知识的综合性图书，其中包含许多有关中东欧民族和国家的信息。

1848 年（清道光二十八年）

徐继畬编纂《瀛寰志略》，正文凡十卷三十五章，图 43 幅，是东方第一部系统之世界地理著作，亦收录大量有关中东欧民族和国家的信息。

1868 年

奥匈帝国派遣"多瑙河"号和"弗里德里希大公爵"号两艘巡洋舰远航东亚，桑图斯·亚诺什等三位匈牙利人随船同行。

1869 年（清同治八年）

清朝与奥匈帝国建立外交关系，签订"条约四十五款，通商章程九款，税则一册"。

1875—1876 年

匈牙利贵族泽齐·约瑟夫伯爵和其弟泽齐·阿戈斯特对东亚进行为期十个月的旅行，其间两个多月在中国，留有日记。

1878 年

捷克人弗兰基谢克·楚布尔根据德文本将老子的《道德经》节译为捷克文出版。

1870 年代

罗马尼亚作家瓦西列·阿列克山德里创作中国题材的诗作《满大人》和《中国风景诗》。

1880 年

5 月，罗马尼亚卡洛尔亲王致函世界主要国家，通告独立，表达友善。函件通过外交渠道传递清朝光绪帝，时任中国驻英、法公使曾纪泽日记亦有记载。

罗马尼亚作家蒂图·马约雷斯库根据德文转译《今古奇观》之《庄子休鼓盆成大道》，刊登在当年《文学谈话》杂志第 8、9 期。

1881 年

捷克作家尤利·泽耶尔（Julius Zeyer, 1841—1901）开始创作"中国风格故事"，陆续发表小说《汉宫之背叛》（1881）、《桃花园中的幸福》（1882）和诗剧《比干的心》（1884）。

1882—1883 年

匈牙利人霍普·费伦茨（Hopp Ferenc, 1833—1919）环球旅行期间到达中国。

1897 年

捷克东方学家鲁道夫·德沃夏克（Rudolf Dvořák, 1860—1912）与诗人雅罗斯拉夫·维尔克里茨基合作翻译出版《诗经》。

1898 年（清光绪二十四年）

康有为向光绪帝进呈《波兰分灭记》，凡七卷，陈述波兰亡国之惨痛历史，鉴观晚清现实，力推变法。

中东铁路开工修建。此后，波兰、立陶宛、拉脱维亚、爱沙尼亚、捷克、匈牙利、罗马尼亚、塞尔维亚等中东欧国家侨民开始陆续来到中国东北，参与铁路建设，并以哈尔滨为中心开办工商业，形成了不同社区。

1902 年（清光绪二十八年）

薛福成主持，吴宗濂、郭家骥合译《土耳其国志》，内含《罗马尼亚国志》、《塞尔维亚国志》、《布加利亚国志》和《门得内各罗国志》。

罗马尼亚诗人乔治·考什布克以中国传说故事为题材，创作叙事诗《石头狮子》，发表在《宇宙文学报》第 14 期。另写有"中国诗"《皇位之争》。

1903 年

匈牙利驻华领事官员路德维格·埃尔诺将《笑林广记》中的 82 个故事翻译成匈牙利文，由雅典娜出版公司在匈出版。

1904 年（清光绪三十年）

中国近代京剧作家、表演艺术家汪笑侬以波兰亡国史为题材，创作了新京剧《瓜种兰因》（一名《波兰亡国惨》、《亡国惨史》），8 月 7 日在上海春仙茶园首演。

罗马尼亚历史学家尼古拉·约尔卡编写出版《远东的战争: 中国、日本、亚洲的俄国》一书，介绍了中国的历史、文化和传统，提出发展对华关系。

1906 年（清光绪三十二年）

翻译家吴梼从日文转译了波兰作家显克微支的小说《灯台守》（今译《灯塔看守人》），刊载于《绣像小说》第 68—69 期。

鲁迅在日本留学，弃医从文，学习德文、俄文，搜集德译本的弱小民族小说。

罗马尼亚人伯伊里亚努撰著的《中华文明简编》

1907 年

波兰诗人和翻译家莱米鸠什·科维亚特科夫斯基编著的《中国文学》一书在华沙出版。

1908 年（清光绪三十四年）

2—3 月，鲁迅的《摩罗诗力说》刊发在《河南》月刊第 2、3 号，署名令飞。他在文中介绍了波兰的密茨凯维奇和斯沃瓦茨基、匈牙利的裴多菲等浪漫主义爱国诗人，其中对波兰诗人以专节（八）论述，对密茨凯维奇的介绍最为突出。

7—8 月，康有为游访匈牙利、塞尔维亚、保加利亚、罗马尼亚等国，并写下《匈牙利游记》和《欧东阿连五国游记》。

9 月，[匈牙利] 育珂摩尔著，周逴译《匈奴奇士录》由上海商务印书馆印行，为"欧美名家小说"之一种。

10 月，李石曾从法文翻译的波兰戏剧家廖亢夫的三幕话剧《夜未央》单行本由广州革新书局印行。

1909 年（清宣统元年）

2 月、6 月，[波兰] 显克微支等著，周作人、周树人译《域外小说集》（一、二），译者自刊，由日本东京神田印刷所印刷。

1914 年

4 月，[波兰] 显克微支著，周作人译《炭画》由上海文明书局印行。

1917 年

3 月，周瘦鹃编译《欧美名家短篇小说丛刊》由上海中华书局印行，全书分三卷，收译作 50 篇，其中包括匈牙利和塞尔维亚作家的作品。

1918 年

罗马尼亚人米哈伊尔·内格鲁编著的《中国文明与思想举要》出版。

1921 年

10 月，在茅盾（沈雁冰）主持下，《小说月报》推出"被损害民族的文学号"（第十二卷第十号），第一次集中介绍包括波兰、捷克、塞尔维亚、保加利亚、克罗地亚、立陶宛、拉脱维亚、爱沙尼亚等中东欧民族的文学作品。

1922 年

11 月，茅盾在《小说月报》第十三卷第十一号的"海外文坛消息"栏发表短文《罗马尼亚两大作家》，介绍了罗马尼亚诗人爱明内斯库和剧作家扬·卢卡·卡拉迦列。

波兰东方学协会成立。

1924 年

3 月，诗人朱湘根据罗马尼亚旅法女作家埃列娜·沃格雷斯库以法语辑刊的《丹博维查的歌者》翻译《路曼尼亚民歌一斑》，由上海商务印书馆印行，为"文学研究会丛书"之一种。

1925 年

4 月，[波兰] 科诺布涅支加等著、周作人等译《波兰文学一脔》（上、下）由上海商务印书馆印行，为小说月报社编辑"小说月报丛刊"之四十二、四十三。

1926 年

9 月，[捷克] 加贝克著、余上沅译《长生诀》（原名 The Makropoulos Secret）由北新书局印行。

1927 年

8 月，[匈牙利] 育珂摩耳著、周作人译《黄蔷薇》由上海商务印书馆印行。

1928 年

3 月，[波兰] 显克微支著，王鲁彦译《显克维支小说集》由上海北新书局刊行。

5 月，[匈牙利] 莫尔纳著，沈雁冰译《雪人》由上海开明书店印行。

6 月，[波兰]L. Kampf 著，石增、苇甘译《蒙地加罗》由上海光华书局印行。

[保加利亚] 跋佐夫等著，胡愈之译小说散文集《星火》由上海现代书局发行。

10 月，[波兰] 显克微支著、叶灵凤译《蒙地加罗》由上海光华书局印行。

11 月，[波兰] 显克微支著、张友松译《地中海滨》由上海春潮书局印行。

12 月，[匈牙利] 尤利勃海著，钟宪民译《只是一个人》由上海光华书局印行，为"世界名著选"之一种。

匈牙利语言学家李盖蒂·拉约什开始对内蒙古进行为期两年的田野调查。

1929 年

6 月，[波兰] 先罗什伐斯基著、鲁彦译《苦海》由上海亚东图书馆印行。

7 月，[波兰] 奥西斯歌著、钟宪民译《玛尔达》由上海北新书局印行，为"欧美名家小说丛刊"之一种。

8 月，[捷克] 斯惠忒拉著、真吾译《波希米亚山中故事》由上海合记教育用品社发行，为"朝花小集"之一。

[捷克] 史万德孩著、杜衡译《一吻》由上海真美善书店发行。

9 月 18 日，国民政府外交部长王正廷与波兰驻华代表渭登涛 (Jozef Barthel de Weydenthal) 分别代表本国政府在南京签署了《中波友好通商条约》，两国正式建立外交关系。

11 月，[匈牙利] 海尔密尼亚·至尔·妙伦著、许霞译《小彼得》由上海春潮书局印行。

1930 年

2 月 12 日，国民政府外交部长王正廷和捷克斯洛伐克全权代表倪慈都在南京签署《中捷友好通商条约》，两国正式建立外交关系。

3 月，[波兰] 莱芒脱等著、鲁彦译《在世界的尽头》由上海神州国光社出版。

4 月，[波兰] 廖抗夫著、巴金译《前夜》由上海启智书局出版、发行。

[波兰] 阿尔塞斯基著，钟心见、杨昌溪译《两个真诚的求爱者》由支那书店发行。

9 月，[波兰] 波来斯拉甫·普鲁士著、杜衡译《哨兵》由上海光华书局印行。篷子、徐霞村、杜衡主编"欧罗巴文艺丛书"之一种。

10 月，[匈牙利]R. Markovits 著、林疑今译《西伯利亚的戍地》由神州国光社出版。

1931 年

6 月，[南斯拉夫] 米耳卡·波嘉奇次著、鲁彦译《忏悔》由上海亚东图书馆印行。

10 月，[匈牙利] 裴多菲·山大著、孙用译《勇敢的约翰》由上海湖风书局印行。

11 月，[匈牙利] 拉茨科著、屠介如译《战中人》由北平北新书局出版、发行。

1932 年

9 月，[罗马尼亚] 依斯特拉谛著、贺文林译《舅舅昂格尔》由上海中华书局印行，列为"现代文学丛刊"之一。

10 月，[匈牙利] 巴基著、巴金译《秋天里的春天》由上海开明书店出版、发行。

波兰华沙大学成立东方学院。

捷克汉学家雅罗斯拉夫·普实克在捷克斯洛伐克东方研究所出资支持下，来到中国进行了历时两年半的学术考察，其间结交了鲁迅、胡适、郭沫若、冰心、徐志摩、郑振铎等中国现代著名作家。

1933 年

1 月，[匈牙利] 拉兹古等著、蒋怀青译《重回故乡》由上海湖风书局出版，列入"世界文学名著译丛"。

4 月，[波兰] 戈尔扎克等著、孙用译《春天的歌》由上海中华书局印行，为"现代文学丛刊"之一种。

1934 年

1 月，[捷克] 波生那·肯美特卡等著、彭成慧译《同路人》由上海民智书局总发行，为彭成慧主编"民智文学丛书"之一。

3 月，[罗马尼亚] 沙垛维纽等著、杨彦劬译《罗马尼亚短篇小说集》由上海商务印书馆印行。

5—6 月，《文学》杂志和《矛盾》月刊分别推出"弱小民族文学专号"，集中介绍了包括波兰、立陶宛、爱沙尼亚、匈牙利、捷克、南斯拉夫、罗马尼亚、保加利亚等中东欧国家在内的文学作品。

4 月，[匈牙利] 尤利·巴基著、钟宪民译《牺牲者》由上海现代书局出版、总发行。

5 月，[罗马尼亚] 巴拉衣·依斯特拉蒂著、贺文林译《基拉·基拉林娜》由上海商务印书馆印行。

1936 年

5 月，[捷克] 加伯克等著、黎烈文等译《弱小民族小说选》由上海生活书店发行，为世界知识社编辑"世界知识丛书"之二。

7 月 21 日，鲁迅专门为普实克翻译的《呐喊》捷文本写下序言，该书 1937 年在布拉格出版。

9 月，[波兰] 式曼斯奇等著、施蛰存选译《波兰短篇小说集》（上、下）由上海商务印书馆印行，为"汉译世界名著"、王云五主编《万有文库》第二集之一种。

克思法路提等著、施蛰存译《匈牙利短篇小说集》由上海商务印书馆印行，为"汉译世界名著"、王云五主编《万有文库》第二集之一种。

1937 年

2 月，[南斯拉夫] 希摩诺微支著、徐方西译《环》由上海商务印书馆印行，为"世界文学名著"之一种。

1940 年

1 月，[匈牙利] 弗兰致·摩那著、芳信译七幕剧《李力昂》由剧艺出版社印行。

10 月，[保加利亚] 伐作夫等著、于道源译《保加利亚短篇小说选》由昆明中华书局出版、发行。

1941 年

3 月，[匈牙利] 霍尔发斯著、黎列文译《第三帝国的士兵》由福建永安改进出版社印行，列为"现代文艺丛刊"第二辑之一。

4 月，[波兰] 华西列芙丝嘉著、穆俊译《被束缚的土地》由香港海燕书店出版，列入"国际文学译丛"之二。

1942 年

11 月，[匈牙利] J. 海尔泰等著、萧聪等译《三姊妹》由桂林萤社发行，列为陈原主编"弱小民族小说选"之一种。

11 月，[波兰] W. 瓦西柳斯卡著、苏桥译《泥淖上的烈焰》由桂林建文书店出版、发行。

1943 年

9 月，[波兰] 显克维支著、王鲁彦译《老仆人》由桂林文学书店印行，列为姜凤笙编辑"翻译丛刊"之一种。

罗马尼亚作家、文学评论家和文学史家乔治·克林内斯库根据中国古代神话故事创作了话剧《舜帝》，全名《舜帝——平安大道》。

1944 年

5 月，[匈牙利] 柯曼地著、朱梅隽译《撒旦的悲哀》由重庆独立出版社印行。

5、6 月，[匈牙利] 培拉·伊诺斯著、郑伯华译《喀尔巴阡山狂想曲》（一、二）由桂林远方书店印行，列为"世界文学集丛"之一。

1945 年

10 月，[保加利亚]A. 卡拉列舍夫等著、施蛰存译《老古董俱乐部》由福建永安十日谈社印行，"北山译乘"第一辑之二。

12 月，[保加利亚] 卡拉佛洛夫等著、孙用译《保加利亚小说集》由上海正言出版社出版、发行。

[波兰] 显克微支著、施蛰存译《战胜者巴尔代克》由福建永安十日谈社印行，"北山译乘"第一辑之三。

1946 年

6 月，[保加利亚] 康斯坦丁诺夫著、闵凡译《甘佑先生》由上海云海出版社印行。

1947 年

捷克作家尤利乌斯·伏契克的纪实文学作品《绞刑架下的报告》由刘辽逸译成中文，以《绞索套着脖子时的报告》为书名先后由生活·新知·读书三联书店等多家出版社出版。

1948 年

6 月，[保加利亚]D. 奈米洛夫等著、巴金译《笑》由文化生活出版社印行，列为"翻译小文库"之十。

11 月，[波兰] 显克微支著、费明君译《你往何处去？》由上海神州国光社出版。

[波兰] 莱蒙脱著、费明君译《农民》（一至四）由上海神州国光社出版。

1949 年

4 月 20 日，由郭沫若为团长，刘宁一、马寅初为副团长，郑振铎、丁玲、田汉、曹禺、曹靖华、艾青、徐悲鸿、萧三、戈宝权等文艺界和学术界著名人士共 40 人的中国代表团出席在布拉格召开的世界和平大会。

10 月 1 日，中华人民共和国举行开国大典。

10 月 4 日，中华人民共和国与保加利亚人民共和国建立外交关系。

10 月 5 日，中华人民共和国与罗马尼亚人民共和国建立外交关系。

10 月 6 日，中华人民共和国分别与匈牙利人民共和国和捷克斯洛伐克共和国建立外交关系。

10 月 7 日，中华人民共和国与波兰共和国建立外交关系。

11 月 23 日，中华人民共和国与阿尔巴尼亚人民共和国建立外交关系。

[爱沙尼亚] 贝德尔生等著、孙用译《美丽之歌》由上海中兴出版社印行。

魏荒弩根据世界语版转译的《捷克艺文选》由上海光华山版社刊行。

1950 年

3 月，诗人、学者和翻译家冯至代表全国文联出访东欧，先后参加庆祝匈牙利解放五周年纪念大会和捷克斯洛伐克解放五周年纪念大会。

3—5 月，诗人、学者、翻译家冯至随代表团出访苏联、匈牙利和捷克斯洛伐克，后出版《东欧杂记》。

8 月，新中国派遣由 28 人组成的大型代表团赴捷克首都布拉格出席世界大学生联合会第二次代表大会。

新中国与波兰、捷克斯洛伐克、匈牙利、罗马尼亚和保加利亚互换首批留学生。

上海文化工作社在"世界文学译丛"中推出了孙用在 1948 年译成的波兰大文豪密茨凯维支的史诗作品《塔杜须先生》。

南斯拉夫贝尔格莱德教育出版社出版鲁迅的《阿Q正传》，译者是作家、诗人、翻译家拉多万·佐戈维奇。

1951 年

4 月 3 日，签订《中华人民共和国与波兰共和国文化合作协定》。这也是新中国与东欧国家签订的第一个文化协定。

7 月 2 日，签订《中华人民共和国与匈牙利人民共和国文化合作协定》。

11 月，巴金作为中国代表团成员，赴波兰出席第二届世界保卫和平大会，对波兰进行了两周的访问，回国后写有《华沙城的节日》。

12 月 12 日，签订《中华人民共和国与罗马尼亚人民共和国文化合作协定》。作家奥雷尔·巴琅格随罗马尼亚文化代表团访华。

1952 年

4 月，保加利亚作家伐佐夫的长篇小说《轭下》由施蛰存根据英译本转译，文化工作室出版。

5 月 6 日，签订《中华人民共和国与捷克斯洛伐克共和国文化合作协定》。

7月14日，签订《中华人民共和国与保加利亚人民共和国文化合作协定》。

7月，罗马尼亚作家米哈伊尔·萨多维亚努的中篇小说《泥棚户》由黎声翻译，上海平明出版社出版。

9月，根据中国和保加利亚政府间的文化协定，北京大学教师朱德熙作为新中国派往保加利亚的第一位汉语教师赴索非亚大学任教。

东欧多国先后翻译出版毛泽东的《在延安文艺座谈会上的讲话》，并以不同方式纪念该讲话发表十周年。

中国作家丁玲的《太阳照在桑干河上》，周立波的《暴风骤雨》，贺敬之、丁毅的《白毛女》等三部作品，在1951年获斯大林奖金前后，陆续被译成多种中东欧语言出版。其中《太阳照在桑干河上》有立陶宛文、拉脱维亚文、罗马尼亚文、捷克文、匈牙利文、波兰文、保加利亚文、斯洛文尼亚文等译本；《暴风骤雨》有匈牙利文、捷克文、罗马尼亚文等译本。电影和歌剧《白毛女》在捷克等国上演。

捷克斯洛伐克科学院东方研究所建立"鲁迅图书馆"，有各类藏书5万多卷，是中欧地区最大的中文图书馆，汉学家雅罗斯拉夫·普实克院士为该馆的建成贡献卓著。

1953 年

4月，罗马尼亚戏剧家扬·卢卡·卡拉迦列的代表作四幕剧《失去的信》经余亢詠翻译，由上杂出版社出版。

4月—5月，作家老舍和剧作家骆文在布拉格观摩捷克斯洛伐克全国职业剧团会演。

11月，郑振铎访问波兰，出席中国古代诗人屈原的纪念活动。

1954 年

5月，孙用译的《密茨凯维支诗选》由作家出版社出版。

9月，北京大学设立波兰语和捷克语专业，隶属俄罗斯语言文学系。

10月，孙用译的《裴多菲诗选》由作家出版社出版。

诗人田间和冯至出访民主德国、罗马尼亚、保加利亚，写作《欧游札记》。

1955 年

1月2日，中华人民共和国与南斯拉夫联邦人民共和国建立外交关系。

2 月，海观等译的《普鲁斯短篇小说集》由作家出版社出版。

4 月，施蛰存等译《显克维支短篇小说集》由作家出版社出版。

5 月，罗马尼亚《卡拉迦列戏剧选集》由齐放根据布加勒斯特出版的法文本转译，作家出版社出版。

9 月 30 日，根据中罗文化合作协定 1955 年执行计划，罗马尼亚作家彼得鲁·杜米特里乌和国家奖金得奖者杰奥·博格扎抵京访华。

11 月 26 日，中国作家协会在北京举行报告会，纪念波兰伟大诗人密茨凯维支逝世一百周年。报告会由中国作家协会副主席老舍主持，波兰驻华大使馆代表杜欣斯基在会上介绍了密茨凯维支的生平和作品。戈宝权、陈白尘、孙用、臧克家等文艺界人士，以及波兰驻华大使馆临时代办马伊曼、波兰对外文化合作委员会代表爱华·冯索维奇、北京大学波兰文专家契日克等出席报告会。

11 月，立陶宛国家文艺书籍出版局出版了作家温茨洛瓦著的《中国旅行记》。温茨洛瓦在 1954 年随苏联文化代表团访问中国。作者书中饶有兴趣地叙述了中国人民在发展工业和文化艺术方面的成就，以及新中国农村中所发生的巨大变化。

1956 年

4 月，捷克作家哈谢克的《好兵帅克》经萧乾从英文转译，作家出版社出版。

春，中央实验歌剧院排演匈牙利作家西兹马瑞克·马蒂阿斯等创作的三幕六景喜歌剧《小花牛》。

9 月，北京外国语学院建立罗马尼亚语专业。

10 月 19 日，鲁迅先生逝世 20 周年纪念大会在北京隆重举行，周恩来总理出席。大会由中国科学院院长、中国文学艺术家联合会主席郭沫若主持。南斯拉夫作家伊伏·安得利奇、阿尔巴尼亚作家斯捷利奥·斯巴赛、波兰作家魏得志、保加利亚作家尼古拉·马里诺夫、罗马尼亚作家阿乌埃勒·米哈尔、匈牙利作家萨米奥·乔治、捷克斯洛伐克作家沙利·斯蒂芬等先后发表讲话。

《阿尔巴尼亚短篇小说集》由屠珍、梅绍武译，上海新文艺出版社出版。

1957 年

1 月，斯洛文尼亚《普列舍伦诗选》由张奇、水建馥译，人民文学出版社出版。

4 月，斯洛文尼亚作家伊凡·参卡尔的小说《老管家耶尔奈》由黄星圻、郭开兰译，人民文学出版社出版。

5 月 3 日，根据中捷文化合作协定 1957 年执行计划，捷克斯洛伐克作家扬·德尔达和亚雷希抵京访华。

6 月，南斯拉夫作家塔夫卡等著《南斯拉夫短篇小说集》由高骏千等译，作家出版社出版。

9 月，波兰汉学家、波中友协理事雅布翁斯基教授访华，参观北京俄语学院并与波兰语专业师生座谈。

10 月 16 日，保加利亚作家协会主席团委员、散文创作委员会主席科拉罗夫和诗人密托吉耶夫来华访问。

17 日，波兰文艺理论批评家卡尔斯特和诗人卡尔波维奇来华访问。

郑振铎和作家柯灵等人访问保加利亚，10 月再次访问捷克斯洛伐克。

12 月，捷克作家聂姆曹娃的长篇小说《外祖母》由吴琦译，人民文学出版社出版。罗马尼亚的《斯拉维支小说集》由高骏千等译，人民文学出版社出版。

年底，天津人民艺术剧院上演罗马尼亚作家霍里亚·罗维奈斯库的三幕六场话剧《堡垒在崩溃》。

1958 年

2 月，罗马尼亚的《克里昂加选集》由洪有纾等译，人民文学出版社出版。

7 月，《季米特洛夫论文学、艺术与科学》由杨燕杰、叶明珍译，人民文学出版社出版。

8 月 1 日，根据中匈文化合作协定 1958 年执行计划，匈牙利作家贝尔盖西·安德烈什抵京访华。

8 月 24 日，中国作家协会与北京图书馆联合举行阿尔巴尼亚诗人米吉安尼逝世 20 周年纪念会。出席活动的有楚图南、老舍、萧三、戈宝权等中国文化界人士，以及阿尔巴尼亚驻华大使巴利里、一等秘书比诺和诗人恰奇。

9 月 28 日，罗马尼亚布拉索夫市民族剧院首演郭沫若创作的中国历史剧《屈原》。

匈牙利政府向中国翻译家孙用授予劳动奖章,以表彰他在译介匈牙利著名诗人裴多菲作品方面的贡献。

1959 年

1 月,根据中国阿尔巴尼亚文化合作协定 1958 年执行计划,阿尔巴尼亚作家安东·库恰尼访华。

4 月 3 日,根据中捷文化合作协定 1959 年执行计划,捷克斯洛伐克作家波希米尔·李哈、杰恩·柯斯特拉抵京访华。

4 月 18 日,罗马尼亚克卢日市民族剧院上演曹禺的话剧《雷雨》。

夏,作家陈残云访问罗马尼亚和阿尔巴尼亚。

7 月,傅佩珩等译《克鲁奇科夫斯基戏剧集》由人民文学出版社出版。

8 月,罗马尼亚作家利维乌·列勃里亚努的长篇小说《起义》由黎星翻译,人民文学出版社出版。玛林·普列达的长篇小说《莫罗米特一家》由主万翻译,人民文学出版社出版。

9 月,保加利亚《瓦普察洛夫诗选》由周煦良等译,上海文艺出版社出版。

10 月,保加利亚《波特夫诗集》由杨燕杰、叶明珍译,人民文学出版社出版。

11 月 8 日,根据中波文化合作协定 1959 年执行计划,由斯旦尼斯瓦夫·维果茨基率领的波兰作家代表团一行三人抵京访华。

11 月,阿尔巴尼亚《吉亚泰诗选》由戈宝权译,人民文学出版社出版。多人合译的《阿尔巴尼亚诗选》由上海文艺出版社出版,《恰奇诗选》由人民文学出版社出版。

1960 年

3 月 31 日,辽宁人民艺术剧院在北京天桥剧场演出保加利亚克鲁姆·丘里亚夫科夫的五幕话剧《第一次打击》。

3 月,匈牙利作家伊雷什·贝拉的长篇小说《祖国的光复》由秦水从俄文转译,人民文学出版社出版。

7 月 4 日,根据中匈文化合作协定 1960 年执行计划,匈牙利作家兰捷尔·约瑟夫、莫尔纳·盖召抵京访华。

9 月 23 日,应中国作家协会邀请,波兰作家协会副主席耶日·普特拉曼特及夫人抵京访华。

11 月，捷克诗人马哈的诗集《五月》由杨熙龄根据英译本转译，人民文学出版社出版。

12 月 5 日，根据中波文化合作协定，中国作家严文井、严辰到达华沙，开始对波兰进行参观访问。

1961 年

北京外国语学院设立匈牙利语专业、保加利亚语专业和阿尔巴尼亚语专业。

3 月 11 日，捷克斯洛伐克的士瓦连城举行中国著名话剧《雷雨》的首演。此剧是由斯洛伐克的耶·格·塔约夫斯基剧院的话剧团演出。

10 月 13 日，中国人民对外文化协会、中阿友好协会、中国文学艺术界联合会、中国作家协会隆重集会，纪念阿尔巴尼亚诗人米吉安尼诞生 50 周年。中国作协副主席老舍致开幕词，作协理事戈宝权作长篇报告。

1962 年

4 月 9 日，阿中友好协会、阿尔巴尼亚作家艺术家协会和保卫和平委员会在地拉那联合举行集会，纪念中国伟大的诗人杜甫诞生 1250 周年。

4 月，匈牙利作家伊雷什·贝拉的《蒂萨河在燃烧》（共二册）经柯青从德文转译成中文，人民文学出版社出版。

6 月 18 日，波兰保卫和平委员会和波中友好协会联合举行中国诗歌和音乐晚会，纪念中国伟大诗人杜甫诞生 1250 周年。

6 月，根据中阿文化合作协定 1963—1964 年执行计划，阿尔巴尼亚作家拉齐·帕拉希米访华。

7 月 1 日，阿尔巴尼亚首都地拉那人民剧院首次演出中国话剧《雷雨》。

10 月 17 日，根据中匈文化合作协定 1962 年执行计划，匈牙利作家乌尔班·埃诺抵达京访华。

12 月，捷克的《狄尔戏剧集》由杨成夫等译，人民文学出版社出版。

1963 年

北京外国语学院设立塞尔维亚语专业。

1964 年

5 月，由李伯钊率领的中国戏剧家代表团，应邀参加阿尔巴尼亚人民戏剧院成立 20 周年庆祝活动。根据中阿两国文化合作协定，中国作家协会江西省分会主席、作家李定坤访问阿尔巴尼亚。

11 月 27 日，根据中波文化合作协定 1964 年执行计划，波兰作家维托尔德·扎列夫斯基和博格丹·沃伊托夫斯基抵京访华。

1965 年

5 月，中国与罗马尼亚第二个文化合作协定在布加勒斯特签订。

5 月—6 月，根据中罗文化合作协定 1965 年执行计划，罗马尼亚作家欧金·巴尔布和亚历山德鲁·安德里佐尤访华。

1966 年

4 月 17 日，北京文艺界在北京大学礼堂集会，纪念阿尔巴尼亚著名诗人安东·扎柯—恰佑比诞生一百周年。中国作家协会副主席、中国阿尔巴尼亚友好协会副会长刘白羽主持纪念会。中国作家协会理事、诗人冯至在纪念会上作了关于恰佑比生平的报告。阿尔巴尼亚驻中国大使瓦西里·纳塔奈利和使馆外交官员等应邀出席。

1967 年

9 月，为执行中国和阿尔巴尼亚之间的文化协定，教育部派遣北京师范大学教师童庆炳赴国立地拉那大学历史语言系任教。

1973 年

3 月，《阿尔巴尼亚短篇小说集》由多人翻译，人民文学出版社出版。

1975 年

7 月，应中央广播事业局邀请，罗马尼亚作家、罗马尼亚广播电视台撰稿人科尔内留·列乌一行二人访华。

11 月—12 月，应中国人民对外友好协会邀请，罗马尼亚作家波普·西蒙，约恩·霍利亚和亚历山德鲁·西蒙一行三人访华。

1976 年

12 月，波兰作家密茨凯维支的《先人祭》由韩逸（易丽君）翻译，人民文学出版社出版。

1977 年

《外国文学动态》第 2 期发表署名"乐云"（捷克语翻译家杨乐云）的文章《美刊介绍捷

克作家伐错立克和昆德拉》，首次介绍昆德拉创作及其在欧美的影响。

1978 年

波兰作家显克微奇的长篇历史小说《十字军骑士》（上、下）由陈冠商译，上海译文出版社出版。

1979 年

1 月，波兰作家奥若什科娃的《涅曼河畔》由施友松翻译，人民文学出版社出版。

3 月，罗马尼亚的《考什布克诗选》由冯志臣译，人民文学出版社出版。

7 月 16 日至 8 月 9 日，以严辰为团长的中国作家代表团访问罗马尼亚，代表团成员有鄂华、刘心武。

8 月，南斯拉夫作家安德里奇的长篇小说《德里纳河上的桥》由周文蒸、李雄飞译，人民文学出版社出版。

1980 年

7 月，中国世界语代表团到保加利亚参加在亚瓦多纳市举行的第 63 届世界语大会，成员包括作家叶君健等。

11 月 20 日，中国文学艺术界联合会、中国作家协会、中国人民对外友好协会、中国罗马尼亚友好协会在北京国际俱乐部联合举办"罗马尼亚伟大的作家萨多维亚努、诗人阿尔盖齐诞辰一百周年纪念会"。

11 月，罗马尼亚剧作家奥·巴琅格的喜剧《公正舆论》由冯志臣翻译，分别在北京人民艺术剧院和武汉话剧院上演，人艺版导演方琯德、林兆华，武汉版导演周元白。

1981 年

9 月 16 日，罗马尼亚对外文化联络协会和罗马尼亚—中国友好协会在布加勒斯特举行集会，纪念鲁迅诞生一百周年。

张志鹏等译的《罗马尼亚戏剧选》（上、下）由外国文学出版社出版。

东北师范大学苏联东欧文学研究室李万春、胡真真编辑的《东欧文学资料索引》印行。

1982 年

4 月，捷克作家恰佩克选集《戏剧选》由杨乐云、蒋承俊、吴琦译，人民文学出版社出版。

5 月，中国作家叶君健等出席在南斯拉夫斯洛文尼亚首府卢布尔雅那举行的国际作家会议。

6 月，北京外国语学院创办《东欧》丛刊，第一辑由外语教学与研究出版社出版。

9 月 2 日至 17 日，中国作家魏巍、张志民访问罗马尼亚。

1983 年

3 月 19 日，波兰驻上海总领事柯瓦尔向上海师范学院教授、波兰长篇历史小说《十字军骑士》的译者陈冠商颁发"波兰文化荣誉奖章"。

4 月 27 日，中国人民对外友好协会和中国作家协会举行集会，纪念《好兵帅克》的作者、捷克人民的优秀作家雅·哈谢克诞生一百周年。对外友协副会长林林主持纪念会，中国作家协会常务书记朱子奇等文化界人士一百多人出席。

6 月，波兰文学作品《奥若什科娃小说选》由施友松翻译，人民文学出版社出版。

10 月，罗马尼亚作家拉杜·图多兰的长篇小说《扬帆》（上、下）由李家渔、杨学莒译，外国文学出版社出版。

11 月 21 日至 12 月 6 日，罗共中央委员、罗马尼亚作家联合会主席、小说家和剧作家杜米特鲁·拉杜·波佩斯库访华。

波兰作家显克维奇的长篇历史小说《你往何处去》由林洪亮译，上海文艺出版社出版。

兴灿译《好兵帅克历险记》由人民文学出版社出版。

1984 年

4 月，北京人民艺术剧院上演罗马尼亚话剧《流浪艺人》，编剧米尔恰·斯特凡内斯库，翻译裘祖逊，导演方琯德。

9 月 6 日，波兰驻华大使沃伊塔西克在大使馆代表波兰文化艺术部长授予中央音乐学院副院长于润洋、中国社会科学院外国文学研究所东欧文学研究室副主任林洪亮、北京外国语学院波兰语教研室副教授易丽君"波兰文化荣誉奖章"，以表彰他们为翻译、介绍波兰文学和音乐理论所做出的贡献。

1985 年

5 月 16 日，教育部和文化部批准北京外国语学院东欧语系主办的《东欧》杂志作为季刊公开发行。

孙席珍的东欧文学史遗著《东欧文学史简编》，经蔡一平编辑整理，由湖南人民出版社出版。

1986 年

3 月，波兰作家雅·伊瓦什凯维奇的长篇小说《名望与光荣》（上、中、下）由易丽君、裴远颖翻译，外国文学出版社出版。

9 月 25 日至 10 月 9 日，以杨益言为团长的中国作家代表团一行 3 人访问罗马尼亚，代表团成员有陈冲、景宜。

12 月，由莫马·迪米奇率领的南斯拉夫作家代表团一行 4 人访华。

1987 年

4 月，由小说家高·罗辛斯基为团长的波兰文学家代表团一行 5 人访华。

6 月，罗马尼亚的《阿尔盖齐诗文选》由陆象淦、阮家璠译，外国文学出版社出版。

9 月 17 日，北京外国语学院举行活动，纪念南斯拉夫文化名人、塞尔维亚文学之父武克·斯泰凡诺维奇·卡拉季奇诞辰 200 周年。

9 月，韩少功、韩刚译昆德拉的《生命中不能承受之轻》。

11 月底，中国文化部长、作家王蒙率中国政府文化代表团访问匈牙利。

12 月 3 日，中国伟大的文学家鲁迅和翻译家孙用的半身塑像揭幕仪式在位于基什克勒什市的裴多菲故居博物馆举行。两尊塑像分别由中国雕塑家钱少武和司徒兆光创作，由中国文化部赠送给匈牙利全国裴多菲协会和基什克勒什市议会。正在匈牙利访问的中国文化部长王蒙出席仪式并讲话。

1988 年

3 月，中国作家戈扬、陈辽、李耕应邀访问保加利亚。

4 月，以保加利亚作家协会秘书长尼·佩特夫为团长的保加利亚作家代表团访华。

1989 年

3 月 30 日，中国作家协会和罗马尼亚驻华大使馆联合举行活动，纪念罗马尼亚诗人爱明内斯库逝世一百周年。

4 月，罗马尼亚克卢日匈牙利民族剧院上演高行健的先锋实验话剧《车站》。

1990 年

中国社会科学院外国文学研究所东欧研究室编《东欧文学史》（上下册）由重庆出版社出版。

林洪亮著的《密茨凯维奇》由重庆出版社出版。

1991 年

7 月，匈牙利文教部授予中国社会科学院外国文学研究所东欧文学研究室主任、匈牙利文学翻译家和研究家兴万生"为了匈牙利文化"奖章，以表彰他在译介匈牙利著名诗人裴多菲作品方面做出的突出贡献。

11 月 11 日至 17 日，由罗马尼亚作家联合会书记、诗人尼古拉·普雷利普恰努率领的罗作家代表团一行 5 人访华。

1992 年

刘白羽总主编《世界反法西斯文学书系》由重庆出版社出版。杨燕杰、林洪亮等分别主编该书系的保加利亚卷、阿尔巴尼亚—罗马尼亚卷、波兰卷、南斯拉夫卷、捷克—匈牙利卷。

1993 年

《世界文学》1993 年第 2 期重点推出"捷克作家博·赫拉巴尔作品小辑"。

10 月，中国诗人邹获帆参加南斯拉夫"斯梅德雷沃诗歌节"，获最高奖"斯梅德雷沃古城堡钥匙奖"。

林洪亮、蒋承俊主编《世界散文随笔精品文库·东欧卷》由中国社会科学出版社出版。

张振辉等著的《东欧文学简史》（上、下册）由海南出版社出版。

1994 年

9 月 11 日至 14 日，中国文化部副部长陈昌本访问斯洛文尼亚，双方签署《两国政府 1995—1997 年文化教育科学合作计划》。

1995 年

10 月，中国作家代表团赴南斯拉夫参加第 32 届国际作家会议。

10 月 29 日，由严昭柱为团长的中国作家代表团一行 4 人前往斯洛伐克和克罗地亚进行友好访问，代表团成员有刘醒龙、贺晓风和纽保国。

冯植生著《匈牙利文学史》由社会科学文献出版社出版。

林洪亮著《波兰戏剧简史》由社会科学文献出版社出版。

1996 年

5 月 23 日，匈牙利驻华大使梅可岚女士以总统的名义，向中国社会科学院外国文学研究所研究员、匈牙利文学专家兴万生颁发"匈牙利共和国金质奖章"，以表彰他为匈牙利文学在中国的传播所做出的贡献。兴万生译《裴多菲文集》（6 卷）由上海译文出版社出版。

8 月 21 日，以甘肃省作家协会主席高平为团长的中国作家代表团一行 5 人应邀前往马其顿参加斯特鲁加国际诗歌节，代表团成员有：石太瑞、胡允桓、郦国义、江小燕。

9 月 5 日至 18 日，以内蒙古自治区作协主席扎拉嘎胡为团长的中国作家代表团一行 5 人访问罗马尼亚，成员包括雍文华、王家达、汤世杰、刘宪平。

亨·显克维奇的《十字军骑士》（上、下部）由易丽君、张振辉译，袁汉镕校，花山文艺出版社出版。

杨敏主编《东欧戏剧史》由文化艺术出版社出版。

张振辉、陈九瑛主编《世界短篇小说精品文库·东欧卷》由海峡文艺出版社出版。

1998 年

3 月 25 日，马其顿斯特鲁加诗歌节组委会举行隆重仪式，将 1998 年斯特鲁加诗歌节最高奖"金环奖"授予中国诗人绿原，以表彰他为弘扬中国文化和推动中外文化交流所做的贡献。

8 月 19 日，由中国作家协会副主席韦其麟率领的中国作家代表团抵达马其顿，出席斯特鲁加诗歌节并对马其顿进行友好访问。

9 月，由塞尔维亚文学家协会主席斯洛波丹·拉基蒂奇率领的南斯拉夫作家代表团访华。

12 月 10 日，北京外国语大学和中国社会科学院外国文学研究所联合举办纪念波兰伟大爱国诗人亚当·密茨凯维奇诞辰 200 周年大会。

林洪亮主编的《东欧当代文学史》由中央编译出版社出版。

张振辉著《二十世纪波兰文学史》由青岛出版社出版。

1999 年

5 月 23 日至 6 月 6 日，由评论家欧金·内格里奇教授率领的罗马尼亚作家代表团一行 5 人访华。

9 月，匈牙利民族文化遗产部部长哈莫里访华期间，代表根茨总统向裴多菲作品翻译家兴万生颁发"匈牙利共和国十字勋章"。

10 月，中国作家协会书记处书记金坚范率中国作家代表团出席贝尔格莱德第 36 届国际作家聚会。

"北京外国语大学外国文学史丛书"由外语教学与研究出版社推出。丛书包括易丽君著《波兰文学》、冯志臣著《罗马尼亚文学》、杨燕杰著《保加利亚文学》和李梅、杨春著《捷克文学》。

2000 年

9 月，以南斯拉夫联盟作家协会副主席安德里奇为首的南联盟作家代表团访华。

10 月 12 日至 26 日，以林希为团长的中国作家代表团访问罗马尼亚，团员包括朱晶、王敦贤、江灏、高兴。

12 月 14 日，北京外国语大学、中国社会科学院外国文学研究所和波兰驻华大使馆在北京联合举办学术报告会，纪念波兰著名作家、1924 年诺贝尔文学奖获得者弗瓦迪斯瓦夫·莱蒙特逝世 75 周年。

波兰女诗人、诺贝尔奖得主希姆博尔斯卡的诗集《呼唤雪人》由林洪亮译，漓江出版社出版。

波兰作家显克维奇的长篇小说《你往何处去》由张振辉译，人民文学出版社出版。

2001 年

10 月 17 日至 29 日，由陈漱渝率领的中国作家代表团访问南斯拉夫联盟，出席第 38 届贝尔格莱德国际作家笔会。

11 月 25 日至 12 月 9 日，以罗马尼亚作家联合会副主席、科学院院士、小说家尼古拉·布雷班为团长的罗马尼亚作家代表团一行 5 人访华。

亨·显克维奇的《洪流》（上、中、下部）由易丽君、袁汉镕译，花山文艺出版社出版。

2002 年

5 月 27 日至 6 月 4 日，以中国作家协会副主席丹增为团长的中国作家代表团一行 7 人访问罗马尼亚，团员有范小青、马瑞芳、沈苇、张陵、丁超、和向东。

9 月 26 日至 10 月 10 日，以中国作家协会全委会委员、甘肃省作家协会副主席、《飞天》文学月刊主编陈德宏为团长的中国作家代表团一行 3 人访问南斯拉夫，代表团成员有董生龙和郑恩波。

易丽君著《波兰战后文学史》由外语教学与研究出版社出版。

2003 年

2月，上海译文出版社推出"米兰·昆德拉作品系列"，由北京、南京、上海翻译名家根据 2002 年最新修订法文版翻译，至 2006 年共出版作品 14 种。

8月 20 日，中国人民对外友好协会、中国罗马尼亚友好协会、中国作家协会和作家出版社联合举办罗马尼亚著名诗人《埃米内斯库诗文选》中文版首发式，该书由北京外国语大学冯志臣教授翻译。正在中国进行国事访问的罗马尼亚总统扬·伊利埃斯库出席。

8月 27 日，匈牙利总理麦杰希·彼得参观访问北京鲁迅博物馆并为新落成的匈牙利著名诗人裴多菲雕像揭幕。

10月7日至19日，诗人画家严阵、宗鄂赴波兰参加"华沙之秋国际诗歌节"和"中国诗歌之夜"活动。

波兰作家维·贡布罗维奇的《费尔迪杜凯》由易丽君、袁汉镕译，译林出版社出版。

匈牙利作家凯尔泰斯的长篇小说《无命运的人生》由许衍艺译，上海译文出版社出版。

2004 年

3月4日至14日，应中国作家协会邀请，保加利亚作家协会主席尼古拉依·佩特夫率3人代表团访华。

2005 年

5月 25 日至 6月 3 日，应保加利亚作家协会邀请，由蒋巍率领的中国作家代表团一行 3 人访问保加利亚，成员杨志广和秦万里。

6月1日至9日，以马其顿作家协会主席、诗人、小说家、翻译家特拉扬·彼得洛夫斯基为团长的马其顿作家代表团一行3人应中国作家协会邀请访华。

6月 16 日至 20 日，应匈牙利作家协会邀请，云南省人大常委会副主任、云南省文联主席梁公卿率云南省文联代表团一行 9 人访问匈牙利。

9月6日至13日，以中国作家协会书记处书记吉狄马加为团长的中国作家代表团一行5人应邀访问塞尔维亚和黑山，并出席第 42 届贝尔格莱德国际作家聚会。代表团成员为朱铁志、吴秉杰、孙广举、吴欣蔚。

10 月 15 日，北京外国语大学欧洲语言系、中国海外汉学中心与欧美同学会东欧分会联合举办"纪念匈牙利汉学家杜克义诞辰 75 周年学术报告会"。

11 月，北京外国语大学易丽君教授和赵刚博士应波兰格但斯克大学邀请，参加该校举办的"纪念波兰诗人亚当·密茨凯维奇逝世 150 周年国际学术研讨会"。

2006 年

1 月 16 日，中国社会科学院外国文学研究所举办"东欧文学座谈会"。

1 月，应匈牙利作家协会邀请，以中国作家主席团委员韩少功为团长的中国作家代表团一行 3 人访问匈牙利，成员有广西作家协会主席冯艺、内蒙古作家协会副主席邓九刚。

9 月 19 日，清华大学中文系举办"普实克百年诞辰学术座谈会"，纪念和缅怀他对汉学研究及中欧文化交流的重大贡献。

10 月 24 日，北京外国语大学欧洲语言系、中国海外汉学研究中心、外语教学与研究出版社、欧美同学会东欧分会在北京联合举办"纪念捷克著名汉学家普实克诞辰 100 周年学术报告会"。

11 月 21 日，保加利亚政府总理斯塔尼舍夫向中国社会科学院外国文学研究所研究员陈九瑛颁授"基里尔和麦多迪"奖章，以表彰她为加强保中两国文化与学术交流所作出的贡献。

11 月，由袁熙坤先生创作的 19 世纪保加利亚著名民主主义革命战士、诗人赫里斯多·波特夫的塑像安放在北京朝阳公园。

本年，中国当代著名诗人、文化学者吉狄马加作品集《秋天的眼睛》马其顿文版由马其顿共和国斯科普里学院出版社出版；《"睡"的和弦》保加利亚文版由保加利亚国家作家出版社出版；《吉狄马加诗歌选集》塞尔维亚文版由"斯姆德雷沃诗歌之秋"国际诗歌节印行；《时间》捷克文版由捷克芳博斯文化公司出版。

由拉脱维亚汉学家史莲娜（Jelena Staburova）教授翻译的第一部拉脱维亚语—汉语对照版《论语》在里加出版。

2007 年

7 月，应保加利亚作家协会邀请，由中国作家协会书记处书记、鲁迅文学院院长张健率领的中国作家代表团一行 5 人访问保加利亚。

8月7日至10日，由青海省人民政府、中国诗歌学会主办的首届青海湖国际诗歌节在青海会议中心隆重开幕。

9月5日，匈牙利总理久尔查尼·费兰茨在上海鲁迅公园为匈牙利著名诗人裴多菲雕像揭幕。

9月21日，波兰外长福蒂加在波兰华沙的贝尔维德宫向北京外国语大学教授、波兰文学翻译家和研究家易丽君教授颁发推广波兰文化杰出贡献奖。

11月15日至28日，中国国家图书馆和匈牙利罗兰大学孔子学院在北京共同主办"津渡——匈牙利与中国的图书对话"展览，集中展示了两国互译出版的文学作品。

12月6日，上海市人民对外友好协会、上海市档案馆、匈牙利中国友好协会在匈牙利爱盖尔城堡联合举办匈牙利作家伽尔东尼·盖扎的长篇历史小说《爱盖尔之星》中文版首发式，该书译者为冒寿福女士。

高兴编著的《东欧文学大花园》由湖北教育出版社出版。

2008 年

5月21日，北京外国语大学欧洲语言文化学院与罗马尼亚驻华大使馆联合举办"中罗文化交流——翻译与跨文化对话"学术研讨会。

7月，中国国家图书馆与波兰驻华大使馆联合举办波兰作家"雷沙德·卡普希钦斯基作品展"。

冯植生主编《20世纪中欧、东南欧文学史》由上海外语教育出版社出版。

2009 年

5月28—29日，匈牙利罗兰大学与北京外国语大学在布达佩斯联合举办"中国与中东欧文化交流的历史与现状国际学术研讨会"。

6月，北京外国语大学易丽君教授和教师李怡楠应邀参加在克拉科夫举行的"第二届世界波兰文学翻译家大会"和在西里西亚大学举行的"波兰文学世界推广大会"。

6月，由诗人、波兰文学家协会克拉科夫分会副主席莉蒂娅·祖科夫斯卡率领的波兰作家代表团一行4人访华。

7月，应保加利亚作家协会邀请，以张同吾为团长，莫傲、娜夜、刘福君为团员的中国作家代表团访问保加利亚。

7月，应中国作家协会邀请，克罗地亚作家代表团一行4人访华，代表团团长为克罗地亚作协主席团委员、欧洲短篇小说节艺术主任罗曼·塞米奇。

北京外国语大学增设斯洛文尼亚语、爱沙尼亚语、立陶宛语和拉脱维亚语等四个专业。

2010 年

4 月，由保加利亚著名作家斯拉夫乔·瓦西列夫等 3 人组成的保加利亚作家代表团访华。

9 月至 10 月，中国作家协会代表团对塞尔维亚进行友好访问，并出席第 47 届贝尔格莱德国际作家聚会。

2011 年

5 月 25 日至 6 月 5 日，由中国作家协会副主席丹增率领的中国作家代表团对爱沙尼亚、拉脱维亚和立陶宛三国，代表团成员包括曹文轩、刘宪平、霁虹、闫思学。

10 月，由许龙锡、陈贤迪、艾伟、黑鹤、黄土路组成的中国作家代表团访问保加利亚。

12 月，易丽君、袁汉镕、林洪亮、张振辉翻译的波兰作家《显克维奇选集》（8 卷）由人民文学出版社出版。

2012 年

1 月，广东花城出版社有限公司推出"蓝色东欧"丛书。该丛书由高兴主编，规划出版东欧国家近百部经典文学作品，规模之大，覆盖面之广，发掘度之深，都是国内出版界前所未有的，因而被纳入"十二五"国家重点出版规划、2012 年度国家出版基金资助项目。

5 月，波兰图书研究所向北京外国语大学易丽君教授颁授"跨越大西洋"文学翻译大奖。

8 月 7 日至 11 日，第四届青海湖国际诗歌节举行。捷克诗人扬·齐米茨基、罗马尼亚诗人乔治·伏尔杜雷斯库、塞尔维亚诗人德拉根·德拉格伊洛维奇、波兰诗人玛莱克·瓦夫日凯维奇、马其顿诗人特拉扬·彼得洛夫斯基等中东欧国家作家和诗人参加本届诗歌节。

8 月，以塞尔维亚诗人德拉根·德拉格洛维奇为团长的塞尔维亚作家代表团一行 4 人访华。

9 月上旬，中国人民大学文学院教授、诗人王家新应邀参加斯洛文尼亚第 27 届维伦尼察（Vilenica）国际文学节。

9 月 19 日至 29 日，以李少君为团长的中国作家协会代表团一行 4 人对塞尔维亚进行友好访问，并出席第 49 届贝尔格莱德国际作家笔会。

9 月 22 日，上海市作家协会举办"2012 上海写作计划报告会——生逢 2012"，主讲嘉宾波黑作家扎尔科·米勒尼克（Zarko Milenic）、保加利亚作家兹德拉夫科·伊蒂莫娃（Zdravka Evtimova）和基里洛娃·格奥尔基耶娃（Svetla Georgieva），主持和点评人上海市作家协会副主席、诗人、散文家赵丽宏。

2013 年

5 月 14 日至 19 日，中华人民共和国文化部主办，中国国家博物馆、中国对外文化集团公司承办的"中国—中东欧国家文化交流回顾展"，在中国国家博物馆展出。

8 月 9 日，第二届"金藏羚羊国际诗歌奖"评选揭晓，立陶宛诗人、学者和翻译家托马斯·温茨洛瓦获得 2011 年度青海湖国际诗歌节金藏羚羊奖。

9 月 19 日至 22 日，以《诗刊》社编辑部主任杨学志为团长的中国作家协会代表团一行 3 人对塞尔维亚进行友好访问，并出席第 50 届贝尔格莱德国际作家聚会。

10 月，由作家和诗人赵丽宏、田永昌、季振邦等组成的中国作家协会代表团参加在塞尔维亚举办的第 44 届"斯梅德雷沃"国际诗歌节，赵丽宏获得"金钥匙"奖。

2014 年

5 月 22 日，中国作家阎连科获得 2014 年度弗兰茨·卡夫卡文学奖。该奖由弗兰茨·卡夫卡协会和布拉格市政府于 2001 年设立。

9 月 27 日，保加利亚索非亚大学授予中国作家莫言荣誉博士学位和蓝带勋章。

12 月 12 日，由人民文学出版社和中国外国文学学会联合举办的"21 世纪年度最佳外国小说（2014）"颁奖典礼在北京举行，6 部作品获此殊荣，其中包括罗马尼亚作家弗洛林·拉扎雷斯库的《麻木》。

2015 年

3 月 20 日，中国诗人北岛获马其顿斯特鲁加国际诗歌节最高荣誉"金冠奖"（又译"金花环奖"）。

5 月 2 日至 7 日，第二届曹禺国际戏剧节暨第五届林兆华戏剧邀请展之际，波兰弗罗茨瓦夫剧院分别在天津大剧院和在北京世纪剧院上演克里斯蒂安·陆帕的最新作品史诗话剧《伐木》。

6 月 15 日至 7 月 5 日，北京外国语大学与波兰驻华大使馆联合举办"中国文化西传的使者——波兰传教士卜弥格生平成就展"。该展览另在 9 月 21 日至 10 月 15 日，由中国国家图书馆与波兰驻华大使馆联合举办。

6 月 25 日，北京出版集团《十月》杂志社与捷中国际文化交流协会（ICA）合作，在布拉格搭建跨国文学创作与交流的公益性平台——"十月作家居住地·布拉格"挂牌揭幕。

7 月 12 日，捷克喷火剧团在天津大剧院上演瓦茨拉夫·哈维尔原著、皮特·布哈克导演的话剧《反语》。

7 月 31 日至 8 月 2 日，波兰剧院（弗洛茨瓦夫）在北京首都剧场上演亚当·密茨凯维奇的诗剧《先人祭》。

8 月 25 日，第九届"中华图书特殊贡献奖"新闻发布会在北京举行。获得中华图书特殊贡献奖的 15 人中，包括波兰出版家阿达姆·马尔沙维克，斯洛伐克翻译家黑山。本届中华图书特殊贡献奖新增设青年成就奖，5 位获奖者中包括匈牙利青年翻译家宗博莉·克拉拉。

8 月，亚当·密茨凯维奇的《先人祭》全译本经易丽君、林洪亮、张振辉翻译，由四川文艺出版社出版。

9 月，译林出版社引进出版匈牙利文学大师马洛伊·山多尔的作品系列，包括《伪装成独白的爱情》、《烛烬》、《一个市民的自白》等，全部作品均直接译自匈牙利原文。

11 月 17 日，匈牙利布达佩斯艺术宫与中国方面签署协议，成为"丝绸之路国际剧院联盟"筹建以来首个加入该联盟的中东欧国家的重要剧院。

11 月 24 日，中国国务院总理李克强在苏州太湖国际会议中心与中东欧 16 国领导人共同出席第四次中国 - 中东欧国家领导人会晤。与会各方制订《中国 - 中东欧国家合作中期规划》，发表《中国 - 中东欧国家合作苏州纲要》，支持中国与中东欧国家开展文学作品互译出版合作项目，2016 年被确定为"中国 - 中东欧国家人文交流年"。

参考文献

1. [匈][新]APA 出版有限公司编 . 匈牙利 . 周东耀等译 . 北京：中国水利水电出版社，2004

2. [美] 艾布拉姆斯著 . 文学术语词典（第 7 版）. 吴松江主译 . 北京：北京大学出版社，2009

3. [波] 爱德华·卡伊丹斯基著 . 中国的使臣卜弥格 . 张振辉译 . 郑州：大象出版社，2001

4. 阿英编 . 晚清文学丛钞 . 北京：中华书局，1960

5. 北京外国语大学欧洲语言文化学院编 . 欧洲语言文化研究（第 1—8 辑）. 北京：时事出版社，2004—2015

6. [波] 卜弥格著 . 卜弥格文集：中西文化交流与中医西传 . [波] 爱德华·卡伊丹斯基波兰文翻译，张振辉、张西平中文翻译 . 上海：华东师范大学出版社，2013

7. 曹顺庆、王向远主编 . 中国比较文学年鉴（2008）. 北京：中国社会科学出版社，2010

8. 查尔斯·金著 . 黑海史 . 苏圣捷译 . 上海：东方出版中心，2011

9. 陈福康著 . 中国译学理论史稿 . 上海外语教育出版社，2001

10. 陈建功、吴义勤主编 . 中国现代翻译文学初版本图典（全二册）. 南昌：百花洲文艺出版社，2015

11. 陈平原著 . "新文化"的崛起与流播 . 北京大学出版社，2015

12. 陈平原、夏晓红编 . 二十世纪中国小说理论资料 . 北京大学出版社，1997

13. 陈玉刚著 . 中国翻译文学史稿 . 中国对外翻译出版公司，1989

14. 丁超著 . 中罗文学关系史探 . 北京：人民文学出版社，2008

15. 丁超著 . 中国与中东欧国家早期关系史略 . 中国 - 中东欧国家关系研究基金 2013 年度课题研究项目"中国与中东欧国家关系：源流与镜像（第一辑）"研究报告，手稿，2013

16. 丁凤麟著 . 薛福成评传 . 南京：南京大学出版社，1998

17.《东方杂志》总目 . 北京：生活·读书·新知三联书店，1957

18. 董淑慧编著、葛志强审校. 保加利亚汉语教学五十年. 索非亚：玉石出版公司，2005

19. 方长安著. 冷战·民族·文学：新中国"十七年"中外文学关系研究. 北京：中国社会科学出版社，2009

20. 冯植生著. 匈牙利文学史. 北京：社会科学文献出版社，1995；上海外语教育出版社，2013

21. 符志良著. 早期来华匈牙利人资料辑要（1341—1944）. 布达佩斯：世界华文出版社，2003

22. 戈宝权著. 中外文学因缘——戈宝权比较文学论文集. 上海：华东师范大学出版社，2013

23. 顾钧著. 鲁迅翻译研究. 福建教育出版社，2009

24. 国家出版事业管理局版本图书馆编. 1949—1979 翻译出版外国古典文学著作目录. 北京：中华书局，1980

25. 国家清史编纂委员会·文献丛刊. 康有为全集(12集). 康有为撰：姜义华、张荣华编校. 北京：中国人民大学出版社，2007

26. 国家文物局编. 丝绸之路. 北京：文物出版社，2014

27. 郝侠君、毛磊、石光荣主编. 中西 500 年比较. 中国工人出版社，1989

28. 黑龙江省档案局、黑龙江省档案馆编. 黑龙江档案春秋(1684—1966). 黑龙江人民出版社，2013

29. 侯志平编. 胡愈之与世界语. 中国世界语出版社，1999

30. 侯志平等主编. 世界语在中国一百年. 中国世界语出版社，1999

31. 黄定天著. 中俄关系通史. 黑龙江人民出版社、人民出版社，2013

32. 黄时鉴主编. 解说插图中西关系史年表. 浙江人民出版社，1994

33. 黄时鉴、龚缨安著. 利玛窦世界地图研究. 上海古籍出版社，2004

34. 贾植芳等编. 文学研究会资料. 河南人民出版社，1985

35. 蒋承俊著. 捷克文学史. 上海外语教育出版社，2006

36. 靳文翰、郭圣铭、孙道天主编. 世界历史词典. 上海辞书出版社，1985

37.[美]卡尔·瑞贝卡著.世界大舞台——十九、二十世纪之交中国的民族主义.高瑾等译.北京：生活·读书·新知三联书店，2008

38.[美]凯文·奥康纳著.波罗的海三国史.王加丰等译.北京：中国出版集团中国大百科全书出版社，2009

39.阚文文著.晚清报刊上的翻译小说.济南：齐鲁书社，2013

40.R.J.克兰普顿著.保加利亚史.周旭东译.北京：中国出版集团中国大百科全书出版社，2009

41.孔寒冰著.东欧史.上海人民出版社，2010

42.[法]勒内·格鲁塞著.草原帝国.蓝琪译，项英杰校.北京：商务印书馆，1998

43.[法]雷纳·格鲁塞著.蒙古帝国史.龚钺译，翁独健校.北京：商务印书馆，1989

44.李凤亮编.对话的灵光：米兰·昆德拉研究资料辑要（1986-1996）.中国友谊出版公司，1999

45.李赋宁总主编.欧洲文学史（3卷）.北京：商务印书馆，1999

46.李万春、胡真真编.东欧文学资料索引.东北师范大学外语系苏联东欧文学研究室，1981

47.郦苏元、胡克、杨远婴主编.新中国电影50年.北京广播学院出版社，2000

48.梁启超著.梁启超全集.北京出版社，1999

49.刘介民编.比较文学译文集.湖南人民出版社，1984

50.刘祖熙著.波兰通史.北京：商务印书馆，2006

51.刘祖熙主编、朱晓中副主编.多元与冲突——俄罗斯中东欧文明之路.北京：人民出版社，2011

52.刘祖熙主编.斯拉夫文化.浙江人民出版社，1993

53.林洪亮主编.东欧当代文学史.北京：中央编译出版社，1998

54.林煌天主编.中国翻译词典.武汉：湖北教育出版社，2005

55.林则徐著.四洲志.罗炳良主编、张曼评注.北京：华夏出版社，2002

56.鲁迅著.鲁迅全集.北京：人民文学出版社，2005

57. 罗锐韧主编 . 龙之舞：中华国宝大典 . 北京：龙门书局，1998

58. [斯洛伐克] 马立安·高利克著 . 捷克和斯洛伐克汉学研究 . 北京：学苑出版社，2009

59. 马细谱著 . 保加利亚史 . 北京：中国社会科学出版社，2011

60. 茅盾著 . 茅盾全集（42 卷）. 人民文学出版社，1984—2006

61. [斯洛文尼亚] 米加主编 . 斯洛文尼亚在中国的文化使者——刘松龄 . 朱晓珂、褚龙飞译，吕凌峰审校 . 郑州：大象出版社，2015

62. 尼古拉·克莱伯著 . 罗马尼亚史 . 李腾译 . 上海：中国出版集团东方出版中心，2010

63. 牛军著 . 冷战与新中国外交的缘起（1949—1955）. 北京：社会科学文献出版社，2012

64. 裴坚章主编 . 中华人民共和国外交史（1949—1956）. 北京：世界知识出版社，1994

65. 人民出版社编印 . 出版物目录（翻译书目），1950—1984，人民出版社，1985

66. 人民文学出版社编印 . 外国文学图书录目（1951—1990）

67. [法] 荣振华著 . 在华耶稣会士列传及书目补编（上、下册）. 耿昇译 . 北京：中华书局，1995

68. 山东师范学院中文系印 .1937—1949 主要文学期刊目录索引 .1962

69. 沈定平著 . 明清之际中西文化交流史——明代：调适与会通（增订本）. 北京：商务印书馆，2007

70. 石源华著 . 中华民国外交史 . 上海人民出版社，1994

71. 石源华著 . 中华民国外交史新著 . 北京：社会科学文献出版社，2013

72. 宋柏年主编 . 中国古典文学在国外 . 北京语言学院出版社，1994

73. 宋炳辉著 . 视界与方法：中外文学关系研究 . 上海：复旦大学出版社，2013

74. 宋炳辉著 . 弱势民族文学在中国 . 南京大学出版社，2007

75. 孙席珍、蔡一平编 . 东欧文学史简编 . 长沙：湖南人民出版社，1985

76. 王家平著 . 鲁迅域外百年传播史，1909—2008. 北京大学出版社，2009

77. 王晓路等著 . 文化批评关键词研究 . 北京大学出版社，2007

78. 王友贵著 .20 世纪下半叶中国翻译文学史 . 北京：人民出版社，2015

79. 魏源撰 . 海国图志（4 册），岳麓书社，2011

80. 汪笑侬著 . 汪笑侬戏曲集 . 北京：中国戏剧出版社，1957

81. 吴笛等著 . 浙江翻译文学史 . 杭州出版社，2008

82. 希罗多德 . 历史（上、下册）. 王以铸译 . 北京：商务印书馆，1959

83. 谢天振、查明建主编 . 中国现代翻译文学史 . 上海外语教育出版社，2004

84. 匈牙利教育和文化部编 . "自由与爱情" ——聚焦匈牙利文化 .Hungarofest Kht-KultúrPont Iroda 文化交流办公室，2007

85. 熊月之著 . 西学东渐与晚清社会 . 上海人民出版社，1994

86. 许明龙著 . 欧洲十八世纪中国热 . 北京：外语教学与研究出版社，2007

87. 许善述编 . 巴金与世界语 . 中国世界语出版社，1995

88. 阎宗临著 . 欧洲文化史论 . 广西师范大学出版社，2007

89. 杨露著 . 革命路上：翻译现代性、阅读运动与主题性重建，1949—1979. 北京：中央编译出版社，2015

90. 杨敏主编 . 东欧戏剧史 . 北京：文化艺术出版社，1996

91. 杨周翰、吴达元、赵萝蕤主编 . 欧洲文学史（修订本）. 北京：人民文学出版社，1982

92. 易丽君著 . 波兰战后文学史 . 北京：外语教学与研究出版社，2002

93. 尹建民主编 . 比较文学术语汇释 . 北京师范大学出版社，2011

94. [英]约·弗·巴德利著 . 俄国·蒙古·中国(上下卷共四册). 吴持哲、吴有刚译，胡钟达、陈良璧校 . 北京：商务印书馆，1981

95. 约翰·R. 兰普著 . 南斯拉夫史 . 刘大平译 . 上海：中国出版集团东方出版中心，2013

96. 查明建、谢天振著 . 中国20世纪外国文学翻译史(上下卷). 武汉：湖北长江出版集团·湖北教育出版社，2007

97. 张健主编 . 全球化时代的世界文学与中国（"当代世界文学与中国"国际学术研讨会论文集）. 北京：中国社会科学出版社，2010

98. 张菊香、张铁荣著 . 周作人年谱 . 天津人民出版社，2000

99. 张西平主编、李雪涛副主编 . 西方汉学十六讲 . 北京：外语教学与研究出版社，2011

100. 张西平、郝清新编 . 中国文化在东欧：传播与接受研究 . 北京：外语教学与研究出版社，

2013

101. 张星烺编注、朱杰勤校订 . 中西交通史料汇编 . 北京：中华书局，1977

102. 张绪山著 . 中国与拜占庭帝国关系研究 . 北京：中华书局，2012

103. 张泽贤著 . 中国现代文学翻译版本闻见录（1905—1933）. 上海远东出版社，2008

104. 张泽贤著 . 中国现代文学翻译版本闻见录（1934—1949）. 上海远东出版社，2009

105. 张芝联、刘学荣主编 . 世界历史地图集 . 北京：中国地图出版社，2002

106. [宋] 赵汝适原著，杨博文校释；[意] 艾儒略原著，谢方校释 . 诸蕃志校释、职方外记校释 . 北京：中华书局，2000

107. 赵少华主编 . 金色记忆：新中国早期文化交流口述记录 . 北京：作家出版社，2012

108. 中国电影家协会电影史研究部编 . 中华人民共和国电影事业三十五年：1949—1984. 北京：中国电影出版社，1985

109. 中国历史博物馆编著 . 华夏文明史（四卷），北京：朝花出版社，2002

110. 中国社会科学院主办，谭其骧主编 . 简明中国历史地图集 . 北京：中国地图出版社，1991

111. 锺叔河著 . 走向世界：中国人考察西方的历史 . 北京：中华书局，2010

112. 周作人著 . 周作人自编文集 . 河北教育出版社，2002

113. 朱晓中主编 . 中东欧转型 20 年 . 北京：社会科学文献出版社，2013

114. 邹振环著 . 20 世纪上海翻译出版与文化变迁 . 广西教育出版社，2000

115. BLACK, Jeremy (General Editor), *The Atlas of World History*, Dorling Kindersley Cartography, Second Edition 2005

116. BUZATU, Ion, *Istoria relaţiilor României cu China din cele mai vechi timpuri până în zilele noastre*, Editura Meteor Press, Bucureşti.

117. FAJCSÁK, Györgyi, *Collecting Chinese Art in Hungary from the Early 19ᵗʰ Century to 1945, as Reflected by the Artefacts of the Ferenc Hopp Museum of Eastern Asiatic Arts*, Department of East Asian Studies, Eötvös Loránd University, Budapest, 2007.

118. FAWN, Rick, HOCHMAN, Jiři, *Historical Dictionary of the Czech State*, Second edition, the

Scarecrow Press, Inc., Lanham. Toronto. Plymouth, UK, 2010.

119. *Jaroslav Průšek [1906-2006]. Ve vzpomínkách přátel* (remembered by friends), DharmaGaia, Praha, 2006.

120. KLIMASZEWSKI, Bolesław, *An Outline History of Polish Culture,* Jagiellonian University Interpress, Warszawa, 1984.

121. MILJAN, Toivo, *Historical Dictionary of Estonia*, Second edition, Rowman & Littlefield, Lanham. Boulder. New York. Toronto. Plymouth, UK. 2015.

122. PLAKANS, Andrejs, *Historical Dictionary of Latvia*, Second edition, The Scarecrow Press, Inc., Lanham, Mariland. Toronto. Plymouth, UK, 2008.

123. SAJE, Mitja (edtor in chief), *A. Hallerstein － Liu Songling: The Multicultural Legacy of Jesuit Wisdom and Piety at the Qing Dynasty Court*, Maribor: Association for Culture and Education Kibla, 2009.

124. SLOBODNÍK, Martin, *Našinec V Oriente. Cestovatelia Zo Slovenska A Čiech V Ázii A Afrike (19. Stor-I. Pol. 20. Stor.)*, Univerzita Komenského Bratislava, 2009.

125. SUŽIEDĖLIS, Saulius, *Historical Dictionary of Lithuania*, the Scarecrow Press, Inc., Lanham, Md., & London, 1997.

126. The Pepin Press, *Visual Encyclopedia, Architecture*, Singapore, 2001

127. VARDY, Steven Béla, *Historical Dictionary of Hungary*, the Scarecrow Press, Inc., Lanham, Md., & London, 1997.

128. WASILEWSKA, Joanna, *Poland-China, Art and Cultural Heritage*, Jagiellonian University Press, Kraków, 2011.

129. WIERZBOWSKIi, Piotr, *Polska-ojczyzna Chopina* （《肖邦故乡——波兰》）, Fundacja Sinopol, Warszawa 2011.

后记

　　钱林森和周宁两位教授主编的《中外文学交流史》之《中国 - 中东欧卷》就这样完稿付梓了。虽然有关这个课题的基本材料和观点已经写入书中，但毕竟还是有几句相关的话，应当再向读者作一补叙说明。

　　中国与中东欧国家文学交流史是一个难以驾驭的课题，它涉及中国与 16 个中东欧国家，跨越不同的语言、文化和时空，我国学术界虽然对此已有若干局部的研究和介绍，但总体上仍属于一个空白，作为初创性的工作，有大量的学术本身包括学术之外的问题需要考虑。为做好研究和书稿的撰写，我们主要注意把握好两个基本原则。一是坚持辩证唯物主义和历史唯物主义，真实记录历史，客观评价历史。对本课题所遇到的复杂的历史关系问题，都本着尊重历史的态度进行还原，以科学理性的态度加以解读，正如我国唐代史学家刘知几所提倡的史学观，即"良史以实录直书为贵。"二是坚持在人类社会发展和东西方文化交流的大背景下，考察中国与中东欧民族和国家的文学交流。在这个意义上，我们没有单纯地就文学（文本）来谈文学，将其完全视为文人的个体创作，而是把民族、文化、政治、经济等诸多方面作为一种文学交流的背景加以呈现，以展示这种双边关系的整体性与文学交流的特殊性，以及作家和作品在其中的位置，力求回归到"人"这个核心。这样处理，内容就不免有失专一，最终或许成了一种比较"另类"的文学交流史。我们认为，作为国内外第一部涉及中国 - 中东欧国家关系的专门史，向读者尽可能提供丰富的信息和多维的视角，实有必要。

　　本课题从 2005 年春夏开始策划准备，组成了以北京外国语大学欧洲语言文化学院中东欧语种专业教师为主的项目团队，成员有宋炳辉（上外）、赵刚、李梅、王秀明、柯静、陈瑛、林温霜、郭晓晶等老师，后又有陈逢华和鲍捷两位老师加入，他们分别开展了一些基础性的国别研究和资料搜集整理工作，发表了多篇相关论文，为后来的综合研究做了必要的准备。北京外国语大学将本课题先后列入 2005 年校级自选课题重点项目（编号 05006）和"211 工程"三期建设子课题（编号 0302C01，2008 年），给予了相应的经费支持。在此期间，课题组成员宋炳辉也立项完成了相关课题"弱势民族文学在现代中国的接受与影响研究——以东欧文学为中心"（上海市社科规划项目，编号 2010BWY008）。在书稿的编写过程中，我们还得到了北京外国语大学易丽君教授、冯志臣教授、张志鹏教授、刘知白教授等中东欧语言文学教学、研究和翻译界前辈的帮助指导。新华社高级记者、研究员丁永宁女士，中国社会科学院外国文学研究所原东欧文学室主任林洪亮研究员、张振辉研究员、冯植生研究员、陈九瑛研究员，《世界文学》杂志主编高兴先生，中国艺术研究院郑恩波研究员，人民文学出版社资深编审张福生先生，中国社会科学院近代史研究所古为明先生，原在中国科学院图书馆任职的符志良先生，中国作家协会原国际部主任刘宪平先生，北京师范大学文学院赵勇教授和已故童庆炳教授之子童小溪先生，欧美同学会原副会长、东欧分会原会长杨建伟教授级高级工程师，中国国际广播电台李家渔译审和骆东泉译审，北京外国语大学全球史研究院院长李雪涛教授，以及许多在此未提及的友人和翻译家亲属，在资料和信息方面都对我们的工作提供了帮助。北外的彭裕超老师协助扫描图片，参与了部分文稿校对，并补充了一些前南国家的资料。关于本书的图片，部分系从国内外图书文献选取，部分由当事人或其亲属提供，还有一些为作者多年来的积累，大多已在书中注明来源。对课题组全体成员的贡献，对中外各界的理解和支持，谨在此致以深切的感谢！

本书在写作上，由北京外国语大学欧洲语言文化学院丁超教授和上海外国语大学文学研究院宋炳辉教授共同执笔完成，具体分工：

丁超初拟全书的写作大纲，编撰导言、第一章、第二章、第三章、第四章、第五章、第九章、第十章、第十一章、结语、大事记稿等，选配插图，对全书通编定稿；

宋炳辉编撰第六章、第七章、第八章、第十二章、第十三章，审订全部书稿。

中国与中东欧国家的文学交流涉及多种语言和散落于浩瀚书海的各种信息，需要大量的基础性工作。尽管这些年我们开展了相应的资料搜集、整理和研究，但仍非常有限。限于语言和资料，对中东欧国家接受中国文学的介绍显得偏弱。书中的观点和提法只是我们的个人管见和初步结论，偏颇疏漏之处在所难免，诚望国内外读者方家批评教正。

这是我们第一次尝试通过外国文学、中国文学和比较文学学科交叉互补的方式，开展对中国与中东欧国家文学交流和文化关系历史的研究，无论我们个人还是对于北外和上外两所兄弟院校，都是一次务实而愉快的合作。在此，我们特别感谢丛书的总主编钱林森先生和周宁博士长期以来对本书和我们个人的厚爱和指导，感谢山东教育出版社尤其是本书的策划和责任编辑祝丽女士对本书的鼓励、耐心和付出的辛劳。

　　本书完稿之时，恰逢中国 - 中东欧国家"16+1 合作"在"一带一路"建设的大背景下蓬勃展开和全面提升，2016 中国 - 中东欧国家人文交流年开幕在即。希望这部草创之作，能够为这样的友好交往和造福于人民的合作增添一道历史的风景和人文的柔美。

丁　超、宋炳辉

谨识

2015 年岁末

编后记

随师兄去府上拜访钱林森教授，满怀激动与期望，已是九年前的事了。那天讨论的出版项目，占去此后我编辑生涯的主要时光，筹划项目、联系作者、一次又一次的编写会，断断续续地收稿、改稿，九年就这样在焦急的等待、繁忙的工作中过去了，而九年，是一位寿者生命时光的十分之一，是我编辑生涯中最美好的日子……每每想到这里，心中总难免暗惊。人一生有多长，能做多少事，什么是值得投入一生最好时光的事业？付诸漫长时光与巨大努力的工作，一旦完成，最好的报偿是什么呢？这些问题困扰着我，只是到了最后这段日子，我才平静下来。或许这些困惑都是矫情，尽心尽力、无怨无悔地做完一件事，就足够了。不求有功，但求告慰自己。

《中外文学交流史》17 卷终于完成，钱老师、周老师和各卷作者们付出了巨大的努力，我心怀感激。在这九年里，有的作者不幸故去，有的作者中途退出，但更多的朋友加入进来。吕同六先生原来负责主持意大利卷，工作开始不久不幸去世。我们深深地怀念吕同六先生，他的故去不仅是中国学术界的巨大损失，也是我们这套丛书的损失。张西平先生慷慨地接替了吕先生的工作，意大利卷终于圆满完成。朝韩卷也颇多波折，起初是北大韩振乾先生承担此卷的著述，后来韩先生不幸故去，刘顺利先生加入我们。刘顺利先生按自己的学术思路，一切从头开始，多年的积累使他举重若轻，如期完成这本皇皇巨著。还有北欧卷，我们请来了瑞典的陈迈平（万之）先生，后来陈先生因为心脏手术等原因而无力承担此卷撰著。叶隽先生知难而上。期间种种，像叶隽所说，"使我们更加坚信道义的力量、人的情感和高山流水的声音"。李明滨、赵振江、郅溥浩、郁龙余、王晓平、梁丽芳、朱徽先生都是学养深厚的前辈，他们加入这个团队并完成自己的著作，为这套丛书奠定了坚实的学术基础，也提高了丛书的品位。卫茂平、丁超、宋炳辉、姚风、查晓燕、葛桂录、马佳、郭惠芬、贺昌盛先生正值盛年，且身当要职，还在百忙之中坚持写作，使这套丛书在研究的问题与方法上具备了最前沿的学术品质。齐宏伟、杜心源、周云龙都是风头正健的学界新秀，在他们的著述中，我们看到了中外文学关系史研究的美好前景。

　　这套书是个集体项目，具有一般集体项目的优势与劣势，成就固然令人欣喜，缺憾也引人羞愧。当然，最让人感到骄傲与欣慰的是，这套书自始至终得到比较文学界前辈的关心与指导，乐黛云教授、严绍璗教授、饶芃子教授在丛书启动时便致信编委会，提出中肯的指导意见，以后仍不断关心丛书的进展。2005 年丛书启动即被列入"十一五"国家重点图书出版规划项目，2012 年，本套丛书获得国家出版基金资助，这既为丛书的出版提供了保障，我们更认为这是对我们这个项目出版价值的高度肯定，是一种极高的荣誉，因此我们由衷地喜悦，并充满感激。

　　丛书是一个浩大的学术工程，也得到了我们历任领导的高度重视和大力支持。2005 年策划启动时，还没有现今各种文化资助的政策，出版这套丛书需要胆识和气魄。社领导参与了我们的数次编写会，他们的睿智敬业以及作为山东人的豪爽诚挚给我们的作者留下了深刻的印象。丛书编校任务繁琐而沉重，周红心、钱锋、于增强、孙金栋、王金洲、杜聪、刘丛、尹攀登、左娜诸位编辑同仁投入了巨大热情和精力，承担了部分卷次的编校工作，周红心协助我做了许多细致的工作，保证了丛书项目如期完成。

　　感谢书籍装帧设计师王承利老师，将他的书籍装帧理念倾注到这套丛书上。王老师精心打磨每一个细节，从封面到版式，从工艺到纸张，认真研究反复比较，最终将传统与现代、中国与世界、文学与学术和书籍之美完美地融合在一起。丛书设计独具匠心而又恰如其分。

　　《中外文学交流史》17 卷在历经艰辛与坎坷之后，终得圆满，为此钱老师、周老师付出了巨大的努力。钱老师作为项目的发起人、主持人，自然功德无量，仅他为此项目给各位老师作者发的电子邮件，连缀起来，就快成一本书了。2007 年在济南会议上，钱老师邀请周老师与他联袂主编，从此周老师分担了许多审稿、统稿的事务性工作。师兄葛桂录教授的贡献是独特而不可替代的，没有他的牵线，便没有我们与钱老师、周老师的合作，这套丛书便无缘发生。

　　大家都是有缘人，聚在一起做一件事，缘起而聚、缘尽而散，聚散之间，留下这套书，作为事业与友情的纪念，亦算作人生一大幸事。在中国比较文学学术史上，在中国出版史上，这套书可能无足轻重，但在我自己的职业生涯中，它至关重要。它寄托着我的职业理想，甚至让我怀念起 20 多年前我在山东大学的学业，那时候我对比较文学的憧憬仍是纯粹而美好的，甚至有些敬畏。能够从事自己志业的人是幸福的，我虽然没有从事比较文学研究，但有幸从事比较文学著作的出版，也算是自己的志业。此刻，我庆幸自己是个有福的人！

祝 丽

图书在版编目（CIP）数据

中外文学交流史．中国 - 中东欧卷 / 丁超等著．--

济南：山东教育出版社，2014

ISBN 978 - 7 - 5328 - 8494 - 0

Ⅰ．①中… Ⅱ．①丁… Ⅲ．①文学—文化交流—文化
史—中国、中欧②文学—文化交流—文化史—中国、东欧
Ⅳ．① I 109

中国版本图书馆 CIP 数据核字 (2014) 第 152856 号

中外文学交流史　　中国 - 中东欧卷

钱林森　周　宁　主编

丁　超　宋炳辉　著

总 策 划：祝　丽
责任编辑：祝　丽
装帧设计：王承利

主　管：山东出版传媒股份有限公司

出版者：山东教育出版社

　　　　（济南市纬一路 321 号　　邮编：250001）

电　话：(0531) 82092664　传真：(0531) 82092625

网　址：http://www.sjs.com.cn

发行者：山东教育出版社

印　刷：济南大邦印务有限公司

版　次：2015 年 12 月第 1 版第 1 次印刷

规　格：787mm×1092mm　16 开本

印　张：32.75 印张

字　数：650 千字

书　号：ISBN　978 - 7 - 5328 - 8494 - 0

定　价：86.00 元

（如印装质量有问题，请与印刷厂联系调换）　印厂电话：400-0531-118